總　序
論小説文體研究的三個維度

譚　帆

　　《中國古代小説文體研究書系》是我主持的國家社會科學基金重大項目“中國小説文體發展史”的系列研究成果。此項目 2011 年獲批，2019 年通過審核，再經近兩年的修訂，於 2021 年陸續交付上海古籍出版社。從立項到定稿，前後相續恰好十年。經過十年之“辛苦”，我們完成的系列成果包括：《中國古代小説文體文法術語考釋》（“術語篇”）、《中國古代小説文體史》（“歷史篇”）和《中國古代小説文體史料繫年輯録》（“資料篇”）。三書合計兩百餘萬字，以這樣的格局和篇幅全面系統地研究和梳理中國古代小説文體，在海内外尚屬首次，具有一定的學術價值和創新意義。本文所論小説文體研究的“三個維度”即指小説文體研究的“術語”維度、“歷史”維度和“史料”維度。我們認爲，“術語”“歷史”“史料”三位一體，則古代小説文體之研究庶幾完滿。

一

　　“術語”考釋是古代小説文體研究的一個重要維度。而所謂“術語”是指歷代指稱“小説”這一文體或文類的名詞稱謂，對這些涵蓋面廣、歷史悠久的名詞稱謂作出深入的考釋，不僅可以呈現中國古代小説文體之特性，還有

利於揭示古代小説文體的獨特"譜系"。對文學術語作考釋是中國文學批評史領域的傳統研究方式，取得了不俗的研究成績。在古代小説研究領域，對文體術語的考釋也有較爲悠久的歷史，並取得了較好的成績，但仍有提升空間，許多問題尚處於模糊狀態。譬如，古代小説文體術語非常豐富，但有無自身的體系？其構成體系的邏輯關聯是什麼？通過梳理和研究，我們認爲，中國古代小説的文體術語有其自身的體系，且在術語之間形成了相應的層級。

自《莊子·外物》出現"小説"這一語詞，一直到晚清以"小説""説部""稗官"等指稱小説文體，有關小説的文體術語非常豐富。概括起來可以作出如下區分：（一）來源於傳統學術分類的小説術語。如班固《漢書·藝文志》列"小説家"於"諸子略"，後世引伸爲"子部"之"小説"；又如劉知幾於《史通》中詳細討論"小説"的分類和特性，"子部""史部"遂成小説之淵藪。"小説""稗官""稗史"等術語均與此一脈相承。此類術語背景宏闊，影響深遠，是研究小説文體術語的核心部分，也是把握中國古代小説"譜系"之關鍵。（二）完整呈現古代小説諸文體之術語。如"志怪""筆記""傳奇""話本""詞話""平話""章回"等，這一類術語既能標示古代小説的文體分類，又能顯現古代小説文體發展之歷程。（三）用於揭示古代小説文體發展過程中小説的文體價值和特性之術語。如"奇書"與"才子書"，這是明末清初小説史上非常重要的術語，用以指稱通俗小説中的優秀作品，如"四大奇書""第一奇書""第五才子書"等，今人更將"奇書"一詞作爲小説文體的代稱，稱之爲"奇書文體"。①（四）由小説的創作方法延伸出的文體術語。如"寓言"本是言説事理的一種特殊方式，後慢慢演化爲與小説文體相關之術語。又如"按鑑"，原爲明後期歷史小説創作的一種方式，所謂"按鑑

---

　　①〔美〕浦安迪著：《中國叙事學》，北京大學出版社 1996 年版。羅書華也將"奇書"與"才子書"視爲"章回小説"這一文體概念的前稱。見《章回小説的命名和前稱》，《明清小説研究》1999 年2 期。

中國古代小説

文體史料繫年輯録

楊志平　李軍均　張玄　編著

中國古代小説文體研究書系

譚帆　主編

資料篇

上

演義"；推而廣之，遂爲一階段性的小説文體術語，即"按鑑體"。

上述四個方面的術語基本囊括了古代小説的諸種文體，其中所顯示的"體系性"十分清晰。就價值層面言之，上述四個方面的術語所呈現的"層級性"也非常明顯。如"小説""説部""稗官"等文體術語在中國古代小説史上最爲重要，處於小説文體術語體系之核心層面，是指代古代小説文體最爲普遍也是最難把握和釐清的文體術語。對這個層級的術語解讀是小説文體研究的關鍵，對小説文體研究會産生直接的影響。相對而言，顯示古代小説諸文體的術語如"志怪""傳奇""話本""詞話""平話""章回"等雖然也是古代小説文體史上的重要術語，但由於其所承載的文體内涵較爲單一，各自指稱之對象也比較清晰和固定，故而較少歧義，也較易把握。至於由創作方法、理論批評引申出的文體術語則處於小説文體術語體系之末端，是一類"暫時性"或"過渡性"的術語。如"寓言"雖與小説文體始終相關，但終究没能成爲獨立的小説文體術語。"奇書"與"才子書"也並非嚴格意義上的小説文體術語，而是明末清初通俗小説評價體系中兩個重要的批評概念，可看成爲對通俗小説的價值認可，對通俗小説的發展有一定的"導向"意義。由此可見，中國古代小説文體術語相當豐富，其中顯示的"體系性"和"層級性"也十分明顯，值得加以重視。

再譬如，古代小説的文體術語體現了怎樣的屬性？這種屬性在小説文體發展史上起到了何種作用？現代學科意義上的中國小説史建構爲何獨取"小説"？"小説"這一術語又是如何建構中國古代小説史的？對於這些問題，也需要加以深入的研究和理性的評判，從而凸顯小説文體術語的研究價值。

一般而言，古代小説文體術語大致具備三種屬性："文體屬性""功能屬性"和"文體"與"功能"並舉之"雙重屬性"。三種屬性各有所指，如"志怪""筆記""傳奇""話本""詞話""平話""章回"等術語大體上顯示的是"文體屬性"，這是以小説文體的内容和形式來界定的術語；"稗官"

"稗史"等術語所顯示的是"功能屬性",是體現小説文體價值的相關術語;而"小説""説部"等術語則體現了"文體"與"功能"並舉的"雙重屬性",既顯示小説的文體地位,又承載小説的文體特性。不言而喻,上述三種屬性的小説文體術語以第三種最爲重要,與中國古代小説文體史的關係也最爲密切。

試以"小説"與"稗官"的關係作一比較:

在中國古代小説史上,"小説"是一個使用最普遍、影響也最大的文體術語;相對而言,"稗官"之術語地位要遜於"小説",但也是一個影響深遠的文體術語。之所以如此,關鍵在於兩者都能涵蓋古代小説之全體,無論文白,不計雅俗,都能用"小説"或"稗官"表述之、限定之。而其中之奧秘在於這兩個術語都具備小説文體的"功能屬性",即都能在功能上限定古代小説之内涵。而其中維繫之邏輯不在於小説研究中人們所慣用的"虛構""叙事"等屬於文體屬性之標尺,更爲重要的在於這兩個術語所顯示的功能屬性:古代小説(含文言和白話)貫穿始終的"非正統性"和"非主流性"。

在中國古代,無論是文言小説還是白話小説,其"非正統"和"非主流"的地位乃一以貫之。小説是"小道",與經國之"大道"相對舉,是"子之末流";小説是"野史",與"正史"相對應,是"史家別子"。此類言論在小説史上不絶如縷。"稗官"亦然,據現有資料,"稗官"一詞較早出自秦簡,《漢書·藝文志》"小説家者流,蓋出於稗官"一語開啓了以"稗官"指稱"小説家"之先河。漢以後,"稗官"這一語詞頻繁見諸文獻之中,尤其從宋代開始,"稗官"一方面爲文人所習用,同時還與"小説"合成爲"稗官小説"一詞,用來指稱文言筆記小説和白話通俗小説。以下三則史料頗具代表性:

(《夷堅志》)翰林學士鄱陽洪邁景廬撰。稗官小説,昔人固有爲之

者矣，遊戲筆端，資助談柄，猶賢乎已可也。未有卷帙如此其多者，不亦謬用其心也哉！（陳振孫《直齋書錄解題》評《夷堅志》）①

余不揣譾劣，原作者之意，綴俚語四十韻於卷端，庶幾歌詠而有所得歟？於戲，牛溲馬勃，良醫所診，孰謂稗官小說，不足爲世道重輕哉？（修髯子《三國志通俗演義引》）②

各學堂學生不准私自購閱稗官小說、謬報逆書。凡非學科内應用之參考書，均不准攜帶入堂。（《奏定學堂章程·奏定各學堂管理通則》）③

可見，無論是"小說"還是"稗官"，其共同的"功能屬性"——"非正統性"和"非主流性"是其之所以獨得"青睞"的首要因素，因爲它最吻合中國古代小說之實際。對此，浦江清的一個評斷頗爲貼切："有一個觀念，從紀元前後起一直到 19 世紀，差不多兩千年來不曾改變的是：小說者，乃是對於正經的大著作而稱，是不正經的淺陋的通俗讀物。"④

然則"小說"與"稗官"雖同樣在小說史上廣泛使用，但在 20 世紀以來中國小說史學科的現代建構過程中，兩者之境遇却大不相同："小說"成爲學科的唯一術語，而"稗官"則在小說史的建構過程中漸次消失。個中緣由衆多，但最爲根本的應是兩者在術語屬性上的差異所致。"稗官"就其本質而言是一個"功能性"術語，其"非主流""非正統"的屬性内涵在中國古代文化語境下指稱"小說"尚無問題，但顯然與晚清"小說界革命"以來對"小說"

① （宋）陳振孫撰：《直齋書錄解題》，上海古籍出版社 1987 年版，第 336 頁。
② 黃霖、韓同文選注：《中國歷代小說論著選》（修訂本）上，江西人民出版社 2000 年版，第 115 頁。
③ 《奏定學堂章程·奏定各學堂管理通則》，見璩鑫圭、唐良炎編：《中國近代教育史資料彙編·學制演變》，上海教育出版社 2007 年版，第 488 頁。
④ 浦江清：《論小說》，《浦江清文錄》，人民文學出版社 1958 年版，第 193 頁。

的極力推崇和有意拔高格格不入。而"小説"術語的雙重屬性却起到了至關重要的作用，因爲只要摒棄或淡化其"功能屬性"，其"文體屬性"完全可以彰顯，而近代以來中國小説史的學科建構正是以"文體"爲其本質屬性的。近代以來對"小説"術語的改造主要體現在兩個方面：一是在與"novel"的對譯中强化了"虚構的叙事散文"這一"小説"術語中本來就具有的文體屬性，並將這一屬性升格爲"小説"術語的核心内涵，使"小説"成爲了一個融合中西、貫通古今的重要術語，在小説史的學科建構中起到了統領作用。另一方面，又將"志怪""傳奇""筆記""話本"和"章回"等原本比較單一的文體術語作爲"小説"一詞的前綴，構造了"志怪小説""筆記小説""傳奇小説""話本小説"和"章回小説"等屬於二級層面的小説文體術語。經過這兩個方面的"改造"，"小説"終於成爲了一個具有統領意義的核心術語而"一枝獨秀"，並與其他術語一起共同建構了現代學科範疇的中國古代小説文體的術語體系，影響深遠。

由此可見，"術語"維度在小説文體研究中是一個頗具學術價值的研究領域和研究視角，其重要性不言而喻。甚至有學者認爲，對一個學科成熟與否的考量，術語研究是一個重要的尺度："20 世紀 80 年代末，曾有學者感嘆，中國古代文學史研究還僅僅處於前科學的狀態，這在一定程度上是事實。如果説得苛刻一點，中國古代小説史的研究，同樣存在這種情況。這是因爲，作爲一門科學意義上成熟的學科，構成此學科許多最爲基礎的概念與範疇，必有較爲明確的界定。倘若作爲一門學科的衆多最爲基本的概念與範疇都没有研究清楚，那麽，我們怎麽能説這一門學科不處於前科學狀態？"[①] 評價雖不無偏激，却也在理。

---

① 鍾明奇：《探尋中國古代小説的"本然狀態"與民族特徵——評〈中國古代小説文體文法術語考釋〉》，《中國文學研究》第四輯，復旦大學出版社 2014 年版，第 143 頁。

二

　　小説文體研究的第二個維度是"歷史"著述。20 世紀以來，中國古代小説文體史的著述主要集中於兩個時段：一是 20 世紀二三十年代，以魯迅《中國小説史略》爲代表。該書較多關注小説文體的演進，提出了不少小説的文體或文類概念，對後世小説文體史研究産生了深遠影響。二是 20 世紀 90 年代以來，以石昌渝《中國小説源流論》爲代表。該書專門以小説文體爲對象梳理中國古代小説史，在小説史研究中有開拓之功，其影響延續至今。① 進入 21 世紀以後，小説文體史研究有所發展，② 還出現了一批明確以"文體研究"爲標目的小説研究論著。③ 所有這些都説明了小説文體的歷史研究已取得了很好的成績。本文擬在上述成果的基礎上提出一些建議和設想。

　　第一，中國古代小説文體的"歷史"著述要强化與"術語"考釋的關聯度，兩個維度的文體研究應該互爲補充，共同建構中國古代小説文體史。

　　20 世紀以來，影響中國古代小説文體研究最爲重要的是兩個術語——"小説"和"叙事"，這兩個術語均在與西方小説相關術語的對譯中得到了"改造"。④ 我們以"叙事"爲例分析"術語"與小説文體史研究之關係。

　　何謂"叙事"？浦安迪云："'叙事'又稱'叙述'，是中國文論裏早就有的術語，近年來用來翻譯英文'narrative'一詞。"又云："當我們涉及'叙事

---

　　① 石昌渝著：《中國小説源流論》，三聯書店 1994 年版。
　　② 研究論著主要有：劉勇强《中國古代小説史叙論》（北京大學出版社 2007 年版）、林崗《口述與案頭》（北京大學出版社 2011 年版）、陳文新《中國小説的譜系與文體形態》（中國社會科學出版社 2012 年版）、李舜華《明代章回小説的興起》（上海古籍出版社 2012 年版）等。
　　③ 如王慶華《話本小説文體研究》（華東師範大學出版社 2006 年版）、李軍均《傳奇小説文體研究》（華中科技大學出版社 2007 年版）、馮汝常《中國神魔小説文體研究》（三聯書店，2009 年版）、劉曉軍《章回小説文體研究》（華東師範大學出版 2011 年版）、紀德君《中國古代小説文體生成方式及其他》（商務印書館 2012 年版）。
　　④ 譚帆：《論中國古代小説文體研究的四種關係》，《學術月刊》2013 年第 11 期。

文學'這一概念時，所遇到的第一個問題就是：什麼是叙事？簡而言之，叙事就是'講故事'。"①這一符合"narrative"的解釋其實並不適合中國古代語境中的"叙事"。但在當下的小説文體研究中，"故事"的限定乃根深蒂固，就如無"虚構"不能成爲小説一樣，有無"故事"也是確定作品"叙事"與否的關鍵。如談到唐代小説《酉陽雜俎》時，有學者就指出此書"内容很雜，其中只有一部分可以算作小説"，②而古人非但視《酉陽雜俎》爲小説，更"推爲小説之翹楚"。③古今之差異可謂大矣！問題的癥結在哪裏？我們試以唐代爲例作一分析：

在 20 世紀以來的小説研究中，大量的作品因被視爲"非叙事"或包含"非叙事"成分而飽受詬病，甚至被排斥在小説文體的歷史著述之外。這一類作品在古代小説史上延續久遠，如《博物志》《西京雜記》《搜神記》等都包含大量"非叙事"的内容；唐代小説如《封氏聞見記》《酉陽雜俎》《獨異志》《資暇集》《北户録》《杜陽雜編》《蘇氏演義》《唐摭言》《開元天寶遺事》等作品也包含大量的"非叙事"成分，可見這是古代小説創作的固有特性。

這些小説作品中"非叙事"成分最典型的表述方式是"描述"與"羅列"。其中"描述"是指對某一"事"或"物"作客觀記録。我們舉王仁裕《開元天寶遺事》對"遊仙枕"和"隨蝶所幸"的記録爲例：

龜兹國進奉枕一枚，其色如瑪瑙，温潤如玉，其製作甚樸素。若枕之而寐，則十洲三島、四海五湖，盡在夢中所見。帝因立命爲"遊仙枕"，後賜與楊國忠。

① 〔美〕浦安迪著：《中國叙事學》，北京大學出版社 1996 年版，第 4 頁。
② 程毅中著：《唐代小説史》，人民文學出版社 2003 年版，第 249 頁。
③ （清）永瑢等撰：《四庫全書總目》，中華書局 1965 年版，第 1214 頁。

開元末，明皇每至春時，旦暮宴於宫中。使嬪妃輩争插艷花，帝親
捉粉蝶放之，隨蝶所止幸之。後因楊妃專寵，遂不復此戲也。①

"羅列"是指圍繞某一主題將符合主題的相關事物一一呈現，而不作説
明。我們舉《義山雜纂》"煞風景"爲例：

　　松下喝道　看花淚下　苔上鋪席　斫却垂楊　花下曬裩　遊春重載
石筍繫馬　月下把火　步行將軍　背山起高樓　果園種菜　花架下養鷄
鴨　妓筵説俗事②

這是一則典型的以"羅列"爲叙述方式的文本，它將符合"煞風景"這
一主題的諸多現象加以羅列，從而呈現"煞風景"的特殊内涵。

"描述"與"羅列"這兩種表述方式在唐人小説創作中是否也被視爲"叙
事"？限於史料不能貿然確定。但從"術語"維度檢索唐人相關資料，我們發
現，"叙事"這一術語所承載的内涵本來就有對事物的"描述"和"羅列"功
能，故在唐人觀念中，這當然也是"叙事"。譬如，唐代有不少專供藝文習用
的書籍，稱之爲"類書"，如《北堂書鈔》《藝文類聚》《初學記》等。在這些
類書中，有專門對"事類"的解釋，這種解釋有時徑稱爲"叙事"。以《初學
記》爲例，該書體例是每一子目均分"叙事""事對"和"詩文"三個部分。
請看"月"之"叙事"：

　　《淮南子》云：月者，太陰之精。《釋名》云：月，闕也，言滿則復
闕也。《漢書》云：月，立夏、夏至行南方赤道，曰南陸；立秋、秋分行

_____

① 陶敏主編：《全唐五代筆記》，三秦出版社 2008 年版，第 3158 頁。
② （唐）李義山等撰，曲彦斌校注：《雜纂七種》，上海古籍出版社 1988 年版，第 22 頁。

西方白道，曰西陸；立冬、冬至行北方黑道，曰北陸。分則同道，至則
相過。晦而見西方謂之朓，朔而見東方謂之朒，亦謂之側匿。（朓，音他
了反；朒，音女六反。朓，健行疾貌也；朒，縮遲貌也。側匿猶縮懦，
亦遲貌。）《釋名》云：朏，月未成明也；魄，月始生魄然也。（承大月，
月生三日謂之魄；承小月，月生三日謂之朏。朏音斐。）朔，月初之名
也；朔，蘇也，月死復蘇生也；晦，月盡之名也；晦，灰也，死爲灰，
月光盡似之也；弦，月半之名也，其形一旁曲，一旁直，若張弓弦也；
望，月滿之名也，日月遥相望也。《淮南子》云：月，一名夜光；月御日
望舒，亦曰纖阿。①

此處所謂"叙事"其實就是對事物的解釋，而其方式是羅列自古以來解
釋"月"的相關史料。《四庫全書總目》認爲《初學記》之叙事"雖雜取群
書，而次第若相連屬"。② 但"羅列"之意味仍然是濃烈的，可見《初學記》
的"叙事"内涵與唐人筆記小説"羅列"的表述方式頗爲一致，是筆記小説
創作獨特的叙事方式。

第二，中國古代小説文體史的著述要建立一個"大文體"的格局，用於
揭示古代小説"正文—評點—插圖"三位一體的文本形態。

在中國古代，小説文本的一個重要特徵就是正文之外大多有評點與圖像，
"圖文評"結合是古代小説特有的文本形態。對這一現象，學界尚未引起足夠
的重視，雖然小説評點研究、小説圖像研究都非常熱鬧，但研究思路還是以
文學批評史視角和美術史視角爲主體，對古代小説"圖文評"結合的價值認
知尚不充分。表現爲：研究者一方面對圖像與評點的價值功能給予較高評價，
另一方面卻又在整體上割裂小説評點、小説圖像與小説正文的統一性。這一

---

① （唐）徐堅撰：《初學記》，中華書局 1962 年版，第 8 頁。
② （清）永瑢等撰：《四庫全書總目》，中華書局 1965 年版，第 1143 頁。

做法實則遮蔽了評點和插圖在小說文體建構過程中具備"能動性"這一重要的歷史事實。有鑒於此，我們應該從小說文體建構的視角重建關於小說評點和小說插圖的認知。我們認爲，對小說"文體"的理解不應局限於小說正文之"體"，而是應該突破傳統的研究方式，從文本的多重性角度來觀照小說之"整體"。即：既要關注小說之體裁、體制、風格、語體等内涵，更要建立一個以小說整體文本形態爲觀照對象的小說文體學研究新維度，將小說的文體研究範圍拓展到小說文本之全部，包含正文、插圖、評點等。同時，還要充分肯定評點與插圖對小說文體建構的價值和意義，考察小說評點"評改一體"的具體實踐和小說插圖對小說文本建構的實際參與；盡可能還原小說評點、小說插圖參與小說文體建構的客觀事實，從而揭示"圖文評"三者在小說文體建構中的合力效果和整體意義。①

第三，中國古代小說文體史的著述要加强個案研究和局部研究，尤其是對那些有爭議的問題要有針對性的突破。我們各舉一例加以説明：

其一，關於《漢書‧藝文志》的評價問題。作爲現存最早著録小説的書目文獻，《漢書‧藝文志》對小説概念的界定、小説價值與地位的評估以及小説文本的確認等諸多方面，一直影響著古代的小説觀念與小説創作。這樣一部反映小説原貌與主流小説觀念的書目，本應在古代小説研究方面擁有足夠的話語權。但 20 世紀以來，包括《漢書‧藝文志》在内的小説目録總體處於"失位"的狀態。然而《漢書‧藝文志》所録小説畢竟屬於歷史存在，在漢人的觀念裏，這種文獻就叫做"小説"，無論今人是否承認其爲小説，此類文獻作爲"小説"被著録、被認可甚至被仿作了上千年，這是無法抹去的歷史事實。我們認爲，《漢書‧藝文志》所録小説及其體現出來的小説觀念是古代小説及其文體流變的邏輯起點。對其研究首先應回到漢代的歷史語境，剖析

---

① 參閲毛傑：《論插圖對中國古代小説文體之建構》，《文藝研究》2020 年 10 期。

《漢書·藝文志》"小説家"的立意；再擇取相關的傳世文獻與出土文獻作比照，盡可能還原《漢書·藝文志》所録小説的本真面目；最後綜合各種因素，論述《漢書·藝文志》"小説家"的文類屬性與文體特徵。①

　　其二，關於唐傳奇在小説文體史上的地位問題。在小説文體的歷史研究中，唐傳奇文體地位的提升是從 20 世紀開始的，以魯迅的評價最有代表性，如："小説亦如詩，至唐代而一變，雖尚不離於搜奇記逸，然叙述宛轉，文辭華艷，與六朝之粗陳梗概者較，演進之迹甚明，而尤顯者乃在是時則始有意爲小説。"② 又謂："唐代傳奇文可就大兩樣了：神仙人鬼妖物，都可以隨便驅使；文筆是精細，曲折的，至於被崇尚簡古者所詬病；所叙的事，也大抵具有首尾和波瀾，不止一點斷片的談柄；而且作者往往故意顯示著這事迹的虛構，以見他想像的才能了。"③ 長期以來，魯迅的上述論斷被學界奉爲圭臬而少有異議，唐傳奇由此被視爲中國古代小説史上最早成熟的文體，所謂小説的"文體獨立"、小説文體的"成熟形態"等表述都是古代小説文體研究中的"定論"。其實，魯迅的表述還是審慎的，但後人據此延伸、放大了魯迅的觀點，得出傳奇乃最早成熟的小説文體等關鍵性結論。④ 對於這個問題，學界已有較多論述，但在我看來，還是浦江清在近八十年前的評述最爲貼切，至今仍有意義："現代人説唐人開始有真正的小説，其實是小説到了唐人傳奇，在體裁和宗旨兩方面，古意全失。所以我們與其説它們是小説的正宗，無寧説是別派，與其説是小説的本幹，無寧説是獨秀的旁枝吧。"⑤ 可謂表述生動，評價到位，確實已無贅述之必要。

---

　　① 詳見劉曉軍：《〈漢書·藝文志〉"小説家"的名與實》，《諸子學刊》第二十輯，上海古籍出版社 2020 年版，第 282—283 頁。

　　② 魯迅著：《中國小説史略》，上海古籍出版社 1998 年版，第 44 頁。

　　③ 魯迅：《六朝小説和唐代傳奇文有怎樣的區别？——答文學社問》，魯迅著：《且介亭雜文二集》，《魯迅全集》第六卷，人民文學出版社 1973 年版，第 87 頁。

　　④ 詳見譚帆：《論中國古代小説文體研究的四種關係》，《學術月刊》2013 年第 11 期。

　　⑤ 浦江清：《論小説》，原載《當代評論》四卷 8、9 期，1944 年。引自《浦江清文録》，人民文學出版社 1958 年版，第 186 頁。

三

小説文體史料的輯録也是古代小説文體研究的一個重要維度。20 世紀以來，古代小説文獻史料的整理與研究取得了很大的成績，可以説，小説研究所取得的成就都有賴於小説史料的開掘整理。史料整理不僅爲小説學科的建立與發展奠定了扎實的基礎，提供了有力的保障，還極大地推進了小説史研究的深入開展。[①] 但也有缺憾，主要表現爲：小説文獻史料的整理基本限於理論批評史料和經典小説的相關資料，除侯忠義《中國文言小説參考資料》（北京大學出版社 1985 年版）等有限幾部之外，專題性的史料整理相對比較薄弱；即便如小説文體史料這樣有價值的專題史料迄今尚無系統的整理和研究。而在古代小説史上，小説文體史料非常豐富，全面梳理和辨析這些史料有利於把握小説文體的流變歷史和地位升降。對小説文體史料作繫年輯録有如下三個方面的特性和意義：

首先，對小説文體史料作獨立系統的整理與研究可以有效解決小説文體史研究中的諸多重要問題，故小説文體史的著述與小説文體史料的編纂應互爲表裏，共同推動中國古代小説史研究的深入開展。

譬如，關於中國古代小説文體，今人一般持"四體"的分法，即筆記體、傳奇體、話本體和章回體，這一分法已成爲古代小説文體系統的經典表述，影響深遠。但對於小説文體的認知，古今差異非常明顯，可以説，從古代到

---

① 小説文獻資料的整理除大型工具書和大型作品集成外，以小説批評史料選編和經典小説資料彙編最富影響，前者如曾祖蔭等《中國歷代小説序跋選注》（長江文藝出版社 1982 年版）、孫遜等《中國古典小説美學資料匯粹》（上海古籍出版社 1991 年版）、陳平原等《二十世紀中國小説理論資料》（第一卷，北京：北京大學出版社 1989 年版）、黃霖等《中國歷代小説論著選》（南昌：江西人民出版社 1995 年版）、丁錫根《中國歷代小説序跋集》（人民文學出版社 1996 年版）等；後者如朱一玄"中國古典小説名著資料叢刊"（南開大學出版社 2012 年新版）、中華書局"古典文學研究資料彙編"（内含一粟《紅樓夢資料彙編》1964 年版，馬蹄疾《水滸傳資料彙編》1980 年版，黃霖《金瓶梅資料彙編》1987 年版）以及李漢秋《儒林外史研究資料集成》（上海古籍出版社 2017 年版）等。

清末民初，對於小説文體的認知一直處在變動之中。這可以從"小説體"及相關史料的梳理中加以把握。

　　在古代小説史上，古人常將"體""體制""體例""體裁"等語詞與"小説""説部"等聯繫在一起，稱之爲"小説體""小説體裁"和"説部體"等。依循這些語詞及相關表述，可以觀察對於小説文體的基本認知。大體而言，古人以筆記體小説爲小説文體之主流，如明陳汝元《稗海》"凡例"云："小説體裁雖異，總之自成一家。"明郭一鶚《玉堂叢語序》亦謂："《玉堂叢語》一書，成於秣陵太史焦先生。先生蔚然爲一代儒宗，其銓叙今古，津梁後學，所著述傳之通都鉅邑者，蓋凡幾種。是書最晚出，體裁仍之《世説》，區分準之《類林》，而中所取裁抽揚，宛然成館閣諸君子一小史然。"[1] 這種以"小説體"指稱筆記小説的傳統得到了清人的普遍認可和延續，如《四庫全書總目提要》評鄭文寶《南唐近事》："其體頗近小説，疑南唐亡後，文寶有志於國史，搜采舊聞，排纂叙次。以朝廷大政入《江表志》，至大中祥符三年乃成。其餘叢談瑣事，別爲緝綴，先成此編。一爲史體，一爲小説體也。"[2] 將"小説體"與"史體"對舉，其小説文體觀念非常清晰。又如馮鎮巒《讀〈聊齋〉雜説》云："讀《聊齋》不作文章看，但作故事看，便是呆漢。惟讀過《左》《國》《史》《漢》，深明體裁作法者，方知其妙。不知舉《左》《國》《史》《漢》而以小説體出之，使人易曉也。""漁洋評太略，遠村評太詳。漁洋是批經史雜家體，遠村似批文章小説體。"[3] 可見以"小説體"指稱筆記體小説在古代一脈相承。晚清以降，新的小説文體觀念開始建構，呈現出與傳統分離的趨向，其中章回體小説地位的提升最值得矚目，由此，"章回""筆記"二分的分體模式得以構建。而時人論小説也經常以"小説體"指稱章回體，如

---

[1]　（明）郭一鶚：《玉堂叢語序》，（明）焦竑撰：《玉堂叢語》，中華書局 1981 年版，第 3 頁。

[2]　（清）永瑢等撰：《四庫全書總目》，中華書局 1965 年版，第 1188 頁。

[3]　（清）馮鎮巒《讀〈聊齋〉雜説》，見（清）蒲松齡著，盛偉校注：《聊齋志異校注》，山西人民出版社 2000 年版，第 1725、1727 頁。

平步青《霞外攟屑》卷九《小棲霞説稗》："《殘唐五代傳》小説，與史合者十之一二，餘皆杜撰裝點，小説體例如是，不足異也。"[①] 光緒七年（1881）十二月十四號《申報》刊載《野叟曝言》廣告云："《野叟曝言》一書，體雖小説，文極瑰奇，向只傳抄，現經排印。"[②] 又如光緒十六年九月五號《申報》關於《快心編》的廣告："《快心編》一書爲天花才子所著，描情寫景，曲曲入神。雖不脱章回小説體裁，而其叙公子之風流，佳人之妍慧，草寇之行兇作惡，老僕之義膽忠肝，生面別開，從不落前人窠臼。"[③] 對"二體"（筆記體和章回體）的評述以管達如《説小説》一文最爲詳備："（筆記體）此體之特質，在於據事直書，各事自爲起訖。有一書僅述一事者，亦有合數十數百事而成一書者，多寡初無一定也。此體之所長，在其文字甚自由，不必構思組織，搜集多數之材料，意有所得，縱筆疾書，即可成篇，合刻單行，均無不可。雖其趣味之濃深，不及章回體，然在著作上，實有無限之便利也。""（章回體）此體之所以異於筆記體者，以其篇幅甚長，書中所叙之事實極多，亦極複雜，而均須首尾聯貫，合成一事，故其著作之難，實倍蓰於筆記體。然其趣味之濃深，感人之力之偉大，亦倍蓰之而未有已焉。"[④] 不難發現，管氏雖然將"筆記體"與"章回體"平列，但評價之天平已明顯傾向於章回體，筆記體之價值在他的觀念中僅"在其文字甚自由"和著述方式"實有無限之便利也"。此爲"一體"（筆記體）到"二體"（筆記體與章回體）的變遷，而從"二體"到"四體"的變化則更爲晚近。如傳奇體小説得益於小説觀念的轉變和魯迅的推重才從筆記體中析出，成爲獨立的小説文體。"話本體"的獨立則與小説文獻的發掘密切相關，如《宣和遺事》《五代史平話》《大唐三藏

① （清）平步青撰：《霞外攟屑》（下），上海古籍出版社 1982 年版，第 657 頁。
② 《新印野叟曝言出售》，《申報》1881 年 12 月 14 日第 5 版。
③ 申報館主人：《重印快心編出售》，《申報》1890 年 9 月 5 日第 1 版。
④ 管達如：《説小説》，引自黃霖編：《中國歷代小説批評史料彙編校釋》，百花洲文藝出版社 2009 年版，第 1000 頁。

取經詩話》《京本通俗小説》等，這些小説文本的發現使原本包含於"章回體"中的"話本體"成爲獨立的文體。至此，"筆記""傳奇""話本""章回"四分的觀念才終得確立，成爲古代小説文體研究中最爲重要的分體模式。[①] 由此可見，今人所謂"四體"並非古已有之，而釐清"小説體"認知的變化軌迹，對理解中國古代小説文體的發展演變有著切實的幫助。

其次，如何整理古代小説文體史料有多種形式可供選擇，但繫年或許是最爲適合的形式之一。繫年是中國最古老的史書體裁之一，歷來備受矚目。唐代劉知幾謂："莫不備載其事，形於目前。理盡一言，語無重出，此其所以爲長也。""故論其細也，則纖芥無遺；語其粗也，則丘山是棄。此其所以爲短也。"[②] 可知對史料巨細無遺的載錄，既是繫年體的優長，也是繫年體的缺陷。但繫年"備載其事，形於目前"、"論其細也，則纖芥無遺"的特質還是適合小説文體史料的整理和研究的。且舉一例，在明清時期的小説史料中，以"賬簿"喻"小説"較爲常見，但内涵不盡一致。對此，在以史料梳理爲重心的繫年框架下，以"賬簿"喻小説之多重内涵可以得到清晰的呈現。試排比如下：

小説史上較早以"賬簿"喻小説的是晚明陳繼儒，其稱《列國志傳》："此世宙間一大賬簿也。"（萬曆四十三年，1615，陳繼儒《叙列國傳》）[③] 又謂："天地間有一大賬簿，古史，舊賬簿也，今史，新賬簿也。……史者，天地間一大賬簿。"（萬曆年間，陳繼儒《〈湯睡庵先生歷朝綱鑑全史〉序》）[④] 可見陳繼儒之所謂"賬簿"既指史書，亦指由史書改編的小説；而在價值評判上則基本持一種客觀陳述的態度，没有明顯的褒貶。較早以"賬簿"譏諷

---

① 詳見王瑜錦、譚帆：《中國小説文體觀念的古今演變》，《學術月刊》2020 年 5 期。
② （唐）劉知幾著，（清）浦起龍通釋，王煦華整理：《史通通釋》，上海古籍出版社 2009 年版，第 25 頁。
③ （明）陳繼儒重校：《春秋列國志傳》，《古本小説集成》，上海古籍出版社 1994 年版，第 1 頁。
④ （明）陳繼儒：《〈湯睡庵先生歷朝綱鑑全史〉序》，明萬曆刻本，北京大學圖書館藏。

小説的是張無咎："（《金瓶梅》等）如慧婢作夫人，只會記日用賬簿，全不曾學得處分家政，效《水滸》而窮者也。"（泰昌元年，1620，張無咎《平妖傳叙》）但這種評述在晚明没有得到太多的回應與延續，相反，以"賬簿"爲褒義者却不絶如縷。如崇禎年間余季岳贊揚《帝王御世志傳》："不比世之紀傳小説，無補世道人心者也。四方君子以是傳而置之座右，誠古今來一大賬簿也哉。"（崇禎年間，余季岳《盤古至唐虞傳》"識語"）清人褚人穫亦謂："昔人以《通鑑》爲古今大賬簿，斯固然矣。第既有總記之大賬簿，又當有雜記之小賬簿，此歷朝傳志演義諸書所以不廢於世也。"（康熙三十四年，1695，褚人穫《隋唐演義序》）又云："間翻舊史細思量，似傀儡排場。古今賬簿分明載，還看取野乘鋪張。"（褚人穫《隋唐演義》第一百回正文）其基本認知無疑來源於晚明陳繼儒的觀點。清人對張無咎的觀點貌似有所延續的是張竹坡，但思路和評價已有明顯不同，實際上是對張無咎觀點的辯駁。在張竹坡看來，世人因《金瓶梅》描述細膩瑣碎而謂之"賬簿"，乃不得要領；《金瓶梅》之特色和價值正是"隱大段精彩於瑣碎之中"，而其評點就是要揭示這種特色，從而爲《金瓶梅》的藝術特性張目。其云："我的《金瓶梅》，上洗淫亂而存孝悌，變賬簿以作文章，直使《金瓶梅》一書冰消瓦解，則算小子劈《金瓶梅》原板亦何不可。"（康熙三十四年，1695，張竹坡評點《金瓶梅》）從上述有關"賬簿"的史料來看，所謂以"賬簿"喻小説實則有一個頗爲複雜的内涵，其中指稱對象和價值評判都有所不同。而在上述史料中，真正視"賬簿"爲貶義來批評作品的僅張無咎一人而已。這明顯超出了以往小説研究中普遍認爲此乃譏諷《金瓶梅》叙事方式的認知。

第四，以繫年形式將小説文體史料作爲獨立的專題來輯録，還可以從更寬泛的領域擇取材料，因爲"備載其事""纖芥無遺"本來就是繫年的形式特徵，故能顯示更大的開放性和包容性。

輯録古代小説文體史料大致可從如下幾個方面入手：一是專門的小説論

著，如小説序跋、小説評點、小説話等，也包括小説文本中蘊含的相關文體史料，這是小説文體史料最爲集中、最爲重要的部分。二是在歷史領域輯録相關小説文體史料，包括史書、筆記、方志等。三是在文學領域如選本、詩話、文話、曲話、尺牘等書籍中輯録小説文體史料。四是擇取歷代書目中的小説文體史料，尤其是《四庫全書總目提要》對小説的評判最具規模，也最爲典型，其中"雜家類"與"小説家類"中的小説文體史料甚至可以悉數載入。

　　綜上，我們從"術語""歷史"和"史料"三個維度梳理和探究了小説文體研究的基本領域及其理論方法，對小説文體研究中所出現的相關問題和不足也提出了個人的意見和建議。中國古代小説文體研究在學術界已延續多年，成果也比較豐富，但如石昌渝《中國小説源流論》這樣有影響的論著還不多，突破性的成果更爲罕見。個中原因很多，其中最爲重要的或許還是兩個老生常談的問題——小説觀念的偏狹，及由此引發的對小説文本的遮蔽。對於"小説"，對於"叙事"，我們持有的仍然是 20 世紀以來經西學改造的觀念，由此，大量的小説文本尤其是筆記體小説文本迄今没有進入研究視野。故小説文體研究要得到發展，觀念的開放、文本的完善和史料的輯録仍然是居於前列的重要問題。

序

陳文新

　　紀傳體、編年體是中國傳統歷史著述的兩種主要體裁，而編年體的寫作遠較紀傳體薄弱。與古代的這種體裁格局相似，在 20 世紀的中國文學史寫作中，也是紀傳體一枝獨秀。20 世紀 90 年代以來，隨著文學史觀念的更新和學術研究的深入，以編年方式來處理各個領域的歷史文獻，成爲一個常見的做法，成就有目共睹。

　　在林林總總的編年著述中，譚帆教授主編之《中國古代小説文體研究書系》“資料編”——楊志平、李軍均、張玄編著的《中國古代小説文體史料繫年輯錄》，涉及的是一個新的領域，確有編纂的必要，其學術意義顯而易見。

　　作爲古代小説研究領域第一部以繫年形式編纂的小説文體史料著作，本書的特色與優勢較爲鮮明，突出表現爲擴大了小説文體史料採集範圍。如明清小説文本中含有不少小説批評史料，正如中國古典詩中有許多論詩詩一樣。明清小説文本中的小説批評，涉及小説觀念、小説文體、小説創作、小説功能、小説傳播等諸多方面，不拘一格，時有新見。《中國古代小説文體史料繫年輯錄》十分留意明清小説文本中的小説批評材料，表現出學術的敏鋭。又如古代中國方志衆多，其纂修者往往有意無意地收入大量小説史料。尤其是在人物傳記、逸事、仙釋等門類中，小説史料尤爲豐富，有助於完整把握明清小説文體理論發生發展的生態環境，也有助於解決若干具體學術問題。本

書即在方志中輯錄了較多珍貴材料，這些史料對小説文體研究頗多裨益，如
"志中所載，擇其要而切者，爲小説斷之。所以寓懲勸，廣去取，補缺略也"
（《（嘉靖辛丑）長垣縣志》凡例），"今夫稗官，非官也，然矢口肆筆，或有以
成言，猶愈於無官耳。野史，非史也。然鄙見俚詞，或可以備采，猶愈于無
史耳"（《（萬曆）新昌縣志》田琯叙），"志，史之餘；稗官小説，又志之餘也"
（《（康熙）昌平州志》卷二十六）等，在這些方志史料中，可以獲得大量有參
考價值的記錄。再如《四庫全書總目提要》比較圓滿地建構了中國古代的知
識體系。對於歷史上的重要著述，不是像《藝文志》或《文苑傳》那樣簡要
提及，而是儘量作出全面考察，致力於確定其歷史地位。又因時在清代中葉，
在知識體系的建構方面，便具有了集大成的性質。雖然《四庫全書總目提要》
忽略了所有的白話著述，但就文言世界的"小説"而言，其梳理無疑是最爲
系統、最具學理性的。《中國古代小説文體史料繫年輯錄》較爲完整地收錄
《四庫全書總目提要》中與"小説"有關的材料，這是對傳統知識體系的尊
重，有助於系統把握文言世界的小説文體論述。

　　《中國古代小説文體史料繫年輯錄》在體例方面的一個優點是每條材料都
注明了出處，包括版本説明。猶記得 20 年前，負責編纂《中華大典·文學
典》中的"明文學部二"，對於所有史料，我們都在原稿上詳注了出處，而出
版時全被删掉了。原來是出版社擔心有人直接利用我們辛勤收集來的材料編
書，特意作了"技術處理"。這樣看來，《中國古代小説文體史料繫年輯錄》
的編纂者，坦然提供版本資料，不只是體例較爲完善，也是良好的學術品格
的體現。

　　與紀傳體相比，編年體既有長處，也有短處。其長處在於客觀性和豐富
性，其短處在於缺少明確的判斷和大局觀。以較早問世的傅璇琮先生主編的
《唐五代文學編年史》（遼海出版社 1998 年版）爲例，即明確以客觀性、豐富
性爲其編纂原則。它與通行的文學史的區別是：就體例而言，全書概由豐富

翔實的原始資料按年月順序編排而成，而没有那種連篇累牘的分析性、評價性、議論性文字。就選材而言，以唐人的文學觀念爲尺度，而不以現代文學觀念爲尺度。比如貞觀元年的文學，從正月到八月，該書共列了四條綱，另有十五條月份不明，合計十九條，依次是：太宗宴群臣，始奏《秦王破陣樂》；僧法琳與慧静唱和；陳子良爲相如縣令，作《祭司馬相如文》；玄奘西行求法；太宗作《秋日》詩，袁朗有和作；上官儀等進士登第；謝偃對策及第；褚亮爲弘文館學士；許敬宗爲著作郎，與太宗唱和；李百藥爲中書舍人；隋遺臣劉子翼不應詔；于闐國畫工尉遲乙僧到長安；竇德明爲常州刺史，與僧唱和；著《經典釋文》《老子疏》的陸德明去世；孔紹安、庾抱、蔡允恭、賀德仁、袁朗等卒，皆有集。這十九條所叙的事情，絶大部分不見於通行的紀傳體文學史。換句話説，在現代文論的視野中，許多事情是不宜進入文學史的。《唐五代文學編年史》將這些悉數編入，不做闡釋，潛在地包含了一種寫作立場：文學史家的任務主要是客觀叙述。儘管被記録的“歷史事實”絶不只是“事實”，而是包含了記録者的判斷或加工，但傅先生等傾向於用事實本身來呈現文學史進程，而不是闡釋自己的研究結論，仍明確顯示出對客觀性的尊重。用事實來構成歷史，並努力加以清晰完整的叙述，這是編年史的特點。

　　編年史的這一特點與現代的歷史編纂理念是不吻合的。現代的歷史編纂理念確認：歷史著作不是一系列事件的堆積；只見樹木，不見森林，一味地羅列事實或窮究細枝末節，雖然不能説毫無意義，却不具備嚴整的史家品格；歷史著作不能缺少系統的綜合與分析。正是依據這種理念，袁世碩先生斷言：《唐五代文學編年史》不應以“史”爲名。他明確地説：“現在有另一種情況：以文學史命名的書中，只是以歷史年代爲序，逐次記載文學家的生卒、仕歷、交流活動，作品的創造、結集、刊行，以及有關的政治事件、社會現象，其中只見有部分作品的名目，却没有對作品的内容、做法和總體特徵的揭示、評述，全書自然也顯示不出文學發展的面貌和軌迹。這樣的著作只是提供了翔實的文學創作和發展演變的社會的、文化的背景材料，對文學史的研究和編寫十分有用，但却缺少文學史的基本内容，是不足以稱作文學史的。"① 他因此提倡將編年體排除在文學史寫作的範式之外："古代史書有以人爲目的紀傳體，以事爲目的紀事本末體，還有逐年記人事活動的編年體，各有其功用。文學史的主體是文學發展變化的情況，不重在與之有關的人事。文學史的體式，可以有史書紀傳體式的作家論、作品論，作家論也是以評論其作品爲主要内容；有紀事本末體式的文體史、文學類型史，叙出一種文體、文學類型的興衰始末。而編年體在文學史研究中則有所不適應，有所局限：一是有許多作家的行迹、許多重要作品的寫作、成書年代，不能十分確定，難於準確繫年；二是即便是詳密的文學史實的編年，那也缺少文學史的主體内容，不足以稱作文學史。陸侃如以十年的研究積累做成一部内容豐實的《中古文學繫年》，自認爲這只是編著中古文學史的準備工作，不取‘文學史’之名，正緣於這個道理。"② 袁世碩先生强調文學史不能没有綜合性的分析闡釋，雖因缺少對 20 世紀 90 年代編年史寫作的同情之了解，不免嚴厲了些，但確實是一個值得重視的命題。雷納·韋勒克曾對克萊恩"不帶論旨"的著述方式提出批評："克萊恩擯斥愛特津斯那種概括理論學説的方法，主張按年代分析具體文本，想有一部‘在何謂批評或批評理應如何的問題上不抱先入定見的歷史’，一部‘不帶論旨’的歷史，這個目標我以爲無法企及而且並不可取。"③ 只看到櫻桃、李子、葡萄而看不到水果的存在，只有歷史上的事實而没有自己的視角，當然是一個欠缺。

① 袁世碩：《文學史的性質問題》，馬瑞芳、鄒宗良主編：《中國古典文學研究》，人民文學出版社 2006 年版，第 2—3 頁。
② 同上，第 6—7 頁。
③ 〔美〕雷納·韋勒克：《近代文學批評史》第 5 卷，楊自伍譯，上海譯文出版社 2002 年版，《五、六卷導論》第 2 頁。

　　袁先生提出的問題是應該加以認真對待的。紀傳體的時空意識以若干焦點（作家）爲座標，注重大局判斷。若干重要術語如"建安風骨""盛唐氣象""大曆詩風"等，就是這種學術智慧的凝結。與紀傳體相比，編年體在展現歷史進程的複雜性、多元性方面獲得了極大自由，但在大局的判斷上，則遠不如紀傳體來得明快和簡潔。如何在發揮其優勢的同時又能適當彌補其短處？拙見以爲，編年體不應該也不可能是"年譜合編"。爲了在一定程度上彌補編年體例自身的缺憾，並且同一般意義上的文獻索引、資料彙編和大事紀年有所區別，有必要將更長的時段納入視野，並致力於從特殊轉向一般，從個別事件轉向一致性，從叙事轉向分析。

　　在主持編纂十八卷本《中國文學編年史》（湖南人民出版社 2006 年 9 月版）的過程中，我們曾嘗試從三個方面對編年體作了改進：其一，關於時間段的設計。編年史通常以年爲基本單位，年下轄月，月下轄日。這種向下的時間序列，可以有效發揮編年體的長處。我們在采用這一時間序列的同時，另外設計了一個向上的時間序列，即以年爲基本單位，年上設階段，階段上設時代。這種向上的時間序列，旨在克服一般編年體的不足。具體做法是：階段與章相對應，時代與卷相對應，分別設立引言和緒論，以重點揭示文學發展的階段性特徵和時代特徵。其二，歷史人物的活動包括"言"和"行"兩個方面，"行"（人物活動、生平）往往得到足够重視，"言"則通常被忽略。而我們認爲，在文學史進程中，"言"的重要性可以與"行"相提並論，特殊情況下，其重要性甚至超過"行"。比如，考察初唐的文學，不讀陳子昂的詩論，對初唐的文學史進程就不可能有真正瞭解；考察明代嘉靖年間的文學，不讀唐宋派、後七子的文論，對這一時期的文學景觀就不可能有完整的把握。鑒於這一情形，若干作品序跋、友朋信函等，由於透露了重要的文學流變資訊，我們也酌情收入。其三，較之政治、經濟、軍事史料，思想文化活動是我們更加關注的對象。中國文學進程是在中國歷史的背景下展開的，與政治、經濟、軍事、思想文化等均有顯著聯繫，而與思想文化的聯繫往往更爲內在，更具有全域性。考慮到這一點，我們有意加强了下述材料的收錄：重要文化政策，對知識階層有顯著影響的文化生活（如結社、講學、重大文化工程的進展、相關藝術活動等），思想文化經典的撰寫、出版和評論。這樣處理，宗旨不僅是用繫年的方法來排比史料，而且要在史料之間建立聯繫，以期呈現有意義的流變。期待本書編著者在這方面做出新的探索，百尺竿頭，更進一步。

譚帆教授在古代小說的文體研究領域卓有成就，他的高足志平、軍均、張玄，也在這個領域耕耘多年，有豐富積累。祝賀他們的系列成果出版問世，也祝願他們不斷探索，構建出更爲宏偉的學術大廈。

2021 年 10 月 1 日于珞珈山麓寓所

目　録

先秦兩漢

三國兩晉南北朝

唐五代十國

宋遼金元

明　代

清　代

前　言

楊志平

　　史料發掘與整理工作一直都是傳統文史研究的前提與基礎，任何有價值的學術成果都有賴于堅實可靠的史料。就中國古代小説研究而言，自然也不例外。自從古代小説研究作爲獨立學科而存在以來，研究者大多重視史料鈎稽梳理，産生了諸多小説作品鈎稽類與小説評論類的史料整理成果，極大地推動了古代小説的整體研究，也爲以後的古代小説史料整理工作奠定了深厚基礎。時至今日，隨著古代小説研究的深化，學界對古代小説史料的整理工作提出了更高要求，期待出現與古代小説縱深研究相適應的史料整理成果，從而實現古代小説史料整理的新突破。中國古代小説文體史料的繫年輯録工作，即是在當下古代小説文體研究深入推進的背景下，尋求新突破的一次嘗試。它以古代小説史料整理的既有實績爲基礎，專門清理歷代小説文體史料，以繫年的形式呈現中國古代小説文體的發展歷史。

一

　　20 世紀以來，中國古代小説史料整理工作取得了明顯突破與進展，爲古代小説學科的建立與發展做出了重要貢獻。大體而言，古代小説史料整理實績主要包括以下兩個方面：

　　第一，有關古代小説作品文獻的系統性整理，是展開古代小説研究的基礎性工作。 主要成果有：魯迅輯録《唐宋傳奇集》、汪辟疆校録《唐人小説》、袁閭琨與薛洪勣主編《唐宋傳奇總集》、李劍國輯校《唐前志怪小説輯釋》《唐五代傳奇集》《宋代傳奇集》、鍾兆華編校《元刊全相平話五種校注》、程毅中輯録《宋元小説家話本集》，以及大型小説文獻《古本小説集成》《古本小説叢刊》《明清善本小説叢刊》《筆記小説大觀》《古體小説叢刊》等。可以認爲，藉此文獻整理，古代小説作品的基本面貌已得以呈現，爲古代小説研究提供了有力的文本文獻保證。

　　第二，圍繞古代小説作家作品而展開的評述性文獻整理。 主要成果有：孔另境《中國小説史料》、譚正璧《三言兩拍資料》、王利器《元明清三代禁毀小説戲曲史料》、黃霖與韓同文《中國歷代小説論著選》、丁錫根《中國歷代小説序跋集》、侯忠義《中國文言小説參考資料》、曾祖蔭等《中國歷代小説序跋選注》、孫遜等《中國古典小説美學資料彙粹》、陳平原等《二十世紀中國小説理論資料》（第一卷）、程國賦《隋唐五代小説研究資料》、李漢秋《儒林外史研究資料集成》、黃霖《歷代小説話》、朱一玄《明清小説資料選編》及其“中國古典小説名著資料叢刊”、中華書局“古典文學研究資料彙編”（含《三國演義》《水滸傳》《西遊記》《金瓶梅》《紅樓夢》等小説名著），以及古代小説名著的彙評彙校類文獻。這些文獻整理成果或宏觀或局部，或整體或專書，對古代小説相關評論性史料加以整理，爲研究者省却不少史料查檢之苦，同樣嘉惠學林。

　　上述兩類小説文獻整理，取徑各異，側重有別，總體上構建了古代小説研究的文獻基石。時至今日，古代小説研究日益走向多元化、縱深化，傳播視角、叙事視角、民俗視角、法律視角、域外漢學視角等研究切入點在當下古代小説研究領域屢見不鮮，相關研究成果甚爲豐富。而每種特定視角的古代小説研究，其實都離不開史料先行整理。例如宋莉華主編《早期西譯本中國古典小説插圖選刊》、孫旭編撰《明代白話小説法律資料研究》等史料類著作即是爲特定視角的小説研究而進行的相關準備。因此，古代小説研究新視角也就對小説史料整理工作提出了有別于既有模式的新要求。作爲中國古代文學研究領域的熱門顯學，文體學研究方興未艾，中國古代小説文體研究自然也備受研究者關注，系統性地編撰與輯録相應的小説文體史料，就提上了學界的研究日程，本書即因此而産生。

二

中國古代小説文體研究在近年屢有創獲，其中，石昌渝、劉勇强、陳文新、譚帆等學者的相關成果産生了較重要的反響。但毋庸諱言，這些成果涉及的小説文體論域仍有較大空間，涉及的小説文體史料也仍然相對有限。因而，若要客觀而全面地認識古代小説文體，在古代小説傳世文獻整體得以查驗與爬梳的背景下，完整地輯録古代小説文體史料勢在必行。其動因大致在兩個方面：

一是小説文體研究的現實需要。"在古代小説研究中，對小説文體的認知決定了如何去構建小説史，即怎樣去認定小説的起源、歷代的流變、涵納的作品、歷史的分期。"[1] 儘管當下的古代小説文體研究成果迭出，但是不同成果的史料采録是有所差異的，結論亦有所不同，因而會導致對小説文體的整體認知存有不同。例如晚清民初蔣瑞藻著《小説考證》，所謂"小説"的内涵並不僅僅指通常所説的小説文體，更確切來説是個通俗文學的文類範疇，倘若按照這樣的文體觀念進行小説史編撰，那顯然不是古代小説史研究者所期待的理想的"小説史"。又如，對"傳奇體"這一範疇的理解，學者將其視爲

---

① 王瑜錦、譚帆：《論中國小説文體觀念的古今演變》，《學術月刊》2020 年第 5 期。

唐人小説者有之，將其視爲效仿裴鉶小説集《傳奇》體者有之，將其視爲演述奇異之人事者有之，將其視爲純粹的古代小説四種文體之一者亦有之。在概念内涵界定模糊的前提下，展開所謂的傳奇小説論述，常常陷入“自説自話”的境地，因而難以真正有效地推進傳奇小説的研究。據此，我們可以看出，不論是主觀擇取還是客觀形勢，任何研究論著往往都是基於相對有限的史料而展開的相應研究。因此，要避免古代小説文體研究過程中所出現的此類問題，迫切需要將古代小説文體史料全貌加以客觀的呈現。

　　二是小説文體研究的學理需要。有關小説文體研究所出現的史料局限問題，很大程度上應歸因于史料本身的“先天缺陷”，即史料本身内蕴的複雜多變性。“古代小説諸文體均有各自的文體屬性，即都有相應的形制和成規，但古代小説諸文體之屬性並非一蹴而就，更非一成不變。”① 古代小説文體史料在保持内容相對穩定的同時，也會因言説者的個體差異而變化，使得研究者對小説文體史料的擇取與運用，難以避免地出現了漏缺與遺憾。因此，要確切把握古代小説文體，就必須建立起“動”與“静”相統一、“源”與“流”相統一的正確認識。例如，至遲在明代萬曆年間即形成了與史書體相對應的“小説體（裁）”觀念，如陳汝元爲《稗海》所作“凡例”：“小説體裁雖異，總之自成一家。好事者往往摘而匯之，取便一時觀覽。而挂一漏萬，遂使海内不復睹其全書，良可惜也。是集一依原本校刻，不敢妄有增損。”清人在較長時間延續了此觀念，如《四庫全書總目提要》爲宋人鄭文寶《南唐近事》所撰提要云：“其體頗近小説，疑南唐亡後，文寶有志於國史，搜採舊聞，排纂叙次。以朝廷大政入《江表志》，至大中祥符三年乃成。其餘叢談瑣事，別爲緝綴，先成此編。一爲史體，一爲小説體也。”此處所謂“小説體”仍可視爲有別于實錄信史之筆記小説範疇，與陳汝元所説相近。又如馮鎮巒《讀

---

① 譚帆：《論中國古代小説文體研究的四種關係》，《學術月刊》2013 年第 11 期。

〈聊齋〉雜說》云："讀《聊齋》，不作文章看，但作故事看，便是呆漢。惟讀過《左》《國》《史》《漢》，深明體裁作法者，方知其妙。……舉《左》《國》《史》《漢》而以小説體出之，使人易曉也。""漁洋評太略，遠村評太詳。漁洋是批經史雜家體，遠村似批文章小説體。"馮氏所言"小説體"接續了四庫館臣所説之内涵。不過晚清以來，"小説體（裁）"更偏重于指涉白話小説，尤其是章回小説，概念内涵明顯發生了變化。[①] 對于此類小説文體史料，顯然值得重視並加以研究，而采取單一而静態的考察視角，往往會遭遇顧手而失足之尷尬。相形之下，將相關史料盡可能地完整呈現，通過史料本身來切實解決相關小説文體的認識問題。

　　此外，按照福柯的觀點："權力製造知識……權力和知識是直接相互連帶的；不相應地建構一種知識領域就不可能有權力關係，不同時預設和建構權力關係就不會有任何知識。"[②] 作爲知識載體的所謂史料，也就無非是"權力"借助强力手段進行選擇的結果。因此，當下的所謂傳世史料，實際上也是一種過濾後的歷史記憶，它爲批評者的特殊需要所左右，因而這些歷史記憶能在多大程度上客觀反映歷史的本真原貌，就成了一個令人質疑的根源問題。正是如此，"一切歷史都是當代史"之類的論説才會流布廣泛。由此看來，儘管古代小説文體史的書寫者意欲秉持客觀公允的立場，但同樣可能"客觀公允"地誤讀了史料本身。例如，學界一般認爲唐傳奇是中國古代小説成熟的標誌，其主要依據在于魯迅先生斷言唐人"始有意爲小説"，而魯迅此論的源頭則是晚明胡應麟在《少室山房筆叢》中所謂"變異之談，盛於六朝，然多是傳録舛訛，未必盡幻設語，至唐人乃作意好奇，假小説以寄筆端"。對胡氏此説的理解，其實就影響了對魯迅斷語能否成立的判斷。我們傾向于認爲，

---

①　可參看本書輯録之平步青《霞外攟屑》、傅蘭雅《時新小説出案徵文》、吳趼人《二十年目睹之怪現狀》第一回正文及其《兩晉演義》自序等史料。前言中涉及的小説文體史料，均可參看本書正文，恕不一一另注。

②　〔法〕米歇爾·福柯著，劉北成等譯：《規訓與懲罰》，三聯書店1999年，第29頁。

所謂"'作意'與'幻設'皆佛教術語。'作意'是指使心警覺，以引起思維自覺活動的心理。'幻設'與'幻化''幻相'近義，指因機緣觸發而産生幻覺，生出無而忽有之事，本質上屬於假相"，"胡應麟此處所言'幻設'，指處於宗教迷狂狀態中的心理投射，與作爲文學創作方式的'虛構'有著本質的區別"。① 可知，胡氏所言並非意在彰顯小説虛構之本質，而是另有它意，因而魯迅的論説亦不免難以自洽，至于後世學者"客觀公允"地引證魯迅之論，那恐怕就更難以符合此則史料本身的真義了。當然，我們無意主張歷史不可認知（要真正還原歷史當然也是徒勞），只是認爲相較之下，輯録史料本身對于歷史書寫的主觀行爲來説，出現偏差的可能性或許會少一些。

三

整理中國古代小説文體史料，存有多種備選方案。例如，在古代小説文體"四分法"已形成大體共識的前提下，在總體統攬的同時分別對四種小説文體的相關史料加以專題整理，這是容易想見的一種整理方式。其優點在于小説文體特性得到了突顯，弊端乃至致命缺陷在于絕大部分史料往往並不僅僅是對某一小説文體的言説，而是圍繞小説文體而展開的混雜表述，因而使得原本是差異化的、專題形式的小説文體史料，最終變成彼此重合或者割裂的史料拼集，從而減損了史料整理工作的意義。我們認爲，用繫年形式進行古代小説文體史料的整理，是適合中國古代小説文體史這種研究和書寫物件的。

第一，繫年視角的選擇，是縱向梳理中國古代小説文體史料的内在要求。

一方面，就小説文體史料本身而言，文體史料往往是對小説觀念及相關實踐活動的直接顯現，也是一定時期小説文體變化的客觀記録，因而每一種

---

① 詳參劉曉軍：《"唐人始有意爲小説"辨》，《學術研究》2019 年第 8 期。

特定小説文體觀念出現的背後總是對此前小説變化實踐的反映，其演變是有
迹可循的。漢末鄭玄論詩時有言："欲知源流清濁之所處，則循其上下而省
之；欲知風化芳臭氣澤之所及，則傍行而觀之。此詩之大綱也。"① 雖爲詩論，
其實用以評價小説文體亦未嘗不可，與繫年輯録的理路不謀而合。另一方面，
就小説文體史料而言，小説批評者提出的相關文體概念與命題，往往具有個
體化意味，有彼此通約的一面，也有不可通約的一面，不能簡單理解。同樣
是論"野史""演義""筆記"，不同批評者指涉的内涵大相徑庭。在這種情形
下，小説研究者往往會從各自研究預設著眼，選取于己言説有利的史料加以
表述，而于己不利的同類史料則擯棄不論。這種研究基于特定研究意圖，其
研究取向不能一概否定，但更應該找到恰當的言説框架來盡可能地將相關史
料一併闡釋。繫年方式的采用則有助于彌合研究過程中的此種局限，因爲繫
年的明顯優長即是擅做文獻"加法"。綜合上述兩方面可以看出，繫年體例下
的古代小説文體史料整理，將通過史料本身極力呈現出一部看似主體缺席而
實則處處"在場"的古代小説文體史。

　　**第二，以繫年形式輯録中國古代小説文體史料順循古代文學研究的當下
趨勢。**

　　從研究成果來看，近年來以繫年（編年史）面貌而出現的相關成果不在
少數，例如陳文新《中國文學編年史》、陳大康《明代小説史·明代小説編年
史》與《中國近代小説編年史》、李忠明《17 世紀通俗小説編年史》、丁淑梅
《中國古代禁毀戲劇編年史》、程華平《明清傳奇雜劇編年史》等。諸多編年
著作的陸續問世，説明學界對文學繫年研究價值及其有效性的認同，表明了
學界對繫年這一傳統學術研究方式的倚重。相形之下，在現今古代小説研究
成果當中，古代小説文體編年之類的專題研究與文獻整理類論著則尚未問世，

① （漢）毛亨傳、（漢）鄭玄箋、（唐）孔穎達疏：《毛詩正義》，中華書局 1980 年，第 264 頁。

客觀上給研究者留下了較大的空間。

以繫年輯録的形式勾稽古代小説文體史料，對拓展與深化古代小説文體研究有著重要價值。要而言之，有如下幾點：

其一，揭示古代文人真實的小説文體觀念及其生成語境。自有古代小説學科以來，諸如“明清小説地位低下”“明清小説不登大雅之堂”的論調，在諸多文學史教材中不絶如縷。實則此種空泛之論破綻百出，不值一辯。我們要追問的是，古代小説（尤其是通俗小説）確實因地位低下而使得士人不屑正視嗎？答案其實没那麽絶對。在繫年視域下，古代文人對待小説的客觀立場能够得到完整的呈現。先看嘉靖時期的李開先。人們對李開先小説觀念的認識，往往源于李開先在《詞謔》中徵引崔後渠等人有關《水滸傳》的評價：“《水滸傳》委曲詳盡，血脈貫通，《史記》而下，便是此書。且古來更無有一事而二十册者。倘以奸盗詐僞病之，不知序事之法、史學之妙者也。”①（嘉靖十年，1531）以此認爲李開先在當時普遍貶抑《水滸傳》的背景下較早地肯定了其可取之處，其對待小説的態度還是較爲開明的。而與此相對照的是，嘉靖二十七年（1548）以太常寺少卿致仕的李開先在《萊蕪縣志》序言中却表達了貶損小説之傾向：“稗官小説，里巷讕言，劣詩瑣文，無益身心，不關政教。”② 前後態度變化之大，確實難以準確判斷李開先的小説觀念孰是孰非。個中原因在于《詞謔》所論屬私人性著述，而方志序言乃是公衆性表達。“國有史，邑有志。史略而志詳，志固史也”③、“志，史之餘；稗官小説，又志之餘也”④ 之類的等級觀念在明清時期幾乎是共識，因而方志的載述理應遵循史書不采通俗小説之傳統。因此，在通俗小説備受非議的背景下，李開先的公

---

① （明）李開先《詞謔》“二十八·時調”之《一笑散》，見（明）李開先撰、卜鍵箋校：《李開先全集》，上海古籍出版社 2014 年，第 305 頁。
② 王熹主編：《明代方志選編·序跋凡例卷》，中國書店 2016 年，第 137 頁。
③ （明）王納言：《嘉靖淄川縣志序》，同上，第 660 頁。
④ （清）吴都梁修、（清）潘問奇纂：《（康熙）昌平州志》卷二十六，清康熙十二年刻本。

職身份使其自然知曉該如何穩妥地公開表達其小説觀念。再如明末清初的黄宗羲。明天啓三年（1623），黄宗羲撰《家母求文節略》有載："宗羲此時年十四，課程既畢，竊買演義如《三國》《殘唐》之類數十册，藏之帳中，俟父母熟睡，則發火而觀之。一日出學堂，其父見其書，以語太夫人，太夫人曰：'曷不禁之？'忠端公曰：'禁之則傷其邁往之氣，姑以是誘其聰明可也。'自此太夫人必竊視宗羲所乙之處，每夜幾十頁，終不告義，爲忠端公所知也。"①顯然，青年黄宗羲樂好小説，其父對小説育人價值也格外重視。清康熙二年（1663）黄宗羲著《明夷待訪録·學校》却載："時人文集、古文非有師法，語録非有心得，奏議無裨實用，序事無補史學者，不許傳刻。其時文、小説、詞曲、應酬代筆，已刻者皆追板燒之。"②可以看到，老年黄宗羲在學校教育中一反早年做法，竟然規定不得閲讀小説，其中轉變耐人尋味。結合上述李、黄二人對待小説態度之繫年記載，我們可以真實地感受到士人之于古代小説的複雜心理。其實，《三國》還是《三國》，《水滸》也還是那個《水滸》，不同的是讀者心態改變了。出于種種因素影響，成人世界裏的士人往往要以類似投名狀的形式來否定自身早年的小説閲讀史，以此擔當主流輿論的風向標，這前後不一的小説觀念，恰恰就是古代小説生態最真實的體現。《紅樓夢》中薛寶釵警訓林黛玉時所説"他們是偷背著我們看，我們却也偷背著他們看"，可謂對古代小説（尤其是白話小説）悖論境遇的絶好注脚。我們有理由相信，明清通俗小説之于正統士人，其實並非真的那麽不堪乃至有"犬彘不食之恨"。因此，動輒認爲"明清小説地位低下"之類的文體觀念未必經得起檢視。

其二，客觀展現古代小説文體演進的年代特徵。受諸種因素的影響，不同年份的小説文體史料存在數量多寡、種類不一的特點，有的年份極爲繁富，有的年份則較爲稀少。而理想狀態的古代小説文體史，應是具體年份的小説

① 徐定寶著：《黄宗羲年譜》，華東師範大學出版社1995年，第187頁。
② 沈善洪主編：《黄宗羲全集》（第11册），浙江古籍出版社1993年，第24—25頁。

文體演變特徵揭示得越細密越好，而要完成此種使命，常規形態的小説研究模式顯然難以成行。這種態勢客觀上使得繫年視角的采用成爲必然選擇，因爲極力逐年詳細鋪排相關史料，即是繫年編撰的應有之義。綜合古代小説文體繫年史料來看，萬曆四十一年（1613）、萬曆四十二年（1614）、崇禎十四年（1641）、泰昌元年（1620）、康熙四年（1665）、康熙十八年（1679）、康熙二十二年（1683）等年份的小説理論史料十分豐富，可謂古代小説文體史上的"高光時刻"。在這些年份的小説文體史料中，不僅常見的小説序跋、評點等形態較爲翔實，其他類史料如筆記、曲話、方志與小説文本自身等形式同樣十分可觀，確實可謂"衆聲喧嘩"。且以康熙四年爲例，該年丁耀亢因撰《續金瓶梅》而被指控下獄，反映了主流禁抑小説的觀念；同年顧石城作《吳江雪序》，提出"（《吳江雪》）懲戒感發，實可與經史並傳，諸君子幸勿以小説視之"，體現出文人崇仰小説的思想傾向；同年《吳江雪》作者"佩蘅子"在該書第九回正文中又提到："原來小説有三等：其一賢人懷著匡君濟世之才，其所作都是驚天動地，此流傳天下，垂訓千古。其次英雄失志，狂歌當泣，嬉笑怒罵，不過借來舒寫自己這一腔塊壘不平之氣，這是中等的了。還有一等的無非説牝説牡，動人春興的，這樣小説世間極多，買者亦復不少，書賈藉以覓利、觀者藉以破愁，還有少年子弟看了春心蕩漾，竟爾飲酒宿娼、偷香竊玉，無所不至，這是壞人心術所爲，後來必墮犁舌地獄。"相對而言，這段史料暗含的小説文體觀念更爲平實客觀。通過這三段文體史料，古代小説文體演變的複雜性即可見一斑，小説文體史料繫年的實踐意義亦不難窺見。同時還應看到，這樣的年份定格僅僅屬于古代小説文體史序列，它對于小説史、文學史而言，年份意義是不一樣的。就時間維度來説，揭示出小説文體史、小説史與文學史三者各自演進歷程上的經典年份，本身即是歷史書寫的意義所在。就小説文體史而言，常態著述往往以批評家作爲界標，而繫年形態的古代小説文體史則以特定年份作爲分水嶺。此舉不僅避免了以社會史、政治史、創作史等視角來觀照古代小説發展的可能，而且有望真正形成相對平實可信的小説文體史。

其三，**直觀反映古代小説文體演進的穩固特徵與新異變化。**在以縱向史料梳理爲重心的繫年框架下，不同年份的小説學説與主張，其相似與相異之處能够得到較爲清晰的呈現，這是顯而易見的。例如，以"帳簿"喻"小説"的觀念，在明清文人筆下較爲常見，但"帳簿"説的内涵却不盡一致。晚明陳繼儒在爲《列國志傳》所作序言中較早提出了"帳簿"説："此世宙間一大帳簿也"（萬曆四十三年，1615），此後諸多小説批評家對此觀念多有發揮。張無咎作《新平妖傳叙》有言："他如《玉嬌麗》《金瓶梅》，如慧婢作夫人，只會記日用帳簿，全不曾學得處分家政，效《水滸》而窮者也。"（泰昌元年，1620）余季岳《盤古至唐虞傳》"識語"云："（《帝王御世志傳》）不比世之紀傳小説，無補世道人心者也。四方君子以是傳而置之座右，誠古今來一大帳簿也哉。"（明崇禎年間）褚人穫《隋唐演義序》也提出："昔人以《通鑑》爲古今大帳簿，斯固然矣。第既有總記之大帳簿，又當有雜記之小帳簿，此歷朝傳志演義諸書所以不廢於世也。"（康熙三十四年，1695）張竹坡評點《金瓶梅》時亦認爲："我的《金瓶梅》上洗淫亂而存孝弟，變帳簿以作文章，直使《金瓶》一書冰消瓦解，則算小子劈《金瓶梅》原板亦何不可。"（康熙三十四年，1695）從上述"帳簿"説的内容來看，明清小説批評家對小説文體的認識其實經歷了從尊重史實、仿寫史實到超越史實而著意虛構的變化過程。由此可見，得益于繫年視角，小説文體認知逐步新變的軌迹呈現得較爲鮮明，而"繫年批評"所藴含的互文意味亦得以彰顯。

四

以繫年形式專門輯録中國古代小説文體史料，在古代小説文獻整理領域尚屬首次，它是繫年方式與文體視角的雙重結合，在彰顯學術價值的同時也帶來了難以預知的挑戰，亟需研究者確立行之有效的編撰理念。

　　首先是概念界説。進行中國古代小説文體史料的整理，首先需要明確的是“小説”何謂，“文體”何意，這兩個核心概念的界定，是史料輯録工作的前提。作爲“中國古代小説文體研究書系”的“資料篇”，我們盡可能與叢書的相關概念界定保持一致。所謂“小説”，在古代文獻語境中，大體指涉以下幾方面：“小説是無關政教的小道”，“小説是指民間發展起來的説話伎藝”，“小説是指虛構的有關人物故事的特殊文體”，“小説是通俗叙事文體的統稱”①。可見，中國古代“小説”内涵顯然有别于今日之小説，也不同于西人之小説。作爲現代學術體系下的傳統文史研究，完全遵從古人固然難以成行，亦步亦趨于現代與西方學説更是難容，因而有關“小説”内涵與外延的界説只能綜合古今中西概念而定義，將那些戲曲、彈詞等明顯不屬于小説文體範疇的史料剔除，進而保留那些大體遵從古意而又兼顧現今觀念的小説史料。所謂“文體”，西方叙述學亦時常論及，如“叙述學與文體學均采用語言學模式來研究文學作品”，“叙述學的‘話語’與文體學的‘文體’有著更直接的互爲對照、互爲補充的辯證關係”②，這種“文體”界説顯然西方化，與中國傳統的“文體”内涵差異較大。相較而言，吴承學先生的觀點更爲本土化，其認爲“文體”大致包含六種含義：體裁或文體類别、具體的語言特徵和語言系統、章法結構與表現形式、體要或大體、體性體貌、文章或文學之本體。③此種“文體”内涵的界定，主要針對的是以詩文爲核心的雅文學，俗文學的諸多文體類别並未納入考察範圍，而通俗小説戲曲等俗文學的文體功能及價值地位，是不可與詩文等傳統主導文體同日而語的。有鑒于此，本書有

---

　　① 參閲《“小説”考》，譚帆等著：《中國古代小説文體文法術語考釋》（增訂本），上海古籍出版社 2023 年。

　　② 申丹著：《叙述學與小説文體學研究》，北京大學出版社 2004 年，第 1—2 頁。

　　③ 參閲吴承學著：《中國古代文體學研究》，人民出版社 2011 年，第 17—20 頁。

關"文體"的理解在上述界説的基礎上稍作了拓展，古人有關小説價值定位、編撰理念、評點賞析等方面的評述，亦納入文體範疇之列，以求對古代小説的文體問題有更確切瞭解。

其次是體例確認。繫年（編年）體例是最古老的史書體裁之一，歷來備受矚目，對其優缺點古人有著清醒的認識。唐代劉知幾曾有言："備載其事，形於目前。理盡一言，語無重出。此其所以爲長"，"論其細也，則纖芥無遺；語其粗也，則丘山是棄。此其所以爲短"①。可知，對史料巨細無遺的載録，既是編年體的優長，也是編年體的缺陷。"與紀傳體相比，編年史在展現文學歷程的複雜性、多元性方面獲得了極大的自由，但在時代風會的描述和大局的判斷上，則遠不如紀傳體來得明快和簡潔。"②理想狀態的繫年，應該追求綱舉目張、見微知著的編撰目標，但考慮到古代小説尤其是通俗小説的特定生態語境（批評者有關小説的定位與價值的評述往往前後矛盾），本書在此方面只能盡力爲之，而在史料的完整有序方面則儘量顯示其特色。爲此，本繫年盡可能減少人爲偏失，儘量做加法而不做減法，做到應録盡録。在這一原則下，繫年過程中堅持寬尺度地甄選辨識小説文體史料，細密地逐年呈現小説文體演進軌跡，以時間意識真正凸顯史意。同時，鑒于常態的古代小説史著作往往關注文人視域下的小説史料，涉及的批評群體相對有限，本繫年則將上至廊廟、下至鄉野的諸種小説文體見解涵括其中，進而從空間維度增强古代小説文體史料的立體感與飽和度。

再次是史料範圍的限定。中國古代小説文體史料繫年輯録，是重新正視已有小説文體史料的需要，也是古代小説文體研究整體深入推進的需要。它雖不能爲研究者提供"包打天下"的史料來源，却能使人真正知曉現階段的小説文體史料"家底"，儘量減少研究過程中史料運用方面的陳陳相因之貌。

① （唐）劉知幾著、（清）浦起龍釋：《史通通釋》，上海古籍出版社 1978 年，第 27—28 頁。
② 陳文新：《〈中國文學編年史〉編撰主旨及特點》，《文藝研究》2006 年第 9 期。

爲此，本繫年在系統整理常見的小説文體史料的基礎上，極力增補曲話、筆記、方志、書志、尺牘、日記等非小説形態文獻的小説文體史料，同時在目力與識力綜合判斷的基礎上，挖掘出一批常見形態的小説文獻中相對較有新意的小説文體史料。

例如，研究者論及"評點"之價值，往往徵引袁無涯本《水滸傳》"凡例"："書尚評點，以能通作者之意，開覽者之心也。"（萬曆四十二年，1614）事實上，古人有關"評點"的認識極爲豐富，例如，"時尚批點，以便初學觀覽，非大方體，且或稱卓吾，或稱中郎，無論真僞，反惑人真解，況藻鑒不同，似難一律，故不敢沿襲俗套，以爲有識者鄙"①（萬曆四十三年，1615），"本傳圈點非爲飾觀者目，乃警拔真切處則加以圈，而其次用點，至如月旦者落筆更趣，且發作傳者未逮"②（萬曆年間），"夫三國之事實，作者演之；作者之精神，評者發之"③（雍正七年，1729）……這些史料其實較爲常見，却不爲研究者常用。實則對這些評點的史料加以綜合考慮，評點在明清小説批評中之所以廣泛存在的原因，可以得到一定程度上的解釋，同時也有益於改變小説研究者有關評點形式論述因史料單一而出現的陳套。

再如，晚明小説日益興盛，文人在私人空間評述小説亦屢見不鮮，反映了文人對小説文體的獨特觀念。不妨看看國家圖書館所藏明萬曆四十年（1612）吕胤筠刻本《月峰先生居業次編》所録孫鑛《與余君房論小説家書》與余君房《君房答論小説家書》：

　　鑛昔嘗欲取我諸朝小説，集爲一部，内分四類：關政治者，曰國謀；瑣事，曰稗録；雜説，曰燕語；論文者，曰藝談。各即原本重裝，長短

---

① （明）陳良卿《廣諧史》"凡例"，清華大學圖書館藏明萬曆四十三年沈應魁刻本。
② 《三教開迷歸正演義》"凡例"，明萬曆白門萬卷樓刊本。
③ （清）"穉明氏"《〈三國演義〉叙》，清雍正七年致遠堂啓盛堂刊本。

隨舊續得者續入，今書見在，尚未及裝也。先生今欲分類編《説林》，不知自何代止，亦及我明否？鄙意以爲，但即原本拆分爲善。

小説家當以事類爲次，不當以篇名之偶同爲次也。如《東郭説抄》則唯以書之名目爲類，遂至事蹟混雜無緒，此謂存其目已耳，非歸之統紀，便於參伍者也。僕前請教，欲收拾小説俟滿數百千種，分立門户，如歲時爲一類，而襄陽幾家俱附之，叢談則凡談皆附之，搜神則凡靈怪皆附之，文房則凡墨譜、硯譜皆附之，庶幾雜而有紀，不至散漫茫無綱領，若如《東郭》止以篇名爲類，其他紛亂無可收，卒不免另立殊名一類矣，非序説家之體也。

兩份尺牘對小説的價值定位與編録原則等問題進行了有益探討，此類小説文體史料顯然值得重視。其他見諸《古本小説集成》而未加系統整理的小説評點史料、散見于小説文本却未引起注意的小説文體史料及方志序跋中的小説史料，等等，這些同樣有益于擴大研究者視野。當然，因編者視野與學識所限，這當中其實也存在史料的新舊“相對論”：有些史料因發現與運用較晚，編者勢必存在未加關注的可能，這使得舊史料也可能成爲新史料；有些史料在編者看來是新史料，而對于少數早有觸及的學者而言，却又是舊史料；編者在繫年過程中呈現的既有史料，却因學者此前一直未能引起注意，這同樣使得舊史料可能變爲新史料。因此，如何看待史料的新舊與價值有無問題，較爲穩妥的處理方式，即是全面有序地繫年輯録古代小説文體史料。這有助于避免因史料新舊問題而導致研究過程中被忽略的可能，也爲古代小説文體研究提供現階段較爲完備的史料基礎。

凡　例

一、本繫年所謂"小説"，既指現代學術視野下與詩歌、散文、戲劇並稱的小説文體，也指中國古代文化傳統中的特定小説文體；所謂"小説文體史料"，主要是指圍繞小説文體的形式體制、語言修辭、叙事模式、價值定位、淵源流變等問題而展開討論的相關史料。

二、本繫年大體始于周赧王五十九年（前256）前，止于清宣統元年（1911），分爲先秦兩漢、三國兩晉南北朝、唐五代十國、宋遼金元、明代、清代等六個部分。史料的編排基本依照歷朝歷代的帝王紀年。每則史料的年份確定，遵從史料篇末或文中所示時間；如史料年份難以確認，則或以該史料最早的刊印時間來判斷，或遵從學界相關論斷予以認定，或以大致時間段來標示。如要説明繫年依據等問題，則以按語形式展開。

三、本繫年之"小説文體史料"主要録自專門的小説論著如小説序跋、評點等，也采録史書、筆記、雜著、書目、選本、曲話、方志等方面的有關小説文體史料，兼及小説文本自身包涵的相關文體史料。四庫館臣編修的《四庫全書總目提要》反映了正統士人對小説文體的典型態度，因此也將《四庫全書總目提要》"雜家類"與"小説家類"中的小説文體史料輯録其中；歷代官方查禁小説之史料則酌情收録與小説文體形式相關聯者。

四、本繫年中的每一則文體史料，明代之前盡可能完整輯録，明清兩朝的史料則有所區分，白話小説文體史料作選擇性輯録，文言小説文體史料因相對關注不够，則盡可能完整輯録。清代文言小説與報刊小説文體史料的輯録相對欠缺，待日後彌補。

五、本繫年涉及史料較多，爲便于查核，每條史料大致提供較爲可靠的來源，儘量搜集史料的原初版本或覆刻本，同時亦盡可能提示文獻館藏地；若限于客觀條件而難以核檢，則以較可靠的今人整理本及相關資料性著作爲依據。初始文獻的用字顯係訛誤者，徑直修正，不出校記；若字詞漫漶，以缺字符"□"標識。字形儘量按現行規範統一，避諱字徑改。鑒于史料來源廣泛，酌情保留異體字、古字等。

六、同一年份如多則史料均源于同一文獻，則不一一注出，僅在最後一則史料加以來源説明。按語中引用文獻出版信息均在首次出現時標注。

先秦兩漢

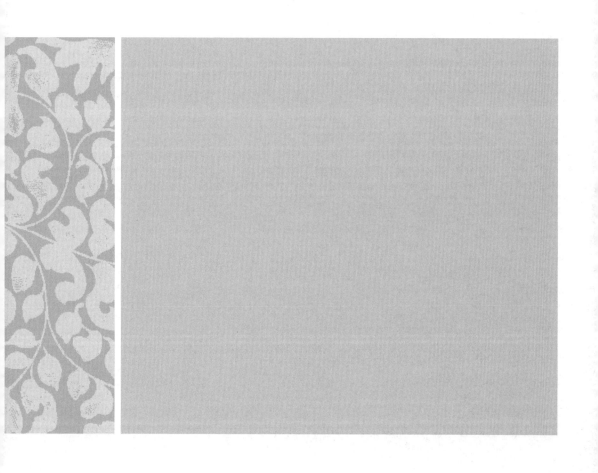

周赧王五十九年（乙巳　前 256）前

《論語·子張》：“子夏曰：‘雖小道，必有可觀者焉；致遠恐泥，是以君子不爲也。’”

按，繫年據張岂之主編《中國學術思想編年》（陝西師範大學出版社 2006 年）。

（程樹德撰，程俊英、蔣見元點校《論語集釋》，中華書局 2014 年）

《左傳·成公十四年》：“《春秋》之稱微而顯，志而晦，婉而成章，盡而不污，懲惡而勸善。”

《宣公二年》：“董狐，古之良史也，書法不隱。”

《襄公十四年》：“史爲書，瞽爲詩，工誦箴諫，大夫規誨，士傳言，庶人謗，商旅於市，百工獻藝。”

按，繫年據張岂之主編《中國學術思想編年》。

（《春秋左傳集解》，上海人民出版社 1977 年）

《莊子·逍遥遊》：“《齊諧》者，志怪者也。《諧》之言曰：‘鵬之徙於南冥也，水擊三千里，搏扶搖而上者九萬里。去以六月息者也。’”

《齊物論》：“予嘗爲女妄言之，女以妄聽之矣。”

《外物》：“任公子爲大鈎巨緇，五十犗以爲餌，蹲乎會稽，投竿東海，旦旦而釣，期年不得魚。已而大魚食之，牽巨鈎，錎没而下，騖揚而奮鬐，白波若山，海水震蕩，聲侔鬼神，憚赫千里。任公子得若魚，離而臘之，自制河以東，蒼梧以北，莫不厭若魚者。已而後世輇才諷説之徒，皆驚而相告也。夫揭竿累，趣灌瀆，守鯢鮒，其於得大魚難矣！飾小説以干縣令，其於大達亦遠矣。是以未嘗聞任氏之風俗，其不可與經於世亦遠矣！"

《天下》："以謬悠之説，荒唐之言，無端崖之辭，時恣縱而不儻，不以觭見之也。以天下爲沈濁，不可與莊語，以卮言爲曼衍，以重言爲真，以寓言爲廣。"

按，繫年據張豈之主編《中國學術思想編年》。

（郭慶藩撰、王孝魚點校《莊子集釋》，中華書局 2012 年）

《荀子·正名篇》："凡人莫不從其所可，而去其所不可。知道之莫之若也，而不從道者，無之有也。……故知者論道而已矣，小家珍説之所願皆衰矣。"

《大略篇》："君子疑則不言，未問則不立，道遠日益矣。"

按，繫年據張豈之主編《中國學術思想編年》。

（王先謙撰，沈嘯寰、王星賢點校《荀子集解》，中華書局 2013 年）

《列子·湯問》："終北之北有溟海者，天池也。有魚焉，其廣數千里，其長稱焉，其名爲鯤。有鳥焉，其名爲鵬，翼若垂天之雲，其體稱焉。世豈知有此物哉？大禹行而見之，伯益知而名之，夷堅聞而志之。"

按，繫年據張豈之主編《中國學術思想編年》。

（楊伯峻撰《列子集釋》，中華書局 2013 年）

始皇三十一年（乙酉　前 216）

云夢龍崗出土秦簡："取傳書鄉部稗官。"

按，該簡編號 185。繫年據劉躍進《秦漢文學編年史》（商務印書館 2006 年）。

始皇三十四年（戊子　前 213）

司馬遷《史記·秦始皇本紀》："丞相臣（李）斯昧死言：'古者天下散

亂，莫之能一，是以諸侯並作，語皆道古以害今，飾虛言以亂實，人善其所私學，以非上之所建立。今皇帝并有天下，別黑白而定一尊。私學而相與非法教，人聞令下，則各以其學議之，入則心非，出則巷議，夸主以爲名，異取以爲高，率群下以造謗。……臣請史官非秦記皆燒之。非博士官所職，天下敢有藏《詩》、《書》、百家語者，悉詣守、尉雜燒之。有敢偶語《詩》《書》者棄市。以古非今者族。吏見知不舉者與同罪。令下三十日不燒，黥爲城旦。所不去者，醫藥、卜筮、種樹之書。若欲有學法令，以吏爲師。'"

按，繫年據張豈之主編《中國學術思想編年》。

（司馬遷著《史記》，中華書局 1959 年）

前元十二年（癸酉　前 168）

賈誼《新書·保傅》："太子有過，史必書之，史之義，不得書過則死；過書而宰收其膳，宰之義，不得收膳即死。於是有進善之旌，有誹謗之木，有敢諫之鼓。瞽史誦詩，工誦箴諫，大夫進謀，士傳民語。習與智長，故切而不愧；化與心成，故中道若性。是殷周之所以長有道也。"

按，繫年據張豈之主編《中國學術思想編年》。

（賈誼撰，閻振益、鍾夏校注《新書校注》，中華書局 2000 年）

元朔五年（丁巳　前 124）

班固《漢書·藝文志》："（武帝）建藏書之策，置寫書之官，下及諸子傳説，皆充秘府。"

按，繫年據劉躍進《秦漢文學編年史》。

（班固撰《漢書》，中華書局 1962 年）

鴻嘉四年（甲辰　前17）

劉向《説苑序奏》：“所校中書《説苑雜事》，及臣向書、民間書，誣校讎，其事類衆多，章句相溷，或上下謬亂，難分別次序，除去與《新序》復重者，其餘者淺薄，不中義理，別集以爲百家，後令以類相從，一一條別篇目，更以造新事十萬言以上，凡二十篇，七百八十四章，號曰《説苑》，皆可觀。”

按，繫年據張岂之主編《中國學術思想編年》。

（劉向撰、向宗魯校證《説苑校證》，中華書局1987年）

綏和二年（甲寅　前7）

《漢書·宣元六王傳》：“（東平思王）後年來朝，上疏求諸子及《太史公書》，上以問大將軍王鳳，對曰：‘臣聞諸侯朝聘，考文章，正法度，非禮不言。今東平王幸得來朝，不思制節謹度，以防危失，而求諸書，非朝聘之義也。諸子書或反經術，非聖人；或明鬼神，信物怪；《太史公書》有戰國縱横權譎之謀，漢興之初謀臣奇策，天官災異，地形阨塞，皆不宜在諸侯王。不可予。不許之辭宜曰：‘《五經》聖人所制，萬事靡不畢載。王審樂道，傅相皆儒者，旦夕講誦，足以正身虞意。夫小辯破義，小道不通，致遠恐泥，皆不足以留意。諸益於經術者，不愛於王。’”

（班固撰《漢書》，中華書局1962年）

建平元年（乙卯　前6）

劉秀《上山海經表》：“《山海經》者，出於唐虞之際。……禹別九州，任土作貢；而益等類物善惡，著《山海經》。皆聖賢之遺事，古文之著明者也。其事質明有信。……孝宣帝時，擊磻石於上郡，陷得石室，其中有反縛盜械人。時臣秀父向爲諫議大夫，言此貳負之臣也。詔問何以知之，亦以《山海經》對。其文曰：‘貳負殺窫窳，帝乃梏之疏屬之山，桎其右足，反縛兩手。’

上大驚。朝士由是多奇《山海經》者，文學大儒皆讀學，以爲奇。可以考禎祥變怪之物，見遠國異人之謠俗。……博物之君子，其可不惑焉？"

　　按，繫年據張豈之主編《中國學術思想編年》。

　　　　　　　　　　（袁珂校注《山海經校注》，上海古籍出版社 1980 年）

元始三年（癸亥　3）

　　揚雄《法言·學行》："或曰：'焉知是而習之？'曰：'視日月而知衆星之蔑也，仰聖人而知衆説之小也。'"

　　《漢書》卷八十七揚雄本傳："雄見諸子各以其知舛馳，大氐詆訾聖人，即爲怪迂。析辯詭辭，以撓世事，雖小辯，終破大道而或衆，使溺於所聞而不自知其非也。及太史公記六國，歷楚、漢，訖麟止，不與聖人同，是非頗謬於經。故人時有問雄者，常用法應之，撰以爲十三卷，象《論語》，號曰《法言》。《法言》文多不著，獨著其目：天降生民，倥侗顓蒙，恣于情性，聰明不開，訓諸理。撰《學行》第一。降周迄孔，成于王道，終後誕章乖離，諸子圖微。撰《吾子》第二。事有本真，陳施於億，動不克咸，本諸身。撰《修身》第三。芒芒天道，在昔聖考，過則失中，不及則不至，不可奸罔。撰《問道》第四。神心怱恍，經緯萬方，事繫諸道德仁誼禮。撰《問神》第五。明哲煌煌，旁燭亡疆，遜于不虞，以保天命。撰《問明》第六。假言周于天地，贊于神明，幽弘橫廣，絶于邇言。撰《寡見》第七。聖人聰明淵懿，繼天測靈，冠于群倫，經諸范。撰《五百》第八。立政鼓衆，動化天下，莫上於中和，中和之發，在於哲民情。撰《先知》第九。仲尼以來，國君、將相、卿士、名臣參差不齊，壹概諸聖。撰《重黎》第十。仲尼之後，訖于漢道，德行顏、閔，股肱蕭、曹，爰及名將尊卑之條，稱述品藻。撰《淵騫》第十一。君子純終領聞，蠢迪檢押，旁開聖則。撰《君子》第十二。孝莫大於寧親，寧親莫大於寧神，寧神莫大於四表之驩心。撰《孝至》第十三。"

按，繫年據劉躍進《秦漢文學編年史》。

（揚雄撰《法言》，中華書局 2012 年；班固撰《漢書》，中華書局 1962 年）

建武七年（辛卯　31）

郭憲《漢武洞冥記》自序："憲家世述道書，推求先聖往賢之所撰集，不可窮盡，千室不能藏，萬乘不能載，猶有漏逸。或言浮誕，非政教所同，經文史官記事，故略而不取。蓋偏國殊方，並不在錄。愚謂古曩餘事，不可得而棄，況漢武帝明俊特異之主。東方朔因滑稽浮誕以匡諫，洞心於道教，使冥跡之奧昭然顯著。今籍舊史之所不載者，聊以聞見，撰《洞冥記》四卷，成一家之書，庶明博君子，該而異焉。武帝以欲窮神仙之事，故絕域遐方，貢其珍異奇物及道術之人，故於漢世盛於群主也。故編次之云爾。"

按，繫年據李劍國《唐前志怪小説史》（天津教育出版社 2005 年）。

（上海涵芬樓影印明刊《顧氏文房小説》本）

中元元年（丙辰　56）

桓譚《新論·本造篇》："譚見劉向《新序》、陸賈《新語》，乃爲《新論》。莊周《寓言》，乃云堯問孔子。《淮南子》云：'共工爭帝，地維絶。'亦皆爲妄作。故世人多云：短書不可用。然論天間莫明於聖人，莊周等雖虛誕，故當採其善，何云盡棄耶！若其小説家，合叢殘小語，近取譬論，以作短書。治身治家，有可觀之辭。"

《見徵篇》："東方朔短辭薄語，以爲信驗。人皆謂朔大智，後賢莫之及。譚曰：'鄙人有以狐爲狸，以琴爲箜篌，此非徒不知狐與瑟，又不知狸與箜篌。'乃非但言朔，亦不知後賢也。"

《正經篇》："諸儒覩《春秋》之文，録政治之得失，以爲聖人復起，當復作《春秋》也。自通士若太史公，亦以爲然。余謂之否。何則？前聖後聖，未必相襲也。夫聖賢所陳，皆同取道德仁義，以爲奇論異文，而俱善可觀，猶人食皆用魚肉菜茄，以爲生熟異和而復俱美者也。"

按，繫年據陸侃如《中古文學繫年》（人民文學出版社 1985 年）、張豈之主編《中國學術思想編年》。

（桓譚撰、朱謙之校輯《新輯本桓譚新論》，中華書局 2009 年）

建初七年（壬午　82）

班固《漢書·藝文志·諸子略》："《伊尹説》二十七篇。（其語淺薄，似依托也。）《鬻子説》十九篇。（後世所加。）《周考》七十六篇。（考周事也。）《青史子》五十七篇。（古史官記事也。）《師曠》六篇。（見《春秋》，其言淺薄，本與此同，似因托之。）《務成子》十一篇。（稱堯問，非古語。）《宋子》十八篇。（孫卿道宋子，其言黃老意。）《天乙》三篇。（天乙謂湯，其言非殷時，皆依托也。）《黃帝説》四十篇。（迂誕依托。）《封禪方説》十八篇。（武帝時。）《待詔臣饒心術》二十五篇。（武帝時。）《待詔臣安成未央術》一篇。《臣壽周紀》七篇。（項國圉人，宣帝時。）《虞初周説》九百四十三篇。（河南人，武帝時以方士侍郎，號黃車使者。）《百家》百三十九卷。右小説十五家，千三百八十篇。"又："小説家者流，蓋出於稗官。街談巷語，道聽塗説者之所造也。孔子曰：'雖小道，必有可觀者焉，致遠恐泥，是以君子弗爲也。'然亦弗滅也。閭里小知者之所及，亦使綴而不忘。如或一言可采，此亦芻蕘狂夫之議也。"又："諸子十家，其可觀者九家而已。"

按，班固《漢書·藝文志·諸子略》承劉歆《七略》著錄"小説家"十五家，共一千三百八十篇。其"小説家者流，蓋出於稗官"影響後世甚巨，三國如淳曾注《漢書》，注"稗官"曰："《九章》：'細米爲稗。'街談巷説，其細碎之言也。王者欲知閭巷風俗，故立稗官使稱説之，今世亦謂偶語爲稗。"又《司馬遷傳第三十二》贊司馬遷修《史記》，言："善敘事理，辯而不華，質而不俚，其文直，其事核，不虛美，不隱惡，故謂之實録。"是爲中國古典小説"實録"觀念之源。繫年據鄭鶴聲《班固年譜》。

（班固撰《漢書》，中華書局 1962 年）

章帝元和元年（甲申　84）

王充《論衡·書解》："古今作書者非一，各穿鑿失經之實，傳違聖人之質，故謂之叢殘。"

《骨相》："若夫短書俗記，竹帛胤文，非儒者所見，衆多非一。"

《謝短》："彼人問曰：二尺四寸，聖人文語，朝夕講習，義類所及，故可務知。漢事未載於經，名爲尺籍短書，比於小道，其能知，非儒者之貴也。儒不能都曉古今，欲各別説其經；經事義類，乃以不知爲貴也？事不曉，不以爲短。"

按，繫年據劉汝霖《漢晉學術編年》（中華書局 1987 年）、張豈之主編《中國學術思想編年》。

（黄暉著《論衡校釋》，中華書局 1990 年）

永初元年（丁未　107）

張衡《西京賦》："匪唯玩好，乃有秘書。小説九百，本自虞初。從容之求，實俟實儲。於是蚩尤秉鉞，奮鬣被般。禁禦不若，以知神奸。螭魅魍魎，莫能逢旃。"

按，蕭統《文選》卷二載張衡《西京賦》薛綜注曰："小説，醫巫厭祝之術，凡九百四十三篇，言九百，舉大數也。"可與上文互參。

（蕭統編、李善等注《昭明文選》，中華書局 1977 年）

建安十三年（戊子　208）

《三國志·魏書》卷二一注引《魏略》："植初得淳甚喜，延入坐，不先與談。時天暑熱，植因呼常從取水自澡訖，傅粉。遂科頭拍袒，胡舞五椎鍛，跳丸擊劍，誦俳優小説數千言訖，謂淳曰：'邯鄲生何如邪？'於是乃更著衣幘，整儀容，與淳評説混元造化之端，品物區別之意。然後論羲皇以來賢聖名臣烈士優劣之差，次頌古今文章賦誄及當官政事宜所先後，又論用武行兵倚伏之勢。乃命厨宰，酒炙交至，坐席默然，無與伉者。及暮，淳歸，對其所知歎植之材，謂之天人。"

按，繫年據劉躍進《秦漢文學編年史》。

（陳壽撰、裴松之注《三國志》，中華書局 1959 年）

建安二十一年（丙申　216）

曹植《與楊德祖書》："夫街談巷説，必有可采；擊轅之歌，有應風雅，匹夫之思，未易輕棄也。辭賦小道，固未足以揄揚大義，彰示來世也。昔揚子雲先朝執戟之臣耳，猶稱壯夫不爲也。吾雖薄德，位爲藩侯，猶庶幾戮力上國，流惠下民，建永世之業，流金石之功，豈徒以翰墨爲勳績，辭賦爲君子哉！若吾志未果，吾道不行，則將采史官之實録，辯時俗之得失，定仁義之衷，成一家之言，雖未能藏之於名山，將以傳之於同好；此要之皓首，豈今日之論乎！"

按，繫年據《三國志·魏書·任城陳蕭王傳》。

（曹植著、趙幼文校注《曹植集校注》，中華書局 2016 年）

建安二十三年（戊戌　218）

徐幹《中論·務本》："耳聽乎絲竹歌謡之和，目視乎雕琢采色之章，口給乎辯慧切對之辭，心通乎短言小説之文，手習乎射御書數之巧，體鶩乎俯仰折旋之容。凡此者，觀之足以盡人之心，學之足以動人之志。"

按，繫年據《三國志·魏書·王魏二劉傳》。

（徐幹撰、孫啓治解詁《中論解詁》，中華書局 2014 年）

三國兩晉南北朝

魏黄初五年（甲辰　224）

《三國志·魏書·王粲傳》裴松之注引《吳質別傳》："質黄初五年朝京師……時上將軍曹真性肥，中領軍朱鑠性瘦，質召優使說肥瘦。"

按，"說肥瘦"爲"說話"之一種，據此可知說話伎藝源遠流長。

（陳壽撰、裴松之注《三國志》，中華書局 1959 年）

晉太康元年（庚子　280）

張華《博物志》自序："余視《山海經》及《禹貢》《爾雅》《説文》地志，雖曰悉備，各有所不載者，作略説。出所不見，粗言遠方，陳山川位象，吉凶有徵。諸國境界，犬牙相入。春秋之後，並相侵伐。其土地不可具詳，其山川地澤，略而言之，正國十二。博物之士，覽而鑒焉。"又王嘉《拾遺記》："張華字茂先，挺生聰慧之德，好觀秘異圖緯之部，捃採天下遺逸，自書契之始，考驗神怪，及世間閭里所説，造《博物志》四百卷，奏于武帝。帝詔詰問：'卿才綜萬代，博識無倫，遠冠羲皇，近次夫子，然記事采言，亦多浮妄，宜更删翦，無以冗長成文！昔仲尼删《詩》《書》，不及鬼神幽昧之事，以言怪力亂神；今卿《博物志》，驚所未聞，異所未見，將恐惑亂於後生，繁蕪於耳目，可更芟截浮疑，分爲十卷！'即於御前賜青鐵硯，此鐵是于闐國所出，獻而鑄爲硯也；賜麟角筆，以麟角爲筆管，此遼西國所獻；側理紙萬番，此南越所獻。後人言'陟里'與，側理相亂，南人以海苔爲紙，其理縱橫邪側，因以爲名。帝常以《博物志》十卷置於函中，暇日覽焉。"

按，據《博物志》所載史事及王媛《〈博物志校證〉的成書、體例與流傳》（《中國典籍與文化》2006 年第 4 期）。

（張華撰、范寧校證《博物志校證》，中華書局 1980 年；

王嘉撰、蕭綺録、齊治平校注《拾遺記校注》，中華書局 1981 年）

晉太安二年（癸亥 303）

闕名《左思別傳》："思字太沖，齊國臨淄人。父雍起于筆劄，多所掌練，爲殿中侍御史。思蚤喪母，雍憐之，不甚教其書學。及長，博覽名文，遍閱百家。司空張華辟爲祭酒，賈謐舉爲秘書郎。謐誅，歸鄉里，專思著述。齊王冏請爲記室參軍，不起。時爲《三都賦》未成也。後數年疾終，其《三都賦》改定，至終乃上。初，作《蜀都賦》云：金馬電發于高崗，碧鷄振翼而雲披。鬼彈飛丸以礔礰，火井騰光以赫曦。今無鬼彈，故其賦往往不同。思爲人無吏幹而有文才，又頗以椒房自矜，故齊人不重也。思造張載，問岷、蜀事，交接亦疏。皇甫謐西州高士，摯仲洽宿儒知名，非思倫匹，劉淵林、衛伯輿並蚤終，皆不爲思賦序注也。凡諸注解，皆思自爲，欲重其文，故假時人名姓也。"

按，嚴可均《全晉文》卷一百四十六對此有辨析："《別傳》失實，《晉書》所棄，其可節取者僅耳。思行造《齊都賦》成，復欲賦三都，泰始八年，妹棻爲修儀，因移家京師，求爲秘書郎，歷咸寧至太康初賦成，《晉書》所謂構思十年者也。皇甫謐卒于太康三年，而爲賦序，是賦成必在太康初，此後但可云賦未定，不得云賦未成也。其賦屢經刪改，歷三十餘年，至死方休。太康三年，張載爲著作佐郎，思訪岷蜀事，遂刪鬼彈飛刃之語。又交摯虞，或嘗以賦就正，此可因《別傳》而意會得之者。元康六年後，爲張華司空祭酒，容或有之，但不得云辟，至謂賈謐舉爲秘書郎，謐誅歸鄉里。又謂'摯仲洽宿儒知名，非思倫匹。劉淵林衛伯輿並蚤終，皆不爲思賦序注，凡諸注解，皆思自爲'，則別傳殊失實矣。賈謐本姓韓，太康三年爲賈充世孫，至惠帝時用事，思之爲秘書郎久矣。非謐所舉，永康元年謐誅，太安二年，張方逼京師兵火連歲，思避亂，舉家適冀州，數歲以疾終。余意度之，當是謐誅去官，久之遭亂客死，而云歸鄉里，非也，皇甫高名，一經品題，聲價十倍，摯虞雖宿儒，與思同在賈謐二十四友中，要是倫匹。劉逵，元康中尚書郎，累遷至侍中；衛權衛貴妃兄子，元康初尚書郎。兩人雖蚤終，何不可爲思賦序注。況劉、衛後進，名出皇甫下遠甚，何必假其名姓，今皇甫序、劉注在《文選》，劉序、衛序在《晉書》，皆非苟作。《魏志·衛臻傳》注云，權作左思《吳都賦》序及注，序粗有文辭，至於爲注，了無所發明，直爲塵穢紙墨，不合傳寫。如裴此説，權貴遊好名，序不嫌空疏，而躓於爲注，使思自爲，何至塵穢紙墨，別傳道聽塗説，無足爲憑。《晉書》彙十八家舊書，兼取小説。獨棄別傳不采，斯史識也。”

繫年據張豈之主編《中國學術思想編年》。

（嚴可均輯《全晉文》，商務印書館 1999 年）

晉建武元年（丁丑　317）

葛洪《抱朴子·外篇》：“洪年二十餘，乃計作細碎小文，妨棄功日，未若立一家之言，乃草創子書。會遇兵亂，流離播越，有所亡失，連在道路，不復投筆十餘年，至建武中乃定。凡著《内篇》二十卷，《外篇》五十卷，碑、頌、詩、賦百卷，軍書、檄移、章表、箋記三十卷。又撰俗所不列者爲《神仙傳》十卷，又撰高尚不仕者爲《隱逸傳》十卷，又抄五經、三史、百家之言、兵事、方伎、短雜、奇要三百一十卷，別有《目錄》。其《内篇》言神仙、方藥、鬼怪、變化、養生、延年、禳邪、却禍之事，屬道家。其外篇言人間得失，世事臧否，屬儒家。洪見魏文帝《典論·自叙》，末及彈棋擊劍之事，有意於略説所知，而實不足數。少所便能，不可虛自稱揚，今將具言所不閑焉。”又：“余以庸陋，沉抑婆娑，用不合時，行舛於世，發音則響與俗乖，抗足則跡與衆迕，内無金張之援，外乏彈冠之友，循塗雖坦，而足無騏驎，六虛雖曠，而翼非大鵬，上不能鷹揚匡國，下無以顯親垂名，美不寄於良史，聲不附乎鍾鼎。故因著述之餘，而爲自叙之篇，雖無補於窮達，亦賴將來之有述焉。”

按，繫年據劉汝霖《東晉南北朝學術編年》（中華書局 1987 年）、丁宏武

《葛洪年表》（收録于丁宏武《葛洪論稿》，中國社會科學出版社 2013 年）、張豈之主編《中國學術思想編年》。

（葛洪著、金毅校注《抱朴子内外篇校注》，上海古籍出版社 2018 年）

晉建武二年（戊寅　318）前

葛洪《西京雜記》："洪家世有劉子駿《漢書》一百卷，無首尾題目，但以甲乙丙丁紀其卷數。先公傳之。歆欲撰《漢書》，編録漢事，未得締構而亡，故書無宗本，止雜記而已，失前後之次，無事類之辨。後好事者以意次第之，始甲終癸，爲十帙，帙十卷，合爲百卷。洪家具有其書，試以此記考校班固所作，殆是全取劉氏，有小異同耳。並固所不取，不過二萬許言，今鈔出爲二卷，名曰《西京雜記》，以裨《漢書》之闕。爾後洪家遭火，書籍都盡，此兩卷在洪巾箱中，常以自隨，故得猶在。劉歆所記，世人稀有，縱復有者，多不備足。見其首尾參錯，前後倒亂，亦不知何書，罕能全録。恐年代稍久，歆所撰遂没，並洪家此書二卷不知出所，故序之云爾。洪家復有《漢武帝禁中起居注》一卷、《漢武故事》二卷，世人稀有之者。今並五卷爲一帙，庶免淪没焉。"

葛洪《神仙傳》自序："予著内篇，論神仙之事，凡二十卷。弟子滕升問曰：'先生云，仙化可得，不死可學。古之得仙者，豈有其人乎？'予答曰：'秦大夫阮倉所記有數百人，劉向所撰又七十餘人。然神仙幽隱，與世異流，世之所聞者，猶千不得一者也。故甯子入火而陵煙……園客蟬蜕于五華。'予今復抄集古之仙者，見於《仙經服食方》及百家之書，先師所説，耆儒所論，以爲十卷，以傳知真識遠之士。其繫俗之徒，思不經微者，亦不强以示之。則知劉向所述，殊甚簡略，美事不舉。此傳雖深妙奇異，不可盡載，猶存大體，竊謂有愈于劉向多所遺棄也。晉抱朴子葛洪稚川題。"

（劉歆撰，葛洪輯，向新陽、劉克任校注《西京雜記校注》，

上海古籍出版社 1991 年）

晉大興二年（己卯　319）

《三國志・魏書・三少帝紀》：“高貴鄉公髦”裴松之引郭頒《魏晉世語》作注，然案曰：“臣松之檢諸書都無此事，至諸葛誕反，司馬文王始挾太后及帝與俱行耳。故發詔引漢二祖及明帝親征以爲前比，知明帝已後始有此行也。案張璠、虞溥、郭頒皆晉之令史，璠、頒出爲官長，溥，鄱陽内史。璠撰《後漢紀》，雖似未成，辭藻可觀。溥著《江表傳》，亦粗有條貫。惟頒撰《魏晉世語》，蹇乏全無宮商，最爲鄙劣，以時有異事，故頗行於世。干寶、孫盛等多采其言以爲《晉書》，其中虛錯如此者，往往而有之。”

按，繫年據郭頒《魏晉世語》所載事，《魏晉世語》約撰于此年前數年間。

（陳壽撰、裴松之注《三國志》，中華書局 1959 年）

晉永昌元年（壬午　322）

郭璞《注山海經叙》：“世之覽《山海經》者，皆以其閎誕迂誇，多奇怪俶儻之言，莫不疑焉。……夫以宇宙之寥廓，群生之紛紜，陰陽之煦蒸，萬殊之區分，精氣渾淆，自相濆薄，遊魂靈怪，觸象而構，流形於山川，麗狀於木石者，惡可勝言乎？然則總其所以乖，鼓之於一響；成其所以變，混之於一象。世之所謂異，未知其所以異；世之所謂不異，未知其所以不異。何者？物不自異，待我而後異，異果在我，非物異也。故胡人見布而疑黂，越人見罽而駭毳。夫翫所習見而奇所希聞，此人情之常蔽也。今略舉可以明之者：陽火出於冰水，陰鼠生於炎山，而俗之論者，莫之或怪。及談《山海經》所載，而咸怪之：是不怪所可怪，而怪所不可怪也。不怪所可怪，則幾於無怪矣；怪所不可怪，則未始有可怪也。夫能然所不可，不可所不可然，則理無不然矣。案《汲郡竹書》及《穆天子傳》：穆王西征見西王母，執璧帛之好，獻錦組之屬。穆王享王母於瑤池之上，賦詩往來，辭義可觀。遂襲昆侖之丘，遊軒轅之宮，眺鍾山之嶺，玩帝者之寶，勒石王母之山，紀跡玄圃之上。乃取其嘉木艷草奇鳥怪獸玉石珍瑰之器，金膏燭銀之寶，歸而殖養之於中國。穆王駕八駿之乘，右服盜驪，左驂騄耳，造父爲御，犇戎爲右，萬里長鶩，以周歷四荒，名山大川，靡不登濟。東升大人之堂，西燕王母之廬，南轢黿鼉之梁，北躡積羽之衢。窮歡極娛，然後旋歸。案《史記》説穆王得盜驪騄耳驊騮之驥，使造父御之，以西巡狩，見西王母，樂而忘歸，亦與《竹書》同。《左傳》曰：'穆王欲肆其心，使天下皆有車轍馬跡焉。'《竹書》所載，則是其事也。而譙周之徒，足爲通識瑰儒，而雅不平此，驗之《史考》，以著其妄。司馬遷叙《大宛傳》亦云：'自張騫使大夏之後，窮河源，惡睹所謂昆侖者乎？至《禹本紀》《山海經》所有怪物，余不敢言也。'不亦悲乎！若《竹書》不潛出於千載，以作徵於今日者，則山海之言，其幾乎廢矣。若乃東方生曉畢方之名，劉子政辨盜械之尸，王頎訪兩面之客，海民獲長臂之衣：精驗潛效，絕代縣符。於戲！群惑者其可以少寤乎？是故聖皇原化以極變，象物以應怪，鑒無滯賾，曲盡幽情，神焉廋哉！神焉廋哉！蓋此書跨世七代，歷載三千，雖暫顯於漢而尋亦寢廢。其山川名號，所在多有舛謬，與今不同，師訓莫傳，遂將湮泯。道之所存，俗之喪，悲夫！余有懼焉，故爲之創傳，疏其壅閡，闢其茀蕪，領其玄致，標其洞涉。庶幾令逸文不墜於世，奇言不絕於今，夏后之跡，靡刊於將來；八荒之事，有聞於後裔，不亦可乎。夫翳薈之翔，巨以論垂天之凌；蹄涔之遊，無以知絳虬之騰；鈞天之庭，豈伶人之所躡；無航之津，豈蒼兕之所涉：非天下之至通，難與言《山海》之義矣。嗚呼！達觀博物之客，其鑒之哉。"

　　按，繫年據《晉書·郭璞傳》。

　　　　　　　　（袁珂校注《山海經校注》，上海古籍出版社 1980 年）

晉太寧元年（癸未　323）

　　干寶《搜神記請紙表》："臣前聊欲撰記古今怪異非常之事，會聚散逸，使自一貫，博訪知古者，片紙殘行，事事各異。"

　　按，繫年據李劍國《新輯搜神記·新輯搜神後記》"前言"。

（干寶、陶潛撰，李劍國輯校《新輯搜神記·新輯搜神後記》，

中華書局 2007 年）

晉咸和四年（己丑　329）

　　《晉書·隱逸·郭文》："郭文，字文舉，河內軹人也。少愛山水，尚嘉遁。年十三，每游山林，彌旬忘反。父母終，服畢，不娶，辭家遊名山，歷華陰之崖，以觀石室之石函。洛陽陷，乃步擔入吳興餘杭大辟山中窮谷無人之地，倚木於樹，苫覆其上而居焉，亦無壁障。時猛獸爲暴，入屋害人，而文獨宿十餘年，卒無患害。恒著鹿裘葛巾，不飲酒食肉，區種菽麥，採竹葉木實，貿鹽以自供。人或酬下價者，亦即與之。後人識文，不復賤酬。食有餘穀，輒恤窮匱。人有致遺，取其粗者，示不逆而已。有猛獸殺大麈鹿於庵側，文以語人，人取賣之，分錢與文。文曰：'我若須此，自當賣之。所以相語，正以不須故也。'聞者皆嗟歎之。……獵者時往寄宿，文夜爲擔水而無倦色。餘杭令顧颺與葛洪共造之，而攜與俱歸。颺以文山行或須皮衣，贈以韋袴褶一具，文不納，辭歸山中。颺追遣使者置衣室中而去，文亦無言，韋衣乃至爛於戶內，竟不服用。王導聞其名，遣人迎之，文不肯就船車，荷擔徒行。既至，導置之西園，園中果木成林，又有鳥獸麋鹿，因以居文焉。於是朝士咸共觀之，文頹然踑踞，傍若無人。溫嶠嘗問文曰：'人皆有六親相娛，先生棄之何樂？'文曰：'本行學道，不謂遭世亂，欲歸無路，是以來也。'又問曰：'饑而思食，壯而思室。自然之性，先生安獨無情乎？'文曰：'情由憶生，不憶故無情。'又問曰：'先生獨處窮山，若疾病遭命，則爲鳥鳥所食，顧不酷乎？'文曰：'藏埋者亦爲螻蟻所食，復何異乎！'又問曰：'猛獸害人，人之所畏，而先生獨不畏邪？'文曰：'人無害獸之心，則獸亦不害人。'又問

曰：'苟世不寧，身不得安。今將用先生以濟時，若何？'文曰：'山草之人，安能佐世！'導嘗衆客共集，絲竹並奏，試使呼之。文瞠眸不轉，跨躡華堂如行林野。……居導園七年，未嘗出入。一旦忽求還山，導不聽。後逃歸臨安，結廬舍於山中。臨安令萬寵迎置縣中。及蘇峻反，破餘杭，而臨安獨全，人皆異之，以爲知機。自後不復語，但舉手指麾，以宣其意。病甚，求還山，欲枕石安尸，不令人殯葬，寵不聽。不食二十餘日，亦不瘦。寵問曰：'先生復可得幾日？'文三舉手，果以十五日終。寵葬之於所居之處而祭哭之，葛洪、庾闡並爲作傳，贊頌其美云。"

按，繫年據丁宏武《葛洪年表》。

（房玄齡撰《晉書》，中華書局 2015 年）

晉咸康二年（丙申　336）

干寶《搜神記序》："雖考先志於載籍，收遺逸於當時，蓋非一耳一目之所親聞睹也，又安敢謂無失實者哉！衛朔失國，二傳互其所聞；呂望事周，子長存其兩説。若此比類，往往有焉。從此觀之，聞見之難，由來尚矣。夫書赴告之定辭，據國史之方策，猶尚若兹；況仰述千載之前，記殊俗之表，綴片言於殘闕，訪行事於故老，將使事不二迹，言無異塗，然後爲信者，固亦前史之所病。然而國家不廢注記之官，學士不絶誦覽之業，豈不以其所失者小，所存者大乎？今之所集，設有承於前載者，則非余之罪也；若使采訪近世之事，苟有虛錯，願與先賢前儒分其譏謗。及其著述，亦足以明神道之不誣也。群言百家，不可勝覽，耳目所受，不可勝載。今粗取足以演八略之旨，成其微説而已。幸將來好事之士，録其根體，有以游心寓目而無尤焉。"

按，繫年據李劍國《新輯搜神記　新輯搜神後記》"前言"、張豈之主編《中國學術思想編年》。

（干寶、陶潛撰，李劍國輯校《新輯搜神記　新輯搜神後記》，中華書局 2007 年）

晉升平元年（丁巳　357）

《世説新語·文學》："謝車騎在安西艱中（安西，謝奕。已見），林道人往就語，將夕乃退。有人道上見者，問云：'公何處來？'答云：'今日與謝孝劇談一出來。'（玄別傳曰：'玄能清言，善名理。'）"

按，此條記支遁與謝玄劇談。繫年據張可禮《東晉文藝繫年》（山東教育出版社1992年）。

（劉義慶撰、徐震堮校箋《世説新語校箋》，中華書局1984年）

晉隆和元年（壬戌　362）

《世説新語·文學》："裴郎作《語林》，始出，大爲遠近所傳。時流年少，無不傳寫，各有一通。載王東亭作《經王公酒壚下賦》，甚有才情。"劉孝標注云："裴氏家傳曰：'裴榮字榮期，河東人。父稺，豐城令。榮期少有風姿才氣，好論古今人物。撰《語林》數卷，號曰裴子。'檀道鸞謂裴松之，以爲啓作《語林》，榮儻別名啓乎？"

《世説新語·輕詆》："庾道季詫謝公曰：'裴郎云："謝安謂裴郎乃可不惡，何得爲復飲酒？"裴郎又云："謝安目支道林，如九方皋之相馬，略其玄黃，取其雋逸。"'謝公曰：'都無此二語，裴自爲此辭耳！'庾意甚不以爲好，因陳東亭《經酒壚下賦》，讀畢，都不下賞裁，直云：'君乃復作裴氏學！'于此《語林》遂廢。"劉孝標注云："《續晉陽秋》曰：'晉隆和中，河東裴啓撰漢、魏以來迄於今時言語應對之可稱者，謂之《語林》，時人多好其事，文遂流行。'後説太傅事不實，而有人于謝坐叙其黃公酒壚，司徒王珣爲之賦。謝公加以與王不平，乃云：'君遂復作裴郎學！'自是衆咸鄙其事矣。安鄉人有罷中宿縣詣安者，安問其歸資。答曰：'嶺南凋弊，唯有五萬蒲葵扇，又以非時爲滯貨。'安乃取其中者捉之，於是京師士庶競慕而服焉。價增數倍，旬月無賣。夫所好生羽毛，所惡成瘡痏。謝相一言，挫成美於千載，及其所與，崇虚價於百金。上之愛憎與奪，可不慎哉！"

　　按，繫年據張可禮《東晉文藝繫年》，裴啓《語林》約成書于此年或後一年。

　　　　　　　（劉義慶撰、徐震堮校箋《世説新語校箋》，中華書局 1984 年）

晉興寧三年（乙丑　365）

　　《世説新語·文學》："袁伯彦作《名士傳》成，見謝公。公笑曰：'我嘗與諸人道江北事，特作狡獪耳！彦伯遂以著書。'"劉孝標注云："宏以夏侯太初、何平叔、王輔嗣爲正始名士，阮嗣宗、嵇叔夜、山巨源、向子期、劉伯倫、阮仲容、王濬仲爲竹林名士，裴叔則、樂彦輔、王夷甫、庾子嵩、王安期、阮千里、衞叔寶、謝幼輿爲中朝名士。"

　　按，袁宏《名士傳》約成書于本年前後數年間。繫年據張可禮《東晉文藝繫年》。

　　　　　　　（劉義慶撰、徐震堮校箋《世説新語校箋》，中華書局 1984 年）

晉寧康元年（癸酉　373）

　　《出三藏記集》卷七無名氏《〈首楞嚴經〉後記》："咸安三年，歲在癸酉，涼州刺史張天錫在州出此《首楞嚴經》。……涼州自屬辭。辭旨如本，不加文飾。飾近俗，質近道，文質兼唯聖有之耳。"

　　　　　　　（釋僧祐撰，蘇晉仁、蕭鍊子點校《出三藏記集》，中華書局 1995 年）

晉隆安二年（戊戌　398）

　　北魏道武帝《修建佛寺詔》："夫法佛之興，其來遠矣。濟益之功，冥及存没，神蹤遺軌，信可依憑。其敕有司，於京城建飾容範，修整宮舍，令信向之徒，有所居止。"

按，繫年據張岱之主編《中國學術思想編年》。

（魏收撰，唐長孺點校，何德章、凍國棟修訂《魏書·釋老志》，

中華書局 2018 年）

晉隆安三年（己亥　399）

北魏道武帝《天命詔》："世俗謂漢高起於布衣而有天下，此未達其故也。夫劉承堯統，曠世繼德，有蛇龍之徵，致雲彩之應，五緯上聚，天人俱協，明革命之主，大運所鍾，不可以非望求也。然狂狡之徒，所以顛蹶而不已者，誠惑于逐鹿之説，而迷於天命也。故有蹈覆車之軌，蹈釁逆之蹤，毒甚者傾州郡，害微者敗邑里，至乃身死名頹，殃及九族，從亂隨流，死而不悔，豈不痛哉！《春秋》之義，大一統之美，吳楚僭號，久加誅絶，君子賤其僞名，比之塵垢。自非繼聖載德，天人合會，帝王之業，夫豈虛應。歷觀古今，不義而求非望者，徒喪其保家之道，而伏刀鋸之誅。有國有家者，誠能推廢興之有期，審天命之不易，察徵應之潛授，杜競逐之邪言，絶奸雄之僭肆，思多福於止足，則幾于神智矣。如此，則可以保榮禄于天年，流餘慶于後世。夫然，故禍悖無緣而生，兵甲何因而起？凡厥來世，勗哉戒之，可不慎歟！"

按，繫年據《魏書·道武紀》。

（魏收撰，唐長孺點校，何德章、凍國棟修訂《魏書·道武紀》，

中華書局 2018 年）

宋元嘉六年（己巳　429）

裴松之《上三國志注表》："臣前被詔，使采三國異同以注陳壽《國志》。壽書銓叙可觀，事多審正。誠遊覽之苑囿，近世之嘉史。然失在于略，時有所脱漏。臣奉旨尋詳，務在周悉。上搜舊聞，傍摭遺逸。按三國雖歷年不遠，而事關漢、晉。首尾所涉，出入百載。注記紛錯，每多舛互。其壽所不載，

事宜存録者，則罔不畢取以補其闕。或同説一事而辭有乖雜，或出事本異，疑不能判，並皆抄内以備異聞。若乃紕繆顯然，言不附理，則隨違矯正以懲其妄。其時事當否及壽之小失，頗以愚意有所論辯。……竊惟續事以衆色成文，蜜蜂以兼采爲味，故能使絢素有章，甘逾本質。臣寔頑乏，顧慚二物。雖自罄勵，分絶藻績，既謝淮南食時之敏，又微狂簡斐然之作。”

按，繫年據張岂之主編《中國學術思想編年》。

（陳壽撰、裴松之注《三國志》，中華書局 1959 年）

宋元嘉十一年（甲戌　434）

王微《報何偃書》：“卿少陶玄風，淹雅修暢，自是正始中人。吾真庸性人耳，自然志操不倍王、樂。小兒時尤粗笨無好，常從博士讀小小章句，竟無可得，口吃不能劇讀，遂絶意於尋求。至二十左右，方復就觀小説，往來者見床頭有數帙書，便言學問，試就檢，當何有哉。乃復持此擬議人邪。尚獨愧笑揚子之裦贍，猶恥辭賦爲君子，若吾篆刻，菲亦甚矣。卿諸人亦當尤以此見議。或謂言深博，作一段意氣，鄙薄人世，初不敢然。是以每見世人文賦書論，無所是非，不解處即日借問，此其本心也。”

按，繫年據《宋書·王微傳》。

（沈約撰《宋書》，中華書局 2018 年）

宋元嘉二十一年（甲申　444）

北魏太武帝《禁容匿沙門師巫詔》：“愚民無識，信惑妖邪，私養師巫，挾藏讖記、陰陽、圖緯、方伎之書。又沙門之徒，假西戎虛誕，生致妖孽。非所以壹齊政化，布淳德於天下也。自王公已下，至於庶人，有私養沙門、師巫及金銀工巧之人在其家者，皆遣詣官曹，不得容匿。限今年二月十五日，過期不出，師巫、沙門身死，主人門誅。明相宣告，咸使聞知。”

按，繫年據《魏書·太武紀》。

（魏收撰，唐長孺點校，何德章、凍國棟修訂《魏書·太武紀》，
中華書局 2018 年）

宋元嘉二十四年（丙戌　446）

北魏太武帝《滅佛法詔》："昔後漢荒君，信惑邪偽，妄假睡夢，事胡妖鬼，以亂天常，自古九州之中無此也。誇誕大言，不本人情。叔季之世，暗君亂主，莫不眩焉。由是政教不行，禮義大壞，鬼道熾盛，視王者之法蔑如也。自此以來，代經亂禍，天罰亟行，生民死盡，五服之內，鞠爲丘墟，千里蕭條，不見人跡，皆由於此。朕承天緒，屬當窮運之弊，欲除偽定真，復羲農之治。其一切蕩除胡神，滅其蹤跡，庶無謝於風氏矣。自今以後，敢有事胡神及造形像泥人、銅人者，門誅。雖言胡神，問今胡人，共云無有。皆是前世漢人無賴子弟劉元真、呂伯強之徒，接乞胡之誕言，用老莊之虛假，附而益之，皆非真實。至使王法廢而不行，蓋大奸之魁也。有非常之人，然後能行非常之事。非朕孰能去此歷代之偽物，有司宣告征鎮諸軍、刺史，諸有佛圖形像及胡經，盡皆擊破焚燒，沙門無少長悉坑之。"

按，繫年據《魏書·釋老志》。

（魏收撰，唐長孺點校，何德章、凍國棟修訂《魏書·釋老志》，
中華書局 2018 年）

宋元嘉二十九年（壬辰　452）

北魏文成帝《修復佛法詔》："夫爲帝王者，必祇奉明靈，顯彰仁道，其能惠著生民，濟益群品者，雖在古昔，猶序其風烈。是以《春秋》嘉崇明之禮，祭典載功施之族。況釋迦如來功濟大千，惠流塵境，等生死者歎其達觀，覽文義者貴其妙明，明助王政之禁律，益仁智之善性，排斥群邪，開演正覺。

故前代已來，莫不崇尚，亦我國家常所尊事也。世祖太武皇帝開廣邊荒，德澤遐及。沙門道士，善行純誠，惠始之倫，無遠不至，風義相感，往往如林。夫山海之深，怪物多有，姦淫之徒，得容假托，講寺之中，致有凶黨。是以先朝因其瑕釁，戮其有罪。有司失旨，一切禁斷。景穆皇帝每爲慨然，值軍國多事，未遑修復。朕承洪緒，君臨萬邦，思述先志，以隆斯道。今制諸州郡縣，于衆居之所，各聽建佛圖一區，任其財用，不制會限。其好樂道法，欲爲沙門，不問長幼，出於良家，性行素篤，無諸嫌穢，鄉里所明者，聽其出家。率大州五十，小州四十人，其郡遙遠臺者十人。各當局分，皆足以化惡就善，播揚道教也。”

按，繫年據《魏書·釋老志》。

（魏收撰，唐長孺點校，何德章、凍國棟修訂《魏書·釋老志》，
中華書局 2018 年）

宋泰豫元年（壬子　472）

北魏孝文帝《祀孔子廟禁婦女合雜詔》：“尼父稟達聖之姿，體生知之量，窮理盡性，道光四海。頃者淮徐未賓，廟隔非所，致令祠典寢頓，禮章殄滅，遂使女巫妖覡，淫進非禮，殺生鼓舞，倡優媟狎，豈所以尊明神敬聖道者也。自今已後，有祭孔子廟，制用酒脯而已，不聽婦女合雜，以祈非望之福。犯者以違制論。其公家有事，自如常禮。犧牲粢盛，務盡豐潔。臨事致敬，令肅如也。牧司之官，明糾不法，使禁令必行。”

按，繫年據《魏書·孝文紀》。

北魏孝文帝《隱括比丘詔》：“比丘不在寺舍，遊涉村落，交通奸猾，經歷年歲。令民間五五相保，不得容止。無籍之僧，精加隱括，有者送付州鎮，其在畿郡，送付本曹。若爲三寶巡民教化者，在外齎州鎮維那文移，在臺者齎都維那等印牒，然後聽行。違者加罪。”又詔曰：“内外之人，興建福業，

造立圖寺，高敞顯博，亦足以輝隆至教矣。然無知之徒，各相高尚，貧富相競，費竭財産，務存高廣，傷殺昆蟲含生之類。苟能精緻，累土聚沙，福鍾不朽。欲建爲福之因，未知傷生之業。朕爲民父母，慈養是務。自今一切斷之。"

按，繫年據《魏書·釋老志》。

（魏收撰，唐長孺點校，何德章、凍國棟修訂《魏書·釋老志》，
中華書局 2018 年）

齊永明三年（乙丑　485）

北魏孝文帝《焚圖讖詔》："圖讖之興，起于三季。既非經國之典，徒爲妖邪所憑。自今圖讖、秘緯及名爲《孔子閉房記》者，一皆焚之。留者以大辟論。又諸巫覡，假稱神鬼，妄説吉凶，及委巷諸卜，非墳典所載者，嚴加禁斷。"

按，繫年據《魏書·孝文紀》。

（魏收撰，唐長孺點校，何德章、凍國棟修訂《魏書·孝文紀》，
中華書局 2018 年）

齊永明九年（辛未　491）

北魏孝文帝《立崇虚寺詔》："夫至道無形，虚象爲主。自有漢以後，置立壇祠，先朝以其至順可歸，用立寺宇。昔京城之内，居舍尚希。今者里宅櫛比，人神猥湊，非所以祇崇至法，清敬神道。可移于都南桑乾之陰，岳山之陽，永置其所。給户五十，以供齋祀之用，仍名爲崇虚寺。可召諸州隱士，員滿九十人。"

按，繫年據《魏書·釋老志》。

（魏收撰，唐長孺點校，何德章、凍國棟修訂《魏書·釋老志》，
中華書局 2018 年）

齊建武元年（甲戌　494）

《梁書》陶弘景本傳："齊宜都王鏗爲明帝所害，其夜，弘景夢鏗告別，因訪其幽冥中事，多説秘異，因著《夢記》焉。……性好著述，尚奇異，顧惜光景，老而彌篤。"

按，宜都王蕭鏗本年九月被殺。陶弘景《夢記》成書。

（姚思廉撰《梁書》，中華書局 1973 年）

梁天監元年（壬午　502）

劉勰《文心雕龍·諧讔》："諧之言皆也，辭淺會俗，皆悦笑也。昔齊威酣樂，而淳于説甘酒；楚襄宴集，而宋玉賦好色。意在微諷，有足觀者。及優旃之諷漆城，優孟之諫葬馬，並譎辭飾説，抑止昏暴。是以子長編史，列傳滑稽，以其辭雖傾回，意歸義正也。但本體不雅，其流易弊。於是東方、枚皋，餔糟啜醨，無所匡正，而詆嫚媟弄，故其自稱爲賦，乃亦俳也，見視如倡，亦有悔矣。至魏人因俳説以著笑書，薛綜憑宴會而發嘲調，雖抃笑衽席，而無益時用矣。然而懿文之士，未免枉轡；潘岳醜婦之屬，束皙賣餅之類，尤而效之，蓋以百數。魏晉滑稽，盛相驅扇，遂乃應瑒之鼻，方於盜削卵；張華之形，比乎握春杵。曾是莠言，有虧德音，豈非溺者之妄笑，胥靡之狂歌歟？讔者，隱也。遁辭以隱意，譎譬以指事也。昔還社求拯于楚師，喻眢井而稱麥麴；叔儀乞糧于魯人，歌佩玉而呼庚癸；伍舉刺荆王以大鳥，齊客譏薛公以海魚；莊姬托辭于龍尾，臧文謬書于羊裘。隱語之用，被于紀傳。大者興治濟身，其次弼違曉惑。蓋意生於權譎，而事出於機急，與夫諧辭，可相表裏者也。漢世《隱書》，十有八篇，歆、固編文，録之賦末。昔楚莊、齊威，性好隱語。至東方曼倩，尤巧辭述。但謬辭詆戲，無益規補。自魏代以來，頗非俳優，而君子嘲隱，化爲謎語。謎也者，回互其辭，使昏迷也。或體目文字，或圖象品物，纖巧以弄思，淺察以衒辭，義欲婉而正，辭欲隱而顯。荀卿《蠶賦》，已兆其體。至魏文、陳思，約而密之。高貴鄉公，博舉品物，雖有小巧，用乖遠大。夫觀古之爲隱，理周要務，豈爲童稚之戲謔，搏髀而忭笑哉！然文辭之有諧讔，譬九流之有小説，蓋稗官所采，以廣視聽。若效而不已，則髡祖而入室，旃孟之石交乎？"

《史傳》："若夫追述遠代，代遠多僞，公羊高云傳聞異辭；荀況稱録遠略近；蓋文疑則闕，貴信史也。然俗皆愛奇，莫顧實理。傳聞而欲偉其事，録遠而欲詳其跡，於是棄同即異，穿鑿傍説，舊史所無，我書則傳，此訛濫之本源，而述遠之巨蠹也。至於記編同時，時同多詭，雖定哀微辭，而世情利害。勳榮之家，雖庸夫而盡飾；迍敗之士，雖令德而常嗤，理欲吹霜煦露，寒暑筆端，此又同時之枉可爲歎息者也！故述遠則誣矯如彼，記近則回邪如此，析理居正，唯素臣乎！若乃尊賢隱諱，固尼父之聖旨，蓋纖瑕不能玷瑾瑜也，奸慝懲戒，實良史之直筆，農夫見莠，其必鋤也；若斯之科，亦萬代一準焉。至於尋繁領雜之術，務信棄奇之要，明白頭訖之序，品酌事例之條，曉其大綱，則衆理可貫。"

《諸子》："青史曲綴以街談"，又言："研夫孟荀所述，理懿而辭雅；管晏屬篇，事核而言練；列禦寇之書，氣偉而采奇；鄒子之説，心奢而辭壯；墨翟隨巢，意顯而語質；尸佼尉繚，術通而文鈍；鶡冠綿綿，亟發深言；鬼谷眇眇，每環奧義。情辨以澤，文子擅其能；辭約而精，尹文得其要。慎到析密理之巧，韓非著博喻之富；吕氏鑒遠而體周，淮南泛采而文麗。斯則得百氏之華采，而辭氣之大略也。若夫陸賈《典語》，賈誼《新書》，揚雄《法言》，劉向《説苑》，王符《潛夫》，崔寔《政論》，仲長《昌言》，杜夷《幽求》，或叙經典，或明政術，雖標論名，歸乎諸子。何者？博明萬事爲子，適辨一理爲論。彼皆蔓延雜説，故入諸子之流。"

按，劉勰《文心雕龍》約完稿于本年或略前數年間。繫年據張豈之主編《中國學術思想編年》、劉躍進《中古文學文獻學》（江蘇古籍出版社 1997 年）

下編第三章第三節"《文心雕龍》的成書年代"有關論斷。

　　　　　　　（劉勰撰、范文瀾注《文心雕龍注》，人民文學出版社 1958 年）

梁普通四年（癸卯　523）

　　阮孝緒《七録》自序："孝緒少愛墳籍，長而弗倦；卧病閒居，傍無塵雜。晨光才啓，湘囊已散；霄漏既分，緑帙方掩。猶不能窮究流略，探盡秘奥。每披録内省多有缺，然其遺文隱記，頗好搜集。凡自宋、齊已來，王公縉紳之館，苟能蓄聚墳典，必思致其名簿。凡在所遇，若見若聞，校之官目，多所遺漏，遂總集衆家，更爲新録。其方内經史至於術技，合爲五録，謂之内篇；方外佛道各爲一録，謂之外篇。凡爲録有七，故名《七録》。"

　　按，繫年據張豈之主編《中國學術思想編年》。

　　　　　　　　　　（任莉莉撰《七録輯證》，上海古籍出版社 2011 年）

梁承聖二年（癸酉　553）

　　蕭繹《金樓子·志怪篇》："夫耳目之外，無有怪者。余以爲不然也。……水至寒而有温泉之熱，火至熱而有蕭丘之寒。重者應沉而有浮石之山，輕者當浮而有沉羽之水。淳于能剖臚以理腦，元化能刳腹以浣胃，養由拂蜻蛉之左翅，燕丹使衆鷄之夜鳴，皆其例矣。……故作志怪篇。"

　　按，繫年據吴光興《蕭綱蕭繹年譜》（社會科學文獻出版社 2006 年）。

　　　　　　　　（蕭繹撰、許逸民校箋《金樓子校箋》，中華書局 2011 年）

梁承聖四年、天成元年、紹泰元年（乙亥　555）

　　蕭綺爲王嘉《拾遺記》作序："《拾遺記》者，晉隴西安陽人王嘉字子年所撰，凡十九卷，二百二十篇……文起羲、炎已來，事訖西晉之末，五運因循，十有四代。王子年乃搜撰異同，而殊怪必舉，紀事存樸，愛廣尚奇，憲章稽古之文，綺綜編雜之部，《山海經》所不載，夏鼎未之或存，乃集而記矣。辭趣過誕，意旨迂闊，推理陳跡，恨爲繁冗；多涉禎祥之書，博采神仙之事，妙萬物而爲言，蓋絕世而弘博矣。世德凌夷，文頗缺略。綺更删其繁索，紀其實美，搜刊幽秘，捃采殘落，言匪浮詭，事弗空誣，推詳往跡，則影徹經史，考驗真怪，則叶符圖籍。若其道業遠者，則辭省樸素；世德近者，則文存靡麗；編言貫物，使宛然成章。數運則與世推移，風政則因時回改。至如金繩鳥篆之文，玉牒蟲章之字，末代流傳，多乖曩跡，雖探研鐫寫，抑多疑誤。及言乎政化，訛乎禎祥，隨代而次之。土地山川之域，或以名例相疑；草木鳥獸之類，亦以聲狀相惑。隨所載而區別，各因方而釋之。或變通而會其道，寧可采於一說。今搜檢殘遺，合爲一部，凡一十卷，序而錄焉。”

　　按，繫年據李劍國《唐前志怪小說史》、《唐前志怪小說輯釋》（上海古籍出版社 2011 年）等。

　　　　　　（王嘉撰、蕭綺錄、齊治平校注《拾遺記校注》，中華書局 1981 年）

唐五代十國

唐初

《隋書·經籍志》：“小説者，街説巷語之説也。《傳》載輿人之誦，《詩》美詢于芻蕘。古者聖人在上，史爲書，瞽爲詩，工誦箴諫，大夫規誨，士傳言而庶人謗。孟春，徇木鐸以求歌謠，巡省觀人詩，以知風俗。過則正之，失則改之，道聽塗説，靡不畢紀。《周官》：誦訓‘掌道方志以詔觀事，道方慝以詔辟忌，以知地俗’；而訓方氏‘掌道四方之政事，與其上下之志，誦四方之傳道而觀衣物’，是也。孔子曰：‘雖小道，必有可觀者焉，致遠恐泥。’”又：“《易》曰：‘天下同歸而殊塗，一致而百慮。’儒、道、小説，聖人之教也，而有所偏。兵及醫方，聖人之政也，所施各異。世之治也，列在衆職，下至衰亂，官失其守。或以其業遊説諸侯，各崇所習，分鑣並騖。若使總而不遺，折之中道，亦可以興化致治者矣。《漢書》有《諸子》《兵書》《數術》《方伎》之略，今合而叙之，爲十四種，謂之子部。”

按，此時長孫無忌上表奏陳《隋書》告竣。繫年據《舊唐書·太宗本紀》。

（魏徵等撰《隋書》，中華書局 1973 年）

顯慶三年（戊午　658）

李善《進文選表》：“殺青甫就，輕用上聞。享帚自珍，緘石知謬。敢有塵於廣内，庶無遺於小説。”

末署“顯慶三年九月日”。

（董誥等編《全唐文》，中華書局 1983 年）

顯慶四年（己未　659）

唐臨《冥報記》自序：“昔晉高士謝敷、宋尚書令傅亮、太子中書舍人張演、齊司徒從事中郎陸杲，或一時令望，或當代名家，並錄《觀世音應驗記》，及齊竟陵王蕭子良作《宣驗記》，王琰作《冥祥記》，皆所以徵明善惡，勸戒將來，實使聞者深心感悟。臨既慕其風旨，亦思以勸人，則錄所聞，集爲此記。仍具陳所受及聞見由緣，言不飾文，事專楊確，庶人見者，留意焉。”

　　按，繫年據傅璇琮《唐五代文學編年史》（遼海出版社 1998 年）。另，岑仲勉《唐唐臨〈冥報記〉之復原》（載《岑仲勉史學論文集》）認爲唐臨《冥報記》成書于 653 年，存議。

　　　　　　　　　　（唐臨撰、方詩銘輯校《冥報記》，中華書局 1992 年）

永隆二年（辛巳　681）

　　陳子昂《上薛令文章啓》：“某聞鴻鐘在聽，不足論擊缶之音；太牢斯烹，安可薦藜羹之味？然則文章薄伎，固棄於高賢；刀筆小能，不容於先達：豈非大人君子以爲道德之薄哉？某實鄙能，未窺作者，斐然狂簡，雖有勞人之歌；悵爾詠懷，曾無阮藉之思。徒恨跡荒淫麗，名陷俳優，長爲童子之群，無望壯夫之列。……文章小能，何足觀者？不任感荷之至。”

　　按，繫年據傅璇琮《唐五代文學編年史》。

　　　　　　　　　　（陳子昂撰、徐鵬校點《陳子昂集》，上海古籍出版社 2013 年）

景龍四年（庚戌　710）

　　劉知幾《史通·表曆》：“若諸子小説，編年雜記，如韋昭《洞紀》、陶弘景《帝王年曆》，皆因表而作，用成其書。既非國史之流，故存而不述。”

　　《採撰》：子曰：“吾猶及史之闕文。”是知史文有闕，其來尚矣。自非博雅君子，何以補其遺逸者哉？蓋珍裘以衆腋成温，廣廈以群材合構。自古探穴藏山之士，懷鉛握槧之客，何嘗不徵求異説，采摭群言，然後能成一家，

傳諸不朽。……馬遷《史記》，采《世本》《國語》《戰國策》《楚漢春秋》。至
班固《漢書》，則全同太史。自太初已後，又雜引劉氏《新序》《說苑》《七
略》之辭。此並當代雅言，事無邪僻，故能取信一時，擅名千載。……至范
曄增損東漢一代，自謂無慚良直。而王喬鳧履，出於《風俗通》；左慈羊鳴，
傳于《抱朴子》。朱紫不別，穢莫大焉。沈氏著書，好誣先代，于晉則故造奇
說，在宋則多出謗言，前史所載，已譏其謬矣。……晉世雜書，諒非一族，
若《語林》《世說》《幽明錄》《搜神記》之徒，其所載或詼諧小辯，或神鬼怪
物。其事非聖，揚雄所不觀；其言亂神，宣尼所不語。皇朝新撰《晉史》，多
采以爲書。夫以幹鄧之所糞除，王虞之所糠粃，持爲逸史，用補前傳，此何
異魏朝之撰《皇覽》，梁世之修《遍略》，務多爲美，聚博爲功，雖取說於小
人，終見嗤于君子矣。……又訛言難信，傳聞多失。至如曾參殺人，不疑盜
嫂，翟義不死，諸葛猶存：此皆得之于行路，傳之於衆口，倘無明白，其誰
曰然。……夫同說一事，而分爲兩家，蓋言之者彼此有殊，故書之者是非無
定……故作者惡道聽塗說之違理，街談巷議之損實。觀夫子長之撰《史記》
也，殷、周已往，采彼家人；安國之述《陽秋》也，梁、益舊事，訪諸故老。
夫以芻蕘鄙說，刊爲竹帛正言，而輒欲與《五經》方駕，《三志》競爽，斯亦
難矣。

《補注》："孝標善於攻繆，博而且精，固以察及泉魚，辨窮河豕。嗟乎！
以峻之才識，足堪遠大。而不能探頤彪、嶠，網羅班馬，方復留情於委巷小
說，銳思於流俗短書。可謂勞而無功，費而無當者也。自兹已降，其失逾甚。
若蕭、楊之瑣雜，王、宋之鄙碎，言殊揀金，事比鷄肋，異體同病，焉可勝
言。大抵撰史加注者，或因人成事，或自我作故。記錄無限，規檢不存，難以
成一家之格言，千載之楷則。凡諸作者，可不詳之。"

《叙事》："至如諸子短書，雜家小說，論逆臣則呼爲問鼎，稱巨寇則目以
長鯨。"

《雜述》："在昔三墳、五典、春秋、檮杌，即上代帝王之書，中古諸侯之記，行諸歷代，以爲格言。其餘外傳，則神農嘗藥，厥有《本草》；夏禹敷土，實著《山經》；《世本》辨姓，著自周室；《家語》載言，傳諸孔氏。是知偏記、小説，自成一家。而能與正史參行，其所由來尚矣。爰及近古，斯道漸煩。史氏流別，殊途並騖。權而爲論，其流有十焉：一曰偏紀，二曰小録，三曰逸事，四曰瑣言，五曰郡書，六曰家史，七曰別傳，八曰雜記，九曰地理書，十曰都邑簿。……國史之任，記事記言，視聽不該，必有遺逸。於是好奇之士，補其所亡。若和嶠《汲冢紀年》、葛洪《西京雜記》、顧協《瑣語》、謝綽《拾遺》。此之謂逸事者也。街談巷議，時有可觀，小説卮言，猶賢於已。故好事君子，無所棄諸。……陰陽爲炭，造化爲工，流形賦象，於何不育。求其怪物，有廣異聞。若祖台《志怪》、干寶《搜神》、劉義慶《幽明》、劉敬叔《異苑》。此之謂雜記者也。……大抵偏紀小録之書，皆記即日當時之事，求諸國史，最爲實録。然皆言多鄙樸，事罕圓備，終不能成其不刊，永播來葉，徒爲後生作者削稿之資焉。逸事者，皆前史所遺，後人所記，求諸異説，爲益實多。及妄者爲之，則苟載傳聞，而無銓擇。由是真僞不別，是非相亂。如郭子橫之《洞冥》，王子年之《拾遺》，全構虛詞，用驚愚俗。此其爲弊之甚者也。瑣言者，多載當時辨對，流俗嘲謔。俾夫樞機者藉爲舌端，談話者將爲口實。及蔽者爲之，則有詆訐相戲，施諸祖宗，褻狎鄙言，出自床笫，莫不昇之紀録，用爲雅言，固以無益風規，有傷名教者矣。郡書者，矜其鄉賢，美其邦族；施于本國，頗得流行；置於他方，罕聞愛異。其有如常璩之詳審，劉昞之該博，而能傳諸不朽，見美來裔者，蓋無幾焉。"

《暗惑》："夫芻蕘鄙説，閭巷讕言，凡如此書，通無擊難。而裴引《語林》斯事，編入《魏史注》中，持彼虛詞，亂兹實録。"

按，劉知幾《史通序録》載："予既在史館，而成此書，故便以《史通》

爲目。且漢求司馬遷，後封爲史通子，是知史之稱通，其來自久。博采衆議，爰定兹名。凡爲二十卷，列之如左，合若干言。于時歲次庚戌景龍四年仲春之月也。”可知本書完成于此年。劉知幾（661—721），字子玄。彭城（今江蘇徐州）人。永隆元年（680）舉進士，曾官獲嘉縣主簿、宣王府倉曹、秘書少監、著作郎、太子中書舍人、修文館學士等職。

（劉知幾撰、浦起龍釋《史通通釋》，上海古籍出版社 1978 年）

開元七年（己未　719）

李邕《兗州曲阜縣孔子廟碑（并序）》：“故夫子之道，消息乎兩儀；夫子之德，經營乎三代。豈徒小説，蓋有異聞。”

按，繫年據傅璇琮《唐五代文學編年史》。

（董誥等編《全唐文》，中華書局 1983 年）

天寶三年（甲申　744）

劉餗《隋唐嘉話》自序：“述曰：余自髫丱之年，便多聞往説，不足備之大典，故繫之小説之末。昔漢文不敢更先帝約束而天下理康，若高宗拒乳母之言，近之矣。曹参擇吏必於長者，懼其文害。觀焉馬周上事，與曹参異乎？許高陽謂死命爲不能，非言所也。釋教推報應之理，余嘗存而不論。若解奉先之事，何其明著。友人天水趙良玉睹而告余，故書以記異。”

按，繫年據張豈之主編《中國學術思想編年》。

（劉餗撰、程毅中點校《隋唐嘉話　朝野僉載》，中華書局 1979 年）

永泰二年、大曆元年（丙午　766）

郭湜《高力士外傳》：“每日上皇與高公親看掃除庭院、芟薙草木。或講經論議，轉變説話，雖不近文律，終冀悦聖情。”

按，繫年據傅璇琮《唐五代文學編年史》。

（王仁裕等撰、丁如明輯校《開元天寶遺事十種》，上海古籍出版社 1985 年）

大曆十四年（己未　779）

陳玄祐《離魂記》：“玄祐少常聞此説，而多異同，或謂其虛。大曆末，遇萊蕪縣令張仲規，因備述其本末，鎰則仲規堂叔，而説極備悉，故記之。”

按，繫年據傅璇琮《唐五代文學編年史》。

（李昉等編《太平廣記》，中華書局 1961 年）

建中二年（辛酉　781）

沈既濟《任氏傳》：“嗟乎，異物之情也，有人道焉！遇暴不失節，狥人以至死，雖今婦人有不如者矣。惜鄭生非精人，徒悦其色而不徵其情性。向使淵識之士，必能揉變化之理，察神人之際，著文章之美，傳要妙之情，不止於賞玩風態而已。惜哉！建中二年，既濟自左拾遺與金吾將軍裴冀、京兆少尹孫成、戶部郎中崔需、右拾遺陸淳，皆謫居東南，自秦徂吳，水陸同道。時前拾遺朱放因旅遊而隨焉。浮潁涉淮，方舟沄流，晝宴夜話，各徵其異説。衆君子聞任氏之事，共深歎駭，因請既濟傳之，以志異云。”

按，繫年據傅璇琮《唐五代文學編年史》。

（李昉等編《太平廣記》，中華書局 1961 年）

貞元元年（乙丑　785）

符載《黃仙師瞿童記》：“載弱歲慕道，數獲踐履其域，話精微之際，得與聞此，太息良久，自感悟曰：神遠人乎哉？道遠人乎哉？夫瞿氏之子，受天之氣，生人之世，百骸六髒，非有乎卓然異色也。以一誠之志，唯巖洞是慕，彼秦人之宅，尚得而往，况仙師遁迹空山，垂二十年。根之以渾元，守之以太和，遺肢體，冥耳目，息歸於踵，神舍於素，窈窈冥冥，中含至精。方將入天地之門，游化初之原，磅礴萬物，不見其朕，豈鸞鶴之馭而滿其道歟？門人先往，而師資尚淹留塵世，天其意者以時人溺於膻腥！汩亂正氣，多剳瘵夭昏之患。使布陰德，大拯生命，符三千之數耶！弟子風波之民，不能自拔泥淖，繼芳金籍，徒以區區文字紀其糟粕，不亦悲夫！然庶示於好事者，共爲起予之地耳。貞元元年八月二十日，符載記。"

（黃仁生、羅建倫校點《唐宋人寓湘詩文集》，岳麓書社 2013 年）

貞元七年（辛未　791）

顧況《戴氏廣異記序》："予欲觀天人之際，察變化之兆，吉凶之源，聖有不知，神有不測，其有干元氣，汩五行。聖人所以示怪、力、亂、神，禮樂行政，著明聖道以糾之。故許氏之説天文垂象，蓋以示人也。古文'示'字如今文'不'字，儒者不本其意，云'子不語'，此大破格言，非觀象設教之本也。大鈞播氣，不滯一方。檮杌爲黃熊，彭生爲大豕；萇宏爲碧，舒女爲泉；牛哀爲虎，黃母爲黿；君子爲猿鶴，小人爲蟲沙；武都女子化爲男，成都男子化爲女；周娥殉墓，十載却活；嬴諜暴市，六日而蘇；蜀帝之魂曰杜鵑，炎帝之女曰精衛。洪荒窈窕，莫可紀極。古者青鳥之相冢墓，白澤之窮神奸；舜之命夔以和神，湯之問革以語怪。音聞魯壁，形鏤夏鼎；玉諜石記，五圖九篇，説者紛然。故漢文帝召賈誼問鬼神之事，夜半前席。志怪之士，劉子政之《列仙》，葛稚川之《神仙》，王子年之《拾遺》，東方朔之《神異》，張茂先之《博物》，郭子潢之《洞冥》，顏黃門之《稽聖》，侯君素之《旌異》；其中神奧，陶君之《真誥》，周氏之《冥通》，而《異苑》《搜神》，《山海》之經，《幽冥》之録；襄陽之《耆舊》，楚國之《先賢》，《風俗》所通，《歲時》所記，吳興陽羨，南越西京，注引古今，辭標淮海。裴松之、盛宏之、陸道瞻等，諸家之説，蔓延無窮。國朝燕公《梁四公傳》，唐臨《冥報記》，王度《古鏡記》，孔慎言《神怪志》，趙自勤《定命錄》，至如李庚成、張孝舉之徒，互相傳說。譙郡戴君孚幽賾最深，安道之允，若思之後。邈爲晉僕射，遂爲吳隱士。世濟文雅，不隕其名。至德初，天下肇亂，況始與同登一科。君自校書終饒州錄事參軍，時年五十七。有文集二十卷，此書二十卷，用紙一千幅，蓋十餘萬言。雖景命不融，而鏗鏘之韻，固可以輔於神明矣。二子鉞、雍，陳其先志，泣諸父友。況得而叙之。”

　　按，繫年據傅璇琮《唐五代文學編年史》。

（董誥等編《全唐文》，中華書局 1983 年）

貞元十一年（乙亥　795）

　　白行簡《李娃傳》：“汧國夫人李娃，長安之倡女也。節行瑰奇，有足稱者。故監察御史白行簡爲傳述。……嗟乎，倡蕩之姬，節行如是，雖古先烈女，不能逾也。焉得不爲之歎息哉！予伯祖嘗牧晉州，轉戶部，爲水陸運使，三任皆與生爲代，故諳詳其事。貞元中，予與隴西公佐，話婦人操烈之品格，因遂述汧國之事。公佐拊掌竦聽，命予爲傳。乃握管濡翰，疏而存之。時乙亥歲秋八月，太原白行簡云。”

　　按，繫年據傅璇琮《唐五代文學編年史》。李劍國等學者對此著述繫年有異議，詳參《唐五代志怪傳奇叙錄》（南開大學出版社 1993 年）。

（李昉等編《太平廣記》，中華書局 1961 年）

　　張籍《上韓昌黎書》：“古之胥教誨舉動言語，無非相示以義，非苟相諛悦而已。……昔者聖人以天下生生之道曠，乃物其金木水火土穀藥之用以厚之；因人資善，乃明乎仁義之德以教之，俾人有常，故治生相存而不殊。今天下資於生者，咸備聖人之器用；至於人情，則溺乎異學，而不由乎聖人之道，使君臣父子夫婦朋友之義沉於世，而邦家繼亂，固仁人之所痛也。自揚子雲作《法言》，至今近千載，莫有言聖人之道者，言之者惟執事焉耳。習俗者聞之，多怪而不信，徒推爲訾，終無裨於教也。執事聰明文章，與孟子、揚雄相若，盍爲一書以興存聖人之道，使時之人、後之人，知其去絕異學之所爲乎？曷可俯仰於俗，囂囂爲多言之徒哉？然欲舉聖人之道者，其身亦宜由之也。比見執事多尚駁雜無實之說，使人陳之於前以爲歡，此有以累於令德。又商論之際，或不容人之短，如任私尚勝者，亦有所累也。先王存六藝，自有常矣，有德者不爲，猶以爲損，況爲博塞之戲，與人競財乎？君子固不爲也。今執事爲之，以廢棄時日，竊實不識其然。且執事言論文章，不謬于古人，今所爲或有不出於世之守常者，竊未爲得也。願執事絕博塞之好，棄無實之談，宏廣以接天下士，嗣孟子、揚雄之作，辨楊、墨、老、釋之說，使聖人之道，復見於唐，豈不尚哉！籍誠知之，以材識頑鈍，不敢竊居作者之位，所以諗于執事而爲之爾。若執事守章句之學，因循于時，置不朽之盛事，與夫不知言，亦無以異矣。"

（董誥等編《全唐文》，中華書局 1983 年）

韓愈《答張籍書》："夫所謂著書者，義止於辭耳。宣之於口，書之於簡，何擇焉？孟軻之書，非軻自著，軻既歿，其徒萬章、公孫丑相與記軻所言焉耳。僕自得聖人之道而誦之，排前二家有年矣。不知者以僕爲好辯也，然從而化者亦有矣，聞而疑者又有倍焉。頑然不入者，親以言論之不入，則其觀吾書也，固將無所得矣。爲此而止，吾豈有愛於力乎哉？然有一說：化當世莫若口，傳來世莫若書。又懼吾力之未至也，至之不能也。三十而立，四十而不惑，吾於聖人，既過之猶懼不及，矧今未至，固有所未至耳。請待五六十然後爲之，冀其少過也。吾子又譏吾與人人爲無實駁雜之說，此吾所以爲戲耳，比之酒色，不有間乎？吾子譏之，似同浴而譏裸裎也。若商論不能下氣，或似有之，當更思而悔之耳。博塞之譏，敢不承教！其他俟相見。薄晚須到公府，言不能盡。”

（韓愈著，劉真倫、岳珍校注《韓愈文集彙校箋注》中華書局 2010 年）

張籍《上韓昌黎第二書》：“君子發言舉足，不遠於理，未嘗聞以駁雜無實之説爲戲也，執事每見其説，亦拊抃呼笑，是撓氣害性，不得其正矣。苟正之不得，曷所不至焉？或以爲中不失正，將以苟悦於衆，是戲人也，是玩人也，非示人以義之道也。”

（董誥等編《全唐文》，中華書局 1983 年）

韓愈《重答張籍書》：“然觀古人，得其時，行其道，則無所爲書。書者，皆所爲不行乎今而行乎後世者也。今吾之得吾志、失吾志未可知，俟五六十爲之未失也。天不欲使兹人有知乎，則吾之命不可期；如使兹人有知乎，非我其誰哉？其行道，其爲書，其化今，其傳後，必有在矣。吾子其何遽戚戚於吾所爲哉！前書謂我與人商論不能下氣，若好勝者然。雖誠有之，抑非好己勝也，好己之道勝也；非好己之道勝也，己之道乃夫子、孟軻、揚雄所傳之道也。若不勝，則無所爲道。吾豈敢避是名哉！夫子之言曰：‘吾與回言終日，不違如愚。’則其與衆人辯也有矣。駁雜之譏，前書盡之，吾子其復之。昔者夫子猶有所戲，《詩》不云乎：‘善戲謔兮，不爲虐兮。’《記》曰：‘張而不弛，文武不能也。’惡害於道哉？吾子其未之思乎！孟君將有所適，思與吾子別，庶幾一來。”

（韓愈著，劉真倫、岳珍校注《韓愈文集彙校箋注》，中華書局 2010 年）

按，以上四則史料繫年據馬其昶校注、馬茂元整理《韓昌黎文集校注》（上海古籍出版社 1986 年），且參考陳文新《中國文學編年史》（湖南人民出版社 2006 年）。又陳克明《韓愈年譜及詩文繫年》（巴蜀書社 1999 年）認爲張籍與韓愈書信往來于元和十二年。

貞元十三年（丁丑　797）

李翱《楊烈婦傳》："凡人之情，皆謂後來者不及于古之人。賢者自古亦稀，獨後代耶？及其有之，與古人不殊也。若高愍女、楊烈婦者，雖古烈女，其何加焉。予懼其行事湮滅而不傳，故皆叙之，將告于史官。"

按，繫年據傅璇琮《唐五代文學編年史》。

（李翱撰《李文公集》，上海古籍出版社 1993 年）

《太平廣記》卷四六七引《戎幕閑談》："唐貞元丁丑歲，隴西李公佐泛瀟湘、蒼梧，偶遇征南從事弘農楊衡，泊舟古岸，淹留佛寺。江空月浮，徵異話奇。"

按，此條言楊衡爲公佐講水中異獸事。

（李昉等編《太平廣記》，中華書局 1961 年）

貞元十八年（壬午　802）

李公佐《南柯太守傳》："公佐貞元十八年秋八月，自吳之洛，暫泊淮浦，偶覯淳于生棼，詢訪遺跡，翻覆再三，事皆摭實，輒編録成傳，以資好事。雖稽神語怪，事涉非經，而竊位著生，冀將爲戒。後之君子，幸以南柯爲偶然，無以名位驕於天壤間云。"

（李昉等編《太平廣記》，中華書局 1961 年）

貞元二十年（甲申　804）

元稹《鶯鶯傳》："稹特與張厚，因徵其詞。張曰：'大凡天之所命尤物也，不妖其身，必妖於人。使崔氏子遇合富貴，乘寵嬌，不爲雲，不爲雨，爲蛟爲螭，吾不知其所變化矣。昔殷之辛，周之幽，據百萬之國，其勢甚厚。然而一女子敗之，潰其衆，屠其身，至今爲天下僇笑。予之德不足以勝妖孽，是用忍情。'於時坐者皆爲深歎。……時人多許張爲善補過者。予常於朋會之中，往往及此意者，夫使知者不爲，爲之者不惑。貞元歲九月，執事李公垂，宿於於靖安里第，語及於是。公垂卓然稱異，遂爲《鶯鶯歌》以傳之。崔氏小名鶯鶯，公垂以命篇。"

按，繫年據卞孝萱《元稹年譜》（齊魯書社 1980 年）。

（李昉等編《太平廣記》，中華書局 1961 年）

元和元年（丙戌　806）

白居易《策林·黜子書》："臣聞：仲尼沒而微言絕，七十子喪而大義乖，大義乖則小説興，微言絕則異端起，於是乎歧分派別，而百氏之書作焉。然則六家之異同，馬遷論之備矣，九流之得失，班固敘之詳矣，是非取捨，較然可知。今陛下將欲抑諸子之殊途，遵聖人之要道，則莫若弘四術之正義，崇九經之格言。故正義著明，則六家之異見，不除而自退矣；格言具舉，則九流之偏説，不禁而自隱矣。夫如是，則六家九流，尚爲之隱退，況百氏之殊文詭制，得不藏匿而銷蕩乎？斯所謂排小説而扶大義，斥異端而闡微言，辨惑嚮方，化人成俗之要也。"

按，繫年據傅璇琮《唐五代文學編年史》。另，《白居易集》卷六二《策林序》："元和初，予罷校書郎，與元微之將應制舉，退居於上都華陽觀，閉戶累月，揣摩當代時事，構成策目七十五門。"

（白居易著、朱金城箋校《白居易集箋校》，上海古籍出版社 2020 年）

元稹《元氏長慶集·酬翰林白學士代書一百韻》詩"光陰聽話移"句自注云："又嘗於新昌宅，説《一枝花》話，自寅至巳，猶未畢詞也。"

按，繫年據傅璇琮《唐五代文學編年史》。

（元稹撰《元氏長慶集》，上海古籍出版社 1994 年）

陳鴻《長恨傳》：“元和元年冬十二月，太原白樂天自校書郎尉於盩厔，鴻與琅琊王質夫家於是邑，暇日相攜游仙遊寺，話及此事，相與感歎。質夫舉酒於樂天前曰：‘夫希代之事，非遇出世之才潤色之，則與時消沒，不聞於世。樂天，深於詩，多於情者也。試爲歌之，如何？’樂天因爲《長恨歌》。意者不但感其事，亦欲懲尤物，窒亂階，垂於將來者也。歌既成，使鴻傳焉。世所不聞者，予非開元遺民，不得知；世所知者，有《玄宗本紀》在。今但傳《長恨歌》云爾。”

（張友鶴選注《唐宋傳奇選》，人民文學出版社 1964 年）

元和二年（丁亥　807）

劉肅《大唐新語》自序：“自庖犧畫卦，文字聿興，立記注之司，以存警誠之法。《傳》稱左史記言，《尚書》是也；右史記事，《春秋》是也。洎唐虞氏作，木火遞興，雖戢干戈，質文或異。而九丘、八索，祖述莫殊。宣父删落其繁蕪，丘明掇拾其疑闕，馬遷創變古體，班氏遂業前書。編集既多，省覽爲殆。則擬虞卿、陸賈之作，袁宏、荀氏之録，雖爲小學，抑亦可觀。爾來記注，不乏於代矣。聖唐御寓，載幾二百，聲明文物，至化玄風，卓爾於百王，輝映於前古。肅不揆庸淺，輒爲纂述，備書微婉，恐貽琳屋之尤；全採風謠，懼招流俗之説。今起自國初，迄於大曆，事關政教，言涉文詞。道可師模，志將存古，勒成十三卷，題曰《大唐世説新語》。聊以宣之開卷，豈敢傳諸奇人。時元和丁亥歲有事於圜丘之月序。”

總論：“史册之興，其來久矣。蒼頡代結繩之政，伯陽主藏室之書。晉之董狐，楚之猗相，皆簡牘椎輪也。仲尼因魯史成文，著爲《春秋》。尊君卑臣，去邪歸正。用夷禮者無貴賤，名不達於王者無賢愚，不由君命者無大小。邪行正棄其人，人正國邪棄其國。此《春秋》大旨也。故志曰：仲尼成《春秋》而亂臣賊子懼。又曰：撥亂世反諸正，莫近於《春秋》。《春秋》憑義以制法，垂文以行教，非徒皆以日繫月編年叙事而已。後之作者無力，病諸司馬遷意在博文，綜核疏略，後六經而先黄老，賤處士而寵奸雄；班固序廢興則褒時而蔑祖德，述政教則左理本而右典刑。此遷、固之所蔽也。然遷辭直而事備，固文贍而事詳。若用其所長，蓋其所短，則升堂而入室矣。范曄紲公才而採私論，舍典實而飾浮言。陳壽意不迨文，容身遠害，既乖直筆，空紊舊章。自兹已降，漸已陵替也。國家革隋之弊，文筆聿修。貞觀、開元述作爲盛，蓋光於前代矣。自微言既絶，異端斯起，莊、列以仁義爲芻狗，申、韓以禮樂爲癰疣，徒有著述之名，無裨政教之闕。聖人遺訓幾乎息矣。昔荀爽紀漢事可爲鑒戒者，以爲漢語。今之所記，庶嗣前修。不尚奇正之謀，重文德也；不褒縱横之書，賊狙詐也。刊浮靡之詞，歸正也；損術數之略，抑末也。理國者以人爲本，當厚生以順天；立身者以學爲先，必因文而輔教。纖微之善，罔不備書；百代之後，知斯言之可復也。"

（劉肅撰，許德楠、李鼎霞點校《大唐新語》，中華書局 1984 年）

韓愈《張中丞傳後叙》："元和二年四月十三日夜，愈與吴郡張籍閲家中舊書，得李翰所爲《張巡傳》。翰以文章自名，爲此傳頗詳密。然尚恨有闕者：不爲許遠立傳，又不載雷萬春事首尾。"

（韓愈著、馬其昶校注《韓昌黎文集校注》，上海古籍出版社 2014 年）

元和五年（庚寅　810）

柳宗元《讀韓愈所著〈毛穎傳〉後題》："自吾居夷，不與中州人通書。有來南者，時言韓愈爲《毛穎傳》，不能舉其辭，而獨大笑以爲怪，而吾久不克見。楊子誨之來，始持其書，索而讀之，若捕龍蛇、搏虎豹，急與之角而力不敢暇，信韓子之怪於文也。世之模擬竄竊，取青媲白，肥皮厚肉，柔筋脆骨，而以爲辭者之讀之也，其大笑固宜。且世人笑之也，不以其俳乎？而俳又非聖人之所棄者。《詩》曰：'善戲謔兮，不爲虐兮。'《太史公書》有《滑稽列傳》，皆取乎有益於世者也。故學者終日討說答問，呻吟習復，應對進退，掬溜播灑，則罷憊而廢亂，故有'息焉遊焉'之說。不學操縵，不能安弦。有所拘者，有所縱也。太羹元酒，體節之薦，味之至者。而又設以奇異小蟲、水草、楂梨、橘柚，苦咸酸辛，雖蜇吻裂鼻，縮舌澀齒，而咸有篤好之者。文王之昌蒲菹，屈到之芰，曾晳之羊棗，然後盡天下之味以足於口。獨文異乎？韓子之爲也，亦將弛焉而不爲虐歟！息焉遊焉而有所縱歟！盡六藝之奇味以足其口歟！而不若是，則韓子之辭，若壅大川焉，其必決而放諸陸，不可以不陳也。且凡古今是非，六藝百家，大細穿穴用而不遺者，毛穎之功也。韓子窮古書，好斯文，嘉穎之能盡其意，故奮而爲之傳，以發其鬱積，而學者得以勵，其有益於世歟！是其言也，固與異世者語，而貪常嗜瑣者，猶呫呫然動其喙，亦勞甚矣乎！"

柳宗元《與楊誨之再說車敦勉用和書》："足下所持韓生《毛穎傳》來，僕甚奇其書，恐世人非之，今作數百言，知前聖不必罪俳也。及賀州所未有者文又三篇。此言皆不欲出於世者，足下默觀之，藏焉，無或傳焉，吾望之至也。"

按，繫年據傅璇琮《唐五代文學編年史》。

（董誥等編《全唐文》，中華書局 1983 年）

元和六年（辛卯　811）

李公佐《盧江馮媼傳》："元和六年夏五月，江淮從事李公佐使至京，回次漢南，與渤海高鉞、天水趙儹、河南宇文鼎會於傳舍。宵話徵異，各盡見聞。鍼具道其事，公佐因爲之傳。"

（李昉等編《太平廣記》，中華書局 1961 年）

元和七年（壬辰　812）

李翺《答皇甫湜書》："僕竊不自度，無位於朝，幸有餘暇，而詞句足以稱讚明盛，紀一代功臣賢士行跡，灼然可傳於後代，自以爲能不滅者，不敢爲讓。故欲筆削國史，成不刊之書。用仲尼褒貶之心，取天下公是公非以爲本。群黨之所謂爲是者，僕未必以爲是；群黨之所謂爲非者，僕未必以爲非。使僕書成而傳，則富貴而功德不著者，未必聲名於後；貧賤而道德全者，未必不煊赫於無窮。韓退之所謂'誅奸諛於既死，發潜德之幽光'，是翺心也。僕文采雖不足以希左丘明、司馬子長，足下視僕叙高愍女、楊烈婦，豈盡出班孟堅、蔡伯喈之下耶？"

按，繫年據傅璇琮《唐五代文學編年史》。

（董誥等編《全唐文》，中華書局 1983 年）

元和十年（乙未　815）

王溥《唐會要》卷四："其年（按，元和十年）五月，韋綬罷侍讀。綬好諧戲，兼通人間小説。太子因侍上，或以綬所能言之。上謂宰臣曰：'侍讀者，當以經術傳導太子，使知君臣父子之教。今或聞韋綬談論有異於是，豈所以傳導太子者。'因此罷其職。"

（王溥撰《唐會要》，中華書局 1955 年）

沈下賢《異夢録》："元和十年，亞之以記室從隴西公軍涇州，而長安中賢士皆來客之。五月十八日，隴西公與客期宴于東池便館。既坐，隴西公曰：'余少從邢鳳遊，得記其異，請語之。'……故亞之退而著録。"

（沈下賢著，肖占鵬、李勃洋校注《沈下賢集校注》，南開大學出版社 2003 年）

元和十二年（丁酉　817）

《盧陲妻傳》：“汾州刺史崔恭幼女曰少元，事范陽盧陲。陲爲福建從事。既構室，經歲餘，言於夫曰：‘余雖胎育人世，質爲凡女，本金闕玉皇侍書。每秋分，輒領群仙府刺落丹誠録修學者名氏，多由觸染而墮，與同宮三侍女，默議其狀。恍然悟世情之穢慾，共憤歎之。未竟，而仙府責其心興慾端，各謫降下世，爲盧氏妻二十三期。今及年矣，當與君絶恩息念。’常獨居一室，不踐夫域。自列本末復仕前名也。陲或中夜聆室中有語音，試潛窺伺，有古鬢長綃衣女數人共坐，指陲而歎，皆梵音不知其言。但見肌髮衣服，悉有光照。其妻獨不彰朗。暨旦告其妻，曰：‘天界真仙皆梵語。’再詢之，則曰：‘若恣傳泄，必生兩責。’又言於盧曰：‘吾不及爲太上所召，將欲返神，還乎無形，復侍玉皇，歸於玉清。君無泄是言，貽吾父母之念。’盧亦共秘之。常異日戚戚不樂，謂陲曰：‘事迫矣，不告吾父母，是吾不女也。’遂啓絳箱，取《黃庭內經》，獻於恭曰：‘尊之孺人算極於三月十七日，非內景經不能保護。然尊之孺人念之萬過，只可延一紀。’恭驚曰：‘汝焉知吾之運日月邪？吾嘗遇異術人，告余前期。吾不能出口，而心患之。汝將若之何？’女乃設三机，敷重席，白筆具萬過功章，以召南斗主算天官，令恭潔衣再請命。仿佛有三朱衣就坐，進羞酒竟，持功章而去。由是父母皆異之。仍曰：‘今泄露天事，不可復久。’月餘告終。及葬，舉棺如空，留衣蜕而去。初陲既驚異其跡，乃請道於妻，留守一詩一章，曰：‘世有修福之門，無知道之士。君至丙申年，神理運會，遇異人琅琊君，必與開釋此詩。君今未屬於道，不可與言無爲之教。’長孫巨澤之友曰棲真子王君。行於陝之郊，覩陲，備言妻之狀，復以守一詩詢於王君。君覽詩駭然曰：‘此天真秘理，非可苟盡。’遂演成章句，目之曰《元珠心境》，以授陲。時元和丁酉歲。巨澤聆於王君，乃疏本末爲傳。其淵密奧旨，具列章句云。”

（董誥等編《全唐文》，中華書局 1983 年）

元和十三年（戊戌 818）

李公佐《謝小娥傳》："君子曰：誓志不舍，復父夫之讎，節也；傭保雜處，不知女人，貞也。女子之行，唯貞與節，能終始全之而已，如小娥，足以儆天下逆道亂常之心，足以觀天下貞夫孝婦之節。余備詳前事，發明隱文，暗與冥會，符於人心。知善不録，非春秋之義也，故作傳以旌美之。"

按，該小説文本内有"（小娥）十三年四月始受具戒"，"其年夏五月余始歸長安"，並作上述議論，據以繫年。

（李昉等編《太平廣記》，中華書局 1961 年）

長慶四年（甲辰 824）

李肇《唐國史補》自序："《公羊傳》曰：'所見異辭，所聞異辭。'未有不因見聞而備故實者。昔劉餗集小説，涉南北朝至開元，著爲傳記。予自開元至長慶撰《國史補》，慮史氏或闕則補之意，續傳記而有不爲。言報應，叙鬼神，徵夢卜，近帷箔，悉去之；紀事實，探物理，辨疑惑，示勸戒，采風俗，助談笑，則書之。仍分爲三卷。"

卷下："沈既濟撰《枕中記》，莊生寓言之類。韓愈撰《毛穎傳》，其文尤高，不下史遷。二篇真良史才也。""近代有造謗而著書，《鷄眼》《苗登》二文。有傳蟻穴而稱者，李公佐《南柯太守》；有樂妓而工篇什者，成都薛濤；有家僮而善章句者，郭氏奴。皆文之妖也。""元和已後，爲文筆，則學奇詭于韓愈，學苦澀于樊宗師；歌行，則學流蕩于張籍；詩章，則學矯激于孟郊，學淺切于白居易，學淫靡于元稹。俱名爲'元和體'。大抵天寶之風尚黨，大曆之風尚浮，貞元之風尚蕩，元和之風尚怪也。"

按，繫年據傅璇琮《唐五代文學編年史》。

（李肇著、趙璘著《唐國史補 因話録》，上海古籍出版社 1979 年）

元稹《白氏長慶集序》："《白氏長慶集》者，太原人白居易之所作。……二十年間，禁省、觀寺、郵候牆壁之無不書，王公、妾婦、牛童、馬走之口無不道。至於繕寫模勒，炫賣於市井，或持之以交酒銘者，處處皆是。（揚越間多作書模勒樂天及余雜詩，賣於市肆之中也。）……長慶四年冬十二月十日，微之序。"

（元稹著、周相録校注《元稹集校注》，上海古籍出版社 2011 年）

寶曆二年（丙午　826）

《資治通鑑》卷二四三："（寶曆二年六月）己卯，上幸（唐敬宗）興福寺，觀沙門文淑俗講。"

（司馬光編著、胡三省音注《資治通鑑》，中華書局 1956 年）

大和元年（丁未　827）

杜牧《寶列女傳》："大和元年，予客游溵陽，路出荆州松滋縣，攝令王淇爲某言桂娘事。淇年十一歲能念《五經》，舉童子及第，時年七十五，尚可日記千言。當建中亂，希烈與李納、田悅、朱沘、朱滔等僭詔書檄，争戰勝敗，地名人名，悉能説之，聽説如一日前。言寶良出於王氏，實淇之堂姑子也。"

（杜牧著、陳允吉點校《樊川文集》，上海古籍出版社 2010 年）

大和四年（庚戌　830）

李復言《續玄怪録·尼妙寂》："大和庚戌歲，隴西李復言游巴南，與進士沈田會於蓬州。田因話奇事，持以相示，一覽而復之。録怪之日，逐纂於此焉。"

（牛僧孺、李復言撰，程毅中點校《玄怪録　續玄怪録》，中華書局 2014 年）

大和七年（癸丑　833）

鍾輅《前定録序》："人之有生，修短貴賤，聖人固常言命矣。至於纖芥得喪，行止飲啄，亦莫不有前定者焉。中人以上，罔有不聞其説，然得之即喜，失之則憂，遑遑汲汲，至於老死，罕有居然俟得、静以待命者，其大惑歟！余穨愚迷方，不達變態，審固天命，未嘗勞心。或逢一時，偶一事泛乎若虚舟觸物，曾莫知指遇之所由，推而言之，其不在我明矣。大和中，讎書春閣，秩散多暇，時得從乎博聞君子，徵其異説，每及前定之事，未嘗不三復本末，提筆記録。日月稍久，漸盈筐篋。因而編次曰《前定録》。庶達識之士，知其不誣，而奔競之徒，亦足以自警云耳。"

按，繫年據傅璇琮《唐五代文學編年史》。

（董誥等編《全唐文》，中華書局 1983 年）

大和八年（甲寅　834）

李德裕《次柳氏舊聞》自序："大和八年秋，八月乙酉，上於紫宸殿聽政，宰臣涯已下奉職奏事。上顧謂宰臣曰：'故内臣力士終始事蹟，試爲我言之。'臣涯即奏云：'上元中，史臣柳芳得罪，竄黔中，時力士亦從巫州，因相與周旋。力士以芳嘗司史，爲芳言先時禁中事，皆芳所不能知。而芳亦有質疑者，芳默識之。及還，編次其事，號曰《問高力士》。'上曰：'令訪史氏，取其書。'臣涯等既奉詔，乃召芳孫度支員外郎璟詢事。璟曰：'某祖芳，前從力士問覼縷，未竟。復著唐曆，采摭義類相近者以傳之。其餘，或秘不敢宣，或奇怪，非編録所宜及者，不以傳。'今按求其書，亡失不獲。臣德裕亡父先臣、與芳子吏部郎中冕，貞元初俱爲尚書郎。後謫官，亦俱束出。道相與語，遂及高力士之説，且曰：'彼皆目睹，非出傳聞，信而有徵，可爲實録。'先臣每爲臣言之。臣伏念所憶授，凡十有七事。歲祀久，遺稿不傳。臣德裕，非黄瓊之達練，習見故事；愧史遷之該博，唯次舊聞。懼失其傳，不足以對大君之問，謹録如左，以備史官之闕云。"

（李德裕著，丁如明等點校《次柳氏舊聞》，上海古籍出版社 2012 年）

開成三年（戊午　838）

白居易《醉吟先生傳》："醉吟先生者，忘其姓字、鄉里、官爵，忽忽不知吾爲誰也。宦遊三十載，將老，退居洛下。所居有池五六畝，竹數千竿，喬木數十株，臺樹舟橋，具體而微，先生安焉。家雖貧，不至寒餒；年雖老，未及耄。性嗜酒、耽琴、淫詩，凡酒徒、琴侶、詩客多與之遊。遊之外，棲心釋氏，通學小中大乘法，與嵩山僧如滿爲空門友，平泉客韋楚爲山水友，彭城劉夢得爲詩友，安定皇甫朗之爲酒友。每一相見，欣然忘歸，洛城內外六七十里間，凡觀寺丘墅有泉石花竹者，靡不遊；人家有美酒鳴琴者，靡不過；有圖書歌舞者，靡不觀。自居守洛川泊布衣家，以宴遊召者亦時時往。每良辰美景，或雪朝月夕，好事者相過，必爲之先拂酒罍，次開詩篋。既酣，乃自援琴，操宮聲，弄《秋思》一遍。若興發，命家僮調法部絲竹，合奏《霓裳羽衣》一曲。若歡甚，又命小妓歌《楊柳枝》新詞十數章。放情自娛，酩酊而後已。往往乘興，屨及鄰，杖於鄉，騎遊都邑，肩舁適野。舁中置一琴一枕，陶、謝詩數卷，舁竿左右懸雙酒壺，尋水望山，率情便去，抱琴引酌，興盡而返。如此者凡十年，其間賦詩約千餘首，歲釀酒約數百斛，而十年前後，賦釀者不與焉。妻孥弟侄慮其過也，或譏之不應，至於再三，乃曰：'凡人之性鮮得中，必有所偏好，吾非中者也。設不幸吾好利而貨殖焉，以至於多藏潤屋，賈禍危身，奈吾何？設不幸吾好博弈，一擲數萬，傾財破產，以至於妻子凍餒，奈吾何？設不幸吾好藥，損衣削食，煉鉛燒汞，以至於無所成、有所誤，奈吾何？今吾幸不好彼，而自適於杯觴、諷詠之間，放則放矣，庸何傷乎？不猶愈於好彼三者乎？此劉伯倫所以聞婦言而不聽，王無功所以遊醉鄉而不還也。'遂率子弟，入酒房，環釀甕，箕踞仰面，長吁太息曰：'吾生天地間，才與行不逮於古人遠矣，而富於黔婁，壽於顏淵，飽於伯夷，樂於榮啓期，健於衞叔寶，幸甚幸甚！餘何求哉！若舍吾所好，何以送老？'因自吟《詠懷詩》云：'抱琴榮啓樂，縱酒劉伶達。放眼看青山，任頭生白髮。不知天地内，更得幾年活？從此到終身，盡爲閑日月。'吟罷自哂，揭甕撥醅，又引數杯，兀然而醉，既而醉復醒，醒復吟，吟復飲，飲復醉，醉吟相仍，若循環然。由是得以夢身世，云富貴，幕席天地，瞬息百年，陶陶然，昏昏然，不知老之將至，古所謂得全於酒者，故自號爲醉吟先生。于時開成三年，先生之齒六十有七，鬚盡白，髮半秃，齒雙缺，而觴詠之興猶未衰。顧謂妻子云：'今之前，吾適矣，今之後，吾不自知其興何如？'"

（白居易著、朱金城箋校《白居易集箋校》，上海古籍出版社 2020 年）

開成五年（庚申　840）

李翱《卓異記》自序："皇唐帝功，瑰特奇偉，前古無可比倫。及臣下盛事，超絶殊常，揮昔而照今。貽謀紀述，家世徽範，奉上度密，不自顯發。人莫知之，至有誤爲傳説者。洎正人碩賢，守道不撓，立言行已，真貫白日，得以愛慕遵楷，其奸邪之跡，睹而益明。自廣利隨所聞見，雜載其事，不以次第，然皆是傲暢在心，或可諷歎。且神仙鬼怪，未得諦言，非有亦用俾好生殺。爲人一途，無害於教化，故貽自廣，不俟繁書以見意。"

末署"時開成五年七月十一日，予在檀溪"。

（明正德嘉靖間《顧氏文房小説》本）

會昌二年（壬戌　842）

劉禹錫《子劉子自傳》："子劉子，名禹錫，字夢得。其先漢景帝賈夫人子勝，封中山王，謚曰靖，子孫因封爲中山人也。七代祖亮，事北朝，爲冀州刺史、散騎常侍。遇遷都洛陽，爲北部都昌里人。世爲儒而仕，墳墓在洛陽北山，其後地狹不可依，乃塋滎陽之檀山原。由大王父已還，一昭一穆如平生。曾祖凱，官至博州刺史。祖鍠，由洛陽主簿察視行馬外事，歲滿，轉殿中丞、侍御史，贈尚書祠部郎中。父諱緒，亦以儒學，天寶末應進士，遂及大亂，舉族東遷，以違患難，因爲東諸侯所用。後爲淮西從事，本府就加鹽鐵副使，遂轉殿中，主務於埇橋。其後罷歸浙右，至揚州，遇疾不諱。小子承夙訓，禀遺教，眇然一身，奉尊夫人，不敢殞滅。後忝登朝或領郡。蒙恩澤，先府君累贈至吏部尚書，先太君盧氏由彭城縣太君贈至范陽郡太夫人。初，禹錫既冠，舉進士，一幸而中試。間歲，又以文登吏部取士科，授太子校書。官司閑曠，得以請告奉溫清。是時年少，名浮於實，士林榮之。及丁先尚書憂，迫禮不死，因成痼疾。既免喪，相國、揚州節度使杜公領徐、泗，素相知，遂請爲掌書記。捧檄入告，太夫人曰：'吾不樂江淮間，汝宜謀之於始。'因白丞相以請，曰：'諾。'居數月而罷徐、泗。而河路猶艱難，遂改爲揚州掌書記。涉二年，而道無虞，前約乃行。調補京兆 渭南主簿。明年冬，擢爲監察御史。貞元二十一年春，德宗新棄天下，東宮即位。時有寒儁王叔文，以善弈棋得通籍待詔。因間隙得言及時事，上大奇之。如是者積久，衆未知之。至是起蘇州掾，超拜起居舍人，充翰林學士。遂陰薦丞相杜公爲度支鹽鐵等使。翊日，叔文以本官及内職兼充副使。未幾，特遷户部侍郎，賜金紫，貴振一時。愚前已爲杜丞相奏署崇陵使判官，居月餘日，至是，改屯田員外郎，判度支鹽鐵等案。初，叔文北海人，自言猛之後，有遠祖風。唯東平呂温、隴西李景儉、河東柳宗元以爲信然。三子者皆與予厚善，日夕過，言其能。叔文實工言治道，能以口辨移人。既得用，自春至秋，其所施爲，人不以爲當非。時上素被疾，至是尤劇。詔下内禪，自爲太上皇，後謚曰順宗。東宮即皇帝位。是時，太上久寢疾，宰臣及用事者都不得召對。宮掖事秘，而建桓立順，功歸貴臣。於是叔文首貶渝州，後命終死。宰相貶崖州。予出爲連州，途至荆南，又貶朗州司馬。居九年，詔徵，復授連州，自連歷夔、和二郡，又除主客郎中，分司東都。明年追入，充集賢殿學士，轉蘇州刺史，賜金紫，移汝州兼御史中丞。又遷同州，充本州防禦、長春宮使。後被足疾，改太子賓客，分司東都，又改秘書監。分司一年，加檢校禮部尚書兼太子賓客。行年七十有一。身病之日，自爲銘曰：不夭不賤，天之祺兮。重屯累厄，數之奇兮。天興所長，不使施兮。人或加訕，心無疵兮。寢於北牖，盡所期兮。葬近大墓，如生時兮。魂無不之，庸詎知兮！”

　　按，繫年據傅璇琮《唐五代文學編年史》、張豈之主編《中國學術思想編年》。

（董誥等編《全唐文》，中華書局 1983 年）

大中元年（丁卯　847）

　　盧肇《逸史》自序：“盧氏既作《史録》畢，乃集聞見之異者，目爲《逸史》焉。其間神化交化、幽冥感通、前定升沉、先見禍福，皆撅其實補其缺而已。凡紀四十五條，皆我唐之事。時大中元年八月。”

（王齊洲、畢彩霞編著《〈新唐書·藝文志〉著録小説集解》，岳麓書社 2009 年）

　　谷神子《博異志》自序：“夫習識譚妖，其來久矣。非博聞强識，何以知之？然須抄録見知，雌黄事類。語其虛則源流具在，定其實則姓氏罔差。既悟英彦之討論，亦是賓朋之節奏。若纂集克備，即應對如流。余放志西齋，從宦北闕。因尋往事，則議編題，類成一卷。非徒但資笑語，抑亦粗顯箴規。或冀逆耳之辭，稍獲周身之誡。只同求己，何必標名。是稱谷神子。”

　　按，繫年據傅璇琮《唐五代文學編年史》、李劍國《唐五代志怪傳奇叙録》。

（谷神子、薛用弱撰《博異志·集異記》，中華書局 1980 年）

　　佚名《大唐傳載》自序：“《書》云：‘不有博弈者乎？猶賢乎已。’斯聖人疾夫飽食而怠惰之深也。又曰：‘吾不試，故藝。’試，用也。夫藝者，不獨總多能，第以其無用於代，而窮愁時有所述耳。八年夏，南行極嶺嶠，暇日瀧舟，傳其所聞而載之，故曰‘傳載’。雖小説，或有可觀，覽之而啞而笑焉。”

（佚名撰、羅寧點校《大唐傳載》，中華書局 2019 年）

大中九年（乙亥　855）

段成式《酉陽雜俎》自序："夫《易》《象》‘一車之言’，近於怪也。《詩》人‘南淇之奧’，近乎戲也。固服縫掖者，肆筆之餘，及怪及戲，無侵於儒。無若《詩》《書》之味大羹，史爲折俎，子爲醯醢也。炙鴞羞鱉，豈容下箸乎？固役而不耻者，抑志怪小説之書也。成式學落詞曼，未嘗覃思，無崔駰真龍之歎，有孔璋畫虎之譏。飽食之暇，偶録記憶，號《酉陽雜俎》，凡三十篇，爲二十卷，不以此間録味也。"

　　卷十四："夫度朔司刑，可以知其情狀；葆登掌祀，將以著於感通。有生盡幻，遊魂爲變。乃聖人定璿璣之式，立巫祝之官，考乎十輝之祥，正乎九黎之亂。當有道之日，鬼不傷人；在觀德之時，神無乏主。若列生言灶下之駒掇，莊生言户内之雷霆，楚莊爭隨兕而禍移，齊桓睹委蛇而病癒，徵祥變化，無日無之，在乎不傷人，不乏主而已。成式因覽歷代怪書，偶書所記，題曰《諸皋記》。街談鄙俚，與言風波，不足以辨九鼎之象，廣七車之對。然遊息之暇，足爲鼓吹云耳。"

　　卷十六："成式以天地間，造所化所産，突而旋成形者樊然矣，故《山海經》《爾雅》所不能究。因拾前儒所著，有草木禽魚，未列經史；或經史已載，事未悉者；或接諸耳目，簡編所無者，作《廣動植》，冀掊土培丘陵之學也。昔曹丕著論於火布，滕循獻疑於蝦鬚，蔡謨不識彭蜞，劉縚誤呼荔挺，至今可笑，學者豈容略乎？"

按，繫年據李劍國《唐五代志怪傳奇叙録》。

（段成式撰、許逸民校箋《酉陽雜俎校箋》，中華書局 2015 年）

大中十年（丙子　856）

韋絢《劉賓客嘉話録》自序：“絢少陸機入洛之三歲，多重耳在外之二年，自襄陽負笈至江陵，挐葉舟，昇巫峽，抵白帝城，投謁故贈兵部尚書、賓客、中山劉公二十八丈，求在左右學問。是歲長慶元年春。蒙丈人許措足侍立，解衣推食。晨昏與諸子起居，或因宴命坐與語論，大抵根於教誘。而解釋經史之暇，偶及國朝文人劇談，卿相新語，異常夢話，若諧謔卜祝，童謡佳句，即席聽之，退而默記。或染翰竹簡，或簪筆書紳。其不暇記因而遺忘者，不知其數，在掌中梵夾者，百存一焉。今悉依當時日夕所話而録之，不復編次，號曰《劉公嘉話録》，傳之好事，以爲談柄也。”

末署“時大中十年二月朝散大夫江陵少尹上柱國京兆韋絢序”。

（韋絢著撰，陶敏、陶紅雨校注《劉賓客嘉話録》，中華書局 2019 年）

咸通六年（乙酉　865）

李冗《獨異志》自序：“《獨異志》者，記世事之獨異也。自開闢以來迄於今世之經籍，耳目可見聞，神仙鬼怪，並所摭録。然有紀載所繁者，俱不量虛薄，構成三卷。願傳博達，所貴解顔耳。”

末署“前明州刺史賜紫金魚袋李冗纂”。

（李冗撰、李劍國校證《獨異志校證》，中華書局 2022 年）

咸通十五年（甲午　874）

陸希聲爲段公路《北户録》作序：“詩人之作，本於風俗。大抵以物類比興，達乎情性之源。自非觀化察時，周知民俗之事，博聞多見，曲盡萬物之理者，則安足以蘊爲六義之奧，流爲弦歌之美哉？由是言之，則古之學者，固不厭博。博而且信，君子難之。東牟段君公路，鄒平公之孫也。自未能把筆，愛以指畫地如文字。及六七歲受學，果能強力不罷。其學尤長仄僻，人所不能知者，薅乎群籍之中，仡仡然有餘力。間者以事南遊五嶺間，常采其民風土俗飲食衣制歌謠哀樂，有異於中夏者，録而志之。至於草木果蔬蟲魚羽毛之類，有瑰形詭狀者，亦莫不畢載。非徒止於所聞見而已，又能連類引證，與奇書異説相參驗，真所謂博而且信者矣。噫！近日著小説者多矣，大率皆鬼神變怪荒唐誕妄之事。不然，則滑稽詼諧以爲笑樂之資。離此二者，或強言故事，則皆詆訾前賢，使悠悠者以爲口實。此近世之通病也。如君所言，皆無有是。其著於録者，悉可考驗。此蓋博物之一助，豈徒爲譚端而已乎？君以予往從事嶺南，備核其實，請予序以爲證。予嘗觀圖於書府，君狀貌一似鄒平公，而又能以文學世其家。於乎！鄒平公爲有後矣。因爲之序而不辭。”

末署“右拾遺内供奉陸希聲撰”。

按，繫年據陳文新《中國文學編年史》。

（董誥等編《全唐文》，中華書局 1983 年）

乾符三年（丙申　876）

蘇鶚《杜陽雜編》自序：“予髫年好學，長而忘倦。嘗覽王嘉《拾遺記》、郭子横《洞冥記》及諸家怪異録，謂之虛誕。而復問博聞強記之士或潛夫輩，頗得國朝故實，始知天地之内無所不有。或限諸夷貊，隔於年代，洎貢藝闕下，十不中所司掄選。屢接朝事，同人語事，必三復其言，然後題于簡册，藏諸篋笥，暇日閲所紀之事，逾數百紙，中僅繁鄙者並棄而弗録，精實者編成上中下三卷。自代宗廣德元年癸卯，訖懿宗咸通癸巳，合一百一十載。蓋耳目相接，庶可傳焉。知我者謂稍以補東觀緹油之遺闕也。今武功縣有杜陽城杜陽水，予武功人，故以爲名，覥厠于談藪之下者。”

末署"時乾符三年秋八月編次焉"。

（董誥等編《全唐文》，中華書局 1983 年）

鄭綮《開天傳信記》自序："余何爲者也？累忝臺郎，思勤墳典，用自修勵。竊以國朝故事，莫盛於開元、天寶之際。服膺簡策，管窺王業，參于聞聽，或有闕焉。承平之盛，不可隕墜。輒因簿領之暇，搜求遺逸，傳於必信，名曰《開天傳信記》。斗筲微器，周鼎齊量，不節之咎，自已致乎？好事者觀其志，寬其愚，是其心也。"

按，繫年據吳在慶主編《唐五代文編年史》。

（董誥等編《全唐文》，中華書局 1983 年）

中和元年（辛丑　881）

范攄《雲溪友議》自序："近代何自然續《笑林》，劉夢得撰《嘉話録》，或偶爲編次，論者稱美。余少游秦、吳、楚、宋，有名山水者，無不弛駕躊躇，遂興長往之跡。每逢寒素之士，作清苦之吟，或樽酒和酬，稍斸於遠思矣。諺云：街談巷議，倏有裨于王化；野老之言，聖人採擇。孔子聚萬國風謡，以成其《春秋》也。江海不却細流，故能爲之大。攄昔藉衆多，因所聞記，雖未近於丘墳，豈可昭于雅量；或以篇翰嘲謔，率爾成文，亦非盡取華麗，因事録焉，題曰《雲溪友議》。儻論交會友，庶希于一述乎！"

按，繫年據王寧《〈雲溪友議〉校正》（鳳凰出版社 2018 年）。

（董誥等編《全唐文》，中華書局 2013 年）

中和四年（甲辰　884）

高彦休《唐闕史》自序："皇朝濟濟多士，聲名文物之盛，兩漢才足以扶輪捧轂而已。區區晉魏周隋已降，何足道哉！故自武德、貞觀而後，呫筆爲

小説、小録、稗史、野史、雜録、雜記者，多矣。貞元、大曆已前，捃拾無
遺事；大中、咸通而下，或有可以爲誇尚者、資談笑者、垂訓誡者。惜乎不
書于方册，則從而記之；其雅登于太史氏者，不覆載録。愚乾符甲子歲生唐
世，二十有一始隨鄉薦于小宗伯，或預聞長者之論，退必草於搞網。歲月滋
久，所録甚繁。辱親朋所知，謂近強記。中和歲，齊偷構逆，翠華幸蜀，搏
虎未期，鳴鸞在遠，旅泊江表，問安之暇，出所記述，亡逸過半。其間近屏
幃者，涉疑誕者，又删去之，十存三四焉，共五十一篇，分爲上下卷，約以
年代爲次，討尋經史之暇，時或一覽，猶至味之有葅醢也。”

末署“甲辰歲清和月編次”。

（《唐五代筆記小説大觀·唐闕史》，上海古籍出版社 2000 年）

孫棨《北里志·鄭合敬先輩》：“後之人可以作規者，當力制乎其所志，
是不獨爲風流之談，亦可垂誡勸之旨也。述才慧，所以痛其辱重廩也；述誤陷，
所以警其輕體也；叙宜之，所以憐拯己之惠也；叙洛真，所以誡上姓之容易也；
舉令賓，所以念蚩蚩者有輕才之高見也；舉住住，所以嘉碌碌者有重讓之明心
也；引執金吾與曲臺，所以禆將來爲危梁峻谷之虞也。可不戒之哉！”

按，此書孫棨自序末署“時中和甲辰歲，無爲子序”，孫棨自號無爲子，
故據以繫年。

（崔令欽等著《教坊記　北里志　青樓集》，古典文學出版社 1957 年）

光啓二年（丙午　886）

孟棨《本事詩》自序：“詩者，情動於中而形於言。故怨思悲愁，常多感
慨。抒懷佳作，諷刺雅言，著於群書，雖盈厨溢閣，其間觸事興詠，尤所鍾
情，不有發揮，孰明厥義？因采爲《本事詩》，凡七題，猶四始也。情感、事
感、高逸、怨憤、徵異、徵咎、嘲戲，各以其類聚之。亦有獨掇其要，不全篇

者，咸爲小序以引之，貽諸好事。其有出諸異傳怪錄，疑非是實者，則略之。拙俗鄙俚，亦所不取。聞見非博，事多闕漏，訪於通識，期復續之。……時光啓二年十一月，大駕在襄中。"

末署"前尚書司勳郎中、賜紫金魚袋孟棨序"。

（孟棨撰《本事詩》，中華書局 2014 年）

乾寧二年（乙卯　895）

康軿《劇談錄》自序："軿咸通中始隨鄉賦，以薄伎貢於春官，爰及竊名，殆將一紀。其間退黜羈寓，旅乎秦甸洛師，新見異聞，常思紀述；或得史官殘事，聚於竹素之間，進趨不遑，未暇編綴。……文義既拙，復無雕麗之詞，亦觀小説家流，聊以傳諸好事者。"

末署"乾寧二年建巳月池州黃老山白社序"。

（《唐五代筆記小説大觀·劇談錄》，上海古籍出版社 2000 年）

前蜀通正元年（丙子　916）

杜光庭《毛仙翁傳》："修道之士，黜嗜欲，隳聰明，凝然無心，淡然無味。收視返聽，萬慮都冥，然後虛空生，胎吻合。自然觀化之初，窮物之始，浩然動息，與道爲一矣！與道爲一，則恣心所之。從心所欲，是非不能亂，勢利不能誘，寒暑不能變，生死不能干。指顧乎八極之外，逍遙乎六虛之表，無所不察，無所不知。目能洞視，耳能洞聽，亦能視聽不由乎耳目。何者？神鑒於未然，智通於無地也。如此則世人之休咎壽夭，富貴貧賤，皎然在目，豈待乎陰陽之數，蓍龜之兆，而後知之乎？毛仙翁則其人也，衆君子歌詩志之，序述贊之，曷足盡仙翁之道哉？因以神仙之事，亦紀仙翁之功，書之於卷末云。"

末署"通政元年丙子三月七日辛酉"。

（周紹良《全唐文新編》，吉林文史出版社 2000 年）

後唐天成元年（丙戌　926）

馮贄《雲仙散録》自序："纂類之書，多矣！其間所載，世人用於文字者，亦不下數千輩，則今未免爲陳言也。予事科舉蓋三十年，蔑然無效。天祐元年，退歸故里，築選書室以居，取九世所蓄典籍，經史子集二十萬八千一百二十卷，六千九百餘帙，撮其膏髓，別爲一書，其門目未暇派別也，成於四年之秋。由急於應文房之用，乃不能詳。又數歲，復得終篇者。《四部英華》《筆頭飛□》《文壇戈戟》《應題録》，皆傳記集異之説。若見於尋常之書者，此必略之。庶兵火煨燼之後，來者不至束手，豈小補歟？同志者幸爲珍秘之。"

末署"天成元年十二月叙"。

（馮贄撰、張力偉點校《雲仙散録》，中華書局 2008 年）

後晉開運二年（乙巳　945）

《舊唐書·元稹白居易傳》："臣觀元之制策，白之奏議，極文章之壺奧，盡治亂之根荄。非徒謡頌之片言，盤盂之小説。"

《韓愈傳》："又爲《毛穎傳》，譏戲不近人情。此文章之甚紕繆者。"

按，劉昫等撰《舊唐書》本年成稿，其中《經籍志》下"小説家"著録小説十三部，凡九十卷。繫年據《舊五代史》卷八四。

（劉昫等撰《舊唐書》，中華書局 1975 年）

孫光憲《北夢瑣言》自序："非但垂之空言，亦欲因事勸戒。三紀收拾筐篋，爰因公退，咸取編連。先以唐朝達賢一言一行列于談次，其有事類相近，自唐至後唐、梁、蜀、江南諸國所得聞知者，皆附其末，凡纂得事成三十卷。《禹貢》云：'雲土夢作乂'，《傳》有'畋於江南之夢'，鄙從事于荆江之北，題曰《北夢瑣言》。瑣細形言，大即可知也。雖非經緯之作，庶勉後進子孫，俾希仰前事，亦絲麻中菅蒯也。通方者幸勿多誚焉。”

　　按，陳文新《中國文學編年史》將此書繫時于 950 年，房銳《孫光憲與〈北夢瑣言〉研究》繫年于宋太祖乾德元年 963 年前。

　　　　　　　　（孫光憲撰、賈二強點校《北夢瑣言》，中華書局 2002 年）

南唐保大十年（壬子　952）

　　劉崇遠《金華子雜編》自序： “金華子者，河南劉生。少慕赤松子兄弟，能釋羈勒於放牧間，讀其書，想其人，恍若遊於金華之境，因自號焉。生自童蒙歲，便解愛人博學。暨乎鬒髮焦禿，而無所成名。凡爲文章，略知宗旨。最嗜吟詠，而所得亦不出流輩。年逾壯室，方莅官於畿甸。繼宰二邑，共換二十餘寒暑。唯知趑趄畏慎，不能磊落經濟。罷秩歸京，得留綴班。家貧竇，在闕三四年，甚窘困，稍暇，猶綴吟不困倦，縱情任興，一聯一句，亦時有合於清奇，顧於食玉燃桂，不無撓懷。才緩紆斯須，則嘯傲自若。或遇盛友良會，聞人語話，及興亡理亂，猶耳聰意悦，未嘗不周旋觀察，冀或凑會警戒。庶幾助於理道者，必慷慨反覆，至於逾晷不息。時皇上憂勤大寶，宵衣旰食。致治之切，無愧前代。命有司張皇公道，掄擇材儁。科第取士，鬱然反古。時有以春闈策問舉子對義見示者，睹强國富民之論，今古得失之理，則愧惕雀息，往往汗流。何者？以坐遇明盛時，而抱名稱不聞於世，何疾復甚於斯矣。因念爲童時，侍立長者左右，或於冬宵漏永，秋階月瑩，尊年省睡，率皆話舊時經由，多至深夜不寐。始則承平事實，爰及亂離，於故基迹，或歎或泣，凄咽僕隸。自念髫齔之後，甚能記聽。今雖稚齒變老，耄亡失憶，十可一二猶存乎心耳。併成人宦游之後，其間耳目諳詳，公私變易，知聞傳載，可繫鉛槧者，漸恐年代浸遠，知者已疏。更慮積新沉故，遺絶堪惜。宜編序者，即隨而釋之云爾。”

　　按，繫年據傅璇琮《唐五代文學編年史》。

　　　　　　　　（劉崇遠撰、夏婧點校《金華子雜編》，中華書局 2014 年）

宋遼金元

乾德三年（乙丑　965）

　　景焕《野人閑話》自序："野人者，成都景焕，山野之人也；閑話者，知音會語，話前蜀主孟氏一朝人間聞見之事也。其中有功臣瑞應、朝廷規制可紀之事，則盡自史官氏一代之書，此則不述。故事件繁雜，言語猥俗，亦可警悟於人者錄之。編爲五卷，謂之《野人閑話》。"

　　末署"時大宋乾德三年乙丑歲三月十五日序"。

　　　　　　（曾棗莊、劉琳主編《全宋文》，上海辭書出版社、安徽教育出版社2006年）

開寶三年（庚午　970）

　　張洎《賈氏談錄》自序："庚午歲，予銜命宋都，舍予懷信驛。左補闕賈黃中，丞相魏公之裔也，好古博雅，善于談論，每款接，常益所聞。公館多暇，偶成編綴，凡二十六條，號曰《賈氏談論錄》，貽諸好事者云爾。"

　　　　　　（曾棗莊、劉琳主編《全宋文》，上海辭書出版社、安徽教育出版社2006年）

開寶八年（乙亥　975）

　　無名氏《釣磯立談》自序："叟，山東一無聞人也。清泰年中，隨先校書避地江表，始營釣磯于江渚。先校書意薄簪組，心許泉石，每乘雙犢版轅車，車後掛酒壺，山童三五人，例各總角，負瓢并席具以自隨。遇境物勝概，則取酒徑醉，或爲歌詩，自號釣磯閑客。割江之後，先校書不祿，叟嗣守弊廬，頗窺先志，不復以進取爲念。會王師吊伐，李氏契宗以朝，湖海表裏俱爲王人，大同之慶，有識之所共，咸以爲百生不可逢之盛際。叟獨何者，而私自怫鬱，如有懷舊之思。追惟江表，自建國以來，烈祖、元宗，其所以撫奄斯人，蓋有不可忘者。時移事往，將就蕪没，叟身非朝行，口不食禄，固無預于史事。故耳目之所及，非網罟之至議，則波濤之囈語也。隨意所商，聊復疏之于紙，僅得百二十許條，總而題之曰《釣磯立談》。使小子溫成誦於口，粗以存其梗概云。吁，文慚子山之麗，興哀則有之；才愧士衡之多，辨亡亦幾矣。”

　　按，繫年據曾棗莊、吳洪澤《宋代文學編年史》（鳳凰出版社2010年）。

　　　　　　（曾棗莊、劉琳主編《全宋文》，上海辭書出版社、安徽教育出版社2006年）

太平興國二年（丁丑　977）

　　鄭文寶《南唐近事》自序："南唐烈祖、元宗、後主三世，共四十年，起天福丁酉之春，終開寶乙亥之冬。君臣用舍，朝廷典章，兵火之餘，史籍蕩盡。惜夫前事，十不存一，余匪鴻儒，頗常嗜學，耳目所及，志于縑緗。聊資抵掌之談，敢望獲麟之譽。好事君子，無或陋焉。"

　　末署"太平興國二年歲次丁丑夏五月一日，江表鄭文寶序"。

　　　　　　（曾棗莊、劉琳主編《全宋文》，上海辭書出版社、安徽教育出版社2006年）

太平興國三年（戊寅　978）

　　李昉《太平廣記表》："臣先奉敕撰集《太平廣記》五百卷者，伏以六籍既分，九流並起。皆得聖人之道，以盡萬物之情。足以啓迪聰明，鑒照今古。伏惟皇帝陛下，體周聖啓，德邁文思。博綜群言，不遺衆善。以爲編秩既廣，觀覽難周，故使采摭菁英，裁成類例。惟茲重事，宜屬通儒。臣等謬以諛聞，幸塵清賞，猥奉修文之寄。曾無叙事之能，退省疏蕪，惟增靦冒。其書五百卷、并目録十卷、共五百十卷。謹詣東上閣門奉表上進以聞，冒瀆天聽。臣昉等誠惶誠恐頓首頓首謹言。"

　　末署"太平興國三年八月十三日"。

　　　　　　　　　　　　（李昉等編《太平廣記》，中華書局1961年）

雍熙三年（丙戌　986）

樂史《廣卓異記》自序：“雖不補三館之新書，亦擬爲一家之小説。”

按，繫年據曾棗莊、吴洪澤《宋代文學編年史》。

（曾棗莊、劉琳主編《全宋文》，上海辭書出版社、安徽教育出版社 2006 年）

咸平五年（壬寅　1002）

樂史《楊太真外傳》：“夫禮者，定尊卑，理家國。君不君，何以享國？父不父，何以正家？有一於此，未或不亡。唐明皇之一誤，貽天下之羞，所以禄山叛亂，指罪三人。今爲外傳，非徒拾楊妃之故事，且懲禍階而已。”

按，繫年據李劍國《宋代志怪傳奇叙録》（南開大學出版社 1997 年）。

（樂史著《楊太真外傳》，中華書局 1991 年）

咸平六年（癸卯　1003）

張君房《乘異記》序：“乘者，載記之名；異者，非常之事。”

按，此序據《郡齋讀書志》小説類著録：“其（《乘異記》）序謂：‘乘者，載記之名；異者，非常之事。’蓋志鬼神變怪之書，凡十一門，七十五事。”《直齋書録解題》則載此序撰于“咸平癸卯”。故繫年于此。又王得臣《麈史》卷中：“集賢張君房，字尹方，壯始從學，逮遊場屋，甚有時名。登第時年已四十餘，以校道書得館職。後知隨、郢、信陽三郡。年六十三分司，歸安陸。年六十九致仕。嘗撰《乘異記》三編，《科名分定録》七卷，《做戒會最》五十事，《麗情集》十二卷，又《潮説》《野語》各三篇。洎退居，又撰《脞説》二十卷。年七十六，仍著詩賦雜文，其子百藥嘗纂爲《慶曆集》三十卷。予惟《會最》《麗情》外，昔嘗見之。富哉，所聞也！”。

（王得臣撰、俞宗憲點校《麈史》，上海古籍出版社 1986 年）

景德二年（乙巳　1005）

張齊賢《洛陽搢紳舊聞記》自序："余未應舉前，十數年中，多與洛城搢紳舊老善，爲余説及唐梁已還、五代間事，往往褒貶陳跡，理甚明白，使人終日聽之忘倦。退而記之，旋失其本。數十年來，無暇著述，今眼昏足重，率多忘失。邇來營邱，事有條貫，足病累月，終朝宴坐，無所用心。追思曩昔搢紳所説及余親所見聞，得二十餘事。因編次之，分爲五卷。摭舊老之所説，必稽事實；約前史之類例，動求勸誡。鄉曲小辯，略而不書；與正史差異者，並存而録之，則別傳外傳比也。斯皆搢紳所談，因命之曰《洛陽搢紳舊聞記》。庶可傳信，覽之無惑焉。"

末署"宋朝乙巳歲夏六月營邱張齊賢序"。

卷一《少師佯狂》："有談歌婦人楊荢羅，善合生雜嘲，辨慧有才思，當時罕與比者。少師以侄女呼之，每令謳唱，言詞捷給，聲韻清楚，真秦青、韓娥之儔也。少師以侄女呼之，蓋念其聰俊也。時僧雲辨能俗講，有文章，敏於應對。若祀祝之辭，隨其名位高下，對之立成千字，皆如宿構，少師尤重之。雲辨於長壽寺五月講，少師詣講院，與雲辨對坐，歌者在側。忽有大蜘蛛於檐前垂絲而下，正對少師與僧前。雲辨笑謂歌者曰：'試嘲此蜘蛛，如嘲得著，奉絹兩匹。'歌者更不待思慮，應聲嘲之，意全不離蜘蛛，而嘲戲之辭，正諷雲辨。少師聞知絶倒，久之，大叫曰：'和尚取絹五匹來。'雲辨且笑，遂以絹五匹奉之。歌者嘲蜘蛛云：'吃得肚鼉撑，尋絲繞寺行。空中設羅網，祇待殺衆生。'蓋譏雲辨體肥而壯大故也。"

（張齊賢撰《洛陽搢紳舊聞記》，《全宋筆記》第一編第二册，

大象出版社 2003 年）

景德四年（丁未　1007）

李燾《續資治通鑑長編》卷六五"真宗　景德四年"："玉宸殿乃上（真

宗）宴息之所……殿東西聚書八千餘卷，上曰：'此唯正經正史屢校定者，小說它書不預焉。'"

（李燾《續資治通鑑長編》，中華書局 1995 年）

大中祥符五年（壬子　1012）

陶岳《五代史補》自序："雖同小説，頗資大猷，聊以備于闕遺。故不拘于類例，幸將來秉筆者覽之而已。……時皇宋祀汾陰之後歲在壬子陶岳介立序。"

（楊翼驤編著，喬治忠、朱洪斌訂補《增訂中國史學史資料編年》，
商務印書館 2013 年）

大中祥符六年（癸丑　1013）

宋真宗《册府元龜》序："太宗皇帝始則編小説而成《廣記》，纂百氏而著《御覽》，集章句而製《文苑》，聚方書而撰《神醫》。次復刊廣疏於九經，校闕疑於三史，修古學於篆籀，總妙言於釋老，洪猷丕顯，能事畢陳。朕道尊先志，肇振斯文，載命群儒，共司綴緝。粵自正統，至於閏位，君臣善迹，邦家美政，禮樂沿革，法令寬猛，官師議論，多士名行，靡不具載，用存典刑。"

按，《册府元龜》于本年八月撰成，宋真宗隨即題序。

（王欽若等編《册府元龜》，中華書局 2017 年）

天聖三年（乙丑　1025）

《宋會要輯稿·職官·國子監》："天聖三年二月，國子監言，准中書劄子，《文選》《初學記》《六帖》《韻對》《四時纂要》《齊民要術》等印板，令本監出賣。今詳上件《文選》《初學記》《六帖》《韻對》並抄集小説，本監不合印賣。今舊板訛闕，欲更不雕造。從之。"

（徐松撰、劉琳等校點《宋會要輯稿》，上海古籍出版社 2014 年）

天聖五年（丁卯　1027）

上官融《友會談叢》自序："余讀古今小説洎志怪之書多矣，常有跂纂述之意。自幼隨侍南北，及長，旅進科場，每接縉紳先生首閭名輩，劇談正論之暇，開尊抵掌之餘，或引所聞，輒形紀録，並諧辭俚語，非由臆説，亦綜緝之，頗盈編簡。今年春策不中，掩袂東歸，用舍行藏，下學上達，賴庭闈之萌，無菽水之勞。顧駑駘之已然，詎規磨之可益？身閑晝永，何以自娱？因發篋所記之言百餘紙。始則勤於探綴，終則涉乎繁蕪，於是乎筆削芟夷，得在人耳目者六十事，不拘詮次，但釐爲三卷，目之曰《友會談叢》。且念袁郊以步武生疾，則《甘澤》之謠興；李玫以養病端居，乃《纂異》之記作。苟非閒暇，曷遂擒毫？彼前輩屬辭，不將迎而遇物；而小子晞驥，甘萋菲以成章。深慚鷄肋之微，竊懷蔽帚之愛。《穀梁》曰：'信以傳信，疑以傳疑。'子夏曰：'雖小道必有可觀者。'博練精識者，幸體兹而恕焉。其如杼軸靡工，序述非據，蓋事質而言鄙，學淺而辭慌，誠怪語之亂倫，匪精神之可補。聊貽同志，敢冀開顏？"

末署"天聖五年七月朔華陽上官融序"。

（上官融撰《友會談叢》，《全宋筆記》第八編第九册，大象出版社 2017 年）

天聖七年（己巳　1029）

宋仁宗《誡進士作文無陷浮華詔》："國家稽古御圖，設科取士，務求時俊，以助化源。而襃博之流，習尚爲弊，觀其著撰，多涉浮華。或碟裂陳言，或會粹小説，好奇者遂成於譎怪，矜巧者專事於雕鐫。流宕若兹，雅正何在。屬方開於貢部，宜申儆於詞場。當念文章所宗，必以理實爲要，探典經之旨趣，究作者之楷模，用復温純，無陷媮薄。庶有裨於國教，期增闡於儒風。諮爾多方，咸體朕意。"

（徐松撰、劉琳等校點《宋會要輯稿》，上海古籍出版社 2014 年）

本年仁宗又詔："朕試天下之士，以言觀其趣向，而比來流風之敝，至於會粹小説，礫裂前言，競爲浮誇靡晏之文，無益治道，非所以望于諸生也。"

（李燾《續資治通鑑長編》，中華書局 1995 年）

景祐四年（丁丑 1037）

歐陽修致書尹洙："開正以來始似無事，始舊更前歲所作《十國志》，蓋是進本，務要卷多，今若便爲正史，盡合删削，存其大者。細小之事雖有可紀，非干大體，自可存之小説，不足以累正史。"

按，繫年據曾棗莊、吳洪澤《宋代文學編年史》。

（洪本健校箋《歐陽修詩文集校箋》，上海古籍出版社 2009 年）

景祐五年（戊寅 1038）

《宋會要輯稿·選舉·科舉調制》："景祐五年正月八日，知制誥李淑言：'切見近日發解進士，多取別書、小説、古人文集，或移合經注以爲題目，競務新奧。臣以爲朝廷崇學取士，本欲興崇風教，反使後進習尚異端，非所謂化成之義也。況考校進士，但觀詞藝優劣，不必嫌避正書。至如近日學者編經史文句，別爲解題，民間雕印多已行用。"

（徐松撰、劉琳等校點《宋會要輯稿》，上海古籍出版社 2014 年）

慶曆元年（辛巳 1041）

周文玘《開顏集》自序："《笑林》所載，皆事非稽古，語多猥俗。博覽之士，鄙而不看，蓋無取也。余于書史內鈔出資談笑事，合成兩卷，因名之曰《開顏集》。唯期自備披尋，非敢出諸篋笥云爾。"

按，綜合各類史料及周文玘《開顏集》，該書應成書于此年前。

（周文玘撰《開顏集》，齊魯書社 1995 年）

慶曆四年（甲申　1044）

無名氏爲任昉《述異記》作序："（任昉）家藏書三萬卷，故多異聞，采于秘書，撰《新述異記》上下兩卷，皆得所未聞，將以資後來刀筆之士，好奇之流，文詞怪麗之端，抑亦《博物》之意者也。"

無名氏《述異記》後序："夫述者著撰之名，異者未聞之事。然而簡牒紛委，百氏駢繁，始業文者，患於少書，莫得以備見；務廣覽者，失於精究，鮮克以周記。非夫博物君子，鴻儒碩彦，家藏逸典，日獵菁英，則何以詮次成書，以資後學。近閲梁世任昉《述異記》上下兩卷，嘉其纂集，愛不能釋，研玩之際，奇粹間出。辭典而有據，事怪而不俚，綽有餘緒，然非誣。且異夫成式《酉陽》之編，但浮華而靡信；子橫《洞冥》之志，多誕妄以不經。彼皆憑虚，此盡摭實。若造鬻珍之市，列金璧以交輝；如觀作繪之坊，絢丹青而溢目。誠可以助緣情之綺靡，爲摛翰之華苑者矣。惜其湮墜於世，人所罕見，因命工摹鏤，以永流布，與我同志足以知彦升之博識云爾。"

末署"時皇宋慶曆四祀中秋既望日序"。

（丁錫根編著《中國歷代小説序跋集》，人民文學出版社1996年）

慶曆七年（丁亥　1047）

宋庠爲楊億《楊文公談苑》作序："故翰林楊文公大年在真宗朝掌内外制，有重名，爲天下學者所伏，文辭之外，其博物彊見，又過人遠甚。故當時與其遊者，則獲異聞奇説，門生故人往往削牘藏弄以爲談助。江夏黄鑒唐卿者，文公之里人，有俊才，爲公獎重，幼在外舍，逮乎成立，故唐卿所纂，比諸公爲多，但雜抄廣記，交錯無次序，好事者相與名曰《談藪》。余因而掇去重復，分爲二十目，勒成一十二卷，則改題曰《楊公談苑》。"

末署"慶曆丁亥孟春中書後閣宋庠書"。

（楊億著《楊文公談苑》，上海古籍出版社2012年）

至和元年（甲午 1054）

王拱辰《張佛子傳》：“予少之時聞都下有張佛子者，惜其未之見也，又慮好事者之偏辭也。逮予之職御史，得門下給事張亨者，始未之奇。明年，于直舍乃聞其徒相與語，始知亨乃張佛子之子。予因詰其詳於亨，亨遂書其本末。聞而驚且歎曰：‘是其後必昌乎！’輒以亨之言紀其實，以垂鑒將來。”

末署“至和元年六月太原王拱辰撰”。

（李劍國著《宋代志怪傳奇叙録》，南開大學出版社 1997 年）

孫副樞爲劉斧《青瑣高議》作序：“萬物何嘗不同，亦何嘗不異。同焉，人也；異焉，鬼也。兹陰陽大數、萬物必然之理。在昔堯洪水，群品昏墊，吾民幸而不爲魚者幾希矣。人鬼異物，相雜乎洲渚間。聖人作鼎象其形，使人不逢；又驅其異物于四海之外，俾人不見。凡異物萃乎山澤，氣之聚散爲鬼，又何足怪哉？故知鬼神之情狀者，聖人也；見鬼神而驚懼者，常人也。吾聖人所不言，慮後人惑之甚也。劉斧秀才，自京來杭謁予，吐論明白，有足稱道。復出異事數百篇，予愛其文，求予爲序。子之文，自可以動于高目，何必待予而後爲光價？予嘉其志，勉爲道百餘字，叙其所以。夫雖小道，亦有可觀，非聖人不能無異云耳。”

末署“資政殿大學士孫副樞序”。

按，繫年據曾棗莊、吳洪澤《宋代文學編年史》。

（曾棗莊、劉琳主編《全宋文》，上海辭書出版社、安徽教育出版社 2006 年）

至和三年、嘉祐元年（丙申 1056）

錢明逸爲錢易《南部新書》作序：“先君尚書，在章聖朝祥符中，以度支員外郎直集賢院、宰開封。民事多閑，潛心國史，博聞强記，研深覃精。至於前言往行，孜孜念慮，嘗如不及。得一善事，疏于方册，曠日持久，乃成編軸，命曰《南部新書》。凡三萬五千言，事實千，成編五，列卷十。其間所紀，則無遠近耳目所不接熟者，事無纖巨善惡足爲鑒誡者，忠鯁孝義可以勸臣子，因果報應可以警愚俗，典章儀式可以識國體，風誼廉讓可以勵節概。機辯敏悟，怪奇迴特，亦所以志難知而廣多聞。《爾雅》爲六藝鈐鍵，而采謠志，考方語。周《詩》形四方，風雅比興，多蟲魚草木之類。小子不肖，叨繼科目，嘗踐世宦，假字宫鑰，浚涸事休，閱繹家集，因以《新書》次爲門類，繕寫浄本，致於鄉曲，以圖刊鏤。昔班氏家有賜書而擅史學，王涯之以左右舊事緘於青箱，卒用名代。敢跂而及，聊緝先志云。子翰林侍讀學士錢明逸序。"

末署"嘉祐元年十一月十二日"。

（錢易著、黄壽成點校《南部新書》，中華書局 2002 年）

李上交《近事會元》自序："儒家者流，誠資博洽。天下之事，故有本原，苟道聽之未詳，則賓圉而奚解？實繁廣記，以避無稽。嘗謂經籍之淵，頗易探討，耳目之接，或難周知。上交以退寓鍾陵，静尋近史及諸小説、雜記之類，起唐武德，而下盡周顯德之前，擷細務之所因，庶閒談之引據。如曰小不足講，憚則包羞，聊此篇聯，無誚叢脞。凡五百事，釐爲五卷，曰《近事會元》爾。"

末署"時丙申嘉祐改元長至日也"。

（李上交著《近事會元》，中華書局 1991 年）

治平三年（丙午　1066）

釋文瑩《玉壺清話》卷五："文瑩丙午歲訪辰帥張不疑師正，時不疑方五十，齒已疏摇，咀嚼頗艱。後熙寧丁巳，不疑帥鼎，復見招，爲武陵之遊，凡巨臠大截，利若刀截，已六十二矣。余怪而詰焉，曰：'得藥固之。'時余滿口摇落，危若懸帶，謾以此藥試之，輒爾再固。……不疑晚學益深，經史沿革，講摩縱橫，文章詩歌，舉筆則就。著《括異志》數萬言，《倦遊録》八卷。觀其餘蘊，尚盤錯於胸中。"

（文瑩撰，鄭世剛、楊立揚點校《湘山野録　續録　玉壺清話》，
中華書局 1984 年）

治平四年（丁未　1067）

　　歐陽修《歸田録》自序："《歸田録》者，朝廷之遺事，史官之所不記，與夫士大夫笑談之餘而可録者，録之以備閑居之覽也。有聞而誚余者曰：'何其迂哉！子之所學者，修仁義以爲業，誦《六經》以爲言，其自待者宜如何？而幸蒙人主之知，備位朝廷，與聞國論者，蓋八年於兹矣。既不能因時奮身，遇事發憤，有所建明，以爲補益，又不能依阿取容，以徇世俗。使怨嫉謗怒叢於一身，以受侮於群小。當其驚風駭浪，卒然起於不測之淵，而蛟鼉黿鼉之怪，方駢首而闞伺，乃措身其間，以蹈必死之禍。賴天子仁聖，惻然哀憐，脱於垂涎之乃措身其間，以蹈必死之禍。賴天子仁聖，惻然哀憐，脱於垂涎之口而活之，以賜其餘生之命，曾不聞吐珠銜環，效蛇雀之報。蓋方其壯也，猶無所爲，今既老且病矣，是終負人主之恩，而徒久費大農之錢，爲太倉之鼠也。爲子計者，謂宜乞身於朝，退避榮寵，而優遊田畝，盡其天年，猶足竊知止之賢名。而乃裴回俯仰，久之不決，此而不思，尚何歸田之録乎！'余起而謝曰：'凡子之責我者皆是也，吾其歸哉，子姑待。'"

　　末署"治平四年九月乙未廬陵歐陽修序"。

　　卷二載錢惟演名言："平生惟好讀書。坐則讀經，卧則讀小説，上廁則閱小詞。"

（歐陽修著、韓谷等校點《歸田録（外五種）》，上海古籍出版社 2012 年）

熙寧二年（己酉　1069）

　　曾鞏《〈説苑目録〉序》："向采傳記、百家所載行事之跡，以爲此書。奏

之欲以爲法戒，然其所取，往往不當於理，固不得而論也。夫學者之于道，非知其大略之難也，知其精微之際固難矣。……向之學博矣，其著書及建言，尤欲有爲於世，忘其枉己而爲之者有矣，何其徇物者多而自爲者少也。蓋古之聖賢非不欲有爲也，然而曰求之有道，得之有命。姑孔子所至之邦，必聞其政，而子貢以謂非夫子之求之也，豈不求之有道哉？子曰：‘道之將行也與，命也；道之將廢也與，命也。’豈不得之有命哉？令向之出此，安于行止，以彼其志，能擇其所學，以盡乎精微，則其所至未可量也。是以孔子稱古之學者爲己，孟子稱君子欲其自得之，自得之則取之，左右逢其原，豈汲汲於外哉？向之得失如此，亦學者之戒也。故見之叙倫，令讀其書者，知考而擇之也。然向數困於讒而不改其操，與夫患失之者異矣，可謂有志者也。”

按，繫年據曾棗莊、吴洪澤《宋代文學編年史》。

（劉向撰《新序　説苑》，上海古籍出版社 1990 年）

元豐元年（戊午　1078）

釋文瑩《玉壺野史》序：“玉壺，隱居之潭也。文瑩收古今文章，著述最多，自國初至熙寧間得文集二百餘家，近數千卷。其間神道碑、墓誌、行狀、實録及奏議、碑表、野編、小説之類，傾十紀之文字，聚衆學之醇郁，君臣行事之跡，禮樂文章之範，鴻勳盛美，列聖大業，關累世之隆替，截四海之聞見。惜其散在衆帙，世不能盡見，因取其未聞而有勸者，聚爲一家之書。及纂江南逸事，并爲李先主昇特立傳，釐爲十卷。夫黄帝之時，世淳事簡，尚有風后、力牧爲史官，藏其書群玉山中，知所以有史者，必欲其傳。無其傳，則聖賢治亂之跡，都寂寥於天地間。當知其傳者，亦古今之大勸也。”

末署“書成於元豐戊午八月十日，餘杭沙門文瑩湘山草堂序”。

（釋文瑩編撰《玉壺野史》，中國書店 2018 年）

元豐七年（甲子　1084）

司馬光《進書表》："奉敕編集《歷代君臣事迹》，又奉旨賜名《資治通鑑》，今已了畢者。伏念臣性識愚魯，學術荒疏，凡百事爲，皆出人下，獨於前史，粗嘗盡心。自幼至老，嗜之不厭。每患遷、固以來，文字繁多，自布衣之士讀之不遍，况於人主，日有萬機，何暇周覽？臣常不自揆，欲删削冗長，舉措機要，專取關國家興衰、繫生民休戚、善可爲法、惡可爲戒者，爲編年一書，使先後有倫，精粗不雜。私家力薄，無由可成。伏遇英宗皇帝，資睿智之性，敷文明之治，思歷覽古事，用恢張大猷，爰詔下臣，俾之編集。……先帝仍命自選辟官屬，于崇文院置局……以内臣爲承受，眷遇之榮，近古莫及。不幸書未進御，先帝違棄群臣，陛下紹膺大統，欽乘先志，寵以冠序，錫之嘉名，每開經筵，常令進讀。……隕身喪元，未足報塞，苟智力所及，豈敢有遺！會差知永興軍，以衰疾不任治劇，乞就冗官。陛下俯從所欲，曲賜容養，差判西京留司御史臺及提舉嵩山崇福宮，前後六任，仍聽以書局自隨，給之禄秩，不責職業。臣既無他事，得以研精極慮，窮竭所有，日力不足，繼之以夜。遍閲舊史，旁采小説，簡牘盈積，浩如煙海，抉摘幽隱，校計毫釐。……伏望陛下寬其妄作之誅，察其願忠之意，以清閒之宴，時賜省覽，監前世之興衰，考當今之得失，嘉善矜惡，取是舍非，足以懋稽古之盛德，躋無前之至治。俾四海群生，咸蒙其福，則臣雖委骨九泉，志願永畢矣。"

末署"元豐七年十一月進呈"。

（司馬光編著、胡三省音注《資治通鑑》，中華書局 1956 年）

元豐八年（乙丑　1085）

吕南公《測幽記》自序："灌園先生曰：無物不有，然後爲天地；無事不有，然後爲世道。通乎此而盡之，則所謂非常之故、不慮之變，皆適然耳。孰復諄諄然問，觸觸然驚哉！夫有無之相，因其順矣。雖或戾逆，猶未始違乎理。是故天地之所以生陰陽，之所以行日月，之所以明鬼神，之所以靈山川，之所以凝人物，之所以成，皆在乎不得不然之故。……熙寧乙卯年，始記於書。所記隨所憶，故不復品列，率二十四事爲一篇，第而積之，没吾齒而後止。命之曰《測幽》，言讀而能思者，幽可測也。自古記異之筆不少，余雖不敢有記，然無害於理數之所存而遂記焉，趣異於蟲蛙而已矣。若夫守經束教，余雖不爾，其憂無人乎哉！"

按，繫年據曾棗莊、吳洪澤《宋代文學編年史》。

（曾棗莊、劉琳主編《全宋文》，上海辭書出版社、安徽教育出版社 2006 年）

范鎮《東齋紀事》自序："予嘗與修《唐史》，見唐之士人著書以述當時之事，後數百年有可考正者甚多，而近代以來蓋希矣，惟楊文公《談苑》、歐陽永叔《歸田録》，然各記所聞而尚有漏略者。予既謝事，日于所居之東齋燕坐多暇，追憶館閣中及在侍從時，交遊語言與夫里俗傳説，因纂集之，目爲《東齋紀事》。"

按，繫年據曾棗莊、吳洪澤《宋代文學編年史》。

（范鎮、宋敏求著，汝沛點校《東齋紀事　春明退朝録》，中華書局 1980 年）

龐元英《文昌雜録》跋："余自壬戌五月入省，至乙丑八月罷，每有所聞見，私用編録。歲月寢久，不覺滋多。官在儀曹，粗記故事。今雜爲六卷，名曰《文昌雜録》。或有謬誤，覽者爲校正焉。南安龐元英題。"

（龐元英著《文昌雜録》，中華書局 1958 年）

元祐二年（丁卯　1087）

吳處厚《青箱雜記》自序："前世小説有《北夢瑣言》《酉陽雜俎》《玉堂閑話》《戎幕閒談》，其類頗多，近代復有《閑花》《閑録》《歸田録》。皆采摭一時之事，要以廣記資講話而已。余自筮仕，未嘗廢書，又喜訪問，故聞見不覺滋多，況復遇事裁量，動成品藻，亦輒紀錄，以爲警勸，而所紀皆叢脞不次，題曰《青箱雜記》，凡一十卷。"

末署"元祐二年春正月甲寅日謹序"。

（吳處厚撰、李裕民注解《青箱雜記》，中華書局 1985 年）

元祐四年（己巳　1089）

滿中行《澠水燕談錄》序："前人記賓朋燕語以補史氏者多矣，豈特屑屑記錄以爲談助而已哉！齊國王閒之聖塗，余同年進士也，從仕已來，每於燕閑得一嘉話，則錄之。凡數百事，大抵進忠義，尊行節，不取怪誕無益之語，至於賦詠談謔，雖若瑣碎而皆有所發，讀其書亦足知所存矣。元祐四年，予來守蒲，聖塗方爲邑河東，因得其錄而觀之。"

末署"十二月朔，昌邑滿中行思復碧莎廳題"。

（王闢之、歐陽修著，呂友仁點校《澠水燕談錄　歸田錄》，中華書局 1997 年）

元祐五年（庚午　1090）

《宋會要輯稿·刑法禁約》："（元祐五年）七月二十五日，禮部言：凡議時政得失、邊事軍機文字不得寫錄傳布……《國史》《實錄》仍不得傳寫。即其他書籍欲雕印者，選官詳定，有關於學者方許鏤板，候印訖，送秘書省。如詳定不當，取堪施行。諸戲褻之文不得雕印，違者杖一百。委州縣監司、國子監覺察。從之。以翰林學士蘇轍言，奉使北界，見本朝民間印行文字多以流傳在北，請禮法故也。"

（徐松撰、劉琳等校點《宋會要輯稿》，上海古籍出版社 2014 年）

元祐八年（癸酉　1093）

石京爲黃休復《茅亭客話》作序："《茅亭客話》雖多記西蜀之事，然其間聖朝龍興之兆，天人報應之理，合若符契，驗如影響，至於高賢雅士、逸夫野人稀闊之事、升沉之跡，皆采摭當時之實，可以爲後世欽慕儆戒者昭昭然，足使覽者益夫耳聞目見之廣識乎！遷善遠罪之方，則是集之作也。豈徒好奇尚怪，事詞藻之靡麗，以資世俗談噱之柄而已哉！蓋亦有旨意矣。"

末署"時鉅宋元祐癸酉歲季夏中浣日，西平清真子石京序"。

（錢易、黃休復撰《茅亭客話》，上海古籍出版社 2012 年）

元祐九年（甲戌　1094）

魏泰《東軒筆錄》自序："余居漢陰鄧城縣，縣非驛傳之所出，而居地僻絕，其旦暮之所接者，非山林之觀，則田畯之語，舍此無復見聞矣。思少時力學尚友，游于公卿間，其緒言餘論有補于聰明者，雖老矣，尚班班可紀，因叢摭成書。嗚呼，事故有善惡，然吾未嘗敢致意于其間，姑錄其實以示子孫而已，異時有補史氏之闕，或譏以見聞之殊者，吾皆無憾，惟覽者之詳否焉。"

末署"元祐九年上元日，臨漢隱居魏泰序"。

（魏泰撰、李裕民點校《東軒筆錄》，中華書局 1983 年）

紹聖二年（乙亥　1095）

王闢之《澠水燕談錄》自序："澠水談者，齊國王闢之將歸澠水之上，治先人舊廬，與田夫樵叟閑燕而談説也。余登科從仕，行三十年矣，日欲退居故國，而爲貧未果。今且老矣，仕不出乎州縣，身不脫乎飢寒，不得與聞朝廷之論、史官所書；閑接賢士大夫談議，有可取者，輒記之，久而得三百六十餘事，私編之爲十卷，蓄之中囊，以爲南畝北窗、倚杖鼓腹之資，且用消阻志、遣餘年耳。澠，齊水之名，其事隨所録得之，故無先後之序。"

末署"紹聖二年正月甲子序"。

（王闢之著《澠水燕談錄》，中華書局 1981 年）

沈括《夢溪筆談》自序："予退處林下，深居絶過從，思平日與客言者，時紀一事於筆，則若有所晤言，蕭然移日。所與談者唯筆硯而已，故謂之《筆談》。聖謨國政及事近宫省，皆不敢私紀；至於繫當日士大夫毁譽者，雖善亦不欲書，非止不言人惡而已。所録唯山間木蔭，率意談噱。不繫人之利害者，下至間巷之言，靡所不有，亦有得於傳聞者，其間不能無缺謬，以之爲言則甚卑，以予爲無意於言可也。"

按，繫年據曾棗莊、吴洪澤《宋代文學編年史》。

（胡道靜著，虞信棠、金良年編《夢溪筆談校證》，上海人民出版社 2016 年）

元符二年（己卯　1099）

蘇轍《龍川略志引》："有黄氏老，宦學家也，有書不能讀。時假其一二，將以寓目，然老衰昏眩，亦莫能久讀。乃杜門閉目，追思平昔，恍然如記所夢，雖十得一二，而或詳或略，蓋亦無足記也。遠執筆在傍，使書之於紙，凡四十事，十卷，命之《龍川略志》。"

蘇轍《龍川別志序》："予居龍川爲《略志》，志平生之一二，至於所聞於人，則未暇也。然予年將五十起自疏遠，所見朝廷遺老數人而已，如歐陽公永叔、張公安道皆一世偉人，蘇子容、劉貢父博學强識，亦可以名世，予幸獲與之周旋，聽其所譚説，後生有不聞者矣。貢父嘗與予對直紫徽閣下，喟然太息曰：'予一二人死，前言往行埋滅不載矣。君苟能記之，尚有傳也。'時予方苦多事，懶於述録，今謫居六年，終日燕坐，欲追考昔日所聞而炎荒無士大夫，莫可問者，年老衰耄，得一忘十，追惟貢父之言，慨然悲之，故復記所聞，爲《龍川別志》，凡四十七事，四卷。"

末署"元符二年孟秋二十二日"。

（蘇轍撰、俞宗憲點校《龍川略志　龍川別志》，中華書局 1982 年）

建中靖國元年（辛巳　1101）

劉延世《孫公談圃》序："紹聖之改元也，凡仕於元祐而貴顯者，例皆竄貶湖南嶺表，相望而錯趾，惟閩郡獨孫公一人遷於臨汀。四年夏五月，單車而至，屏處林谷，幅巾杖屨，往來乎精藍幽塢之間。其後，避謗杜門不出。余時侍親守官長汀縣，竊從公游，聞公言皆可以爲後世法，亦足以見公平生所存之大節。於是退而筆之，集爲三卷，命曰《孫公談圃》。……余辱公之知且久，而公之語亦嘗囑余記焉。公之子幼而孤，則其事久或不傳。於是詳而述之，庶幾不爲負公者，非特爲《談圃》道也。"

末署"建中靖國元年正月初四日，臨江劉延世述之引"。

（孫升撰《孫公談圃》，《全宋筆記》第二編第一册，大象出版社 2006 年）

崇寧五年（丙戌　1106）

蘇轍《潁濱遺老傳》："予居潁川六年，歲在丙戌秋九月，閱篋中舊書，得平生所爲，惜其久而忘之也，乃作《潁濱遺老傳》，凡萬餘言，已而自笑曰：'此世間得失耳，何足以語達人哉！'昔予年四十有二，始居高安，有一二衲僧遊，聽其言，知萬法皆空，惟有此心不生不滅。以此居富貴，處貧賤，二十餘年而心未嘗動，然猶未睹夫實相也。及讀《楞嚴》，以六求一，以一除六，至於一六兼忘，雖踐諸相，皆無所礙。乃油然而笑曰：'此豈實相也哉？夫一猶可忘，而況《遺老傳》乎？雖取而焚之，可也。'"

按，繫年據曾棗莊、吳洪澤《宋代文學編年史》。

（蘇轍著，陳宏天、高秀芳點校《蘇轍集》，中華書局 2017 年）

晁載之《續談助》評《海內十洲記》："按，朔雖多怪誕詆欺，然不至於著書妄言若此之甚，疑後人借朔以求信耳。然李善著《文選》、郭景純《遊仙詩》已云東方朔《十洲記》曰：'臣故韜隱逸而赴王庭，藏養生而侍朱門矣。'

則此書亦近古所傳也。”

評《漢武帝別國洞冥記》：“僞起江左，行於永禎……而此分爲四，然則此書亦未知定何人所撰也”。又評：“昔葛洪造《漢武内傳》、《西京雜記》，虞義造《王子年拾遺録》，王檢造《漢武故事》，並操鑿空，態情迂誕，而學者耽閲以廣聞見，亦各其志。……此書記曼倩父張氏，而王充《論衡·道虚篇》復言朔姓金氏，神仙道家之言，其荒誕舛錯類皆如此。故並鈔之，以廣聞見，且使後生知雜家小説爲不足多尚，此余之志也。”

評《三水小牘》：“其書卑脚犬花鵲吠刺客、李龜壽事，無甚異，且慮出白氏之私，故不鈔。”

評《殷芸小説》：“其書載自秦漢迄東晉江左人物，雖與諸史時有異同，然皆細事，史官所宜略。又多取劉義慶《世説》《語林》《志怪》等已詳事，故鈔之特略。然其目小説，則宜爾也。”

按，光緒十三年（1887）陸心源爲此書重刻本所撰之叙有言“崇寧五年七月至八月所鈔”，今權繫年于此。

（晁載之著《續談助》，商務印書館 1959 年）

政和元年（辛卯　1111）

李獻民《雲齋廣録》自序：“夫小説之行世也多矣。國朝楊文公以《談苑》行，歐陽文忠公亦以《歸田録》行。其次則存中之《筆談》、師聃之《雜紀》類，皆摭一時之事，書之簡册，用傳於世。此亦古人多愛不忍之義也。其論次有紀，辭事相稱，品章不紊，非良史之才，曷以臻此哉！如僕者，寡學陋儒，誠不敢議其髣髴。然嘗觀《唐史·藝文志》，至有《甘澤謡》《松窗録》《雲溪友議》、《戎幕閒談》之類，叙述遺事，亦見采於當時。僕雖不揆，庶可跂而及也。故嘗接士大夫緒餘之論，得清新奇異之事頗多。今編而成集，用廣其傳，以資談宴。覽者無誚焉。”

末署“政和辛卯五月八日廩延李獻民彥文序”。

（李獻民著《雲齋廣錄》，中華書局 1997 年）

政和三年（癸巳　1113）

章炳文《搜神秘覽》自序：“大塊既散，二氣莫窮。萬物不齊，變化異數。天蒼而高，地黃而下。水以注卑，山以趨高。獸以足馳，禽以翼飛。松竹之不雕，日月之升降，晝夜之往返，春秋之周流，豈徒此哉？至靈者，莫過乎人。人有貴賤、有貧富，穎然而秀者，混然而朴者，飄然而浮者，窒塞而愚者，爲士、爲農、爲工、爲商、爲神、爲聖，則天地、人物皆不可得而齊矣，此自然之理也。及乎神降于莘，石言于晉。耳目之間，莫不有變怪。有不可以智知明察，出入乎機微，不神而神，自然而然。或書之竹帛，傳之丹青，非虛誕也。君子雖曰：有本凡所以徇末者，殊塗同歸而已，又何異哉？孔子不語怪、力、亂、神，非不識不知也，特以無補於教化耳。後之學者從而闢之，苟能率異端以敦本末，必不爲聖人之所取矣。雖然物之不奇，不足以爲傳也；事之不異，不足以爲記也。予因暇日，苟目有所見，不忘於心，耳有所聞，必誦於口。稽靈朗冥，搜神纂異。遇事直筆隨而記之。號曰《搜神秘覽》。每開談較議，博采妖祥，不類不次，不文不飾，無誕無避。性多疎曠，不能無遺，聊綴紀編，以增塵柄。昔張讀有《宣室志》，不紀常人之媸妍；徐鉉有《稽神錄》，悉博物之淵源。類以意推派別之流，旁行合道，則造詭怪之理者，亦屬於勸懲之旨焉。予復何愧？”

末署“政和癸巳叙”。

（章炳文撰《搜神秘覽》，《全宋筆記》第三編第三册，大象出版社 2008 年）

政和四年（甲午　1114）

黃伯思爲高彥休《闕史》題跋：“政和三年秋，於東都清平坊傳此書。……

彦休叙事頗可觀，但過爲緣飾，殊有銑溪蚪户體。此其□云。”

末署“次年三月七日再閱一過，黄伯思書”。

（王汝濤編校《全唐小説》，山東文藝術出版社 1993 年）

政和五年（乙未　1115）

王得臣《麈史》自序：“予年甫成童，親命從學于京師，凡十閲寒暑，始竊一第；已而宦牒奔走，轍環南北，而逮歷三紀，故自師友之餘論，賓僚之燕談，與耳目之所及，苟有所得，輒皆記之。晚逾耳順，自大農致爲臣而歸，闔扉養痾，日益無事，發取所記，積稿猥多，於是重加刊定，得二百八十四事。其間自朝廷至州里，有可訓、可法、可鑒、可誡者無不載；又病其艱於討究，遂類以相從，別爲四十四門，總成三卷，名曰《麈史》。蓋取出夫實錄，以其無溢美、無隱惡而已。雖小道，必有可觀者焉，覽之者幸無我誚。”

末署“時行年八十，皇宋政和，歲在乙未，中元日，追爲之序。鳳臺子王得臣，字彥輔”。

（王得臣、趙令畤撰，俞宗憲、傅成校點《麈史　侯鯖録》，

上海古籍出版社 2012 年）

建炎二年（戊申　1128）

葉夢得《石林燕語》自序：“宣和五年，余既卜别館于卞山之石林谷，稍遠城市，不復更交世事，故人親戚時時相過周旋。嵁巖之下，無與爲娱，縱談所及，多故實舊聞，或古今嘉言善行，皆少日所傳于長老名流，及出入中朝身所踐更者；下至田夫野老之言，與夫滑稽諧謔之辭，時以抵掌一笑。窮谷無事，偶遇筆札，隨輒書之。建炎二年，避亂縉雲而歸。兵火蕩析之餘，井閭湮廢，前日之客死亡轉徙略相半，而余亦老矣。洊罹變故，志意銷鑠，平日所見聞，日以廢忘，因令棟更裒集爲十卷，以《石林燕語》名之。其言

先後本無倫次，不復更整齊。孔子語虞仲、夷逸曰：'隱居放言。'而公明賈論公叔文子曰：'夫子時然後言，人不厭其言。'子曰：'然。'夫言不言，吾何敢議？抑謂初無意於言而言，則雖未免有言，以余爲未嘗言可也。"

末署"八月望日，石林山人序"。

按，繫年據曾棗莊《宋代文學編年史》。

（葉夢得撰、侯忠義點校《石林燕語》，中華書局 1984 年）

徐度《却掃編》自序："予閒居吳興卞山之陽，曰呂家步。地僻且陋，旁無士子之廬。杜門終日，莫與晤言。間思平日聞見可紀者，輒書之。未幾盈編，不忍棄去，則離爲三卷。時方杜門却掃，因題曰《却掃編》。雖不足繼前人之述作，補史氏之闕遺，聊以備遺忘、示兒童焉。"

末署"睢陽徐度"。

按，繫年據陸游《却掃編》跋。

（徐度撰，傅成、尚成校點《却掃編》，上海古籍出版社 2012 年）

紹興二年（壬子　1132）

邵伯温《邵氏聞見錄》自序："伯温早以先君子之故，親接前輩，與夫侍家庭，居鄉黨，遊宦學，得前言往行爲多。以畜其德則不敢當，而老景侵尋，偶負後死者之責，類之以爲書，曰《聞見錄》，尚庶幾焉。"

末署"紹興二年十一月十五日甲子，河南邵伯温書"。

（邵伯温著，李劍雄、劉德權點校《邵氏聞見錄》，中華書局 1983 年）

李如箎《東園叢説》自序："僕頃年僻居語兒之東鄉，既無進取之望，又不能營治資產，日與樵漁農圃者處，羹藜飯糗，安分循理，亦足以自樂。時時批閲文集，省記舊聞，隨手筆之，遂成卷帙。其間經、史、子、集，天文、

地理、曆數之説，無不有之，目之曰《東園叢説》，好古博雅君子覽之者，殆
有取焉。”

末署“紹熙壬子三月下浣，桐鄉丞括蒼李如箎自序”。

（李如箎著《東園叢説》，商務印書館 1936 年）

紹興三年（癸丑　1133）

莊綽《雞肋編》自序：“昔曹孟德既平漢中，欲因討蜀而不得進，守之又
難爲功，操出教爲曰‘雞肋’而已，外莫能曉。楊修獨曰：‘夫雞肋，食之
則無所得，棄之則殊可惜。公歸計決矣。’阿瞞之績，無見於策，而其空言，
竟著於後，是豈非雞肋之腊邪？然方其攈蘆菔、髡茈而餒於牆壁之間，幸而
得之，雖不及於兔肩，視牛骨爲愈矣。予之此書，殆類於是，故以‘雞肋’
名之。”

末署“紹興三年二月九日清源莊季裕云”。

（莊綽撰、蕭魯陽點校《雞肋編》，中華書局 1997 年）

紹興四年（甲寅　1134）

周庭筠爲李如箎《東園叢説》作序：“東園先生李君，少遊上庠，博學多
聞，與紹興諸魁皆友善，平時上下論議，出入經傳，前言往行，靡不識録。
庭筠來吏桐鄉，密邇南廧，暇日授以一編得償未見之願，謹輟俸以刊諸梓，
其于學者亦有助云。”

末署“紹興甲寅正吉，建安周庭筠敬書”。

按，曾棗莊、吳洪澤《宋代文學編年史》第三卷言其序于紹熙五年，當誤。

（李如箎著《東園叢説》，商務印書館 1936 年）

趙令時《侯鯖録·辨傳奇鶯鶯事》：“王性之作《傳奇辨正》云：嘗讀蘇

翰林贈張子野有詩云‘詩人老去鶯鶯在’，注言所謂張生，乃張籍也。僕按元微之所傳奇鶯鶯事，在貞元十六年春，又言明年文戰不利，乃在十七年。而《唐登科記》，張籍以貞元十五年商攫下登科，既先二年，決非張籍明矣。每觀其文，撫卷歎息，未知張生果爲何人。意其非微之一等人不可當也。會清源莊季裕爲僕言：友人揚阜公嘗得微之所作姨母鄭氏墓誌，云其既喪夫，遭軍亂，微之爲保護其家備至。則所謂《傳奇》者，蓋微之自叙，特假他姓以自避耳。僕退而考微之《長慶集》，不見所謂鄭氏志文，豈僕家所收未完，或别有他本爾？然細味微之所序，及考於他書，則與季裕所説皆合。蓋昔人事有悖於義者，多托之鬼神夢寐，或假之他人，或云見他書，後世猶可考也。微之心不自聊，既出之翰墨，姑易其姓耳。不然，爲人叙事，安能委曲詳盡如此！”

趙令時《侯鯖録·元微之崔鶯鶯商調蝶戀花詞》：“夫《傳奇》者，唐元微之所述也。以不載於本集而出於小説，或疑其非是。今觀其詞，自非大手筆孰能與於此。至今士大夫極談幽玄，訪奇述異，無不舉此以爲美話。至於娟優女子，皆能調説大略。惜乎不被之以音律，故不能播之聲樂，形之管弦。好事君子極飲肆歡之際，願欲一聽其説，或舉其末而忘其本，或紀其略而不及終其篇，此吾曹之所共恨者也。今於暇日，詳觀其文，略其煩褻，分之爲十章。每章之下，屬之以詞。或全摭其文，或止取其意。又别爲一曲，載之傳前，先叙前篇之義。調曰商調，曲名《蝶戀花》。句句言情，篇篇見意。奉勞歌伴，先定格調，後聽蕪詞。……何者？夫崔之才華婉美，詞彩艷麗，則於所載緘書詩章盡之矣。如其都愉淫冶之態，則不可得而見。及觀其文，飄飄然仿佛出於人目前。雖丹青摹寫其形狀，未知能如是工且至否？僕嘗采摭其意，撰成鼓子詞十章，示余友何東白先生。先生曰：文則美矣，意猶有不盡者，胡不復爲一章於其後，具道張之於崔，既不能以理定其情，又不能合之於義。始相遇也，如是之篤；終相失也，如是之遽。必及於此，則完矣。

余應之曰：先生真爲文者也。言必欲有終，始箴戒而後已。大抵鄙靡之詞，止歌其事之可歌，不必如是之備。若夫聚散離合，亦人之常情，古今所共惜也。又況崔之始相得而終至相失，豈得已哉。如崔已他適，而張詭計以求見；崔知張之意，而潛賦詩以謝之，其情蓋有未能忘者矣。樂天曰：'天長地久有時盡，此恨綿綿無盡期。' 豈獨在彼者耶？予因命此意，復成一曲，綴於傳末云。"

按，繫年據曾棗莊、吳洪澤《宋代文學編年史》。

（趙令畤著、孔凡禮校點《侯鯖録》，中華書局 2002 年）

紹興六年（丙辰　1136）

曾慥《類説》自序："小道可觀，聖人之訓也。余喬寓銀峰，居多暇日，因集百家之説，采摭事實，編纂成書，分五十卷（按，明天啓刊本爲六十卷），名曰《類説》。可以資治體、助名教、供談笑、廣見聞，如嗜常珍，不廢異饌，下箸之處，水陸俱陳矣。覽者其詳擇焉。"

末署"紹興六年四月望日温陵曾慥引"。

（曾慥編《類説》，文學古籍刊行社 1955 年）

紹興七年（丁巳　1137）

王宗哲爲朱勝非《紺珠集》作序："《紺珠》之集，不知起自何代。試嘗仰觀乎天文，俯察乎地理，凡可以備致用者，雜出於諸子百家之説，支分派别，原始要終，粲然靡所不載，誠有益於後學。然珠之爲物，生於淵而崖不枯，固寶之矣。是珠也，其色紺然，異乎夜光之類，惟取其文焜耀而已。凡人之思慮有爲物所蔽而昏昧者，取其珠而玩之，則了然心悟，涣然冰釋，固足以開聰明，備記遺忘，豈小補哉！學者于此能勤而熟覽之，亦若提珠在手，歷歷無忘。其所能雖相去千百歲之久，可以坐見其創述之本末，則囊括倫類，蓋無餘蘊矣。以是而名其帙，不亦宜乎？”

末署“紹興丁巳中元日，左承直郎、全州灌陽縣令王宗哲謹序”。

按，《郡齋讀書志》小説家類著錄《紺珠集》十三卷，《直齋書錄解題》則著錄十二卷，均題朱勝非撰。然而王宗哲作序之時，朱勝非尚在世，故而《紺珠集》作者或另有他人。存議。

（《文淵閣四庫全書》本）

紹興十年（庚申　1140）

趙鼎《林靈蘁傳》附記：“本傳始以翰林學士耿延禧作，華飾文章，引證故事，旨趣淵深，非博學士夫莫能曉識。僕今將事實作常言，竊欲奉道士俗咸知先生之仙跡。”

按，李劍國《宋代傳奇志怪叙錄》認爲“趙鼎於紹興十年庚申歲（1140）七月自漳州抵潮陽，此傳當作於此時”。今權從其説。

（趙鼎著《林靈蘁傳》，中華書局1991年）

紹興十四年（甲子　1144）

李心傳《建炎以來繫年要錄》：“（四月）丁亥，秦檜奏乞禁野史，上曰：‘此尤爲害事。如靖康以來私記，極不足信，上皇有帝堯之心，禪位淵聖，實出神斷，而一時私傳以爲事由蔡攸、吳敏。上皇曾諭宰執，謂當時若非朕意，誰敢建言，必有族滅之禍。’樓炤曰：‘上皇聖諭，亦嘗報行，天下所共知也。’檜曰：‘近時學者不知體。人謂司馬遷作謗書，然《武紀》但盡記時事，豈敢自立議論？’”

按，繫年據李心傳編《建炎以來繫年要錄》。

（李心傳編撰、胡坤點校《建炎以來繫年要錄》，中華書局2013年）

紹興十七年（丁卯　1147）

　　孟元老《東京夢華錄》自序："僕從先人宦游南北，崇寧癸未到京師，卜居於州西金梁橋西夾道之南。漸次長立，正當輦轂之下，太平日久，人物繁阜，垂髫之童，但習鼓舞，班白之老，不識干戈。時節相次，各有觀賞，燈宵月夕，雪際花時，乞巧登高，教池游苑。舉目則青樓畫閣，綉戶珠簾，雕車競駐於天街，寶馬爭馳于御路。金翠耀目，羅綺飄香，新聲巧笑于柳陌花衢，按管調弦於茶坊酒肆。八荒爭湊，萬國咸通。集四海之珍奇，皆歸市易；會寰區之異味，悉在庖廚。花光滿路，何限春遊；簫鼓喧空，幾家夜宴。伎巧則驚人耳目，侈奢則長人精神。瞻天表則元夕教池，拜郊孟享，頻觀公主下降、皇子納妃。修造則創建明堂，冶鑄則立成鼎鼐。觀妓籍則府曹衙罷，內省宴回；看變化則舉子唱名，武人換授。僕數十年爛賞疊游，莫知厭足。一旦兵火，靖康丙午之明年，出京南來，避地江左，情緒牢落，漸入桑榆。暗想當年，節物風流，人情和美，但成悵恨。近與親戚會面，談及曩昔，後生往往妄生不然。僕恐浸久，論其風俗者，失於事實，誠爲可惜。謹省記編次成集，庶幾開卷得睹當時之盛。古人有夢游華胥之國，其樂無涯者。僕今追念，回首悵然，豈非華胥之夢覺哉，目之曰《夢華錄》。然以京師之浩穰，及有未嘗經從處，得之於人，不無遺闕。倘遇鄉黨宿德，補綴周備，不勝幸甚。此錄語言鄙俚，不以文飾者，蓋欲上下通曉爾，觀者幸詳焉。紹興丁卯歲除日，幽蘭居士孟元老序。"

　　卷五"京瓦伎藝"條："崇觀以來，在京瓦肆伎藝……孫寬、孫十五、曾無黨、高恕、李孝詳，講史。李慥、楊中立、張十一、徐明、趙世亨、賈九，小說。……孔二傳，耍秀才諸宮調。毛詳、霍伯醜，商謎。吳八兒，合生。張山人，說諢話。……孫三，神鬼。霍四究，說三分。尹常賣，五代史。……其餘不可勝數。"

　　（孟元老撰、鄧之誠注《東京夢華錄注》，中華書局 2005 年）

張邦基《墨莊漫録》**自序**："僕以聞見，慮其忘也，書藏其篋。歸耕山間，遇力罷，釋耒之壟上，與老農憩談，非敢示諸好事也。其間是非毀譽，均無容心焉。僕性喜藏書，隨所寓榜曰墨莊，故題其首曰《墨莊漫録》、淮海張邦基子賢云。"

自跋："稗官小説，雖曰無關治亂，然所書者必勸善懲惡之事，亦不爲無補於世也。唐人所著小説家流，不啻數百家，後史官采摭者甚衆，然復有一種，皆神怪茫昧，肆爲詭誕，如《玄怪録》《河東記》《會昌解頤録》《纂異》之類，蓋才士寓言以逞辭，皆亡是公、烏有先生之比，無足取焉。近世諸公所記，可觀而傳者，如楊文公《談苑》，歐陽文忠公《歸田録》，沈存中《筆談》，蘇耆《聞談録》，傅獻簡公《佳話》，張芸叟《花墁録》，王得臣《麈史》，王定公《甲申》《聞見》《隨手》三録，孫君孚《談圃》，呂氏《家塾記》，陳無已《談叢》，蘇子由《龍川志》，葉少藴《石林詩話》《避暑録》，魏道輔《東軒筆録》《碧雲騢詩話》，王性之《四六録話》，趙德麟《侯鯖録》，章氏《延漫録》，李方叔《師友談記》，錢申仲《照堂詩話》，王原叔《談録》，孫少魏《東皋野録》，曾子固《雜誌》，宋次道《春明退朝録》，文瑩《湘山野録》、《玉壺清話》，范蜀公《東齋舊事》，張師正《倦遊録》，王闢之《澠水燕談》，畢仲詢《幕府燕閑録》，吳淑《秘閣閒談》，惠洪覺范《冷齋夜話》、《石門林間録》，王立之《詩話》，吳處厚《青箱雜記》，劉貢父《詩話》，潘淳《詩話補遺》，張文潛《明道雜誌》，胡先生《賢慧録》《孝行録》，何子楚《春渚紀聞》，蔡約之《西清詩話》，不可概舉。但著述者於褒貶去取，或有未公，皆出於好惡之不同耳。故予抄此集，如寓言寄意者，皆不敢載，聞之審，傳之的，方録焉。非敢貽諸久遠，聊資暇時爲引睡之具耳。覽者或有所不然，願爲我筆削之。"

末署"淮海張孝基子賢跋"。

按，繫年據曾棗莊、吳洪澤《宋代文學編年史》。

（張邦基著、孔凡禮點校《墨莊漫録　過庭録　可書》，中華書局 2002 年）

紹興十九年（己巳　1149）

葉廷珪《海録碎事》自序：“始予爲兒童時，知嗜書。家本田舍，貧無書可讀。曾大父以差法押綱至京師，傾行橐市書數十部以歸，因得盡讀之。其後肄業郡學，升貢上庠，登名桂籍，牽絲入仕，蓋四十餘年，見書益多，未嘗一日手釋卷帙。食以飴口，怠以爲枕，雖老而不衰。每聞士大夫家有異書無不借，借無不讀，讀無不終篇而後止。嘗恨無貲，不能盡得寫，間作數十大册，擇其可用者手抄之，名曰《海録》。其文多成片段者，爲《海録雜事》；其細碎如竹頭木屑者，爲《海録碎事》；其未知故事所出者，爲《海録未見事》；其事物興造之原，爲《海録事始》；其詩人佳句曾經前輩所稱道者，爲《海録警句圖》；其有事蹟，著見作詩之由，爲《海録本事詩》。獨《碎事》文字最多，初謂之《一四録》，言其自一字至四字有可取者皆録之，後改爲《碎事》。每讀文字，見可録者，信手録之，未嘗有倫次。閱歲既久，所編猥繁，檢閱非易，嘗以爲病。紹興十八年秋，地郡泉山，公餘無事，因取而類之，爲門百七十五，爲卷二十有二。雖摘列章句，破碎大道，要之多新奇事，未經前人文字中用，實可以爲文章做助，豈小補哉！”

末署“十九年五月二十七日，左朝請大夫、知泉州軍州、主管學事葉廷珪序”。

（葉廷珪撰、李之亮校點《海録碎事》，中華書局 2002 年）

紹興二十一年（辛未　1151）

曾慥《集仙傳》自序：“道家者流學黃老神仙之術，練形成氣，煉氣成神，及臻，厥成形神俱妙，遙興輕舉，浮游蓬萊，變化超忽，將與山石無極。其次坐脱立亡，有所謂屍解者。按《真誥》云：人死必視其形，足不青，皮不皺，目光不毀，無異生人，毛髮盡脱，但失形骨者，皆屍解也。又云：屍解之仙，但不得御華蓋，乘飛龍，登太極，遊九宫。其中有火解者，又有水解者。要之一性常存，周遊自在，有道之士，宿植根本，積行累功，乃能飛升。是以三千行滿，獨步雲歸。兹語信而有證。或者修心煉性，自日益至於日損，自有爲至無爲，功成丹就，住世成仙。故自有次弟。又或親遇至人，餌丹藥，得要决，不假修爲，一超直入神仙之地，繫於緣分如何耳。劉向有《列仙傳》，葛洪有《神仙傳》，沈汾有《續仙傳》。予晚學養生，潛心至道。因采前輩所録神仙事蹟，並所聞見，編集成書，皆有證據，不敢增損，名曰《集仙傳》。異代事，得於碑碣者，姑以其世冠於卷首。其言不可考者次之。有著見於本朝者又次之。至於亡其姓名者，皆附之卷末。中有長生久視之道，普勸用功，同證道果。浮生泡幻，光景如流，生老病死，百苦隨之，事在勉强而已。覽者詳焉。"

末署"紹興辛未至遊子曾慥"。

（《文淵閣四庫全書》本）

紹興二十三年（癸酉　1153）

姚寬《西溪叢語》自叙："嘗讀《新論》云：'若小説家合叢殘小語，以作短書，有可觀之辭。'予以生平父兄師友，相與談説履歷見聞，疑誤考證，積而漸富，有足採者，因綴緝成篇，目爲《叢語》，不敢誇於多聞，聊以自怡而已。"

末署"紹興昭陽作噩仲春望日，剡川姚寬令威識"。

按，"昭陽作噩"爲古代紀時方式之一，即"癸酉"年。

（姚寬、陸游著，孔凡禮點校《西溪叢語　家世舊聞》，中華書局1993年）

紹興二十七年（丁丑　1157）

王十朋《松窗百説》跋："余昔識李君於鄉里，知其爲博學有識君子也。別數年，復遇之于臨安，出所撰《松窗百説》以見示，事多而詞簡，議論一出於正。如辨文王不傾商政，諸葛孔明盡臣道，有若似孔子不以貌，雋不疑詭辭以抗衆，魏武帝宣言以欺人，韓退之不服硫黃，釋寶志妖妄，仙家不壽考，士自負爲不幸，皆大有益於風教，前輩議論所不及也。宋子京作《唐史》，至贊杜牧曰：'牧論天下兵，謂上策莫如先自治。賢矣哉！'牧以一言之當，見賢于宋，今李君百説皆善，又賢於牧一等矣。惜乎世未有知之者！"

末署"紹興丁丑五月十九日，東嘉王十朋書"。

葉謙亨《松窗百説》跋："文至於自得而直遂其意之所詣，非自處甚固者不能。始余以職事造王府，時見李公談古今，論詩文，意超然，甚樂直，自視古人爲無愧也。余曰：'是殆自得而所處甚固者。'及觀《松窗百説》，信然。公之學，不務進取，故淡然而自適；文不追時好，故悠然而自放。其辭辯，其論詳。使其更閲賢智，則必度越諸子。古人實云，余于李公亦云。"

末署"紹興丁丑杪冬，拙齋葉謙亨父書"。

（王雲五主編《叢書集成初編》本，商務印書館 1935 年）

邵博《邵氏聞見後録·諭韓愈稱孟子功不在禹下》："若使聖人之道遭楊墨之害而遂衰微，則亦一家之小説爾，又烏足謂萬世之法哉？"

按，邵博本書自序落款爲"紹興二十七年三月一日河南邵博序"。據以繫年。

（邵博撰，劉德權、李劍雄點校《邵氏聞見後録》，中華書局 1983 年）

紹興二十八年（戊寅　1158）

秦果爲孔平仲《續世説》作序："史書之傳信矣，然浩博而難觀；諸子百家之小説誠可悦目，往往或失之誣。要而不煩，信而可考，其《世説》之讎歟？……學士孔君毅甫平仲，囊括諸史，派引群義，疏剔繁辭，揆叙名理，釐爲十二卷。可謂發史氏之英華，便學者之觀覽，豈曰小補之哉！……此書載言行美惡，區以別之。學者博古考類，擇善而從，去古人何必有間？不但資談説而已，然後知公措意，豈苟然哉！"

末署"三月初一日，長沙秦果序"。

（孔平仲撰、李輝校《續世説》，山東人民出版社 2018 年）

居廣《松窗百説》跋："士之處世，懷卓絶之才，王佐之器，不幸無位，其英略有所不能施設，耻没世而無所聞，故托言以見志。李君季可《松窗百説》是也。大略以采摭經傳爲文，據正辟邪爲意，去非釋疑，一歸諸理。余與李君相處，談古今治亂、人物賢愚、故事優劣、迨兵家衆藝，莫不纖微至當。又仰服其行己無所戾，歎息贊之而不愧云。"

末署"戊寅驚蟄前五日，環衛宗室居廣書"。

曾幾《松窗百説》跋："李季可來見，入門下馬，標宇軒秀，意必有所涵蓄者。坐定，出《松窗百説》，退而觀之，知其積於中者多矣。"

末署"紹興戊寅重午日，贛川曾幾書"。

覿重《松窗百説》跋："季可論王霸大略，踔厲百家，至於藝文，乃餘事。從遊二十年，未嘗有過失，兹予平生所欽服也。《百説》之作，易取鶊賦，其仁義經綸渟涵之意，自當有知者。"

末署"戊寅八日覿重書"。

尹大任《松窗百説》跋："鄉里士陶冶富鄭公、司馬温公、邵康節諸巨人之餘風，大概已與天下異。松窗乃復傑出其説，簡而盡，曲而通，洞見事情，有補於世，前賢未之及也。大任辱在後進，喜而欽之，特授工以傳，且少慰回首嵩洛之意云。"

末署"紹興戊寅下元日，尹大任書"。

（王雲五《叢書集成初編》本，商務印書館 1935 年）

紹興二十九年（己卯　1159）

王明清《投轄録》自序："迅雷、倏電、劇雨、颶風、波濤噴激、蛟龍隱見，亦可謂之怪矣。以其自有觀者，久以爲常。故佛之異鬼神之情狀，若石言于晉、神降于野、齊桓之疾、彭生之屬，存之書傳亦爲不然，可乎？齊諧志怪，由古及今，無慮千帙。僕少年時，性所嗜讀，家藏目覽，鱗集麕至，十逾六七。間有以新奇事相告語者，思欲識之，以續前聞。因仍未能屬者，屏跡杜門，居多暇日，記意曩歲之所剽竊，遺忘之餘，僅數十事，筆之簡編。因念晤言一室，親友情話，夜漏既深，共談所睹，皆側耳聳聽，使婦輩斂足，稚子不敢左顧，童子顏變于外，則坐愈欣怡忘倦，神躍色揚，不待投轄，自然肯留，故命以爲名。後之與僕同志者，當知斯言之不誣。"

末署"紹興己卯十月旦日叙"。

（王明清撰，汪新森、朱菊如校點《投轄録　玉照新志》，

上海古籍出版社 1991 年）

紹興三十一年（辛巳　1161）

鄭樵《通志》卷四十九《琴操》："右十二操，韓愈取十操，以爲文王、周公、孔子、曾子、伯奇、犢牧子所作，則聖賢之事也，故取之。《水僊》《懷陵》二操，皆伯牙所作，則工技之爲也，故削之。嗚呼！尋聲徇跡，不識其所由者如此。九流之學皆有義，所述者無非聖賢之事。然而君子不取焉者，爲多誣言飾事以實其意。所貴乎儒者，爲能通今古，審是非，胸中了然異端邪説，無得而惑也。退之平日所以自待爲如何？所以作十操，以貽訓後世者爲如何？臣有以知其爲邪説異端所襲，愚師瞽史所移也。琴操所言者，何嘗有是事。琴之始也，有聲無辭。但善音之人欲寫其幽懷隱思而無所憑依，故取古之人悲憂不遇之事，而以命操。或有其人而無其事，或有其事又非其人，或得古人之影響又從而滋蔓之。君子之所取者，但取其聲而已。取其聲之義，

而非取其事之義。君子之於世多不遇，小人之於世多得志。故君子之於琴瑟，取其聲而寫所寓焉，豈尚於事辭哉。若以事辭爲尚，則自有六經聖人所説之言，而何取於工伎所志之事哉。琴工之爲是説者，亦不敢鑿空以厚誣於人，但借古人姓名而引其所寓耳，何獨琴哉。百家九流，皆有如此。惟儒家開大道紀實事，爲天下後世所取正也。蓋百家九流之書皆載理，無所繫着，則取古之聖賢之名，而以己意納之於其事之域也。且以卜筮家論之，最與此相近也。如以文王拘羑里而得明夷，文王拘羑里或有之，何嘗有明夷乎？又何嘗有箕子遇害之事乎？孔子問伯牛而得益。孔子問伯牛實有之，何嘗有益乎？又何嘗有過其祖之語乎？《琴操》之所紀者，皆此類也。又如稗官之流，其理只在唇舌間，而其事亦有記載。虞舜之父，杞梁之妻，於經傳所言者，數十言耳，彼則演成萬千言。東方朔三山之求，諸葛亮九曲之勢，於史籍無其事，彼則肆爲出入。《琴操》之所紀者，又此類也。顧彼亦豈欲爲此誣罔之事乎。正爲彼之意向如此，不得不如此，不説無以暢其胸中也。又如兔園之學，其來已久。其所言者，無非周孔之事，而不得爲正學。不爲學者所取信者，以意卑淺而言陋俗也。今觀琴曲之言，正兔園之流也。但其遺聲流雅，不與他樂並肩，故君子所尚焉。或曰，退之之意，不爲其事而作也，爲時事而作也。曰，如此所言，則白樂天之諷諭是矣。若懲古事以爲言，則《隋堤柳》可以戒亡國；若指今事以爲言，則《井底引銀瓶》可以止淫奔。何必取異端邪説、街談巷語，以寓其意乎？同是誕言，同是飾説，伯牙何誅焉？臣今論此，非好攻古人也，正欲憑此開學者見識之門，使是非不雜揉其間。故所得則精，所見則明，無古無今，無愚無智，無是無非，無彼無已，無異無同。概之以正道，燦燦乎如太陽正照，妖氛邪氣不可干也。"

《通志》卷七十一"書有名亡實不亡論一篇"條："唐人小説，多見於語林。近代小説，多見於集説。"

"編次之訛論十五篇"條："貨泉之書，農家類也。《唐志》以顧烜《錢譜》列於農，至於封演《錢譜》，又列於小説家。此何義哉？亦恐是誤耳。《崇文》《四庫》因之並以貨泉爲小説家書，正猶班固以《太玄》爲揚雄所作，而列於儒家。後人因之，遂以《太玄》一家之書爲儒家類。是故，君子重始作，若始作之訛，則後人不復能反正也。”“古今編書所不能分者五：一曰傳記，二曰雜家，三曰小説，四曰雜史，五曰故事。凡此五類之書，足相紊亂。又如文史與詩話，亦能相濫。”

《通志》卷一百四十三：“李延壽史于侯景傳中，同異頗多。據梁武再問景，景皆不能對，令從者代對。景退而自歎，懾於天威是也。今延壽之史，於又不能對之後，又問初渡江有幾人。景曰千人。圍臺城有幾人。曰十萬。今有幾人。曰率土之内莫非己有。武帝俛首不言。如此，則景爲辯士矣。何因有天威難犯，吾不可以再見之語乎！又以簡文《寒夕》詩與《詠月》詩爲詩讖，復無成言，徒費箋注。讖語殆不如是。武帝葬修陵，侯景正當朝，得免槁瘞足矣。何因相地以取佳城，仍更使衛士以大釘於要地釘之，欲令後世絶滅乎！此皆取於稗官小説不典之言。延壽之史似此爲多，故知南北朝之行事，當得識者裁正之爾。”

按，繫年據楊翼驤等《增訂中國史學史資料編年·宋金遼卷》。

（鄭樵著《通志》，浙江古籍出版社 1988 年）

隆興二年（甲申　1164）

何榮孫爲李昌齡《樂善録》作序：“或問東平王蒼：‘處家何等最榮？’王曰：‘爲善最樂。’大哉言乎！以吾樂善之誠，推之一家，則一家之人皆樂善；推之一國，則一國之人皆樂善；推之天下，則天下之人皆樂善。豈獨處家而已哉！隴西李伯崇，迎曦先生之曾孫，天資樂善，得《南中勸戒録》，伏而讀之，深有契於其心，遂博覽載籍，旁搜異聞，凡有補於名教者，增而廣之，分爲十卷，名曰《樂善録》。亟鏤板印行，使家家藏此書，以廣天下樂善之風。此伯崇胸懷本趣也。"

　　按，繫年據何序自署"隆興甲申七夕日"。

（李昌齡著《樂善録》，中華書局 1991 年）

乾道二年（丙戌　1166）

　　湯脩年爲沈括《夢溪筆談》題跋："《筆談》所紀，皆祖宗盛時典故、卿相太平事業及前世製作之美，雖目見耳聞者，皆有補於世，非他雜誌之比云。"

　　末署"乾道二年六月日，左迪功郎充揚州州學教授湯脩年跋"。

（胡道静著，虞信棠、金良年編《夢溪筆談校證》，上海人民出版社 2016 年）

　　王明清《揮麈録》自跋："明清乾道丙戌冬奉親會稽，居多暇日，有親朋來過，相與悟言，可紀者歸考其實而筆録之，隨手盈秩，不忍棄去，遂名之曰《揮麈録》，非所以爲書也。"

　　末署"長至日明清識"。

（王明清撰、王恒柱點校《揮麈録》，山東人民出版社 2018 年）

　　洪邁《夷堅乙志》自序："《夷堅》初志成，士大夫或傳之，今鏤板于閩、于蜀、于婺、于臨安，蓋家有其書。人以予好奇尚異也，每得一説，或千里寄聲，於是五年間又得卷帙多寡與前編等，乃以乙志名之。凡甲乙二書，合爲六百事，天下之怪怪奇奇盡萃於是矣。夫齊諧之志怪，莊周之談天，虛無幻茫，不可致詰。逮干寶之《搜神》，奇章公之《玄怪》，谷神子之《博異》，《河東》之記，《宣室》之志，《稽神》之録，皆不能無寓言於其間。若予是書，遠不過一甲子，耳目相接，皆表表有據依者。謂予不信，其往見烏有先生而問之。"

末署“乾道二年十二月十八日，番陽洪邁景盧叙”。

（洪邁撰、何卓點校《夷堅志》，中華書局 2006 年）

乾道三年（丁亥　1167）

衛博爲龐元英《文昌雜録》題跋：“右《文昌雜録》六卷，龐元英懋賢之書也。乾道丁亥夏，留尹方公刊置建康郡齋。懋賢，丞相莊敏公之子。元豐官制行，入尚書爲主客郎。醇懿有家法，多識舊章，援證同異，穿貫今古。當時大製作、大典禮，褖盛之容，進退揖遜，罔不與從事。故其書事信，其著論確，觀者如班雲龍之庭，而登群玉之府。昔太史公父子紬金匱石室之書，而世本《戰國策》《楚漢春秋》咸補舊聞之闕，後之學者殆將有考於斯。”

末署“六月望，左宣教郎、新充樞密院編修官衛博書”。

（龐元英著《文昌雜録》，中華書局 1958 年）

乾道五年（己丑　1169）

周必大爲趙令畤《侯鯖録》題跋：“詞翰雖君子餘事，必淵源有自，乃可貴焉。”

末署“乾道己丑五月二十四日”。

（趙令畤著、孔凡禮點校《侯鯖録》，中華書局 2002 年）

程迥爲王明清《揮麈録》跋：“右《揮麈録》一編，汝陰王仲言所作也。紹興辛丑，迥侍叔父尉剡，叔父出仲言昆仲詩，詫曰：‘此皆小汝若干歲，雪溪先生諸子也。’迥茫然自失。其後得與仲信、仲言遊，雖服其該洽，當時未知學問之有味也。越二十年，迥塵忝末科，試吏於淮壖，得奉行政事之在民者。因讀《荀卿子》書曰‘法不貳後王’，又讀宣王詩曰‘周道粲然復興’，於是思熟於本朝典故者，以講論學問，士夫間訪之未獲也。忽仲言出示此書，乃平昔之所期，不謂近出於朋舊之中，喜可知也。雖然，僕有疑焉。仲言富於春秋，宜以壯烈上佐時用，何遽留心於著述？若僕輩衰老不適用，乃可娛意于簡册之間耳。仲言其懋哉！"

末署"乾道己丑八月，左文林郎、饒州德興縣丞、沙隨程迥可久跋"。

（王明清撰、王恒柱點校《揮麈録》，山東人民出版社 2018 年）

乾道七年（辛卯　1171）

洪邁《夷堅丙志》自序："始予萃《夷堅》一書，顓以鳩異崇怪，本無意於纂述人事及稱人之惡也。然得於容易，或急於滿卷帙成編，故頗違初心。如甲志中人爲飛禽，乙志中建昌黄氏冤、馮當可、江毛心事，皆大不然，其究乃至於誣善。又董氏俠婦人事，亦不盡如所説。蓋以告者過，或予聽焉不審，爲悚然以慚。既删削是正，而冗部所儲，可爲第三書者，又已襞積。懲前之過，止不欲爲，然習氣所溺，欲罷不能。而好事君子，復縱臾之，輒私自恕曰：'但談鬼神之事足矣，毋庸及其它。'於是取爲丙志，亦二十卷，凡二百六十七事云。"

末署"乾道七年五月十八日，洪邁景盧叙"。

（洪邁撰、何卓點校《夷堅志》，中華書局 2006 年）

乾道九年（癸巳　1173）

卞圓爲《劉賓客嘉話録》作跋："右韋絢所録《劉賓客嘉話録》，《新唐書》採用多矣，而人罕見全録。圓家有先人手校舊本，因鋟板於昌化縣學，以補博洽君子之萬一云。"

末署"乾道癸巳十一月旦，海陵卞圓謹書"。

（王雲五《叢書集成初編》本，商務印書館 1935 年）

淳熙七年（癸卯　1180）

尤袤《山海經》跋："《山海經》十八篇，世云夏禹爲之，非也，其間或挾啓及有窮之事。漢儒云'翳爲之'，亦非也。然屈原《離騷經》所摘取其事，則其爲先秦書不疑也。是書所言多荒忽謾誕，若不可信，故世君子以爲六合之外，聖人之所不論。以予觀之，則亦無足疑也。方天地未奠之初，彝倫故未始有序也，獸蹄鳥跡之道交於中國，則人與禽獸未能有別也。夫性命之未得其正，則賦形於天者不能一定，其詭異固宜。夫天尊地卑而乾坤定，於是手持足蹈以爲人，戴角傅翼以爲鳥獸，類聚群分，始能有以自別，而聖人者出而君長之，以爲人者不特其形之如是也，又從而制爲仁義禮樂以爲之屍文，俾之自別於禽獸，而人蓋尊。故夫人者，其初亦天地之一物而特靈者耳，自今觀之，則理固有是而不足疑也。是書所載，自開闢數千萬年，遐方異域不可詰知之事，蓋自禹貢職方氏之外，其辨山川草木鳥獸所出，莫備於此書。又秦漢學者多引《山海經》，茲固益可信，古書得存於今如是者鮮矣。豈不可貴且重乎。始予得京都舊印本三卷，頗疏略，繼得道藏本，南山東山經各爲一卷，西山北山各分爲上下兩卷，中山爲上中下三卷，別以中山、東北爲一卷，海外南，海外東、北，海內西、南，海內東、北，大荒東、南，大荒西，大荒北，海內經，總爲十八卷。雖編簡號爲均一，而篇目錯亂不齊，晚得劉歆所定書，其南、西、北、東及中山，號五藏山經，爲五篇，其文最多，海內、海外、大荒三經，南、西、北、東各一篇，並海內經一篇，亦總十八篇，多者十餘簡，少者三、二簡，雖若卷帙不均，而篇次整比最古，遂爲定本，予自紹興辛未至今三十年所見，無慮十數本，參校得失，於是稍無舛訛，可繕寫。其卷後或題建平元年四月丙戌待詔太常屬臣望校治、侍中光祿勳臣龔、侍中奉車都尉光祿大夫臣秀領主省，建平實漢哀帝年號，是歲劉歆以欲應圖讖始改名秀，而龔則王龔也。哀帝時朝臣有兩名望者，一則丁望，一則蟜望，而此疑爲丁望云。"

末署“淳熙庚子仲春八日梁溪尤袤題”。

（丁錫根著《中國歷代小説序跋集》，人民文學出版社 1996 年）

洪邁《容齋隨筆》自序：“予老去習懶，讀書不多，意之所之，隨即紀録，因其後先，無復詮次，故目之曰《隨筆》。淳熙庚子，鄱陽洪邁景盧。”

《容齋隨筆》卷十五：“大率唐人多工詩，雖小説戲劇，鬼物假托。莫不宛轉有思致，不必顒門名家而後可稱也。”

按，《唐人説薈·凡例》引洪邁言：“唐人小説不可不熟，小小情事，淒惋欲絶，洵有神遇而不自知者，與詩律可稱一代之奇。”不知何據，姑附于此。

（洪邁著、孔凡禮點校《容齋隨筆》，中華書局 2015 年）

淳熙九年（甲辰　1182）

龔明之《中吳紀聞》自序：“吾家自先殿院占籍中吳，距今幾二百祀，相傳已及雲、仍矣。明之幼嘗逮事王父，每聞講論鄉之先進所以誨化當世者，未嘗不注意高仰云。少長從父黨游，皆名人魁士。及又獲識典刑於親炙之人，乃從事于進取，虞庠魯泮，餘三十年，同舍亦多文人行士，揭德振華，咸有可紀。厥後世異事變，利門名路，絶不復往。由是聲跡益晦陋，瓜疇芋區，不過老農相爾汝，所與談笑者，無復有鴻儒矣。竊嘗端居而念焉，凡疇昔飫聞而厭見者，往往後輩所未喻。今年九十有二，西山之日已薄，恐其説之無傳也，口授小子昱，俾抄其大端，藏之篋衍。不惟可以稽考往跡，資助談柄；其間有裨王化、關士風者頗多，皆新舊《圖經》及吳地志所不載者。至於鬼神夢卜，雜置其間，蓋效范忠文《東齋紀事》體；談諧嘲謔，亦録而弗棄，蓋效蘇文忠公《志林》體：皆取其有戒於人耳。昱新學小生，屬意不倫，措辭無法，不可以爲書。予意爲是不滿，必得老于文者隳栝之，庶幾不爲撫掌之資，而使後之人誦其所聞，以代莊舄之吟爾。"

末署"淳熙九年中和日，宣教郎賜緋魚袋致仕龔明之期頤堂書"。

（龔明之著、孫菊圓校點《中吳紀聞》，上海古籍出版社 1986 年）

洪邁《夷堅丁志》自序："凡甲丁四書，爲千一百有五十事，亡慮三十萬言。有觀而笑者曰：'《詩》《書》《易》《春秋》，通不贏十萬言，司馬氏《史記》上下數千載，多才八十萬言。予不能玩心聖經，啓瞶門户。顧以三十年之久，勞動心口耳目，瑣瑣從事於神奇荒怪，索墨費紙，殆半太史公書。曼澶支離，連犿叢釀，聖人所不語，揚子雲所不讀。有是書，不能爲益毫毛；無是書於世何所欠？既已大可笑，而又稽以爲驗，非必出於當世賢卿大夫，蓋塞人、野僧、山客、道士、瞽巫、俚婦、下隷、走卒，凡以異聞至，亦欣欣然受之，不致詰。人何用考信，兹非益可笑與？'予亦笑曰：'六經經聖人手，議論安敢到？若太史公之説，吾請即子之言而印焉。彼記秦穆公、趙簡子，不神奇乎？長陵神君、圯下黄石，不荒怪乎？書荆軻事證侍醫夏無且，書留侯容貌證畫工；侍醫、畫工，與前所謂寒人、巫隷何以異？善學太史公，宜未有如吾者。子持此舌歸，姑閟其笑。'他日，戊志成。"

按，關于此序，嚴元照校記有言："此序未全。元本取丁志中一卷尾頁補之，可笑。今空白一紙。又按：此序似是戊志之序，未詳其故。"繫年據凌郁之《洪邁年譜》。李劍國《宋代志怪傳奇叙録》繫于淳熙十年（1183），亦是推測之論。

（洪邁撰、何卓點校《夷堅志》，中華書局 2006 年）

淳熙十二年（乙巳　1185）

王明清《揮麈録》自跋："丘明、子長、班、范、陳壽之書，不經它手，故議論歸一。自唐太宗修《晉書》，置局設官，雖房玄齡、褚遂良受詔，而許敬宗、李義府之徒厠跡其間，文字交錯，約史自此失矣。劉煦之《唐書》、薛居正之《五代史》，號爲二氏，而職長監修，未始措辭。嘉祐重命大儒再新《唐史》，歐陽文忠、宋景文各析紀傳，故《直筆》《糾繆》之書出。國朝《三朝史》，爲大典之冠，而進呈於天聖垂簾之際，名臣大節，無所叙録居多，或有一事見之數傳，褒貶異同。自建隆抵於元符，信史屢更。先人於是輯《國朝史述》焉，直欲追仿遷、固，鋪張揚屬，爲無窮之觀。雖前日宗工筆削，不敢更易，但益以遺落，損其重複。如一姓父子兄弟，附於本傳之次，增以宗室、宰執、世系、與夫陟黜歲月三表，如《唐書》之制。紹興戊午中，執法常公聞其事，詔奉祠中，視史官之秩，尚方給劄。奏御及半，而一秦專柄，不盡以所著達於乙覽，獨存副本私室。先人棄世，野史之禁興，告訐之風熾，薦紳重足而立。明清兄弟，居蓬衣白，亡所掩匿，手澤不復敢留，悉化爲煙霧。又十五年，巨援没而公道開，再命會稽官以物辦訪遺書於家，但記憶殘缺，以補册府之闕而已。故舊文居多。此舉蓋自先祖早授學於六一翁之門，命意本於六一。其後先人承之，故先人遷官制云：‘汝好古博雅，自其先世。屬詞比事，度越輩流。’痛哉！斯文雖不傳於後代，而王言可訓于萬世也。明清弱齡過庭，前言往行，探尋舊事，黽夕剽聆，多歷年所，憂苦摧挫，萬事瓦解，不自意全，莫能髣鈐以續先志。乾道之初，竊叢祠之禄，偏奉山陰，親朋相過，抵掌劇談，偶及昔聞，間有可記，隨即考而筆之，曰《揮麈録》。故人程迥可久，知名士也，覽而大喜，手録而識於後，繇是流傳。又嘗取司馬文正公《百官公卿表》與夫陳穌叔及《紹興拜罷録》，參考弼臣進退次第年月，列爲四圖表，置之坐隅，以便觀覽，今鏤板於閩、蜀、江、浙矣。丁酉春，覓官行都，獲登太史李公仁甫之門，命與其子仲信遊。春容間偶出二編，公一見稱道再三，且以宣、政名卿出處下詢。如黄寔，章子厚之甥，不麗其舅，而卒老於外；方軫，蔡元長之姻婭，引登言路而首論其非，遂罷遠竄；潘兌，朱勔里人，不登其門而擯斥；李森爲中司，不肯觀望；王黼窮鄧之綱之獄而被逐；燕雲之役，蓋成于陳堯臣；王宷之枉，繇盛章父子欲害劉炳兄弟，世皆亡其事蹟。明清不量其愚，爲冥搜倫類，凡二十餘條，摭據依本末告之。公益喜，大加敬歎，又云：'僕兼攝天官，睹銓牓有臨安龍山監稅見次，君可俯就，但食其祿而相與討論，徐請君於朝以助我。'明清力辭以名跡不正，且非其人而歸。未幾，公父子俱去國，明清餞別於秀州之杉青閘下，舟中相持悵然。後數年，仲信没於蜀。公後雖復召領史局，而明清適官遠外，參辰一見，方欲造公，而公已下世。比焉試邑窮塞，公事無多，翻篋復見舊稿，愴念父祖以來平生用心。嗟夫！師友之淪没，言猶在耳，孰令聽之邪？投老殘年，感歎之餘，姑以胸中所存識左方。後之攬者，亦將太息於斯作。"

末署"淳熙乙巳中元日，朝請大夫主管台州崇道觀汝陰王明清書"。

（王明清撰、王恒柱點校《揮麈録》，山東人民出版社 2018 年）

淳熙十三年（丙午　1186）

李大性《典故辨疑》自序："仰惟皇朝聖明相紹，明良之懿，著在青史，坦然明白，信以傳信，而縉紳相屬，呫嗶益繁，私史薦興，記説蜂午，朱紫苗莠，混爲一區，熙朝盛美，未免蒙翳。請略舉數端言之：如梅堯臣《碧云騢》非堯臣所撰，孔平仲《雜録》非平仲所述，《建隆遺事》以王禹偁名而實非禹偁，《志怪集》《括異志》《倦遊録》以張師正名而實非師正，《涑水記聞》雖出於司馬光而多所增益，《談叢》雖出於陳師道而多所誤繆，以至王安石《日録》、蔡絛《國史後補》，又皆不足以取信。儒者俱嘗言之而未之詳辯也，矧其言者乎？蓋嘗推其疇品，爲説滋夥，數其差舛，不可殫述。雖云爝火之衆於大明何傷，然微塵纖埃，非全鏡所宜有也。然則丹鉛點勘，瘼疑辯惑，匪書生職歟？臣大懼私史踳駁，或爲正史之蠹，輒摭其事而正之。伏自忖念，衡茅之下，多未見之書，樸樕之材，無奇特之見，固不當自置於五不韙之域，以奸嚴誅，而孤忠拳拳，所欲辯明，懷不能已。非敢遠慕昔人，作指瑕糾繆之書，以詆攻訏之誚，獨取熙朝美事及名卿才大夫之卓卓可稱，而其事爲野史、語錄所翳者辨而明之，參其歲月，質其名氏、爵位而考證焉。其或傳聞異詞，難以示信，以意逆志，雖知其非，而未有曉然依據，則姑置弗辨；其所辨者，必得所證而後爲之說焉。所辨凡二百條，釐爲二十卷，名之曰《典故辨疑》。"

按，繫年據《增訂中國史學史資料編年》。

（楊翼驤編著，喬治忠、朱洪斌訂補《增訂中國史學史資料編年》，

商務印書館 2013 年）

淳熙十四年（丁未　1187）

《宋會要輯稿》五之一〇載洪邁等人上疏："竊見近年舉子程文，流弊日甚，固嘗深軫宸慮，以臣僚建請下之禮闈，蓋將訓其士類，革去舊習。然漸漬以久，未能遽然化成。仰惟祖宗事實，載在國史，稽諸法令，不許私自傳習。而舉子左掠右取，不過采諸傳記雜説，以爲場屋之備，牽強引用，類多訛舛，不擇重輕，雖非所當言，亦無忌避。其所自稱者，又悉變'愚'爲'吾'。或於敘述時事，繼以'吾嘗聞之''吾以謂'等語。其間得占前列，皆塵睿覽。臣子之誼，尤非所宜。至其程文，則或失之支離，或墮於怪僻。考之今式，賦限三百六十字，論限五百字。今經義、策論一道，有至三十言；賦散句之長者至十五六字，一篇計五六百言。寸晷之下，唯務貪多，累牘連篇，無由精好。所謂怪僻者，如曰定見，曰力量，曰料想，曰分量，曰自某中來，曰定向，曰意見，曰形見，曰氣象，曰體統，曰錮心，及心心有主、喋喋争鳴，一蹴可到、盥手可致之類，皆異端鄙俗文辭。止緣迂儒曲學，偶以中選，故遞相蹈襲，恬不知悟。臣等雖擇其甚者斥去不收，而滿場多然，拘於取人定數，不可勝黜。間有文理優長，置在高選者，亦未免有此疵病。乞以此章下國子監並諸州學官，揭示士人，使之自今以往，一洗前弊，專讀

經書史子，三場之文，各遵體格。其妄論祖宗與夫支離怪僻者，嚴加黜落。庶幾士氣一新，皆務實學，文理既正，傳世四方，足以爲將來矜式，上副明時長育成就之意。”

（徐松撰、劉琳等校點《宋會要輯稿》，上海古籍出版社 2014 年）

趙師俠爲孟元老《東京夢華錄》題跋：“祖宗仁厚之德，涵養生靈，幾二百年。至宣政間，太平極矣，禮樂刑政，史册具在。不有傳記小說，則一時風俗之華，人物之盛，詎可得而傳焉！宋敏求《京城記》載坊門公府、宮寺第宅爲甚詳，而不及巷陌店肆，節物時好。幽蘭居士記録舊所經歷爲《夢華録》，其間事關宮禁典禮，得之傳聞者，不無謬誤。若市井遊觀，歲時物貨，民風俗尚，則見聞習熟，皆得其真。余頃侍先大父與諸耆舊，親承謦欬，校之此録，多有合處。今甲子一周，故老淪没，舊聞日遠，後餘生者，尤不得而知，則西北寓客絶談矣。因鋟木以廣之，使觀者追念故都之樂，當共起風景不殊之歎！”

末署“淳熙丁未歲十月朔旦，浚儀趙師俠介之書於坦庵”。

（孟元老撰、鄧之誠注《東京夢華録注》，中華書局 2005 年）

淳熙十五年（戊申　1188）

王賓《夷堅别志》自序：“志怪之書甚夥，至鄱陽《夷堅志》出，則盡超之。余平生所書，略類洪公。始讀《左傳》《史記》《漢書》，稍得其記事之法而無所施，因志怪發之。久之，習熟調利，滋耽翫不能釋。間自觀覽，要不爲無補於世。而古今文章之關鍵，亦間有相通者。不以是爲無益而中畫，愈裒所見聞，益之事五百七十，卷二十四，今書之目也。余心尚未艾，書當如之，則將浸及於《夷堅》矣。凡《夷堅》所有而洊見者删之，更生佛之類是也；凡《夷堅》所有而未備者補之，黃元道之類是也。其名仍爲《夷堅》而别志之，辨于鄱陽也。得歲月者紀歲月，得其所者紀其所，得其人者記其人。三者並書之備矣，闕一二亦書，皆闕則弗書。醜而不欲著姓名者婉見之，如《夷堅》碻夢之類是也；醜而姓名不可不著者顯揭之，如《夷堅》人牛之類是也。其稱某人云，又某人得諸某人云，若己所見，各識其所自來，皆循《夷堅》之規弗易也。所書甲子之一爲期，過是弗書，耳目相接也。所書鬼神之事爲主，非是弗書，名實相稱也。於《夷堅》之規皆仍之，其異也者，筆力瞠乎其後矣。"

按，李劍國推斷，"本書當作於淳熙間，約在淳熙五年後、十五年前，乃作者奉祠山居所作"。今權繫年于此。

（李劍國著《宋代志怪傳奇叙録》，南開大學出版社 1997 年）

淳熙十六年（己酉　1189）

《宋會要輯稿·刑法二》："今後有私撰小報，唱説事端，許人告首，賞錢三百貫文，犯人編管五百里。"

（徐松撰、劉琳等校點《宋會要輯稿》，上海古籍出版社 2014 年）

紹熙元年（庚戌　1190）

丁朝佐爲周必大《玉堂雜記》題跋："今丞相周公《鸞坡録》，愛而傳之。兹如武林，又得其《玉堂雜記》，益聞所未聞。蓋中興以來，九重之德美、前輩之典刑、恩數之異同、典故之沿革，皆因事而見之，此尤不可不傳也。乃手抄一通，藏於家。"

末署"紹熙元年重午日，樵溪丁朝佐謹書"。

（周必大著、楊劍兵校箋《玉堂雜記校箋》，陝西人民出版社 2018 年）

紹熙三年（壬子　1192）

洪邁《容齋續筆》自序："是書先已成十六卷，淳熙十四年八月，在禁林日入侍至尊壽皇聖帝清閒之燕，聖語忽云：'近見甚齋隨筆？'邁竦而對曰：'是臣所著《容齋隨筆》，無足采者。'上曰：'亦有好議論。'邁起謝，退而詢之，乃婺女所刻，賈人販鬻于書坊中，貴人買以入，遂塵乙覽。書生遭遇，可謂至榮。因復裒臆說綴于後，懼與前書相亂，故別以一二數而目曰續，亦十六卷云。"

末署"紹熙三年三月十日邁序"。

（洪邁撰、孔凡禮點校《容齋隨筆》，中華書局 2015 年）

趙汝愚爲曾敏行《獨醒雜誌》題跋："右《獨醒雜誌》十卷，廬陵曾君所作也。紹熙壬子歲秋，君之子三聘，出以示余，喜而讀之，得所未見。竊惟古之君子所貴乎多識前言往行者，非誇其文，耀其富，蓋將以畜其德也。然則曾君之所以遺其子，與無逸之所以幸教余者，可不敬勉之哉。"

末署"開封趙汝愚題"。

尤袤《獨醒雜誌》跋："浮云居士曾公以文學行義有聲江西，予恨不識其人，而獲從其子監簿遊。文獻彬彬，所謂能世其家者。一日，見公所著《獨醒雜誌》十卷，前言往行，登載不遺，有補於世，語簡事核，非其他稗官小説之比。讀其書，想其人，如親見其抵掌談論，益知監簿家學淵源所從來矣。嗚呼，士君子抱負所有，不見於用，必托於言。若公者高見遠識，尚友前輩，雖陸沉於下，而遺書滿家，足以垂世傳後。其視富貴無聞者，孰得孰失？況又有子方騶鏦顯榮，足以爲不亡矣。因書其後。"

末署"紹熙壬子孟秋望日錫山尤袤題"。

陳傅良《獨醒雜誌》跋："余嘗次本朝學問多出江西，至歐公，遂以議論文章師表天下，曾、王又相次第起，最後魯直，且以詩擅一代：盛矣。余生晚，蓋嘗識曾鯉求甫，得其書一編，今又得曾無逸所藏其先君子《獨醒雜誌》一編，則亦三不逢者也。魯無君子斯焉取斯，信然。夫逢不逢何足道，顧其書可傳不耳。方三經義行時，學者非王氏不學。由今觀之，視《獨醒志》，果何如?"

（曾敏行著、朱傑人標校《獨醒雜誌》，上海古籍出版社 1986 年）

費袞《梁谿漫志》自序："前輩之學，不徒爲空言也，施之於用，然後爲言。故掌製作命則言，抗疏論諫則言，知人安民矢謨則言；舍是而有言焉，所謂垂世立教者，則亦不得已云爾。予生無益於時，其學迂闊無所可用，暇日時以所欲言者，記之於紙，歲月寖久，集而成編，因目以《漫志》。嗟夫，竟何謂哉？顧非有用之言，且非有所不得已，譬之候蟲逢秋，自吟自止，識者當亦爲之歎笑邪!"

末署"紹熙三年十二月二十日，梁谿費袞補之序"。

（費袞著、金圓校點《梁谿漫志》，上海古籍出版社 1985 年）

紹熙四年（癸丑　1193）

張貴謨爲周煇《清波雜誌》作序："余故人周昭禮，嗜學攻于文，當世名公卿多折節下之。余與昭禮定交，今不翅二十年矣。每一別再見，喜其論議益該治，文益工，今老矣，而志益壯。一日示余以所撰《清波雜誌》十有二卷，紀前言往行及耳目所接，雖尋常細事，多有益風教及可補野史所闕遺者。蓋昭禮家藏故書幾萬卷，平時父子自相師友，其學問源委蓋不同如此。今寓居中都清波門之南，故因以名其集云。"

末署"紹熙癸丑春古括張貴謨序"。

張訢《清波雜誌》跋："涉歷久而見聞該，閱習工而語意貼，然則是書以晚年出也固宜。"

末署"紹熙癸丑九日毗陵張訢"。

陳晦《清波雜誌》跋："所惡乎雜家者，爲其害道也。若周君此書，雖出於平居暇日隨筆紀錄之作，而感時懷舊，獎善黜惡，斷斷然有補風教，則奚惡於雜哉！"

末署"紹熙癸丑十有一月九日也，吳興陳晦謹書"。

（周煇撰、劉永翔校注《清波雜誌校注》，中華書局 1994 年）

紹熙五年（甲寅　1194）

王明清《揮麈後錄》自跋："明清頃焉不自度量，嘗以聞見漫緝小帙，曰《揮麈錄》，輒以鏤板，正疑審是于師友之前久矣。竊伏自念平昔以來，父祖談訓，親交話言，中心藏之，尚餘不少。始者乏思，慮筆之簡編，傳信之際，或招怨尤。今復惟之，侵尋晚景，倘棄而不錄，恐一旦溘先朝露，則俱墮渺茫，誠爲可惜。若夫於其中間，善有可勸，惡有可戒，出於無心可也，豈在於因噎而廢食？朝謁之暇，濡毫紀之，總一百七十條，無一事一字無所從來，釐爲六卷，名之曰《揮麈後錄》，尚容思索，嗣列于左。"

末署"紹熙甲寅上元日，汝陰王明清書于武林官舍半山樓"。

王禹錫《揮麈後錄》序："古之史官，小事書于簡牘，所謂廣記備言者在此。東漢以後傳記益衆，皆以爲史筆之資；然而詮擇不精，疑信相半，紬書者病之。汝陰王仲言，家傳史學三世矣。族黨交遊無非一時名公巨人，平日談論皆後學之所未聞者。渡江以來，簡冊散亡，老成凋落，於是有考焉。曩嘗筆其所聞爲《揮麈錄》，既又續之，所記益廣。其間雅健之文，著述之體，誠有所自來也。儻使遂一家之言，當不愧實錄云。"

末署"海陵王禹錫謹書"。

（王明清撰、王恒柱點校《揮麈錄》，山東人民出版社 2018 年）

洪邁《夷堅支甲志》自序："《夷堅》之書成，其志十，其卷二百，其事二千七百有九。蓋始末凡五十二年，自甲至戊，幾占四紀，自己至癸，才五歲而已，其遲速不侔如是。雖人之告我疏數不可齊，然亦似有數存乎其間。或疑所登載頗有與昔人傳記相似處，殆好事者飾説勦掠，借爲談助。是不然，古往今來，無無極，無無盡，荒忽眇綿，有萬不同，錙析銖分，不容一致。蒙莊之語云：'惡乎然。然於然。惡乎不然。不然於不然。'又曰：'是不是，然不然。是若果是也，則是之異乎不是也，亦無辯；然若果然也，則然之異乎不然也，亦無辯。'能明斯旨，則可讀吾書矣。初，予欲取稚兒請，用十二辰續未來篇帙。又以段柯古《雜俎》謂其類相從四支，如支諾皋、支動、支植，體尤崛奇。於是名此志曰支甲，是於前志附庸，故降殺爲十卷。"

末署"紹熙五年六月一日，野處老人序"。

（洪邁撰、何卓點校《夷堅志》，中華書局 2006 年）

周煇《清波別志》自序："煇嘗作《清波志》十有二卷，復省記平昔見聞，尚多遺佚。鷄肋棄之可惜，乃裒爲《別志》三卷。若夫纂録之意，則有前序在。紹熙甲寅九日，淮海周煇。"

（丁錫根編著《中國歷代小説序跋集》，人民文學出版社 1996 年）

慶元元年（乙卯　1195）

王明清《揮麈三録》自跋："明清前年厠跡躑路，假居於臨安之七寶山，俯仰顧昒，聚山林江湖之勝於几案間，襟懷灑然，記憶舊聞，纂《揮麈後録》，既幸成編。去歲請外，從欲贅丞海角。涉筆之暇，無所用心，省之胸次，隨手濡毫，又獲數十事，不覺盈帙，漫名曰《揮麈第三録》。凡所聞見，若來歷尚晦，本末未詳，姑且置之，以待乞靈於博洽之君子，然後敢書。斯亦習氣未能掃除，猶鷄肋之餘味耳。"

末署"慶元初元仲春丁巳，明清重書于吳陵官舍佳客亭"。

（王明清撰、王恒柱點校《揮麈録》，山東人民出版社 2018 年）

　　洪邁《夷堅支乙集》自序："紹熙庚戌臘，予從會稽西歸。方大雪塞塗，千里而遙，凍倦交切，息肩過月許，甫收召魂魄，料理策簡。老矣，不復著意觀書，獨愛奇氣習猶與壯等。天惠賜於我，耳力未減，客話尚能欣聽；心力未歇，憶所聞不遺忘；筆力未遽衰，觸事大略能述。群從姻黨，宦遊峴、蜀、湘、桂，得一異聞，輒相告語，閑不爲外奪，故至甲寅之夏季，《夷堅》之書緒成辛、壬、癸三志，合六十卷，及支甲十卷。財八改月，又成支乙一編。於是予春秋七十三年矣，殊自喜也，則手抄録之，且識其歲月如此。"

　　末署"慶元元年二月二十八日，野處老人序"。

（洪邁撰、何卓點校《夷堅志》，中華書局 2006 年）

　　王楙《野客叢書》自序："僕間以管見，隨意而書，積數年間，卷囊俱滿。旅寓高沙，始命筆吏，不暇詮次，總而録之，爲三十卷，目之曰《野客叢書》。井蛙拘墟，稽考不無疏鹵，議論不無狂僭，君子謂其野客則然，不以爲罪也。"

　　末署"皇宋慶元改元三月戊申日下稊，長洲王楙書於不欺堂之西偏"。

（王楙撰、王文錦點校《野客叢書》，中華書局 1987 年）

　　洪邁《夷堅支景》自序："歲二月支乙成，十月支景成。書之速就，視前時又過之。昔我曾大父少保諱，與天干甲乙下一字同音，而左畔從火，故再世以來，用唐人所借，但稱爲景。當《夷堅》第三書出，或見驚曰：'禮不諱嫌名，私門所避若爲家至戶曉，徒費詞説耳。'乃直名之。今是書萌芽，稚兒力請曰：'大人自作稗官説，與他所論著及通官文書不侔，雖過於私無嫌，避之宜矣。'於是目之曰支景，懼同志觀者以前後矛盾致疑，故識其語。"

　　末署"慶元元年十月十三日序"。

（洪邁撰、何卓點校《夷堅志》，中華書局 2006 年）

慶元二年（丙辰　1196）

　　洪邁《夷堅支丁》自序："稗官小說家言不必信，固也。信以傳信，疑以傳疑，自《春秋》三傳則有之矣，又況乎列禦寇、惠施、莊周、庚桑楚諸子汪洋寓言者哉！《夷堅》諸志，皆得之傳聞，苟以其說至，斯受之而已矣……讀者曲而暢之，勿以辭害意可也。"

　　末署"慶元二年三月十九日序"。

　　洪邁《夷堅支庚》自序："起良月庚午，至臘癸丑，越四十四日，而《夷堅》支庚之書成，凡百三十有五事。稚子捧玩，躍如以喜，雖予亦自詫其敏也。蓋每聞客語，登輒紀錄，或在酒間不暇，則以翼旦追書之，仍亟示其人，必使始末無差戾乃止。既所聞不失亡，而信可傳。又從呂德卿得二十說，鄉士吳潦伯秦出其妯公時軒居士昔年所著筆記，剽取三之一爲三卷，以足此篇，故能捷疾如此。聊表篇首，以自詫云。"

　　末署"慶元二年十二月八日序"。

　　　　　　　　　　（洪邁撰、何卓點校《夷堅志》，中華書局 2006 年）

慶元三年（丁巳　1197）

　　洪邁《夷堅支癸》自序："劉向父子彙群書《七略》，班孟堅采以爲《藝文志》，其小說類，定著十五家，自《黃帝》《天乙》《伊尹》《鬻子說》《青史》《務成子》咸在。蓋以迂誕淺薄，假托聖賢，故卑其書。最後虞《周說》九百四十五篇，出於稗官街談巷語道聽途說者之所造。當武帝世，以方士侍郎稱黃車使者，張子平實書之《西京賦》中。噫！今亡矣。《唐史》所標百餘家，六百三十五卷，班班其傳，整齊可玩者，若牛奇章、李復言之《玄怪》，陳翰之《異聞》，胡璩之《譚賓》，溫庭筠之《乾饌》，段成式之《酉陽雜俎》，張讀之《宣室志》，盧子之《逸史》，薛漁思之《河東記》耳，餘多不足讀。然探賾幽隱，可資談暇，《太平廣記》率取之不棄也。惟柳祥《瀟湘錄》，大謬極陋，污人耳目，與李隱《大唐奇事》只一書而妄名兩人作。《唐志》隨而兼列之，則失矣。予既畢《夷堅》十志，又支而廣之，通三百篇，凡四千事，不能滿者才十有一，遂半《唐志》所云。支癸成於三十日間，世之所謂拙速，度無過此矣，況乃不大拙者哉！繼有聞焉，將次爲三志，而復從甲始。"

末署"慶元三年五月十四日序"。

（洪邁撰、何卓點校《夷堅志》，中華書局 2006 年）

洪邁《容齋四筆》自序："始予作《容齋隨筆》，首尾十八年，《續筆》十三年，《三筆》五年，而《四筆》之成，不費一歲。身益老而著書益速，蓋有其說。曩自越府歸，謝絶外事，獨弄筆紀述之習不可掃除，故搜采異聞，但緒《夷堅》諸志，於議論雌黄不復關抱。而稚子櫰每見《夷堅》滿紙，輒曰：'《隨筆》《夷堅》皆大人素所遊戲，今《隨筆》不加益，不應厚於彼而薄於此也。'日日立案旁，必俟草一則乃退。重逆其意，則哀所憶而書之。"

末署"慶元三年九月二十四日序"。

（洪邁撰、孔凡禮點校《容齋隨筆》，中華書局 2015 年）

張嚴爲周煇《清波雜誌》題跋："昔稗官者流，街談蒭議，猶得采綴，與九家並傳，此志有關於風教者甚多，渠可不傳遠乎！……此志特其筆端遊戲語爾。"

末署"慶元丁巳季冬既望邙城張嚴書"。

（周煇撰、劉永翔校注《清波雜誌校注》，中華書局 1994 年）

慶元四年（戊午　1198）

洪邁《夷堅三志·己》自序："一話一言，入耳輒録，當如捧漏甕以沃焦釜，則纘詞記事，無所遺忘，此手之志然也。而固有因循寬緩而失之者。滕彦智守吾州，從容間道其伯舅路當可得法，而幾爲方氏女所敗。一輔語曰：‘更有兩事，它日當告君。’未及而云亡。黄雍父在之館時，説東陽郭氏館客紫姑之異，不曾即下筆，後亦守吾州，又使治鑄，申攄舊聞，云已訪索，姓字歲月殊粲然，只有小不合處，玆遣詢之矣。日復一日，亦蹈前悔，至今往來襟抱不釋也。三志已編成。因遣書之，以渫餘恨，且念二君子之不可復作云。”

末署“慶元四年四月一日序”。

洪邁《夷堅三志·辛》自序：“予固嘗立説，謂古今神奇之事，莫有同者。豈無頗相類？要其歸趣則殊，今乃悟爲不廣。前志書蜀士孫斯文，因謁靈顯王廟，慕悦夫人塑像，夢人持鋸截其頭，别以一頭綴頸上，覺而大駭，呼妻燭視，妻驚怖即死。予嘗識其面于臨安。比讀《太平御覽》所編《幽明録》云：河東賈弼，小名醫兒，爲琅玡府參軍。夜夢一人，面齇皰甚多，大鼻瞷目。請之曰：‘愛君之貌，願易頭可乎？’夢中許易之。明朝起，自不覺，而人悉驚走，琅玡王呼視，遥見，起還内。弼取鏡自照，方知怪異。因還家，婦女走藏。弼坐，自陳説。良久，遣人至府檢問方信。後能半面啼半面笑，兩手各捉一筆具書。然則此兩事豈不甚同！謂之古所無則不可也。《幽明録》今無傳於世，故用以序志辛云。”

末署“慶元四年六月八日序”。

洪邁《夷堅三志·壬》自序：“昌黎公《原鬼》一篇備極幽明之故，首爲三説，以證必然之理。謂鬼無聲與形，其嘯於梁而燭之無睹，立於堂而視之無見，觸吾躬而執之無得者，皆非也。世固有怪而民物接者，蓋忤於天，違於民，爽於物，逆於倫，而感於氣。是以或托於形憑於聲而應之，其論通徹高深，無所底礙。又引‘祭如在’及‘祭神如神在’之語，以申《墨子·明鬼》之機。然則原始反終，灼見鬼神之情狀，斯盡之矣。《夷堅》諸志，所載鬼事，何啻五之一，千端萬態，不能出公所證之三非。竊自附於子墨子，不能避孟氏邪説淫辭之辨，其可笑哉！”

末署"時慶元四年九月初六日序"。

（洪邁撰，何卓點校《夷堅志》，中華書局 2006 年）

陸游《題夷堅志後》："筆近《反離騷》，書非《支諾皋》。豈惟堪史補，端足擅文豪。馳騁空凡馬，從容立斷鼇。陋儒那得議，汝輩亦徒勞。"

按，繫年據錢仲聯、馬亞中主編《陸游全集校注·劍南詩稿校注》。

（錢仲聯、馬亞中主編《陸游全集校注》，浙江教育出版社 2011 年）

徐似道爲周煇《清波雜誌》題跋："大抵記載事實之書，各隨所見，收書者不厭其博也。他日討論一事，適然針芥相投，車轍相合，方知此書之效。"

末署"慶元戊午立秋前一日天台徐似道淵子書"。

（周煇撰、劉永翔校注《清波雜誌校注》，中華書局 1994 年）

慶元六年（庚申　1200）

趙不譾爲王明清《揮塵餘話》題跋："《易》貴多識前言往行，《詩》貴多識鳥獸草木之名。至於多聞見，則欲守約而守卓，寡聞見，則曰無約而無卓。古人有取乎博洽者，於此可見。誠以寡陋之爲吾病不淺也。范武之問殽烝，籍談之忘司典，可以鑒矣。《禮記》有云：'學然後知不足，教然後知困。知不足，然後能自反也；知困，然後能自强也。'世之旁搜廣采，貪多務得者，其亦以自反、自强者，有以加力於其先，故其知識聞見之多，日以博洽，自然人鮮得而企及。雪溪先生秉太史筆，諸子仲信、仲言，史學得之家傳，惟父子志趣高遠，學問器識率加於人一等，故所以自期者，復然與衆不同。雖經史子集傳記，與夫九流百家、道釋之書，皆已饜飫，方且以爲未足，而又求所未聞，訪所未見，常有歉然不滿之意。兹泰、華所以不得不高，溟、渤所以不得不深也歟。不譾自幼服膺雪溪先生之名，恨不得摳衣趨隅在弟子列，

所幸得從仲信、仲言遊。仲信寓越之蕭寺，不譓以敝廬密邇，時一相過，未
嘗不劇談終日，有補于茅塞爲多。仲言後居甥館於嘉禾，每興契闊之歎。仲
信著《京都歲時記》《廣古今同姓名録》；留心内典，作《補定水陸章句》；洞
曉天文，作《新乾曜真形圖》。此皆平昔幸得以窺一斑者。不寧惟是，其發爲
稗官小說，尤不碌碌。仲言著《投轄録》《清林詩話》《玉照新志》《揮麈録》。
昆季之所作，類皆出人意表，且學士大夫之所欲知者，益信夫父子之博洽，
雖名卿巨公，無不欽服敬慕，蓋有自來。遂初尤丈一時之鴻儒也，淹貫古今，
罕見其比。一日，詢仲言以天臨殿與南唐中主畫像。仲言詳陳本末，無一不
符。遂初驚愕歎仰，以爲世不多得，至形諸公送行泰倅詩。擬欲告於上收置
史館，不果。仲言又嘗剴切上封事。不譓因不自揆，以拙句殿諸公後，有云
‘信史賒青簡，封章窒皂囊’者。以此揮麈所録，尤仲言平日之用功深者。三
復以觀，非志不分、力不衰，加之歉然不滿者，朝夕於懷，未易得此。是不
可以無傳也。前録先已刊行，後録、餘話。不譓備數昭武日，仲言移書見委，
顧淺見寡聞，亦欲以其素所未知者，期天下之共知，是以喜而承命，因浼龍
山張君得以繼之。若夫博洽如仲言父子者，則勿以見誚可也。”

末署“慶元庚申秋七月既望，昭武假守浚儀趙不譓師厚父”。

（王明清撰、王恒柱點校《揮麈録　揮麈餘話》，山東人民出版社 2018 年）

嘉泰二年（壬戌　1202）

王楙《野客叢書》再序：“此書自慶元改元以來，凡三筆矣，繼觀他書，
間有暗合，不免爲之竄易。轉烏爲焉，吏筆舛譌，以竢訂正。續有數卷，見
別録云。”

末署“嘉泰二年十月初五日，楙再書於儀真郡齋之平易堂”。

（王楙撰、王文錦點校《野客叢書》，中華書局 1987 年）

開禧二年（丙寅　1206）

陳造爲趙彦衛《擁爐閑記》作序：“吾友趙彦衛景安，佐吳門幕，一時郡守使者委以事而立辦，諮以疑而冰釋，犁然當人心者，皆與經史合。援今引古，博不病荒，精不病餒，予固知其外吏而内儒，學而有用者也。暇日出褉著一編，凡筆古今事若干説，析誤鈎隱，辨是與否，有益學者，予讀之驚且歎，有過所得。”

趙彦衛《雲麓漫鈔》卷八：“唐之舉人，先藉當世顯人，以姓名達之主司，然後以所業投獻。逾數日又投，謂之温卷。如《幽怪録》《傳奇》等皆是也。蓋此等文備衆體，可以見史才、詩筆、議論。至進士則多以詩爲摯，今有唐詩數百種行於世者是也。”

按，《雲麓漫鈔》系《擁爐閑記》易名而成。趙彦衛自序《雲麓漫鈔》有言：“《擁爐閑記》十卷，近刊於漢東學宮，頗有索觀者，無以應其求。承乏來此，適有閑板，並後五卷刻諸郡齋。近有《避暑録》，似與之爲對，易曰《雲麓漫鈔》云。開禧二年重陽日，新安郡守趙彦衛景安書於黄山堂。”

（趙彦衛撰、傅根清點校《雲麓漫鈔》，中華書局 1996 年）

嘉定五年（壬申　1212）

張淏《雲谷雜記》自叙：“紹熙甲寅，予侍先大父還自酉陽，寓居於婺之武義。故寶謨閣待制徐公，寔里人也，尚氣節，重唯諾，不妄交於人。一日，忽過予，一見之如平生歡。予爲賦詩云：‘五花麟駒簫飛雲，鳴珂敲月曙色分。晨光炯炯照玉勒，華風熠熠生衡門。磊磊落落萬人英，氣射斗牛貫九精。筆扛龍文百斛鼎，鯨呿鼇擲風雨驚。英辭琳琅潤金石，寒芒正色如明星。淫哇亂雅快一掃，英莖韶濩重鏗鍧。質高器大聲必廣，古來才士豈虛名。我嗟壯歲困五窮，終年齟齬文字中。絶編壞簡徒自苦，炊沙鏤水初何功。志高意廣材不足，奴輩豈特笑孔融。龍潛蚖肆亦物理，草廬未必非英雄。天生我材必有用，誰能便與朽腐同？願得側翅附鴻鵠，追風掣電凌太空。'公曰：'是篇置之李賀詩中，誰復能辨？君少年俊邁如此，我當退處一頭地矣。'因是遂爲忘年交。嘉定癸酉，予自龍舒歸，公已出守九江，而數數寄聲問予還期。予時將以所記書傳疑事，往質正焉。未果而公卒。予方痛悼，有以公貳冬官時，與龍舒趙使君帖示予。讀之悲益不自勝。趙使君中道易守新安，予不及識之，而楊敬之逢人説項斯之意，似不可忘也。悲夫！天胡爲奪予良友之遽也！九原不可作，予之所疑者，誰與折衷之？昔季札以寶劍許徐君，未及獻而徐君死，乃以繫冢樹而去。從者曰：'徐君已死，尚誰與乎ɣ'季子曰：'始吾心已許之，豈以死背吾心乎！'輒以公帖冠之卷首，是亦季子于徐君之意也。"

末署"嘉定甲戌張淏書"。

（張淏著《雲谷雜記》，中華書局 1958 年）

張淏《雲谷雜記》自跋："予自幼無他好，獨嗜書之癖根著膠固，與日加益。每獲一異書，則津津喜見眉宇，意世間所謂樂事，無以易此。雖陰陽方伎、種植醫卜之法，輶軒稗官、黃老浮圖之書，可以娛閒暇而資見聞者，悉讀而不厭。至其抵牾訛謬處，輒隨所見爲辯正之。獨學孤陋，詎敢自以爲然，以故棄而弗錄。他日閲洪文敏公《容齋隨筆》，往往多予所欲言者，乃知理之所在，初何間于智愚哉！而公以'戊'爲'武'，謂司天之諂朱溫；以'秋寺雨聲'之句爲李頎所作，怪'賞魚袋'之名不可曉，言玉蘂花至彌亘山野，如此之類，亦疑公考之未詳，深恨其生也晚，不得陪公談塵，丐一言以祛所惑。太息之餘，囊之貯積於方寸間者，於是悉索言之，非敢以千慮一得爲誇，蓋將識所疑，而求諸博聞之士相與質正焉。凡同於《隨筆》者不錄。又往歲嘗紀所聞雜事數條，因取而合爲一編，雜然無復詮次，故目之曰《雜紀》。"

末署"時嘉定歲在玄黓涒灘仲春，單父張淏清源識"。

（曾棗莊主編《宋代序跋全編》，齊魯書社 2015 年）

　　何異爲洪邁《容齋隨筆》作序："知贛州寺簿洪公伋，以書來曰：'從祖文敏公由右史出守是邦，今四十餘年矣。伋何幸遠繼其後，官閑無事，取文敏隨筆紀録，自一至四各十六卷，五則絶筆之書，僅有十卷，悉鋟木於郡齋，用以示邦人焉。想像抵掌風流，宛然如在，公其爲我識之。'僕頃備數憲幕，留贛二年，至之日，文敏去才旬月，不及識也。而經行之地，筆墨飛動，人誦其書，家有其像，平易近民之政，悉能言之。有訴不平者，如訴之于其父，而謁其所欲者，如謁之於其母。後十五年，文敏爲翰苑，出鎮浙東，僕適後至，濫叨朝列，相隔又旬月，竟不及識。而與其子太社樺，其孫參軍偃，相從甚久，得其文愈多，而所謂《隨筆》者，僅見一二，今所有太半出於浙東歸休之後，宜其不盡見也。可以稽典故，可以廣聞見，可以證訛謬，可以膏筆端，實爲儒生進學之地，何止慰贛人去後之思。僕又嘗于陳日華曄，盡得《夷堅十志》與《支志》、《三志》及《四志》之二，共三百二十卷，就摘其間詩詞、雜著、藥餌、符呪之屬，以類相從，編刻于湖陰之計臺，疏爲十卷，覽者便之。僕因此搜索《志》中，欲取其不涉神怪，近於人事，資鑒戒而佐辯博，非《夷堅》所宜收者，別爲一書，亦可得十卷。俟其成也，規以附刻于章貢可乎？寺簿方以課最就持憲節，威行溪洞，折其萌芽，民實陰受其賜。願少留於此，他日有餘力，則經紀文敏之家，子孫未振，家集大全，恐馴致散失，再爲收拾實難。今《盤洲》《小隱》二集，士夫珍藏墨本已久，獨《野處》未焉，寺簿推廣《隨筆》之用心，願有以亟圖之可也。"

　　末署"嘉定壬申仲冬初吉，寶謨閣直學士、太中大夫、提舉隆興府玉隆萬壽宮臨川何異謹序"。

　　　　　　　　　　　（洪邁著、孔凡禮點校《容齋隨筆》，中華書局 2015 年）

嘉定六年（癸酉　1213）

　　劉昌詩《蘆浦筆記》自叙："予服役海陬，自買鹽外無他職事。官居獨員，無同寮往來。僻在村疃，無媚學子相扣擊。遙睇家山，貧不能挈累。兀坐篝燈，惟繙書以自娛。凡先儒之訓傳，歷代之故實，文字之譌舛，地理之變遷，皆得溯其源而循其流。苟未愜其心，則紆軫而勿敢釋。旁稽力探，偶究竟其髣髴，則忻幸亦足以樂。久懼遺忘，因並取疇昔所聞見者而筆之冊，凡百餘事，萃爲十卷。有未檢證者，留俟續編。顧獨學寡識，安敢以爲是！將求印可于先覺之士，儻改而正諸，是予之願也。蘆浦乃廨宇之攸寓云。"

末署"嘉定癸酉中和節清江劉昌詩興伯叙于通山閣"。

（劉昌詩撰，張榮錚、秦呈瑞點校《蘆浦筆記》，中華書局 1986 年）

嘉定七年（甲戌　1214）

岳珂《桯史》自序："亦齋有桯焉，介几間，縣表可書，余或從搢紳間聞聞見見歸，倦理鉛槧，輒記其上，編已，則命小史錄藏去，月率三五以爲常。每竊自恕，以謂公是公非，古之人莫之廢也，見睫者不若身歷，滕口者不若目擊，史之不可已也審矣。彼狥時者持詼以售其身，或張夸以爲窿，或溢厭以爲污，言則書，書則疑，疑則久，久而亂真，天下誰將質之，兹非稗官氏之辱乎！況戲笑近謔，辭章近雅，辨論近縱，諷議近約，若是而不屑書，殆括囊者。夫金匱石室之藏，蕘夫野人之記，名雖不同，而行之者一也，於是稍裒積爲偏。載筆者聞而譏之曰：'嘻！今朝廷設官盈三館，大概皆汗青事，詳覈備記，裁以三長，含毫閣筆，猶孫其難而莫之敢議也。彼齊東者何爲哉？子幸生天下無事時，宣竊粟縣官，進不得策名蘭臺以垂信，退不得隱几全其忘言之真，咕咕徒取棟牛累於世，無毫髮益，而猶時四顧出啄木畫，誠可笑詆！'余無以復，則指其桯曰：'汝將多言曰胲，如五達之交午乎！汝將嘿嘿養元，如老聃之柱下乎！人言勿郵，汝姑謂汝將奚擇？'桯嗒然不應。予笑曰：'此真良史也。'遂以爲序。"

末署"嘉定焉逢淹茂歲圍如既望珂序"。

按，所謂"焉逢淹茂歲圍如"爲古代紀時方式之一，即甲戌年二月。

（岳珂著、吴企明點校《桯史》，中華書局 1981 年）

周登爲段成式《酉陽雜俎》作序："其書類多仙佛詭怪、幽經秘録之所出。至於推析物理，《器奇》《藝絶》《廣動植》等篇，則有前哲之所未及知者。其載唐事，修史者或取之。按唐史，成式世居青徐，齊襃公志玄四世孫，宰相文昌子也。文昌少客荆州，酉陽，荆之屬，成式豈嘗寓遊於此耶？余聞《方輿記》云：昔秦人隱學於小酉山石穴中，有所藏書千卷。梁湘東王尤好聚書，故其賦曰：'訪酉陽之逸典。'或者成式以所著書有異乎世俗，故取諸'逸典'之義以名之也。然自唐以前，若古雜家小説，今既不得，而瑣碎之觀未有近於此者，詎可棄之而不存乎！且其書以《酉陽》名，而客之過此者，未嘗不以是書爲問也。因刻之於此，以備客對。"

末署"嘉定七禩甲戌十月既望，永康周登書"。

（段成式撰、許逸民校箋《酉陽雜俎校箋》，中華書局 2015 年）

章穎爲張淏《雲谷雜記》作序："春秋之世，諸國交聘之際，莫不觀應對於言辭之間，覘賢否于威儀之頃，問事以不知爲恥，歌詩以不類爲非。絳縣老人甲子之疑，吏走問于朝，師曠知其爲狄伐魯之年。史趙以亥有二首六身爲言，而士文伯知其爲二萬六千六百有六旬。晉之諸賢各致其所聞，而鄰國之諸侯皆知晉之有人。噫！學識於人不可無也如此。金華張君清源，年方盛，而學愈進，如百川之方至而不可禦。郎中楊公通老，篤學力行之士也，一見而器之，爲識其《雲谷》之編。其所以期望於清源者，豈止此哉！穎嘗謂：'自伏羲始畫八卦，由是文籍生焉。夫子屋壁之藏，固已多於河洛之圖書。諸子鼓吹之作，尤盛於洙泗之簡編。自科斗而爲隸古，由傳授而失本真。字畫之差殊，篇章之殽亂，與夫方言南北之殊，地志古今之異，鳥獸草木之夥，器用名物之瑣細，記録之紛紜，傳寫之脱略，或一物而異名，或一事而互見，或一書成而糾繆繼之，或一説出而辯誤隨之。史籍所載，不同于金石；耳目所接，或殊于簡牘。’清源悉從而纂輯之，加訂正焉。其爲書，亦博矣。穎自志學以來，年少氣鋭之時，涉獵閲博浩無津涯，蓋晚而後悔其日力之可惜也。清源以爲學之餘力，致意如此，它日之所編，當且十倍於今。雖然清源方策足榮途，官無崇卑，皆有職業。君子思不出其位，則吾之所職者，皆在所深長思也。研核事情之隱賾而握其機，審稽利害之源委而求其實，清源必優爲之。穎蓋以此書而占之矣。”

末署“嘉定甲戌臘日，寶謨閣學士太中大夫提舉隆興府玉隆萬壽宫章穎序”。

（張淏著《雲谷雜記》，中華書局 1958 年）

嘉定八年（乙亥　1215）

劉昌詩《蘆浦筆記》自跋：“觀《石林燕語》，多故實舊聞，或古今嘉言善行，可謂博洽矣。而懷玉汪先生每事辨其誤，信乎述作之難也。昌詩讀書不多，托子墨以自試，好事者間欲得之，而筆札或不給。後二年乙亥秋，輟清俸，鋟梓於六峰縣齋，非敢以傳世也，亦願聞其誤焉爾。重陽日書。”

末署“嘉定癸酉中和節清江劉昌詩興伯叙於通山閣”。

（劉昌詩撰，張榮錚、秦呈瑞點校《蘆浦筆記》，中華書局 1986 年）

嘉定十一年（戊寅　1218）

王輔《峽山神異記》自序：“予備員西征，始聞峽山非常可駭之事，始猶未敢以爲然。及觀前賢所記，由東坡以來，連篇累牘，悉出於名公巨卿之口。以其人之可信，則事必可信矣。訪《峽山集》舊版散失，於是裒集傳之。”

按，繫年據李劍國《宋代志怪傳奇叙録》。

（李劍國著《宋代志怪傳奇叙録》，南開大學出版社 1997 年）

嘉定十六年（癸未　1223）

洪倓《〈容齋五筆〉跋》："叔祖文敏公居閑日久，著述爲多，《隨筆》五書凡七十四卷，考核經史，捃摭典故，參訂品藻，精審該洽，學士大夫爭欲傳襲。倓頃守章貢，後公四十年，以其書鋟於郡齋。暨來守建，又後公四十三年，於是復鋟此書於建。方欲彙公之文，刻置祠下，適以移官未暇也，當嗣圖之，以成山莊先生之志云。"

末署"嘉定十六年秋八月既望，姪孫朝議大夫、直華文閣、知建寧軍府事、新除直敷文閣、知隆興府、江西安撫倓謹識"。

（洪邁著、孔凡禮點校《容齋隨筆》，中華書局 2015 年）

嘉定十七年（甲申　1224）

趙與時《賓退録》自序："余里居待次，賓客日相過，平生聞見所及，喜爲客誦之。意之所至，賓退或筆於牘，閱日滋久，不覺盈軸。欲棄不忍，因稍稍傅益，析爲十卷，而題以《賓退録》云。"

趙與時《賓退録》續記："與時讀書不廣，何敢有所記述，嘉定屠維單閼之夏，得疾瀕死。既小瘳，無以自娛，而心力弗彊，未敢覃思於窮理之學，因以平日聞見，稍筆之策。初才十餘則。病起，賓客狎至，語有所及，或因而書之，日積月累，成此編帙。閼逢涒灘之秋，束儋赴戍，因命小史書而藏之笈。年日以老，大學未明，顧爲此戲劇之事，良以自悔，特未能勇決焚棄之耳。録中及近世諸公，或書謚，或書字，或書自號，不得已者，傍注其名。惟事涉君上，則直名之，蓋君前臣名之義云。"

按，繫年據作者後序。

（趙與時著、齊治平點校《賓退録》，中華書局 2021 年）

寶慶二年（丙戌　1226）

葉時爲曾慥《類説》作序："前言往行，君子貴于多識；稗官小説，良史列之九流。曾公所編之《類説》，蓋此意也。余舊藏麻沙書市紹興庚申年所刊本，字小而刻畫不精，且多舛誤。"

末署"寶慶丙戌八月初吉古杭葉時書於建中堂"。

（曾慥《類説》，文學古籍刊行社 1955 年）

寶慶三年（丁亥　1227）

王栐《燕翼詒謀録》補序："稗官小説所載國朝典故，多相矛盾，故李公伯和質以國史，爲《典故辨疑》一書。凡諸家所載，無一非妄，幾於可以盡廢。今余所述，無非考之《國史》《實録》《寶訓》《聖政》等書。凡稗官小説，悉棄不取，蓋以前人爲戒也。凡我同志，譏其妄論則可，以爲繆誤則不可矣。苟有以警教之，則又幸也。"

末署"中澣日再書"。

按，王栐本年有《燕翼詒謀録》自序，末署"寶慶丁亥孟冬既望，求志老叟晉陽王栐叔永，書于山陰寓居求志堂中"。故據以繫年。

（王銍、王栐撰，朱傑人、誠剛點校《燕翼詒謀録》，中華書局 1981 年）

紹定五年（壬辰　1232）

張世南《游宦紀聞》自叙："僕自丱角，隨侍宦遊，便登青天萬里之蜀。及壯走江湖，無寧歲。聞見雖稍廣，性天不靈，隨即廢忘。紹定改元，適有令原之戚，閉門謝客。因追思，捉筆記録，不覺盈軸，以《游宦紀聞》題之，所以記事實而備遺忘也。嗣有所得，又當傅益之云。"

末署"鄱陽張世南光叔"。

李發先《游宦紀聞》跋："博物洽聞，儒者事也。非足跡所經歷，耳目所睹記，則疑以傳疑，猶未敢自信，況取信於人乎？太史遷少時，游江淮、上會稽、探禹穴、闚九疑、浮沅湘、涉汶泗；訪齊魯之舊蹟，過梁楚之故地；然後采撫異聞，參討往事，而大放於史筆間，至今史官宗信。……余與光叔交，每見其搜訪異書，如獲至寶，極力傳寫，初不知異聞之有録也。一日出示余，洞心駭目，多聞所未聞者。以半生經歷睹記之富，而余得大嚼焉，饜飫飽矣。使用志不已，網羅山海之百珍，畢陳其中，不特染指者之一快。修史校書，它日或有采證，豈小補云乎哉！因書其後歸之。”

末署“紹定壬辰中冬前一日，忠定後人李發先書”。

（張世南著、張茂鵬點校《游宦紀聞》，中華書局 1981 年）

端平二年（乙未　1235）

“灌圃耐得翁”《都城紀勝》自序：“聖朝祖宗開國，就都於汴，而風俗典禮，四方仰之爲師。自高宗皇帝駐蹕于杭，而杭山水明秀，民物康阜，視京師其過十倍矣。雖市肆與京師相侔，然中興已百餘年，列聖相承，太平日久，前後經營至矣，輻輳集矣，其與中興時又過十數倍也。且《洛陽名園記》後論有云：‘園囿之興廢者，洛陽盛衰之候也。’況中興行都，東南之盛，爲今日四方之標準；車書混一，人物繁盛，風俗繩厚，市井駢集，豈昔日洛陽名園之比？僕遭遇明時，寓游京國，目睹耳聞，殆非一日，不得不爲之集録。其已於圖經志書所載者，便不重舉。此雖不足以形容太平氣象之萬一，亦髣髴《名園記》之遺意焉。但紀其實，不擇其語，獨此爲愧爾。”

末署“時宋端平乙未元日，寓灌圃耐得翁序”。

“瓦舍衆伎”條：“凡傀儡，敷演煙粉靈怪故事，鐵騎公案之類，其話本或如雜劇，或如崖詞，大抵多虛少實，如巨靈神朱姬大仙之類是也。影戲：凡影戲，乃京師人初以素紙雕鏃，後用彩色裝皮爲之，其話本與講史書者頗同，大抵真假相半，公忠者雕以正貌，奸邪者與之醜貌，蓋亦寓褒貶於市俗之眼戲也。

説話有四家：一者小説，謂之銀字兒，如煙粉、靈怪、傳奇、説公案，皆是朴刀桿棒及發跡變泰之事；説鐵騎兒，謂士馬金鼓之事。説經，謂演説佛書；説參請，謂賓主參禪悟道等事。講史書，講説前代書史文傳興廢争戰之事。最畏小説人，蓋小説者，能以一朝一代故事頃刻間提破。合生，與起令隨令相似，各占一事。商謎，舊用鼓板吹《賀聖朝》，聚人猜詩謎、字謎、戾謎、社謎，本是隱語。有道謎（來客念隱語説謎又名打謎）、正猜（來客索猜）、下套（商者以物類相似者譏之人名對智）、貼套（貼智思索）、走智（改物類以困猜者）、横下（許旁人猜）、問因（商者喝問句頭）、調爽（假作難猜以定其智）。”

（孟元老等著《東京夢華録（外四種）》，中華書局 1962 年）

淳祐元年（辛丑　1241）

謝采伯《密齋筆記》自序：“余好漁獵書傳，時年六十有三，易班東歸，天賜一閑，無以解日，書生結習未除，亦自粗有聞見，豈應以鶡弁泯没？遂著於篇，以示兒輩。曰或問者，兒輩所質問也。經史本朝文藝雜説幾五萬餘言，故未足追媲古作，要之無牴牾于聖人，不猶愈於稗官小説傳奇志怪之流乎？庶後之子孫知余老不廢學云爾。”

末署“淳祐元年辛丑長至，謝采伯元若甫引”。

（謝采伯著《密齋筆記》，臺北廣文書局 1959 年）

張端義《貴耳集·卷上》自序：“余從江湖游，接諸老緒餘，半生鑽研，僅得《短長録》一帙。秀巖李心傳先生見之，則曰：‘余有《朝野雜録》至戊己矣，借此以助參訂之闕。’余端平上書，得罪落南，無一書相隨。思得此録增補近事，貽書索諸婦，報云：‘子録非《資治通鑑》，奚益於遷臣逐客？火之久矣。’余悒怏彌日，歎曰：‘婦人女子，但知求全於匹夫，斯文奚咎焉？大抵人生天地間，惟閑中日月最難得。使余塊然一物，與世相忘，視筆硯簡編爲土苴，固亦可樂。幸而精力氣血未衰，豈忍自叛於筆硯簡編之舊？對越天地，報答日月，舍是而何爲耶？'因追憶舊録，記一事，必一書，積至百，則名之《貴耳録》。耳，爲人至貴，言由音入，事由言聽，古人有入耳著心之訓，又有貴耳賤目之説。悵前録之已灰，喜斯集之脱稿，得婦在千里外，雖聞有此録，束緼之怒不及矣。録尾述其大略，竊比太史公自序云。"

末署"淳祐元年十二月大雪日，東里張端義序"。

張端義《貴耳集・卷上》："憲聖在南内，愛神怪幻誕等書。郭象《睽車志》始出，洪景盧《夷堅志》繼之。唐已有此集三卷。夷姓，堅名也。宣和間，有奉使高麗者，其國異書甚富，自先秦以來，晉、唐、隋、梁之書皆有之，不知幾千家幾千集，蓋不經兵火。今中秘所藏，未必如此旁搜而博蓄也。"

（莊綽、張端義撰，李保民校點《鷄肋編　貴耳集》，上海古籍出版社 2012 年）

淳祐三年（癸卯　1243）

俞文豹《吹劍録》自序："余以文字之緣，漫浪江湖者四十年，乃今倦游，索居京國，應酬簡省，心跡稍寧。東坡詩：'惟有王城最堪隱，萬人如海一身藏。'因名所居爲'堪隱'。掩關守泊，條理故書，以昔見聞，與今所得，信筆録之。《莊子》云：'吹劍首者，吷而已。'吷，許劣反，謂無韻也。"

末署"淳祐三年人日，括蒼俞文豹序"。

（俞文豹撰、張宗祥校訂《吹劍録全編》，中華書局 1958 年）

淳祐四年（甲辰　1244）

張端義《貴耳集・卷中》自序："《貴耳》二集續成，余謫八年，強自卓立，惟恐與草木俱腐。著書垂世，又犯大不韙，志非抑鬱而怨於書也，又非臧否而諷於書也，隨所聞而筆焉，微有以寓感慨之意。而渡江以來，隆、紹間士大夫，猶語元符、宣政舊事，淳熙間士大夫，猶語炎、隆舊事，慶元去淳熙未遠，士大夫知前事者漸少，嘉定以後，視宣、炎間事，十不知九矣，況今端、淳乎？使《貴耳集》不付子雲之覆醬瓿，幸也。”

末署“淳祐四年十一月八日，東里張端義書”。

（莊綽、張端義撰，李保民校點《雞肋編　貴耳集》，上海古籍出版社2012年）

淳祐六年（丙子　1246）

張端義《貴耳集·卷下》自序：“傳曰：多聞闕疑。謹言其餘，則寡尤。夫尤者，言之所由出也。聞不厭多，疑則有闕，言之謹餘，尤則寡矣。余《貴耳》三集成，乃補拾前二集之遺，可以絶筆矣。未能守聖門寡尤之訓，粗可備稗官虞初之求，必不忘其事之陋也。紹興間，泰發與會之失歡，諸子多粹前朝所聞，猶未成編，或者以作私史告，稔成書禍，則知文字之害人也如此。始信言之爲言，尤之階也。余每得江湖朋舊書，云翁以多言得放逐，不宜有此集，可謂不善處患難者。余答書云：‘儀舌尚在，焉可忘言，子非魚，焉知魚之樂？’”

末署“東里張端義，淳祐丙午閏四月四日書”。

（莊綽、張端義撰，李保民校點《雞肋編　貴耳集》，上海古籍出版社2012年）

淳祐八年（戊申　1248）

羅大經《鶴林玉露·甲編自序》：“余閒居無營，日與客清談鶴林下。或欣然會心，或慨然興懷，輒令童子筆之。久而成編，因曰《鶴林玉露》。蓋‘清談玉露蕃’，杜少陵之句云爾。”

末署“時宋淳祐戊申正月望日，廬陵羅大經景綸”。

（羅大經撰、王瑞來點校《鶴林玉露》，中華書局1983年）

淳祐九年（己酉　1249）

陳振孫《直齋書録解題》卷十一《傳奇》條：“尹師魯初見范文正《岳陽

樓記》，曰：‘《傳奇》體爾！’然文體隨時，要之理勝爲貴，文正豈可與《傳奇》同日語哉！蓋一時戲笑之談耳。”

同卷《夷堅志》條：“稗官小説，昔人固有爲之者矣。遊戲筆端，資助談柄，猶賢乎己可也。未有卷帙如此其多者，不亦謬用其心也哉！且天壤間反常反物之事，惟其罕也，是以謂之怪；苟其多至於不勝載，則不得爲異矣。世傳徐鉉喜言怪，賓客之不能自通與失意而見斥絶者，皆詭言以求合。今邁亦然，晚歲急於成書，妄人多取《廣記》中舊事，改竄首尾，別爲名字以投之，至有數卷者，亦不復删潤。徑以入録，雖叙事猥釀，屬辭鄙俚，不恤也。”

（陳振孫撰，徐小蠻、顧美華點校《直齋書録解題》，上海古籍出版社 1987 年）

淳祐十年（庚戌　1250）

俞文豹《吹劍録》**自序**：“始余作此編，蓋即前言往事辨證發明，以寓勸戒之意。而好高者以人微而嘲玄，好奇者以文多而閣束，雖余亦自病其繁蕪。宋景文曰：‘每見舊作文，憎之欲焚棄。’歐公曰：‘著述須老後，精勤宜少時。’二公之言不我欺也。因續三爲四，以驗其學之進否。”

末署“淳祐庚戌仲秋日，括蒼俞文豹”。

（俞文豹撰、張宗祥校訂《吹劍録全編》，中華書局 1958 年）

無名氏《酉陽雜俎》**序**：“昔太史公好奇，周遊天下，取友四海，歸而爲書。然則是書也，其亦段氏寓其好奇之意歟？余嘗過閩中，號多士之國，見其類書甚多，有所謂通志、天文、七音、六書、昆蟲、草木等略，比事、集句、史韻、姓氏、會元等書。浩乎博哉，猶有恨不得見酉陽之雜俎也。己酉夏，被闑檄，攝事於斯，始得其書觀之。嗚呼，何其記之奇且繁也！惜其字畫漫漶，考諸舊籍，乃再刊而新之。廣文彭君奎實董其事。噫！後豈無太史公者，嘉其所好而備採録哉？”

末署"淳祐十載"。

（段成式撰、許逸民校箋《酉陽雜俎校箋》，中華書局 2015 年）

淳祐十一年（辛亥　1251）

羅大經《鶴林玉露・乙編》自序："或曰：'子記事述言，斷以己意，懼賈僭妄之譏奈何？'余曰：'樵夫談王，童子知國，余烏乎僭？若以爲妄，則疑以傳疑，《春秋》許之。'"

末署"時宋淳祐辛亥四月，廬陵羅大經景綸"。

（羅大經撰、王瑞來點校《鶴林玉露》，中華書局 1983 年）

淳祐十二年（壬子　1252）

羅大經《鶴林玉露・丙編》自序："余爲臨川郡從事逾年。考舉粗足，侍御史葉大有忽劾余罷官。臨汝書院堂長黃景亮曰：'鶴林縱未通金閨之籍，殆將增《玉露》之編乎？'余謝不敢當也。還山數月，丙編遂成。"

末署"時宋淳祐壬子，廬陵羅大經景綸"。

（羅大經撰、王瑞來點校《鶴林玉露》，中華書局 1983 年）

寶祐二年（甲寅　1254）

陳模《懷古録》自序："詩不古，文不古，風俗不古也。故凡先正格言，與夫平日得于父兄師友之訓迪講明，一言一行之合乎古者，皆筆之，庶志乎古者，猶於是而有考。夫詩文亦未矣，然世道之升降，風俗實爲之；風俗之污隆，則文章與之高下。是以天下之治亂每驗於斯，風俗之轉移每驗於斯。嗟夫！金口木舌之不鳴，天下之相告詔者非古也久矣，奚獨詩文爲然哉！作《懷古録》。"

末署"寶祐二年甲寅四月既望，月庭陳模子宏序"。

（陳模撰、鄭必俊校注《懷古録校注》，中華書局 1993 年）

寶祐五年（丁巳　1257）

陳宗禮《賓退錄》後序：“何代無文人，何代無佳公子，兼之爲難。以爲善稱，以好禮樂著，固漢宗室之瑞也。然求其大篇短章，見之四明狂客，納交東京才子，宜至唐然後盛。至於行藏出處之際，或得或失，則盛之中又有可恨者焉。惟吾宋德麟，生華屋而身寒士，心明氣肅，文藝亦稱，金枝玉葉中，一人而已。余生晚，不可得而見之矣。及得大梁趙君《賓退錄》，見其包羅今古，抉隱發微，有耆儒碩生所未及，然後知公族未嘗無人；特惜不得升堂叩擊，以聞所未聞爾。及而又見《甲午存稿》，亦君所吟賦，主以義理之精微，而鑄辭以發之。古律清潤閑遠，不作時世妝；長短句亦不效《花間》靡麗之光。如‘花似于人曾失面，鳥如對客自呼名’；‘寒雁挾風過古木，春鳩帶雨集荒園’。隨物寫形，若留情於屋外者。然‘達人澄此心，肯爲萬法起？眼看聲色塵，不值一杯水’，則反求諸內，有爲之主者矣。蓋公之學，每以爲己先之，故發爲文辭，舍喧而就寂，脱葉而就實。”

末署“寶祐五年臘月朔，千峰陳宗禮書於崆峒小院”。

（趙與時著、齊治平點校《賓退錄》，中華書局 2021 年）

景定三年（壬戌　1262）

馮去非爲范晞文《對床夜語》作序：“景定三年十月，予友范君景文授以所著書一編，語甚綺而文甚高。時夜將半，翦燭疾讀，不能去手，大類葛常之《韻語陽秋》，鷄戒晨而畢。株連節解，激發人意，作而曰：‘美哉此書也！’杜子美詩，王介甫談經，以爲優於經，其爲史學者，又視爲史，無他，事櫽而理勝也。韓退之謂李長吉歌詩爲騷，而進張籍詩於道。楊大年倡‘西崑體’，一洗浮靡，而尚事實，至送王欽若行，君命有所不受，其名節有如此者。若論詩而遺理，求工於言詞而不及氣節，予竊惑之。輒序於《對床夜語》之首，以補其遺，景文然之不？深居之人馮去非可遷甫。”

又，有書信致范晞文："良月二日，去非頓首再拜景文詩盟，尚幹契友去非，若夫興懷姜堯章同游時，又高髯葉靜逸輩日夜釣游時，又近與孫道子張宗瑞輩謔浪笑傲於間，今不能得遊，從一二老友栩栩然夢遊，合眼欹枕，能在目中，是亦遊也。舊交新貴，往者不我思，來者不我即，雖夢中亦不復得見，得見景文斯可矣。況《對床夜語》可與晤語邪？序文不敢以不能辭。愚詩漫以求教，其間有一聯云：'讀書只爲聲名計，亦恐庵山解笑人。'不直作者一笑，姑以侑空。書意不宣，去非頓首再拜。"

（丁福保輯《歷代詩話續編》，中華書局 1983 年）

寧宗、理宗朝（1195—1264）

羅燁《醉翁談錄·舌耕叙引》"小説引子"："靜坐閑窗對短檠，曾將往事廣搜尋，也題流水高山句，也賦陽春白雪吟；世上是非難入耳，人間名利不關心，編成風月三千卷，散與知音論古今。

"自古以來，分人數等……世有九流者，略爲題破：一、儒家者流，出於司徒之官，遂分六經詞賦之學。二、道家者流，出於典史之官，遂分三境清靜之教。三、陰陽者流，出於義和之官，遂分五行占卜之術。四、法家者流，出理刑之官，遂分五刑胥吏之事。五、名家者流，出於禮儀之官，遂分五音樂藝之職。六、墨家者流，出於清廟之官，遂分百工技事之衆。七、縱橫者流，出於行人之官，遂分四方趨容之輩。八、農家者流，出於農稷之官，遂分九府財貨之任。九、小説者流，出於機戒之官，遂分百官記錄之司。由是有説者縱橫四海，馳騁百家。以上古隱奧之文章，爲今日分明之議論。或名演史，或謂合生，或稱舌耕，或作挑閔，皆有所據，不敢謬言。言其上世之賢者可爲師，排其近世之愚者可爲戒。言非無根，聽之有益。

"歌云：傳自鴻荒判古初，義農黄帝立規模。無爲少昊更顓帝，相授高辛唐及虞。位禪夏商周列國，權歸秦漢楚相誅。兩京中亂生王莽，三國爭雄魏蜀吴。西晉洛陽終四世，再興建鄴復其都。宋齊梁魏分南北，陳滅周亡隋易孤。唐世末年稱五代，宋承周禪握乾符。子孫神聖膺天命，萬載昇平復版圖。

"太極既分，陰陽已定，書契已呈河洛，皇王肇判古初。圓而高者爲天，方而厚者爲地。其人禀五行之氣，爲萬物之靈。氣化成形，道與之貌。形乃分於妍醜，名遂別於尊卑。由是有君有臣，從此論將論相，或争權而奪位，或誅暴以勝殘。間有圖名而僥一旦尺寸之功，又有報國而建萬世長久之策。遂制舟車兵革，俾陳弓矢干戈。始因戰涿鹿之蚩尤，備見殛羽山之帝鯀。畫像之形已玩，結繩之政不施，世態紛更，民心機巧。須賴君王相神武，庶安中外以和平。所業歷歷可書，其事班班可紀。乃見典墳道蘊，經籍旨深。試將便眼之流傳，略爲從頭而敷演。得其興廢，謹按史書；誇此功名，總依故事。（如有小説者，但隨意據事演説云云。）

"詩曰：破盡詩書泣鬼神，發揚義士顯忠臣。試開戞玉敲金口，説與東西南北人。

"又詩：春濃花艷佳人膽，月黑風寒壯士心。講論只憑三寸舌，秤評天下淺和深。"

"小説開闢"："夫小説者，雖爲末學，尤務多聞。非庸常淺識之流，有博覽該通之理。幼習《太平廣記》，長攻歷代史書。煙粉奇傳，素蘊胸次之間；風月須知，只在唇吻之上。《夷堅志》無有不覽，《琇瑩集》所載皆通。動哨、中哨，莫非東山笑林；引倬、底倬，須還《緑窗新話》。論才詞有歐、蘇、黃、陳佳句；説古詩是李、杜、韓、柳篇章。擧斷模按，師表規模，靠敷演令看官清耳。只憑三寸舌，褒貶是非；略傳萬餘言，講論古今。説收拾尋常有百萬套，談話頭動輒是數千回。説重門不掩底相思，談閨閣難藏底密恨。辨草木山川之物類，分州軍縣鎮之程途。講歷代年載廢興，記歲月英雄文武。有靈怪、煙粉、傳奇、公案，兼朴刀、桿棒、妖術、神仙。自然使席上風生，不枉教坐間星拱。説《楊元子》《汀州記》《崔智韜》《李達道》《紅蜘蛛》《鐵

甕兒》《水月仙》《大槐王》《妮子記》《鐵車記》《葫蘆兒》《人虎傳》《太平
錢》《巴蕉扇》《八怪國》《無鬼論》，此乃是靈怪之門庭。言《推車鬼》《灰骨
匣》《呼猿洞》《鬧寶録》《燕子樓》《賀小師》《楊舜俞》《青脚狼》《錯還魂》
《側金盞》《刁六十》《鬥車兵》《錢塘佳夢》《錦莊春遊》《柳參軍》《牛渚亭》，
此乃爲煙粉之總龜。論《鶯鶯傳》《愛愛詞》《張康題壁》《錢榆罵海》《鴛鴦
燈》《夜遊湖》《紫香囊》《徐都尉》《惠娘魄偶》《王魁負心》《桃葉渡》《牡丹
記》《花萼樓》《章臺柳》《卓文君》《李亞仙》《崔護覓水》《唐輔採蓮》，此乃
爲之傳奇。言《石頭孫立》《姜女尋夫》《憂小十》《驢垜兒》《大燒燈》《商氏
兒》《三現身》《火枕籠》《八角井》《藥巴子》《獨行虎》《鐵秤槌》《河沙院》
《戴嗣宗》《大朝國寺》《聖手二郎》，此乃謂之公案。論這《大虎頭》《李從
吉》《楊令公》《十條龍》《青面獸》《季鐵鈴》《陶鐵僧》《賴五郎》《聖人虎》
《王沙馬海》《燕四馬八》，此乃爲朴刀局段。言這《花和尚》《武行者》《飛龍
記》《梅大郎》《鬥刀樓》《攔路虎》《高拔釘》《徐京落章》《五郎爲僧》《王温
上邊》《狄昭認父》，此爲桿棒之序頭。論種《叟神記》《月井文》《金光洞》
《竹葉舟》《黃糧夢》《粉合兒》《馬諫議》《許巖》《四仙鬥聖》《謝溏落海》，
此是神仙之套數。言《西山聶隱娘》《村鄰親》《嚴師道》《千聖姑》《皮篋袋》
《驪山老母》《貝州王則》《紅綫盜印》《醜女報恩》，此爲妖術之事端。也説
《黃巢撥亂天下》，也説《趙正激惱京師》。説征戰有《劉項争雄》，論機謀有
《孫龐鬥智》。新話説張、韓、劉、岳；史書講晉、宋、齊、梁。《三國志》諸
葛亮雄材；《收西夏》説狄青大略。説國賊懷奸從佞，遣愚夫等輩生嗔；説忠
臣負屈銜冤，鐵心腸也須下淚。講鬼怪令羽士心寒膽戰；論閨怨遣佳人緑慘
紅愁。説人頭廝挺，令羽士快心；言兩陣對圓，使雄夫壯志。談吕相青云得
路，遣才人著意群書；演霜林白日升天，教隱士如初學道。噇發跡話，使寒
門發憤；講負心底，令奸漢包羞。講論處不儜搭、不絮煩；敷演處有規模、
有收拾。冷淡處提掇得有家數，熱鬧處敷演得越久長。曰得詞，念得詩，説

得話，使得砌。言無訛舛，遣高士善口讚揚；事有源流，使才人怡神嗟訝。

"詩曰：小說紛紛皆有之，須憑實學是根基。開天闢地通經史，博古明今歷傳奇。藏蘊滿懷風與月，吐談萬卷曲和詩。辨論妖怪精靈話，分別神仙達士機。涉案槍刀並鐵騎，閨情雲雨共偷期。世間多少無窮事，歷歷從頭說細微。"

（羅燁著《醉翁談録》，古典文學出版社 1957 年）

咸淳十年（甲戌　1274）

吳自牧《夢粱録》自序："昔人臥一炊頃，而平生事業揚曆皆遍，及覺則依然故吾，始知其爲夢也，因謂之'黃粱夢'。矧時異事殊，城池苑圃之富，風俗人物之盛，焉保其常如疇昔哉！緬懷往事，殆猶夢也，名曰《夢粱録》云。脱有遺闕，識者幸改正之，毋哂。"

末署"甲戌歲中秋日，錢塘吳自牧書"。

卷十九"瓦舍"條："瓦舍者，謂其來時瓦合，去時瓦解之意，易聚易散也。不知起於何時？頃者京師甚爲士庶放蕩不羈之所，亦爲子弟流連破壞之門。"

卷二十"小說講經史"條："説話者謂之'舌辯'，雖有四家數，各有門庭。且小説名'銀字兒'，如煙粉、靈怪、傳奇、公案，朴刀桿棒發發蹤參之事，有譚談子、翁三郎、雍燕、王保義、陳良甫、陳郎婦、棗兒余二郎等，談論古今，如水之流。講經者謂演説佛書，説參請者謂賓主參禪悟道等事，有寶庵、管庵、喜然和尚等，又有説諢經者戴忻庵。講史書者謂講説通鑑、漢唐歷代書史文傳，興廢争戰之事，有戴書生、周進士、張小娘子、宋小娘子、邱機山、徐宣教；又有王六大夫，元係御前供話，爲幕士請給，講諸史俱通，於咸淳年間，敷演《復華篇》及《中興名將傳》，聽者紛紛，蓋講得字真不俗，記問淵源甚廣耳。但最畏小説人，蓋小説者，能講一朝一代故事，頃刻間捏合。合生與起令、隨令相似，各占一事也。商謎者，先用鼓兒賀之，

然後聚人猜詩謎、字謎、戾謎、社謎，本是隱語，有道謎……走智……正
猜……下套……貼套……橫下……問因……調爽……杭之猜謎者，且言之一
二，如有歸和尚及馬定齋，記問博洽，厥名傳久矣。"

（吳自牧著，符均、張社國校注《夢粱録》，三秦出版社 2004 年）

端平二年（乙未　1235）

劉祁《歸潛志》自序："獨念昔所與交遊，皆一代偉人，人雖物故，其言
論、談笑，想之猶在目。且其所聞所見可以勸誡規鑒者，不可使湮没無傳，
因暇日記憶，隨得隨書，題曰《歸潛志》。'歸潛'者，予所居之堂之名也。
因名其書，以志歲月，異時作史，亦或有取焉。"

末署"歲乙未，季夏之望渾源劉祁京叔自叙"。

（劉祁著、崔文印點校《歸潛志》，中華書局 1983 年）

至元元年（甲子　1264）

陸友爲吳均《續齊諧記》題跋："齊諧志怪，蓋莊生寓言。今吳均所續，
特取義云爾，前無其書也。"

末署"至元甲子吳郡陸友"。

（上海涵芬樓影印明刊本《顧氏文房小説》本）

至元二十八年（辛卯　1291）

周密《齊東野語》自序："（此書）乃參之史傳諸書，博以近聞脞説，務
事之實，不計言之野也。"

按，戴表元爲此書作序，落款爲"至元辛卯孟春剡源戴表元序"。周序據
此而繫年于此。

（周密撰、張茂鵬點校《齊東野語》，中華書局 1983 年）

大德二年（戊戌 1298）

周密《澄懷録》自序："澄懷觀道，卧以游之，宗少文語也。東萊翁用以名書，蓋取會心以濟勝，非直事遊觀也。惟胸中自有丘壑，然後知人境之勝、體用之妙，不在兹乎？余夙好遊，幾自貽戚，晚雖懲創，而煙霞痛疾之不可針砭。每聞一泉石奇、一景趣異，未嘗不歡然喜欣、忻然往愛之者。警以囊事哉！因拾古今高勝，翁所未録者，附於卷末，名之曰《澄懷》，亦高山景行之意也。近世陳德公緝《遊志》，然不過追古人之陳跡，非此之謂也，嘗别續爲一書。"

（周密撰、鄧子勉點校《志雅堂雜鈔　雲烟過眼録　澄懷録》，

中華書局 2018 年）

周密《癸辛雜識》自序："坡翁喜客談，其不能者强之説鬼。或辭無有，則曰姑妄言之，聞者絶倒。洪景盧志《夷堅》，貪多務得，不免妄誕。此皆好奇之過也。余卧病荒閑，來者率野人畸士，放言善謔，醉談笑語，靡所不有，可喜可噩，以警以思。或獻一時之笑，或起千古之悲。其見絓者固不少，然求一二於千百，當亦有之。暇日萃之成編，其或獨夜遐想舊朋不來，展卷對之，何異平生之友相與抵掌劇談哉！因竊自歡曰：是非真誕之辨，豈惟是哉！信史以來，去取不謬、好惡不私者幾人，而舛僞欺世者總總也。雖然一時之聞見，本于無心千載之予奪，狃於私意。以是而言，豈不猶賢於彼哉！"

（周密撰、吳企明點校《癸辛雜識》，中華書局 1988 年）

周密《武林舊事》卷三："二月八日，爲桐川張王生辰。霍山行宫朝拜極盛，百戲競集。如緋緑社（雜劇），齊雲社（蹴踘），遏雲社（唱賺），同文社（耍詞），角抵社（相撲），清音社（清樂），錦標社（射弩），錦體社（花綉），英略社（使棒），雄辯社（小説），翠錦社（行院），繪革社（影戲），净髮社

（梳剃），律華社（吟叫），雲機社（撮弄）。”

按，此三則史料權據周密卒年繫年，有待細考。

（周密著，李小龍、趙鋭評注《武林舊事》，中華書局 2007 年）

大德四年（庚子　1300）

方回爲王應麟《小學紺珠集》作序："唐張燕公患多讀少記，得紺碧大珠一顆，握以自照，則平生所讀所記了了不忘，故後人摘書小説奇事，名《紺珠集》。"

末署"大德庚子紫陽晚學方回序"。

（王應麟著《小學紺珠集》，中華書局 1987 年）

大德九年（乙巳　1305）

陳仁子《夢溪筆談》序："褚先生喜讀外家傳語，張華盡天下奇秘書，韓昌黎手不停披百家之編，故其學浩博而文淵永，乃知學子耽經玩史外，別有虞初、稗官之書，亦未可少。吳興沈存中博覽古今，於制度猶悉。粤在熙、豐，祗車戰，上《奉元曆》，編修《郡國圖》，頗極博綜，前史稱之。暮年著《筆談》計二十六卷。自故事而下，曰象數，曰官政，曰樂律，曰藥議，辨僞正謬，纂録詳核，聞未聞，見未見，融之可以潤筆端，采之可以裨信史。昔王儉出巾箱几案雜服飾，令學士隸事，事多者與之，各得一二物；陸澄後至，出衆所不知事各數條，皆儉所未覩，並舊物奪去。若澄更得此書，又當奪幾籌。"

末署"大德乙巳春茶陵古迁陳仁子刊于東山書院并序"。

（胡道静著，虞信棠、金良年編《夢溪筆談校證》，上海人民出版社 2016 年）

延祐元年（甲寅　1314）

釋然子《捗掌録》自序："東萊吕居仁先生作《軒渠録》，皆紀一時可笑之士。余觀諸家雜説中，亦多有類是者，暇日裒成一集，目之曰《捗掌録》，不獨資開卷之一笑，亦足以補《軒渠》之遺也。"

末署"延祐改元立春日，曬然子書"。

（丁錫根編著《中國歷代小説序跋集》，人民文學出版社 1996 年）

延祐五年（戊午　1318）

鄭禧《春夢錄》自序："嗟夫！紅顔勝人多薄命，亘古如斯，而況才色之兼全者乎！驚彩雲之易失，痛黃壤之相遺。亦徒重余之臨風悒怏耳！恨何言也。抑余非悦於色也，愛其才也，感其心也。今具録往來詞翰於後，覽者亦必昭余之悽愴也。"

末署"延祐戊午永嘉鄭禧天趣序"。

托名"真子"後序："天趣乃以其往來詩詞文翰，編爲《春夢録》，以示於人；且自爲之序，言其女之自甘爲二室。然癡小女子，不能持其志，而輕身以許人，固多有之矣。天趣以爲，得之如俯拾地芥。吁！其愚真不可及也夫！今觀其初達女詞，則有'嫦娥嬌艷待詩仙'之語，實所以挑之也。而女氏則以薛媛圖形寄南楚材事而和之，有云'料今生無分共坡仙'。亦可謂止乎禮義者矣。鄭子當於此時灰心可也，乃復懷眷眷。既有'梅花故園憔悴''杏花好好相留'之詞，反不如'聞早舞雙鸞'之句，心跡顯然，而謂之樂而不淫可乎？女答之則曰：'恐君難得見嬋娟。'蓋已截之之意矣。於是，天趣復有儇語以貽之者：夫婦之稱，齊眉之好。又曰：'念欲挾文君而夜遁，終不忍爲。'既念之矣，其心果不忍爲之乎？特欲爲之而不能耳。且如此女動心拂性，亂其所爲，違母之命，持不嫁凡子之説，以至殞其軀而弗悔，實天趣導之也，其罪容可隱乎？且序又曰：'況其家本豐殖，而有資財者乎。'吁！此一言，足以見其貪戀顧惜之心，而惑之甚者也。雖然，又曰：'非余悦其色也，愛其才也；非徒愛其才也，感其心也。'愚獨以爲：非徒愛其才也，實貪其財也；非徒感其心也，實慕其色也。《文中子》曰：'一夫一婦，庶人之職也。'今天趣有妻在室，有子在家。而猶寓人門館，苟慕妻子，則何以少艾為？而況鍾于情、形於言，言之不足，又從而詠歎之者乎？然聽其言也，則有逾東家牆而摟其處子之心。欲其言寡尤也難矣。言之忠信者，如是乎？觀其行也，蓋欲淫於新昏，而棄其舊室也，要其行不寡悔也，難矣。行之篤敬者，奚取焉。然吳氏母之不從，正也；其女之思，可哀也哉！女子情，固不足取；惜乎天趣，學而優則仕者也。顧其行、言若斯，士君子立身之大節已虧，宜乎不容於堯舜之世。《詩》云：'女也不爽，士貳其行；士也罔極，二三其德。'鄭子、吳姬皆有之矣。噫！春夢一錄，非所以為榮，實所以為辱。迨其前程之識，未知果天趣之筆。若果天趣之筆，余不得而助其悽愴也。遂復為儷語以斷其後，雖曰刺時，亦自難之也；非徒能言之，亦尤蹈之也。其詞云：'蓋聞有德者，先須正己；無瑕者，可以戮人。事宜變通，時有可否。爰觀鄭子，錯愛吳姬。才美雖可誇，名教未足數。廣文先生官獨冷，斐然成章；深閨少女嬌復癡，喜而不寐。有唱還應有和，多才又遇多能。公子得之于辭婚，既慎其始；佳人自嗟於薄命，鮮克有終。胡為戀杏蕊之嬌羞，而欲棄梅花之憔悴。雙鸞早舞，豈能樂爾妻孥；一雁傳書，安可便為夫婦。毋乃養小而失大，未免棄舊而憐新。為之也難，言之非作。彼美人之多情無定，寧不動心；而先君之治命是遵，亦有立志。嬋娟難見，珠簾故懶上於銀鈎；信禮不持，羅襦乃拆寄於繡領。苟甘心於二室，實屈己於偏房。不出正兮，豈能叶於琴瑟；斯為下矣，空寄怨於琵琶。只自辱兮，未之思耳。然女子之嫁也，故母氏而命之。若曰無緣，或云非偶，周鄭等耳，亦何親而何疏；秦晉輔之，當別卜而別選。章臺柳乃肯攀折，遂負倉庚之好音；洛陽花是處芬芳，竟與鴛鴦而同夢。既失自生之慈愛，空能守死之遺言。女不爽而死無名，士極罔而貳其行。暗求鳳也，鄭亦不能無罪焉；強委禽焉，周當分受其責也。傷中道人倫之廢，歎前程事業可知。慕文章而論其財，斯人之過也；哀窈窕不淫其色，夫我乃行之。昔幼卿結髮以求親，月如有約；若倩女離魂而覓婿，云本無心。夫居鰥者尚不忍爲，而得偶者何須多愛。縱橫禮樂三千字，因此作虛名；寂寞金釵十二行，付之於分定。雖故獲乘軒之寵鶴，然終愧釣渭之非熊。歎龍虎榜之方登，奈鳳凰池之遽奪。若是彼夫之愚得，似非君子之所爲。春事悠悠，總是綠楊風後絮；秋陽皓皓，依然丹桂月中花。常擬兩人事貴人，空嗟好事成虛事。古既有《春秋》之作，今何無‘月旦’之評。饒舌以言餂，寧甘得罪于鄭；如心而爲恕，居然行歸於周。倘或反身而誠，庶幾克己復禮。彼丈夫也，吾何畏彼哉；舜何人哉，有爲者亦若是。不揣小子之狂簡，聊布箴規；尚賴達人之大觀，特加斥正。”

（《文淵閣四庫全書》本）

延祐七年（庚申　1320）

方鳳《物異考》自序：“語曰：子不語怪。蓋恐後世好奇之士立爲變幻不經之説，以惑亂天下，以此防民，而邪説不息。然宇宙之廣，氣數不齊，人妖物怪，在在有之。予因閱史，凡異之甚者，輒記之，庶資博聞者一笑，非敢以惑衆也。凡七條。”

按，所謂“七條”即七類：水異、火異、肯異、木異、金石異、人異、蟲異，這表明史書中多有“變幻不經之説”。《續金華叢書》本跋語引張燧評云：“宋之將亡，亘古奇變必其一時妖孽疊出，不可枚舉。史止紀其白虹、黑子、晦晝、隕星數節，正恐動搖衆心。目擊者既難隱忍又難指切，聊披古史之同似者以仿佛方今，此實痛哭流涕之爲，故作炫奇博笑之態。”繫年參考歐陽光《影湖居甲乙稿·宋遺民詩人方鳳生平和創作初探》。

（方鳳著、方勇輯校《方鳳集》，浙江古籍出版社1993年）

泰定三年（丙寅　1326）

錢孚爲無名氏《鬼董》題跋：“《鬼董》五卷，得之毗陵楊道芳家。此只抄本，後有小序，零落不能詳。其可考者，云太學生沈，又云孝、光時人，而關解元之所傳也。喜其叙事整比，雖涉怪而有據，故録置巾笥中，以貽同好。”

末署“泰定丙寅清明日，臨安錢孚跋”。

（王雲五《叢書集成初編》本，商務印書館 1935 年）

至順三年（壬申　1332）

宋無爲元好問《續夷堅志》題跋：“遺山中原人，使生宋熙、豐間，與蘇、黃諸人同時，當大有聲。不幸出完顏有國日，雖偏方以文飾戎事，用科舉選人。惜又在貞祐前後，不得掌其箋牒文柄，故閒居著述。觀其文與詩詞，宏肆軼宕，及所傳其國人，號《中州集》。人各有傳，其顛叙其行業仕隱，詩則一聯不遺。宋士夫淪陷其國者，概見於末。文有史法，其好義樂善之心蓋廣矣。所續《夷堅志》，豈但過洪景盧而已，其《自序》可見也。惡善懲勸，纖細必録，可以知風俗而見人心，豈南北之有間哉？北方書籍，率金所刻，罕至江南。友人王起善見之，亟抄成帙。其學富筆勤，又可知矣。持以示予，時日將夕，讀至丙夜，盡四卷，深有啓於予心。以病不能抄，姑識卷末而歸之。”

末署“壬申歲之除，商邱宋無子虛書于沙頭白鷗眠處”。

朱瞻《續夷堅志》跋：“案《續夷堅志》，乃遺山先生當中原陸沉之時，皆耳聞目見之事，非若洪景盧演史寓言也。其勸善懲惡，不爲無補，吾知起善推廣之心，即遺山之心也。”

末署“至順三年，朱方石巖民瞻氏識”。

（元好問撰、常振國點校《續夷堅志》，中華書局 2006 年）

至正十年（庚寅　1350）

徐顯《稗史集傳》自序：“古者鄉塾里閭亦各有史，所以紀善惡而垂勸戒。後世惟天子有太史，而庶民之有德業者，非附賢士大夫爲之紀，其聞者蔑焉。世傳筆談、塵録、僉載、友議等作，目之爲野史，而後之修國史者，不能不有取之，則野史者亦古閭史之流也歟？夫以四海之廣，兆民之衆，今其列于史傳者，蓋可指數，而其存不存又有幸不幸者焉。就其幸者，如佞幸、滑稽、貨殖，皆得托良史以稱於後世；而其不幸者，則魯有大臣，史失其姓，壺關三老不少概見，其所遺失多矣。就其存者，則又有蔡邕之自愧，陳壽之索米，韓愈之諛墓，所傳者又豈可以盡信？而所不傳者，又豈可謂無其人哉？予生季世之下，不能操觚以選論當代賢人君子之德業，而竊志其所與遊及耳目所聞見者，叙而録之，自比於稗官小説，題曰《稗史集傳》，以俟夫後世歐陽子擇焉。或有位於朝法，當入國史者，此不著。"

末署"至正十年秋八月廿日福溪徐顯克昭謹序"。

（徐顯著《稗史集傳》，商務印書館 1935 年）

至正十五年（乙未　1355）

夏庭芝《青樓集》："唐時有傳奇，皆文人所編，猶野史也，但資諧笑耳。"

按，闕名撰《青樓集志》末署"至正己未春三月望日録此，異日榮觀，以發一笑云"。據考，此文證實爲夏庭芝自序，此"己未"或爲"乙未"之誤，即《青樓集》初稿完成時間爲至正十五年（1355）。詳見郭英德、李志遠纂箋《明清戲曲序跋纂箋》第十册第 4848 頁。

（郭英德、李志遠纂箋《明清戲曲序跋纂箋》，人民文學出版社 2021 年）

至正二十年（庚子　1360）

孔克齊《至正直記》卷一："雜記者，記其事也。凡所見聞，可以感發人心者；或里巷方言，可爲後世之戒者；一事一物，可爲傳聞多識之助者，隨所記而筆之，以備觀省，未暇定爲次第也。"

末署"至正庚子春三月壬寅記，時寓鄞之東湖上水居袁氏祠之旁"。

（孔克齊撰，莊敏、顧新點校《至正直記》，上海古籍出版社 1987 年）

楊維禎《山居新語》序："經史之外有諸子，亦羽翼世教者。而或議之說鈴，以不要諸六經之道也。漢有陸生賈著書十二篇，號《新語》，至今傳之者，亦以善著古今存亡之徵。繼《新語》者，有《說苑》《世說》，他如《筆語》《艾說》《夷堅》《侯鯖》《雜俎》《叢話》《桯史》《墨客》《夜話》《野語》等書，雖精粗泛約之不同，亦可備稽古之萬一。若《幽冥》《青瑣》，祅詭媱佚，君子不道之已。吾宗老山居太史，歸田後著書，名《山居新語》，凡若干首。其備古訓類《說苑》，摭國史之闕文類《筆語》，其史斷詩評，繩前人之愆；天畜人妖，垂世俗之警。視祅詭媱佚敗世教者遠矣，其得以說鈴議之乎！好事者梓行其書，徵予首引，予故爲之書。"

末署"至正庚子夏四月十有六日，李黼榜第二甲進士、今奉訓大夫、江西等處儒學提舉會稽楊維禎叙"。

楊瑀《山居新語》後序："國家承平日久，制度文物禮樂之盛，無不著在大典。布之成書，其底治於累朝，實比隆於三代。予歸老山中，習閱舊書，或友朋清談，舉凡事有古今相符者，上至天音之密勿，次及名臣之事蹟，與夫師友之言行，陰陽之變異，凡有益於世道，資於談柄者，不論目之所擊，耳之所聞，悉皆引據而書之。積歲月而成帙，名之曰《山居新語》。其不敢飾於文者，將欲使後之覽者便於通曉，抑且爲他日有補於信史云。"

末署"至正庚子三月既望，中奉大夫、浙東道宣慰使、都元帥楊瑀識"。

（楊瑀撰、余大鈞點校《山居新語》，中華書局 2006 年）

至正二十一年（辛丑　1361）

楊維禎《說郛序》："孔子述土㻬、萍實於童謠，孟子證瞽瞍朝舜之語於齊東野人，則知《瑣語》《虞初》之流，博雅君子所不棄也。天台陶君九成，取經史傳記，下迨百氏雜説之書二千餘家，纂成一百卷，凡數萬條，蒭揚子語，名之曰《説郛》，徵余叙引。閲之經月，能補余考索之遺。學者得是書，開所聞、擴所見者多矣。要之其博古物，可爲張華、路段；其核古文奇字，可爲子雲、許慎；其索異事，可爲贊皇公；其知天窮數，可爲淳風、一行；其搜神怪，可爲鬼董狐；其職蟲魚草木，可爲《爾雅》；其紀山川風土，可爲《九丘》；其訂古語，可爲鈐契；其究諺談，可爲稗官；其資譴浪調笑，可爲軒渠子。昔應中遠作《風俗通》，蔡伯喈作《勸學篇》，史游作《急就章》，猶皆傳世，況是集之用工深而資識者大乎？其可傳於世無疑也。雖然，揚子謂：‘天地，萬物郭也；五經，衆説郛也。’是五經郛衆説也。説不要諸聖經，徒旁搜泛采，朝記千事，暮博千物，其於仲尼之道何如也？孟子曰：‘博學而詳説之，將以反説約也。’約則要諸道也已，九成尚以斯言勉之。”

末署“會稽抱樸叟楊維禎序”。

按，繫年據昌彼得《説郛攷》。孫小力《楊維禎全集校箋·新訂楊維禎年譜簡編》言陶宗儀本年求文于楊維禎。

（楊維禎著、孫小力校箋《楊維禎全集校箋》，上海古籍出版社 2019 年）

至正二十六年（丙午　1366）

孫作《南村輟耕録叙》：“余友天台陶君九成，避兵三吴間，有田一廛，家于松南，作勞之暇，每以筆墨自隨。時時輟耕，休于樹陰，抱膝而嘆，鼓腹而歌，遇事肯綮，摘葉書之，貯一破盎，去則埋于樹根，人莫測焉。如是者十載，遂累盎至十數。一日，盡發其藏，俾門人小子，萃而録之，得凡若干條，合三十卷，題曰《南村輟耕録》。上兼六經百氏之旨，下極稗官小史之談；昔之所未考，今之所未聞，其採摭之博，侈于《白帖》；研核之精，儗于洪《筆》。論議抑揚，有傷今慨古之思；鋪張盛美，爲忠臣孝子之勸。文章制度，不辨而明，疑似根據，可覽而悉。蓋唐宋以來，專門史學之所未讓。雖周室之藏，郯子之對，有不待環轍而後知，又豈抵掌談笑以求賢於優孟者哉！"

末署"至正丙午夏六月，江陰孫作大雅序"。

《南村輟耕錄》卷二十五："唐有傳奇，宋有戲曲、唱諢、詞説，金有院本、雜劇、諸宮調。院本、雜劇，其實一也。國朝院本、雜劇始釐而二之。"

（陶宗儀撰《南村輟耕錄》，中華書局 1959 年）

明　代

元末明初

邵亨貞《南村輟耕録疏》："南村田叟陶君九成，著書三十卷。凡六合之内，朝野之間，天理人事，有關於風化者，皆采而録之，非徒作也。然又不能忘稼穡艱難，蓋有取於聖門餒在其中、禄在其中之旨，乃名之曰《南村輟耕録》。朋游間咸欲爲之版行，以備太史氏采擇，而未有倡首之者。於是僭爲疏引，以伸其意。……凡例既明，書法尤備。鈎玄提要，匪按圖索驥之空言；考古驗今，得閉户斲輪之大意。盍亦寫諸琬琰，庶可緝於簡編。惟鏤板乃見全書，在司帑當無難色。同門曰朋，合志曰友，幸慫慂以相成。副墨之子，洛誦之孫，共流傳於不朽。學海之波瀾無礙，研田之稼穡有秋。謹疏。"

（陶宗儀撰《南村輟耕録》，中華書局 1959 年）

洪武十一年（戊午 1378）

瞿佑《剪燈新話》自序："余既編輯古今怪奇之事，以爲《剪燈録》，凡四十卷矣。好事者每以近事相聞，遠不出百年，近止在數載。襞積於中，日新月盛，習氣所溺，欲罷不能，乃援筆爲文以紀之。其事皆可喜可悲、可驚可怪者。所惜筆路荒蕪，詞源淺狹，無蒿目鴻耳之論以發揚之爾。既成，又自以爲涉於語怪，近於誨淫，藏之書笥，不欲傳出。……今余此編，雖於世教民彝莫之或補，而勸善懲惡，哀窮悼屈，其亦庶乎言者無罪，聞者足以戒之一義云爾。客以余言有理，故書之卷首。"

末署"洪武十一年歲次戊午六月朔日，山陽瞿佑書於吳山大隱堂"。

（瞿佑著、向志柱點校《剪燈新話》，中華書局 2020 年）

葉子奇《草木子》自序："洪武戊午春，有司以令甲於二月望致祭於城隍神。未祭，群吏於後竊飲猪腦酒。縣學生發其事，吏懼，浼衆爲之言。別生復言於分臬。予適至學，亦以株連而就逮。幽憂於獄。恐一旦身先朝露，與草木同腐，實切悲之。因思虞卿以窮愁而著書；左丘以失明，厥有《國語》；馬遷以腐刑，厥有《史記》。是皆因憤難以攄其思志，庶幾托空言存名於天地之間也。圄中獨坐，閑而無事，見有舊籤簿爛碎，遂以瓦研墨，遇有所得，即書之。日積月累，忽然滿卷。然其字畫模糊，略辨而已。及事得釋，歸而續成之。因號曰《草木子》。萬一後之覽者，犧尊而青黃以文之，未可知也。棄而爲溝中之斷，亦未可知也。容詎必之乎？故語才識之高下，理義之淺深。雖不敢比倫於數子，出於窮愁疾痛而用心則一也。千慮一得，尚期窮理者擇焉。"

末署"時洪武十一年歲次戊午冬十一月二十又七日，括蒼龍泉静齋葉子奇世傑自序"。

（葉子奇著《草木子》，中華書局 1959 年）

洪武十三年（庚申　1380）

凌雲翰《剪燈新話》序："昔陳鴻作《長恨傳》並《東城老父傳》，時人稱其史才，咸推許之。乃觀牛僧孺之《幽怪錄》，劉斧之《青瑣集》，則又述奇紀異，其事之有無不必論，而其製作之體，則亦工矣。鄉友瞿宗吉氏著《剪燈新話》，無乃類是乎？宗吉之志確而勤，故其學也博；其才充而敏，故其文也贍。是編雖稗官之流，而勸善懲惡，動存鑒戒，不可謂無補於世。矧夫造意之奇，措詞之妙，粲然自成一家之言，讀之使人喜而手舞足蹈，悲而掩卷墮淚者，蓋亦有之。自非好古博雅，工於文而審於事，焉能臻此哉！至於《秋香亭記》之作，則猶元稹之《鶯鶯傳》也，余將質之宗吉，不知果然否？"

末署"洪武十三年夏四月錢塘凌雲翰序"。

（瞿佑著、向志柱點校《剪燈新話》，中華書局 2020 年）

洪武十四年（辛酉 1381）

吴植《剪燈新話》引："余觀宗吉先生《剪燈新話》，其辭則傳奇之流，其意則子氏之寓言也。宗吉家學淵源，博及群集，屢薦明經，母老不仕，得肆力於文學。余嘗接其論議，觀其著述，如開武庫，如遊寶坊，無非驚人之奇、希世之珍，是編特武庫、寶坊中之一耳。然則觀是編者，於宗吉之學之博，尚有考也。"

末署"洪武十四年秋八月，吴植書於錢塘邑庠進德齋"。

（瞿佑著、向志柱點校《剪燈新話》，中華書局 2020 年）

洪武二十二年（己巳 1389）

桂衡《剪燈新話》序："余觀昌黎韓子作《毛穎傳》，柳子厚讀而奇之，謂若捕龍蛇，搏虎豹，急與之角，而力不敢暇。古之文人，其相推獎類若此。及子厚作《謫龍説》與《河間傳》等，後之人亦未聞有以妄且淫病子厚者，豈前輩所見，有不逮今耶？亦忠厚之志焉尔矣。余友瞿宗吉之爲《剪燈新話》，其所志怪，有過於馬孺子所言，而淫則無若《河間》之甚者。而或者猶沾沾然置喙於其間，何俗之不古也如是！蓋宗吉以褒善貶惡之學，訓導之間，遊其耳目於詞翰之場，聞見既多，積累益富。恐其久而記憶之或忘也，故取其事之尤可以感發、可以懲創者，彙次成編，藏之篋笥，以自怡悅，此宗吉之志也。余不敏，則既不知其是，亦不知其非，不知何者爲可取，何者爲可讒。伏而觀之，但見其有文、有詩、有歌、有詞、有可喜、有可悲、有可駭、有可嗤。信宗吉於文學而又有餘力於他歧者也。"

末署"洪武己巳六月六日，睦人桂衡書於紫薇深處"。

（瞿佑著、向志柱點校《剪燈新話》，中華書局 2020 年）

永樂十八年（庚子 1420）

李昌祺《剪燈餘話》自序："往年余董役長干寺，獲見睦人桂衡所製《柔柔傳》，愛其才思俊逸，意婉詞工，因述《還魂記》擬之。後七年，又役房山，客有錢塘瞿氏《剪燈新話》貽余者，復愛之，銳欲效顰；雖奔走埃氛，心志荒落，然猶技癢弗已。受事之暇，捃摭謏聞，次爲二十篇，名曰《剪燈餘話》，仍取《還魂記》續於篇末。以其成於覊旅，出於記憶，無書籍質證，慮多牴牾，不敢示人。既釋徽纆，寓順城門客舍，學士曾公子棨過余，偶見焉，乃撫掌曰：'茲所謂以文爲戲者，非耶？'輒冠以叙，稱其穠麗豐蔚，文采爛然。由是稍稍人知，競求抄錄，亟欲焚去以絕跡，而索者踵至，勢不容拒矣。因思在昔聖人謂：'飽食終日，無所用心。不有博弈者乎？爲之猶賢乎已？'矧余兩涉憂患，飽食之日少，且性不好博弈，非借楮墨吟弄，則何以豁懷抱、宣鬱悶乎？雖知其近於滑稽諧謔，而不遑恤者，亦猶疾痛之不免於呻吟耳，庸何諱哉？雖然，《高唐》《洛神》，意在言外，皆閒暇時作，宜其考事精詳，修辭縟麗，千載之下，膾炙人口；若余者，則負譴無聊，姑假此以自遣，初非平居有意爲之，以取譏大雅，較諸飽食博弈，或者其庶乎？遂不復焚，而並識其造作之由於編末，俾時自省覽，以毋忘前日之虞，而保其終吉。好事者觀之，可以一笑而已，又何必泥其事之有無也哉？"

末署"永樂庚子夏五初吉、廬陵李禎昌祺甫叙"。

按，陳大康《明代小說史》（人民文學出版社 2007 年）附錄"明代小説編年史"定爲永樂十七年，陳文新《中國文學編年史》則定爲永樂十八年。

羅汝敬《剪燈餘話》序："《剪燈餘話》凡四卷，計二十篇，廣西布政使昌祺李公繼錢塘瞿氏之作也。公嘗以明經擢高第，又嘗以名進士纂修中秘書，其雄辯博洽，蓋有素矣。故其發爲文章，昭諸翰墨，皆足以廣心志，擴見聞，而資益學識，往往搜奇剔異，詳書而備錄之，亦豈無意乎？而或者乃謂所載多神異，吾儒所未信。余曰：'不然！夫聖經賢傳之垂憲立範，以維持世道者，固不可尚矣。其稗官、小説、卜筮、農圃，與凡捭闔籠罩，縱橫術數之書，亦莫不有裨于時。……彼其《齊諧》之記，《幽冥》之錄，《搜神》《夷堅》之志述，務爲荒唐虛幻者，豈得一經於言議哉？若布政公之所記，徵諸事則有驗，揆諸理則不誣，政人人所樂道，而吾党所喜聞者也，神異云乎哉！且余聞之，昌黎韓公傳《毛穎》《革華》，先正謂其"珍果中之查梨"，特以備品味爾；余於是編亦云。'惑者唯唯。因次第之于簡末，庶資薇垣高議之一噱焉。"

末署"永樂十八年正月朔吉，翰林修撰行在工部右侍郎同年友羅汝敬書"。

曾棨《剪燈餘話》序："近時錢塘瞿氏，著《剪燈新話》，率皆新奇希異之事，人多喜傳而樂道之，由是其説盛行於世。余友廣西布政李君昌祺，於旅寓之次，取近代之事得於見聞者，彙爲一帙，名之曰《剪燈餘話》。余得而觀之，初未暇詳也。一夕，燃巨燭翻閱，達旦不寐，盡得其事之始終，言之次第，甚習也。一日，退食，輒與同列語之，則皆喜且愕曰：'邇日必得奇書也，何所言之事神異若此耶？'既而昌祺以屬余序。夫聖賢之大經大法，載之於書者，蓋已家傳人誦；有不可思議，有足以廣材識、資談論者，亦所不廢。……昌祺與余爲姻家，且有同年之好，因觀是編之作，遂爲之用焉。"

末署"永樂庚子春閏正月下澣，翰林侍讀學士奉訓大夫兼修國史永豐曾棨書"。

王英《剪燈餘話》序："余讀廬陵李君昌祺所著《剪燈餘話》，所載皆幽冥人物靈異之事，竊喜昌祺之博聞廣見，才高識偉，而文詞製作之工且麗也。或有詰余者曰：'某事幽昧恍惚，君子所未信，子何爲而喜耶？'余曰：'不然！經以載道，史以紀事；其他有諸子焉，托詞比事，紛紛藉藉，著爲之書，又有百家之説焉，以志載古昔遺事，與時之叢談、詼語、神怪之説，並傳於世；是非得失；固有不同，然亦豈無所可取者哉！在審擇之而已。是故言之泛溢無據者置之；事核而其言不誣，有關於世教者錄之。余於是編，蓋亦有所取也。其間所述，若唐諸王之驕淫，譚婦之死節，趙鸞、瓊奴之守義，使人讀之，有所懲勸；至於他篇之作，措詞命意，開闔抑揚，亦多有可取者，此余之所以喜也。抑豈不聞之，昔者王充之著論，歎賞于蔡邕，張華之博洽，稱美于阮籍；而干寶之撰記，見稱于劉惔乎？操觚執翰，以著述爲任者，人

之所難能也。古之人蓋重之，余何敢不企慕古人，而無所取於斯耶？'於是詰
者乃退。因書以序其端，俾世之士皆知昌祺才識之廣，而勿訝其所著之爲異
也。昌祺所作之詩詞甚多，此特其遊戲耳。"

末署"永樂十八年春正月既望翰林侍講臨川王英書"。

（瞿佑等著、周楞伽校注《剪燈新話（外二種）》附《剪燈餘話》，

上海古籍出版社 1981 年）

胡子昂《〈剪燈新話〉卷後紀》："山陽瞿先生《剪燈新話》四卷……閱先
生所述多近代事實，模寫情意，醞釀文辭，濃郁艷麗，委蛇曲折，流出肺腑，
恍然若目擊耳聞，懲勸善惡，妙冠古今，誦之令人感慨沾襟者多矣！……因
談及《剪燈新話》，今失其本，喜余存是稿，遂賦詩留別。繾綣之情爲何如
也。一日，瑞守唐孟高氏公事抵邊城，以斯集奉寄，又得先生親筆校正，出
于一手。不二旬，唐守仍緘回原稿。展玩久之，不能釋卷。就中舛誤頗多，
特爲旁注詳明，遂俾舊述傳記，如珠聯玉貫，煥然一新，斯文之幸耶！……
賦鄙什一首，紀其本末，求先生之清教云：《剪燈》攜得至興和，傳寫辭疑豕
渡河。遠托郡侯親寄奉，又經國相訂差訛。牡丹燈下花妖麗，桂子亭前月色
多。讀到三山恩負處，令人兩淚自滂沱！"

末署"永樂十八年五月十日盱江胡子昂書"。

唐岳《〈剪燈新話〉卷後志》："予昔官臺幕，識錢塘瞿存齋先生于冑監，
衆推先生學識俊邁，予請爲《歷代叙略》題辭。……及待少宗伯浚儀趙公語
云：'前參政浙垣，曾見先生所著《剪燈新話》，紀事有善惡，有悲喜，可勸
懲，雖涉怪奇而善形容，寓意文贍而詞工，可誅奸諛，勵貞節。'予心識之，
惜未及見。"

末署"永樂庚子秋八月既望金華唐岳書于息軒"。

（瞿佑著、向志柱點校《剪燈新話》，中華書局 2020 年）

永樂十九年（辛丑 1421）

瞿佑《重校〈剪燈新話〉後序》："自戊子歲獲譴以來，散亡零落，略無存者，投棄山後，與農圃爲徒。念夙志之乖違，憐舊學之荒廢，書中默坐，付之長太息而已。間遇一二士友，求索舊聞，心倦神疲，不能記憶，茫然無以應也。近會胡君子昂以《剪燈新話》四卷見示，則得之于四川之蒲江。子昂請爲校正，而唐君孟高、汪君彥齡皆親爲謄録之。字劃端楷，極爲精緻。蓋是集爲好事者傳之四方，抄寫失真，舛誤頗多，或有鏤板者，則又脱略彌甚。故特記之卷後，俾舛誤脱略者見之，知是本之爲真確，或可從而改正云。抑是集成於洪武戊午歲，距今四十襈矣。彼時年富力强，鋭于立言，或傳聞未詳，或鋪張太過，未免有所疎率。今老矣，雖欲追悔，不可及也！覽者宜識之。"

末署"永樂十九年歲次辛丑正月燈夕，七十五歲翁錢塘瞿佑宗吉甫書于保安城南寓舍"。

《重校〈剪燈新話〉後序》録《題〈剪燈録〉後》絕句四首：其一："午酒初醒啜茗餘，香消金鴨夜窗虛。剪燈濡筆清無寐，録得人間未見書。"其二："風動疏簾月滿苔，敲棋不見可人來。只消幾紙閑文字，待得燈花半夜開。"其三："花落銀釭半夜深，手書細字苦推尋。不知異日燈窗下，還有人能識此心？"其四："辛苦編書百不能，搜奇述異費溪藤。近來徒覺虛名著，往往逢人問《剪燈》。"詩後小記："昔在鄉里編輯《剪燈録》前、後、續、別四集，每集自甲至癸，分爲十卷。又自爲一詩，題於集後。今此集不存，而詩尚能記憶，因閱《新話》，遂附寫於卷末云。存齋。"

末題款"侄瞿暹刊行"。

（瞿佑著、向志柱點校《剪燈新話》，中華書局 2020 年）

宣德三年（戊申 1428）

趙弼《〈效顰集〉後序》："余嘗效洪景盧、瞿宗吉，編述傳記二十六篇，

皆聞先輩碩老所談與己目之所擊者。初但以爲暇中之戲，不意好事者録傳于
士林中。每愧不經之言，恐貽大方家之誚，欲棄毀其槁，業已流傳，收無及
矣。因題其名曰《效顰集》，所謂效西施之捧心，而不覺自衒其陋也。客有見
者，問曰：‘子所著忠節道義孝友之傳，固美事矣，其於幽冥鬼神之類，豈非
荒唐之事乎？荒唐之辭，儒者不言也，子獨樂而言之，何耶？’余曰：‘《春
秋》所書災異非常之事，以爲萬世僭逆之戒，《詩經》鄭、衛之風，以示後來
淫奔之警，大經之中，未嘗無焉。韓、柳《送窮》《虐鬼》《乞巧》《李赤》諸
文，皆寓箴規之意於其中。先賢之作，何嘗泯焉？孔子曰：“不有博弈者乎？
爲之猶賢乎己。”然則用心博弈者猶賢，余之所作奚過焉？雖然，人有古今，
學有先後，才有優劣。余辭膚陋，固不敢希洪、瞿二君之萬一，其於勸善懲
惡之意，片言隻字之奇，或可取焉。庶幾蠅聲之微，獲附驥尾於千里之遠
也。’問者唯然而退，遂書以爲識。”

末署“宣德戊申二月乙丑南平趙弼輔之書”。

按，陳文新《中國文學編年史》認爲趙弼《效顰集》定稿于正統元年
（1436 年）。存議。

（趙弼著《效顰集》，古典文學出版社 1957 年）

宣德八年（癸丑　1433）

張光啓《剪燈餘話》序：“右《剪燈餘話》一帙，乃大儒方伯李公之所撰
也。公學問該博，文章政事，大鳴于時。暇中因覽錢塘瞿氏所述《剪燈新
話》，公惜其措詞美而風教少關，於是搜尋古今神異之事，人倫節義之實，著
爲詩文，纂集成卷，名曰《剪燈餘話》，蓋欲超乎瞿氏之所作也。既成，藏諸
笈笥，江湖好事者，咸欲觀而未能，余亦憾焉！遂請與我師文江子欽劉先生
以之示余。開合數四，不能釋手，玩文尋義，益究益深，誠足以見方伯公道
積厥躬，而胸敷錦綉也。吁！是編之作，雖非本于經傳之旨，然其善可法，

惡可戒，表節義，礪風俗，敦尚人倫之事多有之，未必無補於世也。及觀玉堂巨公之序文，方伯先生之佳作，其雄詞麗句，則旋轉如乾坤，輝映如日月者，亦有之矣。余甚嘉之，命工刻梓，廣其所傳，以副江湖好事者觀覽。因之偶成近體八句，並贅於後云：四海相傳《新話》工，若觀《餘話》迥難同。搜尋神異希奇事，敦尚人倫節義風。一火鍛成金現色，幾宵細剪燭搖紅。笑余刻棗非狂僭，化俗寧無小補功！"

末署"晚生張光啓謹題"。

按，張光啓（生卒年不詳），福建建寧知縣。字號籍貫待考。繫年據陳大康《明代小說史》。

（瞿佑等著、周楞伽校注《剪燈新話（外二種）》附《剪燈餘話》，
上海古籍出版社 1981 年版）

劉敬《剪燈餘話》序："洪熙初，余蒙恩歸自嶺表，訪舊於盧陵忠節之邦。……明日又得其《剪燈餘話》之編，首閱玉堂大手筆諸公之序，凡三首；其卷四，其編二十，皆湖海之奇事，今昔之異聞；漱藝苑之芳潤，暢詞林之風月，錦心繡口，繪句飾章；于以美善，於以刺惡；或凜若斧鉞，或褒若華袞，可以感發人之善心，可以懲創人之佚志；省之者足以興，聞之者足以戒；斯豈傅巖之近詞，實乃薇垣之佳製也。……然此特以泄其暫爾之憤懣，一吐其胸中之新奇，而遊戲翰墨云爾，豈公之至哉？亦豈士之望於公哉？……敬不敏，什襲所錄，欲刊而未能。宣德癸丑夏，知建寧府建寧縣事旴江張公光啓，銳意欲廣其傳。書來，謂子所錄得真，請授諸梓，遂序其始末，以此本并《元白遺音》附之，以同其刊云。是歲七月朔旦也。"

（瞿佑等著、周楞伽校注《剪燈新話（外二種）》附《剪燈餘話》，
上海古籍出版社 1981 年版）

正統七年（壬戌　1442）

《明英宗睿皇帝實錄》卷九十："正統七年三月辛未：'國子監祭酒李時勉言五事：……一，近年有俗儒假托怪異之事，飾以無根之言，如《剪燈新話》之類。不惟市井輕浮之徒争相誦習，至於經生儒士，多舍正學不講，日夜記憶，以資談論。若不嚴禁，恐邪説異端日新月盛，惑亂人心，實非細故。乞敕禮部，行文內外衙門及提調學校僉事、御史並按察司官：巡歷去處，凡遇此等書籍，即令焚毀；有印賣及藏習者，問罪如律。庶俾人知正道，不爲邪妄所惑。'詔下禮部議……上是其議。"

（"中研院"歷史語言研究所校印、黃彰健校勘《明實錄》，中華書局 2015 年）

成化十一年（乙未　1475）

江沂刊岳珂《桯史》並題記："（《桯史》）所載皆當時史書不及收者，暨賢達詩文，世俗謔語，或倔奇峻怪之事，不純于史體，故曰《桯史》。……舊板刻於浙之嘉興，脱落既多，讀輒中廢，訪求每恨未見其全者。近奉朝命，來按廣東。太參姑蘇劉公欽謨，問學賅博，良山富蓄，忽出善本，嘗經雲間陳璧文先生批點者。爲之欣然，若攻值玉。初志竟得遂，命翻登諸梓，與同好者共之。"

按，江沂，建安（今屬福建）人，成化二年（1466）進士。時間斷限據刊刻年代。

（國家圖書館藏明成化十一年刻本）

成化二十一年（乙巳　1485）

畢亨《登封縣志》序："其研稽事實也，簡而核，正而嚴，該而博，深得編述之體。由是觀之，此編足爲信史，而非野史小説比也。"

末署"成化二十一年正月吉日，賜進士通議大夫督察院右副都御史致事、洛人畢亨述"。

（王熹主編《明代方志選編·序跋凡例卷》，中國書店 2016 年）

成化二十二年（丙午　1486）

　　曹安《讕言長語》題記："予少遊鄉塾，見先生長者嘉言善行，即筆於楮，或於載籍中間見異人異事亦録之。長而奔走四方，所得居多，凡三四帙。因去滇南，道遠難將，留於松，今不知何在。滇中重録所見聞者，攜來武邑。及承乏安丘，老而彌勤，人皆哂之，予獨不倦，暇日一一手録，以備遺忘。率皆零碎之辭，何益於事，因名曰《讕言長語》。讕言，逸言也；長語，剩語也。何益於事，徒資達人君子一笑云。"

　　末署"成化二十二年五月五日吴松曹安識"。

　　按，陳大康《明代小説編年史》認爲此文出於天順年間（1457—1464），存議。

（南京圖書館藏萬曆刊刻、民國石印寶顔堂秘籍本）

成化二十三年（丁未　1487）

　　"簡菴居士"爲"玉峰主人"《鍾情麗集》作序："大丈夫生於世也，達則抽金匱石室之書，大書特書，以備一代之實録；未達則泄思風月湖海之氣，長詠短詠，以寫一時之情狀。是雖有大小之殊，其所以垂後之深意則一而已。余友玉峰生……暇日所作《鍾情麗集》以示余。余因反覆觀之，不能釋手。窮之而益不窮，味之而益有味，殊不覺乎手之舞之足之蹈之也。……雖然，子特遊戲翰墨云爾；他日操製作之任，探筆法之權，必有黼黻皇猷，經緯邦國，而與班、馬並稱之矣。豈止於是而已耶？"

　　末署"成化丁未春二月花朝前二日簡菴居士書於金臺之官舍"。

（孫楷第著《中國通俗小説書目（外二種）》，中華書局 2012 年）

　　都穆《聽雨記談》"題記"："成化丁未，自夏入秋不雨，至九月淫雨洽旬。齋居無事，客有過我，清言竟日，漫爾筆之，得數十則，命之曰《聽雨記談》。既而以其瑣雜無補，亟欲毀弃，而客以爲可惜，聊復存之。"

（浙江師範大學圖書館藏上海文明書局 1915 年石印本）

成化年間（1465—1487）

　　葉盛《水東日記》卷二十一"小説戲文"條："今書坊相傳射利之徒僞爲小説雜書，南人喜談如漢小王（光武）、蔡伯喈（邕）、楊六使（文廣），北人喜談如繼母大賢等事甚多。農工商販，鈔寫繪畫，家畜而人有之；癡怨女婦，尤所酷好，好事者因目爲《女通鑑》，有以也。甚者晉王休徵、宋吕文穆、王龜齡諸名賢，至百態誣飾，作爲戲劇，以爲佐酒樂客之具。有官者不以爲禁，士大夫不以爲非，或者以爲警世之爲，而忍爲推波助瀾者，亦有之矣。意者其亦出於輕薄子一時好惡之爲，如《西廂記》《碧雲騢》之類，流傳之久，遂以泛濫而莫之求矣。"

　　卷二十八"文章正宗叙論"條引録南宋真德秀《文章正宗》："《正宗》云者，以後世文辭之多變，欲學者識其源流之正也。自昔集録文章者衆矣，若杜預、摯虞諸家，往往湮没弗傳，今行於世者，惟梁昭明《文選》、姚鉉《文粹》而已。繇今視之，二書所録，果皆得源流之正乎？夫士之於學，所以窮理而致用也。文雖學之一事，要亦不外乎此。故今所輯，以明義理、切世用爲主，其體本乎古，其指近乎經者，然後取焉；否則辭雖工，亦不録。其目凡四，曰辭命，曰議論，曰叙事，曰詩賦，今凡二十餘卷云。紹定執徐之歲，正月甲申，學易齋書。"

　　"議論：按議論之文，初無定體，都俞吁咈，發于君臣會聚之間，語言問答，見于師友切磋之際，與凡秉筆而書、締思而作者皆是也。大抵以《六經》《語》《孟》爲祖，而《書》之《大禹》《皋陶》《益稷》《仲虺之誥》《伊訓》《太甲》《咸有一德》《説命》《高宗肜日》《旅獒》《召誥》《無逸》《立政》，則正告君之體，學者所當取法。然聖賢大訓，不當與後之作者同錄，今獨取《春秋內外傳》所載諫諍論説之辭，先漢以後諸臣所上書疏封事之屬，以爲議論之首。他所纂述，或發明義理，或敷析治道，或褒貶人物，以次而列焉。書記往來，雖不關大體，而其文卓然爲世膾炙者，亦綴其末。學者之議論，一以聖賢爲準的，則反正之評，詭道之辯，不得而惑，其文辭之法度，又必本之此編，則華實相副，彬彬乎可觀矣。"

"叙事：按叙事起于古史官，其體有二，有紀一代之始終者，《書》之《堯典》《舜典》與《春秋》之經是也，後世本紀似之；有紀一事之始終者，《禹貢》《武成》《金縢》《顧命》是也，後世志記之屬似之。又有紀一人之始終者，則先秦蓋未之有，昉于漢司馬氏，後之碑誌事狀之屬似之。今于《書》之諸篇，與史之紀傳皆不復錄，獨取《左氏》《史》《漢》叙事之尤可喜者，與後世記序傳志之典則簡嚴者，以爲作文之式。若夫有志于史筆者，自當深求《春秋》大義，而參之以遷、固諸書，非此所能該也。"

（葉盛撰、魏中平點校《水東日記》，中華書局 1980 年）

弘治二年（己酉 1489）

祝允明《志怪錄》自序："志怪雖不若志常之爲益，然幽詭之事，固宇宙之不能無，而變異之來，非人尋常念慮所及。今苟得其實而記之，則卒然之頃而值之者，固知所以趨避，所以勸懲，是亦不爲無益矣。況恍語惚説，奪目警耳，又吾儕之所喜談而樂聞之者也。昔洪野處《夷堅志》，至於四百二十卷之富，彼其非有真樂者在，則胡爲不中輟而能勉强於許久哉？吾以是知吾書雖蕉鄙，不敢班洪，亦姑從吾所好耳。若有高論者罪其繆悠，而一委之以不語常之失，則洪書當先吾而廢，吾何憂哉？《志怪》，亦取漆園吏詞。"

末署"己酉冬十月既望，枝山祝允明書"。

（國家圖書館藏明萬曆四十年祝世廉刻本）

弘治五年（壬子　1492）

任順《題〈讕言長語〉》："右《讕言長語》，安丘學諭吾淞曹先生所著也。先生少負儁才，遊淞庠。其學不經師授，自得於心。登正統甲子鄉第，歷涉仕途四十餘年。著述甚富，此其一也。自六經百家子史以及稗官小説輒纂括無遺。其紀事纂言皆有考據，非臆見淺識者可及。"

末署"弘治五年春二月鄉貢進士莒州儒學學正後學任順書"。

（國家圖書館藏正德十三年趙元刻本）

弘治六年（癸丑　1493）

柏昂爲周禮《湖海奇聞集》作序："幽冥怪異，雖非儒者所宜談，而□情翰墨，實乃君子之高致。矧操觚執翰，以著述爲任者，人之所難能也。余宦遊閩中，適會鄉人持周生所著《湖海奇聞》一帙，且丐余爲序。余閲之喜而不寐，亹亹忘倦。蓋周生，予之表侄也，謙恭孝悌，博學聰明，自幼著述甚多，而《續綱目發明》爲尤，斯集乃翰墨之遊戲耳。"

末署"弘治癸丑閏五月下□，前京闈鄉貢士、知福建福寧州事，邑人柏昂廷顒書"。

（孫楷第著《戲曲小説書錄解題》，人民文學出版社 1990 年）

弘治七年（甲寅　1494）

庸愚子（蔣大器）《三國志通俗演義》序："夫史，非獨紀歷代之事，蓋欲昭往昔之盛衰，鑒君臣之善惡，載政事之得失，觀人才之吉凶，知邦家之休戚，以至寒暑災祥，褒貶與奪，無一而不筆之者，有義存焉。……此則史家秉筆之法，其於衆人觀之，亦嘗病焉。故往往舍而不之顧者，由其不通乎衆人。而歷代之事，愈久愈失其傳。前代嘗以野史作爲評話，令瞽者演説，其間言辭鄙俚，又失之於野。士君子多厭之。若東原羅貫中，以平陽陳壽

《傳》，考諸國史，自漢靈帝中平元年，終於晉太康元年之事，留心損益，目之曰《三國志通俗演義》。文不甚深，言不甚俗，事紀其實，亦庶幾乎史，蓋欲讀誦者，人人得而知之，若《詩》所謂里巷歌謠之義也。書成，士君子之好事者，爭相謄録，以便觀覽，則三國之盛衰治亂、人物之出處臧否，一開卷，千百載之事豁然於心胸矣。其間亦未免一二過與不及，俯而就之，欲觀者有所進益焉。予謂誦其詩，讀其書，不識其人，可乎？讀書例曰：若讀到古人忠處，便思自己忠與不忠；孝處，便思自己孝與不孝。至於善惡可否，亦當如此，方是有益。若只讀過而不身體力行，又未爲讀書也。"

末署"弘治甲寅仲春既望庸愚子拜書"。

（《古本小説集成·三國志通俗演義》，上海古籍出版社 1994 年版）

弘治八年（乙卯　1495）

黃瑜《雙槐歲鈔》自序："昔者成式《雜爼》，志怪過於《齊諧》，宗儀《輟耕》，紀事奢于《白帖》，然而君子弗之取。何則？多聞不能以闕疑，多識不足以蓄德故也。今予此書，得諸朝野輿言，必證以陳編確論，采諸郡乘文集；必質以廣座端人，如其新且異也。可疑者闕之，可厭者削之，雖郁於性命之理，若不足爲蓄德之助，而語及古今事變，或於道庶幾弗畔云。"

末署"時大明弘治乙卯仲春穀旦，七十迂叟前琴堂傲吏香山黃瑜廷美甫謹書"。

（黃瑜撰、魏連科點校《雙槐歲鈔》，中華書局 1999 年）

弘治十一年（戊午　1498）

李瀚爲洪邁《容齋隨筆》作序："（《容齋隨筆》）比所作《夷堅志》《支志》《盤州集》，踔有正趣，可勸可戒，可喜可愕，可以廣見聞，可以證訛謬，可以袪疑貳，其於世教未嘗無所裨補。予得而覽之，大豁襟抱，洞歸正理，如躋明堂，而胸中樓閣四通八達也。惜乎傳之未廣，不得人挾而家置。因命紋梓，播之方興，以弘博雅之君子，而凡志於格物致知者，資之亦可以窮天下之理云。"

末署"弘治戊午冬十月既望巡河南監察御史沁水李瀚書"。

（洪邁撰、孔凡禮點校《容齋隨筆》，中華書局 2015 年）

弘治十三年（庚申　1500）

祝允明爲王錡《寓圃雜記》作序："蓋史之初爲專官，事不以朝野，申懲勸則書。以後，官乃自局，事必屬朝署出章牒則書。格格著令式，勸懲以衰。又以後，野者不勝，欲救之，乃自附於稗虞，史以野名出焉。又以後，復漸弛。國初殆絶，中葉又漸作。美哉！彬彬乎可以觀矣。"

末署"弘治十三年十一月日南至長洲祝允明序"。

（上海圖書館藏民國三十七年鄭振鐸影印《玄覽堂叢書三集》本）

弘治十四年（辛酉　1501）

錢福《重刊〈吳越春秋〉》序："古者列國皆有史官以掌記時事，若孔子因魯史以修《春秋》者是也。《吳越春秋》乃作于東漢趙曄，後世補亡之書耳。大抵本《國語》《史記》而附以所傳聞者爲之。元徐天祐謂其'去古未遠'，又'越人宜知越之故'，'視他書所記二國事爲詳'，得之矣。天祐之所考注亦精當，第謂其'不類漢文'者，其字句間或似小説家。觀《儒林傳》稱其所著，復有所謂《詩細》者，蔡邕讀而歎息，以爲長於《論衡》。今《論衡》故在也，鄙俚怪誕者不少，則東漢末亦自有此文氣矣。謂其'非全書'，則吳越顛末亦備矣。《隋》《唐》經籍志多二卷，意者西施之至吳、范蠡之去越乎？若附會于讖緯夢卜之説，則固當時所尚，而左氏傳《春秋》亦多述焉，不可盡謂其無據也。其大旨誇越之多賢，以矜其故都；而所編傳，乃内吳而外越，則又不可曉矣。……噫！書稱軾怒蛙尚足以激士，而況讀其書，論其世，能不少動於衷者，其亦非夫也夫！至於司職方、掌外史，地里所在，必有所因而名，附會以成其説者，多不可辯驗。然與其信乎今，不若傳諸古；與其徵諸遠，不若考乎近。是又今日酈侯崇信此書之意，而袁公博古之功不可誣也。因附子所欲言爲序。"

末署"弘治十四年歲在辛酉夏五朔旦，賜進士及第翰林國史修撰儒林郎華亭錢福與謙序"。

（涵芬樓影印《四部叢刊》明弘治酈璠刻本）

胡道爲瞿佑《存齋詩話》（即《歸田詩話》）作序："錢塘存齋瞿先生宗吉，在國初時，著詩話三卷，大略似野史，有抑揚可法之旨，非汗漫無稽之詞，久成全梓。或取而觀之，可資多識，特其名號近於訂頑砭愚，起爭端之謂，不若直謂之《存齋詩話》也。昔范文正見片文隻字有關世道，不忍輕棄，況此其全編乎！予不敏，敢以正于詩壇君子。"

末署"弘治庚申冬，賜進士知錢塘縣事安成胡道識"。

（陳廣宏、侯榮川編校《明人詩話要籍彙編·詩話卷》，
復旦大學出版社 2017 年）

弘治十八年（乙丑　1505）

都穆爲張華《博物志》題跋："茂先讀書三十車，其辨龍鮓，識劍氣，以爲博物所致，是書固君子之不可廢歟？第未知武帝之俾删者何説？而所存止於是也。夫覆載之間，何所不有？人以耳目之不接，一切疑之而不信非也。《論語》記子不語怪，怪固未嘗無也，聖人特不語以示人耳。"

末署"弘治乙丑春二月工部主事姑蘇都穆記"。

（張華撰、范寧校證《博物志校證》，中華書局 2014 年）

都穆爲李石《續博物志》題記："山珍海錯無補乎養生，而飲食者往往取之而不棄，蓋飽飫之餘，異味忽陳，則不覺齒舌之爽，亦人情然也。小説雜記，飲食之珍錯也，有之不爲大益，而無之不可，豈非以其能資人之多識而怪僻不足論邪！是書在宋嘗有板刻，而今罕傳。予同年賀君志同近刻《博物志》訖工，復取而刻之，俾與前志並行，好古之士知其一染指也。"

末署"弘治乙丑春三月工部主事姑蘇都穆記"。

（李石撰、陳逢衡疏證、唐子恒點校《續博物志疏證》，鳳凰出版社 2017 年）

弘治年間（1488—1505）

許浩《復齋日記》自序："予嘗慕司馬公日記，遇事有可記，隨筆記録，先翁間或見之，謬賜與可，自是益勤。然向不得志，不以爲意，多或散失。今春教諭弟攜葉文莊公《水東日記》回，與予記事者多相同。因與弟輩究竟録出，凡若干條。心跡卑遠，不得居邇京師，而恒與大人君子相接，□□與論大夫事，書大夫德，而區區□□傳聞，與遐方下邑鄙細之事。管窺蠡測，淺見薄□，□□詎能免耶。"

按，司馬朝軍《續修四庫全書雜家類提要》（商務印書館 2013 年）載此序撰于弘治八年即 1495 年。待核。

（浙江范懋柱家天一閣藏本）

正德元年（丙寅 1506）

"戲筆主人"爲《綉像忠烈傳》作序："文字無關風教者，雖炳燿藝林，膾炙人口，皆爲苟作立説之要道也。凡傳志之文，或艱涉獵，及動于齒頰，托于言談，反令目者悶之。若古來忠臣孝子賢奸在目，則作者足資勸懲矣。小説原多，每限於句繁語贅，節目混牽。若《三國》語句深摯質樸，無有倫比，至《西遊》《金瓶梅》，專工虛妄，且妖艷靡曼之語，聒人耳目。在賢者知探其用意，用筆不肖者，只看其妖仙冶蕩，是醒世之書，反爲醜嬉之具矣。然亦何嘗無懲創之篇章，但霾没泥塗中者，安能一一 在耳目間？故知之者鮮。不遇觀光，莫傳姓氏，今見六十首，淋滴透達，報應分明。意則草蛇灰綫，文則中矩中規，語則白日青天，聲則晨鐘莫鼓。”

末署“正德元年戲筆主人題”。

按，此序應爲僞作（因《金瓶梅》問世時間要晚于本年，故“正德元年”之説顯係杜撰），究竟撰于何年，有待深論，未有定論之前，權置于此。

（法國國家圖書館藏清義林堂刊本）

正德三年（戊辰　1508）

林瀚爲《隋唐兩朝志傳》作序：“《三國志》羅貫中所編，《水滸傳》則錢塘施耐庵集成。二書並行世遠矣，逸士無不觀之。唯唐一代闕焉，未有以傳。予每憾焉。前歲偶寓京師，訪有此作，求而閱之，始知實亦羅氏原本。因於暇日遍閱隋唐書所載英君名將忠臣義士，凡有關於風化者悉編爲一十二卷，名曰《隋唐志傳通俗演義》。蓋欲與《三國志》《水滸傳》並傳於世，則數朝事實，使愚夫愚婦一覽可概見耳。予頗好是書，不計年勞，抄録成帙，但傳膽既遠，未免有魯魚亥豕之訛，不猶欲入室而先升堂也。”

末署“賜進士第資政大夫南京參贊機務兵部尚書致仕前吏部尚書國子祭酒春坊諭德兼經筵講官同修國史三山林瀚撰”。

（日本尊經閣藏萬曆己未刊本）

同書龔紹山刊本林瀚序：“羅貫中所編《三國志》一書，行於世久矣，逸士無不觀之。而隋唐獨未有傳志，予每憾焉。前寓京師，訪有此書，求而閱之，知實亦羅氏原本。第其間尚多闕略，因於退食之暇，遍閱隋唐諸書所載英君名將忠臣義士，凡有關於風化者悉爲編入，名曰《隋唐志傳通俗演

義》……後之君子能體予此意，以是編爲正史之補，勿第以稗官野乘目之，
是蓋予之至願也夫。”

末署“時正德戊辰仲春花朝後五日，賜進士出身、資政大夫、南京參贊
機務兵部尚書致仕、前吏部尚書、國子祭酒、左春坊、左諭德兼經筵講官、
同修國史三山林瀚撰”。

按，上述兩序似爲書坊改竄而成，孰是孰非，存議。

（黄霖、韓同文選注《中國歷代小説論著選》，江西人民出版社 2000 年）

陸深《金臺紀聞》題記：“予忝登朝爲史官，記載職也。偶有所得，輒漫
書之，蓋自乙丑之夏，訖於戊辰九月，録爲一卷，題曰《金臺記聞》，藏之庶
以便自考焉爾。”

（北京師範大學圖書館藏陳繼儒刻寶彦堂秘笈本）

正德四年（己巳　1509）

邵天和爲陸奎章《香奩四友傳》作序：“《香奩傳》前後共八篇，爲武進
陸君子翰所作也。……今此傳成，緘書千里示予，且屬爲之序。徐而讀之，
見其開闔辨博，出入常變，豪儁詭□□。蓋雖寓言於物而實托義於人焉。自
《易》有□□尚象，《詩》有托物比興。天地間無物非理，而惟善觀物者道溢
乎器表。漢興，士多雄于文，枚乘創爲《七發》，腴辭麗旨上薄騷□，後之繼
者幾數十餘家，皆規仿太切，作者無取焉。至唐韓子益濟以奇怪，《毛穎傳》
如雷電鬼神，不可測識，宋蘇長公繼之，嬉笑怒罵皆成文章。《羅文》《葉嘉》
諸傳，讀之喜愕而文之變極矣。君方馳聲場屋，應世之求而爲文雅意韓蘇，
不逐時好，是作雖趨步古體而亦以風示夫人云爾，觀其贊可見也。凡覽者當
知其有關於世，毋徒視爲遊情翰墨之具而已，則未必無補云。”

末署“正德己巳正月人日賜進士第、吏科給事中、前翰林庶吉士、東陵

邵天和書"。

　　徐淮東爲《香奩四友傳》作序："自韓昌黎爲毛穎作傳，文人因之，往往爭新出奇，以爲遊戲翰墨之具。然非問學宏深，筆力精到，雖有撰作，終非本色語。……余友陸君子翰舉業之餘，著《香奩四友傳》，前後凡八篇，其説理明白，遣辭高古，真若韓信將兵，多多益善；又若春蠶作繭，隨物成形。爲文至是，可謂光前絶後者矣。……子翰年富力贍，博極群書，當有佐佑六經之文，如《原道》者，其肯終惠我乎！余日望之，子翰毋我靳焉。"

　　末署"正德己巳春二月望日静軒徐淮東之書"。

　　　　　　　　　　　　　　　　　　　（國家圖書館藏明嘉靖刊本）

正德六年（辛未　1511）

　　祝允明《野記》自序："允明幼存内外二祖之懷膝，長侍婦翁之杖几。師門友席，崇論爍聞，洋洋乎盈耳矣。坐志弗勇，弗即條述，新故溷仍，久益迷落。比暇，因慨然追憶胸鬲，獲之輒書大概，網一已漏九矣。或衆所通識，部具他策，無更綴陳焉。蓋孔子曰：'質則野，文則史。'余於是無所簡校焉。"

　　末署"辛未歲八月既望，在家筆完"。

　　　　　　　　　　（王衛平編、薛維源校《祝允明集》，上海古籍出版社 2016 年）

正德八年（癸酉　1513）

　　祝允明《〈語怪〉四編》自題："三編倦矣，復繼之何？伎癢既發，寧忍不爬搔乎？然無意必焉，凡聞時暇書之，有興書之，事奇警熱鬧不落莫書之。"

　　末署"癸酉秋日祝允明題"。

　　　　　　　　　　（王衛平編、薛維源校《祝允明集》，上海古籍出版社 2016 年）

正德十年（乙亥　1515）

盛杲爲周密《齊東野語》作序："是書正以補史傳之缺，不溢美，不隱惡。國家之盛衰，人才之進退，斯文之興喪，議論之是非，種種可辨。闡幽微於既往，示懲勸於將來，其有裨於世教也，豈小小哉！……（是書）顧傳寫既久，魚魯滋多，我郡伯石亭胡公懼夫愈久而愈失其真也，命杲姑鋟諸梓，將與有志於世教者共訂焉。"

末署"正德乙亥歲孟夏之吉，直隸鳳陽府臨淮縣知縣臨安盛杲書"。

按，上文"胡公"即胡文璧，字汝重，耒陽（今屬湖南）人，弘治十二年（1499）進士，時任鳳陽府知府。

（周密撰、張茂鵬點校《齊東野語》，中華書局 1983 年）

正德十一年（丙子　1516）

張孟敬爲陶輔《花影集》作序："夫文詞必須關世教、正人心、扶綱常，斯得理氣之正者矣。不然，雖風雲其態，月露其形，擲地而金玉其聲，猶昔人所謂虛車無庸也。……凡此皆於世教有關，視前人《新話》《餘話》《效顰》諸作，文詞不同，而立意過之。"

末署"正德丙子春正月燈夕，浙江安吉州學正事三山張孟敬書"。

（陶輔撰、程毅中點校《花影集》，中華書局 2008 年）

陸采《艾子後語》自序："世皆知《艾子》爲東坡戲筆，而不知其有爲作也。觀其問蟹、問米、乘驢之説，則以譏父子；獬房、雨龍、移鐘之説，則以譏時相。即其意指，殆爲王氏作乎？坡翁平日，好以言語文章規切時政，若此亦其一也。余幼有譫癖，有所得，必志之。歲丙子，遊戲金陵，客居無聊，因取其尤雅者，纂而成編，以附于坡翁之後，直用爲戲耳，若謂其意有所寓者，則吾豈敢。"

末署"是歲丙子九月望長洲陸灼識"。

（國家圖書館藏明萬曆十八年刻本）

正德十五年（庚辰　1520）

柳伯生爲《如意君傳》題跋："史有小説，猶經有注解乎？經所蘊注解，散之乃如漢武、飛燕内外之傳，閨閣密款，猶視之於今。而足以發史之所蘊，則果猶經有注解耳。頃得《則天皇后如意君傳》，其叙事委悉，錯言奇叙，比諸諸傳，快活相倍。因刊於家，以與好事之人云。"

末署"庚辰春相陽柳伯生"。

（侯忠義主編《明代小説輯刊》，巴蜀書社 1993 年）

正德十六年（辛巳　1521）

唐胄《瓊臺志》序："余惟志，史事也，例以史而事必盡乎郡，故以外紀備舊志，以史傳備外紀，以諸類書備史傳，以碑刻小説備類書，以父老芻蕘備文集。"

末署"正德辛巳秋七月既望"。

（王熹主編《明代方志選編·序跋凡例卷》，中國書店 2016 年）

嘉靖元年（壬午　1522）

祝允明《燒書論》："客入祝子書室，譽曰：'富哉！先師之淑萬世者，其具夫！'既而曰：'痛夫嬴政之賊聖典也，不然尚博厚矣夫。'祝子曰：'聖訓在淑身，不淑□，吾見淑□也衆，而身之鮮，吾不能一乎感，實懼倍焉。雖然，安得政更生以終惠我？'客驚曰：'怪哉！曷爲宥其賊而又惠諸？'祝子曰：'一政不善，燔玉石俱炎。然而嬴氏博士之司不與也，幸蒙賴漢家君臣，灰復燃，簡復漆。今士身厭一辭不遷，必去小人，徒于君子者，若克浸廣，

以臻厥全，可賢可聖，而奚其少獨敗吾淑者林林爾？吾力綿，弗能袪思，得
吕氏之子之手而假之。'曰：'將燒者何？'祝子指數十篋曰：'可燒也。'客試
窺之，所謂相地、風水術者，所謂陰陽、涓擇蕪鄙者，所謂花木、水石、園
榭禽蟲、器皿、飲食諸譜録、題詠不急之物者，所謂寓言、志傳、人物以文
爲戲之效尤嵬瑣者，所謂古今人之詩話者，所謂杜甫詩評注過譽者，所謂細
人鄙夫銘志别號之文、富子室廬名、扁記詠爲册者，所謂詩法、文法、評詩、
論文識見卑下僻繆黨同自是者，所謂坊市妄人纂集古今文字識猥目暗略無權
度可笑者，所謂濫惡詩文妄肆編刻者，所謂浙東戲文亂道不堪污視者，所謂
假托神仙修養諸門下劣行怪者，所謂談經訂史之膚碎、所證不過唐宋之人、
所由不過舉業之書者，所謂山經地志之荒誕、塵遊宦歷之誇張者，所謂相形、
禄命、課藝、諸伎之荒亂者，所謂前人小說資力已微、更爲剽竊潤飾、苟成一
編以獵一時浮聲者，所謂纂言之凡瑣者，所謂類書之復陋者，所謂僧語道術之
茫昧者，所謂揚人善而過實、專市己私、毀人短而非真公拂人性者。"

　　按，繫年據丁淑梅著《中國古代禁毀戲劇編年史》（重慶出版社 2014 年）。

　　　　　　　　　（王衛平編、薛維源校《祝允明集》，上海古籍出版社 2016 年）

嘉靖四年（乙酉　1525）

　　祝鑾《跋〈桯史〉後》："浙江觀察使桐溪錢公示我以《桯史》，讀既卒
業，則喟然歎曰：'是編也，詎可以稗官野史槩視之哉！仲尼懼亂賊而作《春
秋》，孟氏憂橫議而肆雄辨，無非正心術、别邪正，肅天地之紀綱，嚴華夷之
界限，非細故也。'余讀是編，皆宋代事，初若泛焉而弗切，涣焉而弗一，茫
乎莫知其指歸也。及讀劉觀堂讀赦詩等篇，則始若有得焉者。……余故撮其
要而書之，俾後世覽焉，然後知桐溪公之刻是書，蓋不徒然而已矣。"

　　末署"嘉靖乙酉二月望日，當塗祝鑾鳴和識"。

　　潘旦《書〈桯史〉後》："石泉子讀之曰：'秦檜矯殺武穆，復監國史，史

氏殆失職矣。'……公是公非，昭人文，予忠節，誅亂賊，明尊主攘夷之義。凡圖讖、神怪、詼諧類，漫書之，若有深意寓焉，豈亦不得其平而鳴歟？"

末署"嘉靖乙酉仲春石泉潘旦書"。

（岳珂撰、吳企明點校《桯史》，中華書局 1981 年）

王泰亨《題〈世說新語〉補後》："嘉靖中，華亭何元朗氏，雅以博洽著稱。其所輯《語林》，上溯漢魏，下逮勝國，正史之外，益以稗官小説，撮其佳事佳話，分門比類，以擬於臨川之《世說》。要其所擬，亦河汾之於洙泗耳。無論宋以後事，蕪溷而難入也。隋唐諸君子，有片語合作否？其人有江左風致，足模寫者否？即所載司馬家一代事辭，往往摭拾臨川所棄，大官餘庖耳。故愚嘗謂千載而有臨川，不復能成《世說》矣。"

末署"是歲乙酉春三月既望，琅琊王泰亨識"。

（上海圖書館藏和刻本《世說箋本》）

王鏊《題〈蓬軒類記〉》："故友刑部正郎黃君，諱日韋，字日昇。爲人雋發，有奇氣。少攻舉業，名擅一時，然未甚賅洽。及筮仕，乃始泛觀博取，雖稗官小説、街談巷議，經於耳而徹於心。每廣座中，持論梗梗，若懸河霏屑，聽者皆悚而莫測其端。及得所著《蓬軒類記》，凡若干卷，上自國家勳德，下及閭閻委巷，方技滑稽、災祥神怪，可喜可愕，罔不具焉。此書所紀，乃知其學有自也。中間所紀，雖若不能無猥瑣，或涉怪異，然皆得於耳目之所接，父老之所傳，縉紳之所述，非無徵也。況崇正黜邪之意，亦往往寓乎其間。他日觀民風者采之，安知國史不有取乎？或曰：'所載多吳事，正可以補郡乘之缺。'"

按，王鏊卒于嘉靖四年（1525），該序確切年限難考，故權繫年于此。

（王鏊撰、吳建華點校《王鏊集》，上海古籍出版社 2013 年）

嘉靖五年（丙戌　1526）

汪俊《廣信郡志》序："明德方隆，海内熙洽。百六十年，文治聿興，載籍流傳，山經地志，下及稗官小説，名山墟墓之藏，金匱石室之秘，斷碑殘碣之遺，莫不畢出。遐方僻壤，皆得資取，以修飾其圖若志，以自張大。而《周官·職方氏》外史、小史之職，於是大備。"

末署"嘉靖丙戌夏五月吉，資善大夫禮部尚書國史副總裁前翰林學士致仕、郡人汪俊書"。

（王熹主編《明代方志選編·序跋凡例卷》，中國書店 2016 年）

嘉靖六年（丁亥　1527）

王瓊《雙溪雜記》自序："山林隱逸之士有所紀述，若無統理，然即事寓言，亦足以廣見聞而資智識，其所紀時事得於耳聞目擊，有出於史册所不載者，亦足以示勸懲，而垂永久。……然其所紀載，聞見或不實，毀譽或失真，甚至雜以詼諧之語、怪誕之事者亦有之矣。若是者雖傳于世，讀者何益焉……惟夫事核而詞簡，理明而論公，大而有關於治者，小而切於日用，雖曰信手雜録，而舉一事，寓一理，使讀者忘倦。……予所居巖穴，在雙溪之間，怡神養氣之餘，忽有所思，輒録於册，久而成帙。雖不敢自謂盡合道理，然皆紀實無空言者。格物君子得而觀之，未必無所取云。"

按，王瓊，字德華，太原（今屬山西）人，成化二十年（1484）進士。據史載，作者于嘉靖元年至嘉靖六年，謫居綏德，即序中所謂"予所居巖穴在雙溪之間"。故此序暫繫年于此。

（王雲五《叢書集成初編》本，商務印書館 1935 年）

嘉靖十一年（壬辰　1532）

楊儀《高坡異纂》自序："予少日讀書，凡編簡中所載神仙詭怪之説，心竊厭之，一見即棄去，雖讀之亦多不能終其辭。正德、嘉靖間，兩見邑中怪事，始歎古人紀載未必皆妄，天地造化之妙，有無相乘，終始相循，夢想聲色，倏忽變幻，皆至理流行。特其中有暫而不能久、變而不能常者，人自不能精思而詳察之耳，豈可盡謂誕妄哉？及居京師，文字交遊殆遍天下，皆世之大賢君子也。其所言神怪異常之事，或本於父老之真傳，或即其耳目之睹記，鑿鑿皆有依據。時因休沐，祥符高氏子業、繁昌謝氏風儀，日來問訊，每舉所聞以解予病懷，因以新舊所得，去其鄙褻凡陋荒昧難憑者十之五六，錄成三卷，題曰《高坡異纂》，聊以著造物之難測，證古人之不誣也。高坡者，予京邸之里名；異纂者，瑣屑諛談，不足于立言云耳。"

末署"嘉靖壬辰仲秋六日"。

（國家圖書館藏明萬曆十八年《煙霞小說》本）

嘉靖十三年（甲午　1534）

黃省曾爲葛洪《西京雜記》作序："漢之西京，惟固書爲該練，非固之能爾，亦其所資者贍也。仲尼約之寶書，馬遷鳩諸國史，因本而成，在古皆然也。暇得葛洪《西京雜記》讀之，云爲劉子駿所撰，以甲乙第次百卷。考此固作，殆是全取劉書，有小異同耳。洪又鈔集固所不錄者二萬許言，命曰《西京雜記》。予於是始知固之《漢書》，蓋根起於子駿也。乃逆憶其所不錄之故，大約有四：則猥瑣可略，閑漫無歸，與夫杳昧而難憑，觸忌而須諱者也。其猥瑣者，則霍妻遺衍之類是也。其閑漫者，則上林異植之類是也。其杳昧者，則宣獄佩鏡、秦庫玉燈之類是也。而其觸忌者，則慶郎、趙后之類是也。……遲收彙集，以待班固者出歟？誠爲史家之一慨也。"

末署"吳郡黃省曾撰，嘉靖十三年二月四日"。

（哈佛大學圖書館藏明萬曆刻本吳琯輯《增訂古今逸史》本）

顧春爲王嘉《拾遺記》題跋："王子年《拾遺記》十卷，上溯羲、農，下沿典午，旁及海外瑰奇詭異之説，無不具載。蕭綺復節爲之録，搜抉典墳，符證秘隱，詞藻燦然。予因刻置家塾。或有訝其怪誕無稽者。噫！邵伯温有云：'四海九州之外，何物不有，特人耳目未及，輒謂之妄。'矧邃古之事，何可必其爲無耶？博洽者固將有取矣。"

末署"嘉靖甲午春三月東滄居士吴郡顧春識"。

（王嘉撰、蕭綺録、齊治平注《拾遺記校注》，中華書局 1981 年）

孫巨鯨爲嘉靖甲午《開州志》題跋："夫志，古野史之遺也，然其責則有司存。……甲午秋九月，稿始脱焉。洋洋大雅，真足以備觀風者之採擇，補國史之未前有也。"

末署"賜進士出身奉直大夫知開州事孫巨鯨跋"。

（王熹主編《明代方志選編·序跋凡例卷》，中國書店 2016 年）

嘉靖十四年（乙未　1535）

陸采《覽勝紀談》自序："比游武夷，客三山，旅建安，皆暑且病。長日無聊，追懷舊事，並新得於閩浙者又百餘條。釐爲十卷，俾小史書之，以代口述。清齋佳客，未必不逾於俎醢之雜陳也。"

末署"嘉靖乙未重陽日，吴郡天池山人陸采子玄甫書"。

（國家圖書館藏明嘉靖刻本）

戴璟《廣東通志·凡例》："雜録，凡《周禮》所謂地慝、方慝，與稗官小説，及耳目所睹記，關於粤者，載之。見縣宇之大，無不有也。"

末署"嘉靖十四年冬十一月朔屏石戴璟書"。

（王熹主編《明代方志選編·序跋凡例卷》，中國書店 2016 年）

嘉靖十五年（丙申　1536）

閔文振《異物彙苑》自序："聖人貴常不貴異，《書》曰：'不貴異物賤用物，民乃足。'然則異物奚彙乎？夫天地流形物生一，爾惡乎？謂常惡乎？謂異。夫七日無食則斃，終歲無衣則寒，是故穀粟桑麻，生人之至寶物莫加焉者也。異孰甚焉？知斯惟異，則其諸以異稱，品斯下矣。是故彙無異也。以章夫常也。斯不亦益以貴之也乎？厥如飛兔應救民之德……諸若斯者，亦足多焉。寧校竊祿講堂多暇，旁綜群籍，從彙斯編，格致之，助無聞，惟博物君子一寄宜楸之軀云爾。"

末署"時嘉靖十五年歲在丙申長至浮梁蘭莊閔文振書"。

（國家圖書館藏明萬曆活字本）

嘉靖十九年（庚子　1540）

高儒撰《百川書志》"野史"門："《三國志通俗演義》二百四卷。晉平陽侯陳壽史傳，明羅本貫中編次。據正史，采小說，證文辭，通好尚，非俗非虛，易觀易入，非史氏蒼古之文，去瞽傳詼諧之氣，陳叙百年，該括萬事。"

"小史"門：（《嬌紅記》等小說）"皆本《鶯鶯傳》而作，語帶煙花，氣含脂粉，鑿穴穿牆之期，越禮傷身之事，不爲莊人所取，但備一體，爲解睡之具耳。"

按，繫年據李瑞良編著《中國出版編年史》（福建人民出版社 2007 年）。

（高儒、周弘祖撰《百川書志·古今書刻》，上海古籍出版社 2005 年）

侯甸《西樵野紀》自序："幽怪之事，固孔子所不語，然而使人可驚、可異、可憂、可畏，明顯箴規而有補風教者，此博洽君子不可不知也。余嘗得前代數事，第恐涉於虛遠，且記載者居多，固弗敢贅。自國朝迄今，其有得於見聞者，輒隨筆識之，凡一百七十餘事，名曰《野紀》。噫！余性孔魯，然每見小説，竊甚愛之，亦性之一偏也。”

末署“嘉靖庚子春二月既望，吳郡西樵山人侯甸叙”。

黃省曾《〈**西樵野紀**〉**序**》：“小説自周秦而下，諸子百家，繁劇靡紀。古君子處世，其大塊形氣體遇則完，而小竅脈絡情感則吟。其實首風教、源至理、明施酬、寓勸懲也。余侄道統謂余曰：‘業師侯君著《西樵野紀》，嘗見乎？’余遂假閲之，悉國朝近事，其詞氣峻絶，無調斫、無羞澀。余故歎曰：‘山林未嘗無才人，病弗得爾。誠得之，殆爲文苑輝哉。’以是侯君乞余序，余弗辭。乃走筆歸之。觀者殊可爲賓門友席之助耳。”

末署“嘉靖歲庚寅子五月之吉鄉貢進士五嶽山人黃省曾書”。

（國家圖書館藏明代鈔本）

嘉靖二十年（辛丑　1541）

《（**嘉靖辛丑**）**長垣縣志**》**凡例**：“文章所録，蓋録邑之政教與其風化切於守令者耳。舊志並録志銘，則涉於家乘，非愛人以禮矣，今請改正，亦所以追愛前令也。志中所載，擇其要而切者，爲小説斷之。所以寓懲勸，廣去取，補缺略也。”

（王熹主編《明代方志選編·序跋凡例卷》，中國書店 2016 年）

嘉靖二十一年（壬寅　1542）

楊慎《**譚苑醍醐**》**卷七**：“説者云：宋人小説，不及唐人，是也。殊不知唐人小説，不及漢人。如華嶠《明妃傳》云：‘豐容靚飾，光明漢宮。顧影徘徊，聳動左右。’伶玄《飛燕外傳》云：‘以輔屬體，無所不靡。’郭子橫《麗娟傳》云：‘玉膚柔軟，吹氣勝蘭，不欲衣纓拂之，恐體痕也。’此豈唐人可及。”

按，繫年權據刊年而定。

（天一閣博物館藏明嘉靖二十一年刻本）

吴承恩《禹鼎志》自序："余幼年即好奇聞，在童子社學時，每偷市野言稗史，懼爲父師訶奪，私求隱處讀之。比長，好益甚，聞益奇。迨於既壯，旁求曲致，幾貯滿胸中矣。嘗愛唐人如牛奇章、段柯古輩所著傳記，善模寫物情，每欲作一書對之，懶未暇也。轉懶轉忘，胸中之貯者消盡。獨此十數事，磊塊尚存；日與懶戰，幸而勝焉，於是吾書始成。因竊自笑，斯蓋怪求余，非余求怪也。彼老洪竭澤而漁，積爲工課，亦奚取奇情哉？雖然吾書名爲志怪，蓋不專明鬼，時紀人間變異，亦微有鑒戒寓焉。昔禹受貢金，寫形魑魅，欲使民違。弗若讀茲編者，儻慘然易慮，庶幾哉有夏氏之遺乎？國史非余敢議，野史氏其何讓焉。作《禹鼎志》。"

按，蔡鐵鷹《吳承恩年譜》推測此序作于本年："約在本年（嘉靖二十一年）或稍前數年完成文言志怪小說《禹鼎志》。是書已亡佚，但有《序》傳世，或作于本年。"蘇興《吳承恩年譜》持有不同看法。此處權從蔡說。存議。

（蔡鐵鷹著《吳承恩年譜》，中國社會科學出版社 2014 年）

李磐《固始縣誌》序："圖像則章人文，輿地則參圖經，建置則據舊籍，民物則本食貨。官師、人物。古則稽於正史，兼及集録；今則訪于鄉達，核於今令。選舉則考鄉書，典禮則遵《會典》，雜述則采稗官、録《齊諧》，藝文則搜放逸、剔英華。"

末署"嘉靖壬寅夏五端陽，寢野葛臣拜識于二思書塾"。

祝玥纂《（嘉靖壬寅）羅田縣志》卷八《仙釋序》："仙釋之來遠矣，其偷生緣業之教，惑民之甚，然史家皆存而弗削者，亦齊諧、志怪之類耳。茲故因而志之，以著習俗之所尚，而君子之所當辟也。"

譚大初《（嘉靖壬寅）南雄府志》序："正崇則邪辟矣，故以方外終焉。所憾才識疏淺，搜輯未詳，不足以副賢侯昭往貽來之志。姑叙編摩歲月，以俟後之君子，竊附於稗官野史之義云。"

（王熹主編《明代方志選編·序跋凡例卷》，中國書店 2016 年）

嘉靖二十二年（癸卯　1543）

伍光忠《江淮異人録》跋："異常驚駭之事，世所罕睹，而稗官者流往往形諸簡册，連篇累牘，罔克殫紀。然其間亦有得於見聞之真者，若曼倩之于漢武，左慈之于魏武，載在信史，尤爲昭著。二帝皆英雄豪俠之才，豈獨不能察於此耶？蓋宇宙内事，何所不有，局於一隅者，輒以宣尼不語爲證，多見其陋也已。吴淑在淳化間以博洽稱，斯録所纂，亦不可謂盡誣也。"

末署"嘉靖癸卯人日吴門伍光忠跋"。

（明嘉靖刊顧元慶輯《廣四十家小説》本）

嘉靖二十三年（甲辰　1544）

唐錦爲陸楫等編《古今説海》作引："夫博文博學，孔孟之所以爲教也。況多識前言德行，乃爲君子畜德之地者乎！黄子良玉、姚子如晦、顧子應夫、陸子思豫，皆海士之英也。與予季子贄，共爲講習之會。日聚一齋，翻繹經傳，考質子史，闡發微奧，究極指歸，不但求合場屋繩尺而已。探索餘暇，則又相與劇談泛論，旁采冥搜，凡古今野史外記、叢説脞語、藝書怪録、虞初稗官之流，其間有可以裨名教、資政理、備法制、廣見聞、考同異、昭勸戒者，靡不品隲決擇，區別彙分，勒成一書，列爲四部，總而名之曰《古今説海》，計一百四十二卷，凡一百三十五種。斯亦可以謂之博矣！雖曰用以舒疲宣滯，澡濯郁伊，然學者反約之道端，於是乎基焉。好古博雅之士，聞而慕之，就觀請録，殆無虛日，譬之厭飫八珍之後而海錯繼進，不勝夫嗜之者之衆也。陸子乃集梓鳩工，刻置家塾，俾永爲士林之公器云。"

末署"嘉靖甲辰歲夏四月朔龍江唐錦題"。

按，唐錦，《古今説海》編輯者之一唐贄之父。

（陸楫等輯《古今説海》，巴蜀書社 1997 年）

嘉靖二十四年（乙巳　1545）

陳仕賢爲郎瑛《七修類稿》作序："夫經載道，史載事，所以闡泄人文，宣昭訓典，期明聖人之述作、標準百世者也。然其旨極於宏綱要領，而纖微膚末未悉焉。故執翰操觚之士，或摭所見聞，攄其衷臆，自托於稗官野史以見志。要於君子之多識，庸有助焉，亦蓄德者所不廢也。杭庠士郎生瑛，積學待問而不遇，著《七修類稿》若干卷。寓閩諸縉紳爲梓其傳，予取而覽焉。……嘉賞之餘，因其請而序之。"

末署"賜進士出身通奉大夫浙江等處承宣布政司左布政使、福清希齋陳仕賢撰"。

按，《七修類稿》書中最後紀年爲嘉靖二十四年（1545）。故該書之出當在本年或稍後，此處據以大致編年。《七修類稿》收錄部分小說史料，較有文體價值，如卷二十二云："小說起宋仁宗，蓋時太平盛久，國家閒暇，日欲進一奇怪之事以娛之，故小說得勝頭回之後，即云話說趙宋某年。閭閻淘真之本之起，亦曰：'太祖太宗真宗帝，四帝仁宗有道君。'國初瞿存齋過汴之詩：'有陌頭盲女無愁恨，能撥琵琶說趙家。'皆指宋也；若夫近時蘇刻幾十家小說者，乃文章家之一體，詩話、傳記之流也，又非如此之小說。"

"閩中幻老人"爲《七修類稿》作序："（是書）上關典常，微及俶詭，包前脩之往行，具名流之嘉話，下而街談巷議與座人所不語者，往往在焉。讀之可以辨風俗，徵善敗，國史郡乘，或稗其闕，非徒小說之靡而已。朋輩謂此書當相輔而行，乃釀錢梓之，而余爲之引云。"

按，此序文亦見于焦竑《金陵瑣事序》，疑此"閩中幻老人"爲焦竑，存議。

（朗瑛撰、安越點校《七修類稿》，文化藝術出版社 1998 年）

嘉靖二十五年（丙午　1546）

田汝成《夷堅志》序："《夷堅》之名，昉於《莊子》，其言大鵬寥闊而無當，故托徵於夷堅之志。所謂寓言十九者，此其首也。有宋洪公景盧，仍其名而爲之志，雜採古今陰隲冥報可喜可愕之事，爲四百二十卷。史氏稱其博極載籍，而稗官《虞初》，靡不涉獵，信哉！今行於世者五十一卷，蓋後人病其繁複而加擇焉，分門別類，非全帙也。或謂神怪之事，孔子不語，而勒之琬琰，不亦謬乎其用心乎！予則謂宇宙之大，事之出於意料之外者，往往有之，若姜嫄之孕，傅巖之夢，獨非大神大怪者哉！而垂之六經，非漫誣以資談謔者，固仲尼之所存筆也。然則不語者，非不語也，不雅語以駭人也。苟殃可以懲凶人，祥可以愿吉士，則雖神且怪，又何廢於語焉！何也？蓋治亂之軸，不握於人，則握於天。……夫人分量有限，而嗜望無涯。……凡所登錄，皆可以懲凶人而獎吉士，世教不無補焉，未可置爲冗籍也。景盧以文學世家，而其父皓，仗節使虜，不辱其身。三子述之，伯仲競朗，咸歷清貫，名震一時。史氏以爲忠義之報，則《夷堅》所志，豈種種矯誣者哉？"

末署"嘉靖二十五年正月"。

（洪邁撰、何卓點校《夷堅志》，中華書局 2006 年）

喬景叔爲胡侍《墅談》作序："子長謂學者考信于六藝，以余所見小說、雜記之類，故安可盡廢也？夫自書契以來，天運世道，人事物理，其變化莫可究極矣。此豈六藝所能窮？恒有所可俟者哉。故閑覽之士，各以所聞見著書，咸可施於後世也。顧近時所傳諸小說率多虛恢失實，世遂以六藝之外或可罷棄弗觀也，斯與孔氏博聞之旨何也？余覽蒙谿胡子近著《墅談》一書，其體雖不異於小說，乃其事則當實可據。足以證往籍、備時事、稽政體、研物理，固六藝之緒，學而博物之洪資也。……以是書爲稗官齊諧者類也，故略著其旨義云。"

末署"嘉靖丙午夏六月七日耀州喬世寧景叔氏叙"。

（國家圖書館藏明嘉靖刻本）

王納言《淄川縣志》序："國有史，邑有志。史略而志詳，志固史也。故知史備方可以言志。慨世之志，率多踵陳籍……越明歲，政通人和，乃命意立例，選儒生之博古者彙次。稽事實於典籍，采遺逸於野史，核是非於衆論。……卓然一家之言，有古史之遺響焉。"

末署"嘉靖二十五年春三月，賜進士第大中大夫陝西布政司右參政、邑人王納言序"。

（王熹主編《明代方志選編·序跋凡例卷》，中國書店 2016 年）

嘉靖二十六年（丁未　1547）

陳塏《越絶書》跋："予越人也，《越絶》之書宜刻於予之鄉，而刻之嶺海也，可乎？曰：吳越之傳遐矣。事筆於《春秋》，語備於《左氏》，蓋非一國之私言也。世代推移，文獻散佚，中古以來之書，不傳者多矣。而近世無實，駁雜之書，方列肆而衒奇。故夫書之出於古也，雖虧純雅，要非無爲，固當尚而傳之，而況事禆史缺，義存世鑒，若《越絶》者乎？《國語》之言文，《越絶》之言質；文或誇以損真，質則約而存故，欲論吳越之世，舍此焉適矣。"

末署"嘉靖丁未春正月穀日餘姚陳塏書"。

（李步嘉校釋《越絶書校釋》，中華書局 2013 年）

宋雷《西吳里語》自序："予夙好涉覽史傳乘載，稗官小説之書，凡事有屬我吳興者，筆而出之。不列歲代，不序倫類，信手實録。間有犯孔氏不語之戒，踵史臣訛謬遺亡之失，冀就正於觀者云爾。"

末署"嘉靖丁未秋日吳興市隱居士宋雷撰"。

（南京圖書館藏清黑格抄本）

李光先《寧海州志》序："夫志，郡國之史也。三代而上皆置史，其來尚矣。……天資不群，於諸子百家書靡不貫通，尤得史氏心法，遂以其事付焉。芝原君乃率郡諸生劉豪輩考而筆之，蓋其徵古史則自皇王而下至於勝國，殘篇斷簡，靡不尋繹，而稗官小説，亦拜參焉。搜往跡，則危峰幽澗、荒祠廢冢、狐蹤兔跡之所，靡不探究。而海島之險，亦遍閲焉。訪遺逸，則縉紳耆舊、漁翁野叟、山僧羽士，靡不諮諏，而僕夫藝匠亦周詢焉。……彰善癉惡，辟邪崇正之意寓乎其間。"

末署"嘉靖二十六年歲次丁未季冬望日，奉訓大夫知山東寧海州事、鴈門李光先謹序目"。

（王熹主編《明代方志選編·序跋凡例卷》，中國書店 2016 年）

嘉靖二十七年（戊申　1548）

胡侍《真珠船》自序："王微之有云：'觀書每得一義，如得一真珠船。'余每開卷有得，及他，值異聞，輒喜而筆之。日覽月擷，間參獨照，時序忽忽。爰就兹編，遂總謚曰《真珠船》。雖非探之龍頷，頗均剖之蚌腹，概于博弈，良已勤矣。顧井見不廣，疵纇實繁，魚目混陳，貽笑蜑子，采而擇之，尚仰賴于朱仲云爾。"

末署"嘉靖戊申八月之望，關西濛溪山人胡侍"。

按，清人黄焜撰有二十卷本同名小説。

（國家圖書館藏明嘉靖刻本）

李開先《萊蕪縣志》序："（萊蕪）號稱難治之地，乃能摭故實，采新聞，而爲萊蕪一佳志。……人之言曰，世後而文繁，如稗官小説，里巷讕言，劣詩瑣文，無益身心，不關政教，是誠繁矣。而志也者，顧可少哉？……無一字之虚文，爲千載之實録。"

末署"嘉靖戊申二月八日，賜進士出身中順大夫提督四夷館太常寺少卿致仕前吏部文選司郎中、章丘中麓山人李開先撰"。

（王熹主編《明代方志選編·序跋凡例卷》，中國書店 2016 年）

嘉靖二十八年（己酉 1549）

敖英《東谷贅言》自序："古者士大夫老而明農，日坐里門以訓其鄉之子弟，予往時奔走名途，竊有此志焉。及得請東歸，已成勃窣翁矣。里門之役，莫償初志，乃閉關習靜，以送殘齡。門生故舊，時來相過，情話之餘，或相與評論古今天下事，而一得之愚，又不覺吐之，逐日札記，加潤色焉。有長者誚予曰：'子于此時，宜遊心忘言之天，顧猶喋喋乃爾，非贅邪？'予曰：'然哉然哉！'夫懸疣者贅也，身有之，心固醜之，而況人乎？然非疾痛害事也，欲決而去之又不忍，言之贅也亦然。自今以後，當奉長者之教而謝筆硯，其業既札記之者，命兒輩藏之，以俟稗官氏采焉。不然，以俟家人障牖之需可也。"

末署"嘉靖己酉夏四月既望東谷敖英識"。

（南京圖書館藏明嘉靖二十八年沈淮刻本）

劉節爲黃瑜《雙槐歲鈔》作序："宋左禹錫裒諸家雜説爲《百川學海》，元陶九成纂經史百氏爲《説郛》，類書紀載，庶其備矣。今余觀于黃公《雙槐歲鈔》，甚有所得，而歎古人多遺論也。長樂黃公，南海人也，蘊道立德，博學宏詞，抱志負才，思奮庸於時，以大厥施。起鄉薦，養太學，顧乃弗録南宮，僅典一邑以老。平生操觚著述，凡所聞見，朝披夕撰，日積月累，始景帝嗣位七載，逮孝皇御極八禩，《歲鈔》乃成。聖神功德書焉，人文典禮書焉，天地祥眚書焉，懿行美政書焉，異端奇術書焉。考諸既往，驗諸將來，大有關係，殊非裂道德、乖倫彝、拂經背正、費歲月於鉛槧者比也。故今考之，爲卷十，爲目二百二十。約可該博，小可括大，簡可勝繁，無蹈襲，無補綴，無剽竊，可信可法，可觀可興，可以訓誡勸懲，罔不具焉。評者以爲應仲遠之《風俗通》、蔡中郎之《勸學篇》不是過也。乃若博古物如張華，核奇字如揚雄，索異事如贊皇公，知天窮數如淳風、一行，可兼其長。亦何必訂古語爲鈐契，究諺談爲稗官，搜神怪爲鬼董狐。資譎浪調笑爲軒渠子，以稱雄于技苑談圃爲也。孔子曰：‘多聞擇其善者而從之，多見而識之。’此萬世作者法程也。兹長樂公，殫智竭勞畢四十年，遵孔氏之遺教，輯儒者之完書，示今傳後，不亦賢于人遠矣哉！我朝宣、正以至弘、德，館閣臺省，宗工學士，各紀聞見，著爲録、記、談、説，自成一家。邇年尚述大夫，萃而傳之，名曰《今獻彙言》。博物洽聞，殆與黄公斯鈔互相羽翼，左、陶二子，惡足專美前世哉！小子無似，幸不棄于泰泉詹學，巨篇示軌，受迪多矣。敢拾俚語，置諸末簡，詢芻蕘之一得，采葑菲而不遺，竊屬望于博雅君子。”

末署“嘉靖二十八年己酉秋八月望，賜進士出身通議大夫資治尹刑部右侍郎致仕，前都察院右副都御史奉敕總督漕運巡撫山東南畿，大庾劉節書”。

（黄瑜撰、魏連科點校《雙槐歲鈔》，中華書局 1999 年）

嘉靖二十九年（庚戌　1550）

何良俊《何氏語林·言語篇》自序：“余撰《語林》，頗仿劉義慶《世説》。然《世説》之詮事也，以玄虛標準；其選言也，以簡遠爲宗，非此弗録。余懼後世典籍漸亡，舊聞放失，苟或泥此，所遺實多，故披覽群籍，隨事疏記，不得盡如《世説》。其或辭多浮長，則稍爲删潤云耳。”

按，繫年暫據國家圖書館藏明嘉靖二十九年何氏清森閣刻本定。

（何良俊撰，陳洪、黄菊仲注《何氏語林注》，天津教育出版社 2008 年）

楊慎《新刊〈南詔野史〉引》：“帝王有天下，有國史以紀事，有野史以

僉載。滇雖邊徼，亦有野録，但所紀多釋老不經，兼涣漫無序。南詔事竟罔
聞知。予戍滇久，欲一考求弗得。適黔國公云樓出《古滇集》，梓示庠士。始
得披閱焉。視中丞箬溪顧公《南詔事略》，則更詳矣。無何，復得滇人倪輅所
集《野史》一册，而六詔始末具悉，誠郡乘之裨也。不授諸梓，不猶秘《論
衡》者乎？因命予序。予非能文者，始詳其集史之由，以弁諸首而已。噫！
是集也，有四善焉：辨方也、訊俗也、好古也、傳後也。不特此也，上以廣
國家方輿一統之盛，下以備今古滇云始末之詳。比於虞初九百之説，方朔三
千之牘，不大有益乎？是可傳也。遂書之。"

末署"嘉靖庚戌八月吉，賜進士及第翰林院修撰成都升庵楊慎書"。

（上海圖書館藏明祁氏澹生堂抄本）

張沛《壽州志》序："夫志，古遺意也。先王建國分野，啓土設邦，以爲
民極，將歷覽天下之故，而慮有遺見也。於是乎，爰立外史以掌四方之志，
而統之天府。故古者王國以下必有乘。史略而乘詳焉。今之志，古之乘也。
今之《一統志》，古史之遺録也。"

末署"嘉靖庚戌秋郡人半川張沛謹序"。

（王熹主編《明代方志選編·序跋凡例卷》，中國書店 2016 年）

嘉靖三十年（辛亥　1551）

文徵明《何氏語林叙》："《何氏語林》三十卷，吾友何元朗氏之所編類，
仿劉氏《世説》而作也。初劉義慶氏採擷漢晉以來理言遺事，論次爲書，標
表揚搉，奕奕玄勝。自兹以還，稗官小説，無慮百數，而此書特爲雋永，精
深奇麗，莫或繼之。元朗雅好其書，研尋讀繹，積有歲年，搜覽篇籍，思企
芳躅。昉自兩漢迄於胡元，下上千餘年，正史所列，傳記所存，奇蹤勝跡，漁
獵靡遺，凡二千七百餘事，總十餘萬言。類列義例，一惟劉氏之舊。凡劉所已

見，則不復出。品目臚分，維三十有八，而原情執要，實惟語言爲宗。……嗚呼！玩物喪志之一言，遂爲後學深痼，君子蓋嘗惜之。元朗於此，真能不爲所惑哉。元朗貫綜深博，文詞粹精，見諸論撰，偉麗淵宏，足自名世，此書特其緒餘耳。輔談式藝，要亦不可以無傳也。”

　　按，周道振、張月尊纂《文徵明年譜》（百家出版社 1998 年）亦録此序，末署“辛亥四月之望文徵明書”。今據以繫年。

　　　　　　　　（文徵明著、周道振校《文徵明集》，上海古籍出版社 2014 年）

嘉靖三十一年（壬子　1552）

　　修髯子《三國志通俗演義》引：“客問於余曰：‘劉先主、曹操、孫權，各據漢地爲三國，史已志其顛末，傳世久矣，復有所謂《三國志通俗演義》者，不幾近於贅乎？’余曰：‘否。史氏所志，事詳而文古，義微而旨深，非通儒夙學，展卷間，鮮不便思困睡。故好事者，以俗近語檃括成編，欲天下之人入耳而通其事，因事而悟其義，因義而興乎感，不待研精覃思，知正統必當扶，竊位必當誅，忠孝節義必當師，奸貪諛佞必當去，是是非非，了然於心目之下，裨益風教廣且大焉，何病其贅邪！’客仰而大噱曰：‘有是哉！子之不我誣也，是可謂羽翼信史而不違者矣。簡帙浩瀚，善本甚艱，請壽諸梓，公之四方，可乎？’余不揣譾劣，原作者之意，綴俚語四十韻於卷端，庶幾歌詠而有所得歟？於戲！牛溲馬勃，良醫所珍。孰謂稗官小説不足爲世道重輕哉？”

　　末署“嘉靖壬子孟夏吉望關中修髯子書于居易草亭，萬曆辛卯季冬吉望刊于萬卷樓”。

　　　　　　　　（《古本小説集成·三國志通俗演義》，上海古籍出版社 1994 年）

　　熊大木《大宋中興通俗演義》自序：“《武穆王精忠録》，原有小説，未及于全文。今得浙之刊本……至於小説與本傳互有同異者，兩存之以備參考。
或謂小説不可絭之以正史，余深服其論。然而稗官野史，實記正史之未備，
若使的以事蹟顯然不泯者得録，則是書竟難以成野史之餘意矣。……質是而
論之，則史書小説有不同者，無足怪矣。屢易日月，書已告成鋟梓，公諸天
下，未知覽者而以邪説罪予否？"

末署"時嘉靖三十一年，歲在壬子冬十一月望日，建邑書林熊大木鍾谷識"。

《大宋中興通俗演義》凡例："《演義》武穆王本傳參諸小説，難以年月前
後爲限，惟于不斷續處録之，懼失旨也。

"歷年宋之將士文臣人事未終本傳者，俟續演可見，如事實少者，即於人
事中表而出之。"

"宋之朝廷綱紀政事系由實史書載，愚不敢妄議，俱闕文。至於諸人人
事，亦只舉其大要有相連武穆者，斯録出。

"大節題目俱依《通鑑綱目》牽過，内諸人文辭理淵難明者，愚則互以野
説連之，庶便俗庸易識。

"宋之人物名字鄉貫未及表出者，緣愚未接《宋史》無所據考，因闕略，
俟得《宋史》本傳續次添入。

"是書演義惟以岳飛爲大意，事關他人者不免録出，是號爲中興也。

"句法麤俗，言辭俚野，本以便愚庸觀覽，非敢望于賢君子也耶！"

（日本内閣文庫藏建陽楊氏清江堂刊本）

嘉靖三十二年（癸丑　1553）

李大年爲熊大木《唐書演義》作序："《唐書演義》書林熊子鍾谷編集。
書成以际余。逐首末閲之，似有紊亂《通鑑綱目》之非。人或曰：'若然，則
是書不足以行世矣。'余又曰：'雖出其一臆之見，於坊間《三國志》《水滸
傳》相仿，未必無可取。且詞話中詩詞檄書頗據文理，使俗人騒客披之自亦

得諸歡慕，豈以其全謬而忽之耶？惜乎全文有欠，歷年實跡，未克顯明其事實。致善觀是書者見哂焉。'或人諾吾言而退。余曰：'使再會熊子，雖以歷年事實告之，使其勤渠于斯迄於五代而止，誠所幸矣。'因援筆識之以俟知者。"

末署"時龍飛癸丑年仲秋朔旦江南散人李大年識"。

（日本内閣文庫藏明嘉靖三十二年楊氏清江堂刊本）

葉恭煥《水東日記》識語："此先高祖日記，始刻于常熟徐氏者。先高祖身歷三朝，忠廉大節，名重天下。博學好古，平生著述甚多，此特一種耳。記中凡事關軍國及前輩遺文軼事，足爲史家徵信，即片言璅語可助談麈者，亦復採錄，宜爲海内所珍賞，非他小説家比也。徐氏刻行已久，嘉靖中始持板求售，先君命予購之，止三十八卷，取家藏本校閲，遺後二卷，癸丑歲補刻完之。予小子荏苒無成，不克仰續先緒，顧惟先世著述，流傳未廣，實子孫之責，因命工印行，特綴數語，以示後人，用致過佚之懼云。"

末署"括蒼山人玄孫恭煥識"。

（葉盛撰、魏中平點校《水東日記》，中華書局 1980 年）

嘉靖三十三年（甲寅　1554）

劉大昌《刻〈山海經〉補注序》："世之庸目，妄自菲薄，苦古書難讀，乃束而不觀，以爲是《齊諧》《夷豎》所志，詼詭幻怪，侈然自附於不語，不知已墮於孤陋矣。……太史升庵補其遺逸，考古以證今，言近而指遠，其事核，其論明，疑辭隱義，曠然發蒙，而文學大夫益知崇信矣。"

末署"嘉靖三十三年夏五珥江劉大昌序"。

（楊慎著，王文才、張錫厚輯《升庵著述序跋》，雲南人民出版社 1985 年）

姚諮爲皇甫枚《三水小牘》題跋："余正德辛巳春，偶于暨陽葉潛夫處得數則，已疑其《説郛》中剿出。今年夏五月，倭夷入寇，顧山周汝學氏避寇僑居吾邑城之南，倉黄邂逅，遽云：'家雖殘毀，幸而圖籍無恙。'即出一編，即《三水小牘》也。蓋爲海虞楊正郎家藏。余欣然假歸，冒暑録之。"

末署"嘉靖甲寅秋七月四日句吳六十橋老姚諮識"。

（天津圖書館藏光緒十七年繆荃孫刻《雲自在龕叢書》）

嘉靖三十五年（丙辰　1556）

王世貞《〈世説新語補〉序》："余少時得《世説新語》善本吳中，私心已好之，每讀輒患其易竟。又怪是書僅自後漢終於晉，以爲六朝諸君子即所持論風旨，寧無一二可稱者？最後得何氏《語林》，大抵規摹《世説》，而稍衍之至元末。然其事詞錯出，不雅馴，要以影響而已。至於《世説》之所長，或造微於單辭，或徵巧於隻行，或因美以見風，或因刺以通贊，往往使人短詠而躍然，長思而未罄，何氏蓋未之知也。余治燕、趙郡國獄，少間無事，探橐中所藏，則二書在焉。因稍爲删定，合而見其類，蓋《世説》之所去，不過十之二，而何氏之所采，則不過十之三耳。余居恒謂宋時經儒先生往往譏謫清言致亂，而不知晉、宋之於江左，一也，驅介胄而經生之乎？則毋乃驅介胄而清言也，其又奚擇矣。"

末署"嘉靖丙辰季夏琅琊王世貞撰"。

按，《世説新語補》二十卷，此本即何良俊《語林》，托名王世貞删定，並改題新名。

（周興陸輯著《世説新語彙校彙注彙評》，鳳凰出版社 2017 年）

陸延枝《説聽》序："稗官者流，其言多不雅馴，要之以佐談舌，廓見聞，紓憂釋躁而已。吾少也，樂觀焉。迨年稍長，侍先君與名士大夫游，以至朋儕過從，聞其談議有此類者，輒諦聽忘倦，退必命筆録之。率歲，盈一帙，則投諸故櫝，不復省，是蓋若干稔矣。”

末署“嘉靖丙辰四月既望延枝序”。

（國家圖書館藏明萬曆十八年刊《煙霞小説》本）

嘉靖三十七年（戊午　1558）

“**觀海道人**”《〈金瓶梅〉序》：“客有問于余者曰：‘子何爲而著此《金瓶梅》者，是殆有説乎？’余曰：‘唯唯，否否，子言何謂也？請申言之！’客曰：‘余嘗聞人言，小説中之有演義，昉於五代、北宋，逮南宋、金、元而始盛，至本朝而極盛。然其所敷陳演布者，率皆爲正史中忠孝義烈可泣可歌之事，或加以附會，爲之藻飾，或博采兼搜，盡其起訖，其遣詞雖多鄙俗，而其主意，則在教孝教忠，善者與之，惡者懲之，報施昭然，因果不爽。一編傳出，樹之風聲，故人之觀之者，咸知有所警惕，去不善而遷善。是知此雖小道，其移易風俗，影響固甚大也。……豈不懼乎人之尤而效之乎？敢問其説。’余曰：‘唯唯，否否，子言誠是；然余亦有説焉。天道福善而禍淫，惡者橫暴強梁，終必受其禍也。……至若謂事實于古無徵，則小説家語，寓言八九，固不煩比附正史以論列。……’客聞余畢其辭，乃點首稱善而退。客去，坊主人來索序言，遂書以遺之。”

末署“龍飛大明嘉靖三十七年，歲建戊午孟夏中浣，觀海道人并序”。

按，此序真僞存疑。

（《“古本”金瓶梅》，上海新文化書社 1935 年）

嘉靖三十八年（己未　1559）

范欽爲陸延枝輯《煙霞小説》題詞：“余不佞，頗好讀書，宦遊所至，輒購群籍，而尤喜稗官小説。竊怪夫棄此而只信正史者，譬如富子惟務玉食，而未嘗山肴海錯，可乎？同年周子籝囊爲余言，魏恭簡公於書無所不讀，雖小説亦多涉獵。愚謂公，理學師也，猶並好之，況吾輩乎？頃過吳，訪陸詒孫，視余抄本小説十餘種，總名'煙霞'。余方欲集異聞，以是名編，孰知其意已先我矣，遂書於首，識所見略同也。"

末署"嘉靖己未春日，四明范欽題"。

按，《煙霞小説》共分八帙，收陸粲《庚己編》、祝允明《語怪》、楊儀《高坡異纂》、陸采《艾子後語》、陸延枝《説聽》等，至于其編者，歷來有范欽與陸延枝之分歧。今人潘樹廣認爲編者爲陸延枝無疑，今從其説。（詳參潘樹廣《煙霞小説考》，《文獻》2001 年第 4 期）范欽（1506—1585），字堯卿，號東明，浙江鄞縣人。明代著名藏書家，寧波天一閣主人。嘉靖十一年（1532）進士。

（范偉國主編《范欽詩文選》，寧波出版社 2021 年）

"垂髯子"《〈剪燈新話〉句解》跋："志怪之書尚矣，雖曰不經，苟非博雅，不能言矣。山陽瞿存齋，實惟博雅之士，不遇於世，退而放言。其所著述多幾數十篇，且是篇蓋本諸傳奇，雖符於語怪，固亦文章遊刃地，況又善可勸而惡可懲者，其惡可已乎！近世記誦文字者，必於是焉假途而祈嚮，然而引用經史語多，咸以無釋爲恨。歲丁未秋，禮部令史宋糞者求釋于余。余以爲稗説不過適於實用，何以釋爲？乃辭。既而思之，《山海經》《博物志》，語涉吊詭，俱有箋疏；佛氏諸典，字本梵書，尚皆鑿空而演解，其釋是書，不猶愈於釋梵書者乎？於是就滄州達人而謀焉。意既克合，方始輯疏。……因撮其注釋之梗概，書諸顚末。糞之印本訖於己酉，而繼延之購刻終於己未，詳録其年，俾來者知之。"

末署"嘉靖己未五月下澣青州垂髯子跋"。

（瞿佑著、向志柱點校《剪燈新話》，中華書局 2020 年）

彭年《重刻〈雙槐歲鈔〉識》："國家史館之設，崇嚴秘密，非踐黃扉、遊玉堂，不可得而窺也。閭閻山藪之士，博識方聞，實有賴於野史之作。然史才甚難，兼善者鮮。至於取遺頗偏，文力短澀，或失則疏，或失則誣。故載述日廣，而讀者忽焉，儕於稗官小説者多矣。嶺南進士黃君在素爲宮端大學，泰泉公之子會試道吴，以曾大父長樂先生《雙槐歲鈔》十卷見授。年讀之卒業，曰：'良史才也！'其文雄贍，其事詳核，筆削之際，務存勸戒，誠有若先生所謂'崇大本、急大務、期大化、決大疑、昭大節、正大經'，而言今稽諸古，言天徵諸人，言變揆諸常，言事歸諸理，備極體要，成一家言。累朝列聖之治化禮文、名卿良士之嘉言善行，略可概見，非近日驟刻諸書所能及也。友人陸君延枝，世善史學，好古尚奇，聞下走之説而頷焉，乃曰：'江南、嶺表，相去萬里，博雅之士，饑渴願見，豈易得哉？吾當另梓以廣其傳，有志編摩者用補正史之或遺，不亦善乎？'遂付諸鋟工。"

末署"嘉靖己未夏五既望，吴郡晚學彭年識"。

（王嵐校點《明代筆記小説大觀・雙槐歲鈔》，上海古籍出版社 2005 年）

嘉靖四十二年（癸亥　1563）

法暐《平湖縣志》序："夫邑志，即古外史也。素乏三長，豈敢妄與筆焉？然紀載之事，固司文藝者責也，況承委命，又惡可辭。乃萃省府及各縣志有涉於平湖者而參閱之，稽諸案牘之舊，資諸耆舊之口，摭拾於稗官家乘之筆。"

末署"嘉靖癸亥年，平湖縣儒學教諭，丹徒法暐謹識"。

（王熹主編《明代方志選編・序跋凡例卷》，中國書店 2016 年）

嘉靖四十四年（乙丑　1565）

陳全之《〈蓬窗日録〉後語》："余自庚子觀光上國，晨途夕舟，風江雨

湖，歷睹時事，遍窺陳跡，凡得見聞，雅喜抄録。或搜之遺編斷簡，或采之
往行前言，上至聖神帝王吟詠，下至閭閻間里碎言，近而袵席晤談，遠而裔
戎限界。歲積月盛，篇盈帙滿，不覺瑣屑，涉乎繁蕪。辛亥官南宮删其稿，
庚申轉蘆滄，重訂之，釐爲八卷，曰寰宇、曰世務、曰事紀、曰詩談，題曰
《蓬窗日録》。'録'之云者，曰漫述之而已，不能與也，自資考閲，略比稗
史。既而憮然曰：'此糟粕耳，於心身果何益？'噫！吾過矣哉。參藩晉陽，
攜以自隨。甲子夏五巡歷三關，至寧武，出此以證邊徼，若有符合，吳君節
推見而讀之。乙丑仲春來告云：'祁尹岳木已鋟於梓，不肖業已乞言于後庵朱
先生序之矣。'余憮然曰：'吾方以無益心身爲懼，而子乃加災於木。'"

末署"嘉靖乙丑秋八月望後一日閩中陳金之書於文水之紫薇行臺"。

（陳全之著、顧靜標校《蓬窗日録》，上海書店出版社 2009 年）

李攀龍《青州府志》序："君子有道懸之間，食魚乘馬，祀有丹書，無救
於亡。文學天性，後之作者彬彬乎。幽以明爲形，怪以常爲禮。精氣相挾，
假合爲物。情則然耳，稗官存之，作藝文、遺文、雜誌。凡一十有八卷，爲
目四十有三，備矣。"

末署"嘉靖乙丑歲十月幾望，賜進士第中憲大夫陝西按察司副使奉敕提
督學校前刑部郎中濟南李攀龍撰"。

（王熹主編《明代方志選編・序跋凡例卷》，中國書店 2016 年）

嘉靖四十五年（丙寅　1566）

談愷《太平廣記序》："（宋太平興國間）以野史、傳記、小説諸家，編成
五百卷，分五十五部，賜名《太平廣記》。……《崇文總目》不及《廣記》，
夾漈鄭樵，乃謂《太平御覽》，別出《廣記》，專記異事。樵自謂博雅，不知
於《實録》《會要》諸書曾考訂否？余歸田多暇，稗官野史，手抄目覽，匪曰

小道可觀，蓋欲賢於博弈云爾。近得《太平廣記》觀之，傳寫已久，亥豕魯魚，甚至不能以句。因與二三知己秦次山、强綺塍、唐石東，互相校讎，寒暑再更，字義稍定。尚有闕文闕卷，以俟海内藏書之家，慨然嘉惠，補成全書。庶幾博物洽聞之士，得少裨益焉。"

末署"嘉靖丙寅正月上元日都察院右都御史致仕十山談愷書"。

（李昉等編、汪紹楹點校《太平廣記》，中華書局 1961 年）

陳良謨《〈見聞紀訓〉引》："夫經傳子史之所紀載尚矣，其大要無非垂鑒戒萬世，俾人爲善去惡而已。然其辭文，其旨深，其事博以遠，自文人學士外罕習焉。如《論》《孟》小學之書，里巷小生雖嘗授讀，率皆口耳佔畢，卒無以警動其心。而俚俗常談一入於耳，輒終身不忘。何則？無徵弗信，近事易感，人之恒情也。頃於山居多暇，因追憶平生耳目之所睹記，略有關於世教者，隨筆直書，不文不次，惟以示吾之子孫覽觀之。指某事曰是某事也，指某人曰是某人也，近而有徵，庶幾有所警動其心，而於爲善去惡也未必無小補云。"

末署"嘉靖丙寅季冬朔日，棟塘八十五翁陳良謨書于天目山房"。

（國家圖書館藏明末《皇明百家小説》本）

鄭曉《今言》卷四："近記時事小説書數十種，大抵可信者多。惟《雙溪雜記》《寒齋瑣談》二種好短人，似其好惡亦欠端。"

按，《今言》開篇有鄭曉序言，末署"嘉靖丙寅二月既望鄭曉識"，故據以繫年。

（鄭曉著、李致忠點校《今言》，中華書局 1984 年）

嘉靖年間（1522—1566）

陸容《菽園雜記》卷三："凡小説記載，多朝貴及名公之事。大抵好事者得之傳聞，未必皆實。如以‘舊女婿爲新女婿、大姨夫作小姨夫’之句爲歐公者，後世娶妻妹輒據以爲口實。”

（陸容撰《菽園雜記》，中華書局 1985 年）

顧元慶《博異志》跋：“唐人小史中，多造奇艷事爲傳志，自是一代才情，非後世可及。然怪深幽渺，無如《諾皋》《博異》二種，此其厥體中韓昌黎、李長吉也。”

（李劍國著《唐五代志怪傳奇敘録》，南開大學出版社 1993 年）

陸師道《何氏語林》序：“華亭何元朗，擬劉氏《世説》作《語林》成。翰林待詔文公既爲序之以傳矣。又以示師道，俾志其末簡。予惟《世説》紀述漢、晉以來佳事佳話，以垂法戒，而選集清英，至爲精絶。故房、許諸人收《晉史》者，往往用以成篇，不知《唐·藝文志》何故乃列之小説家，蓋言此書非實録者。自劉知幾始，而不知義慶去漢、晉未遠，其所述載，要自有據，雖傳聞異詞，抑揚緣飾，不無少過。至其言世代崇尚，人士風流，百世之下，可以想見，不謂之良史，不可也。豈直與志怪、述妖、稽神、纂異、誣誕、慌惚之談類哉！是故齊、梁以來，學士大夫恒喜言之。宗工巨儒，往往爲之注釋、綴續、叙録、删校。尊信益衆，而此書亦益顯，於是有擬之而作《唐語林》《續世説》者矣。然或止紀一姓，或僅載數朝，固未及貫綜百代，統論千祀也。其所採擷，亦終不能如劉氏之精。”

末署“長洲陸師道撰”。

按，據胡海英《〈何氏語林〉嘉靖刻本三考》（《文獻》2010 年第 1 期）一文推測，陸氏序文應作于 1552 年之後。

（《文淵閣四庫全書》本）

徐渭《南詞叙録》："《傳奇》，裴鉶乃吕用之客。用之以道術愚弄高駢，鉶作《傳奇》，多言仙鬼事謟之，詞多對偶。藉以爲戲文之號，非唐之舊矣。"

（徐渭著，李復波、熊澄宇注釋《南詞叙録注釋》，中國戲劇出版社 1989 年）

隆慶元年（丁卯　1567）

張振之爲周錫《玄亭閑話》作序："太史司馬遷傳'儒林''循吏'，分作兩家，而班固志藝文于諸子，稗官小説且惓惓焉，豈不以循吏不能兼儒林文章？而凡有著述者皆賢人，君子窮而不能行其志，或稍行其志而不窮所施爲，於是始發其素所蓄積，於感憤激烈之餘，假形記意，物指人稽，而撰成一家言，彼因欲其信當時傳後也。嗟乎，嗟呼。虞氏《春秋》，卿非窮愁不能著；揚氏《太玄經》，雄非貧不能草；王氏《潛夫論》，符非不得升進不能爲。而三書者皆有傳□□書，非譏評當世，則竊玩物理，君子且亦取其長而不廢。今天下文章日盛，而撰成一家言者，紛紛鋟布。有不止於三子之所爲書者，然要之未必皆救時規己之格言也。……芝山子有《東山集》，潮人已刻於爲通府時，有《兼葭集》，已爲嶰泉徐學院刊行。予觀二集詞賦居多。其所著《玄亭閑話》，則授之家庭，而將以訓來裔者。摭大夫州大夫曰格言也，奚以閑話不復謀之鄉之同志，鄉之同志曰格言也，奚以閑話名？予曰：玄亭，先生所居。閑話，先生自謙也。因不易其題，遂刻之，則夫考先生德業之全補充也。著述之缺者盡在是矣，是爲序。"

末署"隆慶元年丁卯歲夏五月吉旦，賜進士第出身浙江道監察御史張振之書"。

（國家圖書館藏明隆慶元年張振之元刻本）

隆慶三年（己巳　1569）

何良俊《四友齋叢説》自序："'四友齋者'，何子宴息處也。何子讀書顋愚，日處‘四友齋’中，隨所聞見，書之於牘。歲月積累，遂成三十卷云。四友云者，莊子、維摩詰、白太傅，與何子而四也。夫此四人者，友也。叢者，藂也，冗也，言草木之生，冗冗然荒穢蕪雜不可以理也。又叢者，叢脞也。孔安國曰：‘叢脞者，細碎無大略也。’叢説者，言此書言事細碎，其蕪穢不可理，譬之草木然，則冗冗不可爲用者也。何子少好讀書，遇有異書，必厚貲購之，撤衣食爲費，雖饑凍不顧也。每巡行田陌，必挾策以隨。或如廁，亦必手一編。所藏書四萬卷，涉獵殆遍。蓋欲以攬求王霸之餘，略以揣摩當世之故。一遇事之盤錯難解者，即傅以古義合之。而有不合，則深湛思之，竟日繼以夜。或不得，何子心震悼不懌。如此蓋二十五年所，何子年已幾四十，無所試。何子遂得心疾，每一發動則性理錯迕。與人論難，稍不當意，輒大肆詬罵。時一出詭異語，其言事亦甚狂戾，不復有倫脊，即此十六卷所載者是也。”

末署“隆慶己巳九日東海何良俊書于香嚴精舍”。

按，《四友齋叢説》多處論及小説，其史、雜記、子等部，亦有衆多傳聞軼事之記載，如卷十五云：“余最喜尋前輩舊事，蓋其立身大節，炳如日星，人人能言之，獨細小者人之所忽，故或至於遺忘耳。……嘗觀先儒，如司馬文正公《涑水紀聞》、范蜀公《東齋日記》、邵氏《聞見録》、朱弁《曲洧舊聞》，與諸家小説，其所記亦皆一時細事也。故余于前輩之食息言動雖極委瑣者，凡遇其子弟親舊，必細審而詳扣之，必欲得其情實。”

（何良俊撰《四友齋叢説》，中華書局1959年）

李春熙《道聽録》自序：“余自髫草游燕吳趙魏，間奉長者杖履，□盍簪名流，獲領諸譚時，復于旅邸中，偶有所閲，或當於心也，未嘗不沾沾喜，思欲藏之中心以爲語資，然性苦易忘，未旋踵已不能舉其全，越信宿又爲新聞矣。因憶語稱道聽塗説爲德之棄，矧聽而不能説者，則又何指哉？邇其北轅既休，南寇自禁，偶追舊業，兀坐真拽間。有所得，爰命毛楮玄生代爲記述，久乃成帙，遂以《道聽》題其□，深憾遺漏者多，兹僅存十之一二。然猶愧雅俚不倫，真僞錯雜，質諸博識，庶得以斬改校柳，或因之以承所未有，則是録也，豈徒拊掌之資，其殆致益之圖乎？是册凡名公有集者不録，舊梓本者不録，出古人者不録，有事無詩詞者不録，間有録者，以未及見或愚意有所寓也。録謡詞，録戲談者，不欲以人廢言，兼以解倦者之大頤也。録小簡，録漫語者，因當余意，不忍棄也，句字諱里，疑謬者，因原聽之訛也。刻而傳之者，亦收駿骨之意也。後不蓄終者，欲有所待也。觀者幸亮而教之，無負就正請益之誠云。"

末署"時隆慶己巳仲春望日識"。

（國家圖書館藏清抄本）

隆慶四年（庚午　1570）

張元諭《〈蓬底浮談〉引》："隆慶改元，北上往返舟中，自夏徂冬，凡五月。蓬窗唯貯經史百家及攜黃項揭諸生而已。盡日清閒無事，或整襟危坐，或展卷泛觀，或彼此辯論，有臆有疑有得，輒書於册，以備遺忘之。官永昌，復於暇日，類别之，將就正於有道也。自以得之水上而妄論，亦如流萍飄梗，泛泛悠悠，不根著於理道，故命之曰《浮談》云耳。"

末署"隆慶戊辰十有二月丙午浦江張元諭伯啓識"。

（國家圖書館藏明隆慶四年董原道刻本）

隆慶六年（壬申　1572）

王廷卿《碭山縣志》序："謂其無志，可乎？或者以爲河患侵尋，兵燹相仍，版籍之無徵，職此故也，然以洪水方割，而山海圖經未嘗淪没。秦火燎原，而稗官小説未就煨燼。其以爲昔有而今無者，亦非也。我知之矣，言之無文，行之不遠。”

末署“隆慶壬申孟秋既望”。

（王熹主編《明代方志選編・序跋凡例卷》，中國書店 2016 年）

萬曆元年（癸酉　1573）

王嘉言爲李春熙《道聽録》作序：“《道聽録》兼識並收，若大醫藥品哲匠木材繪人之采色，海賈之雜物也。佳者可束約身心，餘足爲談謔資。故劬劬劬勤，精神罷備，翻閲即意愜思飛，潑潑然抃舞笑躍矣。余初視至忘卧，自後居則狎接，水陸行皆携，若膠於中，不可解者。噫！知之好，則沅南君之好甚。餘可知已。”

末署“萬曆癸酉仲春賜進士出身同知夔州府事前翰林院庶吉士浙江道御史尚質司卿友人蔣城王嘉言頓首拜書”。

（國家圖書館藏清抄本）

《（萬曆元年）兗州府志・凡例》：“舊志無傳，事多湮没。志所紀事，多從經典、《史記》、古史，漢、唐以來諸史，暨國朝制書會典、歷代諸儒文集，下及稗官所述，殘碑所遺，皆取可傳信者，彙集成録，以俟博聞君子潤色之。如考索未明，寧爲闕文，不敢臆度，附會其説。”

（王熹主編《明代方志選編・序跋凡例卷》，中國書店 2016 年）

萬曆二年（甲戌　1574）

龔天申《〈道聽録〉跋》：“余讀沅南子《唐鞏》，博而密，精而覈。沅南子癸酉春投簪返桃花洞，示予《道聽録》，且屬之跋。予取閲數四，瑕瑜錯投，雅俗參置。傳訛襲舛，殊不類其夙尚。竊評焉，以讓沅南子。沅南子曰：‘予惟道聽之而道録之耳，必人人而詢之，事事而窮之，餘顛毛種種矣。抑懼名實之罔孚也。故錄《道聽》焉。必若子雲將文選於漢、詩采於唐，辨淑慝於史氏，搜逸於稗官，顧不博且密、精且覈也，而奚《道聽錄》哉？予錄即雜沓，其大者，以勸以懲，細亦不失資諧浪醒困悶。往予苦升庵《丹鉛》《譚苑》，刻大奇崛，翻巢倒窠，鈎僻索隱，使人讀未卒業，欠伸思睡矣，非嗜古君子罔味也。子謂予茲錄寧然哉？'余頷之，適是年會江陵張九山先生代祀衡嶽，過予而譚沅南且譚《道聽錄》。予以私評質之。先生曰：'予游京師富人園，奇葩絕卉，非不燦然奪目也。數往來其間，不欲觀之矣。'一日山行，聞異香焉。采其華，不甚媚於名品也。乃予則希遘之矣，時復賞心把玩不厭。茲《道聽錄》所爲刻也，予識其説，明年夏報沅南子。沅南子曰：'有是哉。抑九山愛予而忘其醜也。予往煩子跋，請遂錄之跋。'"

末署"澧州龔天申跋"。

（國家圖書館藏清抄本）

萬曆四年（丙子　1576）

施顯卿《古今奇聞類紀》自序："一元之混辟而萬象出焉，彌布乎天下，流行於古今，未嘗息也。而要其大分不過常變之二端而已。常則靜正坦夷，簡易明白，人固習而安焉。變則神異難知，玄怪莫測，人多值而駭焉。然常必有變理之相因，如暑寒晝夜然。人惟順適乎常而兼通夫變，斯知大化有全功，而窮理無偏見矣。昔仲尼不語神怪而姜嫄之孕、傅巖之夢，垂之六經；土粉羊變、魍魎之異，著之群籍。然則不語者，非不語也，但不雅語以爲訓耳。余歸老讀書遇事之奇異者，必以片紙錄之，又恐久而散佚也。乃蔂爲十卷，名曰《古今奇聞類紀》，上而天文，下而地理，運播而五行散殊，而人物靈變，而仙釋幽微，而鬼神，分門別類，以稱一家之言，中間援引莫詳于國志者，以方今垂世之典所紀之皆實也。次則多用史傳通考者，以人所傳信之書所載之非誣也。又次旁及於雜編、野記、異説、玄談諸氏之籍者，以其理之不悖，説之相同，故亦存之而不遺也。嗚呼！是書也，遇變而考稽，則可以爲徵驗之蓍龜；無事而玩閲，則可以爲悠閒之鼓吹。非敢漫爲捕風之論，説鈴之詞也。然未知博雅君子或用其一二焉否爾？"

末署"萬曆四年六月既望，無錫九峰山人施顯卿叙，時年八十二"。

按，《四庫總目提要》認爲該書問世于萬曆七年（1579），存議。

華汝礪《古今奇聞類紀》叙："天地間事物之呈奇獻異、可駭可愕爲見聞所不及者，豈少哉。怪生於罕見而止于習也。日月之運行，江河之流貫，孰不見之，而亦有薄蝕，有氾濫焉？相安於照臨之下者，則必以薄蝕爲異相。習與潤澤之功者，則必以泛溢爲奇。不知運行有常而薄蝕之異亦其自然之理，潤澤有常而泛溢之虞亦其或然之勢。《六經》《孔》《孟》，家有其書而人誦之。其與夫日月之麗天，江河之行地者，何異？而莊生、列子、夏革、齊諧則目以爲怪，何者？謂其爲《六經》《孔》《孟》之變而非世之所共習而安焉者也。九峰先生邃學博聞，自墳典而下，雖稗官小史靡不旁搜而遍剔焉。在昔與余同舉於鄉，迨其解組而歸也，屏絶塵務，惟於觴詠之暇，裒古今之奇聞而爲一書。其言明有淑，驗允至理，所寓可以爲該博之資，非搜冥涉化之枯談也。嗚呼！采異卉於千林，拾奇琛於璚圃，雜而玩之者，將不有如登清虚之樓，揭嵎夷之館。彼霓裳羽衣，珠宮海市，犁然在望，足以注目而凝睇者乎。其視夫揚雄辯奇字不以成書，而《太玄》之准《易》者僅以覆甌，相去遠矣。公既竣事，余贄一言以弁諸首。"

末署"萬曆丙子七月秋日，賜進士出身、中憲大夫、雲南按察司副使，奉敕整飭瀾滄等處兵備，昆源華汝礪序"。

（南京圖書館藏明萬曆四年刻本）

萬曆五年（丁丑　1577）

陳耀文《〈學圃萲蘇〉叙》："夫經以載道，史以紀事，信文教之真筌，藝苑之鴻樞矣。顧其存而不論，諱而不録者，稗官野史云胡可廢也。余耽學專愚，殆成書癖，凡事絶常篇，得於探綜所及者，即隨筆疏之，三十年來，無慮數千百紙，西遷太僕，道遠莫致，其署後亭有雙檜焉，交陰凼翳，可以祛㳫怡神，仰憇遊迤，然有登樓思舊之感，因占往記，纂次成編，題曰《檜林雜誌》。……夫《太玄》絶倫，尚云覆瓿，《論衡》度越，只以助談。是編也，其將謂之何矣。然順天委命，辨義慎微，發潛德之鑿光，浣前修之負俗，鑒戒勸仰，不無少裨世教。通人大觀，庶其解頤云爾。南峰政尚清修，學爲博物，此刻其一斑也。並書之，以識歲月。"

末署"萬曆五年丁丑二月之望"。

（南京圖書館藏明萬曆五年東枲刻本）

葉秉敬《書肆説鈴》自序："予有好書、好説之癖，而遇有不得其辭及私有所臆決者，每會就有道而問之曰之，而未得其人。□其遂以遺忘，而後日倘得其人，將無所置問也。因隨疑隨志之，楊子雲曰：'好書而不要諸仲尼書肆也，好説而不見諸仲尼説鈴也。'嗚呼！世無仲尼，吾將誰問，吾其爲書肆説鈴而已矣。雖經人心，自有仲尼，求仲尼于仲尼，仲尼已死；求仲尼於吾心之仲尼，仲尼或者復生。然則人心之不死久矣，世有善求諸心者，仲尼之復生未可知也。吾將肩是書肆，持是説鈴，就而問焉。吾惡知夫書肆之非杏壇，而説鈴之非木鐸耶？"

末署"萬曆丁丑長夏葉秉敬書於尺木堂"。

（上海圖書館藏明萬曆刻本）

葉權《賢博編》題記："余少好博弈，嘗酒中與客決賭，争注有言，氣平深自悔恨，遂斷此戲。以其暇追憶江湖瑣事，輒草一篇，本無意見，聊舒悶懷耳。竊又怪農談野記，率多荒誕不經，自非實見真聞，不爲古今增妄。孔子曰：‘不有博弈者乎？爲之，猶賢乎已。’夫博弈既賢於無所用心，是雖無關世道，彼善於此，其有之乎？因名曰《賢博編》。”

程涓《賢博編》序：“中甫所經歷都會，與其賢豪長者游，博弈飲酒間，亡能角中甫，而中甫亦不欲挾其技角人人下也，乃謝博徒，不復試。閑暇無事，即俛首著書。耳所的聞，目所習見，素心師友所臚述，輒劄記而條列之。積久成帙，又以嶺南風土記附焉，命曰《賢博編》。夫博弈者，用有所用之心，而賢博者，又用所當用之心也，則足賢也已。中甫之編成而旋即世，迄今且二十年矣。厥子復陽君業已梓其遺稿，乞胡計部序之，而復壽是編，屬余序。余受卒業，而瞿然興，津津然有味乎其言之也。……于文苑奮自雄，以記則尚實，以引志則尚達。體有所裁，必不斥意以束法；情有所縱，必不抑過以避格……兹編則事核而情近，直致纖悉不可窮，而其指固諄諄然，取則而炯戒者不爽也。”

按，據程序可知，葉權于本書完稿後即去世。葉權（1522—1578），字中甫，休寧（今屬安徽）人，諸生。程涓，生卒年不詳，徽州人。可參王平《明代文人葉權三考》（《安徽師範大學學報》2012年第3期）。

（葉權撰、凌毅點校《賢博編》，中華書局1987年）

王世貞《明野史彙》自序：“世所傳《孤樹褒談》，不知其人，或曰故太宰建寧公也。大要錄諸野史，繫以廟代。又有《今獻彙言》《皇明典故》與《褒談》相出入，諸不入錄者甚多。余時時從人間抄得之，因集爲書，凡一百卷，曰《明野史彙》。何‘彙’乎？野史者，稗史也。史失求諸野，其非君子之得已哉！野史之弊三：一曰挾隙而多誣，其著人非能稱公平賢者，寄雌黃於睚眥，若《雙溪雜記》《瑣綴錄》之類也；二曰輕聽而多舛，其人生長閭閻間，不復知縣官事謬，聞而遂述之，若《枝山野記》《剪勝野聞》之類也；三曰好怪而多誕，或創爲幽異可愕以媚其人之好，不覆而遂書之，若《客座新

聞》《庚己編》之類是也。其爲弊均然，而其所由弊異也。舛誕者無我，誣者
有我。無我者使人創聞而易辨；有我者使人輕入而難格。嗚呼，録之枝也，
而弗芟也，是寧非余之罪乎？”

　　按，《弇州山人四部稿》成書于本年，故此序暫繫年于此。

　　　　　　　　　　　　　　　　（明萬曆間世經堂《弇州山人四部稿》刻本）

萬曆七年（己卯　1579）

　　馮時可《跋〈見聞紀訓〉後》：“夫解紛釋鬥，則恢謔微言，或捷于莊語。
懼冥懲凶，則巫兒佛嫗，或效于司敗。故聖王立稗官，取夫巷語之有益者志
之，以翼詩書而佐治道。嗣後雜説雲興，各有可采。譬之榛楛，勿剪亦足資
長林之郁然。及誕者爲之，惟逞詭異，雌黄失真，不顧世教、直屈瓠爾，亦
奚足多乎。是書編予棟塘陳氏，亦稗官者流。所載多士大夫章言嫕行。余間
一寓目，見其事核而辭質，無脩隙，無襲訛。埒于聖王之旨，庶得贏牿。近
世《瑣綴》《庚己》之類遠遜矣。間有謂其區區機祥之説，若拾《虞初》《齊
諧》之遺。而要之志在風勸，君子不廢也。觀者勿以薈蕞略焉。板梓于葉文
學，奉常徐君琳復捐俸翻之。奉常清蔚韶令，能却鮮車怒馬，時時過從，僕輩
伊吾玄談相勗，罔衰趨於居闕乏急難，如恐不及。囊中無高紫長物。所謂仁心
爲質者近耶？此亡論度越三吴膏腴，即僕輩亦未敢行。睹是舉，足知梗概也。”

　　末署“萬曆己卯孟夏晦日兵部武選清史主事馮時可書於獨樹軒”。

　　　　　　　　　　　　　　　　（國家圖書館藏明末《皇明百家小説》本）

　　徐常吉《諧史》自序：“《齊諧》者，志怪者也。又諧者，謔也，何言乎
怪與謔也？天地之間，無知者爲木石，無情者爲禽獸，以至服食器用，皆塊
然物也，蠢然物也。今一旦飾之以言動舉止、靈覺應變，又舉所謂鬚眉面目、
衣冠華帶者而與之相酬酢焉，豈不可怪而近於謔哉？嗟夫！天地之間，神奇

爲臭腐，臭腐復爲神奇，何所不化，何所不育。……今吾安知鬚眉面目者之不幻而爲物乎？吾安知塊然蠢然者之不幻而爲人乎？吾又安知真者之非幻、而幻者之非真乎？是其怪也不足怪，而即其謔也爲善謔矣，於是刻所謂《諧史》者而書之。”

末署“萬曆七年八月毗陵長湖外史徐常吉撰”。

（上海圖書館藏明萬曆七年舒其才石泉堂刻本）

田瑄《新昌縣志》叙：“今夫稗官，非官也，然矢口肆筆，或有以成言，猶愈於無官耳。野史，非史也。然鄙見俚詞，或可以備采，猶愈于無史耳。斯志取其記事而已，又奚必才如馬，學如蘇，而後見之著述也哉？”

末署“皇明萬曆己卯初夏之吉，賜進士第文林郎新昌縣知縣、閩延平田瑄書於邑之公廉堂”。

（王熹主編《明代方志選編·序跋凡例卷》，中國書店 2016 年）

萬曆八年（庚辰　1580）

陸樹聲《清暑筆談》自序：“余衰老退休，端居謝客，屬長夏掩關獨坐，日與筆硯爲伍。因憶曩初見聞積習，老病廢忘，間存一二，偶與意會，捉筆成言，時一展閱，如對客譚噱，以代抵掌，命之曰《清暑筆談》。顧語多苴雜，旨涉淆訛，聊資臆説，以備眊忘，觀者當不以立言求備。”

末署“時庚辰夏仲也”。

（上海圖書館藏明刻本）

王世懋《世説新語》序：“晉人雅尚清談，風流映於後世，而臨川王生長晉末，沐浴浸漸，述爲此書，至今諷習之者，猶能令人舞蹈。若親睹其獻酬。……余幼而酷嗜此書，中年彌甚，恒著巾箱，鉛槧數易，韋編欲絕。……

初雖秘之帳中，既欲公之炙嗜，而参知喬公見之，亟相賞譽，即授梓人。爰綴末章，叙所繇梓。"

末署"萬曆庚辰秋吳郡王世懋書"。

（周興陸輯著《世説新語彙校彙注彙評》，鳳凰出版社 2017 年）

馮皋謨爲竇文照《竇子紀聞》作序："光禄竇君攟拾聞見，析類爲編，署曰《竇子紀聞》，君自命之詞爾。竇君寥闊之士哉。君起家韋布，敦孝義，服冠紳，稱光禄君。恂恂退讓，見鄉之賢豪長者，歷游聞當世之巨公名賢，輒摳衫請事。而賢豪名鉅公亦多與君結納，因日聞所未聞，其屏居却掃，趺坐寡營，聚列古今書史稗官説家盈几案，翻閲諷誦，意有所當，隨筆日記，久之成輯。其言天高地遠，則章亥所不能步也；極深研幾，則《齊諧》所不能志也；奇文古字，則楊雲所不能識也；莊語玄言，則孔墨所不能舍也。輯成且屬梓。君自少曰儒者，博綜載籍，猶考證於六藝，其以是爲拘拘爾者奚事哉？曰不然。古聖賢立言垂訓，大都彰人。善瘅人惡，後世言有枝葉，多爲不根之辭。辭不詭誕，則淫邪。嗚呼！梓兹編也，凡若干卷，皆古今格言，矧多國朝事，續有稗史館藏，載籍家視之，奚啻茹華啜腴已哉。良有裨身心矣。君産嘉禾，毓麗之區，薄穡冶而嗜恬素，絛泄馳驟飛揚之意于藝文翰墨間，不謂廖闊之士。書之引編首。"

末署"萬曆庚辰歲秋七月上澣之吉書于君子軒"。

（國家圖書館藏明萬曆八年刻本）

萬曆九年（辛巳　1581）

"泰華山人"爲周近泉《萬選清談》作序："夫'談'，譚也，言也。《六經》之言尚矣，道明矣。漢《天人》《治安》《王命》《出師》，晉、魏、唐、宋若《洛神》《高唐》。不可殫記，未聞重清談。選談曰'清'，去道相燕、越，倘亦晉司徒乎？竊疑焉。而詳其簡策，見人品、物品。有談物生幻杳，有談出處聲律，有談陰陽變化、屈伸往來，幽明隱顯、損益勸懲，言言縷縷，井井條條。未必非覺民之鐸響，未必非載道之乘衛；道在是，《六經》在是，漢、魏、唐、宋在是，萬選萬中，詎三窟者之足云！嗟嗟！絲毫挈石，駑駘道遠，清談累聖化哉？啓笥而毫芒傍紫薇之舍。”

末署“泰華山人書于金陵之大有堂”。

按，王重民認爲《萬選清談》纂于萬曆八年以後（參見王重民《中國善本書提要》“子部小説”類，上海古籍出版社 1983 年），今權繫年于此。

（美國國會圖書館藏萬曆間刻本）

萬曆十年（壬午　1582）

端木大章爲時傳《埭川識往》作序：“余壬午二月與客至吳門避雨肆中，見架上積亂書，因請讀之，多卷帙錯落，後得此書於雜楮中，披閲其所記，多懲戒事，蓋特非《齊諧》、志怪之筆也。久未布人間，余見而弗傳，不爲覆瓿者幾希，傾囊錢得之，歸命侍者録之，惜非完帙，後果獲遺卷，當再續寫，延陵白沙山人端木氏大章叙。”

（臺灣“故宮博物院”藏明萬曆緑筠堂紅格抄本）

高鶴《見聞搜玉》自序：“余昔備員掖垣，以言忤權貴。歸，旋構小齋于萬緑園，日遊息其中，暇則取古書誦讀之，然皆業舉子時所經目者。且連篇累牘，殊非幽人逸老所宜。由於殘編，折簡野史，他志諸所未經目者，則援筆記之。歲月既邁，積集良多，幾可以垂訓則，豁心目，辨考訂，發逸思，罔不搜羅而兼併焉。乃若險怪不經，反兹疑異者，並不書。暇則展而閲之，亦足以消永日，暢雅懷也。外孫陳汝元氏，適於案頭見之，乃告余曰：‘甥捧讀兹編，不但追惟往昔，且於當代之務，尤爲吃緊。凡所譏評，誠足以爲世警，豈宜置之家藏？盍梓之以廣其傳，俾後學者見所未見，聞所未聞？珍不獨珍，而達必俱達也。’余故命之曰《見聞搜玉》，抑以嘉陳甥博雅之志云爾。”

末署“時萬曆辛卯歲仲夏之吉望梅山人自爲之序”。

（上海圖書館藏明萬曆十九年陳汝元刻本）

莫是龍《筆麈》自跋：“壬午冬十二月，余居長安旅邸，歲晏窮愁，秉燭兀坐，輒思良友，與之揮塵一談而不可得也。案頭拾筆，隨意書得數條，題曰《筆麈》。聊當友生一夕晤言之趣耳。”

按，書中有部分小説史料值得注意，如“經史子集之外，博聞多知，不可無諸雜記録。今人讀書，而全不觀小説家言，終是寡陋俗學。宇宙之變，名物之煩，多出於此。第如鬼物妖魅之説，如今之《燃犀録》《睽車志》《幽怪録》等書，野史蕪穢之談，如《水滸傳》《三國演義》等書，焚之可也”。

（國家圖書館藏清乾隆三十四年奇晉齋刻本）

萬曆十四年（丙戌　1586）

吴琯《古今逸史》自序：“聖人製作曰經，賢者綴述曰傳。宗經矩傳曰史。史左記事，而右記言。言經則《尚書》、事經則左氏。甄序帝勣，表徵盛衰，莫善乎史矣。乃子長執簡，孟堅操觚，本紀以述皇王，列傳以總臣庶，八書以鋪政體，十表以譜季爵。端緒豐贍，則班其最優；實録無隱，亦馬應獨擅。二氏論著，豈不彬彬，然條例踳落，子長猶見詆于叔皮；徵賄鬻筆，孟堅且被訾乎公理。況張袁所製，偏駁不馴；薛謝之作，疏謬寡要。伏劉崔鄧，尚未專工；何沈蕭盧，豈能備當。史失求野，不亦宜哉。於是愚不自揆，披惟之暇，旁拾載籍，凡若干卷，名其編曰《古今逸史》。即古之作者典曆紀略，匠構不同，志録紀書，標目各異。要其指歸，未有不捃摭緗湘，總會丘索者也。今所萃諸書，非校從延閣，則抉自藏山。《方言》之辨章風謠，《釋名》之叙致義類。通德彙群英於虎觀，博物運獨繭於鴻陂。高士殆獨行之濫觴，劍俠實刺客之餘烈。若此之科不容曲述。至於據事則頗區詳，酌言則言殊瑰鑠矣，抑涑水氏之類史也。事言無係則正史寧削而不書；政教有關，則異書旁采而不廢。逸史之目，端由此耳。”

末署“新安吳縮撰”。

凡例：“是編以《古今逸史》稱名，必備舉古今之逸，始爲全業，而諸書方在構集，一時未得竣事，故先刻數種，聊急副海内之望云。”“其人則一時巨公，其文則千載鴻筆，入正史則可補其缺，出正史則可拾其遺。”“六朝之上，不厭其多，六朝之下，更嚴其選，蓋不專論紀事，實重資摘辭也。”

按，《四庫提要》認爲吳琯係隆慶五年（1571）進士，今人王重民考證此論有誤。李瑞良《中國出版編年史》認爲此叢書問世于明隆慶六年（1572）。而陳大康《明代小説編年史》認爲此書刊于本年。今權從陳説。

（國家圖書館藏明萬曆吳琯刻本）

李贄《焚書·童心説》：“詩何必古選，文何必先秦？降而爲六朝，變而爲近體；又變而爲傳奇，變而爲院本，爲雜劇，爲《西廂曲》，爲《水滸傳》，爲今之舉子業，皆古今至文，不可得而時勢先後論也。故吾因是而有感于童心者之自文也，更説甚麽《六經》，更説甚麽《語》《孟》乎？”

按，繫年據林海權著《李贄年譜考略》（福建人民出版社 1992 年）。

（李贄著《焚書·續焚書》，中華書局 2009 年）

“梁溪無名生”《遊翰稗編》自序：“嘗觀稗官小史，立言者所不廢，而博學好古之士往往從而藉記焉。何以故？謂其足以愉心而昭世教也。是編凡五卷，有即事而垂炯戒者，有對景而陶性靈者，有觸物而寓勸懲者。固人人各陳其意之所指，然豈侈華説而於世教無當焉者哉？觀者以藝囿目之，則溢氣壘詞，亦能使窮澤生流、枯木發榮乎？脱有味其言而申詠究焉，奚翅愉心哉。文小而指大，舉邇而見遠，即謂之有關世教之曼詞也。不亦可乎？"

末署"萬曆丙戌仲冬既望梁溪無名生漫書"。

（國家圖書館藏明萬曆刻本）

萬曆十五年（丁亥　1587）

李登爲焦竑《焦氏類林》作引："焦弱侯於書無所不讀，而鈎玄提要，動侔古人。每披書當賞會與夫自有所見，欲以闡幽正詞者，輒手裂赫蹏，細書而貯之，紛紛總總，如禁臠在廚，碎錦在笥，未有秩叙。最後除自言者別爲《筆乘》，其第輯録備覽觀者，特付愚詮次，命愚弟子録之，乃取《世説》標目，稍稍裒益其間，成帙時以余同版一印，行之未廣也。兹王孟起氏，博雅嗜古，爰壽諸梓，以廣其傳，復徵引其端。……《世説》一書，超超玄著，吾士林雅尚舊矣。是編搜百代之菁華，掇群書之芳潤，乃詳於倫紀而略於批畫，該及品彙而結局於仙釋，其於名理心宗，往往而在，指示歷然，此其於《世説》，又不知爲孰多。"

末署"萬曆丁亥冬孟友人李登士龍甫識"。

（國家圖書館藏明萬曆十五年刻本）

焦竑《〈世説新語補〉序》："漢末魏晉間人，以修詞爲能，聲欬吐納，竟以相尚，大率以簡遠幽邃爲主。片言隻字之間，使人有深遠之思……宋劉義慶作《世説新語》，而孝標、辰翁二劉先生爲之批注。迨我明何良俊增補，接有删釋，而卓吾李翁又從而批點之，夫批注删什，特解之云耳。至於批點，則直探心髓而推極究竟，筆則筆，削則削，簡遠幽邃，又在《世語》之上，亦深遠矣。李翁具默，成不言之識，有海外之見，一言一字之間，特爾移神，人所不到。亦以今世文明盡泄，理學大彰，士多脱落之思，人皆域外之識，亦世使之然也。是以論其世也。”

末署“琅琊澹園焦竑撰書”。

（劉强會評輯校《世説新語會評》，鳳凰出版社 2007 年）

謝友可《刻公餘勝覽〈國色天香〉序》：“今夫辭寫幽思寄離情，毋論江湖散逸，需之笑譚；即縉紳家輒藉爲悦耳目具。厥氏揭其本，懸諸五都之市，日不給應，用是作者鮮臻雲集，雕本可屈指計哉！養純吳子惡其雜且亂，乃大搜詞苑，得當意次列如左者，僅僅若干篇，蓋甚寡也。彼見遺者，豈必皆蠹魚，亡得當養純者何哉？夫采珠者貴在明月，而群璣非寶耳；伐南山者貴在豫章，而尺箭非材耳。是集也，夫亦群璣、尺箭之不顧而有所未暇與！且也悟真者，間舉一二示之，將神遊牝牡驪黄之外，集固已饒之矣。匪悟真者，即累牘連篇，浩翰充棟，渠方却臭尋聲，不能一一領略，雖多奚補！是以付之剞劂，名曰《國色天香》，蓋珍之也。吾知悦耳目者，舍兹其奚辭！”

末署“時萬曆丁亥夏九紫山人謝友可撰于萬卷樓”。

按，陳文新《中國文學編年史》將此書問世繫年於 1598 年，似有不妥。

（日本内閣文庫藏明萬曆金陵書林周氏萬卷樓重鎸本）

萬曆十七年（己丑　1589）

“天都外臣”《〈水滸傳〉叙》：“小説之興，始于宋仁宗。于時天下小康，邊釁未動。人主垂衣之暇，命教坊樂部，纂取野記，按以歌詞，與秘戲優工，相雜而奏。是後盛行，遍于朝野。蓋雖不經，亦太平樂事，含哺擊壤之遺也。其書無慮數百十家，而《水滸》稱爲行中第一。故老傳聞：洪武初，越人羅氏，詼詭多智，爲此書，共一百回，各以妖異之語引於其首，以爲之艷。嘉靖時，郭武定重刻其書，削去致語，獨存本傳。余猶及見《燈花婆婆》數種，極其蒜酪。餘皆散佚，既已可恨。自此版者漸多，復爲村學究所損益。蓋損其科諢形容之妙，而益以淮西、河北二事。赭豹之文，而畫蛇之足，豈非此書之再厄乎！近有好事者，憾致語不能復收，乃求本傳善本校之，一從其舊，而以付梓。……紀載有章，煩簡有則。發凡起例，不雜易於。如良史善繪，濃淡遠近，點染盡工，又如百尺之錦，玄黃經緯，一絲不紕。此可與雅士道，不可與俗士談也。視之《三國演義》，雅俗相牽，有妨正史，固大不侔。而俗士偏賞之，坐闇無識耳。雅士之賞此書者，甚以爲太史公演義。夫《史記》上國武庫，甲仗森然，安可枚舉。……《藝苑》以高則誠《蔡中郎傳奇》比杜文貞，關漢卿崔張雜劇比李長庚，甚者以施君美《幽閨記》比漢魏詩。蓋非敢以婢作夫人，政許其中作大家婢耳。然則，即謂此書乃牛馬走之下走，亦奚不可！……羅氏又有《三遂平妖傳》，亦皆繫風捕影之談。蓋荒野鬼才，慣作此伎倆也。三世子孫俱喑，當亦是口業報耳。余又惜夫人有才，上之不能著作金馬之庭，潤色鴻業，下之不能起名山之草，成一家言，乃折而作此，爲迂儒罵端，若羅氏者可鑒也。”

末署“萬曆己丑孟冬天都外臣撰”。

（明萬曆十七年新安刻本《水滸傳》）

萬曆十八年（庚寅　1590）

張丑《〈名山藏〉廣記》：“昔太史公《史記》成，意欲藏諸名山以自況。嗚呼！其無聊一至此乎？夫史以備法戒，定是非。究天人之際，通古今之變，成一家之言。非徒重空文已也。傳之其人，通邑大都可耳，奈何欲藏諸名山耶？即欲藏書名山，是必野史而後可。野史者，不關名教，都綜怪迂。非騷人墨客之寓言，則羈旅婦人之卮言。其寫婉柔可以解頤，述詭異可以駭目，令人口耳霑濡，心神飛越者必此也。太史公史才絶世，獨步千古，不遑於《史記》外，更集野史一書，使藏書名山之志終成曠典。嗚呼，惜哉！不穀少好美善，升木乘屋，探鳥鷇，放風箏，捕蟬彈雀，鬥鷄蹋鞠，聚群兒學擊刺。稍長知讀書，而尤好稗官家言。庚寅秋，慨然有藏書名山之志，因取古今雜記百餘種，逐一删其蕪穢，集其清英。上自三皇，迄于唐世。爲本紀六十，志四十，列傳一百，凡二百卷，曰《名山藏》，以成太史公未竟之志。嗚呼！後之君子得是書以參太史公《史記》，而史學思過半矣。知我罪我，我何與哉？"

末署"萬曆庚寅中秋净名童子張丑青甫"。

（上海圖書館藏明萬曆刻本）

萬曆十九年（辛卯　1591）

王禹聲爲陸延枝《説聽》題跋："右《説聽》四卷，舅氏胥屏先生所撰。先生爲外王父太常公冢子，太常平生著書滿家，《庚己編》則其少作也。蒐奇括異，海内同好者争傳之。先生雅喜稗官家言，每有奇文，輒隨筆識焉。久而成帙，帙成而毀于火，于時太常殁且五稔矣。先生作而歎曰：'嘻，斯可不成吾初業乎？'乃追惟曩時所記，益以後聞者輯爲是編。禹聲請登諸梓，得而伏讀之，微獨蒐奇括異，足備《庚己》之遺，即一談一詠而先輩風流才人逸致具焉。其間宏且鉅者，直可補正史之亡，而裨掌故之闕，雖與中壘《説苑》方駕可也。"

末署"萬曆辛卯秋月甥王禹聲百拜謹題"。

（國家圖書館藏明萬曆刻本）

周曰校《三國志通俗演義》識語："是書也，刻已數種，悉皆僞舛，茫昧魚魯，觀者莫辨，予深憾焉。輒購求古本，敦請名士按鑑參考，再三讎校。俾句讀有圈點，難字有音注，地里有釋義，典故有考證，缺略有增補，節目有全像；如牗之啓明，標之示准。此編此傳，士君子撫養心目俱融，自無留難，誠與諸刻大不侔矣。鑒者顧認書而求諸，斯爲奇貨之可居。”

　　按，周曰校（生卒年不詳），字應賢，號對峰、虚舟生，江西金溪人，金陵萬卷樓書坊主人，亦被認爲係仁壽堂、繼志堂主人，刊印小説書籍多種。繫年參許振東《周曰校及其萬卷樓刻書活動考述》（《中國典籍與文化》2019年第 1 期）。

　　　　　　　　　　　（北京大學圖書館藏明萬曆十九年書林周曰校刊本）

　　申時行爲高鶴《見聞搜玉》作序：“夫稗雅雜俎諸編與聖人六籍並重天壤，豈非爲洽聞博見資耶？資聞見耳。且猶傳耳不廢，況備弦韋，可用警群，珍錯，可用咀合，鼓吹，可用陶暢。此豈直爲聞見資者，而其書之必傳，傳必遠，復何疑越？望梅先生嘗輯《見聞搜玉》，擷菡秀于聚林，截云霄于萬杼，顯□□教汙盡物情，雅曲互存。長篇短律展而讀之，如身涉藍畦崑岫，璀瑰璀璨，充克盈同。若可以把我而攫挐，真名稱其實者矣。是編之出，將使助修者警，味旨者咀，攬酥者陶暢。方爲世弦韋，爲時珍錯，爲騷壇鼓吹。不離聞見，而實不囿聞見，是當爲一家書，雖欲其無傳不可得也。先生詩歌沖夷清曠，絶類樂天，而胸中淵邃由爾。因知先輩長茂，與炫奇浮逞者正自不同耳。”

　　按，該版《見聞搜玉》有作者自序題署“時萬曆辛卯歲仲夏之吉望梅山人自爲之序”，此據以繫年。

　　　　　　　　　　　　（上海圖書館藏明萬曆十九年陳汝元刻本）

　　姚九功《潞城縣志》序：“夫志，即古列國史也。古者列國各有史，以紀時事。觸類而推故。郡邑各有志，以存實録。志惟真則史將有在矣。故國史之修，野史之采也。”

　　末署“萬曆歲在辛卯夏六月吉旦，賜進士出身詔進正議大夫資治尹前奉敕總督糧儲兼管屯田水利陝西等處承宣布政使司分守西寧道左參政、襄垣雙峰姚九功撰”。

（王熹主編《明代方志選編・序跋凡例卷》，中國書店 2016 年）

萬曆二十年（壬辰　1592）

邵景詹《〈覓燈因話〉小引》：“萬曆壬辰，自好子讀書遥青閣，案有《剪燈新話》一編，客過見之，不忍釋手，閱至夜分始罷。已抵足矣，客因爲道耳聞目睹古今奇秘，累累數千言，非幽冥果報之事，則至道名理之談，怪而不欺，正而不腐，妍足以感，醜可以思，視他逸史述遇合之奇而無補於世、逞文字之藻而不免於誣，抑亦遠矣。自好子深有動於其衷，呼童舉火，與客擇而録之，凡二卷。客曰：‘是編可續《新話》矣。’命之曰《覓燈因話》。蓋燈已滅而復舉，閱《新話》而因及，皆一時之高興，志其實也，而何嫌乎不文。觀者幸無以不文病之。”

末署“自好子景詹邵氏識”。

（周楞伽校注、瞿佑等著《剪燈新話（外二種）》，上海古籍出版社 1981 年）

倪思益爲倪縉《群談采餘》題跋：“家大人性最嗜學，然患有喘疾，每發輒經旬或逾月。中歲即謝諸生，寄敖泉石，蕭然自適，未嘗逆於物也。於書無所不窺，無論名家，即稗官野史，技術方言，咸究心焉。有當意者，隨手紀之，久而成帙，名曰《群談采餘》。己丑冬，不肖思益，奉以入粵，雲鄉既遠，兢兢然，深以隕越爲怯。莊誦之次，多所異聞，顧卷帙繁多，姑先摘其半鋟之，以公同好，餘尚有待也。”

末署“萬曆壬辰端陽日男思益書于廣州理刑公署”。

（國家圖書館藏明萬曆二十年倪思益刻本）

　　李贄于武昌開始批點《水滸傳》。袁中道《游居柿録》卷九："記萬曆壬辰夏中，李龍湖方居武昌朱邸。予往訪之，正命僧常志抄寫此書，逐字批點。"

　　李贄撰《續焚書》卷一《與焦弱侯》對此事亦有記載："古今至人遺書抄寫批點得甚多，惜不能盡寄去請教兄；不知兄何日可來此一披閲之。又恐弟死，書無交閲處，千難萬難舍不肯遽死者，亦只爲不忍此數種書耳。有可交付處，即死自瞑目，不必待得奇士然後瞑目也。《水滸傳》批點得甚快活人，《西廂》《琵琶》塗抹改竄得更妙。念世間無有讀得李氏所觀看的書者，況此間乎？惟有袁中夫可以讀我書，我書當盡與之，然性懶散不收拾，計此書入手，隨當散失。嗚呼！此書至有形粗物，尚彷徨無寄，況妙精明心哉？已矣！已矣！"

　　按，李贄對《水滸傳》之喜好，至爲鮮明，在《李卓吾先生讀西廂記類語》亦有載："讀《水滸傳》，不知其假；讀《西廂記》，不厭其煩。文人從此悟入，思過半矣。"

　　（袁中道著、錢伯城點校《珂雪齋集　游居柿録》，上海古籍出版社 2019 年；李贄著《焚書·續焚書》，中華書局 2009 年）

萬曆二十一年（癸巳　1593）

　　陳繼儒爲熊大木《唐書演義》作序："往自前後漢、魏、吴、蜀、唐、宋咸有正史，其事文載之不啻詳矣，後世則有演義。演義，以通俗爲義也者。故今流俗節目不掛司馬、班、陳一字，然皆能道赤帝，詫銅馬，悲伏龍，憑曹瞞者，則演義之爲耳。演義固喻俗書哉，義意遠矣。……載攬演義，亦頗能得意。獨其文詞，時傳正史，於流俗或不盡通；其事實時采譎狂，於正史或不盡合。因略綴拾其額，爲演義題評，亦慫惠光禄之志。書成叙之。吁嗟，欷！正史余嘗涉矣，偃蹇糊口，莫之盡其涯涘。稗官小説，既雅非其好，而然獻其萬舞又强顏説耶？西方美人，余于太宗與何遐思也！"

末署"歲癸巳陽月書之尺蠖齋中"。

（國家圖書館藏明萬曆唐氏世德堂刊本）

陳師《禪寄筆談》自序："余素簡泊，迨疏歸巖居，既寡交與少宴會，日杜門塊處，無所事事。惟嗜書覽古，顧貧不能購書，則取所貯殘編，日搜繹之。奈環堵之室，鷄犬圖書聚焉。旁有書庳，面東負西，一入朱明，昕夕熱蒸，不可近，無已，則束書詣禪關遊息，釋子喜余至，無相嫌也。適彼净土，藻思頓生。乃得益肆力筆研，至會心處，輒形劄紀，或於心無解，涉疑義則辨析而闕如，或折衷己意。又追憶自童冠迄今所目擊、所習聞事，又間嘗與學士大夫談名理行檢、士人品格、今昔事物及實務時事，感憤激衷，則髮上豎，輒漫然肆論，久之成帙。然意到隨筆，都無詮次，既後稍爲類而別之。因以就正二三方家云。是亦成一種。書可備觀省，不知余實歉之。……間又思之筆談以代齒煩也。即兩相對而麈談，同方類聚，而叢談錯綜商評，彼此互發，雖日有會，月有聚，談不既雄且多乎。然安能竟天下事，即假我數年，卮言日生，日亦不足。夫始之以無言，繼之以有言，既以有言闖無言，究所不能盡者，言終而還諸忘言。總之皆贅言也。吁！談何容易，有一時之談，有千百世之談，有理道之談，有玉屑之談。崔長孺抵掌而談當世之務，則一坐捲舌；茅焦解衣而抗殿陛之前，則點主立悟，談斯最矣。然支離不根之談亦談也，遊説緩頰之談亦談也。王充《論衡》，蔡邕寶之。只資談吻耳。《説苑》《談藪》富矣。今闡理道乎？縱辨如懸河種種，款款理解也。不曰尾閭泄之乎？余兹悟多言，言也；寡言，亦言也。吾適吾意耳。第中有評往跡而致嫌過責，論時事而不惜忌諱。……毛穎之役既迄，遂不度而鋟諸梓。夫剞劂之費，予寠人也，力不辦此，奈性癖嗜，乃變一廛，得十金，召工始事。余藉友人高誼，次第助成之。爰述所由，以紀歲月。"

末署“萬曆癸巳歲朱明之中吕月中浣書”。

（國家圖書館藏明萬曆二十一年自刻本）

焦周《説楛》自序：“孫卿曰：‘説楛者，勿聽也。説而使人勿聽，説何爲也？’曰：‘不然也，世無不可聽之言，而有不必聽之言。見可聽，有不必也。見不必聽，有不可也。吾之説，無不可聽，而有不必聽。故曰説楛也。’物之小大，常相准也。事之常與怪者，常相參也。使怪者常，斯常者怪矣，小不晰，斯大者積矣。吾之説不常，而皆其小者也。不常則常人疑之，小則爲大者遺。故曰説楛也。”

末署“萬曆癸巳季夏焦周題”。

（上海圖書館藏明萬曆四十一年刻本）

謝傑《宛署雜記》叙：“夫六經以降，作者大備，丘明、公、穀曰傳，董狐、南北暨于龍門令曰史，班掾紀漢曰書，别于史也。陳著作紀三國曰志，别于書也。下此三輔之圖、酉陽之俎，則雜之云爾。是大夫所托以名書意也，詞亦謙矣。”

末署“萬曆癸巳清和望日，順天府府尹、閩長樂謝傑漢甫書”。

（王熹主編《明代方志選編·序跋凡例卷》，中國書店 2016 年）

謝希思《順天府志》序：“順天府，召公肇跡之地，古所稱慷慨節俠區也。我成祖文皇帝定鼎于兹，府稱首善，凡巨之郊廟、庠序、貢舉、軍府之制，細之禮器、樂舞、樂工、場師、稗官小説之事，靡不由畿輔而口薄海。”

末署“萬曆癸巳冬十月吉，順天府府丞譚希思子誠甫頓首拜書”。

（王熹主編《明代方志選編·序跋凡例卷》，中國書店 2016 年）

萬曆二十二年（甲午 1594）

王士騏《馭倭錄》自序："紀倭者，有薛浚之《考略》，有王文光之《補遺》，而鄭若曾之《籌海圖編》加詳焉。臣不佞讀之而歎其用意之勤也已。已稍稍參以國史，始恨事略者，百不得一，而一旦失真。士大夫不考于先朝之故事，而動以野史爲證。則所誤多矣。乃就國史中一一拈出，自高皇帝以至穆廟，列爲編年，謀之鉅公，題曰《皇明馭倭錄》。蓋列聖之詔旨，諸公之章奏，公私創革之始末，中外戰守之機宜，悉在焉。神而明之，可以酌祖訓，可以定廟謨，可以廣朝士之見，可以正野史之謬。雖臚列故事，而或與今日東征事機頗相發明，述而不作，非僭也。或謂此書非奉敕撰者，稱臣可乎？曰：《吾學編》之稱臣也，不若《憲章錄》之稱臣也。竊比於從下而已矣。"

末署"兵部車馬清吏司主事王士騏僅序"。

按，據《神宗實錄》可知，王錫爵爲此書撰序，提及此書問世時限爲本年，故此繫年于此。

（楊翼驤編著，喬治忠、朱洪斌訂補《增訂中國史學史資料編年·元明卷》，商務印書館 2013 年）

"天海藏"《題〈水滸傳〉叙》："昔人謂《春秋》者史外傳心之要典，愚則謂此傳者紀外叙事之要覽也。豈可曰此非聖經，此非賢傳，而可貌之哉？謹序。"

末署"萬曆甲午歲臘月吉旦"。

余象斗《水滸志傳評林·水滸辨》："《水滸》一書，坊間梓者紛紛，偏像者十餘幅，全像者止一家。前像板字中差訛，其板像舊惟三槐堂一幅，省詩去詞，不便觀誦。今雙峰堂余子，改正增評，有不便覽者芟之，有漏者刪之，內有失韻詩詞，欲削去恐觀者言其省漏，皆記上層，前後廿餘卷，一畫一句，並無差錯，士子買者，可認雙峰堂爲記。"

（日本日光慈眼堂藏本《水滸志傳評林》）

萬曆二十三年（乙未　1595）

　　余懋學《説頤》自序："（余）不敢有所論列衮鉞天下事，余兹懼矣。乃以是帙日置几上，過者輒與閲焉。以示帙之惡足爲訕也。最後有謂余者曰：'搜事可以警世，托諷可以矯俗，屬詞可以娱目，譚異可以悦心。'昔人云：'無説詩，匡鼎來；匡説詩，解人頤。'兹帙也，閲之令人頤解，殆匡鼎之説。夫久之訕議寖息，而求頤解者且紛紛焉，余不能復終匿也。因重令童子録之，而遂以'説頤'名其篇云。"

　　末署"時萬曆乙未夏五月直方主人余懋學書"。

　　　　　　　　　　　　　　　　　（上海圖書館藏明萬曆三十六年直方堂刻本）

萬曆二十四年（丙申　1596）

　　袁宏道致書董其昌："《金瓶梅》從何得來？伏枕略觀，雲霞滿紙，勝於枚生《七發》多矣。後段在何處，抄竟當於何處倒换？幸一的示。"

　　按，錢伯城認爲此信係袁宏道于萬曆二十四年在吴縣所作。另，陳大康明代小説編年史對此斷限則爲萬曆二十三年，斷句亦與此有異。陳氏認爲"此爲現所知明代文人論及《金瓶梅》最早者"。

　　　　　　　　（袁宏道著、錢伯城校箋《袁宏道集箋校》，上海古籍出版社 2018 年）

萬曆二十五年（丁酉　1597）

　　李維楨爲王同軌《耳談》作序："吾友王行父，博學宏詞……四方學士大夫慕行父名相過從，上下論議日聞所未聞，行父手筆其可喜可愕可勸可誡之事，累之若干卷，而名之曰《耳談》。……行父所談自本朝以來傳聞之世而止……出於稗官，其指非在褒貶。厭常喜新者讀之欣然，膾炙適口，而無所虞罪。故事不必盡核，理不必盡合，而文亦不必盡譚。荀卿有言：'入乎耳，出乎口，口耳之間四寸耳，何足以美七尺之軀？'是行父稱名意也。……夫太上立德，其次立功，其次立言，舍德與功又何足言者！世有能言之士，上不得坐而論道，謀王斷國；下不得總覽人物，囊括古今，修辭賦之業，而第猥雜街談巷語，以資杯酒諧謔之用，其言可謂不遇矣。……蘇長公之有《艾子》，行父之有《耳談》，又何怪焉！"

按，據王同軌《耳談》自叙題署"時萬曆丁酉孟夏上庚王同軌撰"，可知李序當爲同年所撰。

（國家圖書館藏明萬曆刊本《耳談類增》）

王士性《廣志繹》自序："余已遍海内五嶽與其所轄之名山大川而游，得文與詩若干篇記之矣。所不盡記者，則爲《廣遊志》二卷，以附於説家者流。兹病而倦遊，追憶行蹤，復有不盡於《志》者，則又爲廣志而繹之，前後共六卷。……余志否否。足版所到，奚囊所餘，星野山川之較，昆蟲草木之微，皇宬國策、里語方言之績，意得則書，懶則止，榻前杖底，每每追惟故實，索筆而隨之。非無類，非無非類；無深言，無非深言。稗氏之家，其且有取於斯乎？"

末署"萬曆丁酉中秋日，天台山元白道人王士性恒叔識"。

馮夢禎《〈廣志繹〉序》："躍馬中原，攬轡關河，可謂有天下之志，此當不在遷史、杜詩下，它則以資揮塵於稗官，足解人頤，又其餘耳。"

末署"萬曆丁酉初冬日檇李馮夢禎序"。

（王士性撰、周振鶴點校《五嶽遊草　廣志繹》，上海人民出版社 2019 年）

楊起元爲王元禎《湖海搜奇》作序："余友楚人王元禎氏，以文章妙天下，其泛涉學海，不啻吞云夢者八九，強圉作噩之歲來顧余秣陵，余發其帳中秘，則有《湖海搜奇》一書在焉。詢其所得，則以遨遊湖海，往往求其奇事、奇談而録之，納之奚囊中，積有歲年，因而成帙，余閲而惜其易盡也。

元禎又出《揮塵新談》《白醉瑣言》《説圃識餘》《漱石閒談》以示余，總之皆
搜奇類也。載細檢其中，又間出己臆，列爲論議多名理之宏譚。即雅俗並陳，
安得蓋以稗官家視之哉！元禎遊屐未輟，余因期元禎更爲隨得隨增，而預弁
此數語於其首，觀者其直如元禎凡例所云：'用之以醒睡魔而已耶？'雖然，
魔醒而道可從入矣。"

末署"賜進士出身通議大夫吏部右侍郎兼翰林院侍讀學士前詹事府洗馬
國子監祭酒經筵講官同修國史、玉牒東粵楊起元撰"。

按，序中"強圉作噩之歲"即本年，故據此繫年。

（圖家圖書館藏明徐應瑞、舒適忠刻本）

袁宏道《聽朱生説〈水滸傳〉》："少年工諧謔，頗溺《滑稽傳》。後來讀
《水滸》，文字益奇變。《六經》非至文，馬遷失組練。一雨快西風，聽君酣
舌戰。"

按，繫年據錢伯城《袁宏道集箋校》。

（袁宏道著、錢伯城校箋《袁宏道集箋校》，上海古籍出版社 2018 年）

李如一爲李詡《戒庵老人漫筆》作序："（先大父戒庵翁）每於批閱所得，
目前所傳，感愴所至，無論篇章繁簡，意合興到，隨筆簡端。自署曰《戒庵
老人漫筆》，積成數册，投諸篋中。"

末署"時在萬曆丁酉歲仲秋乙酉日冢孫如一百拜謹識"。

按，《戒庵老人漫筆》載錄小說史料頗多，如卷六"子言小說名"條：
"《醉翁談錄引》：子言小說者，或名演史，或謂合生，或稱舌耕，或作挑閃。"
卷八"中山狼傳"條："《中山狼傳》，馬左都中錫撰，刺李空同悖德康對山脫
劉瑾之害耳。刻者雜之唐宋稗官諸傳之列，讀者豈能了其意之所屬哉？"

（李詡撰、魏連科校點《戒庵老人漫筆》，中華書局 1982 年）

陸以載《福安縣志》："顧誠不知其果資治，爾爾否否，不佞莫爲先談，原自就于小史稗官之列，藉以賞罰一方。庶幾乎，直道之遺，如曰鬻名已耳，則疑之所假也。百里以內，四面臨之，即小史稗官佗之矣，是不佞守土者之羞也。"

末署"萬曆丁酉元旦文林郎知福安縣事、吳興陸以載撰"。

（王熹主編《明代方志選編·序跋凡例卷》，中國書店 2016 年）

萬曆二十六年（戊戌 1598）

余象斗《萬錦情林》"識語"："（本書）更有彙集詩詞歌賦、諸家小說甚多，難以全錄于票上，海內士子買者，一展而知之。"

（日本東京大學圖書館藏明萬曆戊戌雙峰堂余文臺刊本）

萬曆二十七年（己亥 1599）

閔元衢《〈類次書肆說鈴〉序》："漢唐以來，經史子集之外，立言之士別成一家，以與經史子集互相發者，如《世說》《筆談》之類，曁於學海所載。以至本朝名碩諸公，撰次種種，輕編薄牘，不啻百千。然其間或病於詭，或病於隨，一編之中僅取數冊，甚或無一語差可者。往往而是，此纂摩雖衆，而誠足以永世亟賞者不多得也。歲己亥，解後劉誠季君偶睹其所藏《書肆說鈴》一帙，乃太末葉秉敬先生所著，朝夕展玩，皆獨見之言，無一勦襲，而一稟于正大之義。先生學有淵源，余最喜其應舉制藝，而再閱是書，識者稱其胸中武庫，豈欺我耶？昔括蒼葉子奇嘗著《草木子》，至今傳誦。先生人物非子奇之比，而其所闡發奧義又度越子奇遠甚，要之，異日當並爲必傳之書，何浙東葉氏之多雋也！弟其隨得隨錄，未以類哀，有如《草木子》之各爲篇析，余因不量寡昧，輒序次之"。

末署"西吳後學歐餘山人閔元衢書於徹雲館"。

（上海圖書館藏明萬曆刻本）

萬曆二十八年（庚子　1600）

顧起元爲馬大壯《天都載》作序："君子之爲學也，以致道而不致於道，立象以盡意。致道者也，文滅質，博溺心，致於道者也。犄桷之分，知所以取之而已矣。仲履，善學道者也。獨取百家之書，所爲俶詭瑰奇者，蕝而薈焉，以示博奇，徒欲吒人以目所不見也與哉。凡人之求道也，敝有二焉。不明己心而希博物，則無目者之觸寶藏也。隨物皆觸，隨觸皆傷。不存一物而守空知，則有目者之居暗室也。不致其光，不得其用。以一彼一此，以仲履而衡，所以取之其必有分矣。不然，多識鳥獸草木之名，博通神鬼幽祕之事，徒棘吻撟舌而無當於用，是亦夷堅氏之餘閎耳。中履曷取焉？余曩者亦有異書之癖，所纂《祕苑》《考略》二編各數十卷。頃以多病閒居，參求大道。平生所嗜，一切屏棄，冀免如蠹食木之訶。見仲履之此書，不覺把卷而嘆，文字因緣有如此者，然人向之所取，特其名字形貌之間，而仲履獨時時取其精意以與道發。視余所得，不啻倍蓰。然則仲履希呂氏之懸書而余甘君苗之野研。夫亦各有當焉。未可互相笑也。"

末署"江寧友弟顧起元書"。

按，顧起元爲該書再序中提道："仲履之爲此書久矣。庚子冬日始以成刻，屬余草一序。余時方苦病，終得強起，聊綴數言，未敢附於不朽，藉以塞梓者之意而已。逾十年爲今庚戌，仲履再過南都，於所載更有增益，友人重授之梓。仲履不忍棄余前序，復以卷紙囑爲再書，余懶散久厭筆研，既不能小滌舊文之疵……固記之以識余愧。萬曆庚戌孟春起元再書。"可知顧氏爲《天都載》初次作序于本年。

（國家圖書館藏萬曆刻本）

馬大壯《天都載》自序："制藝暇，披覽所藏，第慕稚川之紬奇，乏左公之暗録，是虛往虛歸，徒以精神敝耳。始遇會心處載而識之，唯是闡忠貞、昭勸誠、資考證三者具矣，而異跡奇宗九流百技，非所習聞者，亦附之以廣聞見所不逮，而勸誠之旨居多，大都論次其所覽睹，及聞于長老先生言，或目擊而槪於衷者，非臆說也。隨其先後無復篇目倫次，意欲仿景廬隨筆，故事一而五之，緘之家塾，令兒輩知余嗜好在是，庶幾一寓目，爾寧自厠於前賢稗官家言，抉藏二酉，窺秘六庫，揚扢風雅之圃，品藻得失之林者哉！即在家塾，吾且思祗供白蟫之食已爾，而一二知己梓而傳之，毋尤悅馬醜之嬢母，憐可憎之敦洽乎？梓既成，以告余，非余意也。而叙之者何？叙所繇載意也。”

　　按，此序繫年據同書顧起元序文。

（國家圖書館藏萬曆刻本）

　　程時用《風世類編》自序："余幼好涉獵，于習制舉外，若都試之暇，輒購稗官野史、叢談幽怪諸録讀之。顧其言怪迂無當，猶之山珍海錯，非不可口，要以風覽世教，則不若倫常之粱肉家。閱《世說》《語林》諸紀談，然有間矣。然記載懸諸日月，無容拾審，惟出於輓近耳目之睹聞，與夫小乘外記之未及微壓好醜，錯陳臚列於以備觀刑、昭勸誠，使見之聳然，聞之駭然，感之蠢蠢然，鼓舞而暨及其爲風教，豈淺鮮哉？……歲戊戌，于友人將樂汪君叔圖所得，閱《紀訓》一書，欣然有慨於中，遂旁搜四方塵譚叢說，以及薦紳父老之傳，耳目見聞所習，隨得隨録，不逾月而盈篋積矣。第其中龐雜棼舛，魚魯莫辨，因爲删繁訂贗，去其無關倫紀、猥瑣譎誕者，釐爲十類，類爲一卷。起祥使至物感，條分類析，善惡具載，而要歸於懲勸。故友人爲題其首曰‘風世’，誠以風，諷也，教也。風以動之，教以化之，嗟諮詠歌以感發之。言之者無罪，聞之者足以戒。又如風也，從於天籟，窈于人心。其德巽，故其入深，其用神，故入物，而物不自知。其行舒疾遠近，故其入不齊，是故人用以襃刺皇王，用以旁猷君子，用以動物一也。今是編之作，即不敢上擬風雅，下垂世教。……今人凛凛然驚遽而惕慮，不翼而飛，不脛而走，不逾時而風天下，暨後世是編之刻，不無少裨矣。如曰小乘之載，未必皆實，輕聽之言究且謬盩。挾郤則多誣，蓸好則溢美，遂以此爲是編累。不知郢人之誤書，燕人以成治，商丘開信僞不疑，竟能蹈水赴火，是編即謬譌乎。何如郢書范氏而苟不後燕人商丘開之，信其鼓發，當不知何若也者，而安在不能風世也哉。書成，弟侄暨親友鋟梓，以行梓成，漫序諸首。"

末署"萬曆庚子夏日豐玉齋主任程時用撰"。

（中國科學院圖書館藏明萬曆二十八年刻本）

　　梅鼎祚《青泥蓮花記》自序："《記》凡如干卷，首以禪玄經以節義，要以皈從，若忠若孝，則君臣父子之道備矣。外編非是記本指，即參女士之目，摭彤管之遺，弗貴也。其命名受於鳩摩，其取義假諸女史，蓋因權顯實，即衆生兼攝；緣機逗藥，庶諸苦易瘳。故談言可以解紛，無關莊論；神道縣之設教，旁贊聖謨。觀者毋堇以録煙花於南部，志狎游於北里而已。"

末署"萬曆庚子白露之候江東梅鼎祚禹金撰"。

（上海圖書館藏明萬曆三十年刻本）

萬曆二十九年（辛丑　1601）

　　陸樹聲爲沈堯中《沈氏學弢》作序："當世著書家衆矣，卑之則稗官小説，無當於世；高之則出入風雅，只以賞泉石而弄煙雲。其於宇宙間大問學，大經濟，或多缺焉。揚子雲有言'人以巫鼓'，非虛語也。檇李沈司寇執甫氏著《學弢》成，走使函書，以序請。余受而卒業，歎曰不亦善夫。是編之作也，厥有三難。苞括二儀，蒐羅百代，諸人間不易購之書，與不恒見之事，眉列臚分，一覽畢舉。博，難一。大言包鴻蒙，小言剖毫末，遐逖必搜，幽隱必録。而其指乃在翊常經周世故。核，難二。始展之如入武庫，利鈍雜陳。

究且索玄珠，抽上駟，割必中窾，射必中的，非如異時類書者流，僅僅薈叢，
罔所折衷也者。精，難三。蓋君自通籍以來，將以經營四方，冀得一當。顧
不得志，乃退之山中。左圖右史，於書無所不窺。故其視六合内事如視諸掌，
諸所著述多矣。今且垂艾復出此編，命之曰《學彄》。其自言曰：'彄者，韜
也，藏也。生平所學，悉藏於此。諒矣，諒矣。'抑余聞之古先生無知求有
知，有知入無知，種種色色，終不離言語文字，道固有進於此者。予耄矣。
願與君交勖之。"

末署"大明萬曆辛丑春正月，賜進士出身資政大夫太子少保禮部尚書兼
翰林院學士兩賜存問九十三翁，雲間陸樹聲與吉甫題"。

（天津圖書館藏明萬曆刻本）

蔣以化《西臺漫紀》自序："余素不嫻于文，性喜親書史，喜談人長，喜
不忘人德，往欲日聞而日紀之。少年半以經生術廢，壯而折腰五斗，簿書相
牽，即顧爲老蠹魚無暇也。幸乙未以臺臣請告南還，復遭内艱，里居七載。
每徜徉山水之暇，輒登小樓爇香啜茗間，取所藏諸卷，晝伊夜吾，惟意所適。
家人間相嘲曰：'豈尚爲公車計乎？何自苦爲？'余笑答曰：'公車以得失牽
念，安能如今日率意抽架上之編而漫評之殊快乎！'客有過從者，稱説某事某
事，舉足以新吾聞見，客一謝去，復茫然矣。每操管以紀其概，間有得於目
所親睹者某某，得于縉紳先生所面示者某某，及素所交往而有遺行遺澤可傳
者某某，皆以登諸尺幅而存之。固不能無所聞見，輒吐胸中之奇，如古之作
者亦不敢輕信其撫飾不根之語。如近世之浮而誕者。然則首以冠我聖祖龍興
之略，無乃褻而無當乎？曰是不然。竊見世人往往遠稽旁搜於稗官小説及歌
詞野史，而於昭代典章忽焉不討。夫不知通今，何取博古？矧我聖祖掃腥膻
而冠裳之功德，侔商周，邁漢唐而奈何經生學士不熟識之也？追思二百餘年，
所休息而安養者，誰遺之哉？向嫌紀載之煩，偶稍稍掇其要而輯之語之實錄。

用冠諸首，乃亦稱爲漫者。竊愧草茅下吏，敢操管以紀當代之盛，是亦漫也。夫是亦漫也夫。兩淮直指吴人養庵蔣以化序。”

　　顧雲鳳爲蔣以化《西臺漫紀》作序：“夫天下紳珮之士，結軼而脩竹素者，人人捃掎摭拾，成一家言。然而非搜冥涉化之枯談，即夏革、《齊諧》之苛語，不然則綴合叢殘、剿襲遺唾，享敝帚而緘燕石者也。不然則口爲雌黄，舌伐矛戟，摘瑕修怨而以意行其是非者也，是爲誕爲璞爲刻而何足以關世教、鏡後來乎？萬曆辛丑，余方行河淮上，而同邑侍御養庵先生以董薴共事其間。先生性不嗜飲，每晤則啜茗清譚，追往道故，所稱述生平睹記，如列眉而尤孜孜于道人善、頌人德。跡其意若一飯千金不足以爲報者。一日出所撰《西臺漫紀》示余，余受而讀之。所紀事多近事，余所習聞者十之五。而其人皆枌榆之人，余所習見殆十之九矣。顧事久漸湮而隱德懿行，沈奇棲逸，即余亦有遺而弗憶之而弗全者。一展卷而事境如新，音容如睹，不覺鼓掌歎曰：‘嗟乎！此惇史也歟哉。’……海虞顧雲鳳伯翔甫撰。”

　　按，序文中“萬曆辛丑”即本年，故將上述兩序權繫年于此。

（國家圖書館藏明萬曆刻本）

　　李樂《見聞雜記》自序：“先輩有言，文章不關世教，雖工無益。旨哉言也！本朝人文至嘉隆間而最盛，然於世教未知皆能有關乎否？雲間董漸川先生輯有《古今粹言》，以悟玄保嗇達生景行分類，而鄭端簡公《今言》則自洪武以至嘉靖，文獻大要俱矣。二書命名雖異，其有關於世教非小一也。不佞每卒業，不忍釋手，□容有所取捨，其間顧自七□以後，目力漸昏。……自知罪不可追，第以刊本太薄，故合二先生之言併爲一帙，敢云借附二先生之後，以狗尾續貂也哉。曰雜記者，時有先後，爵有崇卑，事有巨細，皆不暇詳訂次第，特據所見所聞漫書之爾。”

　　末署“皇明萬曆辛丑歲秋七月七十老人李樂書于餐英館”。

　　按，《見聞雜記》載録了較多明代社會風俗變遷的史料，如卷八載："予爲童子入鄉塾，蒙師訓其弟子，往往多讀《小學》《孝經》。迨予四十以後讀者鮮矣！至晚歲，又見有袁黄《四書》，全不用朱夫子注。又見塗抹《四書》幾圈，外注全塗抹，其正注《學》《庸》，十塗一二，《論》《孟》十塗四五。"這對認識小説評點與時文評點之關係有重要參考作用。

（上海圖書館藏明萬曆刻本）

萬曆三十年（壬寅　1602）

　　徐昌祚《燕山叢録》自序："不佞自束髮受學，則喜博古外家語，而於稗官小説尤有深嗜焉。顧束濕於公車業，弗克僭所嗜，既公車意怠，謁選京邸，而所歷戎幕冏寺，又皆冷曹閒局，非攤帙，靡所事事，故於耳目所得，凡有慨於衷者，輒核其實而手録之。會當事者謂太僕舊志漫漶，欲加修輯，不知不佞淺陋，屬以具稿，緣是哀所屬諸郡邑志傳，稽牧地，核歲課，考沿革創制，將以明祖宗舊規，爲一代考牧文獻，而志傳所載山川、人物、古跡、災祥、奇事、異聞，得於訂證之餘者，悉録之别帙。其詞繁者，會意芟劃；指晦者，就文藻潤。不敢勦其陳説，亦不敢失其旨歸。事雖間有不經，然皆確有援據，非若它説家挹道路之言，以飾聽也者。詎意志未及就，而復改戎幕矣。尋移秋官矣，又未幾而祇役去京矣。別帙所録，匆遽中不知所置，便道過里，復以其暇訓釋明律例，他弗暇及。及還京，發笥暴書，録故無損，依然若先履遺簪之復，獨患其叢雜不次，乃合鄉録，稍加訂定，俾以類相從，凡爲類二十有二，卷亦如之。雖較之昔日爲賢，而猝猝少間，不及苗耨髮櫛也。命曰《燕山叢録》，謂其未離乎叢且録自燕山，爾相識諸君子，耦睹之齋頭，謂可代賓話而消炎日，競欲攜去，業無副本分應，諸君子謂不佞盍刻而行諸。不佞謝不可。夫纂述，事功之末；而稗官尤纂述之末也。矧不文如兹録，而敢災文梓夭剡藤乎？諸君子笑謂不佞：'太史公欲藏書名山，以所著宏巨耳。子業以稗官自命，乃亦欲藏諸名山邪？不欲示人，則如勿錄。'不佞曰：'謹奉教。'遂付之剞劂氏。"

　　末署"時萬曆之壬寅孟秋既望翠薇山人徐昌祚書於和衷堂"。

　　李叔春《刻徐比部〈燕山叢錄〉叙》："《燕山叢錄》，余寅長琨竹徐君手所自錄也。錄名'叢'何？自天文地理人事以至鬼怪動植之類，靡不載也。'叢錄'繫之燕山何？以燕京所錄也。先是君自應試以及仕宦，居燕十餘寒暑，已爲囧丞，覽其志，有慨於中，於是蒐獮方乘，漁獵野史，及諸耳目所睹聽，凡係囧寺屬内者，悉爲手錄之。而又以其緒餘錄此。囧志未及就，遷司寇大夫矣。並此錄亦已置之矣。平反多暇，檢閱笥存，自憐其手澤不忍棄也，乃爲分款類條而輯之，凡若干卷。其類廣，其事核，其義□，其詞約而盡，暢而有則，真得史氏家法哉。藉令無當世教而徒以災木也者，即摛藻如春華，亦糞壤而丹臒之耳，何足當一瞬。今君所錄，大都皆挺拔奇特，不習聞見，足令觀者刺目而又皆可喜可愕可悲可慕之事，可以聳動良心，可以觸發義氣，非漫錄也。以故余讀敦行，有寤寐景行之思焉；讀奇節，有夷門易水之思焉；讀吏道，有埋輪搴帷之思焉；讀兵革，有長城鎖鑰之思焉；讀仙釋，有凌風超乘之思焉；讀果報，有屋漏衾影之思焉；讀天文讀地理，有經緯阨塞之思焉；讀古跡讀古墓，有蕪城驪山之思焉；讀技術、神鬼、奇怪，有搜玄極變之思焉；讀草木、禽獸、器物，有多識廣蓄之思焉。想諸讀者亦復如是，則其風世勵俗，所關誠匪眇小。不獨史氏得之，可備考核、資筆削已也。即以叢錄行，亦當與稗官小史並傳。頓高長安紙價，且令人詫曰：白雲署多才不虛耳。蓋君雅負經濟雄抱，而性復耽嗜縹帙，故官囧寺，則《留帑金革庫弊》諸疏至今稱爲格言良法；官秋曹，則決疑豫，燭民隱，奸偽不能售其欺。宦轍所至，輒籍籍有能聲。而又賈其餘，間以工著述，近梓律例釋注，已膾炙人口，兹復以是錄授之剞劂氏。則君異日所表豎，固未有涯。是錄出，亦足窺其一斑已。"

末署“萬曆壬寅長夏望日年家寅弟雲間李叔春順卿父撰”。

（國家圖書館藏明萬曆三十年刻本）

黃學海《〈筠齋漫録〉引》：“陶元亮曰：‘詩書敦宿好，園林無俗情。斯實幽棲真境哉。’鄙性頭樸，素鮮嗜好，曩茸敝廬，庋間故貯群籍，可以永日，可以樂饑，爰築斗室于叢篁深樹間，日乎一編，顧緗帙浩瀚，久輒善忘，時擷其最可喜愕而有當於衷者，手録一二置之奚囊。積歲蠹蝕，乃哀其存者，僅十之二三，彚之成帙，青燈之畔，黑甜之餘，時展玩焉。上以方之雲英韶濩，下亦何必減綿謳趙舞傳奇新劇也。……客有過齋頭曰‘盍付剞劂氏？’余謂此于藝苑不當管中一斑，禁庖一臠，胡以萏木爲。客曰唯唯否否。覆載之大，肇自抔隙；流峙之廣，昉於卷勺，斯亦可當二廣之前茅乎？故謨訓之著，可資紹繩；經綸之跡，堪備參考。幽賾之撰，足宏識蓄。且也一可貫萬，約可該博，要不越聖門軌轍也。由是充之，而今古之賾，體天地之撰，此其權輿矣。間有未迫倫次者，蓋隨筆漫識，尚冀同志補其遺而正之。爰叙其概而識歲月云。”

末署“萬曆歲在重光赤奮若孟夏穀旦延陵黃學海書于翠微館”。

（上海圖書館藏明萬曆三十年刻本）

梅膺祚《青泥蓮花記》序：“是記寓維風於諧末，奏大雅於曲終。昔司馬長卿賦詞艷冶，咸歸諷勸；蘇子瞻嬉笑怒罵，無非文章，殆爲似之。暇日校授《梓人傳》，諸同好雖愧康樂，强中之和，不作伯喈帳内之秘耳。”

末署“萬曆壬寅春閏宣城梅膺祚誕生志”。

（北京大學圖書館藏錢塘丁氏嘉惠堂鈔本）

傅光宅爲胡應麟《甲乙剩言》作序：“昔胡元瑞南過聊城以一帙示余：

'此吾甲乙以後剩言也，君盍爲我題之?' 余讀一過，則巨麗者，足以關國是；微瑣者，足以資談諧；既不越稗官，亦雜家之鼓吹也。因篋以自隨，不翅日對元瑞顰眉。今年秋，俄得元瑞訃音，言在人亡，不勝感悼。嗟乎！造物以元瑞有言而剩元瑞，元瑞又不能常剩其身而剩其言。言剩元瑞乎？元瑞剩言乎？吾不得而知也。則余此題也，亦與此言交剩之矣。聊城傅光宅叙。"

　　按，胡應麟卒于本年，結合序文所言，此序權繫年于此。

（華東師範大學圖書館藏《寶顏堂秘笈》本）

　　商濬《稗海》自序："余嘗流覽百氏，綜核群籍，自六經、《語》、《孟》之外，稱繁巨者莫逾左右史。然周秦而上，其説芒芴杳昧，練飾詭誕，繆戾聖軌。周秦而下，風氣日開，人事日衆，駭於聽熒者不勝夥矣。故周志晉乘，鄭書、楚杌，與尼父麟筆，並垂霄壤。離是而還，龍門世授，班氏家承，其文藝體裁，爲百代稱首。歷世沿襲，類相仿效。大都才望名位，俱表表人倫。雖極之興統崩析，方策零落，然先後嗣續，掇拾修纂，終無泯滅。第勢殊時異，叙議參商，則有或僭或散，或褊紖索米，或穢黷賄成。即正史猶未足憑據。於是有虞初、稗官之譚，下俚、齊東之語。書不出於蘭臺，籍不頒於實錄，職不列于金馬，人抒胸臆、置丹鉛，亦足識時遺事，垂示後人耳目所不及。蓋禮失而求諸野也。即是非褒貶，不足衮鉞當世，而縹緗坐披，景色神照，則亦博古蒐奇者所不可闕。惜乎書隱辭偏，宣播弗廣。昔子雲《太玄》，以禄位不逾中人，僅給覆瓿。此輩簡編雜遝，湮没無聞者，要不止什而八九矣。吾鄉黃門鈕石溪先生銳情稽古，廣構窮搜，藏書世學樓者，積至數百函，將萬卷。余爲先生長公館甥，故時得縱觀焉。每苦卷帙浩繁，又書皆手錄，不無魚魯之訛。因於暇日撮其記載有體，議論的確者，重加訂正。更旁收縉紳家遺書，校付剞劂，以永其傳，以終先生倦倦之夙心。凡若干卷，總而名之曰《稗海大觀》。夫珍裘以衆腋成温，大廈以群材合搆。海之所以稱巨浸者，爲不擇細流也。方其濫觴浸潤，杯勺爾，蹄涔爾，行潦爾。卒之赴溟渤，達尾閭，汪洋浩淼。於是乎望洋者向若，蠡測者反步，觀水畢是，始無餘觀矣。今兹集也，就一書觀之，所載方言，所譚階除，所詫愕者幽異，誠不齒聖賢緒餘。然合而數之，上下千百載，涉閱百端，牢籠百態。從漢魏以下，種種名筆，罔不該載，謂之稗海大觀也固宜。夫天壤間殺青搦管，充棟汗牛，詎敢云稗史。盡是，然較之蹄涔行潦，抑有間矣。漆園叟有言：‘自細視大者不盡，自大視細者不明。’乃余之懼選不盡耳。若夫明不明，則以俟諸達觀者。”

末署“萬曆壬寅秋桂月望日會稽商濬書”。

陳汝元“凡例”：“一、古今小説無下數百家。是集悉獲之抄本。其舊刻二十家？四十家？並《説海》等書所收，並不重載。即抄本中又必拔其尤者。而碌碌無奇則罷去之。間有散見諸書，未經盛行者不妨收入，以免遺珠之歎。

“一、小説體裁雖異，總之自成一家。好事者往往摘而彙之，取便一時觀覽。而挂一漏萬，遂使海内不復睹其全書，良可惜也。是集一依原本校刻，不敢妄有增損。

“一、是集幾經抄録，亥豕雖多。而又苦無善本可校。姑以意稍訂其易通者。而不可意通者，則闕之以存其舊。俟高明者釐正焉。

“一、是集所録諸家，各以世代爲序。而一代之中，非巨卿名士。無從稽考，不無一二紊淆。其原本不著姓氏者，則分附各代之後。

“一、是集俱出前代名賢之手，足與六籍並垂。我明人文丕振，非直理學經濟，超軼前修，而小説家亦極一時之盛。當博采績梓，庶稱合璧云。”

（上海圖書館藏明萬曆刻本）

萬曆三十一年（癸卯 1603）

張文光《〈耳談類增〉序》：“唯楚有才，詞人代興，大江之濆，疇屍牛耳。

王行父氏父稚欽而孫伯固，鼎峙爭雄。既吏隱金門，直公多暇，則以其餘力著爲《耳談》。《耳談》者，纚聚塵麈，奇聞異論，輒聽輒語，隨語隨錄，如耳與耳相告報，而我不煩緩頰也已。家置一集，紙貴市中矣。久之，事日從言，曰夥見，謂語次弗倫。則又門分戶列，俾各從彙焉，爲卷五十有四。不佞三復成編，可以勸，可以戒，可以捧腹，可以證理，可以窺數，可以多識而博物，可以解醒而却睡，灑然新吾目而犂然當吾心也。有是哉！而耳食者拘常泥故，反脣詆訾：若者不經，若者烏有，若者細碎而無用，若者訛謬而匪實。是則然矣。孰知夫學者，載籍極博，無過考信於六藝。《魯論》‘子不語怪’，而何說理之《易》，載鬼一車；筆情之《詩》，箕翕其舌；褒善貶惡之《春秋傳》，石言人豕，象罔窮奇、蚳蝝鷇卵之類，可驚可略者，種種具備？故夫察商羊、萍實之謠，由耳順也。透元始大千之外，根耳入也。彼感墓婢存而記《搜神》，隨輶車使而槧奇字，特其細者耳。是編也，資宴客之談鋒，補正史之闕漏，宣室虛其前席，《齊諧》猶在下風。以方聖籍，金口而木舌，所不敢知。意者鼻祖之有耳孫乎。稗官野史之云，赤也謂之小爾。編成，行甫方爲王之喉舌，而不直貴其耳。視吾舌尚在，乃命哆口先談焉，於以爲附耳之瑱。”

末署“時萬曆歲在癸卯春王正月，楚年家友弟沙羨張文光撰”。

王同軌《耳談類增》自序：“古昔帝王欲知閭閻風俗細瑣之事，故立稗官，而三公舉謠使者采風，爰酌人言以爲政，登萬里窮檐于殿陛曲斿之上，慮至深矣。故蘭臺石渠而下，代必有稗官家言，謂之外史，以翼惇史，莫不淑慝別而勸戒分。總之，爲魯史之支裔也。真詩本出民間，而禮失者求之野矣。老氏曰：‘民之難治，以其智多。’《易》曰：‘遊魂爲變。’賈誼曰：‘千變萬化，莫知紀極。’皆異變之萌。而紛紜之故，乃人往往以不見爲無，即是以爲無者，安能一無所見於其鄉邑哉。乃謂是僅僅。不知積則成山，匯則成海。此皆四海鄉邑之人所謂僅僅者也。且至異不異，而不異至異。今夫耳目所接，千彙萬志，孰能測其故而窮其理，非至異者乎！顧習不察，由不知而特疑於不異者過也。予往需次都門，羈旅多暇，偶有《耳談》之紀，法沿稗官，事則任耳，皆可駭心，聊以博笑。本無奇而群公韙之，憑几據案，莫非是物。災木數處，幾令紙貴。然食草創，不次不備。今幕銀臺，遊道日廣。日有所聞，不律屢禿，鵠正而矢攢，饒益三倍，遂以畛分，刪複祛陳，訛誤皆滌。書成，名之曰《耳談類增》，金陵人復索去鋟梓。在昔，張茂先讀書二十年，腹笥既富，因采百代四方異事，著《博物志》四萬首，晉武帝刪繁，定爲十卷。至今尚惜刪者不可得而讀也。楊子雲仕漢三十七年，嘗抱三寸弱翰，賫四尺油素，於天下上計、孝廉、郡衛卒會諮問異語，即以鉛摘次之於槧。故茂先、子雲皆以博識聞。茂先辨龍鮓，識劍氣；子雲別鼮鼠，是皆其至異者。即夫子不語怪，而商羊萍實、專車之骨胡稱哉？予既慳於才識，潦倒遊戲，時未沉淹，重以性不善記，聞即刊落，而欲希慕古人，猶却步而求前也。且民不可以正説者也。帝典孔訓，炳若日星，而皆聽之藐藐。語鬼神之事則懾，語德報則喜。故是編猶馬圍之説，矇瞽之誦，或有懽悦者，不獨煩勞翰墨爲爰言已也。易爲君子謀，不爲小人謀。小人而君子則君子矣，安得不爲之謀，又安知其不爲君子謀乎！"

末署"萬曆癸卯上浣王同軌撰"。

（國家圖書館藏明萬曆刊本）

周光鎬撰《〈歷代小史摘編〉序》："渝州趙中丞鎮閩時，曾以《歷代小史》梓行。蓋自洪荒九紀以迄昭代百家，上下千百載間遺事璨跡，纚纚具焉。稱重褒矣。乃史云小者何居？蓋有國史有野史、小史者，稗官野記，類多出遷人畸峻手，蕭艾雜焉。顧以資旁求綴缺，落考見得失之林，則他山之石未必於正史無裨也。惟主於苞括者不厭繁夥，主於明訓者不斬芟除，簡拔淘濯，俾學者省耳目叢冗，竊嘗有意於是矣。參知建安朱存敬公按部下邑，政暇辱訪蓬蓽間，偶談及之。頗嘉是書之網羅，不無歎其蕪累也。於是取而授之邑庠唐司訓世延，摘而編之，大都不以代拘，不以人廢，惟其不詭於理道。有資於耳目勸誡者，雖片言短札必緝；如其舛駁乖盭，或各代法制私紀無裨益者，雖盡一家一代，刪之不吝，詮擇指歸，皆參知公指授意也。”

末署“萬曆癸卯秋嶺南周光鎬國雍甫撰”。

（上海圖書館藏萬曆三十一年朱東光、唐世延刻本）

李自芳《〈續耳談〉引》：“《耳談》始木於燕都，繼梓於建業，繼而閩而越咸翻鍥焉。爲是求購者紛紛，一時赫踶騰涌。夫耳談者，齊諧之流也。乃人人爭先睹之爲快者何？爲事新而艷，語爽而奇，爲見所未見，聞所未聞也。故見珍於人者，若是已，余方讀禮家居，博極稗史，倏又睹有《續耳談》之木，余締閱之，大都如張沙羨所云，可以勸，可以戒，可以博物而多識，可以解醒而却昏，補其所未備，增其所未聞，故知是集一出赫踶又貴市中矣，剞劂氏有嘉乎？”

末署“時萬曆癸卯秋月吉旦，東汝育和李自芳撰”。

（日本內閣文庫藏明萬曆間刻本）

萬曆三十二年（甲辰　1604）

梅鼎祚《才鬼記》自序：“説鬼者莫辯于《易》之‘精氣爲物，遊魂爲變’矣，若夫取精多而用物弘，國氏已先孔道之。干令升、阮千里之徒，或封爲有，或亢爲無，非宜通也。夫既爲變矣，神腐代化，有無何一焉？至貝文東譯，疏鬼猶詳，而謂遇精成形，參合文類，則貪明爲罪，是名魍魎。蓋一涉能所轉成流識，將無貴乎。才已越古，人神雜糅，時爲物災。又聞之以道治天下者，其鬼不神，故要其理則人鬼合，綜其用則神人分，是編予聊以極隱賾標卓，詭於世外，而祥妖自召，諷戒具存，人謀鬼謀，亦庶以使與能

廣幽憤乎？予異夫陶都水遺世泉真，自言望青雲去白日不遠。其論書也，乃
復勝才鬼於頑仙，則才固可少哉？才弗可少也。此其人與骨俱朽矣。音徽未
沫，靈爽如新，有良足怠者。因詮次其文，而題之曰《才鬼記》，無論頑仙當
勝耦俗人語爾。”

末署“萬曆甲辰十月朔宣城梅鼎祚撰並書”。

按，此序後另有作者題語：“予戲輯《三才靈記》，是記其一爾，一爲才
神，一爲才幻，而才幻復有仙幻、夢幻、妖幻、精幻之目。妖幻則似鬼而非，
然又非精也。彼爲夢而確知誰何，若譚良夫、韋琳、王由之屬，即係才鬼，
他具夢幻其間，或由好事，或互訛傳，若《剪燈》《耳談》之屬，無是烏有，
聊亦兼收，正猶蘇長公要人説鬼，豈必核實，且此特以文詞而已。邇時載記
奇分出，讀陋厭觀，固所簡斥矣。乩語甚多，不暇悉録，尚俟後編。乙巳春
社日刻成因志。”

（上海圖書館藏明萬曆三十三年蟬隱居刻《三才靈記》本）

萬曆三十三年（乙巳　1605）

楊宗吾《〈檢蠹隨筆〉引》：“余自展卷以來，凡誦讀所睹記，事物所考索，
或朋友所稱説及道路所聽聞，悉付毛穎氏記之，不問人之棄取，而惟余意是
采，今古駁雜，積成數卷，偶以觀之友人王季高，季高曰此足稱楮記室矣，
當授之梓人，余不能謝其請，然亦以好翻繹者，或有資於一二焉，若曰提要
鈎玄，以附于多聞多識，則吾豈敢。”

末署“萬曆乙巳七夕日成都楊宗吾伯相父識”。

（國家圖書館藏明萬曆三十三年尚修刻本）

陳繼儒爲張大復《聞雁齋筆談》作序：“六經之支流餘裔，散而爲九家。
自稗官出，而九家之散者始合，蓋其説靡所不載故也。小説獨盛于唐，唐科

額歲一舉行，才子下第，白首滯長安，不得歸。則與四方同侶架空成文，以此磨耗壯心，而蕩滌旅況。故其文恍忽吊詭，多不經。而宋之士大夫獨不然，家居退閑，往往能稱説朝家故實，及交遊名賢之言行而籍記之，有國史漏而野史獨詳者。王荆公云：不讀小説，不知天下大體。非虛語也！宋太平興國間，既得各國圖籍，降王諸臣或修怨言。於是收置館閣，給賜筆劄廩餼，使之編纂群書。比時總計古今小説得一千六百九十餘種。吾朝文集孤行，而野史獨黜。惟楊用修、王元美兩先生説部最爲宏肆辨博，而文亦雅馴。余不能望宋耳，況唐與六朝諸君子乎？比得吾友張元長氏《雁齋筆談》，其流便爾雅似子瞻，而物情名理往往與甘言冷語相錯而出，劉義慶、段成式所不見也。元長貧不能享客而好客，不能買書而好讀異書，老不能狗世，而好經世。蓋古者狷俠之流。讀其書可以知其人矣，豈特奄有九家而已哉？”

　　按，陳氏此序亦見録于崇禎三年張大復撰《梅花草堂筆談》。許伯衡在《張先生筆談題辭》中記載，“表兄元長先生有集凡若干卷，今所梓《筆談》十四卷，其前茅也……先生之爲《筆談》數歲矣，至庚午而刻始成……既訖工，公適以言去，未半載而先生長逝矣。”詳參張振紅《張大復〈聞雁齋筆談〉〈梅花草堂筆談〉寫作時間及版本考》（《牡丹江師範學院學報》2014 年第 6 期）。

（國家圖書館藏萬曆三十三年顧孟兆、唐淳伯刻本）

萬曆三十四年（丙午　1606）

　　余文臺《按鑑演義全像列國評林》識語：“謹依古板校正批點無訛。三台館刻《列國》一書，乃先族叔翁余邵魚按鑑演義纂集，惟板一副，重刊數次，其板蒙舊，象斗校正重刻全像批斷，以便海内君子一覽，買者須認雙峰堂爲記。”

（日本蓬左文庫藏明萬曆三十四年三台館重刊本）

　　余邵魚《題〈全像列國志傳〉引》：“士林之有野史，其來久矣。蓋自

《春秋》作而後王法明，自《綱目》作而後人心正。要之皆以維持世道，激揚民俗也。故董、丘以下，作者疊出。是故三國有志，水滸有傳，原非假設一種孟浪議論以惑世誣民也。蓋騷人墨客，沉鬱草莽，故對酒長歌，逸興每飛雲漢；而捫虱談古，壯心動涉江湖。是以往往有所托而作焉。凡以寫其胸中蘊蓄之奇，庶幾不至湮没焉耳。奈歷代沿革無窮，而雜記筆札有限。故自《三國》《水滸傳》外，奇書不復多見。抱朴子性敏强學，故繼諸史而作《列國傳》。起自武王伐紂，迄今秦併六國，編年取法麟經，記事一據實録。凡英君良將，七雄五霸，平生履歷，莫不謹按五經并《左傳》《十七史綱目》《通鑑》《戰國策》《吳越春秋》等書，而逐類分紀。且又懼齊民不能悉達經傳微辭奧旨，復又改爲演義，以便人觀覽。庶幾後生小子，開卷批閲，雖千百年往事，莫不炳若丹青；善則知勸，惡則知戒，其視徒鑿爲空言以炫人聽聞者，信天淵相隔矣。繼群史之遞縱者，舍兹傳其誰歸！"

末署"時大明萬曆歲次丙午孟春重刊，後學畏齋余邵魚謹序"。

按，余邵魚，字畏齋，福建建陽人，爲刻書家余象斗族叔，生活年代大約在明嘉靖至萬曆間。

余象斗《題〈列國志〉序》："粵自混元開闢以來，不無紀載；若十七史之作，班班可睹矣。然其序事也，或出幻渺；其意義也，或至幽晦。何也？世無信史，則疑信之傳，固其所哉。於是吊古者未免簧鼓而迷惘矣，是傳詎可少哉？然列國時，世風愈降，事實愈繁，倘無以統而紀之，序而理之，是猶痛迷惘者不能藥砭，復置之幽空也。不穀深以爲惴。於是旁搜列國之事實，載閱諸家之筆記，條之以理，演之以文，編之以序。胤商室之式微，垍周朝之不臘，炯若日星，燦若指掌。……詎可少哉！詎可少哉！是書著幻渺者躋之光明，幽晦者登之顯易，寧復簧鼓迷惘之足患哉！謹序。"

末署"大明萬曆歲次丙午孟春重刊，後學仰止余象斗再拜序"。

（日本蓬左文庫藏明萬曆三十四年三台館余象斗重刊本）

　　李如一《藏説小萃》自序：“夫蓄德本乎識往，尚論仿于友鄉，故心賞目
遊，惟稗官易合性成習慣。……余邑延陵季子之鄉也，代不乏賢人趨染翰，
葛常之之《韻語陽秋》，吳方木之《宜齋野乘》，赤幟莫奪，黄壤猶生，離是
而還寥乎罕繼，蓋縣副墨之子狃于順風則呼，却令載筆之儒幾與煙聚滅，匪
今爲然，振古同慨。試觀編説家者，有曾公之類，宋時曾慥《類説》五十卷；
陶氏之郛，元末陶九成《説郛》一百卷。纂例特窮于左海，宋左圭《百川學
海》，猶屬泛雜，廣播尚需于右文，其編懿矣，厥傳艱哉。余謹守舉業之雕
蟲，憐往哲之秃兔，闡幽志切，姑首鄉邦訪逸和希，且抽篋笥，計得成書八
種，凡爲作者七人，如湯大理之《公餘日録》，張司訓之《宦游紀聞》，張學
士之《水南翰記》，朱太學之《存餘堂詩話》，徐山人之《暖姝由筆》與《汴
遊録》，先大父太學翁之《戒庵老人漫筆》，唐貢士之《延州筆記》或鵷列朝
班，而湘素忘疲，或蠖伏林莽而汗青不倦，或以結撰紓偃仰，或以筆劄供牢
騷，是曰詞宗詎，惟邦彦，譬如膳盈屠肆，材備班門，瞥觀數行，博物者，
矜爲武庫，繹尋要旨鏡理者，視爲耆龜拠地，則留良之冀北行遠，則指迷之
司南，所謂古事莫語子容，今事勿告君實，殆爲諸先輩設乎？互參厥致不妨
立存卷，別部分，仍其鶴長鳧短，類從彙次，宛矣璧合珠連，總題之曰《藏
説小萃》，明其爲偏取之珍襲，非大成之統貫也。又有崔文敏之雙抄，楊憲副
之兩記（《明良》《保孤》），均出鄙見甄擇，綿力補綴，即非延陵人之傾吐，
抑亦延陵人之護持，矧該國，猷何當家秘，附之編末，諒要賞於撫掌，可不
訝於比肩，庶追獲寶之，衡免作覆瓿之玄矣，或曰：‘巨公鴻著，萃之可耳，
子烏得而小之。’余應之曰：‘以莞竊窺我自受眇，與業並駕，彼固讓崇美，
豈在多傳。’惟由爰爰實加稱循名，胡怪國初孫司業先生著《東家子》十二
篇，宋潛溪文憲公極稱之。余旁搜廿載，止購《滄螺》一集（此集郡邑志俱
不載），未剖東家片撰，倘求之輶使，能覓之名山，將羽翼經術，直鼓吹説家
而已哉？微言不絶，幸魯靈光之猶在殘編，是廣訪燕郭，隗之爲師，聊任先

驅塞責，後死轉慚，騷負長歎，麟修引而伸之，擴而大之，以俟來者，各有序引，統列標目。"

末署"萬曆歲在丙午春二月望日邑後學李如一貫之甫纂"。

陳繼儒《〈藏說小萃〉序》："《藏說小萃》者，江陰李貫之所集本鄉說部凡七家，如湯大理之《公餘日録》、張司訓《宦游紀聞》、張學士之《水南翰記》、朱太學之《存餘堂詩話》、徐山人之《曖姝由筆》《汴遊録》、唐貢士之《延州筆記》，而其祖戒庵老人《漫筆》皆附焉。貫之刻既成，輕舟五百里問序於余。余惟海内聚書之家，百不得一，即有之，非卷帙浩大，則多收宋刻，以角墨楮之精好而已，其實皆耳目所恒習也。書之難，難在説部。余猶記吾鄉陸學士儼山、何待詔柘湖、徐明府長谷、張憲幕王屋，皆富於著述，而又好藏稗官小説，與吳門文、沈、都、祝數先生往來，每相見，首問近得何書，各出笥秘，互相傳寫，丹鉛塗乙，矻矻不去手，其架上芸裛緗席幾及萬籤，而經史子集不與焉。經史子集，譬諸梁肉，讀者習爲故常；而天厨禁臠、異方雜俎，咀之使人有旁出之味，則説部是也。吊小説所載其中多觸而少諱，子孫之賢者，迴鍘不敢行，而不肖者愕然……深讀書獨能收合先輩之遺編，補殘訂訛不惜餘力，頓使延陵諸君子之風流標格，亡之子孫而傅之君手，其亦有功於一鄉之文獻矣。"

末署"眉公陳繼儒撰"。

（國家圖書館藏明萬曆三十四年李銓前書樓刻本）

沈德符《萬曆野獲編》自序："余生長京邸，孩時即聞朝家事，家庭間又竊聆父祖緒言，因喜誦説之。比成童，適先人棄養，復從鄉邦先達，剽竊一二雅談。或與隴畝老農，談説前輩典型，及瑣言剩語。娓娓忘倦，久而漸忘之矣。困阨名場，夢寐京國。今年鼓篋游成均，不勝令威化鶴歸來之感。即文武衣冠，亦幾作杜陵夔府想矣。垂翅南還，舟車多暇。念年將及壯，邅回無成。又無能著述以名世，輒復紬繹故所記憶，間及戲笑不急之事，如歐陽《歸田錄》例，并錄置敗簏中，所得僅往日百之一耳。其聞見偶新者，亦附及焉。若郢書燕說，則不敢存也。夫小說家盛于唐而濫于宋，溯其初，則蕭梁殷芸，始有《小說》行世。芸字灌蔬，蓋有取於退耕之義，諒非朝市人所能參也。余以退耕而談朝市，非僭則迁。然謀野則獲，古人已有之，因以署吾錄。若比於野人之獻，則《美芹十論》當時已置高閣，非吾所甘矣。編中强半述事，故以萬曆冠之。"

　　末署"萬曆三十四年丙午仲冬日，沈德符題於甕汲軒"。

　　卷二十五"金瓶梅"條："袁中郎《觴政》，以《金瓶梅》配《水滸傳》爲外典，予恨未得見。丙午遇中郎京邸，問曾有全帙否？曰：'第睹數卷，甚奇快。今惟麻城劉涎白承禧家有全本，蓋從其妻家徐文貞錄得者。'又三年小修上公車，已攜有其書，因與借抄挈歸。吳友馮猶龍見之驚喜，慫恿書坊以重價購刻。馬仲良時榷吳關，亦勸予應梓人之求，可以療饑。子曰：'此等書必遂有人板行。但一刻則家傳戶到，壞人心術，他日閻羅究詰始禍，何辭置對？吾豈以刀錐博泥犁哉！'仲良大以爲然，遂固篋之。未幾時，而吳中懸之國門矣。然原本實少五十三回至五十七回. 遍覓不得，有陋儒補以入刻，無論膚淺鄙俚，時作吳語，即前後血脈亦絶不貫串，一見知其贗作矣。"

（沈德符撰《萬曆野獲編》，中華書局 1959 年）

　　陶望齡《〈金罍子〉序》："劉歆序《七略》，三曰諸子，而臚爲十家，稗官小說家與焉。自漢以降，諸子之名，蓋罕存者，多不足觀，而說日繁盛。不知說固子之別名耳。然班固之論，謂諸子十家可觀者九。說家者，閭里小知，街談巷語之陋，紬不足道。則說與子又似有間矣。……夫諸子之龐而難擇也，又況虞初者流，流而非雅者乎？《金罍子》者，其書類所謂說家，其博而精，辨而正，酣經邕史，聯絡曲折而出之粹然。過《潛夫》《論衡》也遠甚，其命名曰《山堂隨鈔》。予懼名之近於説而不知者與街談巷語之書，概而少之，故更之曰《金罍子》。《金罍子》者，其號也。或曰：子之子《金罍子》也，以爲《韓》《莊》乎？曰：《金罍子》，儒者也，儒家者流，非子。與以術，則《莊》、《韓》非類，以文而曰《金罍子》，今《莊》《韓》也，予又敢哉？……此《金罍子》之所爲難。然均以言其所明，則一也。金罍子，上虞人，嘉靖甲辰進士，仕至應天府尹，所居近金罍山，故稱焉。"

末署"萬曆歲丙午賜進士及第、國子監祭酒，前左春坊右諭德兼翰林院侍講兼修正史撰述制誥，會稽陶望齡撰"。

（湖北省圖書館藏明萬曆三十四年陳昱刻本）

王時熙《〈聞雁齋筆談〉引》："昔晉人雅尚清談，粲齒牙、樹頰頰，便入泓然超超玄著，故江左風流輝映後祀，臨川王採擷成《世説》，孝標録諸家小史分釋之，遂爲野史群倫之冠。自是稗官幾於充棟，有《唐語林》《何氏語林》等。固多鴻裁妙選，第大端記述佳事話言而藻潤之，若獨托楮墨寫胸臆，以傳譯談叢者，精絶所不概見。邇琅琊先生説部標的當時，茲邑又有張生元長氏。予偶覽《筆談》，其文甚雅訓，語冷而趣深，事瑣而情奧，含毫多致，掇皮皆真。頓令孟公謝其蟲吟，商隱慚其獺祭。江左信善清談，茲非其譚之宗哉？"

末署"萬曆丙午王正之望玉峰主人豫章王時熙書于桂柏軒"。

（《續修四庫全書》本，上海古籍出版社 2002 年）

焦竑爲閔元衢《歐餘漫録》作序："古小説家蓋出於稗官，街談巷語，道聽塗説者之所造也。漢《藝文志》六藝九種，凡百三家，僅三千餘篇，而小説十五家，乃至千三百八十篇，其多如此，歷世寖遠，莫可考見。唐宋以來，作者猥衆，大都委瑣不經，往往居半。只于睡餘語隟，酒杯流行，爲一笑之助而已。温公《通鑑》爲人倫之檢鏡，非正論弗爲。然如鬼書武三思之門，血灑楊慎矜之墓，以其可爲鑒也，即小說而備采之。善乎！太史遷之言‘天道恢恢，談言微中，亦可以解紛’，豈不信哉！吳興閔君康侯，英年績學，樂善好古，每有見聞，輒登之録，灑灑數萬言，糾傳聞之訛，補史乘之闕。闡先世之軼事，拾名賢之偉撰。此古稱有爲而作者，雖典常儗詭，間有迭出，與尋常稗官者流異矣。昔劉原父簡王深父云：‘足下與原父不好小說，任作端士，貢父自看小說，不害爲通人。’然則通人端士，合而爲一人者，必康侯也矣。”

末署“萬曆丙午秋澹園居士焦竑書”。

（國家圖書館藏明萬曆刻本）

萬曆三十五年（丁未　1607）

王圻《〈稗史彙編〉引》：“劉安氏曰：‘誦詩書者，期於通道略物，而不期於《洪範》《商頌》。’此胡以稱焉？蓋精藝雖陳於列聖，而補葺尤籍夫群儒。世志乘所以繼六藝而作也。志乘也者，將以羽翼六藝，而天下後世目之曰正史。正史具美醜，存勸誡，備矣。間有格於諱忌，隘於聽睹，而正史所不能盡者，則山林藪澤之士，復搜綴遺文，別成一家言，而目之曰小說，又所以羽翼正史也者。著述家寧能廢之？六朝以降，遂有諧史、逸史、塵史、野史，桯史，相繼遞出，其他爲論、爲表、爲記、爲録，雜然流布於宇内，雖今昔殊時，純駁異致，均之能通道略物，要不能爲《洪範》《商頌》，亦奚必不爲《洪範》《商頌》也。元儒仇遠專采群書，著爲《稗史》，而陶九成氏又從而增益之，作爲《説郛》。二先生用心良亦苦矣，然覽者猶病其繁蕪穢雜。故迄今三百餘年，互相抄録，未有能付梓以傳示四方。余嘗讀而好之，至惓惓不能釋手，然猶懼其終於湮没也。遂即明農之暇，重加讎校。凡繁蕪之厭人耳目、詭異之蕩人心志者，悉皆芟去勿録。若我朝君子所著小史諸書，有足闡發經傳，總領風教者，雖片言隻語兼收並蓄，總之爲綱二十有八，列之爲目三百有二十，而命之曰《稗史彙編》。是集也，分門析類，令人易於檢閱。而紀事之次，一以世代先後爲序，俾將來作者得隨時隨事而附入，此又命名之意也。或曰是編採取群書，無慮七百餘種，而今計所録不過十百之一二，得無後人復以病二先生者病之乎？余曰不然。移山跨海之談，傾天折地之説，非不爲厭常玩俗者所欣艷，然由之以闡發經傳，總領風教，不得而與也，故劉安氏既曰不期於《洪範》《商頌》，而他日又曰旁光不登俎，騧駁不入牲，讀者合而觀之，始知余之存十一於千百，固懼夫旁光騧駁之消耳。"

末署"萬曆歲次丁未孟春朔日上海王圻謹識"。

《稗史彙編》卷一百三"文史門·雜書類"："今讀羅《水滸傳》從空中放出許多罡煞，又從夢裏收拾一場怪誕，其與王實甫《西廂記》始以蒲東遘會，終以草橋揚靈，是二夢語殆同機局。總之，惟虛故活耳。……而志西湖者遂曰羅後三世患痘，謂其導人以賊云。噫！無人非賊，惟賊有人，吾儒中顧安得有是賊子哉？此《水滸》之所爲作也。"

按，"志西湖者"指著《西湖遊覽志餘》之田汝成，《續文獻通考》中論及《水滸傳》之語均從該書中引來，然《稗史彙編》中評語顯然不同。另，陳大康編年史認爲此書繫年于萬曆三十一年，未知何據。

蔡增譽《稗史彙編》序："王仲淹曰：仲尼述史者三，爲《書》《詩》《春秋》是也。《書》陳政事，《詩》紀風謠，《春秋》寓筆削。三史出而二千餘年，古人言動昭昭揭日月，則删述之效乎？然其時丁季周，禮樂殘缺，傷幽厲而思夏殷杞宋之間，斷斷如也。夏時，坤乾存什一於千百，不得已而問禮問官，兼大小之識而學焉。故曰史失求諸野。野史稗史也，始周秦而盛于晉魏。唐宋有諧史、逸史、桯史、麈史，其它偏記小乘、叢説、瑣言，皆稗官之支裔，實繁有臚。惣之，遷人畸畯，牢騷佗傺之所爲作，或駕空而誕，或脩郤而誣，齊諧、諸皋，謬悠不經，《碧雲騢》《建隆遺事》，雌黄逞臆。且其人非董狐，識非金馬，耳目舌筆，訛傳而訛信之，幾何不爲齊之野，汲之冢也。以謂史之惑術，不其然乎？……宋太平興國間，得各國圖籍，降王諸臣，或宣怨言，因收置館閣，給筆札，使纂群書，編成傳記小説五百餘卷，命曰《太平廣記》。蓋野史之彙始此，而元儒仇遠、陶九成氏復有《稗史》《説郛》之目。然識者猶病其龐雜，固未有博收約取、析類分門，如王先生彙編之贍而極詳而有體者也。彙編原本二書而汰其繁詭，益以國朝諸家論著。則王先生爲政，其綱二十有八，其目三百有二十。其捃撫群籍，亡慮七百餘種。大之天地河山，小之咮息蠕動；明之禮樂名物，幽之徵應果報；近之人倫日用，遠之仙釋玄宗，莫不參伍薈蕞、犁然列眉……"。

末署"丁未之冬十一月温陵蔡增譽題於松署之仕學軒"。

（遼寧省圖書館藏明萬曆三十八年熊劍化刻本）

趙世顯《〈塵餘〉序》："孔子對季桓子曰：'木石之怪曰夔、蝄蜽；水之怪曰龍、罔象；土之怪曰墳羊。'聖人曷嘗不語怪乎？第弗常語耳。要之聖人之所語者，皆本事實可以傳信，後有作者，吾蓋不能無惑焉。《山海》僻而辯，其失也罔；《齊諧》閎而肆，其失也誕；《夷堅》幽而秘，其失也誣。以資塵談，均之無足尚焉耳。友人謝在杭養邃三餘，識週二酉，宅憂棲息，枕藉典墳，尤忻延接。高軒坌集，勝侶雲從，論悉粲花，辭徵獻璧。塵停筆運，哀輯斯編，受而三復，遐窮輿蓋。邐標户牖，顯昭聽睹，隱徹幽冥。事核而奇，語詳而俊，眩目駭耳，動魄驚心，洵談苑之厄辭、稗官之奧撰。以此寶愛而傳遠，辟則獲炙燕翠之在御而八珍避儁矣。千里三期之人，啜而渾醴讓釀矣。詭石怪樹之迎眸而平楚遜異矣。帳中之秘，名山之藏，烏能舍是乎？予雖抱子輿采薪之憂，未忘宋明鯫鯁之嗜。故深有味乎是編，而爲之叙其概如此。"

末署"萬曆丁未仲秋望日友弟趙世顯序"。

（《續修四庫全書》本，上海古籍出版社 2002 年）

萬曆三十六年（戊申　1608）

郭子章《諧語序》："夫諧之於六語，無謂矣，顧《詩》有善謔之章，《語》有莞爾之戲，《史記》傳列《滑稽》，《雕龍》目著《諧讔》，邯鄲《笑林》松玠《解頤》，則亦有不可廢者。顧諧有二：有無益於理亂，無關於名教，而御人口給者，班生所謂口諧倡辯是也；有批龍鱗於談笑，息蝸爭於頃刻，而悟主解紛者，太史公所謂'談言微中'是也。然淳于髡、東方朔以前，猶有足稱，晉魏以後，至於盜削卵，握春杵，風斯下矣。甚之一語譏笑，因而賈罪，如劉貢父、蘇子瞻，可爲殷鑒。善觀諧者，取古今而並觀之，令自擇焉。"

末署"萬曆戊申冬十月十日泰和郭子章撰"。

（明萬曆三十六年《郭子六語》刊本）

李雲鵠《刻酉陽雜俎序》："周官御史主柱下文書，秦因之，有石室、蘭臺，掌秘書圖籍。漢逮宣室，齊居決事，則令侍御史、治書侍側，故御史即古史官也。凡'六藝'九種之藏，《七略》四部之府，以及偏方瑣記，幽經秘錄，靡不隸焉。後世尚用惠文彈治，而柱後之籍，稍遜於古。余時有遠心，懼弗任也。會臺郎玄度趙君，出其先宗伯所藏《酉陽雜俎》見眎。余少即披誦其策，經緯事物，跌宕古今，可以代捉塵之譚，資捫虱之論，故足述也。……宇宙大矣，少所見，多所異耳。食者以爲奇，知味者以爲尋常，珍俎所供，豈藿肉家思議能到耶？昔斫輪說劍，譃浪於蒙莊；佞幸滑稽，詼諧於司馬。苟小道之可觀，亦大方之不棄。況柯古擅武庫於臨淄，識時鐵於太常，固唐代博古多聞之士，而所傳僅此三十篇。忍使方平之麟脯，劈而不嘗；茂先之龍炙，辨而弗咀哉！嗚呼！老子藏室，王氏青箱，斯亦御史之掌放也夫，不佞亦猶行古之道也。"

末署"萬曆戊申中秋日，賜進士第南京四川道監察御史、内鄉李雲鵠書於清議堂"。

（段成式撰、許逸民校箋《酉陽雜俎校箋》，中華書局 2015 年）

　　趙琦美《酉陽雜俎序》："《文獻通考》載：'《酉陽雜俎・前集》二十卷，《續集》十卷，世僅行其《前集》。'吳中廛市鬧處，輒有書籍列入檐蔀下，謂之書攤子，所鬻者，悉小説、門事唱本之類。所謂門事，皆閨中兒女之所唱説也。或有一二遺編斷簡，如玄珠落地，間爲罔象得之。美每從吳門過，必於書攤子上覓書一遍。歲戊子，偶一攤見《雜俎・續集》十卷宛然具存，乃以銖金易歸，奮然思校，恨無善本。……又爲搜《廣記》、類書及雜説所引，隨類續補。歲乙巳，嘉禾項群玉氏復以數條見示，又所未備也，復爲續之。乃知是書必經人删取，不然何放逸之多乎？美每欲刻之，而患力不勝。丁未，官留臺侍御内鄉李公，有士安、元凱之僻，與美同好，自美案頭見之，欣然欲刻焉。美曰：'子不語怪，而《雜俎》所記多怪事，奈何先生廣《齊諧》也？'先生曰：'否，否！禹鑄九鼎而神奸别，周公序《山海經》而奇邪著，使人不逢不若焉。'噫！世有頗行涼德者。侍御既以章疏爲鼎爲經以别之矣，乃兹刻又大著怪事而廣之。豈謂有若《尸夥》《諸皋》所記，存之於心，未見之於行事者？又章奏所不及攻，而人所不及避也。藉此以誅其心、僇其意，使暗者昧者皆趨朗日，不至煩白簡矣，是亦息人心奇瑰之一端云。"

　　末署"迪功郎南京都察院照磨所照磨海虞趙琦美撰"。

　　按，此書同刻本另有明人李雲鵠所作《刻酉陽雜俎序》，末署"萬曆戊申中秋日"，可推知趙序應大體作于同年，今暫繫年于此。趙琦美（1563—1624），原名開美，字仲朗，一字如白，號玄度，自號清常道人。常熟（今屬江蘇）人。明代著名藏書家，脈望館藏書樓主人。

（段成式撰、許逸民校箋《酉陽雜俎校箋》，中華書局 2015 年）

毛一鷺《序〈稗史彙編〉》："稗官蓋説家之祖，而古御彤管之遺則。《周禮》訓方氏誦四方之傳道，閭師縣師各有其書。在漢固有典司者，號黃車使，書九百四十矣。司馬氏羅網舊聞，皆缺而不録。子不語怪，將毋謂其誕，罔不雅訓耶？則鑄鼎一窮神奸，禹復何爲者？且羲軒之事若存若亡，稍或識之庸不乃愈乎？且安知其非當年之故而必盡汰爲？乃知典墳散佚，豈獨嬴火爲祟。即蠹編斷簡，放何限蒐獵而弋獲之臚陳囊括、端俟宗工。此王先生彙編所爲作也。先生因宋元舊集，參昭代新編，評稽甗析裒而成書，大無誇毗，細無漏網，詞工而格於理者，删事駮而畔於正者，删其不廢者，亦猶秦晉之盟誓而鄭衛之諧謔也。夫盟誓而鄭衛之諧謔也。夫盟誓者譎，諧謔者蕩，其離經背道滋甚。夫何取而存之。豈非括於無邪之旨耶？抑以證風辨俗，麗美惡而勒勸戒，不妨並傳之以觀來祀耶？斯固先生彙之之意，不謬于聖人者也。《詩》亡而史作，史失而求野。《春秋》其大宗也。稗史，其支裔乎。閭卿之於閭也，比長之於比也。雖施捨繢達之瑣，亦司徒三物八政之助。是編出而觀風者以扶文教，削牘者以訂謬誤，載筆者以資辯博，其亦素王之閭師比長哉。"

末署"戊申秋仲巖陵毛一鷺書於此静齋"。

周孔教《〈稗史彙編〉序》："夫史者，記言記事之書也。國不乏史，史不乏官。故古有左史、右史、内史、外史之員。其文出於四史，藏諸金匱石室，則尊而名之曰正；出於山曜巷叟之説，迂踈放誕、真虛靡測，則絀而名之曰稗。稗之猶言小也，然有正而爲稗之流，亦有稗而爲正之助者。子長、孟堅爲萬世史家冠冕，然若相如之竊貲，江都之中菁，疑史家所不道。而遷固俱津津乎詳哉，其言之則史，遂爲稗之濫觴。吳羌之不詘于新，侯馥之不詘于成，真夷、齊之儔而史皆失其人，顧見於地志及吳興掌故，則雖稗官，實正史之羽翼也。嗣是以後，野不乏乘，《齊諧》、《諸皋》，種種遞出。然譚飛升則鷄犬皆仙道，幽冥則鵝兔亦鬼，志怪而爲疏屬之貳負，述幻而爲陽羨之書

生，情感而爲崔少府之弱女，諸如此類，大都皆載鬼一車之渺論。此第可以
膾耳食之口，倘有厭詞林之躔者，鮮不以嚼蠟吐去矣。上海王公元翰，雅意
著述，嘗續《文獻通考》，出入古今，爲藝苑隋和，殺青甫畢，又汎濫諸家小
説，簸揚淘汰，衷其可傳者，分門析目，彙爲成書，凡可百卷，上徵天道，
下托人情，深入名理，淺逮諧謔。雌黄而爲月旦，因果而爲禍福。雖事不關
諸經國，體亦遜於編年，不離稗官之筏，而其義使遠者可繹，近者可指。善
者可興，敗者可鑒。幾與金匱石室之藏同備大觀，豈止課烏有、談子虛，僅
僅爲鬼董狐已哉。昔元人陶天台嘗集諸家之説爲《説郛》而無所取裁，徒供
屬厭。吾明青齋熊方伯稍取而類次之。事既仍貫，義亦未精。公芟蕪鑱穢，
條分臚列，一展卷而介若指掌，寧獨二氏之忠臣，抑亦稗官之完璧也。余往
忝柱下爲督學使者，校文之暇，嘗欲訂定一間編，挾爲揮塵之客，有志未果。
適睹公此書，不覺有券於心，遂序而弁諸簡端以志見獵之喜云。”

　　末署“萬曆歲次戊申嘉平之吉，賜進士第中憲大夫都察院右僉都御史奉
敕總理糧儲提督軍務兼巡撫應天等府地方，臨川周孔教撰”。

　　　　　　　　　　　　　　　（遼寧省圖書館藏明萬曆三十八年熊劍化刻本）

　　游日升《〈臆見彙考〉引》：“予年來杜門村館，人静院深，香清味淡，塵
飛不入其胸，埃累不滑其靈。搜閱陳編，間有稽考。上而天地陰陽、日月星
辰、支躔氣朔、風雲雷雨、霧露雪霜、虹霓氤氳。下而五嶽四瀆、山川媚險、
要害邊關、夷方種落、漕海輸運、潮汐風水。中而經書文史、禮制樂律、攝
性悟定、修真剖梵，以至文房所御、封域所有、日用所須、國家區畫、事宜
古今、超卓行術及物品珍妙，與夫數目所可睹記者，一一手録成編，命曰
《臆見彙考》。雖云窺豹之斑，亦涉遊藝之趣。曾大父夢蕉刺史嘗著《博物志
補》，季大父梓于漢陽官舍，先大父復梓河署，其書盛傳於世。睹予斯編，未
必非箕裘也，漫爲之引。”

末署"皇明萬曆戊申歲中秋之吉于高父題"。

按，游日升，字于高，號鍾城居士，江西豐城人。

（美國哈佛大學燕京圖書館藏明萬曆四十年傅宗孔刻本）

萬曆三十七年（己酉　1609）

無名氏《新刻〈續編三國志〉序》："粵自書契肇興，而紀動紀言，代不乏史。唐虞已前尚矣。若左聞（？）人之《內外傳》，戰國士之縱橫語，馬、班之兩漢記，環瑋瑰麗，耀人心目，博士家業已沈酣浸灌其間。顧其古調奇辭，員機奧理，可以賞知音，不可以入俚耳。於是好事者往往敷衍其義，顯淺其詞，形容妝點，俾閭巷顓蒙皆得窺古人一斑，且與吟歌俗諺並著口實，亦牖民一機也。……涑水編其年，而細微之事則略；新安挈其綱，而褒貶之義則微。所藉以誅奸雄，闡潛德，彰暖昧，志奇幻，俾古人心跡燭若日星。即庸夫俗子，鄙薄懦頑，罔不若目睹其事，而感發懲創閱之靡廉忘倦者，《演義》一書不可無也。顧坊刻種種，魯魚亥豕，幾眩人目，且其所演說容有未厭人心處。故復爲校讎，爲之增損；摹神寫景，務肖妍媸；掃葉拂塵，幾費膏晷。且復以《晉書》始事，略撰數首續之，所以大一統也。比授樣梓分爲一十卷，通計一百回。聊當野史，以供耳食，非敢污博雅之目也。然於酒力乍醒，午夢方回，焚香啜茗，轉卷垂青，未必非揮塵之一資也。較諸《世說》《叢譚》等書，豈遽多讓云。"

末署"萬曆歲次己酉嘉平月穀旦"。

無名氏《新刻〈續編三國志〉引》："夫小說者，乃坊間通俗之說，固非國史正綱，無過消遣於長夜永晝，或解悶於煩劇憂態，以豁一時之情懷耳。今世所刻通俗列傳並梓《西遊》《水滸》等書，皆不過快一時之耳目。……今是書之編，無過欲泄憤一時，取快千載，以顯後關趙諸位忠良也。其思欲顯耀奇忠，非借劉漢則不能以顯揚後世，以泄萬世蒼生之大憤。突會劉淵，亦借秦爲諭，以警後世奸雄，不過勸懲來世，戒叱凶頑爾。其視《西遊》《西洋》《北遊》《華光》等傳不根諸説遠矣。雖使曹魏扡力諸臣有知，亦難自免事僞助逆之咎矣。……客或有言曰：'書固可快一時，但事蹟欠實，不無虛誑渺茫之議乎？'予曰：'世不見傳奇戲劇乎？人間日演而不厭，内百無一真，何人悦而衆艷也？但不過取悦時，結尾有成，終始有就爾。誠所謂烏有先生之烏有者哉？大抵觀是書者，宜作小説而覽，毋執正史而觀，雖不能比翼奇書，亦有感追蹤前傳，以解世間一時之通暢，並豁人世之感懷君子云。'"

（上海圖書館藏萬曆三十七年刊本《三國志後傳》）

　　俞安期《南北史續世説》序："梁溪安茂卿，世藏宋之刻本。取傳堅梨，刻既竟，見其字且多訛，條落亦混，尚俟手校印發。逡巡年歲，溘先朝露。余過存諸孤，見之架上，已爲蠹蝕者幾半。痛良友之早逝，惜是書之久湮，遂載其蠹餘，行求全本，冀足成之。既越三年，頃得之焦弱侯太史，始補其闕，訂其訛，截其條落，遂成完書，亦藝林快睹矣。"

　　末署"萬曆己酉秋七月震維俞安期識"。

（國家圖書館藏明萬曆三十七年安茂卿刻、俞安期寥寥閣重修本）

萬曆三十八年（庚戌　1610）

　　焦竑爲馬大壯《天都載》作序："昔聖人慮人溺于物而莫瘳也，故以上下爲道器之別。然離器而語道，捨下而言上，又支離之見，而道所不載矣。故製器侑物，多識於鳥獸草木之名，往往爲學者言之。豈非通其理，則器即爲道；溺於數，則道亦爲器。顧人所心契謂何耳。宋人好談理，而《寓簡》《筆談》《困學紀聞》諸編，事物名義，精研博考，不遺餘力，此何以説也。余友馬君仲履，博學多通，奇篇奧帙，靡弗採擷，少游明德羅先生之門，覃思大道，而復以餘力爲《天都載》一書，蓋學古有得，不問遺經稗史，皆辨析之，歸於至當。非但小説家，合叢殘小語作爲短書，資談柄而已。然則子産葛、弘者流，固所無論，即前所稱三書，何能遠過？余恐不知者謂仲履學道而淫於末也，輒弁數語於端以解之。"

末署"萬曆庚戌三月琅邪焦竑書"。

（國家圖書館藏萬曆刻本）

周暉《金陵瑣事》自序："余有《尚白齋客談》數卷，雖蘭菊異芬，箕畢殊好，要皆聞之於客坐者。每風雨之夕，時一展玩，聊以消虞卿之窮愁，破韓非之孤憤，慰阮籍之窮途，避嵇康之白眼，全李白之傲骨而已，藏之帳中，未嘗示人，亦不忍廢也。偶麻城友王元禎氏借録一通。録畢，且謂余曰：'君負懶癖，不即點定成書。又苦家貧，不能梓行。曷若轉贈王生。王生當分載諸集中，使君之姓字不至泯泯也。'余笑而不答。因思既已付之抄録，能強其不災於木乎！但性不近道，未能忘情，乃取客談中切于金陵者，録成四帙，名曰《瑣事》。蓋國史之所未暇收，郡乘之所不能備者，不過細瑣之事而已。以細瑣之事，與管穴之見相投，故搖筆紀之爾。若挨張無實，與暗昧難稽，余則未之敢也。唐孫光憲《北夢瑣言》，譏山人唐球詩思遊歷，不能出二百里外，余甚愧乎其言。嗟夫，余誠金陵之人而已矣。"

末署"萬曆庚戌穀雨鳴巖山人周暉吉父撰"。

（南京圖書館藏清乾隆四十年張滏活字印本）

許維新《稗史彙編》序："余自歸田，善病，不能食藥，臥久淒清，以書爲解，倦則或以筆劃雜治之。……居一日，公托陵生以所行《稗史》見寄，余太息異事。念公八年，得公書，日來道士語説天下，如報我左元放、樊之流。與？因枕上取一束如對公。夫非熊之年而能著出若是，羨後車荏苒，盡二十卷家人食亦輒食。雖不能忘懷如喪對父母，語稍稍爲公奪矣。凡稗詭而奇，俚而新，聞文而顯，比之正史、正經，如今樂不知倦而選又其精腴雋永，故一言洞心，可諷可味，短章切理，反案奪旗，如湯武論剖野史之類是也。入眼口，不能輒止。飲藥者，苦則不下，即强之，幾落草石蜜少蘗膽，則不覺入之多而取效隱。讀稗史之快是也。嗟夫！疾楚邑之人云公時有也。口説不能解，靈藥不能餐，而徒解悟頓以起，觀濤之真與靈經争功矣已。其序稱其翊正史，助風教，其義甚大，非之聞所能及也。然亦有出於正經正史而繫之稗者。如言壽命則首文王；言冥報則首杜伯、彭生；言人母則首孟陳、雋陶。諸如此類，未可悉舉。而左氏、《史記》間事尤衆。此或作者采綴成文而編仍其舊，以美稻而屈爲稗者，恐使讀人借經史爲味，非以膾炙稗。然彭生諸奇事，實經史而稗者，或可明注下列，所引書於目録則正稗，似爲各得。至於排調夢占，冥昧之屬，謂宜少損近俚存其精至之。如歐陽渭陽雲誣，本欲摘與洗，一洗一沾，不如梁叔之樊詞。若此類者，孔子未盡云删也。蓋書所無者，寧詳懼後云，遂不聞也。書所已有者，寧略俾後之貴精也。七百家而所存什一。公之意正在此。余去郡久，道里遠承，不遐遺。得讀公書起，其病，愛莫助之。敢不述公所爲言者，非以也。……王公方爲稗人，且稗公。天下事率如此。余道士言力，復拾筆劄，書謝公，作甘棠下信。凡讀公者，公爲吏，凡爲者，視道士言。道士名永方，曹縣吕布里人。"

末署"萬曆三十八年五月朔，前進士松江府知府，東郡舊治民許維新頓首書"。

（上海圖書館藏萬曆三十八年刻本）

杭州容與堂刊刻《李卓吾先生批評忠義水滸傳》。**署名"李卓吾"者作《〈忠義水滸傳〉叙》**："太史公曰：'《説難》《孤憤》，賢聖發憤之所作也。'由此觀之，古之聖賢，不憤則不作矣。不憤而作，譬如不寒而顫，不病而呻吟也，雖作何觀乎！《水滸傳》者，發憤之所作也。……此傳之所爲發憤矣！若夫好事者資其譚柄，用兵者借其謀畫，要以各見所長，烏睹所謂忠義者哉！"

末署"温陵卓吾李贄撰。庚戌仲夏日，虎林孫朴書于三生石畔"。

懷林《〈批評水滸傳〉述語》："和尚自入龍湖以來，口不停誦，手不停批者三十年。而《水滸傳》、《西厢曲》尤其所不釋手者也。蓋和尚一肚皮不合時宜，而獨《水滸傳》足以發抒其憤懣，故評之爲尤詳。據和尚所評，《水滸傳》玩世之詞十七，持世之語十三，然玩世處亦俱持世心腸也。但以戲言出之耳，高明者自能得之語言文字之外。《水滸傳》訛字極多，和尚謂不必改正，原以通俗與經史不同故耳。故一切如'代'爲'帶'、'的'爲'得'之類，俱照原本，不改一字。和尚評語中，亦有數字不可解，意和尚必自有見，故一如原本云。……小沙彌懷林謹述。"

李卓吾評點：

第一回："《水滸傳》事節都是假的，説來却似逼真，所以爲妙。"

第三回："描畫魯智深，千古若活，真是傳神寫照妙手。"

"《水滸傳》文字妙絶千古，全在同而不同處有辨。……都是急性的，渠形容刻畫來，各有派頭，各有光景，各有家數，各有身份。"

第十回："《水滸傳》文字原是假的，只爲他描寫得真情出，所以便可與天地相始終。"

第二十四回："説淫婦便象淫婦，説烈漢便象烈漢，説呆子便象呆子，説馬泊六便象馬泊六。"

第五十三回："試看種種摩寫處，哪一事不趣，哪一言不趣？天下文章當以趣爲第一。既是趣了，何必實有是事，並實有是人？"

第五十六回："《水滸傳》文字巧處亦在太密，瑣處亦在太密。"

第六十六回："這回文字没身分，叙事處亦欠變化，且重複可厭。"

第七十八回："《水滸傳》文字不可及處，全在伸縮次第。"

第八十八回："鋪叙處少伸縮變化之法。"

第九十七回："《水滸傳》文字不好處，只在説夢、説怪、説陣處，其妙處，都在人情物理上。"

（施耐庵、羅貫中著，凌賡、恒鶴、刁寧校點《容與堂本水滸傳》，

上海古籍出版社 1988 年）

萬曆三十九年（辛亥　1611）

　　李維楨《〈天都載〉序》："班孟堅于劉中壘《七略》諸子十家黜小說而存其九，九流名自此始。然而小說家實具有九流，故不易作。余于馬仲履《天都載》有取焉，學古通今，不宜偏廢。陸澄博極載籍，爲左丞，坐不糾劾免官。澄自申理諸顏面，檢類例甚衆，夫亦通人之蔽也。仲履善談名理，詳核往事，而于朝章時務，宗原應變，復井井有條，千古之上，六合之外，紀述容有訛誤，意見容有異同，采聽容有缺漏。自人情耳。偶窺一斑，得片語輒形人短，膏盲廢疾，非非反反，瑕瑜妍醜，一彼一此，離從跂訾，奚爲者哉？仲履摭遺訂僞，按據昭然，終不詆訶前人自以爲足也。才士遊戲筆端，浮詭不根如郭憲王，嘉梁四公諸記，無毫髮益人。至於《周秦行紀》《牛羊日記》《碧云騢》《白猿傳》之屬，逞私憾枉公，是不顧人非鬼責，又仲履所深戒。故其美者，可以勸善；其辨者，可以解惑；其博者，可以遊藝；其精者，可以貞教。而隱惡闕疑，不輕持論，敦厚溫柔之意盎然楮素間，致足術也。……王民法納言，焦弱侯、顧太初兩太史皆鴻生大儒，有蘭臺之鑒，裁者獨於是載愛而傳之，夫亦有所感也夫。"

　　末署"萬曆辛亥孟夏之朔，大泌山人李維楨本寧甫撰"。

（上海圖書館藏萬曆間刻本）

萬曆四十年（壬子　1612）

　　顧起元爲潘之恒《亘史》作序："内紀内篇以内之，而忠孝節義、懿行名言之要舉；外紀外篇以外之，而豪傑奇偉、技術艷異、山川名勝之事彰；雜

記雜篇以雜之，而草木鳥獸、鬼怪瑣屑、詼諧隱僻之用別。"

末署"萬曆壬子秋日江寧友弟顧起元撰"。

（浙江圖書館藏明刻本）

錢允治爲《枝山志怪》（即《祝子志怪録》）作序："孔子不語怪，而《齊諧》志之。《齊諧》之書不傳而續之者，吳均、曹毗、祖台之、牛僧孺紛如矣。吾吳祝枝山先生有《志怪》若干卷，歿後止存五卷。會其孫仁甫文學圖刻《罪知》，欲並刻兹編而不能全也。余家有五卷，遂總付之剞劂，乃問序於余。余生也晚，不識先生。時於體承先生處，沃其緒論。

"蓋先生於書無所不讀，於學無所不窺。天姿英邁，俊朗卓絶，舉一世無有當其意者。雖酒狂興發，手不停批，口不絶談。退而撰述著作，罔晷刻暇。若《志怪》者，志其耳目聞見之可驚可愕、可駭可異者，筆之於册。若曰宇宙大矣，洪纖高下，何所不有？今人徒見前人所書，謂本無是事，子虛烏有，始妄談之。不知物有常變、理無回互，常不爲常，常亦爲變。變不爲變，變亦爲常。常常變變，遞相隱顯。或常或變，迭爲呈露。常不足言，變始爲怪，豈理也哉？昔人不云乎？日月之著明，山川之融結，此至怪者也，見以爲常。至鬼嘯於梁，山移於地，牛鬼蛇神、狗妖雞禍，遂以爲怪。易有之精牽爲物遊魂，爲變物者，氣之凝積者也。物久則靈變者，氣之流衍者也。魂交則滯，依草附木，勢所必然，奚足怪哉。夫赭黃重于隋朝，國禁因之，今則男子無不赭衣。緋褌誅于齊，帝不褻服，今則男子無不緋褌。大夫不可以徒行，今則空空鄙夫肩輿塞道，而鴟尾獸環、朱扉畫棟，僭擬王侯矣。婦人出必擁蔽其面，今則粲粲彼姝，露裝行路而聽經禮懺，入山宿寺，穢德彰聞矣。其他怪事，不可枚舉。詎心君子爲猿鶴，小人爲沙蟲，靈龜知剖，老桑知焚乎。假令枝山先生此時則《志怪》不止十卷，須百卷耳。孔子豈能不語哉，《齊諧》豈能不志哉。嗟乎！世變江河莫知極，即謂之常可也，不謂之怪可也。

化甫世傳清德，續學能文，雌黃校對，孜孜不倦，能不自是。下問賤子何知，大是怪事。不得已勉狥其請，因書所不平者，序而弁諸首。"

末署"萬曆壬子仲春既望，鄉後學錢允治撰，孫男安國書"。

（國家圖書館藏萬曆四十年祝世廉刻本）

"雉衡山人"《東西兩晉演義》序："一代肇興，必有一代之史，而有信史有野史。好事者聚取而演之，以通俗諭人，名曰演義，蓋自羅貫中《水滸傳》《三國傳》始也。羅氏生不逢時，才郁而不得展，始作《水滸傳》以抒其不平之鳴，其間描寫人情世態、宦況閨思種種，度越人表，迨其子孫三世皆啞，人以爲口業之報。而後之作《金瓶梅》《癡婆子》等傳者，天且未嘗報之，何羅氏之不幸至此極也？良亦尼父惡作俑意耳。今年仲夏，溽暑蒸人，窨居甚苦，偶遇泰和堂主人。主人者，貂蟬世冑，紈綺名家，秘窺二酉之藏，業擅五車之富，射雕獻技，倚馬呈奇，而尚義任俠，施予然諾，淄澠不爽。時以醇醪澆其胸中塊磊之氣，故其座常滿，其尊不空，誠翩翩佳公子也。是以白墮遲我，觥籌交錯，丙夜不休。迨醉眠，雞鼓翼再鳴矣。主人語我曰：'某欲刻《東西兩晉傳》，而力有未逮，得君爲我商訂，庶乎有成。'余曰：'某非董狐也，子盍謀之外史氏乎？'主人曰：'昔弇州氏以高才碩抱，不得入史館秉史筆，故著述幾億萬言。今君顛毛種種，仕路猶賒，寧不疾没世而名不稱乎？且是編也，嚴華裔之防，尊君臣之分，標統系之正閏，聲猾夏之罪愆，當與《三國演義》並傳。非若《水滸傳》之指摘朝綱，《金瓶梅》之借事含諷，《癡婆子》之痴裏撒奸也。君何辭焉！'余爰是標題甲乙，稍加鉛槧，迨秋仲而殺青斯竟。間有姓氏之錯謬，歲月之參差，郡邑之變更，官爵之註誤，先後之倒置，章法之紊亂，皆非我意也，仍舊文而稍加潤色耳。知我者，幸毋以鶯鳩見哂。"

按，繫年據刊刻時間。

（中國藝術研究院藏明萬曆四十年周氏大業堂刊本）

甄偉《西漢通俗演義》自序："西漢有馬遷史，辭簡義古，爲千載良史，天下古今誦之，予又何以通俗爲耶？俗不可通，則義不必演矣。義不必演，則此書亦不必作矣。又何以楚、漢二十年事敷演數萬言以爲書耶？蓋遷史誠不可易也。予爲通俗演義者，非敢傳遠示後，補史所未盡也。不過因閒居無聊，偶閱西漢卷，見其間多牽强附會，支離鄙俚，未足以發明楚、漢故事，遂因略以致詳，考史以廣義；越歲，編次成書。言雖俗而不失其正，義雖淺而不乖於理；詔表辭賦，模仿漢作，詩文論斷，隨題取義。使劉、項之强弱，楚、漢之興亡，一展卷而悉在目中。此通俗演義所由作也。然好事者或取予書而讀之，始而愛樂以遣興，既而緣史以求義，終而博物以通志，則資讀適意，較之稗官小説，此書未必無小補也。若謂字字句句與史盡合，則此書又不必作矣。書成，識者爭相傳録，不便觀覽，先輩乃命工鋟梓，以與四方好事者共之。請予小叙以冠卷首，遂援筆書此。欲人知余編次之初意云耳。"

末署"萬曆壬子歲春月之吉，鍾山甄偉撰"。

（日本宮內廳書陵部藏明萬曆四十年金陵周氏大業堂刊本）

陳繼儒《東漢十二帝通俗演義》序："有好事者爲之演義，名曰《東漢志傳》，頗爲世賞鑒。奈歲久字湮，不便覽閱，唐貞予復梓而新之，且屬不佞稍增評釋。其中有稱謂不協及字句之訛舛者，亦悉爲之改竄焉。或可無亥豕帝虎之誤，而覽者亦庶免於攢眉贅齒之苦云。"

末署"雲間眉公陳繼儒書于白石樵"。

按，據刊刻情況，此序問世時間權定于本年。

（明萬曆金陵周氏大業堂刊本）

孫鑛《與余君房論小説家書》："鑛昔嘗欲取我諸朝小説，集爲一部，内分四類：關政治者，曰國謀；瑣事，曰稗録；雜説，曰燕語；論文者，曰藝談。各即原本重裝，長短隨舊續得者續入，今書見在，尚未及裝也。先生今欲分類編《説林》，不知自何代止，亦及我明否？鄙意以爲，但即原本拆分爲善。重録易訛，且太費也。《説郛》《意林》多係删本，如近時《灼艾集》相類。其删亦頗不精，若概混入編恐未安，或但取全者類編可也。今盛行者有《虞初志》《古今説海》《古今逸史》《歷代小史》《四十家小説》《今獻彙言》《今賢彙説》《金聲玉振》，其餘單行者，難以盡記。然《小史》内似亦微有所删，且序跋俱無，亦未善也。又如《容齋隨筆》《夷堅志》等十餘帙以上，此將何以處耶？敝郡先達鈕石溪先生亦頗好此，有《説抄目》一本，今以奉覽。然其家亦未備此書，或但有十之一耳。足下若欲爲《説林》，此目或亦可録一本存之。今先生架上所存有若干種，望以其名録示，當以敝筍所蓄者與相校，以後可互相借録，或別購也。含文嘉，足下據《文獻通考》駁之，當無可言，若士彰子威所蓄，則恐即此本，未必有別本，且端臨時已無之矣，今又安得有耶？書中叙魏晉以下事，亦不足大疑。古人得古書，每擅附以己意，他書往往有之，若摘取他書旁見者，偽爲一帙，務使無少滲漏，夫亦何難之有？《百川學海》鑛亦有其書，發來目納上。"

　　按，孫鑛（1543—1613），字文融，號月峰、湖上散人浙江餘姚人。萬曆二年（1574）進士。編年據刊刻時間確定。此信流布後，時人余君房持不同意見並撰文與之商榷。

　　余君房《君房答論小説家書》："足下謂僕止宜燖沫故業，不當騖博，況兹衰年，尤非所宜，可謂愛不才之極矣。從兹敢不服膺至訓？顧僕夙習，若錮茈苒爲常，非長者誨之，幾成迷子。數日前讀《百川學海》一書，輒詮叙厥目，録存篋中。適使者至，輒用附呈，願亦繕寫一通，庋之芸閣。何如僕初意，欲將《説郛》《意林》《虞初志》諸小説家分門，稡成一編，題曰《説林》。不自知卒遂與否而已，謬吾丈愛僕之旨矣。無乃以圭爲瑱，不改而甚之邪。既以謝足下，爰書以目惕云：小説家當以事類爲次，不當以篇名之偶同爲次也。如《東郭説抄》則唯以書之名目爲類，遂至事蹟混雜無緒，此謂存其目已耳，非歸之統紀，便於參伍者也。僕前請教，欲收拾小説俟滿數百千種，分立門户，如歲時爲一類，而襄陽幾家俱附之，叢談則凡談皆附之，搜神則凡靈怪皆附之。文房則凡墨譜、硯譜皆附之，庶幾雜而有紀，不至散漫茫無綱領，若如《東郭》止以篇名爲類，其他紛亂無可收，卒不免另立殊名一類矣，非序説家之體也。不識高明謂何？原本已録過，奉歸希照人。東郭爲誰？《説抄》多前代者，頗稱富矣。本朝不盡見鈔中，是何以故？檢足下書，原有四類，已得□領，但未盡耳。如鄙意乃爲書也。顧日暮途遠，何時副此願焉也乎。"

（國家圖書館藏明萬曆四十年吕胤筠刻本孫鑛《月峰先生居業次編》）

萬曆四十一年（癸丑　1613）

郭應寵爲于慎行《榖山筆麈》作序："吾師文定于公有《榖城全集》及《讀史漫録》行世，小子寵間嘗少效編次之役矣。第恨史録坊刻，謬付傭書，罔識校讎，猶仍魚魯，意甚嘹焉。兹歲公車報罷，適公子中翰君緯奉使東還，與之昕夕聯舟，因復出師所爲筆麈手稿視，寵潛然卒業，慨慕彌深。大都錯綜今昔，揮霍見聞，無論國故、典章，覸若懸象，即間雜齊諧，亦屬勸百於此。其意旨所向，則略與史録同。而牆籬載筆，有觸輒書，標置未遑，良亦有待也。寵竊寅緣緒言，紬繹條貫，敬釐爲卷者十有八，爲類者三十有五，實不能贊乎一詞，亦匪敢秘其鴻寶。編摩既竣，用歸其副於中翰君。蘭臺石室，不可無此一編，知非獨王、謝家物耳。"

末署"萬曆癸丑秋七月既望，福唐門人郭應寵熏沐勒于黄石山堂"。

（國家圖書館藏明萬曆四十一年東阿谷山于緯刻本）

錢希言《戲瑕》自序："《松樞十九山》中有《戲瑕》一書。《戲瑕》者何？

劉勰嘗云尹敏戲其深瑕，猶之唐人著刊誤辯疑也。儻亦攻玉以石意乎？……夫吾識有窮，而學問無窮，學問無窮，則瑕瑜之互見者亦無窮。當其瑕有瑜之用，蓋足戲也。顧立言者安能悉收其全？瑜毋亦姑取其瑜而堅其瑕，以俟世之善戲者歟？古人往往思誤成適，辯究豈必皆精，加以烏焉淵潤，代遠傳訛，苟言而非出於大聖，其孰能不瑕，瑕又胡可盡戲也？余學既淺膚，見復鹵莽，惟當窮愁孤憤之中，不能廢書，見有沿襲舛誤者，隨事輒摘，隨摘輒記，初訂事理字義，兼舉禮儀稱謂，思與古今立言君子，互相討論，非謂入室操矛，聊深盍各之致而已。"

末署"萬曆癸丑八月朔錢希言志"。

按，該書卷一："詞話每本頭上，有請客一段，權做過德勝利市頭回，此政是宋朝人借此形彼，無中生有妙處。遊情泛韻，膾炙千古，非深於詞家者，不足與道也。微獨雜説爲然，即《水滸傳》一部，逐回有之，全學《史記》體。"所言值得重視。

（上海圖書館藏萬曆四十一年刻本）

錢希言《〈獪園〉序》："《獪園》者何？《松樞十九山》中稗家一種，志怪傳奇之類是也。則何言乎獪也？漢人以爲狡獪也，又謂央亡噎屎。神禹理水，駐巫山下，雲華夫人授以策召鬼神之書，顧盼之際，化而爲石，爲輕雲，爲夕雨，爲游龍，爲翔鶴，千態萬狀，不可親也。禹疑其狡獪怪誕，同諸童律。按《集仙錄》所載如此，狡獪之名所由始與？《神仙傳》則載：王遠、麻姑共至蔡經家，時經弟婦新産數日，姑求少許米來，擲之墮地，視其米皆成丹砂。遠笑曰：'姑故年少也，吾老矣，不喜復作如此狡獪變化也。'《列異傳》：小女折荻作鼠以狡獪。李延壽《南史》：宋廢帝欲鴆害太后，令太醫煮藥。左右止之曰：'若行此事，官便作孝子，豈得出入狡獪？'齊少帝以蕭用之世祖舊人，得入内見皇后于宫中，及出後堂，雜戲狡獪，皆得在側。是'狡獪'二字，直當做戲弄義解。余取爲稗家目者，毋亦竊比於滑稽漫戲、《劇秦美新》者流，因是以求容於側媚之場乎？

　　"夫稗胡可盡廢也？仲尼不語神怪，而土羊萍實，間抽緒餘，以至蕭慎之失。防風氏之骨，靈威丈人之落簡，沾沾辨封不已，非以奇小而勿言，何嘗勿爲隱哉？《山海》《莊》《列》，俑作厲階；《神異》《洞冥》，觴舟始濫。浸淫及于《飛燕》《列仙》《拾遺》《博物》《搜神》《述異》，下迨《酉陽》《宣室》《北夢》《杜陽》，無不窮幽環，極玄虛，捏怪興妖，矜奇鬥艷，家黃車而户青史矣。

　　"乃班氏獨黜小説家而不列於九流之中，將厭其迂誕不雅馴與？然則《天乙》《堯問》，削方墨筆，燕丹、宋玉之談，雖千不存其一，言彼皆非耶，可勝去乎？兩京以還，作者雲蔚，若魏文之《列異》，沙仲穆之《野史》，李隱之《大唐奇事記》，諸家即不盡傳於今，然而各有其書，豈唐以後人所能辨者。稗又胡可盡廢也！且夫稗至唐而郁乎盛矣，響亦絕焉。

　　"唐以後非無稗也，人人而能爲稗也。唐以前皆文人才子不得志于蘭臺石室者爲之，率多藻思雅致，雋句英談。唐以後悉出老生鄙儒之手，隨事輒記于桑榆中而已。故其爲稗均，而其所由稗異也。何也？唐人善用虛，宋人善用實。唐人情深趣騰，爲能沿泛波瀾；宋人執理局方，惟事穿鑿議論。唐人以文爲稗，妙在不典不經，宋人以稗爲文，病在亦趨亦步。由斯以觀，非其才之罪也，文章與時高下，大抵然耳。蓋余自操觚時，習聞往君子之持論如此。

　　"要之太史公絕代奇才，第稱自成一家言。言人人殊，期於成家而止，不唐與宋，則不成家，如是而爲唐與宋也，亦不成家，必有所以信今傳後者，此未易言，求之古人之心焉可也。余尚不能窺宋藩籬萬一，安能治唐而遽爲唐？夫以昭代諸公名能文章者，所述野史，燦然具備，皆不敢蔑棄典刑，而創其好於三尺之外，何論言不佞哉！

“采遺獻，食舊聞，核是非，該幽顯，大小必識，雅俗並陳，參往考來，品分臚列，而成是書。”

末署“癸丑冬錢希言記事”。

（錢希言著、樂保群點校《獪園》，文物出版社 2014 年）

顧起元《説略》自序：“昔在甲午、乙未間，予端居多暇，案上庋説部書數十種，隨手取一卷諷之，以代萱蘇陶日月。遇有可備考質者，苦其性善忘，輒取赫蹏識之，以類黏尺二巨册上，時自哂其有掌録而無舌學己。鏖而爲二十卷，名曰《説略》，藏諸笥中。中間曾一屬友人半野李君糾其錯亂。浙門張君鏖其點畫，凡再易草，始克成編。乙巳自京師請告歸，舟敗於南陽之決河，而此書亡矣。舊稿尚存張君處，會其人又物故，予惋惜者久之。既而其家從敝筒中檢以歸予，予頗有珠還之喜。因念門類差分，涉獵未廣，更欲鏖正而附益焉。而病復未果，僅蕆爲三十卷，録而存之。或謂就一類之中多有缺遺，就數類之中多非關要，或搜或引，可有可亡，重言雖連犿而無傷璞，事實荒唐而莫辨，愛奇自可，語怪何爲？予亦爽然自疑，不能定也。兩弟時從旁慫恿，梓於家塾，以示兒輩。自顧無力，荏苒數年，頃新安秘書吳君德聚博古通微，耽耆佚典，偶過金陵訪予，探得數卷。讀而好之。請事剞劂。因念曩時排纘之勞與漂没之感，舉以付焉。用成其義，先是文學朱君，君器見而心賞，捐貲爲之繕寫。刻既竣，乃並記其所繇如此。嗟乎！世之閎覽博物君子且囊括昔之爲海爲郛者，以大其畜。何以略爲？顧有如予之好臆而善忘者，時探而諷之，亦可藉以備丹陽之鈔，補河東之篋。雖六藝鍵鈴，九流津涉，原原本本之論，未極於斯。至於考驗是非，綜校名實，兼資前識，用廣異聞，古今賢哲之用心，往往可以概見，是在覽者擇之而已。若曰斷截弘美，組織纖細，則予豈敢避偃鼠飲河之誚哉。”

末署“萬曆癸丑嘉平江寧顧起元書於遁園之懶真草堂”。

　　按，天啓四年（1624）顧氏又作有《重刻説略序》，文體價值不高。

（上海圖書館藏明萬曆四十一年刻本）

　　林從吾《于少保萃忠全傳》序：“袞采演輯，凡七歷寒暑，爲《旌功萃忠傳》。夫萃者，聚也，聚公之精神德業，種種叢備，與夫國事及他人之交涉干公者，首尾紀之，而後公之事蹟無弗完也。（其爲演義）蓋雅俗兼焉，庶田夫墅叟，粉黛笄褌，三尺童豎，一覽了了。悲泣感動，行且遍四方矣。”

　　末署“萬曆辛巳林從吾叙”。

　　按，該書現存多個版本，明天啓年間刻本“蓋雅俗兼焉”前有“其爲演義”字樣，語意似更通達，此據以補入。

（南京圖書館藏清裕德堂刊本）

萬曆四十二年（甲寅　1614）

　　袁中道《游居柿錄》卷九：“萬曆四十二年甲寅……袁無涯來，以新刻卓吾批點《水滸傳》見遺。予病中草草視之。記萬曆壬辰夏中，李龍湖方居武昌朱邸。予往訪之，正命僧常志抄寫此書，逐字批點。常志者，乃趙瀫陽門下一書史，後出家，禮無念爲師。龍湖悦其善書，以爲侍者，常稱其有志，數加讚歎鼓舞之，使抄《水滸傳》。每見龍湖稱説《水滸》諸人爲豪傑，且以魯智深爲真修行，而笑不吃狗肉諸長老爲迂腐，一一作實法會。初尚恂恂不覺，久之，與其儕伍有小忿，遂欲放火燒屋。龍湖聞之，大駭，微數之，即欺曰：‘李老子不如五臺山智證長老遠矣！智證長老能容魯智深，老子獨不能容我乎？’時時欲學智深行徑。龍湖性褊多嗔，見其如此，恨甚，乃令人往麻城招楊鳳里，至右轄處，乞一郵符，押送之歸湖上。道中見郵卒牽馬少遲，怒目大駡曰：‘汝有幾顆頭？’其可笑如此。後龍湖惡之甚，遂不能安於湖上，北走長安，竟流落不振以死。癡人前不得説夢，此其一徵也。今日偶見此書，諸處與昔無大異，稍有增加耳。大都此等書，是天地間一種閑花野草，即不可無，然過爲尊榮，可以不必。往晤董太史思白，共説諸小説之佳者，思白曰：'近有一小説，名《金瓶梅》，極佳。'予私識之。後從中郎真州，見此書之半，大約模寫兒女情態具備，乃從《水滸傳》潘金蓮演出一支。所云'金'者，即金蓮也；'瓶'者，李瓶兒也；'梅'者，春梅婢也。舊時京師，有一西門千户，延一紹興老儒於家。老儒無事，逐日記其家淫蕩風月之事，以門慶影其主人，以餘影其諸姬。瑣碎中有無限煙波，亦非慧人不能。追憶思白言及此書曰：'決當焚之。'以今思之，不必焚，不必崇，聽之而已。焚之亦自有存之者，非人力所能消除。但《水滸》，崇之則誨盗。此書誨淫，有名教之思者，何必務爲新奇，以驚愚而蠹俗乎？"

（袁中道著、錢伯城點校《珂雪齋集　游居柿録》，上海古籍出版社 2019 年）

袁無涯刊本《水滸傳》"發凡"："傳始于左氏，論者猶謂其失之誣，況稗説乎！顧意主勸懲，雖誣而不爲罪。今世小説家雜出，多離經叛道，不可爲訓。間有借題説法，以殺盗淫妄，行警醒之意者；或釘拾而非全書，或捏飾而非習見；雖動喜新之目，實傷雅道之亡，何若此書之爲正耶？昔賢比于班、馬，余謂進於丘明，殆有《春秋》之遺意焉，故允宜稱傳。

"梁山泊屬山東兗州府，《志》作濼，稱八百里，張之也。然昔人欲平此泊，而難於貯水，則亦不小矣。傳不言梁山，不言宋江，以非賊地，非賊人，故僅以'水滸'名之。滸，水涯也，虛其辭也。蓋明率土王臣，江非敢據有此泊也。其居海濱之思乎？羅氏之命名微矣！

"忠義者，事君處友之善物也。不忠不義，其人雖生已朽，而其言雖美弗傳。此一百八人者，忠義之聚于山林者也；此百廿回者，忠義之見於筆墨者也。失之於正史，求之於稗官；失之於衣冠，求之於草野。蓋欲以動君子，而使小人亦不得藉以行其私，故李氏復加'忠義'二字，有以也夫。

“書尚評點，以能通作者之意，開覽者之心也。得則如著毛點睛，畢露神彩；失則如批頰塗面，污辱本來，非可苟而已也。今於一部之旨趣，一回之警策，一句一字之精神，無不拈出，使人知此爲稗家史筆，有關於世道，有益於文章，與向來坊刻，復乎不同。如按曲譜而中節，針銅人而中穴，筆頭有舌有眼，使人可見可聞，斯評點所最貴者耳。

“此書曲盡情狀，已爲寫生，而復益之以繪事，不幾贅乎？雖然，于琴見文，于牆見堯，幾人哉？是以雲臺、凌煙之畫，《豳風》《流民》之圖，能使觀者感奮悲思，神情如對，則像固不可以已也。今別出新裁，不依舊樣，或特標於目外，或疊彩於回中，但拔其尤，不以多爲貴也。

“古本有羅氏‘致語’，相傳《燈花婆婆》等事，既不可復見；乃後人有因四大寇之拘而酌損之者，有嫌一百廿回之繁而淘汰之者，皆失。郭武定本，即舊本，移置閻婆事，甚善；其于寇中去王、田而加遼國，猶是小家照應之法。不知大手筆者，正不爾爾，如本内王進開章而不復收繳，此所以異於諸小説，而爲小説之聖也歟！

“舊本去詩詞之繁蕪，一慮事緒之斷，一慮眼路之迷，頗直截清明。第有得此以形容人態，頓挫人情者，又未可盡除。兹復爲增定：或竄原本而進所有，或逆古意而去所無。惟周勸懲，兼善戲謔，要使覽者動心解頤，不乏詠歎深長之致耳。

“訂文音字，舊本亦具有功力，然淆訛舛駁處尚多。如首引一詞，便有四謬。試以此刻對勘舊本，可知其餘。至如‘耐’之爲‘奈’，‘躁’之爲‘燥’，猶云書錯。若混‘戴’作‘帶’，混‘煞’作‘殺’……遂屬義乖。如此者，更難枚舉，今悉校改。其音綴字下，雖便寓目；然大小斷續，通人所嫌，故總次回尾，以便翻查。回遠者例觀，音異者別出。若半字可讀，俗義可通者，或用略焉。

“立言者必有所本，是書蓋本情以造事者也，原不必取證他書。況《宋鑒》及《宣和遺事》姓名人數，實有可證，又《七修類纂》亦載姓名，述貫中三十六天罡，七十二地煞。今以二文弁簡，並列一百八人之里籍出身，亦便覽記，以助談資。

　　"紀事者提要，纂言者鉤玄，傳中李逵已有提爲《壽張傳》者矣。如魯達、林沖、武松、石秀、張順、李俊、燕青等，俱可別作一傳，以見始末至字句之雋好，即方言謔詈，足動人心。今特揭出，見此書碎金，拾之不盡。坡翁謂"讀書之法，當每次作一意求之"，小説尚有如此之美，況正史乎？"

　　各回評語：

　　楔子："此等没正經奏章，偏用一極正人以實之，犯小説家可笑破綻，正其隨俗遊戲，不認真求異處。"

　　第一回："高俅是忌藥，王進是引藥，却從此兩人説起。此用逆法，用離法，文字來龍最爲靈妙。"

　　"從碎小閑淡處生出節目來，情景逼現。"

　　"分付李吉一句，極淡極真，如對面説者，真是史筆。"

　　"從往來常情上引出關目，便不是强生節節。"

　　第二回："直接此數句，眼裏心裏口裏，一時俱現，更無一毫幫襯牽纏，真史遷之筆。"

　　第八回："無情却有情，接脈在意想之外。"

　　第十一回："元詞字法。"

　　第十五回："軍漢是個軍漢的話，都管是個都管的話，句句有聲情，妙甚。"

　　"于末後一問一解，如萬斛舟隨舵而動，文字篇法如此收拾，即古文亦少，況稗官乎？"

　　"又與前話不同，如畫家烘染，添一筆有一筆墨氣。"

　　"許多顛播的話，只是個像，像情像事，文章所謂肖題，畫家所謂傳神也。"

第十七回：“緩中有急，急中有緩，次第寫出，無一筆不到。”

第十九回：“此處若再作王婆勸語，便覺絮煩，今只解一句，甚得賓主輕重快省之法。”

第二十一回：“提出三窟，後周流遞及，此文字有挈縱處；然又插入武松與宋江，參差影見，不一直説去，此又文字有錯綜開宕處。”

“情事都從絶處生出來，却無一些做作之意，此文章承接入妙處。”

第二十三回：“將一個烈漢，一個呆子，一個淫婦，描寫得十分肖像，真神手。”

“幾番重出，愈出愈精采，是《國語》文字。”

“似歇後，又似元詞。”

第二十六回：“前一路來，層層疊疊，寫出供億之情，使人疑惑愈不可解。此得叙事養題之法，説破處豁然有力。”

第三十四回：“智計疊變，又頓挫，又周匝，又脱卸，可别生枝節，又使人想不出後文。”

“此一段文情既妙於分枝立節，亦正見宋江生平以忠孝爲心，不是輕易落草的，故不一直説去。”

第三十八回：“從極小極近處生出情節，引出魚牙主人來，妙甚。”

“吟飲情事，寫得稠疊生動，事在眼中，情餘言外。”

第三十九回：“此處若尋常筆用，便直説梁山泊好漢動手。今忽頓住，却先提黑旋風，驚心動口，妙出意外。”

第四十一回：“凡小説戲劇，一著神鬼夢幻，便躲閑可厭。此傳亦不免，終是扭捏。”

第四十二回：“已無有蹤跡句緊接解，如人口述，不多語求全，是史筆。”

第四十三回：“柴准酒錢，于人妙于豪爽，于文密於脱卸。”

第四十六回：“忽然斬斷，有煞筆，又留歇，更有轉筆。”

第四十七回：“此一段極戰得亂，而接緒甚清，尚有閒筆點染情事。”

第五十回：“真元人標目。”

“從罵至打，漸漸説到可惱可恨處，如浪頭相激，發出一點真火來，不是草草叙述。”

第五十一回：“有此一箭，局勢才緩，文字急來緩受，須知此法。”

第五十二回：“此處才解得黃泥岡公案，有此遠神映照，却又不説破，真好文心。”

“此回純以科諢成文，此處又從百忙裏演出半回劇諢，使人絶倒。”

第五十三回：“每於小小事上生出情節來，只是貴真不貴造。”

第五十七回：“春秋書法。”

第六十四回：“當知凡做小説的，筆頭輕意作痛快殺法者，亦是一種罪業。”

“此篇有水窮云起之妙，吾讀之而不知其爲《水滸》也。”

第六十五回：“此一段事裏事，情裏情，照會生發，妙於演劇。”

第八十五回：“有此一番招安，方頓挫出此一段照應文字，又忙中取鬧，情事兼妙。”

第一百十二回：“盧俊義事皆以言見，以虛爲實，得省文法。”

第一百十七回：“此處便有楊家府小説氣習。”

第一百十九回：“亦典亦俚，是小説當行語。”

（陳曦鐘、侯忠義、魯玉川輯校《水滸傳會評本》，北京大學出版社 1981 年）

張燧《〈千百年眼〉小引》：“顧長康畫人，或數年不點目睛。人問其故，顧曰：‘四體妍媸，本無關於妙處，傳神寫照，正在阿堵中。’每讀此語，未嘗不泠然會心。……見自己出，而縱筆所如，隨手萬變，無所規摹，亦無不破的，使後世觀者，如冷水澆背，陡然一驚，雖能巷議其非，決不能掃除其説，此之謂豪傑之眼。文人者流，矜激於辭藝，標鮮於才鋒，往往聰明蓋世，而其爲論也，迂疏無當，雖雕繪滿眼，而精神意緒，曾不足以供醒脾之用。此之謂文人之眼。若夫俗儒，則異是矣。目中非真有一段不可磨滅之見，影響剿襲，滿紙炫然，舉聖賢富有日新之資，僅爲拘儒粟紅貫朽之用，致令覽者未儘先厭，如此直謂之無眼可也。余才不逮人，獨於文字之好，似有宿緣，帖括之暇，得屬意經史百家，旁及二氏與夫稗官小説、家乘野語。不揣荒陋，謬以是意提衡其間，瞥見可喜可悦可驚可怪之語，俗儒所不敢道，與文人之所不能道。目注神傾，輒手録之。積久成帙，名曰《千百年眼》。上下幾千年豪傑之恢張擘畫、議論文章，一開卷而了然。向之所謂不容泯滅之精靈、銷沉蠹耗於魚腹者，若招揭一新，則庶幾竊附于長康之遺意乎？亦一快也。雖然，亦聊以志余癖耳。微風度簾。香雪噴户，因倦眼之偶開，手一編而丹鉛楮削之，余時何知其爲羲皇、爲三代，又遑計其當與否也！若使明眼人視之，恐成寐語，況眯目而道玄黄、舉一而廢百者邪？目睫之喻，余不佞，其無敢辭矣。”

末署“萬曆甲寅孟秋既望張燧書于稽古堂”。

（上海圖書館藏明萬曆四十二年范明泰刻本）

萬曆四十三年（乙卯　1615）

朱篁《春秋列國志傳》題詞：“廼其蒐羅舊聞，撫拾遺事，信手揮成，不藻而文，不蔓而核，窺旨睹歸，鉅細靡遺，真足羽翼經史。……是傳也，按像繪圖，每有詮次，先揭標題，次叙故實，終列評品。雖時事已非，而位屬特嚴，一篇之中，年月姓氏有紀，主敵裔夏有載，異畛分塍，朝常爛若列眉就，令山農閨婦開卷閲之，亦且興悲禾黍……《列傳》雖稗官野史，未經聖裁，而旁引曲證，義足千秋，未必非素王之功臣也，經世者請以此言爲公案。”

末署“萬曆乙卯秋季朱篁書於鏗鏗齋”。

陳繼儒《叙〈列國志傳〉》：“此世宙間一大帳簿也。家將昌，主伯亞旅統於一，鉅自田園廬舍，纖至器用什物，其出入登耗之數，莫不有簿，而主享其逸。不則各潤私囊，人自爲窟，及至厄漏源竭，家業罄然，始考先世之田園幾何，廬舍幾何，器用什物幾何，何及哉？……顧以世遠人遐，事如棋局，《左》《國》之舊，文彩陸離，中間故實，若存若滅，若晦若明。有學士大夫不及詳者，而稗官野史述之；有銅螭木簡不及斷者，而漁歌牧唱能案之。此不可執經而遺史，信史而略傳也。《列傳》始自周某王之某年，迄某王之某年，事覈而詳，語俚而顯……亦足補經史之所未賅，譬諸有家者按其成簿，則先世之産業釐然，是《列傳》亦世宙間之大帳簿也。如是雖與經史並傳可也。若其存而不論，論而不議，願與世宇間開大眼界者，共揚摧之。”

末署“時萬曆乙卯仲秋陳繼儒書”。

（上海圖書館藏明萬曆乙卯龔紹山刊本）

胡震亨《錢偶孝先生〈古史談苑〉序》：“其書也，徵實則藏室之正本，探異則稗官之叢編，準《世語》以定體模，參《廣記》而備門族。事必伐其瑰殊，文惟刈夫艷特。一曰旌行，標人倫淵懿之則。二曰物差，極品彙醜賅之致。三曰神逶，天人變化具焉。四曰咫聞，幽明宣驗備矣。臚其類有七七數，葉曲臺之記，函其卷爲六六，日倍石渠之論，集園卉以醞蜜，千蒂盈房，裁丘腋以成裘，百紞萃縫，令夫讀者不啓奏盒，矚趣操於岐響，非窺夏鼎洞物變於殊形，褆脩奉爲楷型，贊變標其解會，泀六藝之外，俯仰四部之總藪，亮非單句，塵屑潤衛樂之玄忽，小薦酒嚎，佐髡朔之諧掌，而以談錫字蒙，寔有猜則鳴謙之素心，竊取之恒旨乎。”

末署“天啓甲子二月一日武原後學胡震亨孝轄父撰”。

按，此序或此刻本年代有誤，作序時間不能滯後于刊刻時間。繫年據刊刻時間而定。

（國家圖書館藏明萬曆四十三年張勇孟刻本）

萬曆四十四年（丙辰　1616）

周之標《〈吳歈萃雅〉叙》："自《傳奇》始于裴鉶，《會真》演于元氏，其間趁拍回環，和聲宛轉，纖如霧縠，艷若霞綺，非不托垂于樂府，嗣響于齊梁焉者。"

末署"時萬曆丙辰菊月哉生明茂苑梯月主人書"。

（明萬曆四十四年長洲周氏刊本）

徐如翰《〈雲合奇蹤〉序》："天地間有奇人始有奇事，有奇事迺有奇文。夫所謂奇者，非奇袤、奇怪、奇詭、奇僻之奇。正惟奇正相生，足爲英雄吐氣，豪傑壯談，非若驚世駭俗，吹指而不可方物者。……顧其骯髒之氣，無所發舒，而益奇于文，迺舉英烈諸公，遡其從來，摭其履歷，演爲通俗膚談，而雜以詩歌賦調，輯爲二十卷，析爲八十則，有若《三國志》《水滸傳》，令人一見便解，題曰《雲合奇蹤》。於都休哉！誠足鼓吹盛明而揄揚聖武者矣。《三國》偏而弗全，《水滸》雜而多穢，孰有若斯之春容博大者哉！……遂忘其醜拙，僭弁簡端，因以告後之好奇者，不必搜奇剔怪，即君臣會合間而奇蹤即在於是。然則高皇帝千古奇造，英烈諸公振世奇猷，非文長奇筆奇思，又惡能闡發奇快如是乎哉！題曰《雲合奇蹤》，良不誣矣，良不誣矣！"

末署"時萬曆歲在柔兆執徐陽月穀旦，賜進士朝列大夫邊關備兵觀察使者古虞徐如翰伯鷹甫謹撰"。

（大連圖書館藏明刊本）

吳之俊《獅山掌録》自序："余性棗昏，兼多木訥，維是艷奇趣異，不減古之傳癖。書淫。武强薄領之餘，苦無異書足覽，間乞邑之通士，倚獅山箕踞讀之。時有會心，輒出醇醪，一梨花磁盞，復取掌大赫蹏散漫書之。久而擘積案頭，時作光怪想。此畸言剩語，無非斷壁殘珪，固宜十丈紅光與青黎争焰，猶恨披覽閲無幾，樂未足當贅十之三，然窮措大得之，不啻窮兒暴富矣。書不泥玄怪，不涉雌黄，上自紫蓋黄廬，下及昆蟲草木，靡不珠彙璧萃，窮未見之奇，語則雜出於諸家。其事出冥搜於散帙，其集烏合爲齊，以步伐間如孫武自刑貴嬪，斬嬖大，則不佞鋭于師，無所逃過。昔董仲舒嗜書，每有見聞，隨以掌録，□之舌墨掌敝，而猶剌不休，千載定自有人不孤，此掌勿謂塵沙，徒聚止興□□□□□□果如吾言是目負，余之負掌也。吾且向獅山乞其皮作鼓，侍琅嬛之犬出，再問諸張茂先耳。"

末署"歲在丙辰長至日新都吴之俊志于武强之小山館"。

（中國科學院圖書館藏明萬曆四十五年刻本）

"東山主人"《〈雲合奇蹤〉序》："《英烈傳》，相傳爲徐文長所叙次。文長抱奇才，鬱鬱不得志，有感于太祖之崛起草莽，一時君臣風雲際會，龍飛虎伏，一一以膚淺口吻，繪聲繪色，傳神阿堵。文長其遊戲于文耶？田間里巷自好之士，目不涉史傳，而於兩漢三國、東西晉、隋唐等書，每喜搜攬。於一代之治亂興衰，賢佞得失，多能津津稱述，使聞之者倏喜倏怒，亦足啓發人之性靈，其間讖謡神鬼，不無荒誕，殆亦以世俗好怪喜新，姑以是動人耳目。……倘鑒於此，人人順時安命，不爲邪説之所動摇，斯演義之益，豈不甚偉！斯倘文人之所用心遊戲云乎哉？獨是以文長之才，未必自卑其筆墨而爲此者，是其志亦足悲矣！"

末署"東山主人"。

按，此序年代斷限難定，應與徐如翰序本相隔不久，現暫編年于此。

（國家圖書館藏清致和堂刻本）

李維楨爲謝肇淛《五雜組》作序："《五雜組》詩三言，蓋詩之一體耳，而水部謝在杭著書取名之。何以稱五？其説分五部，曰天、曰地、曰人、曰物、曰事，則説之類也。何以稱雜？《易》有《雜卦》，物相雜故曰文。雅物撰德，辨是與非，則説之旨也。天數五，地數五，河圖洛書，五爲中數，宇宙至大，陰陽相摩，品物流形，變化無方，要不出五者。五行雜而成時，五色雜而成章，五聲雜而成樂，五味雜而成食。《禮》曰：'人者，天地之心，五行之端。食味，別聲，被色而生。'具斯五者，故雜而繫之五也。《爾雅》：'組似組，産東海。'織者效之，間次五采，或縮璽印，或爲冕纓，或象執轡，或詠幹旄，或垂連網，或偕玄纁入貢，或玄朱純綦，緼辨等威，或丈二撫鎮方外，經緯錯綜，物色鮮明，達於上下，以爲榮飾。在杭産東海，多文爲富，故雜而繫之組也。昔劉向《七略》叙諸子凡十家，班固《藝文志》因之，儒、道、陰陽、法、名、墨、縱橫、小説、農之外，有雜家云。其書蓋出於議官，兼陰陽、墨，合名、法，知國體之有此，見王治之無不貫。小説家出於稗官，街談巷語，道聽塗説者之所造。兩家不同如此。班言可觀者九家，意在黜小説。後代小説極盛，其中無所不有，則小説與雜相似。在杭此編，總九流而出之，言天下之至賾而不可惡也，即目之雜家可矣。龍門六家，儒次陰陽，殊失本末。蘭臺首儒，議者猶以並列藝文爲非。語曰：'通天地人曰儒。'在杭此編，兼三才而用之，即目之儒家可矣。余嘗見書有名'五色綫'者，小言詹詹耳，世且傳頌，孰與在杭廣大悉備，發人蒙覆，益人意智哉？友人潘方凱見而好之，不敢秘諸帳中，亟授剞劂，與天下共寶焉。"

末署"大泌山人李維楨本寧甫撰"。

按，同書潘方凱作有《刻〈五雜組〉小跋》，末署"丙辰仲夏"，即本年，故將李氏序文及謝氏《五雜組》權繫年于此。

《五雜組》卷十五："凡爲小説及雜劇、戲文，須是虛實相半，方爲遊戲三昧之筆。亦要情景造極而止，不必問其有無也。古今小説家，如《西京雜記》《飛燕外傳》《天寶遺事》諸書，《蚍蜉》《紅綫》《隱娘》《白猿》諸傳，雜劇家如《琵琶》《西廂》《荊釵》《蒙正》等詞，豈必真有是事哉？近來作小説，稍涉怪誕，人便笑其不經，而新出雜劇，若《浣紗》《青衫》《義乳》《孤兒》等作，必事事考之正史，年月不合，姓字不同，不敢作也，如此，則看史傳足矣，何名爲戲?"又："小説野俚諸書，稗官所不載者，雖極幻妄無當，然亦有至理存焉。如《水滸傳》無論已。《西遊記》曼衍虛誕，而其縱橫變化，以猿爲心之神，以猪爲意之馳，其始之放縱，上天下地，莫能禁制，而歸於緊箍一咒，能使心猿馴伏，至死靡他，蓋亦求放心之喻，非浪作也。《華光》小説則皆五行生克之理，火之熾也，亦上天下地，莫之撲滅，而真武以水制之，始歸正道。其他諸傳記之寓言者，亦皆有可采。惟《三國演義》與《殘唐記》《宣和遺事》《楊六郎》等書，俚而無味矣。何者? 事太實則近腐，可以悦里巷小兒，而不足爲士君子道也。"

　　按，《五雜組》卷十三亦有可觀之辭，如言"《夷堅》《齊諧》，小説之祖也;雖莊生之寓言，不盡誕也"云云，實足參看。

（謝肇淛撰、傅成點校《五雜組》，上海古籍出版社 2012 年）

　　《（萬曆丙辰）福寧州志》凡例："國史、郡志，繁簡雖殊，其存大體則一。舊志有異聞、報應二目，涉於稗官野史之談，且牽合影響者，間或有之，不可訓也，今削。"

（王熹主編《明代方志選編·序跋凡例卷》，中國書店 2016 年）

萬曆四十五年（丁巳　1617）

　　熊振驥《叙〈江湖奇聞杜騙新書〉》："今之時，去古既遠;俗之壞，作僞日滋。巧乘拙，智欺愚，人含舌鋒腹劍之險;此挾詐，彼懷猜，世無披心吐膽之交。……是集之作，非云小補。揭季世之僞芽，清其萌蘖;發奸人之膽魄，密爲關防。使居家長者，執此以啓兒孫，不落巨奸之股掌;即壯遊年少，守此以防奸宄，豈入老棍之牢籠。任他機變千般巧，不越篋囊一卷書。故名

'江湖奇聞'，志末世之弊竇也；曰'杜騙新書'，示救世之良策也。其禆世也甚大，其流後也必遠。"

末署"萬曆丁巳春正月之吉三嶺山人熊振驥撰"。

（張應俞著、孟昭連整理、魯德才審訂《江湖奇聞杜騙新書》，

百花文藝出版社 1992 年）

曹徵庸爲鄭仲夔《清言》作序："自王元美《世説補》出，而始知有所謂《世説》，然已非晉、宋之《世説》矣。夫以不知有所謂《世説》者，而哆口談清言之禍可笑也已。吾友鄭龍如氏，踵《世説》《語林》諸書之後，而葺《清言》一編。雖晚出而旨微不同。大抵《世説》在因事以傅言，其言精；《清言》在因事以徵事，其事核。《世説》之精，使人流想於片言；《清言》之核，期以示的以千古。"

末署"萬曆丁巳花朝檇李曹徵庸題於信州公署"。

按，鄭仲夔《偶記》卷一"徵刻《清言》疏"："寅卯間，余《清言》告成，貧無鍥資，遂久存笥中。余友費文孫慨然疏告同人，共襄此舉。丙辰秋，得付殺青。"鄭氏平生篤意新奇，多有搜奇志異之作。鄭氏自序《徵奇事》："僕雅好幽奇，情耽撰述，傚鴻鳳之遺意，成獨鑒之稗篇。博流遁之觀，隨聞隨錄；廣犧軒之秘，爰諮爰諏。片言必書，固風一而勸百；無稽弗聽，將傳後以信今。廓痞多聞，永資博涉。作之勞而享之逸，庶幾遐收以待。"

（南京圖書館藏明萬曆四十五年刻《玉塵新譚》本）

顧起元《客座贅語》自序："余頃年多愁多病，客之常在座者，熟余生平好訪桑梓間故事，則爭語往跡近聞以相娛，間出一二驚奇怪誕者以助歡笑，至可禆益地方與夫考訂載籍者，亦往往有之。余愁置於耳，不忍遽忘於心，時命侍者筆諸赫蹄，然什不能一二也。既成帙，因命之曰《客座贅語》。贅之

爲言屬也，又會也，屬而會之，俾勿遺佚，余之於此義若有合焉。或曰：'秦漢間語人之所賤簡者曰"贅婿"，老子語物之或惡者曰"餘食贅行"，莊周氏語疾之當决去者曰"附贅縣疣"，子之爲此語也，又多乎哉！'余隱几嗒然，無以應也。姑籍而存之，以供覆瓿。"

末署"萬曆丁巳夏五遁園居士書"。

（顧起元著，譚棣華、陳稼禾點校《客座贅語》，中華書局 1987 年）

湯顯祖爲王兆云《王氏青箱餘》作序："王元禎小説有《湖海搜奇》《揮塵新談》《白醉瑣言》《説圃識餘》《漱石閒談》《烏衣佳話》。金陵人梓行之，肆紙爲貴矣。傾覆有《青箱餘》五種，其目爲《緑天脞説》《廣莫野語》《驚座摭遺》《客窗隨筆》《碣石剩談》云。蓋小説出稗官家，與典籍並存。亦詢芻蕘風聽臚言之義，後之作者，荒唐悠謬，使人炫惑流蕩，或訐揚幽昧，勸諷淫僻，大傷雅道，斯當付祖龍焰耳。元禎此編，廣見洽聞，驚心奪目，而其理不詭於心，正可以明經術，可以佐史評，可以通世故，可以析物理。王充之《論衡》，劉義慶之《新語》，殆此類乎。昔王彪之練悉朝儀，家世相傳，並著江左舊事，緘之青箱，名王氏青箱學，此不專朝儀，故曰餘也。……元禎行且當官青箱，所貯切近精實，經綸政理，出之裕如，乃其餘緒，復雋永以資談助，錯綜以輔名教，真不愧青箱家學矣。"

末署"古臨湯顯祖義仍父書于玉茗堂中"。

按，繫年暫據刊刻時間確定。

（臺灣"故宮博物院"藏明萬曆丁巳年書林李少泉聚奎樓刻本）

"東吴弄珠客"《〈金瓶梅〉序》："《金瓶梅》，穢書也。袁石公亟稱之，亦自寄其牢騷耳，非有取于《金瓶梅》也。然作者亦自有意，蓋爲世戒，非爲世勸也。如諸婦多矣，而獨以潘金蓮、李瓶兒、春梅命名者，亦楚《檮杌》

之意也……借西門慶以描畫世之大净，應伯爵以描畫世之小丑，諸淫婦以描畫世之丑婆、净婆，令人讀之汗下。蓋爲世戒，非爲世勸也。”

末署“萬曆丁巳季冬，東吳弄珠客漫書於金閶道中”。

（蘭陵笑笑生著、戴鴻森校點《金瓶梅詞話》，人民文學出版社 1992 年）

萬曆四十六年（戊午　1618）

焦竑《玉堂叢語》自序：“余自束髮，好覽觀國朝名公卿事蹟，迨濫竽詞林，尤欲綜核其行事，以待異日之參考。此爲史職，非第如歐陽公所云，誇于田夫野老而已者。顧衙門前輩，體勢遼闊，雖隔一資，即不肯降顔以相梯接。苦無從咨問，每就簡册中求之，凡人品之淑慝，注厝之得失，朝庭之論建，隱居之講求，輒以片紙志之，儲之巾箱。頃年垂八十，聰明不及于前時，道德日負其初心，不啻韓子所言者，業一切置之不理矣。相知者惜其嘗爲心思所及而廣之，余不能止也。讀者倘與近日《翰林記》《館閣類録》《殿閣詞林記》《應制集》諸書而並存之，亦余之幸也夫。”

末署“萬曆戊午夏五澹園老人焦竑書”。

顧起元《玉堂叢語》序：“《玉堂叢語》若干卷，太史澹園先生以其腹笥所貯詞林往哲之行實，昉臨川《世説》而記之者也。其官則自閣部元僚，而下逮于待詔應奉之冗從。其人則自鼎甲館選，而旁及於徵辟薦舉之遺賢。其事則自德行、政事、文學、言語，而微摭於諧謔、排觝之卮言。其書則自金鐀石室、典册高文，而博采於稗官野史之餘論。義例精而權量審，聞見博而取捨嚴。詞林一代得失之林，煌煌乎可考鏡矣。起元蓋嘗攬前輩之爲衙門存掌故者，如《殿閣詞林記》《館閣類録》《翰林記》諸書，視前代韋、蘇之志，不啻至明且備，然大都以垂典制、辨職掌、紀恩遇、詳事例云爾。至於人品之淑慝，注厝之得失，朝廷之論建，隱居之講求，顧有未之及者。有先生此書，而使人益知其地重，所以居之者恒不得輕；其名高，所以副之者恒不得易。應違之主，綦迅於璣衡之間；袞鉞之權，別嚴於目睫之外。所以揚前徽而詒後鑒者，豈其微哉。先生洽聞强記，酬對若流，奧篇隱牒，了辨如響。嘗試諮以朝家之憲章，人倫之品目，矢口而譚，援筆而寫，靡不批析枝條，根極要領。即王儉之闇憶朝典，摯虞之詳練譜學，亡以隃之。使其承庥厦之顧問，應廊廟之諏詢，所以翊潤萬微，調訓九品，必有度越兹録上者。而以抗節高蹈，未究厥施。然經國大業，出其緒餘，流而布之，猶使蓬山之秘史，副在人間，東觀之新書，傳諸天上。先生所以爲玉堂重者，又自有在矣。起元三復斯編，爲之舞蹈，私謂後之君子，諷而求之，所以矢謨撲策。撫世長民之道，有不下帶而存者。若夫成規未泯，軼典如新，於以折衷是非，網羅文獻，又其餘事。其它流潤麈尾，丏馥筆端，咸號碎金，並失拱璧。第曰與前紀録諸書，存之爲詞林掌故，猶未敢謂窺其大也。"

末署"萬曆戊午秋日同里晚學顧起元書"。

（焦竑撰、顧思點校《玉堂叢語》，中華書局 1981 年）

托名"湯顯祖"者爲《艷異編》作序："嘗聞宇宙大矣，何所不有？宣尼'不語怪'，非謂無怪之可語也。乃齷齪老儒輒云目不親非聖之書，抑何坐井觀天耶！泥丸封口，當在斯輩，而獨不觀夫天之風月，地之花鳥，人之歌舞，非此不成其爲三才乎？從來可欣可羨可駭可愕之事，自曲士觀之甚奇，自達人觀之甚平。吾嘗浮沉八股道中，無一生趣。月之夕，花之晨，銜觴賦詩之餘，登山臨水之際，稗官野史，時一轉玩。諸凡神仙妖怪，國士名姝，風流得意，忼慨情深等語，千轉萬變，靡不錯陳於前，亦足以送居諸而破岑寂。豈其詹詹學一先生之言而以號於人曰'此夫出自齊諧之口也者'，而擯不復道耶？雖然詩三百篇，不廢鄭衛，要以'無邪'爲歸。假令不善讀詩者，而徒侈淫哇之詞，頓忘懲創之旨，雖多亦奚以爲！是集也，奇而法，正而范，穠纖合度，修短中程，才情妙敏，蹤跡幽玄。其爲物也多姿，其爲態也屢遷。

斯亦小言中之白眉者矣。昔人云：‘我能轉法華，不爲法華轉。’得其說而並得其所以說，則樂而不淫，哀而不傷……不然，始而惑，既而溺，終而蕩。‘盡信書則不如無書’，有味乎於興氏之言哉！不佞懶如嵇，狂如阮，慢如長卿，迂如元稹，一世不可余，余亦不可一世。蕭蕭此君而外，更無知己。嘯詠時每手一編，未嘗不臨文感慨，不能喻之於人。竊謂開卷有益，夫固善取益者自爲益耳。戊午，天孫渡河後三日，晏坐南窗，涼風颯至，綠筠弄影。左蟹螯，右酒杯，拍浮大嚼漫興書此，以告夫世之讀《艷異編》者。”

　　末署“玉茗居士湯顯祖題”。

　　按，序中“戊午”即本年。

　　　　　　　　　　　　　（《古本小説集成·艷異編》，上海古籍出版社 1994 年）

　　李維楨《〈稗乘〉題辭》：“有集小説四十二種，分爲四類：曰史略，曰訓詁，曰説家，曰二氏者，而孫生持以請余爲之目。余曰《稗乘》其可乎？《漢·藝文志》小説出於稗官家，故言稗也。物四數曰乘，乘矢、乘韋、乘馬、乘鷹之類皆是。今其類有四，故言乘也。《周禮》槀人職之乘，其事乘，猶計也。計事之成功。孟子曰：‘晉之乘，楚之檮杌，魯之春秋一也。’乘取能載，兹所計所載，或可與正史相參，謂之乘可耳。余嘗病今人詩文濫惡，直當付之秦火。小説雖不盡佳，可供杯酒談諧之助，卷帙繁多如《廣記》《夷堅》諸書，無論其積少成多。如余幼時所見三十六者，三項曰《古今逸史》《歷代小史》《秘笈類函》《語林》《稗海》之類。醒人耳目，蓋人意智勝于度信所謂犬吠驢鳴，顔延之所謂間歌謠矣。是書編茸不得主名，孫幼安得之校正以傳，亦可紀也。”

　　末署“大泌山人李維楨本寧父撰，時萬曆戊午秋月”。

　　　　　　　　　　　　　　　　　（中國科學院圖書館藏清榮光樓抄本）

萬曆四十七年（己未　1619）

　　許自昌《捧腹編》自序：“夫稗官野史，莫盛于開元天寶間，或據實紀，或架空綴説，口綉筆彩，用以資清塵，消雄心，而宋元諸公皆稱述朝家耳目之事，略涉諧部有關風教，迨我明興寥寥無幾，獨楊用修、祝希哲、王元美數公富有纂著，丹鉛所歷，累累充笈其他藏書之家，籤軸相望，多埋之蠹窟，毀之鼠鄉。落東家之醢瓿，作爨婦之襯材，傳于時者不數數見。予匿蹤甫里，性有書癖，家不能貯二酉之藏，聞有異書名籍，不惜釋仲產易之，自謂樂而忘老。每端居晏坐，從六經九家子史中塗乙，命甲有關正局，輒用校行，其他解頤捧腹之事，恍惚詭異之語，可以滌塵襟，醒睡目者，不以無益而不存，《舌録》《掌記》投積蔽篋，恒自嘲曰：‘經史子部，譬猶膏粱一飽，即置而山蔬野蕨，覺齒頰間多未經之味，更堪咀嚼耳。’今歲園居消夏，略取蔽篋中什一，命童子筆出，不暇倫次，不計妍媸。分爲十卷，署曰《捧腹編》。當此煩惱堅固之世，不由喜根，安涉名理，故捧腹乃證性之漸輿。王荆公先生亦云：‘不讀小説，不知天下大體。’則予之是編也，或不止於助諧薦謔之書也明矣。”

　　末署“萬曆己未長至日甫里許自昌書”。

（天津圖書館藏明萬曆四十七年刻本）

　　朱國禎《涌幢小品》自序：“淺近之説，人所勿去，且爲可弄可笑者，入目便記，記輒録出，約略一日內必存數則，而時時默坐，有所窺測，間亦手疏以寄岑寂逍遥之況。……執筆自韻，仰視容齋。欣然有竊附之意焉。虬庵居士朱國禎題。”

　　按，此書卷首另有《湧幢説》一文，末署“己未八月題于黄洋墩之品水齋”，故權繫年于此。

（朱國禎撰、王根林校點《湧幢小品》，上海古籍出版社 2012 年）

周之標《〈殘唐五代史傳〉叙》："夫五代自有五代之史，附于殘唐後者，野史非正史也。正史略，略則論之似難；野史詳，詳則論之反易。何也？略者猶存闕文之遺，而詳者特小說而已。……至若五代紛更，朝成暮敗，如兒童演戲，胡亂妝扮，便爾登場，可以臣亂君，可以子亂父，可以夷亂華，可以卒亂將，亦可以壻亂翁。總之，作兒童戲。然則五代之史雖謂野史，非正史也亦可。而余憑何論以論之？見不定，不足與論史；而識不空，亦不足與論史。學不富，不足與論史；而才不横，亦不足與論史。心思不細不足與論史，而胸次不闊亦不足與論史。游神一世，而不遊神千載不足與論史；即遊神千載以前，（而）不遊神千載以後亦不足與論史也。兹集也，五代附殘唐後者也。……此又余所爲採正史以論野史者也。"

末署"長洲周之標君建甫題于仰蘇樓"。

按，孫楷第《日本東京所見小說書目》有言："今《殘唐五代傳》，每回亦多附麗泉詩，與此正同。顯係同時編次二書，而麗泉亦參與其事之人。……附麗泉詩之《殘唐》，必與此附麗泉詩之萬曆己未（四十七年，1619）刊本《隋唐兩朝志傳》時代相去不遠，則可斷言耳。"（《中國通俗小說書目（外二種）》，中華書局 2012 年）據此繫年。

（復旦大學圖書館藏明末刻本）

沈德符《萬曆野獲編·續編》"小引"："蓋自丙午、丁未間，有《萬曆野獲編》共卅卷，棄置廢篋中，且輟筆已十餘年而往矣。壯歲已去，記性日頹，諸所見聞，又有出往事外者。胸臆舊貯，遺忘未盡，恐久而并未盡者失之。遂不問新舊，輒隨意録寫，亦復成帙，緒成前稿，名曰《續編》，仍冠以'萬曆'。其事亦有不盡屬今上時者，然耳剽目睹，皆德符有生來所親得也。昔吾家存中，身處北扉，淹該絶世，故筆談一書，傳誦至今。吾家石田，雖高逸出存中上，終以布衣老死吳下，故所著客座新聞，時有抵牾。德符少生京國，長遊辟雍，較存中甚賤，而所交士大夫，及四方名流、聚羣下者，或稍過石田，因妄爲泚筆。總之，書生語言，疵誤不少，姑存之以待後人之斥正。或比于《玄怪》《瀟湘》諸録，差爲不妄。今聖人在宥，當如紀年所稱萬數。與天罔極，野之所獲，正不勝書也。”

末署“萬曆四十七年己未歲新秋題於敝帚齋”。

（沈德符撰《萬曆野獲編》，中華書局 1959 年）

萬曆年間（1573—1620）

陳繼儒《〈野客閑譚〉引》：“野史者，稗史也。今之稗史多矣，其最著者若《虞初志》《夷堅志》《酉陽雜俎》，皆俚而不華；若枝山《野記》《剪勝野聞》《孤樹哀談》皆誣而不核；又若《客座新聞》《瑣綴録》《庚己編》皆誕而不經。正如畫家之畫鬼怪，非常目所習見，任意圖像，以駭世。故事不必盡真，詞不必盡典，文不必盡訓，惟搜其幽隱，創爲怪誕，以媚人之好，而於觸發人情則未也。陳君虞佐者武林高才先達也，胸羅琬琰，筆走虯龍。於書無所不窺，蒐古今之會心快志者，彙而成集，分類三十，爲卷十，命曰《野客閑譚》。問序于余，余惟文生於情，情亦生於文，若影形桴鼓聲相應而動相隨，水無情也，爲清漪，爲濚洄，爲綺縠，皆水之文也，皆水之情也。故夫子删詩，上逮清廟明堂之詠，下及街衢思婦之吟，無不採取者。總之則以感發人性情而已，故搜不廣則掛一而漏萬，核不當則咀粗而遺精。於是來遼豕井蛙之誚，著糞羔袖之譏，此稗史之所以無全璧也。是集也，摘春華亦摘秋實，收陽春亦收下里，録朝事亦録閨情，采墳典亦采叢談，灑灑乎華而麗，瞻而文，令讀之者駭目會心，人情勃勃飛動，故于其紀忠佞者，寧不若鑒秦鏡不寒自栗哉？于其紀幽奇者，寧不若登華嶽，觸目叫絶哉？試玩其冶艷之篇，而不若入迷樓、游金谷，爽然自失哉？試讀其孤憤之辭，而不若聽雍門瑟、紫臺琵琶，泫然泣下哉？即如其紀仙、紀怪之事，又不若登閬風，夢華胥，境界各別，有飄然塵外之想哉？讀未竟而倏然喜，倏然涕，倏然歌且舞，倏然踴且躍，令人不知文之生於情而情之生於文也。故余弁一言以榜於世，曰宇内有此雲蒸霞變，瀰空漫海之書，而充棟稗史盡虱脛蟣肝，詹詹小言不足道也。獨恨書成晚，而余不及收入《秘笈》中，請以異日。”

（國家圖書館藏明刻本）

陳繼儒《〈建文朝野彙編〉序》：“餘少讀史至革除之際，不數行輒涕洟不竟。往過嘉興，屠侍御以《建文朝野彙編》若干卷示予。予爲參互校訂之，嘆曰：‘侍御何志之悲而慮之深也。’蓋自古治世之史直，治而非治之史亦直，亂世之史諱，非亂而亂之史亦諱。革除之時之泯泯也，後世諸君子之摭拾也，與夫侍御之撿括而參合也，治耶？亂耶？可以觀世焉。……故與其使與使仇詛吾親，不若及吾子孫得引咎以謝焉。滅曲直不載，不若直陳其狀而徵示以無可增加也；斥野史爲盡訛，不如互述其異同，而明見其不必盡情實也。”

（《陳眉公集》，中央書局 1936 年）

李維楨《〈弇州史料〉序》：“史之有實録也，似而非者也。天子事，非一家一人私事，則所録自不能遺臣民，而其名曰，某帝某帝實録。猶臣民之有銘傳表誄云耳。人臣而銘傳表誄，其君可以刺乎？録及臣民而可盡用褒乎？前朝史與實録猶並行本朝。無史而遂以實録爲史。有識者病之。野史因是紛然錯出，或失於寡聞，或失於好異，或失於偏信，甚至以饞□修郤。至於今處士橫議，朝臣聚訟，愈不可質問。故老彫喪，雖三十年來是非棼然淆亂，向誰辨證？……善乎，眉公之言曰：‘文人之才在善用虛，史官之才在用實。’無料則何以言實？董生不直曰：‘弇州史而曰史料，有以也。’……史料者，不知何代何人搦管，爲之三歎。”

（上海圖書館藏明萬曆四十二年刻本）

　　"三台館主人"（余象斗）爲陳繼儒編《南北兩宋志傳》作序："史以識事傳信，如《麟經》《史》《漢》，定褒貶於當年，悉勸懲於來禩，並傳不朽矣。第正史事繫綱常，計切民聽，乃始著爲後世之法。匪晃爲鑒初之臧否，攻戰之勝負，寧脫略之？非不欲詳，往事浩煩，勢不得不略也。趙宋先都於汴，靖康不競，迺南渡淮。其國勢之隆替、兵政之强弱、將材之良窳、臣工之忠佞，昭之經牒間，亦一代法鑒也。昔大本先生，建邑之博洽士也，遍覽群書，涉獵諸史，乃綜核宋事，彙成一書，名曰《南北宋兩傳演義》，事取其真，辭取明，以便士民觀覽，其用力亦勤矣。是集也，雖外史而不紊于朝章，雖外傳而不乖于正紀，用以傳今古、昭法戒可也。豈徒《史》《漢》之衙官、《麟經》之取辭哉？則在觀者自得之。"

　　末署"三台館山人識"。

　　按，此編者是否陳繼儒尚待考論。肖東發《明代小說家刻書家余象斗》推測，余象斗生卒年爲 1560 左右至 1637 左右（《明清小說論叢》第四輯），福建建陽書坊鄉人，以編纂小說與刻書爲業。

　　　　　　　　　　　　　　　　　　（日本內閣文庫藏明萬曆三台館刊本）

　　李開元《詞謔》"二十八·時調"之《一笑散》："崔後渠、熊南沙、唐荊川、王遵巖、陳後罔謂：《水滸傳》委曲詳盡，血脈貫通，史記而下，便是此書。且古來更無有一事而二十冊者。倘以奸盜詐僞病之，不知序事之法、史學之妙者也；若以李、何所取時詞爲鄙俚淫褻，不知作詞之法、詩文之妙者也。"

　　按，卜鍵認爲《詞謔》當刻于明萬曆初年，並認爲："國家圖書館善本部所藏刻本題爲'明嘉靖刻本'，顯然有誤。"今從此說。

　　　　　　　　（李開先著、卜鍵箋校《李開先全集》，上海古籍出版社 2014 年）

　　袁于令《李卓吾評本〈西遊記〉題詞》: "文不幻不文，幻不極不幻。是知天下極幻之事，乃極真之事；極幻之理，乃極真之理。故言真不如言幻，言佛不如言魔。魔非他，即我也。我化爲佛，未佛皆魔。魔與佛力齊而位逼，絲髮之微，關頭匪細。摧挫之極，心性不驚。此《西遊》之所以作也。説者以爲寓五行生克之理，玄門修煉之道。余謂三教已括於一部，能讀是書者，於其變化橫生之處引而伸之，何境不通？何道不洽？而必問玄機於玉匱，探禪蘊於龍藏，乃始有得於心也哉？至於文章之妙，《西遊》《水滸》實並馳中原。"

　　　　　　　　　（吳承恩著、李贄評《李卓吾批評西遊記》，齊魯書社 1991 年）

　　署名"袁宏道"者爲《東西漢通俗演義》作序: "'漢家四百餘年天下，其間主之聖愚，臣之賢奸，載在正史及雜見於稗官小説者詳矣。兹《演義》一書，胡爲而刻？又胡爲而評？中郎氏曰:'是未明於通俗之義者也。'里中有好讀書者，緘嘿十年，忽一日拍案狂叫曰:'異哉！卓吾老子吾師乎！'客驚問其故，曰:'人言《水滸傳》奇，果奇。予每檢《十三經》或《二十一史》，一展卷，即忽忽欲睡去，未若《水滸》之明白曉暢，語語家常，使我捧玩不能釋手者也。若無卓老揭出一段精神，則作者與讀者千古俱成夢境。'今天下自衣冠以至村哥里婦，自七十老翁以至三尺童子，談及劉季起豐沛，項羽不渡烏江，王莽篡位，光武中興等事，無不能悉數顛末，詳其姓氏里居。自朝至暮，自昏徹旦，幾忘食忘寢，聚訟言之不倦。及舉《漢書》《漢史》示人，毋論不能解，即解亦多不能竟，幾使聽者垂頭，見者却步。噫！今古茫茫，大率爾爾，真可怪也，可痛也。則《兩漢演義》之所以繼《水滸》而刻也。文不能通，而俗可通，則又通俗演義之所由名也。雖然吾安得起龍湖老子于九原，借彼舌根，通人慧性，假彼手腕，開人心胸，使天下共以信卓老者信演義，愛卓老者愛演義也。不得已，聊爲拈出，以供天下之好讀書。"

末署"公安袁宏道題"。

（國家圖書館藏清刻本）

胡應麟《少室山房筆叢・九流緒論》上："余所更定九流：一曰儒，二曰雜（總名、法諸家爲一，故曰雜。古雜家亦附焉）三曰兵，四曰農，五曰術，六曰藝，七曰説，八曰道，九曰釋。……説主風刺箴規，而浮誕怪迂之録附之……説出稗官，其言淫詭而失實，至時用以洽見聞，有足采也。"

《九流緒論》下："子之爲類，略有十家。昔人所取凡九，而其一小説弗與焉。然古今著述，小説家特盛；而古今書籍，小説家獨傳。何以故哉？怪力亂神，俗流喜道，而亦博物所珍也；玄虛廣莫，好事偏攻，而亦洽聞所昵也。談虎者矜誇以示劇，而雕龍者閑掇之以爲奇；辯鼠者證據以成名，而捫虱者類資之以送日。至於大雅君子，心知其妄，而口竟傳之，且斥其非，而暮引用之，猶之淫聲麗色，惡之而弗能弗好也。夫好者彌多，傳者彌衆；傳者日衆，則作者日繁。夫何怪焉？"

"小説家一類，又自分數種。一曰志怪：《搜神》《述異》《宣室》《酉陽》之類是也。一曰傳奇：《飛燕》《太真》《崔鶯》《霍玉》之類是也。一曰雜録：《世説》《語林》《瑣言》《因話》之類是也。一曰叢談：《容齋》《夢溪》《東谷》《道山》之類是也。一曰辨訂：《鼠璞》《鷄肋》《資暇》《辨疑》之類是也。一曰箴規：《家訓》《世範》《勸善》《省心》之類是也。談叢、雜録二類最易相紊，又往往兼有四家，而四家類多獨行，不可擾入二類者。至於志怪、傳奇，尤易出入，或一書之中，二事並載；一事之内，兩端具存。姑舉其重而已。"

"小説，子書流也。然談説理道，或近於經；又有類注疏者。紀述事蹟，或通于史；又有類志傳者。他如孟棨《本事》、盧瓌《抒情》，例以詩話、文評，附見集類，究其體制，實小説者流也。至於子類雜家，尤相出入。鄭氏

謂古今書家所不能分有九，而不知最易混淆者小説也。必備見簡編，窮究底
裏，庶幾得之。而冗碎迂誕，讀者往往涉獵，優伶遇之，故不能精。”

“《飛燕》，《傳奇》之首也。《洞冥》，《雜俎》之源也。《搜神》《玄怪》之
先也。《博物》，《杜陽》之祖也。魏晉好長生，故多靈變之説。齊梁弘釋典，
故多因果之談。”

“小説，唐人以前，紀述多虛，而藻繪可觀。宋人以後，論次多實，而彩
艷殊乏。蓋唐以前出文人才士之手，而宋以後率俚儒野老之談故也。”

“小説者流，或騷人墨客，遊戲筆端；或奇士洽人，蒐羅宇外。紀述見
聞，無所迴忌；覃研理道，務極幽深。其善者，足以備經解之異同，存史官
之討覈，總之有補於世，無害于時。乃若私懷不逞，假手鉛槧，如《周秦行
紀》、《東軒筆録》之類，同于武夫之刃，讒人之舌者，此大弊也。然天下萬
世，公論具在，亦亡益焉。”

“小説卷帙繁重者，《太平廣記》之五百，《夷堅志》之四百，極矣。而不
知《虞初》之九百也。秦漢之篇，即唐宋之卷，《太史公書》一百三十卷，
《漢志》作百三十篇。……蓋《七略》所稱小説，惟此當與後世同。方士務爲
迂怪，以惑主心，《神異》《十洲》之祖襲，有自來矣。”

“劉義慶《世説》十卷，讀其語言，晉人面目氣韻恍忽生動，而簡約玄
澹，真致不窮，古今絶唱也。孝標之注，博贍精核，客主映發，並絶古今。
考隋、唐《志》，義慶又有《小説》十卷，孝標又有《續世説》十卷，今皆不
傳。悵望江左風流，令人扼腕云。（案《宋書·義慶傳》不載《世説》，
未詳。）”

“《世説》以玄韻爲宗，非紀事比。劉知幾謂非實録，不足病也。唐人修
《晉書》，凡《世説》語盡采之，則似失詳慎云。”

《四部正訛》下：“《燕丹子》三卷，當是古今小説雜傳之祖，然漢《藝文
志》無之。周氏《涉筆》，謂太史《荆軻傳》本此。宋承旨亦以決秦漢人所

作。余讀之，其文彩誠有足觀，而詞氣頗與東京類。"

"《趙飛燕外傳》稱河東都尉伶玄撰。宋人或謂爲僞書，以史無所見也。然文體頗渾樸，不類六朝。"

《二酉綴遺》中："古今志怪小説，率以祖《夷堅》《齊諧》。然《齊諧》即《莊》，《夷堅》即《列》耳。二書固極詼詭，第寓言爲近，紀事爲遠。《汲冢瑣語》十一篇，當在《莊》《列》前。《束晢傳》云：'諸國夢卜妖怪相書'，蓋古今小説之祖。惜今不傳。《太平廣記》有其目，而引用殊寡。余嘗欲雜摭《左》《國》《紀年》《周穆》等書之語怪者，及《南華》《沖虛》《離騷》《山海》之近實者，《燕丹》《墨翟》《鄒衍》《韓非》之遠誣者，及《太史》《淮南》《新序》《説苑》之載戰國者，凡瑰異之事，彙爲一編，以補《汲冢》之舊，雖非學者所急，其文與事之可喜，當百倍于後世小説家云。"

"幼嘗戲輯諸小説，爲《百家異苑》。今録其序云：自漢人駕名東方朔作《神異經》，而魏文《列異傳》繼之，六朝唐宋，凡小説以異名者甚衆……余屏居丘壑，却掃杜門，無鼎臣野處之賓，以遺餘日，輒命穎生，以類鈔合，循名人事，各完本書，不惟前哲流風，藉以不泯；而遺編故亦因概見大都，遂統命之曰《百家異苑》。作勞經史之暇，輒一披閲，當抵掌捫虱之歡。昔蘇子瞻好語怪，客不能，則使妄言之。莊周曰：'余姑以妄言之，而汝姑妄聽之。'知莊氏之旨，則知蘇式之旨矣。"

"唐人小説，如《柳毅傳》書洞庭事，極鄙誕不根，文士亟當唾去，而詩人往往好用之。夫詩中用事，本不論虛實，然此事特誕而不情，造言者至此，亦橫議可誅者也。……《傳奇》之名，不知起自何代。陶宗儀謂唐爲傳奇，宋爲戲諢，元爲雜劇。非也。唐所謂傳奇，自是小説書名，裴鉶所撰。中如藍橋等記，詩詞家至今用之，然什九妖妄寓言也。裴晚唐人，高駢幕客，以駢好神仙，故撰此以惑之。其書頗事藻繪，而體氣徘弱，蓋晚唐文類爾。然中絕無歌曲樂府，若今所謂戲劇者，何得以傳奇爲唐名？或以中事蹟相類，後人取爲戲劇張本，因輾轉爲此稱不可知。范文正記岳陽樓，宋人譏曰‘傳奇體’，則固以爲文也。”

“凡變異之談，盛於六朝，然多是傳録舛訛，未必盡幻設語。至唐人乃作意好奇。假小説以寄筆端，如《毛穎》《南柯》之類尚可，若《東陽夜怪録》稱成自虛，《玄怪録》元無有，皆但可付之一笑，其文氣亦卑下亡足論。宋人所記，乃多有近實者，而文采無足觀。本朝《新》《餘》等話，本出名流，以皆幻設，而時益以俚俗，又在前數家下。惟《廣記》所録唐人閨閣事，咸綽有情致，詩詞亦大率可喜。”

《莊岳委談》下：“今世傳街談巷語，有所謂演義者，蓋尤在傳奇、雜劇下。然元人武林施某所編《水滸傳》特爲盛行，世率以其鑿空無據，要不盡爾也。”

“今傳奇有所謂《董永》者，詞極鄙陋，而其事實本《搜神記》，非杜撰也。”

“《水滸》余嘗戲以擬《琵琶》，謂皆不事文飾，而曲盡人情耳。然《琵琶》自本色外，‘長空萬里’等篇，即詞人中不妨翹翠。而《水滸》所撰語，稍涉聲偶者，輒嘔噦不足觀，信其伎倆易盡。第述情叙事，針工密緻，亦滑稽之雄也。”

“今世人耽嗜《水滸傳》，至縉紳文士，亦間有好之者，第此書中間用意，非倉卒可窺，世但知其形容曲盡而已。至其排比一百八人，分量重輕，纖毫不爽，而中間抑揚映帶，回護詠歎之工，真有超出語言之外者。余每惜斯人，以如是心，用於至下之技。然自是其偏長，假使讀書執筆，未必成章也。”

“此書所載四六語甚厭觀，蓋主爲俗人説，不得不爾。余二十年前，所見《水滸傳》本，尚極足尋味。十數載來，爲閩中坊賈刊落，止録事實，中間遊詞餘韻，神情寄寓處，一概删之，遂幾不堪覆瓿。復數十年，無原本印證，此書將永廢矣。余因歎是編初出之日，不知當更何如也。”

"世所傳《宣和遺事》極鄙俚，然亦是勝國時間閻俗説。"

按，《少室山房筆叢》凡四十八卷。著者在各部分殺青定稿時分別作有小引：《經籍會通引》署"萬曆己丑（1589 年）孟秋朔應麟識"，《丹鉛新録引》署"庚寅（1590）人日識"，《史書佔畢引》署"秋望，應麟識"（引有"己丑北還"語，知爲 1589 年秋），《藝林學山引》署"庚寅（1590）七夕麟識"，《九流緒論引》署"清和既望識"（引有"己丑北還"語，知爲 1589 年），《四部正訛引》署"丙戌（1586 年）春仲月晦識"，《三墳補逸引》署"甲申（1584）夏五識"，《華陽博議引》署"己丑（1589）仲冬麟識"，《莊岳委談引》署"己丑（1589 年）陽月朔日識"，《玉壺遐覽引》署"壬辰（1592 年）仲冬芙蓉峰客題"，《雙樹幻鈔引》署"壬辰（1592 年）臘壁觀之題"，《二酉綴遺引》未署時間。是書爲作者生平考據雜説之彙編，《莊岳委談》《九流緒論》《二酉綴遺》等部類對明清小説理論多有論述。全書在胡應麟生前未結集刊行。今有明刻本存世，國家圖書館、福建省圖書館與湖南社科院圖書館均有收藏。

（胡應麟撰《少室山房筆叢》，上海書店出版社 2009 年）

"墨尿子"《狐媚叢談》小引："狐爲媚也，齊諧聞而志之，憑虛子蒙而傳之，以爲談助。拘方生非之曰：'天下事經目欺真。諸説鑿空，雍詎皆目睹乎？即目睹矣，猶當尊不語之訓，杜亂正之萌，奈何傳之通邑大都，若揭日月而行也？'於是達觀老人歎而笑曰：'唯唯，否否，齊固失矣。楚亦未爲得也。夫天壤有真幻兩對。帙中所載，果且有是也乎哉？果且無是也乎哉？真則真之，幻則幻之，幻其真而真其幻，從其真幻，而真幻之無，事鶊炙與時痎也。儻謂不然，濡尾聽冰、南山有道，何以稱焉！……子將托物比類以示識乎？抑明指顯摘以自罹乎？此必有辨。則昔之傳此事也，有爲也，今之蘗此也，□其爲也。莊周寓言，諒且善，是而何真幻之足云。'二客釋然，書此言以弁集。"

　　末署"墨戾子撰"。

（上海圖書館藏明代草玄居刻本）

　　湯顯祖《點校〈虞初志〉序》："昔李太白不讀非聖之書，國朝李獻吉亦勸人弗讀唐以後書。語非不高，然未足以繩曠覽之士也。何者？蓋神丘火穴，無害山川岳瀆之大觀；飛莖秀蕚，無害豫章竹箭之美殖；盤鷹立鵲，無害祥麟威鳳之遊棲。然則稗官小說，奚害于經傳子史？遊戲墨花，又奚害於涵養性情耶！……《虞初》一書，羅唐人傳記百十家，中略引梁沈約十數則，以奇僻荒誕，若滅若没，可喜可愕之事，讀之使人心開神釋，骨飛眉舞。雖雄高不如《史》《漢》，簡澹不如《世說》，而婉縟流麗，洵小說家之珍珠船也。……余暇日特爲點校之，以供世之奇雋沈麗者。臨川湯顯祖撰。"

　　歐大任作《虞初志序》："夫尼父刪《詩》，並存桑濮；丘明立《傳》，兼綜怪迂。苟小道之足觀，斯碩儒之不棄者也。劉堤敲劍，謔浪于蒙莊佞幸滑稽，詼諧于司馬。良有故哉！胤是以降，諸家鼓吹，百氏簧鳴。艷奇聞以資話柄，則野老畢其長，希怪見以茂，談叢則稗官窮其巧，於是小說之繁莫可殫紀。支言瑣語，鏗鏘之若洪鐘；委巷深閨，摻摑之如雷鼓。善亦藝林之剩枝，而文苑之餘葩也。自晉陽之祚既啓，而虞初之志聿興，口耳沾濡，心神飛越，或泠泠綽約，儼貌姑射之風；或宕宕玄冥，同大海若之度。其婉柔者，可以頤解；其詭異者，可以髮衝。苟別具隻眼而繙，必令枵腹而果矣。甌粵歐大任撰。"

　　王穉登作《虞初志序》："稗虞象胥之書，雖偏門曲學，詭僻怪誕，而讀者顧有味其言，往往忘倦。譬猶饜粱肉者，以海錯爲珍奇；被文綉者，以氄毳爲瑰麗；居廣厦者，以衡廬爲曠邈；飲玄酒者，以醍醐爲沈湎；聽雅樂者，以鄭衛爲淫靡。蓋羊棗之不如膾炙，自昔然矣。然《齊諧》荒唐，汗漫支離，而終不詭于大道。故尼父《春秋》，取諸列國之紀；馬遷史才絶世，微七十二家之言，安得遂成鴻纂乎？自野史繁蕪，家鏤市鍰。好奇之夫，購求百出。於是巷語街談、山言海説之流，一時充肆，非不紛然盛矣。奈何嚼蠟餔糟，愈趨而愈不競，使夫目未下而恨秦灰之既燼，卷乍披而思漢瓴之堪覆。盈箱積案，徒多奚爲？吾友仲虛吳君，博雅好古，緯略塞胸，腹笥溢于邊詔，架帙侈于李泌。以《虞初》一志，並出唐人之撰。其事核，其旨雋，其文爛漫面陸離，可以代捉塵之譚，資捫虱之論。乃于遊藝之暇，删厥舛訛，授之剞劂，長篇短牘，燦然可觀。鼎染者涎垂，管窺者目眩，奚藉説詩居然頤解，不有博弈云爾猶賢，既克免於木災，寧不增其紙價乎？太原王穉登撰。”

（國家圖書館藏明萬曆吳興凌性德刻本）

　　“憨憨子”《綉榻野史》序：“余自少讀書成癖，余非書若無以消永日，而書非予亦若無以得知己。嘗于家乘野史尤注意焉。蓋以正史所載，或以避權貴，當時不敢刺譏。孰知草莽不識忌諱，得抒實録，斯余尚友意也。奚僮不知，偶市《綉榻野史》進余。始謂當出古之脱簪珥永巷、有裨聲教者類，可以娛目，不意其爲謬戾。亦既屏置之矣。逾年，間過書肆中，見冠冕人物與夫學士少年行，往往謏諸不絶。余慨然歸，取而評品批抹之，間亦斷其略。客有過我者曰：‘先生不幾誨淫乎？？’余曰：‘非也，余爲世慮深遠也。’曰：‘云何？’曰：‘余將止天下之淫，而天下已趨矣，人必不受。余以誨之者止之，因其勢而利導焉，人不必不變也。孔子删詩，不必皆《關雎》《鵲巢》《小星》《樛木》也，雖《鶉奔》鵲彊《鄭風》株林，靡不臚列。大抵亦百篇皆爲思無邪而作，俾學士大夫王公巨卿（下闕）’”

　　按，王驥德《曲律》卷四《雜論》第三十九下：“郁藍生，呂姓，諱天成，字勤之，別號棘津，亦餘姚人。……勤之童年，便有聲律之嗜。既爲諸生，兼工古文辭。……勤之製作甚富。至摹寫麗情褻語，尤稱絶技。世所傳

《綉榻野史》、《閒情別傳》，皆其少年遊戲之筆。"或以爲《綉榻野史》爲呂天成所作。

（孫楷第著《中國通俗小説書目（外二種）》，中華書局 2012 年）

無名氏《重刊杭州考證三國志傳》序："《三國志》一書，創自陳壽，厥後司馬文正公修《通鑑》，以曹魏嗣漢爲正統，以蜀、吳爲僭國，是非頗謬。迨紫陽朱夫子出，作《通鑑綱目》，繼《春秋》絶筆，迨進蜀漢爲正統，吳、魏爲僭國，于人心正而大道明，則昭烈紹漢之意，始暴白於天下矣。然因之有志不可汩没，羅貫中氏又編爲通俗演義，使之明白易曉，而愚夫俗士，亦庶幾知所講讀焉。但傳刻既遠，未免無訛。本堂敦請明賢重加考證，刻傳天下，蓋亦與人爲善之心也。收書君子其尚識之。"

（國家圖書館藏明萬曆刊本）

朱之蕃《三教開迷歸正演義》叙："語云：文章不關世教，雖工無益。故高則誠傳奇詞話云：'不關風化體，縱好也徒然。'由斯以觀，則書記之貴關世教風化尚矣。夫書關世教風化，則爲作不徒作；作不徒作，則可長久；可長久則又與世教風化相關繫于不朽，其今《三教破迷正俗演義》之謂乎？夫《三教破迷演義》與《西遊解厄傳》《忠義水滸傳》等書耳，亦等之稗官小説之類耳，何據以足久遠而不知？有不然者，《西遊》《水滸》皆小説之崇閎者也，然《西遊》近荒唐之説而皆流俗之談，《水滸》一遊俠之事而皆無狀之行，其于世教人心、移風易俗、俄頃神化，何居而得與《破迷正俗演義》相軒輊也？演義者，其取喻在夫人身心性命、四肢百骸、情欲玩好之間，而其究極在天地萬物人心底裏、毛髓良知之内；其指摘在片言隻字、美刺冷軟、浮沉深淺、着而不着之際，而其開悟在棘刺微茫、紅鑪淡濃、有無漬入知而不知之妙，其立名則若有若無、若真若假，其立言則至虛至實、至快至切，其震撼則崩雷掣電、神鬼俱驚，其和婉則薰風膏雨、髓骨俱醉。稱名小、取類大，旨遠詞文，曲中肆隱。故言之者不覺其披却，而聽之者不覺其神移；激則怒髮衝冠、裂眦切齒，柔則心曠神怡、筋酥骨懈；嘲笑則捧腹解頤、胡盧雀躍，冷軟則汗背額泚、愧赧入地；諷婉則膽冷心碎、拍奮激昂。酒色財氣之徒，不半字而魂消淫奔，浪蕩之輩聆片言而心顫笑談，而奪千軍萬馬之力，指顧而高萃，袞斧鉞之權。其視鎖心猿意馬於無影無用之椿，而快恩讎報復於水洼雀澤之境者，不相去萬里？而于扶持世教風化，豈曰小補之哉？雖謂是書也爲帝王聖賢之羽翼，感化人心之鼓吹，喜起作人之嚆矢，而萬人遷善改過之法門可也。言言靈藥，字字神鍼，宇宙在乎手造化，本乎身即觀者自行玩味，有一點即化不覺其瞠目而神快者，自覺此《記》之妙，又何事乎余之贅言？"

凡例："本傳自始至終血脉聯貫，虛實互參。"

"本傳通俗詩詞吟詠欲人了明，而俗中藏妙，澆處和淳自未可以工拙論。"

"本傳圈點非爲飾觀者目，乃警拔真切處則加以圈，而其次用點，至如月旦者落筆更趣，且發作傳者未逮。"

跋語："余友鏡若子潘九蘋燕居，撰《三教開迷》，其中事蹟若虛若實，人名或真或假，且信意而筆無有定調。余竊怪其泛而雜，乃復盡其委而婉，把世情紛紜變幻，直辯駁在一詞句間。乃私詢其意旨。渠笑而不答，既而欹欹指向余□，皆其生平經歷所遇，實有其事與人者，除怪誕不根者十之三，以妝點作傳之花樣，其餘借名托姓，總之不揚人惡，亦不隱人善，種種著是迷者自相警戒焉。□可必欲知其事與人人可知乎？千百年尚識其人與事乎？我苟不迷，即迷而自能破得大利益身心，則斯傳亦良餌矣！"

（《古本小説集成·三教開迷歸正演義》，上海古籍出版社 1994 年版）

舒載陽《封神演義》識語："此書久繫傳説，苦無善本，語多俚穢，事半荒唐，評古愚今，名教之所必斥。茲集乃□先生考訂批評，家藏秘册，余不惜重貲購求鋟行，以供海内奇賞。”

（王古魯著《王古魯日本訪書記》，海峽文藝出版社 1986 年）

李雲翔《鍾伯敬評封神演義》序："古今有可信者，經史《綱鑑》之書是也。有不可信者，《齊諧》《虞初》《山海》之書是也。若可信若不可信者，諸子、小説、陰陽、方技、術數之書是也。……俗有姜子牙斬將封神之説，從未有繕本，不過傳聞於説詞者之口，可謂之信史哉？余友舒沖甫自楚中重貲購有鍾伯敬先生批閲《封神》一册，尚未竟其業，乃托余終其事。余不愧續貂，删其荒謬，去其鄙俚，而於每回之後或正詞，或反説，或以嘲謔之語以寫其忠貞俠烈之品，奸邪頑頓之態，于世道人心不無唤醒耳。語云：'生爲大（上）柱國，死作閻羅王。'自古及今，何代無之？而至斬將封神之書，目之爲迂誕耶？書成，其可信不可信，又在閲者作如何觀，余何言哉？"

末署"邗江李雲翔爲霖甫撰"。

按，據徐朔方爲該書所撰前言，"萬曆四十八年武林藏珠館刊本《唐傳演義》亦屬舒載陽梓"，可推測此本《封神演義》問世與刊刻時間大致在萬曆時期。

題"鍾伯敬批評"《封神演義》第十四回末評："哪吒頑皮不亞美猴王，而一念忠孝慷慨激烈處有似花和尚、李鐵牛，此傳固當與《西遊》《水滸》並傳。"

第二十一回末評："文王聖人也當此大厄之後，自宜恬退静處，豈有跨官耀熾之理，此在智者不爲，西伯斷無此事。此小説家粉飾之談。"

（日本内閣文庫藏明末金閶書坊舒載陽刻本）

葉向高《説類》自序："稗官家言自三代時已有，而後莫盛于唐宋。學者多棄而不道。然其間紀事固有足補正史之所未及，而格言眇論、微辭警語，讀之往往令人心開目明、手舞足蹈，如披沙得金，食稻粱者忽啖酥酪，不覺其適口也。余在留曹日，偶得一書，皆唐宋小説數十種，摘其可廣聞見、供談資者，録而存之，分類編次，以便觀覽，而力未能及。頃以公暇廖寂，時取一寓目。每至治亂興衰、成敗得失與人臣忠佞邪正、進退難易、身名全毀之際，輒掩卷三歎，不勝論世之感。間以示客部林君。林君復稍加增汰，定爲六十餘卷，卷各爲類，區分臚列，條緒井然。蓋上自天文，下及地理，中窮人事。大之而國故朝章，小之而街談巷説以至三教九流，百工技藝，天地間可喜可愕可怪可笑之事，無所不有，雖未足盡説家之大全，然其大端已約略具是矣。編成將授之梓，客有語余曰：'今之載籍汗牛充棟，談者方欲付祖龍之焰，烏用此駢拇枝指爲。且神鬼幽奇，滑稽嘲戲，無裨世教，奚取而並收之?'余曰：'天地大矣，萬籟齊鳴，秦火之後，作者更繁。有心有口，其孰能禁子不語怪乃精氣爲物，遊魂爲變，《易》已言之。桑間濮上，且列於《詩》，何況其餘。《記》不云乎：'張而不馳，文武不能。馳而不張，文武不爲。一張一馳，文武之道。'如必引諸繩墨，則後有論著，惟儒先語録足矣。即左徒盲史，漆園吏，邯鄲、賈豎、腐令，諸家言皆當以覆醬瓿，又何論猥雜如兹編者哉? 昔蘇子瞻好人説鬼，其人無以應。則曰：'姑妄言之。'茫茫世界，總是幻場。蟲臂鼠肝，尻輪神馬，變化無倪。夫庸知子瞻所謂妄者之非真耶? 世有大妄而人不怪，乃僅以耳目不及爲妄，惑已。此余所爲存也。客曰：'是固然矣。如其辭毋乃太質?'余曰：'質勝文則野，此野史也。禮失而求諸野，吾方欲以救史之失，焉用文?'客唯唯，請述而弁其端，客部名茂槐，余里人。"

末署"福唐葉向高書"。

（上海圖書館藏萬曆刻本）

呂天成《曲品》"忠孝完備"條："村夫巷婦無不談包龍圖，以《龍圖公案》所載忠孝事，最能動俗也。"

"霞箋"條："此即《心堅金石傳》。死者生之，分者合之，是傳奇體。搬出甚激切，想見鍾情之苦。"

按，吳新雷《〈曲品〉真本的考見》認爲"楊志鴻鈔本是萬曆四十一年增補改寫後的定本"（《中國戲曲史論》，江蘇教育出版社 1996 年），《歷代曲話彙編·曲品》以此爲底本整理。現據此暫繫年于此。

（俞爲民、孫蓉蓉編《歷代曲話彙編·明代篇》，黃山書社 2009 年）

"惠康野叟"《識餘》卷一："《水滸》余嘗戲以擬《琵琶》，謂皆不事文飾，而曲盡人情耳。然《琵琶》自本色外，《長空萬里》等篇，即詞人中不妨翹舉。而《水滸》所撰語，稍涉聲偶者，輒嘔噦不足觀，信其伎倆易盡；第述情敘事，針工密緻，亦滑稽之雄也。"

按，此論亦見胡應麟《少室山房筆叢》。

（《筆記小說大觀》第十二冊，江蘇廣陵古籍刊印社 1983 年）

劉伯縉《杭州府志》卷九四："自古記述之士，曷嘗不搜奇盡變哉，蓋野史稗官旁資博洽，叢談俚語，有裨箴規，故南華流覽于齊諧，而子輿愛采乎夏諺，兼收並蓄，理不得而遺也。"

（明萬曆刻本）

程子鏊《蘭溪縣志》卷五《仙釋序》："仙者逆天道而偷生，釋氏論緣業以度□，皆聖賢所不道也。……舊志謂爲齊諧、志怪之類，恐未盡然也。"

（明萬曆刻本、清康熙補刻本）

泰昌元年（庚申　1620）

張無咎《新平妖傳》叙："小説家以真爲正，以幻爲奇。然語有之：畫鬼易，畫人難。《西遊》幻極矣。所以不逮《水滸》者，人鬼之分也。鬼而不人，第可資齒牙，不可動肝肺。《三國志》人矣，描寫亦工；所不足者幻耳。然勢不得幻，非才不能幻，其季（孟）之間乎！嘗辟諸傳奇：《水滸》，《西廂》也，《三國志》，《琵琶記》也，《西遊》，則近日《牡丹亭》之類矣。他如《玉嬌麗》《金瓶梅》另闢幽徑，曲中奏雅。然一方之言，一家之政，可謂奇書，無當巨覽。其《水滸》之並乎！他如《七國》《兩漢》《兩唐宋》，如弋陽劣戲，一味鑼鼓了事，效《三國志》而卑者也。《西洋記》如王巷金家神説謊乞布施，效《西遊》而愚者也。至於《續三國志》《封神演義》等，如病人囈語，一味胡談。浪史野史等如老淫吐招，見之欲嘔，又出諸雜刻之下矣。王緱山先生每稱羅貫中《三遂平妖傳》堪與《水滸》頡頏。余昔見武林舊刻本止二十回，開卷即胡員外逢畫突如其來，聖姑姑不知何物而張鸞彈子和尚胡永兒及任吳張等，後來全無施設，方諸《水滸》未免強弩之末。茲刻回數倍前，蓋吾友龍子猶所補也。始終結構，有原有委，備人鬼之態，兼真幻之長。余尤愛其以'僞天書之誣，兆真天書之亂、妖繇人興'此等語大有關係，即質諸羅公亦云青出於藍矣，使緱山獲睹之，其歎賞又當何如邪？書已傳於泰昌改元之年。子猶宦遊，板毀於火，余重訂舊叙而刻之。子猶著作滿人間，小説其一斑，而茲刻又特其小説中之一斑云。楚黃張無咎述。"

（日本內閣文庫藏墨憨齋刊本）

另，《新平妖傳》張無咎序言尚有天許齋刊本，文字稍有出入，附于此：

張無咎《〈平妖傳〉叙》："小説家以真爲正，以幻爲奇。然語有之'畫鬼易，畫人難。'《西遊》幻極矣。所以不逮《水滸》者，人鬼之分也。鬼而不人，第可資齒牙，不可動肝肺。《三國志》人矣，描寫亦工；所不足者幻耳。

然勢不得幻，非才不能幻，其季（孟）之間乎！嘗辟諸傳奇：《水滸》，《西廂》也；《三國志》，《琵琶記》也；《西遊》，則近日《牡丹亭》之類矣。他如《玉嬌麗》《金瓶梅》，如慧婢作夫人，只會記日用帳簿，全不曾學得處分家政，效《水滸》而窮者也。《七國》《兩漢》《兩唐宋》，如弋陽劣戲，不昧鑼鼓了事，效《三國志》而卑者也。《西洋記》如王巷金家神説謊乞布施，效《西遊》而愚者也。王緱山先生每稱《三遂平妖傳》堪與《水滸》頡頏。……永（允）可列小説名家，故賈人乞余叙也，而余許之。"

末署"泰昌元年長至前一日隴西張譽無咎父題"。

（孫楷第著《中國通俗小説書目（外二種）》，中華書局 2012 年）

馮夢龍《〈廣笑府〉序》："古今來莫非話也，話莫非笑也。兩儀之混沌開闢，列聖之揖讓征誅，見者其誰耶？夫亦話之而已耳。後之話今，亦猶今之話昔。話之而疑之，可笑也，話之而信之，尤可笑也。經書子史，鬼話也，而爭傳焉。詩賦文章，淡話也，而爭工焉。褒譏伸仰，亂話也，而爭趨避焉。或笑人，或笑於人，笑人者亦復笑於人，笑於人者亦復笑人，人之相笑寧有已時？《廣笑府》，集笑話也，十三編猶云薄乎云爾。或閲之而喜，勿喜，或閲之而嗔，請勿嗔。……還有一古今世界一大笑府，我與若皆在其中供話柄。不話不成人，不笑不成話，不笑不話不成世界。布袋和尚，吾師乎！吾師乎！"

末署"墨憨齋主人題"。

按，傅承洲《馮夢龍著作編年與考證》推測《廣笑府》成書于泰昌元年（《煙臺大學學報》1989 年第 1 期），今姑從此説。

（《國學珍本文庫·廣笑府》，中央書店 1935 年）

張丑《〈酉陽雜俎〉跋》："唐段成式以將相之冑，博學強記，尤好語怪，著《酉陽雜俎》二十卷、《續集》十卷行世。今刻本有前後二種，皆二十卷，而《續集》不傳。雖以胡元瑞之廣收博取，卒未遇其原本，僅于《太平廣記》録出爲一册，亦莫能完十卷之舊。語具《二酉綴遺》中。"

末署"時泰昌紀元八月望日玉峰張丑廣德甫記"。

（段成式撰、許逸民校箋《酉陽雜俎校箋》，中華書局 2015 年）

天啓元年（辛酉 1621）

林茂桂《南北朝新語》自序："常恨劉義慶不生於武德中，盡兩京八朝而視縷之，俾後之捉塵者得以窺炙輒懸河之奥，而摘藻者亦得以窮遊魚翰鳥之趣。几上置《世説新語》一編，思有以擬之。及其何元朗《語林》出，而床頭捉刀人以爲擴裂委瑣，無所取裁，爲之躊躇者幾矣。夫晉人尚清談，每吐一語，輒玄淡簡遠，詼諧多致。義慶雖宋實晉也，沐浴江左之風流，故獨能發其逸韻，而因以旁及于漢魏。無論宋、元人，不能肖其吻角。既以開元、天寶間語參之，亦覺有齟齬不相入者。何氏之蒙譏也固然。然臨川摇筆之際，已爲齊、梁以下之濫觴矣。……讀史者不於是處合觀，另作揚榷，政如盲眼人説鉅者白、黔者墨，能名而不能取耳。屏居無事，輒取南北朝彙之，積以歲月，不覺成帙，部爲四卷，品目倍於《世説》，而標題仍其舊名。……是《新語》也，非《論衡》比也，其亦太傅之《新書》矣乎！"

末署"是歲辛酉爲天啓元年漳浦林茂桂德芬甫撰"。

（天津師範大學圖書館藏明天啓元年刻本）

馮夢龍編、天許齋刊《古今小説》"識語"："小説如《三國志》《水滸傳》稱巨觀矣。其有一人一事，可資談笑者，猶雜劇之於傳奇，不可偏廢也。本齋購得古今名人演義一百二十種，先以三之一爲初刻云。天許齋藏板。"

"緑天館主人"《〈古今小説〉叙》："史統散而小説興。始乎周季，盛于唐，而浸淫于宋。韓非、列禦寇諸人，小説之祖也。《吳越春秋》等書，雖出炎漢，然秦火之後，著述猶希。迨開元以降，而文人之筆橫矣。若通俗演義，不知何昉。按南宋供奉局，有說話人，如今說書之流。其文必通俗，其作者莫可考。泥馬倦勤，以太上享天下之養。仁壽清暇，喜閱話本，命內璫日進一帙，當意，則以金錢厚酬。於是內璫輩廣求先代奇蹟及閭里新聞，倩人敷演進御，以怡天顏。然一覽輒置，卒多浮沉內庭，其傳布民間者，什不一二耳。然如《玩江樓》《雙魚墜記》等類，又皆鄙俚淺薄，齒牙弗馨焉。暨施、羅兩公，鼓吹胡元，而《三國志》《水滸》《平妖》諸傳，遂成巨觀。要以韞玉違時，銷熔歲月，非龍見之日所暇也。皇明文治既郁，靡流不波。即演義一斑，往往有遠過宋人者。而或以爲恨乏唐人風致，謬矣。食桃者不費杏，絺縠氄錦，惟時所適。以唐說律宋，將有以漢說律唐，以春秋、戰國說律漢，不至於盡掃羲聖之一畫不止。可若何？大抵唐人選言，入于文心；宋人通俗，諧於里耳。天下之文心少而里耳多，則小說之資於選言者少，而資於通俗者多。試令說話人當場描寫，可喜可愕，可悲可涕，可歌可舞。再欲捉刀，再欲下拜，再欲決脰，再欲捐金。怯者勇，淫者貞，薄者敦，頑鈍者汗下。雖日誦《孝經》《論語》，其感人未必如是之捷且深也。噫，不通俗而能之乎？茂苑野史氏，家藏古今通俗小說甚富。因賈人之請，抽其可以嘉惠里耳者，凡四十種，畀爲一刻。余顧而樂之，因索筆而弁其首。"

末署"綠天館主人題"。

按，傅承洲推測《古今小說》當編纂于天啓元年或天啓二年（《馮夢龍著作與編年考證》，《煙臺大學學報》1989 年第 1 期）。今權從此說。另外，有關《古今小說》的版本流變問題，例如初刻本、天許齋刻本與衍慶堂刻本等刊本之前後關聯，學界存有爭議，蓋棺尚需時日（可參大冢秀高、劉姍姍《關於〈古今小說〉的版本問題》，《保定師範專科學校學報》2007 年第 3 期），以下衍慶堂刊本相應史料姑定于此。

衍慶堂刊本《喻世明言》"識語"："綠天館初刻古今小說□十種，見者侈爲奇觀，聞者争爲擊節。而流傳未廣，閣置可惜。今版歸本坊，重加校訂，刊誤補遺，題曰《喻世明言》，取其明言顯易，可以開□人心，相勸於善，未必非世道之一助也。"

末署"藝林衍慶堂謹識"。

"可一居士"評點《喻世明言》：

第二卷："一齣好戲。""絶妙關目。"

第五卷："一本好傳奇結束。"

第八卷："按唐史，天寶後蒙氏遂據有姚州之地，細奴邏乃六詔開額之祖，小説特托名耳。"

第三十三卷："荒唐之甚，往時小説務頭類如此。"

第三十八卷："情節好。又總叙有法，太史公往往有此。"

（日本内閣文庫藏明衍慶堂刊本）

余文龍《贛州府志》序："贛固舊有志哉，間略而弗詳，浮而不核，疑而無徵。稗官也，野史也，此與耳食鼻聽何異？雖志猶弗志耳。"

末署"天啓辛酉仲夏念日序，虔守閩中余文龍題"。

（王熹主編《明代方志選編·序跋凡例卷》，中國書店 2016 年）

天啓二年（壬戌　1622）

姚旅《露書》自序："丙午，客青守廬作仁署中，無事追憶昔者，凡身之所交、口之所談、足之所履、目之所觸、耳之所聞，及一切可喜、可愕，輒命管。然耻襲人牙後，間偶昔賢，亦以先發己見。積若而年，得十七萬言，分十四篇，合爲十四卷。自《躋篇》而上，多稽古，而間附以今；《風篇》而下，皆徵今而欲還于古。命名則王仲任所云'露者顯文，是非易見'，篇之鱗次亦略有意存……若謂經籍之訛舛、詞賦之妍媸、理性之邪正、陵谷之變遷、世教之污隆、人物之錯綜、鬼神之情狀盡是，則待宰木以爲牘，無盡期。一壺無益于溺，有時可亂流。辛亥，書粗成，抵秣陵，屬張爾建芟訂。隨刻日發程入齋，以事稽晷，刻書毀於火。時爾借宅讀書，先是，夜坐聞瓦上多人馬聲，以六丁戲余。己未方續成。壬戌持二册就友勘市語，偶寄市肆，暮蹄，肆反扃，彷惶達旦，其夜果復毀。惟是潦略付梓，非即謂坎灶足詫河伯，乃朱郁儀藉余，俞羨長、柳陳父揚扢風雅，而博識未聞；李本寧謂鬱儀幽窮古奧，文筆稍遜，則吾豈敢？"

按，繫年據刊刻時間。

（上海圖書館藏明天啓二年刻本）

天啓三年（癸亥　1623）

李宗之《〈松關偶抄〉小序》："自臨川王撰《世說新語》後，復有華亭《何氏語林》出，琅琊兩先生因取以爲補二書，若離若合，膾炙人口久矣。予既愛之，輒撥其尤者，各錄一別本，以爲笥中之好，而意猶未足也。年來貧而寡歡，賤復多暇，隨目所寓，疏記穢繁，幾易鉛槧，而所存僅此，長夏北窗睡酣茶飽，稍檢而類別之。一曰品，二曰語，三曰事，四曰景，品列爲七，語列爲十，事凡有五，景凡有二，共二十四門，六百餘條，名曰《松關偶抄》。即稗官正史俱所不論，而古今世代亦未遑詮次也。夫松關者何，志地也。偶抄者何，志時也。以明予之作輟者屢，掛漏者多，而率業於謖謖勁風之下，總以志兼也。因歎家無異書，而懶不能讀，且又無好事者可以藉以廣見聞，則終於坐井，能免遺笑於博雅乎？雖然，一狐之腋，半豹之斑，不無寒乞，要亦可珍耳。"

末署"天啓三年歲在癸亥隴西李宗之題"。

（國家圖書館藏明宗之家抄本）

　　"煙霞外史"爲楊爾曾《韓湘子全傳》作序："仿模外史，引用方言，編輯成書，揚榷故實。閱歷疏窗，三載搜羅傳往跡。標分綺帙，如干目次布新編。……析卓韋沐目之秘文，窮人天水陸之幻境，闡道德性命之奧旨，昭幽明神鬼之異聞。分合不相牴牾，首尾不相矛盾。有《三國志》之森嚴、《水滸傳》之奇變；無《西遊記》之謔虐、《金瓶梅》之褻。"

　　末署"時天啓癸亥季夏朔日煙霞外史題於泰和堂"。

　　　　　（《古本小説集成·韓湘子全傳》影印明天啓三年金陵九如堂刊本）

　　黄宗羲《家母求文節略》："宗羲此時年十四，課程既畢，竊買演義如《三國》《殘唐》之類數十册，藏之賬中，俟父母熟睡，則發火而觀之。一日出學堂，其父見其書，以語太夫人，太夫人曰：'曷不禁之？'忠端公曰：'禁之則傷其邁往之氣，姑以是誘其聰明可也。'自此太夫人必竊視宗羲所乙之處，每夜幾十頁，終不告宗，爲忠端公所知也。"

　　按，"忠端公"即黄宗羲之父黄尊素。另，入清後黄宗羲對小説多有非議之詞，如《明夷待訪錄·學校》："凡郡邑書籍，不論行世藏家，博搜重購。每書鈔印册，一册上秘府，一册送太學，一册存本學。時人文集、古文非有師法，語錄非有心得，奏議無裨實用，序事無補史學者，不許傳刻。其時文、小説、詞曲、應酬代筆，已刻者皆追板燒之。"小説之于士人的情感與定位，由此可見一斑。

　　　　　　　　（沈善洪主編《黄宗羲全集》，浙江古籍出版社 1993 年）

天啓四年（甲子　1624）

　　文光斗《皇明通俗演義七曜平妖全傳》叙："寓褒貶於美刺之中，設宿以滅祟，用術以平妖，此又以幻易幻、藉假發真之義也。……乃攜是編屬叙于余，余讀之曰：'有是哉！布帛菽粟之紀也，布帛菽粟謂之通俗演義，非贗矣.'是編之操縱闔闢，連如貫珠，散若灑璧，秉史氏之筆而錯以時務、參以運籌。觀是書者不徒得白蓮爲崇之梗概，而所以維世匡時、感發懲創，所系不淺矣。余因序而弁諸首云。"

末署"天啓甲子春月上浣序，友人文光斗譔"。

（國家圖書館存鄭振鐸藏本）

《警世通言》識語："自昔博洽鴻儒，兼采稗官野史，而通俗演義一種，尤便於下里之耳目；奈射利者而取淫詞，大傷雅道。本坊恥之。兹刻出自平平閣主人手授，非警世勸俗之語，不敢濫入，庶幾木鐸老人之遺意，或亦士君子所不棄也。金陵兼善堂謹識。"

"無礙居士"《〈警世通言〉叙》："野史盡真乎？曰：不必也。盡贗乎？曰：不必也。然則，去其贗而存其真乎？曰：不必也。《六經》《語》《孟》，譚者紛如，歸於令人爲忠臣，爲孝子，爲賢牧，爲良友，爲義夫，爲節婦，爲樹德之士，爲積善之家，如是而已矣。經書著其理，史傳述其事，其揆一也。理著而世不皆切磋之彦，事述而世不皆博雅之儒。於是乎村夫稚子，里婦估兒，以甲是乙非爲喜怒，以前因後果爲勸懲，以道聽途説爲學問，而通俗演義一種，遂足以佐經書史傳之窮。而或者曰：'村醪市脯，不入賓筵，烏用是齊東娓娓者爲？'嗚乎！《大人》《子虛》，曲終奏雅，顧其旨何如耳！人不必有其事，事不必麗其人。其真者可以補金匱石室之遺，而贗者亦必有一番激揚勸誘，悲歌感慨之意。事真而理不贗，即事贗而理亦真，不害於風化，不謬于聖賢，不戾于詩書經史，若此者其可廢乎！……隴西君海内畸士，與余相遇於棲霞山房，傾蓋莫逆，各叙旅況。因出其新刻數卷佐酒。且曰：'尚未成書。子盍先爲我命名？'余閱之，大抵如僧家因果説法度世之語，譬如村醪市脯，所濟者衆。遂名之曰《警世通言》，而從臾其成。"

末署"時天啓甲子臘月豫章無礙居士題"。

《警世通言》評語：

第一卷："小説大抵非實録，不過□事以見知音之難耳。"

第三卷："按此詩乃歐陽公所作以譏荆公者，小説家不過藉以成書，原非可信實事也。"

第十九卷："宋時小説，凡言道術，必□之羅真人。蓋□□公遠之名也。"

第二十四卷："沈洪亦自可憐，是《西廂記》中鄭恒也。"

第三十一卷："如畫，一齣絶妙戲文。"

第三十八卷："詞俱當行。"

第四十卷："行文酷似《西遊》。"

（日本内閣文庫藏明金陵兼善堂刊本）

天啓六年（丙寅　1626）

李長庚《〈太平廣記鈔〉序》："學士深心，悟性命之旨，比玩物於多岐，一落言銓，若淫於末矣。乃夫子循循之教，先博于文，至提博學以居思辨篤之首，何重若此耶？……飲食門户，可以證道；牆壁矢溺，可以悟門；微言謔語，可以釋紛；術解方伎，可以利用；嬉笑怒罵，可成文章。奇形幻影，咸海藏之浮漚；異跡靈蹤，總化身之示現。……兹又輯《太平廣記鈔》，蓋是書閎肆幽怪，無所不載，猶龍氏掇其蒜酪膾炙處，尤易入人，正欲引學者先入廣大法門，以窮其聞，而後可與觀《指月》《譚餘》諸書之旨也。偶與友人譚博約之説，有當於中，遂以爲是編序。"

末署"天啓六年九月重陽日楚黃友人李長庚書"。

馮夢龍《〈太平廣記鈔〉引》："昔有宋混一天下，乃聚勝國詞臣，高館隆稍，峝局分曹，禆以漁獵群書爲務，用而不用，蓋微權也。於是乎《御覽》書成，而筆其餘爲《廣記》凡五百卷，以太平興國年間進呈，故冠以'太平'字。二書既進，俱命鏤板頒行。旋有言《廣記》煩瑣，不切世用，復取板置閣。民間家藏，率多繕寫，以故流傳未廣。至皇明文治大興，博雅輩出，稗官野史，悉傅梨登架，而此書獨未授梓。間有印本，好事者用閩中活板，以故罣漏差錯，往往有之。萬曆間，茂苑許氏始營剞劂，然既不求善本對較，復不集群書訂考，因訛襲陋，率爾災木，識者病焉。昔人用事不記出處，有間者輒大聲曰：‘出《太平廣記》’。謂其卷帙浩漫，人莫之閱，以此欺人。夫《廣記》非中郎帳中物，而當時經目者已少，若訛訛相仍，一覽欲倦，此書不遂廢爲蠹粹乎？予自少涉獵，輒喜其博奧，厭其蕪穢，爲之去同存異，芟繁就簡，類可並者並之，事可合者合之，前後宜更置者更置之，大約削簡什三，減句字復什二，所留才半，定爲八十卷。嗚乎！昔以萬卷輻湊，而予以一覽徹之，何幸也！昔以群賢綴拾，而予以一人删之，又何僭也！然譬之田疇，耘之藝之，與民食之，或者亦此書之一幸，而予又何妨於僭乎？宋人云：‘酒飯腸不用古今澆灌，則俗氣薰蒸。’夫窮經致用，真儒無俗用；博學成名，才士無俗名。凡宇宙間齷齪不肖之事，皆一切俗腸所構也。故筆札自會計簿書外，雖稗官野史，莫非療俗之聖藥，《廣記》獨非藥籠中一大劑哉！”

　　末署“吳邑馮夢龍識”。

（上海圖書館藏明天啓六年刻本）

鄧之明爲鄭仲夔《耳新》作序：“近來小説自陳眉公諸刻本而外，惟張元長《聞雁齋筆記》差强人意，元長失明，其所纂述不以見而以聞，不用目而用耳，奇耳人□寄目人乎。説者在前，筆者在後。他人之耳譚，非耳譚也，元長真耳談也。近見鄭尤如所纂《耳新》，不意過之耳之所聞，即目之所見，心之所領，即手之所筆，而耳目心乎之間，殆有全用，又不啻强人意而已也。余謂小説雖與正史不同，所爲捃摭信今而侍後者亦有三長，一不詠朝家，一不譚閨壼，一不涉雌黃，蓋議朝家則失庶人處士之職，譚閨壼則缺三十六相之，一涉雌黃則破兩舌惡口之律，且不能傳後，又何況信今，孰與？《耳新》

十卷，言言比至，事事連珠，可以風，可以勸，若舉吾所謂三長者而兼有之，夫新與陳有相推之義，而拔新領異又有相固之機。故不新不異，不異不新，尤如才壯年，探索之便甚，長不目供車而閲歷之塗甚遠，與元美先生《史料》一書俱堪採擇，近日之小説，他日之正史在焉。雖謂尤如具一代史才可也。遊信州幾月餘，無可與語者，欲求博學才士，舍吾龍如奚適哉！"

末署"天啓六年臘月立春前三日，南州友人鄧之明書於玄妙觀之碧琳堂"。

（上海圖書館藏明天啓六年來爽居刻本）

天啓七年（丁卯　1627）

江東偉《芙蓉鏡寓言》自序："古來善事心者，太上莊漆園逍遥人間世，塵垢秕糠，猶將陶鑄堯舜，栩栩然蝶也，蘧蘧然周也；次東方曼倩射覆諧隱，戲萬乘若僚友；蘇子瞻戲笑怒罵悉成文章，嘗著《艾子》一卷，環譬以附意，蓄憤以斥言；近世徐文長，崎嶇多難，光彩燁煒，抑亦才思之神皋也。不佞尚友數君子，讚歎禮拜，吾師乎，吾師乎！純粹者入矩，踦駁者出規，即微言瑣語，充箱照軫。向也嘗問津宋儒，支離附會，墮落坑塹中，疑團不破。面壁九年，偕我周旋者，及崖而返，而一點靈光，淵乎其居，瀏乎其清，有物采之，而寓言次第成矣。客妄擬笑林，吁嗟乎！此甘言之俳優，世胥溺焉，豈惡影而疾之走？客又以劉義慶《世説》，千古絶調。李北海有言：'學我者拙，似我者死。'余唯唯否否夫夫也，皆呻吟于裘氏之地者也。夫《世説》之妙，納須彌於芥子，機鋒似沉，滑稽又冷，寓言鏡也。是是因乎是，非非因乎非，既掃理障，又絶綺語，一棒一喝，令人當下了悟，而述者之心苦矣。試作如是觀，則格致誠正之旨，有如此之親切者哉？"

末署"時天啓丁卯上巳壺公江東偉題"。

《芙蓉鏡寓言》凡例："門類悉仿《世説》，而《世説》一字不入；《何氏語林》，間收十之三。

　　"《世説》談鋒爽義，膾炙千古；兹集罔取綺語，冀裨風教。然道學家流於迂腐者，則刻意削之矣。

　　"覽《廿一史》，會心處率爲何元朗先得，然紛紜雜遝，並其義趣而失之。兹集披沙見寶，殊快心目。

　　"每則續以國朝，皆本名公成書，不敢杜撰。

　　"著書最忌影射時事，臧否人物。不佞一病支離，身世兩忘，不過從往籍中拈弄，竊附于二劉先生之後。

　　"莊言分理學、禪學、玄學三卷，重言分修養、醫學二卷，孟浪言合天壞奇事續刻之，以就正大方。"

　　末署"開化壺公江東偉清來著"。

　　　　　　　　　　　　　　　　　　　　　　　（浙江省圖書館藏明天啓刻本）

　　"可一居士"《〈醒世恒言〉叙》："六經國史而外，凡著述皆小説也。而尚理或病于艱深，修詞或傷於藻繪，則不足以觸里耳而振恒心。此《醒世恒言》四十種所以繼《明言》《通言》而刻也。明者，取其可以導愚也。通者，取其可以適俗也。恒則習之而不厭，傳之而可久。三刻殊名，其義一耳。……則兹刻者，雖與《康衢》《擊壤》之歌並傳不朽可矣。崇儒之代，不廢二教，亦謂導愚適俗，或有藉焉。以二教爲儒之輔可也。以《明言》《通言》《恒言》爲六經國史之輔不亦可乎？若夫淫譚褻語，取快一時，貽穢百世，夫先自醉也，而又以狂藥飲人，吾不知視此三言者得失何如也？"

　　末署"天啓丁卯中秋，隴西可一居士題于白下棲霞山房"。

　　按，《醒世恒言》另有衍慶堂刊本，其卷首"識語"："本坊重價購求古今通俗演義一百二十種，初刻爲《喻世明言》，二刻爲《警世通言》，海内均奉爲鄴架玩奇矣。兹三刻爲《配世恒言》，種種典實，事事奇觀。總取木鐸醒世之意，並前刻共成完璧云。藝林衍慶堂謹識。"（引自孫楷第《滄州集》，中華書局 2009 年）。

《醒世恒言》評語：

第一卷："絕好一齣傳奇，令人可泣。"

第三卷："從良中行徑，鋪排殆盡，辭如爛錦，比王婆説風情，正是對口。"

"情節宛有描神之筆。"

"情節好。"

第六卷："絕好錯認，可做雜劇。"

第二十四卷："□急迫事□叙得都雅，此唐人手筆之妙。"

第三十六卷："情節湊泊。"

（日本内閣文庫藏金閶葉敬池刊本）

徐復祚《三家村老委談》卷九"宋江"條："然則'《水滸》謬乎？'曰：'征遼、征臘，後人增入，不盡君美筆也。即君美之傳《水滸》，意欲供人説唱，聳人觀聽也，原非欲傳信作也。''宋江之事可復爲乎，何近來士大夫譽之甚也。'曰：'此李長者也，此有激之言也，非教人爲江也。江，盜魁也，王法所不赦，何可復爲也？朝廷清明，京、貫不作，敢越厥志乎？'"

按，據徐朔方《晚明曲家年譜·徐復祚年譜》（浙江古籍出版社 1993年），本書約成書于本年。

（譚帆、張玄整理《徐復祚集》，華東師範大學出版社 2021 年）

天啓年間（1621—1627）

《禪真逸史》識語："此南北朝秘笈，爽閣主人而得之精粹，以公海内。刀筆既工，讎勘更密，文犀夜光，世所共賞。嗣此續刻種種奇書，皆膾炙人口。偶有棍徒濫翻射利，雖遠必治，斷不假貸。具眼者當自鑒之。本衙爽閣藏板。"

徐良輔撰《題〈奇俠禪真逸史〉》："兹于南北史得《奇俠禪真》帙，醇心俠骨，表表亭亭，謂禪可，謂非禪可，幻而真，殊異俗之落障魔而耽空寂者。於品總成其爲逸民，于書洵成其爲逸史。其間挽回主張，寓有微意，祇當會於帙外，不可泥於辭中也。”

末署“奉政大夫工部都水清吏司郎中提督通惠河道、古越徐臣輔撰”。

《禪真逸史》凡例：“是書雖逸史，而大異小説稗編。事有據，言有倫，主持風教，範圍人心。兩朝隆替興亡，昭如指掌，而一代輿圖土宇，燦若列眉。乃史氏之董狐，允詞家之班馬。

“書稱通俗演義，非故諧謔以傷雅道。理奧則難解，辭葩則不真，欲期警世，奚取艱深，舊本意晦詞古，不入里耳。兹演爲四十回，回分八卷，卷臚八卦，刊落陳詮，獨標新異。

“史中聖主賢臣，庸君媚子，義夫節婦，惡棍淫娼，清廉婞直，貪鄙奸邪，蓋世英雄，么麼小醜，真機將略，詐力陰謀，釋道儒風，幽期密約，以至世運轉移，人情飜覆，天文地理之徵符，牛鬼蛇神之變幻，靡不畢具。而描寫精工，形容婉切，處處咸伏勸懲，在在都寓因果，實堪砭世，非止解頤。

“史中吟詠謳歌，笑譚科諢，頗頗嘲盡人情，摹窮世態；雖千頭萬緒，出色爭奇，而針綫密縫，血脈流貫，首尾呼吸，聯絡尖巧，無纖毫遺漏，洵爲先朝名筆，非輓世效顰可到。縷析條分，摠成就澹然三子禪真一事。

“圖像似作兒態，然史中炎涼好醜，辭繪之；辭所不到，圖繪之。昔人云：詩中有畫。余亦云：畫中有詩。俾觀者展卷，而人情物理，城市山林，勝敗窮通，皇畿野店，無不一覽而盡。其間仿景必真，傳神必肖，可稱寫照妙手，奚徒鉛槧爲工。

“此書舊本出自内府，多方重購始得。今編訂，當與《水滸傳》《三國演義》並垂不朽。《西遊》《金瓶梅》等方之劣矣。故其剞劂也，取梨極精，染紙極潔，鐫刻必掄高手，讎勘必悉虎魚，誠海内之奇觀，國門之赤幟也。具眼當自識之，毋爲鴟鳴壟斷者所瞽。

"爽閣主人素嗜奇，稍涉牙後輒棄去。清溪道人以此見示，讀之如啖哀梨，自不能釋，遂相與編次評訂付梓。嗣有古文華札，麗曲新聲，膾炙人口者若干卷。未行於世，併欲灾木，以公同好，先以此試一臠云。

"史中圈點，豈曰節觀，特爲闡奧。其關目照應，血脈聯絡，過接印證，典核要害之處，則用ヽ。或清新俊逸，秀雅透露，菁華奇幻，摹寫有趣之處，則用o。或明醒警拔，恰適條妥，有致動人處則用、。至於品題揭旁通之妙，批評總月旦之精，乃理窟抽靈，非尋常剿襲。"

（浙江省圖書館藏明天啓衙爽閣刊本）

崇禎元年（戊辰　1628）

《警世陰陽夢》"識語"："魏監微時極與道人莫逆，權倖之日不聽道人提誨。瞥眼六年受用，轉頭萬事皆空，是云陽夢。及至既服天刑，大彰公道，道人復夢游陰府，□□一黨權奸，杻械鎖枷，遍歷諸般地獄，銼燒舂磨，慘逾百倍人間，是云陰夢。演說以警世人，以學至人無夢。"

元九《警世陰陽夢》"醒言"："天地一夢境也，古今一戲局也，生人一幻泡也。榮枯得喪，生死吉凶，一影現也。……長安道人，知忠賢顛末，詳志其可羞可鄙、可畏可恨、可痛可憐情事，演作陰陽二夢，並摹其圖像以發諸醜，使見者聞者人人惕勵其良心，則是刻不止爲忠賢點化，實野史之醒語也。今而後華胥子可蓬然高枕矣。"

末署"戊辰六月硯山樵元九題於獨醒軒"。

（大連圖書館藏明崇禎元年刊本）

茅元儀《掌記》自序："茅子既廢之四月，感於客之言，合口不談古矣，客非慮我談古，慮其談古而觸於今也。非慮我之談也，慮聽談者生禍福。我不可爲主也，然茅子性不耐閑，以爲極天下之禍至於死，然不甚於閑，而且不敢讀數行書出一語也。姑置其禍可已，然終感於客之意，謹記之於掌，以掌我之掌也，握之則妻子不能見，舒之則運天下如反，然其事亦碎矣，以我之掌小，不能及大也。"

末署"崇禎戊辰秋半石址山公題于范陽借顏閣下"。

按，該書在清代曾被禁毀，具有一定文體價值，如卷一云："欲著書，須先通古，雖稗官小說，不妨雜記。"

（國家圖書館藏崇禎元年刻本）

茅元儀《暇老齋雜記》卷三十一："《荆川稗編》原名'雜編'，其自爲序，可考先王父鹿門先生，搜其遺編，只得十之七耳。世父康伯公刻之，名曰《稗編》。先王父之序亦曰後更名'稗編'而已。是出荆川否？亦不明言。然按'稗官'之義，本于劉歆，其曰：'儒家者流，出於司徒之官。道家者流，出於史官。陰陽家者流，出於羲和之官。法家者流，出於理官。名家者流，出於禮官。墨家者流，出於清廟之官。縱橫家者流，出於行人之官。雜家者流，出於議官。農家者流，出於農稷之官。小說家者流，出於稗官，街談巷議，道聽塗說之所造也。'則今野史正其倫類，如《太平廣記》亦尚近之。若《荆川稗編》所載，或出正史，或以翼經，與野史絕不相類，與歆所云雜家者，兼儒墨合名法，知國體，則此書當名爲'雜編'，不當名爲'稗編'也。歆所稱出於何官，亦臆言之，然皆有理。"另，據茅元儀爲此書自序曰："蘇長公每問人近得齋亭名否，蓋難之也。余偶感于楚邱先生之言，以將使我投石超距乎？追馬赴車乎？逐麋鹿搏豹虎乎？吾則死矣。何暇老哉？余今非惡我者之我，逐則北當虜，南當海寇矣。豈暇老乎？今日以後皆暇老之始也。故以名我齋，即以其時所記者。名曰《雜記》，時在戊辰之冬，《掌記》既成之後，然方僑居齋，亦若諸天意爲之耳，孰曰記可意，爲齋獨不可？石民茅元儀題。"

（國家圖書館藏清光緒鈔本）

　　尚友堂刊本《拍案驚奇》識語："即空觀主人胸中磊塊，故須斗酒之澆；腹底芳腴，時露一臠之味。見舉世盛行小說，遂寸管獨發新裁，摭拾奇衺，演敷快暢。原欲作規箴之善物，矢不為風雅之罪人。本坊購求，不啻供璧。覽者賞鑒，何異藏珠。"

　　末署"金閶安少雲梓行"。

　　凌濛初《拍案驚奇》自序："語有之：'少所見，多所怪。'今之人但知耳目之外、牛鬼蛇神之為奇，而不知耳目之內用起居，其為譎詭幻怪，非可以常理測者固多也。昔華人至異域，異域吒以牛糞金。隨詰華之異者，則曰：'有蟲蠕蠕，而吐為彩繒錦綺，衣被天下。'彼舌撟而不信。乃華人未之或奇也。則所謂必向耳目之外，索譎詭幻怪以為奇，贅矣。宋元時有小說家一種，多采閭巷新事為宮闈承應談資，語多俚近，意存勸諷。雖非博雅之派，要亦小道可觀。近世承平日久，民佚志淫。一二輕薄惡少，初學拈筆，便思污衊世界，廣摭誣造，非荒誕不足信，則褻穢不忍聞，得罪名教，種業來生，莫此為甚！而且紙為之貴，無翼飛，不脛走，有識者為世道憂之，以功令屬禁，宜其然也。獨龍子猶氏所輯《喻世》等諸言，頗存雅道，時著良規，一破今時陋習；而宋、元舊種，亦被蒐括殆盡。肆中人見其行世頗捷，意余當別有秘本，圖出而衡之。不知一二遺者，皆其溝中之斷，蕪略不足陳已。因取古今來雜碎事可新聽睹、佐談諧者，演而暢之，得若干卷。其事之真與飾，名之實與贗，各參半。文不足徵，意殊有屬。凡耳目前怪怪奇奇，當亦無所不有，總以言之者無罪，聞之者足以為戒，則可謂云爾已矣。若謂此非今小史家所奇，則是舍吐絲蠶而問糞金牛，吾惡乎從罔象索之？"

　　末署"即空觀主人題于浮樽"。

　　按，凌氏始著《拍案驚奇》應早於于際，其《〈二刻拍案驚奇〉小引》記云："丁卯（1627）之秋，事附膚落毛，失諸正鵠。邅徊白門，偶戲取古今所聞一二奇局可紀者，演而成說，聊舒胸中磊塊。"

　　凌濛初《拍案驚奇》凡例："每回有題，舊小説造句皆妙，故元人即以之爲劇。今《太和正音譜》所載劇名，半猶小説句也。近來必欲取兩回之不侔者，比而偶之，遂不免竄削舊題，亦是點金成鐵。今每回用二句自相對偶，仿《水滸》《西遊》舊例。

　　"是編矢不爲風雅罪人，故回中非無語涉風情，然止存其事之有者，蘊藉數語，人自了了。絶不作肉麻穢口，傷風化，損元氣。此自筆墨雅道當然，非迂腐道學態也。

　　"小説中詩詞等類，謂之蒜酪，强半出自新構；間有採用舊者，取一時切景而及之，亦小説家舊例，勿嫌剽竊。

　　"事類多近人情日用，不甚及鬼怪虛誕。正以畫犬馬難，畫鬼魅易，不欲爲其易而不足徵耳。亦有一二涉于神鬼幽冥，要是切近可信，與一味駕空説謊，必無是事者不同。

　　"是編主於勸誡，故每回之中，三致意焉。觀者自得之，不能一一標出。"

　　末署"崇禎戊辰初冬即空觀主人識"。

　　《拍案驚奇》評語：

　　卷二十二："僧家本色。經紀本色。衙門人本色。"

　　卷二十七："宜虛則虛，宜實則實，王氏可以行兵。"

　　卷二十八："恐小説亦未必不然也。盡信書不如無書。"

　　　　　　　　　　　　　　　　（日本日光輪王寺慈眼堂藏明崇禎尚友堂安少雲刊本）

　　"西湖義士"《皇明中興聖烈傳》自序："《聖烈傳》，西湖野臣之所輯也。……讀邸報雀躍揚休，即湖上煙景，頓增清明氣象矣。逆璫惡跡，罄竹難盡，特從邸報中，與一二舊聞，演成小傳，以通世俗，使庸夫凡民，亦能披閱而識其事，共暢快奸逆之殛，歌舞堯舜之天矣。"

　　末署"野臣樂舜日熏沐叩首題"。

按，繫年據徐朔方爲本書《古本小説集成》影印版所作"前言"。

（《古本小説集成·皇明中興聖烈傳》影印日本長澤規矩也藏本）

"崢霄主人"《魏忠賢小説斥奸書》凡例："是書紀自忠賢生長之時，而終於忠賢結案之日，其間紀各有序，事各有倫，宜詳者詳，宜略者略，蓋將以信一代之耳目，非炫一時之聽聞。

"是書自春徂秋，歷三時而始成。閱過邸報，自萬曆四十八年至崇禎元年，不下丈許。且朝野之史，如《正續清朝聖政》兩集，《太平洪業》《三朝要典》《欽頒爰書》《玉鏡新譚》，凡數十種，一本之聞見，非敢妄意點綴，以墜綺語之戒。

"是書動關政務，半係章疏，故不學《水滸》之組織世態，不效《西遊》之布置幻景，不習《金瓶梅》之閨情，不祖《三國》諸志之機詐。

"是書得自金陵遊客，其自號曰'草莽臣'，不願以姓氏見知。曾憶昔年有《頭巾賦》《三正録》，秀才有上御史之書，御史有拜秀才之牘，金陵固異士藪也。讀是書者，幸毋作尋常筆墨觀。"

《魏忠賢小説斥奸書》第一回末評："向《西湖志》中有魏監傳近諛，近有小傳近詆，而且不根。兹則乔之北人之傳，間爲奸黨發身之實録。此回自幼及長、歡樂與窮愁畢具，叙得不煩不簡，入理入情，點綴靈巧，遠可以齊《水滸》，近則《金瓶》諸傳不足數也。"

按，《魏忠賢小説斥奸書》係"吴越草莽臣"撰著並刊行。孫楷第《中國通俗小説書目》疑撰者爲陸雲龍。

（北京大學圖書館藏明崇禎元年刊本）

崇禎二年（己巳 1629）

"聽石居士"爲"西湖碧山卧樵"《幽怪詩譚》作"小引"："曷言幽？蟬

噪深林，鷗眠古澗，各各帶有生意，不似古木寒鴉。曷言怪？白狼銜鉤，黄鱗出玉，每現在人間，非同龜毛兔角。以此譚詩，真堪捉麈耳。詩自晉魏以至唐宋，號稱鉅匠七十餘家，或開旺氣於先，或維頹風於後。雅韻深情，譚何容易……總之以百回小説作七十餘家之語，不觀李温陵賞《水滸》《西遊》，湯臨川賞《金瓶梅詞話》乎！《水滸傳》，一部《陰符》也；《西遊記》，一部《黄庭》也；《金瓶梅》，一部《世説》也，然而此集郵傳於世，即謂晉魏來一部‘詩譚亦可。”

末署“時崇禎己巳陽生日聽石居士題于緑窗”。

（國家圖書館藏明末刊本）

崇禎三年（庚午　1630）

“翠娛閣主人”（陸雲龍）《〈遼海丹忠録〉序》：“檀子若在，胡馬寧至飲江哉！顧鑠金之口，能死豪傑於舌端；而如椽之筆，亦能生忠貞於毫下。此予《丹忠録》所繇録也。至其詞之寧雅而不俚，事之寧核而不誕，不剽襲于陳言，不借吻於俗筆，議論發抒其經緯，好惡一本於大公，具眼者自鑒之，予亦何敢阿所好乎？因其欲付剞劂也，謹發其意以弁諸首。”

末署“時崇禎之重午翠娛閣主人題”。

按，苗壯認爲此“重午”應爲崇禎“庚午”之誤，即崇禎三年。此序繫年據此而定。

（日本内閣文庫藏明崇禎翠娛閣刊本）

“吟嘯主人”《〈近報叢譚平虜傳〉序》：“予坐南都燕子磯上，閲邸報，奴囚越遼犯薊，連陷數城，抱杞憂甚矣。凡遇客聞自燕來者，輒促膝問之，言與報同。第民間之義士、烈女，報人視爲細故不録者，予聞之更實獲我心焉。忠孝節義兼之矣，而安得無録。今奴賊已遁，海晏可俟，因記邸報中事之關係者，與海内共欣逢見上之仁明智勇。間就燕客叢譚，詳爲記録，以見天下民間亦有此（之）忠孝節義而已。傳成，或曰：'風聞得真假参半乎？'予曰：'苟有補于人心世道者，即微訛何妨。有壞于人心世道者，雖真亦棄。所願者内有濟川之舟楫，外有細柳之旌旗；衣垂神甸，雲擁萬國冠裳；氣奪鬼方，風摇兩階干羽而已。'兹集出，使閲者亦識虜酋之無能，可制挺以撻之也。因名曰《近報叢譚平虜傳》。近報者邸報，叢譚者傳聞語也。"

按，據安平秋爲此書《古本小説集成》影印本所撰"前言"，此書完成于崇禎三年。今從此説。

（《古本小説集成·近報叢譚平虜傳》影印日本内閣文庫藏本）

崇禎四年（辛未　1631）

"委蛇居士"《隋煬帝艷史》題辭："小傳之來尚矣，易世而其風滋盛，果取振勵世俗之故歟？抑主娱悦耳目而然歟？識者多謂挈空捉影，吹波助瀾，奇其事以獵觀，巧其名以漁利。嗟乎！曾是一傳出，費幾許推求，用幾許結撰，區區作此種生涯，不亦悲夫！余友東方裔也，素饒俠烈，復富才藝，托姓借字，構《艷史》一編，蓋即隋代煬帝事而詳譜之云。其間描寫情態，布置景物，不能無靡麗悩淫、蕩心佚志之處，而要知極張阿摩之侈政，以暗傷隋祀之絶，還以明彰世人之鑒見。樂不可極，用不可縱，言不可盈，父子兄弟之倫，尤不可滅裂如斯也，則固非野史誣經之捏造訛傳，亦豈情案春詞之長欲導淫乎？有關世俗，大裨風教，余竟不揣，亟謀剞劂，願有目者共賞焉。"

末署"時崇禎辛未朱明既望，檇李友人委蛇居士識於陶陶館中"。

《隋煬帝艷史》凡例："稗編小説，蓋欲演正史之文，而家喻户曉之，近之野史諸書，乃捕風捉影，以眩市井耳目。孰知杜撰無稽，反亂人觀聽。今《艷史》一書，雖云小説，然引用故實，悉遵正史，竝不巧借一事，妄設一語，以滋世人之惑。故有源有委，可徵可據，不獨膾炙一時，允足傳信千古。

　　“著書立言，無論大小，必有關於人心世道者爲貴。《艷史》雖窮極荒淫奢侈之事，而其中微言冷語，與夫詩詞之類，皆寓譏諷規諫之意，使讀者一覽，知酒色所以喪身，土木所以亡國，則兹編之爲殷鑒，有裨於風化者豈鮮哉！方之宣淫等書，不啻天壤。

　　“歷代明君賢相，與夫昏主佞臣，皆有小史。或揚其芳，或播其穢，以勸懲後世。如《列國》《三國》《東西晉》《水滸》《西遊》諸書，與《廿一史》並傳不朽，可謂備矣。獨隋煬帝繁華一世，所行皆可驚可喜之事，反未有傳述，殊爲缺典。故爰集其詳，彙成是帙，庶使弔古者得快睹其全云。

　　“隋朝事跡甚多，今單錄煬帝奇艷之事。故始於煬帝生，而終於煬帝死。其餘文帝國政，一概不載。

　　“煬帝爲千古風流天子，其一舉一動，無非娛耳悦目，爲人艷羨之事，故名其篇曰《艷史》。

　　“煬帝繁華佳麗之事甚多，然必有幽情雅韻者方採入。如三幸遼東、避暑汾陽等事，平平無奇，故略而不載。

　　“風流小説，最忌淫褻等語以傷風雅，然平鋪直叙，又失當時親呢情景。兹編無一字淫哇，而意中妙境盡婉轉逗出，作者苦心，臨編自見。

　　“坊間繡像，不過略似人形，止供兒童把玩。兹編特懇名筆妙手，傳神阿堵，曲盡其妙。一展卷，而奇情艷態，勃勃如生，不啻顧虎頭、吳道子之對面，豈非詞家韻事、案頭珍賞哉！

　　“繡像每幅，皆選集古人佳句與事符合者，以爲題詠證左，妙在個中，趣在言外，誠海内諸書所未有也。

　　“詩句皆製錦爲欄，如薛濤烏絲等式，以見精工鄭重之意。

　　“錦欄之式，其制皆與繡像關合。如調戲宣華則用藤纏，賜同心則用連環，剪綵則用剪春羅，會花蔭則用交枝，自縊則用落花，唱歌則用行雲，獻開河謀則用狐媚，盜小兒則用人參果，選殿脚女則用蛾眉，斬佞則用三尺，翫月則用蟾蜍，照艷則用疏影，引諫則用葵心，對鏡則用菱花，死節則用竹節，宇文謀君則用荆棘，貴兒罵賊則用傲霜枝，弑煬帝則用冰裂，無一不各得其宜。雖云小史，取義實深。

"詩句書寫，皆海内名公巨筆。雖不輕標姓名，識者當自辨焉。

"卷分爲八，回列四十。所謂未能免俗，聊復爾爾。"

（日本内閣文庫藏明崇禎金陵人瑞堂刊本）

崇禎五年（壬申　1632）

"睡鄉居士"《二刻拍案驚奇》序："今小説之行世者，無慮百種，然而失真之病，起于好奇。知奇之爲奇，而不知無奇之所以爲奇。舍目前可紀之事，而馳騖于不論不議之鄉，如畫家之不圖犬馬而圖鬼魅者，曰：'吾以駭聽而止耳。'夫劉越石清嘯吹笳，尚能使群胡流涕，解圍而去。今舉物態人情，恣其點染，而不能使人欲歌欲泣於其間。此其奇與非奇，固不待智者而後知之也。則爲之解曰：'文自《南華》《沖虚》，已多寓言，下至非有先生、馮虚公子，安所得其真者而尋之？'不知此以文勝，非以事勝也。至演義一家，幻易而真難，固不可相衡而論矣。即如《西遊》一記，怪誕不經，讀者皆知其謬；然據其所載，師弟四人暗傷隋祀之絶各一性情，各一動止，試摘取其一言一事，遂使暗中摹索，亦知其出自何人，則正以幻中有真，乃爲傳神阿堵，而已有不如《水滸》之譏。豈非真不真之關，固奇不奇之大較也哉？即空觀主人者，其人奇，其文奇，其遇亦奇。因取其抑塞磊落之才，出緒餘以爲傳奇，又降而爲演義，此《拍案驚奇》之所以兩刻也。其所捃摭，大都真切可據。即間及神天鬼怪，故如史遷紀事，摹寫逼真，而龍之踞腹，蛇之當道，鬼神之理，遠而非無，不妨點綴域外之觀，以破俗儒之隅見耳。……此則作者之苦心，又出於平平奇奇之外者也。時剞劂告成，而主人薄游未返，肆中急欲行世，徵言于余。余未知搦管，毋乃'刻畫無鹽，唐突西子'哉！亦曰'簸之揚之，糠秕在前'云爾。"

末署"壬申冬日睡鄉居士題并書"。

"即空觀主人"（凌濛初）**《〈二刻拍案驚奇〉小引》**："丁卯之秋事，附膚落毛，失諸正鵠，遲回白門。偶戲取古今所聞一二奇局可紀者，演而成說，聊舒胸中磊塊。非曰行之可遠，姑以遊戲爲快意耳。同儕過從者索閱一篇竟，必拍案曰：'奇哉所聞乎！'爲書賈所偵，因以梓傳請。遂爲鈔撮成編，得四十種。支言俚說，不足供醬瓿；而翼飛脛走，較撚髭嘔血、筆冢研穿者，售不售反霄壤隔也。嗟乎！文詎有定價乎？賈人一試之而效，謀再試之。余笑謂一之已甚。顧逸事新語可佐談資者，乃先是所羅而未及付之於墨，其爲柏梁餘材，武昌剩竹，頗亦不少，意不能恝，聊復綴爲四十則。其間說鬼說夢，亦真亦誕，然意存勸戒，不爲風雅罪人，後先一指也。竺乾氏以此等亦爲綺語障，作如是觀，雖現稗官身爲說法，恐維摩居士知貢舉，又不免駁放耳。"

末署"崇禎壬申冬日，即空觀主人題於玉光齋中"。

《二刻拍案驚奇》評語：

卷之四："一個酸子，一個行家。語言俱肖。紗帽話，極肖。"

"語言、情景俱妙絕。不及典刑，還算便宜。"

卷二十："最透世情。"

卷二十二："還有武人本色。清客小像。"

卷二十九："病家情景，醫家陋惡，一一逼真。告示先爲蔣生張本矣。"

卷三十九："虛虛實實，皆行兵之法也。文字做得深一步，才有趣。"

（日本內閣文庫藏明崇禎尚友堂刊本）

"夢藏道人"《〈三國志演義〉序》："羅貫中氏取其書演之，更六十五篇爲百二十回。合則聯珠，分則辨物，實有意旨，不發躍如。其必雜以街巷之譚者，正欲愚夫愚婦，共曉共暢人與是非之公，而不謂遭一剖劂，即遭一改竄也。今夫《齊諧》《虞初》《夷堅》《諾皋》並隸小説，苟非其人，亦不成家。而今欲以目不識丁之流，取古人更置者，再爲更置，何怪眉目移，父脈絶，令讀者幾以貫中爲口實。夫貫中有良史才，以小説自隱耳。而致爲後人代受嗤鄙，冤哉！吾安得不爲貫中一洗之。”

末署“壬申午日夢藏道人書于蒲室”。

（明崇禎五年遺香堂刊本）

崇禎六年（癸酉　1633）

“吉衣主人”（袁于令）《〈隋史遺文〉序》：“史以遺名者何？所以輔正史也。正史以紀事，紀事者何？傳信也。遺史以搜逸，搜逸者何？傳奇也。傳信者貴真：爲子死孝，爲臣死忠，摹聖賢心事，如道子寫生，面面逼肖。傳奇者貴幻：忽焉怒發，忽焉嘻笑，英雄本色，如陽羨書生，恍惚不可方物。苟有正史，而無逸史，則勳名事業，彪炳天壤者，固屬不磨；而奇情俠氣，逸韻英風，史不勝書者，卒多湮没無聞。縱大忠義而與昭代忤者，略已挂一漏萬，罕睹其全。……向爲《隋史遺文》……顧個中有慷慨足驚里耳，而不必諧於情；奇幻足快俗人，而不必根於理。襲傳聞之陋，過於誣人；創妖艷之説，過於憑已。悉爲更易，可仍則仍，可削則削，宜增者大爲增之。蓋本意原以補史之遺，原不必與史背馳也。竊以潤色附史之文，删削同史之缺，亦存其作者之初念也。相成豈以相病哉？至其忠藎者亟爲褒嘉，奸回者亟爲誅擯，悼豪傑之失足，表驕侈之喪□。無往非昭好去惡，提醒顓蒙，原不欲同圖己也。試叩四方俠客，千載才人，得無相視而笑？‘英雄所見略同’，或於正史之意不無補云。”

末署“崇禎癸酉玄月無射日，吉衣主人題于西湖冶園”。

（日本東京帝國圖書館名山聚藏板）

崇禎七年（甲戌 1634）

"苕上野客"《〈魏晉小說〉序》："胡元瑞曰：'古今著述，小說家特盛，而古今書籍，小說家獨傳。何以故哉？'蓋以博物家所珍，而亦洽聞者所昵也。原其始，無論《左》《國》，夢卜妖祥，實古今小說之祖。即防風、肅慎，商羊、萍實，仲尼不幾爲索隱之宗、語怪之首乎？而鄭漁仲猶惜。唐以前多錯見於《廣記》中，今單行別梓，類亦不少。如傳奇有《飛燕》《秦女》，而後《崔鶯》《霍玉》祖之；語怪有《搜神》《宣驗》，而後《旌異》《睽車》祖之；偏史有《西京》《大業》，而後《語林》《筆録》祖之；外乘有《豫章》《佛國》，而後《城南》《北户》祖之。相提而論，宋不如唐，唐不如魏晉。升庵所舉，明妃則裴徊瞻顧，光明漢宮；飛燕則以輔屬體，無所不靡；《秘辛》則火齊欲吐，聲如振簫；昭儀則三尺寒泉浸明玉，奇艶自非唐以下才人可及。蓋魏晉人以生動之韻、玄澹之致抒寫，故風流眉目，千古如畫，非後世僅掇拾脞談、隱跡、淫俳、詭誕而已。即所載雖往往不經，讀者當如蘇長公強人說鬼，導之使妄，不得如徐鉉《稽神》、洪邁《夷堅》，硬認時事，徒爲賓客欺笑，則小說興寄所托，不至以詞害意夫。"

"桃源居士"《〈唐人小說〉序》："唐三百年，文章鼎盛，獨律詩與小說，稱絶代之奇，何也？蓋詩多賦事，唐人於歌律以興以情，在有意無意之間，文多徵實。唐人於小說摛詞布景，有翻空造微之趣，至纖若錦機，怪同鬼斧。即李、杜之跌宕，韓、柳之爾雅，有時不得與孟東野、陸魯望、沈亞之、段成式董爭奇競爽。猶耆卿、易安之於詞，漢卿、東籬之于曲。所謂厥體當行，別成奇致，良有以也。洪容齋謂'唐人小說，不可不熟，小小情事，淒惋欲絶'。劉貢父謂'小說至唐，鳥花猿子，紛紛蕩漾。'二公儒宗博雅，豈偏嗜怪奇者？無亦以《杜陽》《鼓吹》《摭言》《傳信》諸編，足以存故實，見典刑，如司馬《通鑑》所借資。他若《茶經》《嘯旨》《畫訣》《詩品》，又未嘗不情真蕭灑，遠軼晉宋，豈盡作宋玉、欒大之手托夢幻諷諭乎？《楚辭》《漢史》而後，自應有此一段奇宕不常之氣，鍾而爲詩律，爲小説，唐人第神遇而不自知其至耳。今唐詩有'品彙''正聲''鈔選''百家'，而小説無單行者，《太平廣記》割裂古今，唐僅三之一，《説海》《小史》又□代者多，余故搜敝□，雅得百十餘種，取□之瓛製云。"

　　"桃源居士"《〈宋人小説〉序》："古史亡而後小説興，'齊諧'見述於漆園，夢卜多載于盲史，即宋玉之賦行雨，子長之傳琴心。厥體濫觴，實托之始。魏晉而下，搜神志怪，冥通異苑，爲宛委，爲庚除，赤綈玄藜，莫可殫紀。尤莫盛于唐，蓋當時長安逆旅，落魄失意之人，往往寓諷而爲之。然子虛烏有，美而不信。唯宋則出士大夫手，非公餘纂録，即林下閑譚，所述皆生平父兄師友相與談説，或履歷見聞，疑誤考證。故一語一笑，想見先輩風流，其事可補正史之亡，裨掌故之闕。較之段成式、沈既濟輩，雖奇麗不足，而樸雅有餘。彼如豐年玉，此如凶年穀；彼如柏葉菖蒲，虛人智靈，此如嘉珍法酒，飫人腸胃：並足爲貴，不可偏廢耳。若《古杭夢遊》所載，宋人小説有數家，如胭粉、靈怪、傳奇，曰銀字兒；提刀趕棒及士馬發跡興亡之事，曰鐵騎兒。其人所謂張黑、踢酒李一郎、粥張二、故衣毛三、棗兒徐榮、掇條張茂、女郎惠英是已。此又鄙褻弛頹，爲官家供奉物，不足佐解頤，廣知識，則非斯集可比。樣成附識。"

　　沈廷松《〈皇明小説〉序》："説者蓋與人共明之，不可惡亦不可亂也。説言其小者，小從其類，大則耦賢，耦賢之禍無忌憚，所由借叢也。明小説者，明人在上引於人，咸自其不忍冥冥而行者，其思憂，其志切也。"末署"甲戌小寒日，清霜落被，斜月在檐，呼宿醉止可五盞許，書字落紙，有如蒼雪。石閒沈廷松。"

　　按，《五朝小説大觀》爲明代文言小説叢書，收録《魏晉小説》《唐人小説》《宋人百家小説》與《皇明小説》五種。佚名編輯，未見著録。《叢書綜録》收有清代據《説郛》《續説部》刊版重編印本，題《五朝小説》。此本版式與重編《説郛》相同，但遠在重編《説郛》之前。且今全本《五朝小説》所收與重編《説郛》又不盡相同。故《五朝小説》與重編《説郛》的關係，尚須重新認定。1926 年上海掃葉山房取《五朝小説》稍加抽換，石印出版，改題爲《五朝小説大觀》，較爲通行。1991 年上海文藝出版社據石印本影印的《五朝小説大觀》實惟有魏晋小説部分。諸本皆未題輯撰者，惟黄霖、韓同文選注《中國歷代小説論著選·唐人小説序》注文稱此書題爲馮夢龍所編輯，未詳所據。今據沈廷松序文時限均暫繫年于此。

（上海掃葉山房一九二六年石印本）

鄭仲夔《耳新》自序："國朝王元美，良史才也，而恨不居史職。以今讀《史料》一書，既瞻且核，一代之文獻在焉。埒于司馬子長、班孟堅，居然季孟之間哉！范蔚宗遠不逮。已而顧以身非史職，退然自遜於稗官之列。夫元美之史而云料也，誰爲正史者哉！乃説者謂孟堅《漢書》多取之劉子駿《雜記》。蓋子駿博綜西漢典故，廋收精擷，儲其寶以有待，則子駿作之勞，而孟堅享之逸也。余少賤耽奇，南北東西之所經，同人法侶之所述，與夫星軺使者、商販老成之錯陳，非一耳涉之而成新，殊不忍其流遁而湮没也，隨聞而隨筆之。書成行世且久，而兹取詳加訂焉，以是爲可以質今而准後也。庶幾竊比於子駿之義，以待夫他日之爲孟堅、元美者，豈曰小説云乎哉！鄧泰素凡兩爲余序，而未明作者之旨，故漫自志其緣起，以告夫世之有耳者。"

末署"崇禎甲戌秋日信州鄭仲夔胄師父題"。

（臺灣"中央圖書館"藏明崇禎刻本）

支允堅《異林》自序："自漢人駕名東方朔作《神異經》，而魏文《列異傳》繼之，六朝唐宋凡小説以異名者甚衆，考《太平御覽》《廣記》及曾氏、陶氏諸編，有《述異記》《甄異録》《廣異記》《旌異記》《古異傳》《近異録》

《獨異志》《纂異記》《靈異記》《乘異記》《祥異記》《續異記》《集異記》《愽異志》《括異志》《紀異録》《祖異記》《采異記》《撫異記》《賢異録》，此外如《異苑》《異聞》《異述》《異試》諸集，大概近六十家而李翺《卓異記》、陶穀《清異録》之類，弗與焉。今世行者，僅《神異》《述異》數家，餘俱弗傳，尤其事大半具諸類書，鄭漁仲所謂名世實在者也。昔徐鉉好言怪，賓客之不能自通與失意見斥絶者，皆托言以求合，遂著《稽神録》。洪邁好志怪，晚歲急於成書，客多取《廣記》中舊事改竄首尾，別爲名字以投之，至有數卷者，洪不復删潤，皆入《夷堅》。而王質景文又有《別志》二十四卷，何古今怪事盡出於南渡之世也？《太平廣記》雖五百卷，然自洪荒至宋已數千年，又合衆小説數百家而成，而洪直以一代之事當之，不亦妄哉？余從作勞經史之暇，偶因披覽，輒命穎生隨時鈔合，以當抵掌捫虱之歡。年世愈遐，存録愈簡，不敢導人於誣，如子瞻所云姑妄言之也。”

末署“崇禎甲戌支允堅漫識于梅花渡”。

（北京大學圖書館藏崇禎間金閶書林刻本）

崇禎八年（乙亥　1635）

　　王黌《〈開闢衍繹〉叙》：“至於篡逆亂臣賊子，忠貞賢明節孝，悉采載之傳中，今人得而觀之，豈無爽心而有浩然之氣者？誠美矣，然未有開天闢地、三皇五帝、夏、商、周諸代事蹟，因民互相訛傳，寥寥無實，惟看鑑士子，亦祇識其大略。更有不干正事者，未入鑑中，失録甚多。今搜輯各書，若各傳式，按鑑參演，補入遺闕。但上古尚未有文法，故皆老成樸實言語。自盤古氏分天地起，至武王伐紂止，將天象、日月、山川、草木、禽獸，及民用、器物、婚配、飲食、藥石、禮法，聖主賢臣，孝子節婦，一一載得明白，知有出處，而識開闢至今有所考，使民不至於互相訛傳矣，故名曰《開闢衍繹》云。”

　　末署“崇禎歲在旃蒙大淵獻春王正月人日，靖竹居士王黌子承父書于柳浪軒"。

"世裕堂主人"爲方汝浩《掃魅敦倫東度記》作序："人曰聖僧之教不言，予曰道人説魅掃魅，觀者有感，願爲忠良，願爲孝友，莫謂天道人倫不孚，試看善人獲福。至於編中徵諸通載者一，矢談無稽者九，總皆描寫人情，發明因果，以期砭世，勿謂設於牛鬼蛇神之誕，信爲勸善之一助云。"

末署"崇禎乙亥歲立夏前一日世裕堂主人題"。

·閲《東度記》八法："不厭倫理正道，便是忠孝傳家。任其鋪叙錯綜，只顧本來題目。莫云僧道玄言，實關綱常正理。雖説荒唐不經，却有禪家宗旨。尊者教本無言，暫借師徒發奧。中間妖魔邪魅，不過裝飾鬧觀。總來直關風化，不避高明指摘。若能提警善心，便遂作記鄙意。"

第二十卷正文："編成一記莫言迂，借得僧家理不虚。句句冷言皆勸善，行行大義總歸儒。綱常倫理能依盡，煩誕支離任笑愚。但願清平無個事，消閑且閲這篇書。"

崇禎九年（丙子　1636）

張溥《廿一史識餘發凡》"剪裁"條："太史公綜三千年事，以五十萬言括之；班孟堅近述西漢，溢爲八十萬言。夫簡而能盡，多而不浮，斯杏與柚並美乎？然多未有不浮者也。厥後濫觴，一傳累十數紙，一事累千百言，靡曼憚風，鋪揚似賦，弗施剪裁，則玉藻山龍，與短褐敝縕何異。余故簧鐙諷誦，點竄隨之，譬以並州快剪，巧裁翻鴻，夜來神針，紉成鬥鳳，不僅彰施五色，亦可衣被九州。"

"名稱"條："一人屢稱，或地或爵，古色參錯，乍簡恐無緒，《世説》所以附釋名也。夫我不暇，概繫以名，間有別稱，仍舊文耳。諸侯不生名，矧受命而帝者，其名典午諸朝。及五代受命者何？親身篡弑，雖得之，弗予也。不名北朝諸君者何？于戎狄，則戎狄之也。"

"標目"條："綱有目，所以羅也。目密則濫出，疏則濫入，過密與疏，均非盡善。《世説》編目，三十有八，何元朗《語林》因之。焦氏《類林》，析倫行爲五，增宮室、節序諸類爲五十九，餘或仍或去，數衷于焦，而獨詳政事、幹局、兵策、拳勇者，愧世所應有而不有，補癡頑、鄙暗、俗佞、貪穢者，惡人所應亡、不應亡也。禪玄、象緯、草木、戎狄，限於史官所載，不敢旁及。網羅似疏，然指染寸臠，足概鼎味，疏略之誚不任受，溢濫之失且知免矣。"

"分部"條："凌雲構材，錙銖無負；涪津雜水，升合悉分。考詞就班，若此始稱無憾。乃臨川《世説》，以謝公妒婦則賢媛，甘草醜人列容止，況其下者。餘甕窺寡見，美醜或偏，故任永清流，業興豪士，各見其醜，不復置佳目中，憎人所美，不免爲識者嗤。然私有奪予，具載評詞，此類尚多，總俟解人別鑒。"

"集評"條："混沌飾眉，貂褕續尾，惟評與注，將無類是乎？諸史制庚多賢，年越千祀，旨或微隱，義賴箋疏。龔華茂聘君洎同社諸子，皆以通博之才，互出手眼，助余鉛黃，猶夫繪龍五色，裁點便飛，炳室一光，遇罅斯焰，標評之功，何可誣也！顧評多擊節，間出抨彈；注發心裁，或仍舊解。引伸類觸，拔領新異，冀邕臨川之宗風，詎掇孝標、辰翁牙慧哉？"

末署"丙子夏五蓬蔽生張塘識"。

（安徽大學圖書館藏明崇禎十七年刻本）

崇禎十年（丁丑 1637）

茅元儀《三戍叢譚》自序："往柄臣强司士戍余漳南，暇日得《戍樓閑

話》，尚以罰不蔽坐，代輸海運，破其家必中以死。天子念之得還伍，於是得
《西峰淡話》。平海寇劉香功第一，法當還官顯擢，且有延世之賞，以勤王請
對，復令還伍待勘。叙於是且三至戌所矣，筆劄所記，前以爲閑話者，繼自
知其淡，今更覺其叢也。然舌在也，何能已於言，吾以存吾叢而已。夫得志
則行其道，不得志則托於言，言且不敢而爲閑，爲淡，爲叢，然亦有所仰裨
明時者，待他日忠義之士讀而采之可也。如必于其身則方以言而放，且以未
言者逆意而放之，又何望焉？或有告以兑之説者，答曰：‘後將軍有言，是何
言之不忠也？’”

末署“丁丑秋日肆言戌老題”。

（國家圖書館藏明崇禎茅元儀自刊本）

“沃焦山人”《春夢瑣言》序：“近見一冊子，題曰《春夢瑣言》。合其書
中記韓氏之于仲璉者，逢妖女之事。且載篇什許多，叙事次第，亦曲折抑揚，
光景行止言語之際，飲食嬉樂之狀，一一寫出得焉。……嗚呼！五寸之管，
一寸之鋒，至能動人者，實文之妙也乎哉。班、馬復生，亦不必猥褻損其辭
矣。抑韓仲璉者，實有其人乎，又或所假設者歟？餘罔論其真偽，唯愛其筆
骨縱横，辭理條達，爲之序評批圈。覽者不以余爲漫戲之流，則幸甚。”

末署“崇禎丁丑春二月援筆于胥江客舍沃焦山人撰”。

（臺灣大英百科股份有限公司《思無邪彙寶》本）

崇禎十三年（庚辰　1640）

“西湖漁隱”《〈歡喜冤家〉叙》：“喜談天者放志乎乾坤之表，作小説者游
心於風月之鄉。庚辰春王遇閏，瑞雪連朝，慷當以慨，感有餘情，遂起舞而
言曰：‘世俗俚詞，偏入名賢之目；有懷倩筆，能舒幽怨之心。記載極博，詎
是浮聲，竹素游思，豈同捕影。演説二十四回，以紀一年節序，名曰《歡喜

冤家》。’有客問曰：‘既已歡喜，又稱冤家，何歟？’……其間嬉笑怒罵，離合悲歡，莊、列所不備，屈、宋所未傳。使慧者讀之，可資談柄；愚者讀之，可滌腐腸；穉者讀之，可知世情；壯者讀之，可知變態。致趣無窮，足駕唐人雜說；詼諧有竅，不讓晉士清談……聖人不除鄭衛之風，太史亦采謠詠之奏。公之世人，喚醒大夢。”

末署“重九日西湖漁隱題於山水鄰”。

按，“庚辰”即崇禎十三年，此叙或作于此年。

（《古本小説集成·歡喜冤家》影印明崇禎山水鄰刊本）

《（崇禎庚辰）江陰縣志》凡例：“志例嚴矣，能無有掛漏之撼乎？爰集乘逸，或發諸秘篋，或弋自荒碑，或家諮人叩，二三軼事，但係江陰，允將世戒者，不問時代久近，事蹟微彰，薈萃錯陳，亦説林體也。齊諧志怪，稗乘承訛，仍所不附。”

（王熹主編《明代方志選編·序跋凡例卷》，中國書店 2016 年）

崇禎十四年（辛巳　1641）

“嶷如居士”《西遊補》序：“補《西遊》，意言何寄？作者偶以三調芭蕉扇後，火餡清涼，寓言重言，以見情魔團結，形現無端，隨其夢境迷離，一枕子幻出大千世界。……夫情覺索情、夢覺索夢者，了不可得爾。閱是《補》者，躄火焰中一散清涼，泠然善也。”

末署“辛巳中秋嶷如居士書於虎丘千頃雲”。

《西遊補》“三一道人”評語：

第二回：“此文須作三段讀：前一段結風流天子一案；中間珠雨樓一段，是托出一部大旨；後驪山一段，伏大聖入鏡一案。”

第三回：“此書奇處，在一頭結案，一頭埋伏。如此回本結第二回一案，却提出小月王青青世界，又是伏案。”

第七回："《西遊補》是平話矣，項羽平話正是平話中之平話。"

第十二回："項羽講平話，是平話中之平話，此又是平話中之彈詞。"

第十三回："籌命一段是結上半截，伏下半截，《西遊補》一關目處。"

"秦始皇一案到此纔是結穴，文章呼吸奇幻至此。"

第十五回："五旗色亂是心猿出魔根本，乃《西遊補》一部大關目處，描寫入神，真乃化工之筆。"

（國家圖書館藏明崇禎刊本）

金聖歎《第五才子書水滸傳》序三："《水滸》所敘，敘一百八人，人有其性情，人有其氣質，人有其形狀，人有其聲口。……若其文章，字有字法，句有句法，章有章法，部有部法，又何異哉！……蓋天下之書，誠欲藏之名山，傳之後人，即無有不精嚴者。何謂精嚴？字有字法，句有句法，章有章法，部有部法是也。……《水滸》之文精嚴，讀之即得讀一切書之法也。"

按，該序末署"皇帝崇禎十四年二月十五日"，故據以繫年。

金聖歎"讀第五才子書法"："《三國》人物事體說話太多了……《西遊》……中間全沒貫串……"

"《水滸傳》……中間許多事體，便是文字起承轉合之法。"

"《水滸傳》不是輕易下筆……若使輕易下筆，必要第一回就寫宋江，文字便一直帳，無擒放。"

"《史記》是以文運事，《水滸》是因文生事。"

"三個石碣字，是一部《水滸傳》大段落。"

"無非爲他把一百八個人性格都寫出來。"

"《水滸傳》有許多文法，非他書所曾有，略點幾則於後：

"有倒插法。謂將後邊要緊字，驀地先插放前邊。如五臺山下鐵匠間壁父子客店，又大相國寺嶽廟間壁菜園，又武大娘子要同王乾娘去看虎，又李逵去買棗糕，收得湯隆等是也。

“有夾叙法。謂急切裏兩個人一齊説話，須不是一個説完了，又一個説，必要一筆夾寫出來。……

“有草蛇灰綫法。如景陽岡勤叙許多‘哨棒’字，紫石街連寫若干‘帘子’字等是也。驟看之，有如無物，及至細尋，其中便有一條綫索，拽之通體俱動。

“有大落墨法。如吳用説三阮，楊志北京鬥武，王婆説風情，武松打虎，還道村捉宋江，二打祝家莊等是也。

“有綿針泥刺法。如花榮要宋江開枷，宋江不肯；又晁蓋番番要下山，宋江番番勸住，至最後一次便不勸是也。筆墨外，便有利刃直戳進來。

“有背面鋪粉法。如要襯宋江奸詐，不覺寫作李逵真率；要襯石秀尖利，不覺寫作楊雄糊塗是也。

“有弄引法。謂有一段大文字，不好突然便起，且先作一段小文字在前引之。如索超前，先寫周謹；十分光前，先説五事等是也。……

“有獺尾法。謂一段大文字後，不好寂然便住，更作餘波演漾之。如梁中書東郭演武歸去後，知縣時文彬升堂；武松打虎下岡來，遇著兩個獵户；血濺鴛鴦樓後，寫城壕邊月色等是也。

“有正犯法。如武松打虎後，又寫李逵殺虎，又寫二解争虎；潘金蓮偷漢後，又寫潘巧雲偷漢；江州城劫法場後，又寫大名府劫法場；何濤捕盜後，又寫黃安捕盜；林沖起解後，又寫盧俊義起解；朱全、雷橫放晁蓋後，又寫朱全、雷橫放宋江等。正是要故意把題目犯了，却有本事出落得無一點一畫相借，以爲快樂是也。真是渾身都是方法。

“有略犯法。如林沖買刀與楊志賣刀，唐牛兒與鄆哥，鄭屠肉鋪與蔣門神快活林，瓦官寺試禪杖與蜈蚣嶺試戒刀等是也。

"有極不省法。如要寫宋江犯罪，却先寫招文袋金子，却又寫閻婆惜和張三有事，却又先寫宋江討閻婆惜，却又先寫宋江捨棺材等。凡有若干文字，都非正文是也。

"有極省法。如武松迎入陽谷縣，恰遇武大也搬來，正好撞着；又如宋江琵琶亭嚛魚湯後，連日破腹等是也。

"有欲合故縱法。如白龍廟前，李俊、二張、二童、二穆等救船已到，却寫李逵重要殺入城去；還道村玄女廟中，趙能、趙得都已出去，却有樹根絆跌、土兵叫喊等，令人到臨了又加倍嚛嚇是也。

"有橫雲斷山法。如兩打祝家莊後，忽插出解珍、解寶爭虎越獄事；又正打大名城時，忽插出截江鬼、油鰍謀財傾命事等是也。祇爲文字太長了，便恐累墜，故從半腰間暫時閃出，以間隔之。

"有鸞膠續弦法。如燕青往梁山報信，路遇楊雄、石秀，彼此須互不相識。且繇梁山泊到大名府，彼此既同取小徑，又豈有止一小徑之理？看他便順手借如意子打鵲求卦，先鬥出巧來，然後用一拳打到石秀，逗出姓名來等是也。都是刻苦算得出來。"

"舊時《水滸傳》，子弟讀了，便曉得許多閒事。此本雖是點閱得粗略，子弟讀了，便曉得許多文法；不惟曉得《水滸傳》中有許多文法，他便將《國策》《史記》等書，中間但有若干文法，也都看得出來。舊時子弟讀《國策》《史記》等書，都祇看了閒事，煞是好笑。"

"《水滸傳》到底只是小説，子弟極要看，及至看了時，却憑空使他胸中添了若干文法。"

"人家子弟只是胸中有了這些文法，他便《國策》《史記》等書都肯不釋手看，《水滸傳》有功於子弟不少。"

各回評點：

楔子："古人書中所有得意處，不得意處，轉筆處，難轉筆處，趁水生波處，翻空出奇處，不得不補處，不得不省處，順添在後處，倒插在前處，無數方法，無數筋節，悉付之於茫然不知。"

"楔子者，以物出物之謂也。以瘟疫爲楔，楔出祈禳，；以祈禳爲楔，楔出天師……此所謂正楔也。……以武德皇帝、包拯、狄青，楔出星辰名字，以山中一虎一蛇，楔出陳達、楊春……此所謂奇楔也。"

"一部大書七十回，以石碣起，以石碣止，奇絶。"

第一回："一路以年計，以月計，以日計，皆史公章法。"

"一座奇峰忽然跌落，然後却向李吉口中重複跌起峰頭，行文如在山陰道中也。"

"上文劫華陰縣是賓，打史家莊是主。賓者，所以引乎主也。此既得主，仍不棄賓，文章周致之甚。"

"欲便接史進，而嫌其突也，又作遷延以少遲之，真乃文生情、情生文，極筆墨搖曳之妙也。"

"嘗讀坡公《赤壁賦》'人影在地，仰見明月'二語，歎其妙絶。蓋先見影，後見月，便宛然晚步光景也。此忽然脱化此法，寫作王四醒來，先見月光，後見松樹，便宛然酒醒光景，真乃善於用古矣。"

第二回："看他有意無意將潘金蓮三字分作三句安放入，後武松傳中忽然合攏將來，此等文心都從契經中學得。"

"百忙中處處夾店小二，真是極忙者事，極閑者筆也。"

第三回："魯達兩番使酒，要兩樣身分……最難最難者，於兩番使酒接連處，如何做個間架。"

"此書每欲起一篇大文字，必于前文先露一個消息。"

"要知以極高興語，寫極敗興事，神妙之筆……一忙中有極熱，一忙中有極冷，不可不察。"

"一路拽字、錯字、塞字、鑿字，皆以一字爲景。"

"如此叙事匆忙之中，偏有此精細手眼，真是奇才。"

第五回："前一回在叢林，後一回何妨又在叢林？不寧惟是而已，前後二回都在叢林，何妨中間又加倍寫一叢林者，才子教天下後世以犯之之法也。雖然，避可能也，犯不可能也，夫是以才子之名畢竟獨歸耐庵也。"

"前聲音在姓名前，此聲音在姓名後，此書雖極不經意處，必轉換文法。"

"桃花在一條板橋，瓦官寺一座青石橋，此處又一條獨木橋，亦是閑中點綴聯絡，以爲章法也。"

"皆務要逼到極險仄處，自顯筆力，讀者不可不知。"

"前文正未得完，反於此處別生出一個由頭來，令人心驚氣絕。"

第六回："此文用筆之難，獨與前後迴異。蓋前後都祇一手順寫一事，便以閑筆波及他事，亦都相時乘便出之。今此文，林沖新認得一個魯達，出格崇熱，卻接連便有衙內合口一事，出格鬥氣。今要寫魯達，則衙內一事須閣不起；要寫衙內，則魯達以便須冷不下，誠所謂筆墨之事，亦有進退兩難之日也。況于衙內文中，又要分作兩番叙出，一番自在林家，一番自在高府。今叙高府，則要照林家，叙林家則要照高府。如此百忙之中，卻又有菜園一人躍躍欲來，且使此躍躍欲來之人乃是別位猶之可也。今卻端端的便是爲了金翠蓮三拳打死人之魯達。嗚呼！即使作者乃具七手八脚，胡可得了乎？今讀其文，不偏不漏，不板不犯，讀者于此而不服膺，知後世猶未能文也。"

"閱武坊賣刀，大漢自説寶刀，林沖、魯達自説閑話；大漢又説可惜寶刀，林沖、魯達祇顧説閑話。此時譬如兩峰對插，抗不相下，後忽然合筍，雖驚蛇脫兔，無以爲喻。"

"此回多用奇恣筆法，如林沖娘子受辱，本應林沖氣忿，他人勸回，今偏倒將魯達寫得聲勢，反用林沖來勸。"

"每寫急事，其筆愈寬，子弟讀之，可救拘縮之病。"

"用此一句接下林沖，便有閑筆去太尉府中叙事。此作書之法，不然，頭頭不了矣。”

第七回：“疑其必説，則忽然不説；疑不復説，則忽然却説。譬如空中之龍，東云見鱗，西云露爪，真極奇極恣之筆也。”

“乃今偏於極忙極雜中間，又要時時擠出兩個公人，心閑手敏，遂與史遷無二也。”

第八回：“不惟使智深不曾漏落，又反使林沖一邊再加渲染，離離奇奇，錯錯落落，真乃山雨欲來風滿樓也。”

“此一回書，每每用忽然一閃法，閃落讀者眼光，真是奇絶。”

“真所謂極忙極熱之文，偏要一斷一續而寫。”

第九回：“以一個人殺三個人，凡三四個回身，有節次，有間架，有方法，有波折，不慌不忙，不疏不密，不缺不漏，不一片，不煩瑣，真鬼于文、聖于文也。”

“閑閑叙出大葫蘆，及投東大路一句，非但寫老軍絮叨故態，蓋絶妙奇文，伏綫於此。”

“語意妙，正不知文生情、情生文也。”

“夫文章之法，豈一端而已乎？有先事而起波者，有事過而作波者。”

“耐庵此篇獨能於一幅中寒熱間作，寫雪便寒殺闍黎，熱時便熱殺闍黎……爲藝林之絶奇也。”

“文中寫情寫景處，都要細細詳察。”

“‘尋著蹤跡’四字，真是繪雪高手，龍眠白描，庶幾有此。”

第十回：“奇文妙筆，偏到欲合處，偏故意著實一縱，使讀者心路俱斷。”

第十一回：“夫才子之文，則豈惟不避而已，又於本不相犯之處，特特故自犯之，而後從而避之……文章家有避之一訣，非以教人避也，正以教人犯也。……而吾於是始樂得而徐觀其避也。”

“夫人胸中，有非常之才，必有非常之筆；有非常之筆者，必有非常之力。夫非非常之力，無以構其思也；非非常之筆，無以擒其才也；又非非常之力，亦無以副其筆也。"

"天漢橋下寫英雄失路，使人如坐冬夜；緊接演武廳前寫英雄得意，使人忽上春臺。咽處加一倍咽，艷處加一倍艷，皆作者瞻顧非常，趨走有龍虎之狀處。"

"有意無意，所謂草蛇灰綫之法也。"

第十二回："篇中凡寫梁中書加意楊志處，文雖少，是正筆；寫與周謹、索超比試處，文雖絢爛縱橫，是閒筆。夫讀書而能識賓主旁正者，我將與之遍讀天下書也。"

"蓋前文雖帶叙馬，而意在箭；今文帶叙箭，而意在馬。此作者爐錘之妙。"

"雖是知縣衙門，亦必要叙，然亦特地寫此一番小小景象，與前教場中大鋪排作映耀也。"

第十三回："正說得入港，讀者又當眼不及眨矣，却陡然又用六個字橫風吹斷，一起一跌，再起再跌，真文章之極致也。"

"劉唐之來，止爲冤之爲賊耳，却偏用無數'賊'字痛罵之，雖承前文作波，實爲後文作引也。"

"所謂文生情、情生文，皆極不易之事也。"

第十四回："看他如此去，並不著意要見五郎，下文叫七哥二字亦然，祇如無心中說閑話，遇閒人也者，此史公叙事之法也。"

"此書始于石碣，終於石碣，然所以始之終之者，必以中間石碣爲提綱，此撞籌之旨也。"

"不惟照顧吃酒，有草蛇灰綫之法，且又得一寬也。"

"看他兄弟三人，逐個叙出，有山斷雲連、水斜橋連之妙。"

"非寫石碣村景，正記太師生辰，皆草蛇灰綫之法也。"

“吾每見今之以文名世者，亦止用疊床架屋一法。”

“非真有此等兒戲之事，祗爲每回住處，皆是奇絕險處，此處無奇險可住，故特幻出一段，以作一回收場耳。讀者諒之。”

第十五回：“此一段讀者眼中有七手八脚之勞，作者腕下有細針密綫之妙，真是不慌不忙、有庠有序之文。”

“從來叙事之法，有賓有主，有虎有鼠，夫楊志虎也，主也；彼老都管與兩虞候，特賓也，鼠也。設叙事者，於此不分賓主，不辨虎鼠……將何以表其爲楊志哉！”

第十六回：“作者之胸中，夫固斷以魯、楊爲一雙，鎖之以林沖，貫之以曹正；又以魯、武爲一雙，鎖之以戒刀，貫之以張青。”

“兩漢相遇，已如兩峰對插，兩獸齊搏矣，偏要先通此一綫，把楊志略一放倒，便讓出魯達頭來；及至鬥到四五十合，却又先是魯達叫住，則又放倒魯達，仍收回楊志本文。此史家相讓之法。”

“蓋楊志、魯達，各自千里怒龍，遥遥奔赴，却被曹正輕輕閃出林沖，鎖住一處，固也；乃令作者胸中，已預欲爲武松作地，夫武松之于魯達，亦復千里二龍，遥遥奔赴，今欲鎖之，則仗何人鎖之，復用何法鎖之乎？預藏下張青夫婦，以爲貫鎖之蠻奴，而反以禪杖戒刀爲金鎖。”

第十八回：“以見行文如行兵，遣筆如遣將，非可草草無紀也。”

“前已表出朱貴，此又表出宋萬，筆墨周詳。獨不及杜遷者，王倫爲杜遷所引，且故留以伴之，亦文家疏密相間之法也。”

第十九回：“此書筆力大過人處，每每在兩篇相接蓮時，偏要寫一樣事，而又斷斷不使其間一筆相犯……此無他，蓋因其經營圖變，先有成竹藏之胸中，夫而後隨筆迅掃，極妍盡致，祗覺幹同是幹，節同是節，葉同是葉，枝同是枝，而其間偃仰斜正，各自入妙，風痕露跡，變化無窮也……間架既已各別，意思不覺都換。”

"字法之奇者，如'肉雨''箭林''血粥'等，皆可入諧史。"

"便特特倒裝出施棺木來，曲曲折折，層層次次，當知悉是閒文，不得亦比正文例，一概認真讀也。"

第二十回："上得樓來，無端先把幾件鋪陳數說一遍，到後文中，或用著，或用不著，恰好虛實間雜成文，真是閒心妙筆。"

"要看他將張三事，在半含半露間，說不得，不說不得，正如飛燕掠水，祇是一點兩點，真是絕世文情。"

"寫淫婦便寫盡淫婦，寫虔婆便寫盡虔婆，妙絕。"

"一片都是聽出來的，有影燈漏月之妙。"

第二十二回："燈下看美人，加一倍嬝嬝；燈下看好漢，加一倍凜凜，所以寫劍俠者，都在燈下。"

"何人不應與宋江結拜，而獨寫向武二文中者，反襯武二手足情深，以與前文兄嫂一段相激射也。"

"一路又將哨棒特特處處出色描寫，彼固欲令後之讀者，于陡然遇虎處，渾身倚仗此物以爲無恐也，却偏偏有出自料外之事，使人驚殺。"

"半日勤寫哨棒，祇道仗他打虎，到此忽然開除，令人瞠目噤口，不復敢讀下去。哨棒折了，方顯出徒手打虎異樣神威來，祇是讀者心膽墮矣。"

第二十三回："寫西門慶接連數番蟄轉，妙於疊，妙於換，妙於熱，妙於冷，妙於寬，妙於緊，妙於瑣碎，妙於影借，妙於忽迎，妙於忽閃，妙於有波磔，妙於無意思，真是一篇花團錦湊文字。"

"反書婦人搜起西門慶來，春秋筆法。"

"此書每於絕大文字，偏有本事一字不相犯。如武松遇虎，李逵又遇虎……"

第二十四回："此回是結煞上文西門潘氏姦淫一篇，生發下文武二殺人報仇一篇，亦是過接文字，祇看他處處寫得精細，不肯草草處。"

"寫淫婦心毒，幾欲掩卷不讀，宜疾取第二十五卷快誦一過，以爲羯鼓洗穢也。”

第二十五回：“是其一篇一節一句一字，實杳非儒生心之所構，目之所遇，手之所掄，筆之所觸矣。是真所謂雲質龍章，日恣月影，分外之絕筆矣。”

“憶大雄氏有言：‘獅子搏象用全力，搏兔亦用全力。’今豈武松殺虎用全力，殺婦人亦用全力耶？我讀其文，至於氣焰目瞠，面無人色，殆尤駭於打虎一回之時。”

第二十六回：“前後二篇殺一嫂嫂，遇一嫂嫂，先做叔叔，後做伯伯，亦悉是他用斜飛反撲，穿射入妙之筆。”

“此文章家虛實相間之法也。……文到入妙處，純是虛中有實，實中有虛。”

“張青爲頭最惜和尚，便前牽魯達，後挽武松矣。布格展筆，如畫家所稱大落墨也。”

“真不知文生於情、情生於文，蓋其筆墨亦爲蚨血所塗，故有子母環帖之能也。”

第三十回：“此文妙處……須要細細看他筆致閑處，筆尖細處，筆法嚴處，筆力大處，筆路別處。”

第三十一回：“學道必須聞一知十，看書却須聞一知二。……作傳妙處，全妙於寫一邊，不寫一邊，却將不寫一邊，宛然在寫一邊時現出，其妙不可以一端盡也。”

第三十二回：“看他文心前掩後映，何其妙哉！見劉知寨恭人，却誤認爲是花知寨夫人，既曉得不是花知寨恭人，却又仍得見花知寨恭人，一奇也；未算到秦家嫂嫂，却先見花家妹子，今日是花家妹子，後日又却是秦家嫂嫂，一奇也。世之淺夫讀此文，則止謂是花榮出妻見妹耳，豈復知其結構之妙哉？”

"文章家有過枝接葉處，每每不得與前後大篇一樣出色。然其叙事潔净，用筆明雅，亦殊未可忽也。"

第三十三回："行文一時行到平淡處，無可出色，故借此作笑耳，不必真有之。"

"稗官固效古史氏之法也。"

"夫一人有一人之情，一傳有一篇之文，一文有一端之旨，一旨有一定之歸。世人不察，乃又搖筆灑墨，紛紛來作稗官，何其遊手好閒一至於斯也！"

第三十五回："當省即省，乃文家妙訣也。"

"使無此句，而但於後云等男女不見歸，豈不同《西遊》捏撮耶？"

"褒貶固在筆墨之外也，稗官與正史同法，豈易作哉！"

第三十八回："此回止黄通判讀反詩一段，錯落扶疏之極，其餘止看其叙事明净徑捷耳。"

第三十九回："三處各不相照，而時至事起，適然湊合，真是脱盡印板小説套子也。"

"偏是急殺人事，偏要故意細細寫出，以驚嚇殺讀者。蓋讀者驚嚇，斯作者快活也。"

第四十回："常論一篇大文，全要尾上結束得好，固也。獨今此文，忽然反在頭上結束一遍……讀之正不知其爲是結前文，爲是起後文，但見其有切玉如泥之力。"

第四十一回："下文宋江本欲一人自去，却先于晁蓋口中作一寬筆，然後轉出獨自去來，行文何等委婉。"

"寫宋江取父一片假後，便欲寫李逵取母一片真，以形激之。却恐文情太覺唐突，故又先借公孫勝作一過接；看他下文祇用數語略遞，便緊入李逵，別樣奇觀，意可見也。……今日借作李逵過接，後日又借作楊林等衆人枝節，可謂一用兩便矣。"

第四十二回："看他一樣題目,寫出兩樣文字,曾無一筆相近,豈非異才。"

"寫李逵之真,以反襯宋江之假;寫李鬼之假,以正襯宋江之假也。"

第四十三回："此三字,是上來一篇大結束處,非結束李雲、朱富而已,直結束劫法場以來也。"

"所謂偷筆,則如此文是也。蓋一路都是戴宗作正文,至此,忽趁勢偷去戴宗,竟入楊雄、石秀正傳,所謂移雲接月,用力不多而得便至大。"

"古人出筆,有無數方法,有正筆,有反筆;有過筆,有遞筆;有轉筆,有偷筆。"

"此回本石秀錯用心也,乃轉入後文,却又真應此言,則又文章家之隨手風雲、腕中神鬼也。"

第四十六回："故未制文,先制題:于祝家莊之東,先立一李家莊;于祝家莊之西,又立一扈家莊。"

"耐庵相題有眼,捽題有法,搗題有力,故得至是。"

第四十七回："今觀耐庵二打祝家莊一篇,亦猶是矣:以墨爲兵,以筆爲馬,以紙爲疆場,以心爲將令。我試讀其文,真乃墨無停兵,筆無停馬,紙幾穿於蹂躙,心已絕於磨旗者也。"

"無數好漢莫不各出死力,血戰至深,乃至戴宗、白宗亦復收拾已畢,却於不意中獨漏一李逵,至此忽然跳出,奇情奇文。不知其先構局,後下筆,先下筆,後變局也。"

第四十九回："前並不見有一筆寫到欒廷玉相持,以及被殺之事,至此忽然嗟歎其殺了可惜。文法疏奇之甚,皆學史公筆也。"

"一欒廷玉死,而用筆之難至於如此,誰謂稗史易作,稗史易讀乎耶?"

"作者固欲人悶悶,以爲娛樂也。"

第五十回："前不接,後不續,忽然一現,如院本之楔子。"

"每每一番大發放後，便有一篇大結束，巨筆如椽，肉眼不識。"

"景之奇幻者，鏡中看鏡；情之奇幻者，夢中圓夢；文之奇幻者，評話中說評話。"

第五十一回："每見讀此文者，誤認尚是前回餘文。小説之不能讀，而欲讀天下奇書，其誰欺？欺小衙内乎？""以事論之，謂是旁文；以文論之，却是正事。須看耐庵妙筆，莫祇看李逵妙人也。"

"須知此祇是周旋前文，蓋既已一時借作波折，便不得不與之收拾完繳，所謂情生文、文生情，了不得已也。"

"'念念有詞，喝聲道疾'八字，耐庵撰之于前，諸小説家用之于後，至今日已成爛熟舊語，乃讀之，便似活畫出一位法官，字字有身份，有威勢，有聲響，有棱角，如倍前人描畫之工也。"

"文章妙處，全在脱卸，脱卸之法，千變萬化。"

第五十二回："科諢，文章之惡道也。"

第五十三回："一路文情本乃如此生去，今却忽然先將湯隆倒插前面，不惟教鈎鐮之文未起，並用鈎鐮之故亦未起，乃至並公孫先生，亦尚坐在酒店中間，而鐵匠却已預先整備。其穿插之妙，真不望世人知之矣。"

"此書之妙，莫妙於逐步作跌，而俗手偏學其科諢以爲奇。"

"看他祇是灑筆布墨，便有無數陣圖擺出，不似《三國志》處處戰到若干合，一刀斬于馬下而已。"

"兩番寫李逵奸猾，忽翻出下文發喊大叫來，妙文隨手而成，正不知有意得之，無意得之也。"

"看他四面截住，便撮出四個古人，真乃以文爲戲，讀之令人歎絶。極少一篇文字，亦必作一章法，真是不得不歎絶也。"

第五十四回："調撥出奇，真是以兵爲戲，亦是以文爲戲。"

"此段文字，本以山泊爲主，以呼延爲賓，今看他詳寫山泊諸將紡車般脱換，又插寫呼延將軍擲獅來去，以一筆兼寫兩家健將，遂令兩篇章法一齊俱成，妙絕。”

第五十五回：“耐庵作《水滸》一傳，直以因緣生法，爲其文字總持。”

“已入二更餘，而時遷偏不便偷。所以者何？蓋制題以構文也。不構文而僅求了題，然則何如並不制題之爲愈也。”

“作文向閑處設色，惟毛詩及史遷有之，耐庵真正才子，故能竊用其法也。”

第五十六回：“雖一時紙上文勢有如山雨欲來、野火亂發之妙，然畢竟使讀者胸中茫不知其首尾乃在何處，亦殊悶悶也。”

“七隊雖戰苦雲深，三隊已龍沒爪現。有七隊之不測，正顯三隊之出奇；有三隊之分明，轉顯七隊之神變。……其書法也，或先整後變，或先滅後明。”

第五十九回：“文情由前踢雪騧生來，馬名照後玉麒麟立出，前映後帶，絕世奇文。”

“文章之妙，都在無字句處，安望世人讀而知之。”

“每每宋江一番權詐後，便緊接一番直遂以形擊之，妙不可言。”

第六十回：“豈有李逵而不惹事者，然一惹事而枝節煩蔓，文幾不可了矣，祇如此預先安放，有意無意，正自工良心苦。”

“第一日雖無事，亦必詳寫，此《水滸傳》例也。”

“每每驚天驚地之事，其來必輕輕冉冉。”

“蓋其敘事雖甚微，而其用筆乃甚著。敘事微，故其首尾未可得而指也；用筆者，故其好惡早可得而辨也。《春秋》於定、哀之間，蓋屢用此法也。”

“勤勤描寫眾人，皆染葉襯花之法。”

第六十一回：“林沖者山泊之始，盧俊義山泊之終，一始一終，都用董超、薛霸作關鎖，筆墨奇逸之甚。”

"祇一喜鵲作波，却又寫出燕青絶技，又寫出燕青窮途，妙筆妙筆。"

"如此交卸過來，文字便無牽合之跡，不然，燕青恰下岡，而兩人恰上岡，天下容或有如是之巧事，而文家固必無如是之率筆也。"

第六十二回："看他一個背後人引出一個背後人，一個背後人又引出一個背後人，章法便與楊羨鵝籠無二。"

第六十三回："寫得雪天精神，便令索超精神。此畫家所謂襯染之法，不可不一用也。"

"張橫望見燈燭熒煌，關勝看書；三阮望見燈燭熒煌，並無一人。兩'燈燭熒煌'句，相照作章法。"

第六十八回："此書每欲作重疊相犯之題，如二解越獄，史進又要越獄，是其類也。忽然'月盡'二字，翻空造奇，夫然後知極窘蹙題，其中皆有無數異樣文字，人自無才不能洗發出來也。"

"大處寫不盡，却向細處描點出來。所謂頰上三毫，祇是意思所在也。"

第六十九回："讀一部七十回，篇必謀篇，段必謀段，之後忽然結以如卷如掃，如馳如掣之文，真絶奇之章法也。"

第七十回："一部書七十回，可謂大鋪排，此一回可謂大結束。讀之正如千里群龍，一齊入海，更無絲毫未了之憾。"

"蓋始之以石碣，終之以石碣者，是此書大開合。"

"晁蓋七人以夢始，宋江、盧俊義一百八人以夢終，皆極大章法。"

"以詩起，以詩結，極大章法。"

（國家圖書館藏清初金閶葉瑶池覆刻本）

崇禎十六年（癸未　1643）

"夢覺道人"爲陸人龍《幻影》（又名《三刻拍案驚奇》《型世言》）作序："余嘗讀未見書……掩關無事，簡點廢帙，得一二野史，煩倦之頃，偶抽閲之，多忠孝俠烈之事。間有貪淫奸宄數條，觀□□□蒙耻敗露情狀，亦足發人深省。……客有過而責余曰：'方今四海多故，非苦旱潦，即罹干戈，何不畫一策以疏溝壑，建一功以全覆軍？而徒嘵嘵於稗官野史，作不急之務耶？'予不覺欺曰：'子非特不知余，並不知天下事者也！天下之亂，皆從貪生好利、背君親、負德義所致。變幻如此，焉有兵不訌於内，而刃不橫於外者乎？今人孰不以爲師旅當息、凶荒宜拯，究不得一濟焉。悲夫！既無所濟，又何煩余之饒舌也。余策在以此救之。使人睹之，可以理順，可以正情，可以悟真；覺君父師友自有定分，富貴利達自有大義。今者叙説古人，雖屬影響，以之諭俗，實獲我心，孰謂無補於世哉？'"

末署"時□□□未仲夏孤山夢覺道人漫書"。

按，據鄭振鐸推測，序作時間或爲"崇禎癸未仲夏"。今權從此説。

（鄭振鐸著《西諦書話》，三聯書店 1983 年）

崇禎十七年（甲申　1644）

"可觀道人"《〈新列國志〉叙》："小説多瑣事，故其節短。自羅貫中氏《三國志》一書以國史演爲通俗，汪洋百餘回，爲世所尚。嗣是效顰日衆，因而有《夏書》《商書》《列國》《兩漢》《唐書》《殘唐》《南北宋》諸刻，其浩瀚幾與正史分籤並架。然悉出村學究杜撰……墨憨氏重加輯演，爲一百八回，始乎東遷，迄于秦帝。……往蹟種種，開卷瞭然，披而覽之，能令村夫俗子與縉紳學問相參。若引爲法誡，其利益亦與六經諸史相埒，寧惟區區稗官野史資人口吻而已哉？墨憨氏補輯《新平妖傳》奇奇怪怪，邈若河漢，海内驚爲異書。兹編更有功于學者，浸假兩漢以下，以次成編，與《三國志》彙成一家言，稱歷代之全書，爲雅俗之巨覽，即與《二十一史》並列鄴架，亦復何愧？余且日夜從臾其成，拭目竢之矣。"

末署"吳門可觀道人小雅氏撰"。

按，祁彪佳《祁忠敏公日記》崇禎十七年十二月十七日日記：“舟中無事，閱馮猶龍所制《列國傳》。”説明《新列國志》此前已刊行問世。

葉敬池《新列國志》識語：“正史之外厥有演義以供俗覽，然亦非庸筆能辨。羅貫中小説高手，厥《三國志》與《水滸》並稱二絶，《列國》《兩漢》僅當其臣。墨憨齋向纂《新平妖傳》及《明言》《通言》《恒言》諸刻膾炙人口，今復訂補二書，本坊懇請先鑴《列國》，次當及《兩漢》，與凡刻迥别，識者辨之。金閶葉敬池梓行。”

《新列國志》凡例：“舊志事多疏漏，全不貫串，兼以率意杜撰，不顧是非，如臨潼鬥寶等事，尤可噴飯。兹編以《左》《國》《史記》爲主，參以《孔子家語》……等書，凡列國大故，一一備載，令始終成敗，頭緒井如，聯絡成章，觀者無憾。

“舊志姓名，率多自造，即偶入古人，而不考其世，如尉繚子爲始皇謀臣……何不稽之甚也。兹編凡有名史册者，俱考訂詳慎，不敢以張冒李。

“舊志叙事，或前後顛倒，或詳略失宜。兹編一案史傳，次第敷演，事取其詳，文撮其略，其描寫摹神處，能令人擊節起舞，即平鋪直叙中，總屬血脈筋節，不致有嚼蠟之誚。

“事跡累牘不盡，一百八回所纂有限，但取血脈聯貫，難保搜録無遺，即如高漸離結末，事在始皇中年，應入《前漢志》内，觀者勿以有漏見謫。

“小説詩詞，雖不求工，亦嫌過俚。兹編盡出新裁，舊志胡説，一筆抹盡。

“古今地名不同，今悉依《一統志》查明分注，以便觀覽。”

（日本内閣文庫藏明崇禎葉敬池刊本）

崇禎年間（1628—1644）

凌濛初《譚曲雜劄》：“總來不解本色二字之義，故流弊至此耳。或曰：‘然則如《琵琶》黃門早朝等語亦非乎？’曰：‘説書家非不是通俗演義，而但見云云，盡有偶句描寫工妙者，此自是一種鋪排本色，人自不識其體耳。’”

（魏同賢、安平秋主編《凌濛初全集》，鳳凰出版社 2010 年）

無名氏爲三台館余應詔刊《英烈傳》作序：“惟是録纂集當時經緯之績，庶幾爲備，惜其文辭繁冗，敘事舛錯，不足以翊揚其盛，而垂典古之實。某故不揣，博採昭代之事蹟，因舊本而修飭之，補其所遺，文其所陋，正其所訛，集以成編，分爲六卷，名之曰《皇明開運傳》，蓋取‘明良昌期’之意也。”

按，序中所稱“舊本”，似指出于嘉靖間的《皇明開運英武傳》。題名“英烈傳”的明代小説至少有三種，前後關聯有待細考。

（日本日光晃山慈眼堂藏明刊本）

馮夢龍爲“天然癡叟”《石點頭》作敘：“《石點頭》者，生公在虎丘説法故事也。小説家推因及果，勸人作善，開清净方便法門，能使頑夫倀子，積迷頓悟，此與高僧悟石何異？而或謂石者無知之物，言於晉，立於漢，移於宋，是皆有物焉馮之。生公遊戲神通，特假此一段靈異，以聳動世人信法之心，豈石真能點頭哉？噫！是不然。人有知，則用其知，故聞法而疑。石無知，因生公而有知，故聞法而悟。頭不點於人，而點于石，固其宜矣。……浪仙氏撰小説十四種，以此名編。若曰生公不可作，吾代爲説法。所不點頭會意，翻然皈依清净方便法門者，是石之不如者也。”

末署“古吴龍子猶撰”。

按，據上文可知，“天然癡叟”即“浪仙氏”，與馮夢龍交好。袁世碩爲此書《古本小説集成》影印本所撰前言稱《石點頭》當刊于崇禎初年。今從此説。

（國家圖書館藏明金閶葉敬池刊本）

張燮爲徐應秋《玉芝堂談薈》作序：“子部中有説家，有類家。類家繁富，行者亦罕。説家自數百卷而下至一卷二卷，皆足流傳，故行世獨多。燮《群玉樓藏書目》於説家分爲四種，不欲其壟出無別也。一爲録事，如古臨川《世説》、范攄《雲溪友議》及近世《何氏語林》之屬是也。一爲叢談，如古蘇子瞻《志林》、羅大經《鶴林玉露》、今陳仲醇《讀書鏡》，長者言之屬是也。一爲考證，如古王勉夫《叢書》、王伯厚《紀聾》，近世楊用修《丹鉛》、焦弱侯《筆乘》之屬是也。一爲合纂，蓋紀略談宗，物原義肆，雜奏阿堵上，如古沈夢溪《筆談》、葉石林《燕語》，近世何燕泉《餘冬》、王弇州《委宛》之屬是也。”

（遼寧大學圖書館藏明崇禎刻本）

　　《宜春香質》（題“醉西湖心月主人著、且笑廣芙蓉僻者評、般若天不不山人參評”）：**“風集”第五回末評**：“如此生，如此死；如此施，如此報；如此起，如此結。可做一回因果録讀，不當以小説目之。”（般若天不不山人評）

　　“花集”第四回末評：“讀艷姬之偷漢，不禁魂消；看鐵生之受屈，難忍髮指；閲六度之意氣，恨不親爲執鞭……或叙或斷，隨立隨掃，的是太史公列傳手。”（芙蓉僻者評）

　　“月集”第二回末評：“劈空説法，無中生有，絶好一篇《莊子·逍遥遊》注脚，力筆幻想，亦不相上下。”（芙蓉僻者評）

　　“月集”第五回末評：“得《黃粱》之幻，而矯野過之；似《邯鄲》之奇，而變怪更甚；有《南柯》之致，而空脱無前；比《牡丹》之誕，而潑撒不測。似夢非夢，似真非真，此等筆意應□得來。”（芙蓉僻者評）

（侯忠義主編《明代小説輯刊》第二輯，巴蜀書社1993年）

　　“且笑廣”評點《醋葫蘆》：第二十回總評：“無德不酬，無怨不復，天道昭昭，焉可誣也？觀都飆冷姐結末一段，教主豈可爲醋，每説法亦爲天下小人懺悔多多矣。閲者唏噓，以小説而忽之，□乎不失作者之本意。”

（侯忠義主編《明代小説輯刊》第二輯，巴蜀書社 1993 年）

譚元春《批點〈想當然〉序》：“有名人女子，終身情性所結，覆匿昏迷，婉轉自度，不幸而遇俗子，以刀馬扁鼓傳之；或遇不讀書、不静悟之人，加以惡詩俚句，演爲小説，述爲歌聲，遂使起居服飾，仍是前人，但易其姓氏，而謂之後人可乎！”

（俞爲民、孫蓉蓉編《歷代曲話彙編·明代篇》，黄山書社 2009 年）

于華玉編《岳武穆盡忠報國傳》凡例：“岳武穆王列傳自宋書外，王孫珂有《金佗粹編》，景定時謝上舍有《紀事實録》，嗣後又有《精忠録》。近有演義舊傳一書，則合史傳家乘而集其成者，顧俗裁支語無當，大體間於正史多戾，繇來幾以稗家畜之。兹特正厥體制，芟其繁蕪，一與正史相符，爰易傳名曰《盡忠報國》，所以崇王涅膚之志也。

“舊傳卷分八帙，帙有十目，大是贅瑣，至末卷摭入風僧冥報，鄙野齊東，尤君子之所不道。兹盡删焉，而定爲七卷，更于目之冗雜無義者，裁去其六，每卷概以四目，庶稱雅馴。”

“舊傳每日數事，贅連累牘難竟，讀者□□厭去。兹一事自爲一起，訖以評語間之，事別緒承，最宜尋繹。”

“舊傳沿習俗編，惟求通暢，句複而長、字俚而贅，即有奇謀偉略，鮮不輷而褻之，等於陳談。兹痛爲剪剔，務期簡雅……足以羽翼正史，壓倒肆鈴矣。慎毋作稗野觀。

“舊傳主于慕俗，第可以助美談，今傳主于表奇，尤可以資武事。”

末署“金沙輝山于華玉識於孝烏之卧怡軒”。

（國家圖書館藏明崇禎友益齋刻本）

　　"笑花主人"《〈今古奇觀〉序》："小説者，正史之餘也。《莊》《列》所載化人、傴僂丈人，昔事不列於史；《穆天子》《四公傳》《吳越春秋》皆小説之類也。《開元遺事》《紅綫》《無雙》《香丸》《隱娘》諸傳，《睽車》《夷堅》各志，名爲小説，而其文雅馴，閭閻罕能道之。優人黄繙綽、敬新磨等搬演雜劇，隱諷時事。事屬烏有，雖通於俗，其本不傳。至有宋孝皇以天下養太上，命侍從訪民間奇事，日進一回，謂之説話人。而通俗演義一種，乃始盛行。然事多鄙俚，加以忌諱，讀之嚼蠟，殊不足觀。元施、羅二公大暢斯道，《水滸》、《三國》，奇奇正正，河漢無極。論者以二集配《伯喈》《西厢》傳奇，號四大書。厥觀偉矣！迄于皇明，文治聿新，作者競爽，勿論廊廟鴻編，即稗官野史，卓然復絕千古。説書一家，亦有專門。然《金瓶》書麗，貽譏於誨淫；《西遊》《西洋》逞臆於畫鬼，無關風化，奚取連篇？墨憨齋增補《平妖》，窮二極變，不失本末，其技在《水滸》《三國》之間。至所纂《喻世》《警世》《醒世》三言，極摹人情世態之歧，備寫悲歡離合之致，可謂欽異拔新，洞心駴目，而曲終奏雅，歸於厚俗。即空觀主人壺矢代興，爰有《拍案驚奇》兩刻，頗費蒐獲，足供譚塵。合之共二百種，卷帙浩繁，觀覽難周，且羅輯取盈，安得事事皆奇僻？如印累累，綬若若，雖公選之世，寧無一二具臣充位？余擬拔其尤百回，重加綉梓，以成巨覽。而抱甕老人先得我心，選刻四十種，名爲《今古奇觀》。夫蜃樓海市，焰山火井，觀非不奇；然非耳目經見之事，未免爲疑冰之蟲。故夫天下之真奇，在未有不出於庸常者也。仁義禮智謂之常心，忠孝節烈謂之常行，善惡果報謂之常理，聖賢豪傑謂之常人。然常心不多葆，常行不多脩，常理不多顯，常人不多見，則相與驚而道之。聞者或悲或歎，或喜或愕，其善者知勸，而不善者亦有所慚惡悚惕，以共成風化之美。則夫動人以至奇者，乃訓人以至常者也。吾安知閭閻之務，不通於廊廟；稗秕之語，不符於正史？若作吞刀吐火，冬雷夏冰例觀，是引人雲霧，全無是處。吾以望之善讀小説者！"

末署"姑蘇笑花主人漫題"。

按，袁世碩在此書《古本小説集成》影印本前言中認爲，此書刊行當在崇禎五年至崇禎十七年之間。今從此説。

（上海圖書館藏明末刊本）

董德鏞《可如之》自序："是得無誕乎？曰：吾謾也乎哉，吾誕也。是得無瀆乎？曰：吾録也乎哉，吾瀆也。蓋實賤矣。賤而猶高，實鄙也矣。鄙而殊奇，實微也矣。微而克永，躋之忠孝節義善男子偉大夫之林，多可少怪，亦復誰忍没之。是以諸家每大書特書，錯諸人事法鑒之間，第散見而不聚，隱而義未顯。吾特表以出之，其名禽獸魚蟲，其事人事也。故取事而略其名，其名則是其事，則非舉以配禽儕獸兄魚蟲而弟之，實不如者，所見所聞，所傳聞亦曰罄竹莫能窮也。夫德之所存，雖賤必申；義之所抑，雖貴必屈。《繁露》曰春秋無通辭，從變而移，是以移其辭，以從其事。而微也，鄙也，賤也，胥忘之矣。然神如龍，威如風，仁如麟，而且燈蛾之向明，蟻之忠，鳥之孝，鳴鳩之朴，雉耿介，狻猊無畏，豸之直，虞而多遺耶夫。乃則其性所同也。事所獨也，一行一節超越乎厥類，非人意望之所及者，斯其所爲，雖表之誼矣。顧淺陋未能撫悉奇秘，抑爲下下人説法，亦足以發。雖然，必具上上人根器，上上人眼界，才可與語，于此下士見之必大笑矣。周益公曰：'君子之著書也，有心乎勸誡而無意於好惡。'然則知我罪我，吾亦何意哉！"

（上海圖書館藏明崇禎刻本）

"湖海士"《〈西湖二集〉序》："周子間氣所鍾，才情浩汗，博物洽聞，舉世無兩，不得已而借他人之酒杯，澆自己之磊塊，以小説見。其亦嗣宗之慟、子昂之琴、唐山人之詩瓢也哉！觀者幸於牝牡驪黄之外索之。"

按，繫年據刊行時間。

（中國藝術研究院戲曲研究所藏明崇禎雲林聚錦堂刊本）

毛晉《〈桯史〉跋》：“唐迄宋元，稗官野史，盈箱溢篋。最著若《朝野僉載》《桯史》《輟耕録》者，不過數種。人尤膾炙《桯史》，命予刻入史外函中，以補正史之缺。予意不然。亦齋捉筆，豈不能如歐陽永叔別立一番公案？乃圖讖、神怪、街衢瑣屑之類，都率筆書之，正欲後之讀是書者，于遊戲謔浪時，不忘忠孝本性。其一種深情妙手可以意逆而不忍明言者，意或有在矣。至若鄂王肝膽事蹟，載在史册，與嵩、華等高，雖五尺之童，亦能言其忠義，何待《桯史》而後表暴哉！湖南毛晉識。”

按，繫年據錢大成《毛子晉年譜稿》（“國立中央圖書館”館刊第一卷第四號）。

（岳珂撰、吳企明校點《桯史》，中華書局 1981 年）

毛晉《〈却掃編〉跋》：“野史中不能涉荒唐譎誕新奇飾説，而簡次朝寧之巨典法制，一代史館之所未嘗蒐羅者，雖曰小説，實有攸關。班孟堅諸君叙列於百家之末，蓋非無謂也。沈存中《筆談》、吳處厚《青箱雜記》，每鄭重此類而載之於首。然雜以他事，不免爲方技蟲魚所涸。獨徐史部寥寥三卷，頗有裨諶之風，所謂謀之野者得之野。是編也，當與我明元美氏《異典》二述同一軌轍云。”

（潘景鄭校訂《汲古閣書跋》，古典文學出版社 1958 年）

明代後期（萬曆至崇禎時期）

欣欣子《〈金瓶梅詞話〉序》：“竊謂蘭陵笑笑生作《金瓶梅傳》，寄意于時俗，蓋有謂也。人有七情，憂鬱爲甚。上智之士，與化俱生，霧散而冰裂，是故不必言矣。次焉者，亦知以理自排，不使爲累。惟下焉者，既不出了於心胸，又無詩書道腴可以撥遣。然則，不致於坐病者幾希！吾友笑笑生爲此，爰罄平日所蘊者，著斯傳，凡一百回。其中語句新奇，膾炙人口，無非明人倫，戒淫奔，分淑慝，化善惡，知盛衰消長之機，取報應輪回之事，如在目前始終；如脈絡貫通，如萬系迎風而不亂也。使觀者庶幾可以一哂而忘憂也。其中未免語涉俚俗，氣含脂粉。……此一傳者，雖市井之常談，閨房之碎語，使三尺童子聞之，如飫天漿而拔鯨牙。洞洞然易曉。雖不比古之集，理趣文墨，綽有可觀。其他關係世道風化，懲戒善惡，滌慮洗心，無不小補。譬如房中之事，人皆好之，人皆惡之……禍因惡積，福緣善慶，種種皆不出循環之機。故天有春夏秋冬，人有悲歡離合，莫怪其然也。合天時者，遠則子孫悠久，近則安享終身；逆天時者，身名罹喪，禍不旋踵。人之處世，雖不出乎世運代謝，然不經凶禍，不蒙耻辱者，亦幸矣。吾故曰：‘笑笑生作此傳者，蓋有所謂也。’欣欣子書於明賢里之軒。”

（蘭陵笑笑生著、戴鴻森校點《金瓶梅詞話》，人民文學出版社 1992 年）

“織里畸人”《〈南宋志傳〉序》：“史載宋太祖行事，類多儒行翩翩。……傳言亦不誣也，史固非信哉。史載有天下之事，傳志之所言，布衣之所行也。誠詭譎詆，稗野體哉。然鑿撰探奇，奇聞乃隱；憑臆創異，異政未傳。此亦葉公之好，非真龍也者。……一人之見斯狹，一史之據幾何。若其失而求之於野傳志，可盡薄乎？特拈其奇，弁之簡端，以見一斑，且以爲好事者佐譚云爾。”

（大連圖書館參考部《明清小説序跋選》，春風文藝出版社 1983 年）

王思任《世説新語序》：“讀《史記》之後，或難爲《漢書》；讀《漢書》之後，且不可看他史。今古風流，惟有晉代。至讀其正史，板質冗木，如工作《瀛洲學士圖》，面面肥皙，雖略具老少，而神情意態，十八人不甚分別。前宋劉義慶撰《世說新語》，尚羅晉事，而映帶漢、魏間十數人。……嗣後孝標勘注，時或以《經》配《左》，而博贍有功；須溪貢評，亦或以郭解《莊》，而雅韻獨妙，義慶之事于此乎畢矣。自弇州伯仲補批以來，欲極玄暢而續尾漸長，效顰漸失，《新語》遂不能自主。海陽張遠文氏，得善本于江陵陳元植家，悉發辰翁之隱，黜陟諸公，揀披各語。注但取其疏惑，評則賞其傳神。義慶幾絕，而復壽者，遠文之力也。"

（王季重著、任遠點校《王季重集》，浙江古籍出版社 2012 年）

毛晉《琅嬛記》跋："前人著書，多取名於本册中，如席夫所輯三卷，首載張茂先至琅嬛福地，歷觀奇書，而名《琅嬛記》。或以小說置之，然豈可與《虞初志》陽羨書生云云同視耶！"

毛晉《搜神記》跋："子不語神，亦近於怪也。顧宇宙之大，何所不有，令升感壙婢一事，信紀載不誣，採録宜矣。元亮悠然忘世，飲酒賦詩之外，絕少著述，而顧爲令升嚆矢耶？語云：'叩盆拊瓴，相和而歌。'自以爲樂矣，嘗試爲擊建鼓。撞巨鐘，乃性仍仍然，知其盆瓴之足羞也。囿于耳目之常者，請作是觀。"

胡震亨《〈搜神記〉序》："令升遭門閭之異，爰摭史傳雜説，參所知見，冀擴人於耳目之外。顧世局故常，適以説怪視之。不知劉昭《補漢志》、沈約《宋志》與《晉志·五行》，皆取録於此。蓋以其嘗爲史官，即怪亦可證信耳。"

（毛晉編《津逮秘書》，廣陵書社 2016 年）

鍾惺《〈混唐後傳〉序》："昔人以《通鑑》爲古今大帳簿，斯固然矣。第既有總記之大帳簿，又當有雜記之小帳簿，此歷朝傳志演義諸書所以不廢於世也。他不具論，即如《隋唐志傳》，創自羅氏，纂輯於林氏，可謂善矣。然始於隋宮剪綵，則前多闕略，厥後鋪綴唐季一二事，又零星不聯屬，觀者猶有義焉。昔有友人，曾示予所藏《逸史》，載隋煬帝、朱貴兒爲唐明皇、楊玉環再世因緣事，殊新異可喜，因與商酌，編入本傳，以爲一部之始終關目。合之《遺文》《艷史》，而始廣其事；極之窮幽儳證，而已竟其局。其間闕略者補之，零星者删之，更採當時奇趣雅韻之事點染之，彙成一集，頗改舊觀。乃或者曰：'再世因緣之説，似屬不根。'予曰：'事雖荒唐，然亦非無因，安知冥冥之中不亦有帳簿，登記此類以待銷算也？'然則斯集也，殊亦古今大帳簿之外、小帳簿之中所不可少之一帙歟！竟陵鐘惺伯敬題。"

（大連圖書館藏清芥子園刻本）

黄輝《〈説苑〉序》："劉向《説苑》二十篇，故亡逸過半，曾鞏氏始爲搜校，序而傳之，至於今有完《説苑》者，鞏力也。……是篇之目，首君道，次臣術，次建本，而終之于文質之故，大指亦足以觀矣。必欲以精微求多於向，則石渠同異，六籍聚訟，人主顧不狎聞之耶？夫言不蘄精，要之適務；旨不蘄微，要之中窾。人固有莊言而格，卮言而入者，説在野人之還絜騂也。詳向所摭引，□駁談詭，誠不一軌於正，然遠稱先民，下逮耳目，其間世代之升降，上下之諮陳，權奸之專擅，讒佞之構煽，辨説之移奪，亦足以喟然而遠鏡矣。惡在其爲徒博耶？又按向所自爲奏，蓋典校中書雜事，除去重複，及繆亂淺薄者，條列篇目，以類相從，爲可觀而已，非欲爲一家言，明白道術也。而鞏必譏之至文，亦以枉已。嗟乎！以子政之才，稍向色瑉戚，即不丞相御史大夫，容渠不紹父侯耶！而踽踽望之堪猛之間，孤危自老者何也！或曰：'向誠精忠，胡不直以意列上，而屑屑繁取，以自溺厥指爲？'曰：'向諸封事，言不啻直矣。而旦夕不施用，懷抱縈紆，懣塞而無所出，以爲一目之羅，不可得鳥，則多張而廣俟之。'是以其爲説委蛇汗漫，而冀其一中，蓋吾觀其所語陳子公者，至不得已而自托於騷歌之餘，如曰徇漢重而爲漢枉乎！
即子政甘之矣。故重爲序如此。"

（鄭賢撰《古今人物論》卷十二，《四庫全書存目叢書》本，

齊魯書社 1997 年）

托名"徐渭"作《點校〈隋唐演義〉叙》："自中古而下，事不盡在正史，
而多在稗官小説家，故輶軒之紀載、青箱之采掇，所謂求野多獲者矣。説者
謂：'非聖之書不可讀，矧小説家俚而少文，奚取乎？'……且今日多演小説
爲院本，學士大夫往往卜晝卜夜以處衆樂，即妄言説鬼，未嘗不時時抵掌以
耗磨此壯心，而獨謂小説之不可讀，何居？作詩者必求老嫗解，做文者即嬉
笑怒罵而成，以此讀小説可通已。……蘇長公云：'余幼時聽人説《三國》小
説，至阿瞞唯恐其不敗，至大耳□唯恐其不勝。'雖好惡在人，千載不泯，亦
觸吾耳之易也。它日復有聽唱《小秦王》之句，比來《三國演義》盛行，而
《秦王傳》見者實焉。余暇日喜讀而點校之，謂此亦正史之鼓吹哉，附于草野之
義。即不然，較之《水滸》《西遊》爲子虛烏有之言者，不猶賢乎！不猶賢乎！"

（首都圖書館藏本衙藏板）

"煙水散人"《珍珠舶》自序："客有遠方來者，其舶中所載，凡珊瑚玳瑁
夜光木難之珍，璀璨陸離，靡不畢備。故以寶之多者稱爲上客。至於小説家
蒐羅閭巷異聞，一切可驚可愕可欣可怖之事，罔不曲描細叙，點綴成帙，俾
觀者娛目，聞者快心，則與遠客販寶何異？此予《珍珠舶》之所以作也。乃
論者猶謂俚談瑣語，文不雅馴；鑿空架奇，事無確據。嗚呼！則亦未知斯編
實有針世砭俗之意矣。是何異於黄鵠雲飛，而弋者猶盱衡於林藪；徽弦響變，
而聽者徒擊節于宫商。殊不知天下有正史，亦必有野史。正史者，紀千古政
治之得失；野史者，述一時民風之盛衰。譬之於《詩》，正史爲《雅》《頌》，

而野史則《國風》也。……凡此種種，皆出於耳目見聞，鑿鑿可據，豈徒效空中樓閣而爲子虚烏有先生者哉！然則賈船所載不過珊瑚玳瑁夜光木難，僅足供人耳目之玩而已。若夫余之所傳，實堪驚世，故不欲自秘而登諸梨棗。世之君子諒不有按劍斯編者矣。"

末署"鴛湖煙水散人自題於虎丘精舍"。

按，明末清初小説多有題撰者爲"煙水散人"者，學者多認爲"煙水散人"即"徐震"。存議。

（大連圖書館藏日本鈔本）

明末清初

"緑天館主人"《覺世雅言》叙："事真而理不贋，即事贋而理亦真，不害于風化，不謬于聖賢，不戾于詩書經史，若此者其可廢乎？里中兒代庖而創其指，不呼痛。或怪之，曰：'吾頃從玄妙觀聽説《三國志》來，關雲長刮骨療毒且談笑自若，我何痛爲？'夫能使里中兒頓有刮骨療毒之勇，推此説孝而孝，説忠而忠，説節義而節義，□性性通導，情情出視，彼此碰之彦貌而不情，博雅之儒文而喪質，所得竟未知孰贋而孰真也。隴西茂苑野史氏家藏小説甚富，有意矯正風化，故擇其事真而理不贋、即事贋而理未嘗不真者，授之賈人凡若干種，其亦通德類情之一助乎？余因援筆而弁冕其首云。"

末署"緑天館主人題"。

（巴黎國家圖書館藏明末刊本）

無名氏《〈風流和尚〉叙》："余觀小説多矣，類皆妝餙淫詞爲佳，原説月爲尚，使少年子弟易入邪思夢想耳。惟兹演説十二回，名曰《諧佳麗》，其中善惡相報絲毫不紊，雖令人晨鐘驚醒、暮鼓唤回，亦好善之一端云。"

按，據侯忠義爲該書《古本小説集成》影印本所撰"前言"推測，該書刊行于明末清初。

（北京大學圖書館藏抄本）

　　周煒《玉暉堂隨筆》成書，其子《玉暉堂隨筆題辭》：“先君子生平嗜書，典石渠者廿餘年，抄集中秘，搜萃四方，鴻章逸帙。下逮稗官野史之倫，充溢籯笥，蓋以儲當年撰述削稿之資云。煒也魯鈍無似，趨庭之餘，額聞緒論，故咕嗶余習，久不能廢，雖近豕魚之誚弗辭也。間嘗謬肆丹鉛，掇而録之，以備遺忘，及一二習見核聞之、事足徵故實、存勸誡者，則亦如事綴輯，附之末方，題曰隨筆。推編摩之勞，一歸諸管城。煒也魯鈍無似，固未敢妄有短長焉耳，其中大率諸巨公所著，或闡幽往牒，或傳信來兹。嘉言可以礪俗，懿行可以維風，詳乎近代，用稗文獻，往古之跡，未遑泛述。次則人倫炯鑒，天道桴鼓，修吉悖凶之途，冥祥果報之驗，原具警世之婆心，匪盡荒唐之莠説。又次則，魍魎鑄形，爰存夏鼎，齊諧志怪，見録蒙莊，學者擴域外之觀，知兩間何所不有。尼山雅不語怪，然商車、萍實、羒羊、楛矢之屬，何其縷縷無遺殆耶？又次則，屙癢關乎一體，拯療切夫同患，故子長録倉公之案，孫邈探龍子之方，不費之仁，於斯爲近，苟諓間可以濟物，胡忍秘之枕中。以是數端，約筆録之，歲久成帙。其間時代先後，亦未定詮次，蓋志取隨筆，自謂賢已之具，無關倫脊之要也。慨歲月之莫挽，驚運會其已更，撫覽增懷，忘其固陋，而授之梓，譬如縛竹爲帚，擁□將弊，而猶欲以千金享之，則腐儒習氣然矣。若曰有當于金匱石室之緒，可以風世而前用焉，則吾豈敢。”

　　按，此則史料有待細考，僅據序作者生平時代權且繫年于此。

（東北師範大學圖書館藏民國間抄本）

　　“醉花驛使”“熱腸樵叟”評點《錦繡衣》：

　　卷一第一回評：“形容切愛處，幾如似漆投膠，爲割愛處作波瀾，情中之正也；形容割愛處，恍如以絲聯藕，爲切愛處作蕩漾，正中之情也，可謂傳神。其中花笑人、烏心誠、白氏、雲上升，後面有無數事情，此回以閑閑點綴，其實是緊緊關生。”

“花笑人與雲上升作登場之結構，此回以花笑人開場而雲上升吊場，頭緒井然，仍有藕斷絲聯之妙。”

卷二第四回評：“文姿換衣之法，與諸葛君三氣周瑜仿佛不□。”

卷二第五回評：“此回寫花笑人之歷報，如曇花斷地獄，或變跳蚤、或變杜鵑、或變叩頭蟲，奇奇幻幻。末後吊場處，忽然聯入白氏，顯出心誠，令人不測。小説中之蜃樓海市也。”

卷三第一回評：“起處一篇引子，援古證今，字字入情，言言據理，即石人亦應點首。入正本之後，即以題詩換譜扼全題之要，如登山而呼，林鳴谷應矣。婚嫁處，略於鳳娘而詳於燕娘，蓋以全本佳戲，皆從燕娘演出，故獨詳也。末幅以宮芳落水吊場，令閱者魂動魄驚。至於叙次有法，穿插無痕，夫妻之口論，姐妹之閒談，一一于後面關生。”

（《明清稀見小説叢刊》，齊魯書社 1996 年）

朱用純爲李清《外史新奇》作序：“事非其常則奇，奇也者，君子之所不取也。天地以常而定位四時，以常而代序山川品物，以常而順成達化。一用奇焉而憲，夫斯世斯人，將不得立乎其間。故奇也者，君子所弗取也。然君子能不以其身樹奇於俗，而不能不與當世紛紜之奇，故相□而相處，則以氣會之，推遷人心物狀之流，易有時變常越，故而出於耳所不聞、目所不睹、理所不有、意所不及之奇也。夫是所謂奇者，天爲之歟？□非天爲之歟？使天爲之則無乃做擾天紀者，即自天啓其端，非天爲之則夫履道不回，以□率流俗者執逾，君子何以勢當汝蕩，雖君子挽校注而率流俗，莫如何，蓋古之人有處之者，屈原是已。原古之守常者也，失志無聊，嘗作《天問》，所舉則皆神靈鬼物，奇偉儵俛，悸心□耳之事，豈非其所遇者，無復世道之常，人則蠅營狗苟，物則山本水立，有所不信於天而問之。若□天之慰答我者，而又一一托諸古昔以庶幾言者之無罪歟。嗚呼！千古乏遇，不必不奇，千古之天，率不可問，君子不幸生於其時，所爲極難耳。昭易李先生僑居吾里，純得常侍先生，搜奇書、溯奇人、論奇事，寫其懷，未嘗不諮嗟感愴。已而又以所著曰《外史新奇》者，授用純爲序，蓋奇之藪也。夫先生豈嗜奇者流哉？當補袞掖垣平刑廷尉所建□朝廷之偉詠所施，皆當世之鴻業勳名，爛然光耀，囊昔即退而論列史傳，表彰徽懿，亦何者非扶名教正物，則以千古之常經，歷世而摩鈍，而故爲是襞積攟拾之孳，以與世之貪多務得者競尺寸之長，何與。蓋悲夫事故何常，天道甚遠，屈子之悱惻憤懣，悲歌慷慨，亦徒爲爾，爾以是搜羅故聞，不復□而問之於天，特以見夫事之變者，何所不有。外史如此，其載于史者，又何限盡天下之奇，而總爲君子見聞之所常，庶得以廣其志，齊其遇焉。嗚呼，益用可感也已。”

末署“昆山後學朱用純拜撰”。

（上海圖書館藏清勞權抄本）